Alexandre Dumas

基督山伯爵 上卷

[法国] 大仲马 著 周克希 译

译林出版社

图书在版编目（CIP）数据

基督山伯爵／（法）大仲马著；周克希译．一南京：译林出版社，2018.10（2023.8重印）
（名家名译）
ISBN 978-7-5447-7472-7

Ⅰ.①基… Ⅱ.①大… ②周… Ⅲ.①长篇小说－法国－近代 Ⅳ.①I565.44

中国版本图书馆CIP数据核字（2018）第176183号

基督山伯爵（上）［法国］大仲马／著 周克希／译

责任编辑 鲍迎迎 赵 奕
特约编辑 孙 峰
责任校对 孙 萍
责任印制 颜 亮

出版发行 译林出版社
地 址 南京市湖南路1号A楼
邮 箱 yilin@yilin.com
网 址 www.yilin.com
市场热线 025-86633278
排 版 南京展望文化发展有限公司
印 刷 徐州绪权印刷有限公司
开 本 718毫米×1000毫米 1/16
印 张 83
版 次 2018年10月第1版
印 次 2023年8月第24次印刷
书 号 ISBN 978-7-5447-7472-7
定 价 138.00元（上、下册）

译　序

大仲马（1802—1870）以戏剧创作开始文学生涯，后又撰写历史小说赢得盛誉。他最有名的小说，当数《基督山伯爵》和《三剑客》。

他在自传性质的《杂谈录》（1860年）中，提到《基督山伯爵》的诞生经过。1841年，大仲马重游意大利，在佛罗伦萨住了很长一段时间。他几乎每个星期六都到热罗姆-拿破仑·波拿巴亲王府上做客。拿破仑一世的这位弟弟，托大仲马陪他儿子同游厄尔巴岛。1842年6月28日，大仲马和十九岁的小亲王抵达费拉约港。他们想找个狩猎的去处，当地人推荐了基督山岛，说这座岛上有成群的野山羊。两人都不曾听说过这座荒岛。小岛的名字引发了小说家的无限遐想，他向亲王提议先乘船绕岛兜一圈。亲王对大仲马的提议感到很惊讶：

"就算把基督山岛的地理位置弄清楚了，那又能怎么样呢？"

"我会写一部小说，书名叫《基督山岛》，作为我有幸和您同游小岛的纪念。"

1843年大仲马回到巴黎。出版商贝蒂纳和普隆同时找上门来，劝说大仲马像欧仁·苏那样写一部以巴黎为背景的当代题材小说。原来，从1842年6月起，欧仁·苏的社会风俗小说《巴黎的秘密》在报上连载并大获成功，因此出版商对这类题材的长篇小说很感兴趣。大仲马想起了自己对年轻的拿破仑亲王的承诺，决定写一部小说，主人公就叫基督山伯爵。他在《杂谈录》中写道，最初的写作提纲是这样的：

> 罗马有一位非常富有的贵族，自称基督山伯爵。有一位法国年轻人在罗马遇险时，伯爵出手救了年轻人的性命。而他所要求的回报，是请年轻人在自己去巴黎旅游时，给他当向导。
>
> 其实，他说的旅游，只是个借口。他去巴黎，是为了报仇。
>
> 基督山伯爵在巴黎期间，寻找到了仇人的行踪。他年轻时被这几个小人陷害，衔冤入狱达十年之久。

他依靠拥有的财富，实现了报仇雪恨的夙愿。

然后，大仲马听取写作助手奥古斯特·马凯的建议，决定花相当的篇幅去写“主人公唐戴斯和梅塞苔丝的爱情，那些小人对他的出卖，以及唐戴斯在伊夫堡的狱中生活”等情节。这样一来，未来的小说大致分成了三部分，故事分别发生在三个城市：马赛、罗马和巴黎。

这时，大仲马在曾任巴黎警署档案保管员的珀歇的回忆录里，看到了一个复仇故事。拿破仑专政时代，巴黎一家咖啡馆的老板马蒂厄·卢比昂和三个同伙，出于嫉妒跟刚订婚的年轻鞋匠弗朗索瓦·皮科开了个恶意的玩笑，诬告他是英国人和波旁王朝复辟势力的奸细。皮科当即被捕，从此音讯杳然。他被囚禁在戒备森严的费内斯特雷尔堡监狱，直到1814年拿破仑被迫退位、流放厄尔巴岛以后，才从待了七年的监狱获释。由于同狱的一位意大利神甫在临终前把遗产留给了他，他出狱后去意大利拿到这笔遗产，变得非常富有。他化名约瑟夫·拉尔谢回到巴黎，得知当年的未婚妻听说他的死讯后，嫁给了害得他家破人亡的仇人卢比昂。他随即去卢比昂的家乡尼姆，化装成意大利神甫，从一个名叫安托万·阿吕的人嘴里，套出了卢比昂三个同伙的名字。他返回巴黎后，进了卢比昂店里当伙计，着手实施复仇计划。不久以后，卢比昂的一个同伙尚巴尔被捅死在艺术桥上，短刀插在死者身上，刀柄上写着：第一个。皮科物色了一个获释的苦役犯，让他伪装成富有的侯爵，娶了卢比昂的女儿为妻。随后皮科又放火烧了卢比昂的咖啡馆，并杀死了那第二个同伙，遮盖尸体的黑布上写着：第二个。卢比昂夫人伤心过度而去世。皮科被卢比昂识破身份后，手刃卢比昂报仇雪恨，但他也被在场的阿吕刺死。阿吕逃往英国定居，直到1828年临终前，才向神甫说出事情经过。神甫将记录交给巴黎警署保存，所以珀歇得以看到存档的案情记录并写进回忆录。

珀歇的回忆录在他身后才出版。大仲马读了这个写得很平庸的故事后，敏锐地觉察到，“这只其貌不扬的牡蛎，含着一颗有待打磨的珍珠”。他根据这个素材，构思了整部小说的轮廓。鞋匠皮科在小说中成了水手唐戴斯，故事的背景也改在风光绮丽的马赛港。大仲马不愿意让小说中的冤狱发生在拿破仑帝国时代，于是把故事的时间往后挪到王朝复辟时代，让唐戴斯成为波旁王朝冤狱的受害者。皮科的那几个仇人，则从市井平民变成了七月王朝政界、金融界和司法界的显要人物。

为了写作这部小说，大仲马去马赛重游加泰罗尼亚渔村和伊夫堡。他的脑海中，酝酿着一幕幕场景：少年得志的唐戴斯远航归来，与美丽的加泰罗尼亚姑娘梅塞苔丝举行订婚仪式；法老号的会计唐格拉尔和姑娘的堂兄费尔南（后来的德·莫尔塞夫伯爵）串通一气，写信向警方告密，诬陷唐戴斯是拿破仑党人；当时也在场的裁缝卡德鲁斯曾想阻止他俩这么做，但终因喝得酩酊大醉而不省人事；喜庆的订婚宴席上，宪兵突然闯进来带走唐戴斯；王室代理检察官维尔福唯恐泄露家庭的秘密，昧着良心给无辜的唐戴斯定罪，把他关进伊夫堡阴森的地牢；他在狱中遇见意大利神甫法里亚长老……

法里亚神甫确有其人，他出生在葡萄牙，成为神职人员后，先后在法国南方城市和巴黎任教，讲授哲学和催眠术。夏多布里昂曾在德·居斯蒂纳夫人的沙龙里见过他，并在《墓畔回忆录》中用讥讽的语气提到这位法里亚。大仲马借用这个并无多大作为的神甫的名字，塑造了一个富有传奇色彩的小说人物。小说中的法里亚长老，俨然是集人类智慧于一身、为祖国统一而奋斗的意大利志士，他掌握着一个天方夜谭式的宝藏的秘密。正是这位法里亚长老，把唐戴斯造就成一个知识渊博、无所不能的奇人，并且让他得到基督山岛上的宝藏，成为富甲天下的基督山伯爵。

皮科的故事纯粹是个复仇故事。大仲马笔下的基督山伯爵，却有恩报恩，有仇报仇，俨然是正义的化身。昔日的船主莫雷尔有恩于他，于是唐戴斯出狱后首先报恩，把这位濒临破产的好人从绝路上救了回来，此后又始终关心帮助他的儿女，直至最后把基督山岛的宝藏送给他们。旧时的邻居卡德鲁斯一开始良心未泯，对唐戴斯的老父亲有所照顾，后来由于贪得无厌而谋财害命，甚至潜入基督山府邸行窃并企图行凶，所以基督山对他是报恩于前，惩罚于后，赏罚极为分明。唐戴斯对唐格拉尔、费尔南和维尔福的复仇，是小说下半部中写得非常精彩的部分，大仲马浓墨泼洒，细笔描绘，把他讲故事的本领发挥到淋漓尽致的地步。最后，这三个人破产的破产，自杀的自杀，发疯的发疯，都得到了应有的报应。

小说在报纸上断断续续地连载一百三十六期，历时近一年半。《基督山伯爵》成为马赛的骄傲。马赛城有了基督山街、埃德蒙·唐戴斯街；伊夫堡和基督山岛也成了旅游胜地。

从一个简单的故事框架出发，写出一本洋洋洒洒一百多万字的小说，并且在一个多世纪以来风靡无数的读者，这就是大仲马和他的《基督山伯爵》的魅力。

此次重译，整个过程与《追寻逝去的时光》的译事交织在一起，故而历时长而进展慢。承克言弟在繁忙的IT本职工作之余，抽暇代为译出篇幅较长的三章，让我在倍感紧迫之际，得以稍稍舒缓一下。改行从事文学翻译以来，亲人和友人一直是我的后盾，亲情和友情始终激励我勉力前行。

Le Comte de Monte-Cristo

目　录

上卷

下卷

上　卷

第1章
返航马赛

一八一五年二月二十四日，圣母瞭望塔值班员发出信号，示意有船进港。法老号抵达士麦那[1]后，途经的里雅斯特[2]、那不勒斯[3]返航了。

领港员照例迅即登艇驶离港口，绕过伊夫堡[4]，在莫吉翁海角和里翁岛之间登上大船。

圣让堡平台上也照例很快挤满看热闹的人。在马赛，大船进港自是大事，何况来的是在弗凯亚人古城[5]建造、装备的三桅大船法老号，船主又是当地绅士。

法老号顺利穿越卡拉萨雷涅岛和雅罗斯岛间因火山爆发形成的海峡，绕过波梅格岛[6]前行。这艘三桅船张满中桅的主帆、船首的三角帆和船尾后帆，渐渐驶近港口，但行驶极为缓慢，看似有气无力。岸上看热闹的人都觉着有些不对劲儿，纷纷揣测船上出了什么意外。不过行家一眼便能看出，即使发生意外，也不在船本身；大船行进平稳，全无操纵失灵迹象：铁锚徐徐放下，船首斜桁脱离支索，船已驶进马赛港狭窄的入口。有个年轻水手站在领港员身边，机敏地注意着大船的每一个动作，准确地复述着领港员的每一个指令。

一种莫名的不安，在圣让堡平台的人群中弥散开来。其中一人按捺不住，等不及大船进港，便跳上一艘小艇。小艇向法老号划去，在大船驶近雷瑟夫湾时靠了上去。

年轻水手见小艇驶近，便离开领港员，脱下帽子拿在手里，迎前几步在船舷上俯下身去。

他看上去还不到二十岁，身材颀长，黑眼睛，黑头发：那种沉毅的神情，

1 士麦那：土耳其西部港口城市，伊兹密尔的旧称。

2 的里雅斯特：意大利东部港口城市，濒临亚得里亚海。

3 那不勒斯：意大利西部港口城市，濒临第勒尼安海。

4 伊夫堡：离马赛两公里的一座小岛上的城堡，建于法国国王弗朗索瓦一世时期，后用作关押重犯的监狱。

5 弗凯亚是小亚细亚的一座古城。公元前6世纪，弗凯亚人在地中海沿岸创建马赛城。故此处弗凯亚人古城即指马赛。

6 波梅格岛：地中海中靠近法国海岸的一个小岛。

是从小惯于同风浪搏斗的人所特有的。

“嗨！是你呀，唐戴斯，”小艇上的人大声说，“出事了吗，船上怎么死气沉沉的？”

“是出事了，莫雷尔先生！”年轻人答道，“出了不幸的事，我非常难过。在奇维塔韦基亚[1]附近，我们失去了可敬的勒克莱尔船长。”

“货呢？”船主急切地问。

“货没事，完好无损，莫雷尔先生，这您可以放心。但是可怜的勒克莱尔船长……”

“他出了什么事？”船主问道，看得出他松了一口气，“这位好船长到底怎么了？”

“他死了。”

“掉进海里了？”

“不是，先生；他是得脑膜炎死的，临终前很痛苦。”

说完此话，他转身朝船上的水手放声喊道：

“全体注意！各就各位，准备放锚！”

话音刚落，船上的十来个水手迅即各就各位；帆脚索，转桁索，桅杆索，纵帆索，绞帆索，各处都已有水手待命。

年轻人的目光在船上扫过，见命令执行无误，便又向船主转过身来。

“到底怎么出的事？”船主继续刚才中断的话头问道。

“唉，先生，事情全然出乎意料！勒克莱尔船长在那不勒斯跟港监谈了很久，起锚离港后情绪非常激动；一天过后，他开始发高烧，三天后就死了。我们按规矩为他海葬，让他平躺在一张吊床上，包裹严实，两头各系一只三十六磅重的铁球，在埃尔吉利奥岛[2]附近葬入大海。我们带回了他的荣誉十字勋章和长剑，准备交给遗孀。他和英国人打了十年仗，”年轻人露出一丝苦笑说，“到头来总算还能和普通人一样死在床上。”

“唉！没办法的，埃德蒙，”船主说话间，神情已颇为自若，“人总要死的，年长的总得让位给年轻的，要不然就没有升迁的机会喽；刚才你说船上的

1　奇维塔韦基亚：意大利西部港口城市，位于那不勒斯至厄尔巴岛航线的中途。

2　埃尔吉利奥岛：意大利托斯卡纳群岛一多山的火成岩岛屿，濒临第勒尼安海。

货……”

“完好无损，莫雷尔先生，您放心。这一趟来回要是您只估两万五千法郎盈利，我看就估低喽。”

这时他见船已驶过圆塔，便大声发令：

“准备收主桅帆、三角帆和后帆！”

命令执行之迅速，如同在战舰上一般。

“下帆，收帆！”

霎时间，所有的帆都降落下来，大船凭着惯性，几乎让人感觉不到地往前滑行。

“您请上船来吧，莫雷尔先生，”唐戴斯说，他知道船主已经等急了，“从船舱出来的那位，是给您管账的唐格拉尔先生，他会把详细情况告诉您的。船马上要下锚了，船上挂丧的事我也得去关照一下。”

船主二话没说，抓住唐戴斯抛过来的绳索，以水手般矫捷的身手攀上船侧的舷梯。唐戴斯站回大副的位置，让那个名叫唐格拉尔的人去跟船主交谈，这时他正向船主走来。

此人看上去有二十五六岁年纪，脸色阴沉，一副谄上欺下的嘴脸。管账的身份本就不讨人喜欢，他的作为更让水手们看不顺眼，大家对他的厌恶和对埃德蒙·唐戴斯的喜爱，形成了鲜明对比。

“莫雷尔先生，”唐格拉尔说，“您已经知道那件不幸的事了，是吗？”

“是啊，可怜的勒克莱尔船长！他是个正直的好人！”

“更是一名出色的船长，一辈子都生活在蓝天大海之间。以莫雷尔父子公司这样的声誉，只有他才适合担当船长的重任。”唐格拉尔说。

“可依我看，”船主注视着正在指挥下锚的唐戴斯说，“船长不一定得像您说的那么老，唐格拉尔，你看唐戴斯，他干得挺出色，我们不用为他担心了吧。”

“对，”唐格拉尔向唐戴斯瞥了一眼说，眼中闪过仇恨的光芒，“对，他年轻，所以无所顾忌。船长刚死，他也不征求一下别人的意见，就发号施令起来；而且他没有直接返回马赛，在厄尔巴岛耽搁了一天半时间。”

“作为大副，顶替船长是他的职责，”船主说，“至于在厄尔巴岛耽搁一天半，那是他的错——除非这条船出了毛病需要修理。”

“这条船像我的身体一样棒，我敢说也像您的身体一样棒，莫雷尔先生。在厄尔巴岛耽搁这一天半，纯属恣意任性，他只是想到岸上去玩玩罢了。”

“唐戴斯，”船主转身对那年轻人说，“你过来一下。”

“对不起，先生，”唐戴斯说，“请稍等片刻。”

说完，他对水手下令：

“下锚！”

铁锚即刻落下，铁链哗啦啦地向下滑。虽说有领港员在场，唐戴斯仍然恪尽职守，亲眼看着操作完成，然后大声说：

“下半旗，舰旗打结、帆桁放斜致哀！”

“您瞧瞧，”唐格拉尔说，“我没说错吧，他已经自以为是船长了。”

“事实上他已经是了。”船主说。

“您和您的合伙人可还没签字认可呢，莫雷尔先生。”

“哦！有什么理由不认可呢？”船主说，“他还年轻，这我很清楚，但我看他做事尽心尽力，航海经验也相当丰富。”

唐格拉尔的额头掠过一道阴霾。

“对不起，莫雷尔先生，”唐戴斯走近说道，“船已经下好锚了，我听候您的吩咐。”

唐格拉尔往后退了一步。

“我想问一下你在厄尔巴岛耽搁的原因。”

“原因我并不清楚，先生；这是勒克莱尔船长的最后一项嘱托，他临终前给我一包东西，让我转交贝特朗元帅[1]。”

“你见到他了，埃德蒙？”

“谁？”

“元帅？”

“见到了。”

莫雷尔向四周张望一下，把唐戴斯拉到一边。

“皇上好吗？”他急切地问。

1　贝特朗(1773—1844)：伯爵，元帅，拿破仑一世的亲信。1815年至1821年间随拿破仑流放厄尔巴岛和圣赫勒拿岛。

"我看他挺好的。"

"你见到皇上了？"

"我在元帅房里时，他走了进来。"

"你和他说话了？"

"是他和我说话了，先生。"唐戴斯笑着说。

"他对你说了些什么？"

"他问了船的情况，什么时候启程回马赛，从哪儿来，装些什么货。我猜想，倘若船舱是空的，我又是船主的话，他可能有意把船买下来；我对他说，我是大副，这船属莫雷尔父子公司所有。'噢！噢！'他说，'我熟悉这家公司。莫雷尔家族世代相传，都是当船主的；那年我在瓦朗斯驻防时，有一位莫雷尔和我在同一个团里服役。'"

"对呀，对呀！"船主喜不自禁地大声说，"那是波利卡尔·莫雷尔，我的叔叔，后来当了上尉。唐戴斯，日后你对我的叔叔说，皇上还念着他，你准会看见这个老兵感动得流泪。好了，"他亲热地拍拍年轻人的肩膀，"唐戴斯，你遵照勒克莱尔船长的嘱咐在厄尔巴岛逗留，做得好；不过，要是有人知道你曾把一包东西交给元帅，还同皇上交谈过，你怕是会受牵连的啊。"

"先生，我怎么会受牵连呢？"唐戴斯说，"我根本不知道带的是什么东西，皇上问我的那些问题，他见了别人也会那么问的。噢，对不起，检疫站和海关的人来了，我可以过去一下吗？"

"当然可以，亲爱的唐戴斯。"

年轻人离开了；等他走远之后，唐格拉尔又凑上前来。

"怎么样，"他问道，"看来他有充足的理由说明为什么在费拉约港[1]停泊啰？"

"理由非常充足，唐格拉尔先生。"

"那就好，"唐格拉尔说，"看到一个同事没有尽职，心里总不好受啊。"

"唐戴斯很尽职，"船主说，"这事不用再说了，是勒克莱尔船长命令他在岛上逗留的。"

"说起船长，他没把船长的信转交给您吗？"

"谁？"

1 费拉约港：意大利厄尔巴岛上的港口城市。

“唐戴斯。”

“交给我？没有呀！有一封信吗？”

“我想，除了那包东西，勒克莱尔船长还托付他转交一封信。”

“你说的是一包什么东西，唐格拉尔？”

“就是唐戴斯留在费拉约港的那包东西。”

“你怎么知道他有一包东西留在费拉约港？”

唐格拉尔脸唰地红了。

“那天，”他说，“我经过船长的房门口，门半开着，我看见他把一包东西和一封信交给唐戴斯。”

“唐戴斯没提起过这事，”船主说，“假如有这封信，他会转交给我的。”

唐格拉尔犹豫了一下。

“既然这样，莫雷尔先生，”他说，“请您千万别对唐戴斯提起这件事，也许是我弄错了。”

这时，年轻人回来了；唐格拉尔走开去。

“噢！唐戴斯，事儿都办完了？”船主问。

“是的，先生。”

“进港没什么麻烦吧？”

“没有。我交给海关人员一份货物清单，又把其他证件交给了货栈派来的人，他是和领港员一起上船的。”

“你在这儿没什么事了？”

唐戴斯很快地向四周看了一遍。

“没什么事了。”他说。

“那你可以和我共进晚餐了？”

“请原谅，莫雷尔先生，很抱歉，我得先去看父亲。不过，有幸得到您的邀请，实在非常感激。”

“不错，唐戴斯，不错。我知道你是个好儿子。”

“嗯……”唐戴斯迟疑了一下，问道，“您知道家父身体好吗？”

“我想挺好吧，亲爱的埃德蒙，虽说我好久没见着他了。”

“是呀，他成天把自己关在那个小房间里。”

“这至少说明你不在时他不缺什么。”

唐戴斯笑了笑。

“家父自尊心很强，先生，哪怕他一无所有，我想他除了天主也不会向任何人伸手要什么的。”

“那好，你见过父亲之后再来找我吧。”

“再次请您原谅，莫雷尔先生；见过家父之后，我还得去看一个人，那对我是同样重要的。”

“喔，对了，唐戴斯；瞧我差点给忘了，在加泰罗尼亚人的村子里，还有个人在等你，正跟你父亲一样心焦地盼着你去：她就是美丽的梅塞苔丝吧。”

唐戴斯又笑了笑。

“嘿嘿！”船主说，“怪不得她三次来我这儿打听法老号的消息呢。嗨！埃德蒙，你运气不错呀，你的情妇挺漂亮！”

“她可不是情妇，先生，”年轻水手神色庄重地说，“她是我的未婚妻。”

“有时候未婚妻就是情妇嘛。”船主笑吟吟地说。

“我们不是这样，先生。”唐戴斯回答。

“好了，亲爱的埃德蒙，”船主说，“我不留你啦；我的事你办得很出色，现在也该让你痛痛快快办自己的事啦。钱够用吗？”

“够了，先生！我已经拿过这次航行的酬金，将近三个月的工钱。”

“你真是个本分规矩的小伙子，埃德蒙。”

“您知道，我有个穷苦的父亲，莫雷尔先生。”

“对，我知道你是个孝顺儿子。那么去看令尊吧；我也有个儿子，如果他在海上待了三个月，有人还拦住不让他见我，我也会怨恨那家伙的。”

“那我可以走了？”年轻人欠了欠身问道。

“可以……你没有什么别的事要对我说了？”

“没有了。”

“勒克莱尔船长临终前，没让你把一封信转交给我吗？”

“当时他已经提不起笔了，先生；不过，我倒想起来了，我还得向您请半个月假。”

“去结婚？”

“先结婚，再去一趟巴黎。”

“行！你想请多长时间假都行，唐戴斯；船上卸货要六个星期，三个月之内，我们不会再出海……不过，过了这三个月，你可得在这儿噢。”船长拍拍年轻人的肩膀说，“法老号启航不能没有船长呀。”

“不能没有船长！”唐戴斯眼中闪烁着欣喜的光芒大声说，“您可得当真哦，先生，因为您恰好提到了我内心最隐秘的愿望。您真要任命我当法老号的船长？”

“假如我一个人说了算，唐戴斯，我就会向你伸出手来说：‘一言为定。’可是我还有个合伙人，你知道意大利有句谚语：‘Che a compagne a padrone.’[1]但至少事情已经成了一半，两票你已经有了一票。我会尽力而为，让你得到另一票。”

“莫雷尔先生，”年轻人眼里含着热泪，紧紧抓住船主的双手大声说，“莫雷尔先生，我代表家父和梅塞苔丝谢谢您。”

“好啊，好啊，埃德蒙，好人自有天主保佑。快去看你父亲和梅塞苔丝吧，过后再回来找我。”

“我把您送上岸吧？”

“不必了；我还要和唐格拉尔结账呢。这次出航你对他满意吗？”

“这要看指哪个方面了，先生。如果问他是不是一个好伙伴，我说不是，我们有过一次口角，而后我又一时冲动，向他提议在基督山岛[2]上岸十分钟做个了断，他理所当然地拒绝了，我想打那以后，他就很讨厌我。如果您是问他作为会计表现如何，我想他是无可指责的，您对他的工作会满意的。”

“那你说说看，唐戴斯，”船主说，“如果你是法老号的船长，你愿意留下唐格拉尔吗？”

“无论我当船长还是大副，莫雷尔先生，”唐戴斯回答，“我都会尊重船主所信任的人。”

“好，唐戴斯，你确实是个好小伙子，我不再拖住你啦，去吧，我看得出你已经待不住了。”

“那么您准假了？”唐戴斯问。

---

1 意大利文：“有了个合伙人，就有了个主人。”

2 基督山岛（l’île de Monte-Cristo）：厄尔巴岛南面的一个小岛。地图册上一般音译为蒙特克里斯托岛。

“去吧，我已经说过了。”

“您准许我用您的小艇吗？”

“用吧。”

“再见，莫雷尔先生，多谢了。”

“再见，埃德蒙，祝你好运！”

年轻人跳上小艇，到船尾坐下，吩咐水手向卡讷比耶尔大道划去。两名水手立即弯腰划桨。一艘艘海船停泊在从海港入口处到奥尔良码头的通道两侧，形成一条狭窄的河道，中间挤满数不胜数的小艇和划子。他们的小艇以最快的速度穿行于船阵之中。

船主微笑着目送他上了岸，看他跃上码头的石板地，随即消失在打扮得花花绿绿的人群之中。卡讷比耶尔大道在当地颇享盛名，从清晨五点至晚上九点都热闹非凡，当代的弗凯亚人以此为荣，他们说下面这句话时神色庄重，一副煞有介事的派头：“要是巴黎也有卡讷比耶尔大道，巴黎就是小马赛了。”

船主刚转过脸，便看见唐格拉尔站在身后，乍一看似乎在等他吩咐，其实也在目不转睛地看着年轻人远去。

虽说是看同一个人，两人的眼神却迥然不同。

第2章

父与子

我们先撇下被仇恨精灵撩拨得妒火中烧的唐格拉尔，让他兀自在船主的耳边嚼舌头，说同事的坏话。且说唐戴斯在卡讷比耶尔大道走到头，来到诺埃伊街，然后走进梅朗巷左边的一座小楼，沿着阴暗的楼梯一口气跑上六楼。他一只手扶着栏杆，另一只手按住狂跳的心口，停在半掩的房门跟前。从门缝里一眼便看得到房间那头的墙壁。

唐戴斯的父亲就住在这间小屋里。

老人还不知道法老号返航的消息。他站在一把椅子上，颤巍巍地把攀缘而上的铁线莲和旱金莲跟栅栏缚在一起。

蓦然间，他觉得自己被人拦腰抱住，一个熟悉的声音在他的身后喊道：

“爸爸，我的好爸爸！”

老人惊叫一声，转过身子；看见眼前真是儿子，他脸色发白，浑身哆嗦，险些从椅子上栽下来。

“你怎么啦，爸爸？”年轻人一把扶住他，担心地问道，“你病了吗？”

“没事，亲爱的埃德蒙，我的儿子，我的孩子，没事。我没想到你会来，突然一下子看见你，我太兴奋，太激动了……哦！主啊！我觉得我好像要死了！”

“别激动，爸爸！是我，是我呀！大家常说快乐是不伤身体的，所以我悄悄地进来了。好了！对我笑一笑吧，别这样愣着看我。我回来了，我们要过开心日子了。”

“那敢情好，孩子！”老人接着说，“可我们怎么个开心法呢？你再也不离开我了吗？来，给我讲讲你交了什么好运。”

“愿天主宽恕我，”年轻人说，“我把幸福建筑在另一家人的丧事上了！天主知道我并没祈求过这样的幸福，但是幸福既然来了，我也做不出悲哀的样子。爸爸，可敬的勒克莱尔船长死了，靠莫雷尔先生的举荐，我很可能接替他的职位。你明白吗，爸爸？我二十岁就能当船长了！薪金有一百金路易[1]，还可以分红！像我这样的穷水手，简直连想也不敢这么想呀！”

“是的，孩子，”老人说，“这真是开心事儿。”

“我要把挣来的第一笔钱为你盖一幢小房子，让你在花园里种上你的铁线莲，旱金莲，还有忍冬……哎，你怎么啦，爸爸，你不舒服吗？”

“不用急，我没事。”老人这么说着，身子却瘫倒下去。

“你怎么啦？爸爸，”年轻人说，“喝杯酒提提神。酒放在哪儿啦？”

“不用，别找了，我不用喝。”老人拉住儿子说。

“要喝，要喝的，爸爸，告诉我酒在哪儿。”

说着，他打开两三只柜子。

“找不到的……”老人说，“没有酒了。”

“什么？没有酒了！”唐戴斯的脸色也变白了，他看看老人瘦削苍白的脸颊，又看看空无一物的柜子，“没有酒了！难道你没有钱了吗，爸爸？”

“你回来了，我就什么都有了。”老人说。

“可我，”唐戴斯擦着额头淌下的冷汗说，“可我三个月前临走时，给你留下了两百法郎呀。”

“是的，埃德蒙，是留下了；可你忘了还欠邻居卡德鲁斯一笔小小的债；他向我提起，说如果我不能为你还债，他就要去莫雷尔先生家让他还了。你知道，我担心会影响你……”

“所以？”

“所以我就付还了。”

“可是，”唐戴斯大声说，“我欠了卡德鲁斯一百四十法郎哪！”

“没错。”老人讷讷地说。

“你从那两百法郎里拿出来还他了？”

老人点点头。

“你就靠六十法郎过了三个月？”年轻人低声地说。

“你知道，我用不了什么钱。”老人说。

“哦，天主啊，请饶恕我吧！”埃德蒙跪倒在老人面前喊道。

1　金路易：法国旧金币。1个金路易相当于20法郎。

“你怎么啦？”

“哦！你让我的心都碎了。”

“瞧！”老人微笑着说，“现在你回来了，就没事了，一切都会好起来了。”

“对，我回来了，爸爸，”年轻人说，“我回来了，带回了希望，还带回了一些钱。拿着，爸爸，”他说，“拿着，快去买点东西。”

说着他把口袋里的钱倒在桌子上，总共有十来枚金币，五六枚五法郎面值的埃居[1]和一些零星硬币。

老唐戴斯的脸绽开了笑容。

“这是谁的？”他问。

“我的,你的……我们的！拿着，去买些日用品，别再发愁了。明天还有呢。”

“轻点，轻点，”老人笑吟吟地说，“要是你不反对，我还是想省着点用。人家看见我一下子买好多东西，会觉得我是等你回来才有钱的。”

“你怎么着都行；不过你得先雇个用人，爸爸，我不想让你再孤零零地过日子了。我还带了一点走私咖啡和上等烟草，都在船舱的小柜子里，明天拿来给你。哎！有人来了。”

“是卡德鲁斯，他准是听说你回来，想过来说几句祝你平安归来的客气话。”

“哼，口是心非，”埃德蒙低声自语，“不过，他毕竟是邻居，也帮过我们，不该把他拒之门外。”

这当儿，楼道口露出了卡德鲁斯那张胡子拉碴的脸。此人约莫二十五六岁，手里拿着一块布料，他是裁缝，打算拿它做一件衣服的衬里。

“嗨！你回来啦，埃德蒙？”他带着浓重的马赛口音，咧开嘴笑着说，露出一口雪白的牙齿。

“我回来了，卡德鲁斯先生，随时愿为您效劳。”唐戴斯答道，这句客气话没能掩饰住他内心的冷淡。

“多谢，多谢；不过我什么也不需要，倒是有时别人用得着我呢。（唐戴斯打了个激灵）我这不是冲着你说的，小伙子；我借钱给你，你还我了，好邻居有借有还，我们两清了。”

“对帮助过我们的人，我们是永远不会忘记的。”唐戴斯说，“就是我们不

---

1 埃居：法国13世纪以来铸造的多种金币或银币。在本书故事发生的年代，1个埃居约合5法郎银币。

再借他们的钱，也还欠着他们的情。”

“干吗这么说！过去的事，不就过去了嘛。说说你的好事儿吧，朋友。我刚才去码头配块栗色料子，碰巧遇上了我们的朋友唐格拉尔。

“‘你在马赛？’我问。

“他回答说：‘可不是。’

“‘我还以为你在士麦那呢。’

“‘去过了，回来了。’

“‘埃德蒙呢，小埃德蒙在哪儿？’

“‘大概在他父亲家吧。’

“所以我就来了，”卡德鲁斯接着往下说，“来握握好朋友的手啊！”

“好心的卡德鲁斯，”老人说，“他喜欢我们。”

“可不是，我喜欢你们，我还敬重你们，如今好人不多见哪！嘿，小伙子，看样子你发财了？”裁缝斜眼看着桌子上的那些金币、银币说。

年轻人看见邻居的黑眼睛里闪出贪婪的光芒。

“噢！”唐戴斯轻描淡写地说，“这些钱不是我的；爸爸看出我担心他缺钱用，为了让我放心，就把钱袋里的钱倒在桌上了。行了，爸爸，”他说，“把钱收好吧。但如果卡德鲁斯先生需要，那自然不成问题。”

“不，小伙子，”卡德鲁斯说，“我什么也不需要，感谢天主，我干这一行够吃够用了。你把钱留着，留着吧，钱总是不嫌多的；不管用不用得上，我都谢谢你的好意。”

“我说的是真心话。”唐戴斯说。

“那当然。看来，莫雷尔先生挺喜欢你，你的确讨人喜欢。”

“莫雷尔先生向来对我很好。”唐戴斯说。

“那你就不该不领他的情，不跟他一起吃晚饭呀。”

“什么，不去吃晚饭？”老唐戴斯说，“他请你一起去吃晚饭？”

“是的，爸爸。”埃德蒙说，看见父亲对他有幸得到的殊荣这么吃惊，他不禁得意地笑了。

“你为什么不去，孩子？”老人问。

“为了尽快回到你身边，爸爸，”年轻人答道，“我急着见到你。”

“这会让好心的莫雷尔先生不高兴的，”卡德鲁斯说，“要想当船长，惹船主不高兴可不合适喔。”

“我向他解释了不去的理由，”唐戴斯说，“我想他会谅解我的。”

“嚯！要当船长，可得讨好讨好老板喔。”

“我希望不讨好也能当船长。”唐戴斯回答。

“那敢情好，敢情好！这样会让所有的老朋友都高兴的，还有，我知道圣尼古拉堡后面也有个人会高兴的。”

“梅塞苔丝？”老人说。

“是的，爸爸，”唐戴斯说，“现在，我见到你了，知道你身体挺好，什么也不缺，我请你允许我到加泰罗尼亚村去一下。”

“去吧，孩子，”老唐戴斯说，“但愿天主保佑你的妻子，如同保佑我的儿子一样。”

“他的妻子！”卡德鲁斯说，“瞧您说的，唐戴斯老爹！她好像还不是他的妻子吧。”

“还不是，”唐戴斯说，“但很快就是了。”

“那是，那是，”卡德鲁斯说，“可你得赶快操办才行哪，小伙子。”

“什么意思？”

“梅塞苔丝可是个漂亮姑娘，漂亮姑娘总少不了追求者。她就更不用说了，身后有成打的人跟着呢。”

“是吗？”埃德蒙的微笑中露出一丝不安。

“可不是，”卡德鲁斯接着说，“那些人条件都不错呢；但你知道，你就要当船长了，她怎么会拒绝你呢。”

“你是想说，”唐戴斯的笑容已经掩饰不住他的不安了，“假如我不是船长……”

“咳！咳！”卡德鲁斯干咳了两声。

“不，”年轻人说，“我对女人的看法比您准确，对梅塞苔丝更是如此，我坚信无论我当不当船长，她都会对我忠贞不渝。”

“那再好不过！再好不过！”卡德鲁斯说，“马上要成亲的人信心十足是好事嘛;得，不说了。听我的，小伙子，快去报个到，把你的好消息告诉她吧。”

“我这就去。”埃德蒙说。

他拥抱了父亲，向卡德鲁斯点点头，转身离去。

卡德鲁斯又磨蹭了一会儿，才向老唐戴斯告别。下得楼来，他去塞纳克街角去和等着他的唐格拉尔会合。

“怎么样，”唐格拉尔问，“看见他了？”

“刚和他分手。”卡德鲁斯说。

“他说起要当船长的事了？”

“说啦，那口气就像已经当上船长了。”

“哼！”唐格拉尔说，“我看他太性急了。”

“未必！看样子莫雷尔先生已经答应他了。”

“所以他就来劲儿了？”

“简直是盛气凌人。他说什么要帮我，好像他是个大人物似的；他还许诺要借钱给我，倒像当上银行家了。”

“你拒绝了？”

“拒绝了，其实我拿了也受之无愧，他最初摸到的几枚银币还是我放在他手心里的呢。不过现在唐戴斯先生不需要别人的帮助了，他要当船长啦。”

“呸！”唐格拉尔说，“还没当呢。”

“还是没当的好哇，”卡德鲁斯说，“要不，就别想跟他说上话啰。”

“只要我们不让他当，”唐格拉尔说，“他以后就还是老样子，甚至比现在还不如。”

“你说什么？”

“没什么，我在自言自语。对了，他还爱着那个漂亮的加泰罗尼亚姑娘吗？”

“爱得发疯。他去她家了。要是我没猜错，他这下子可得遇到不顺心的事了。”

“说来听听。”

“有什么用？”

“比你想象的有用得多。你不喜欢唐戴斯，对吗？”

“我不喜欢狂妄自大的人。”

“那好！这个加泰罗尼亚姑娘有什么事儿，把你知道的告诉我。”

“我知道的也不确切；不过，刚才我说了，我看见些事儿，琢磨着未来的船长在旧诊所街附近可能会有麻烦。”

“你看见什么了？说呀。”

“得，我看见梅塞苔丝每次进城，身边总有个身材高大的加泰罗尼亚小伙子，乌黑的眼睛，皮肤黑里透红，长得挺有精神，她叫他堂兄。”

“当真！你是说这位堂兄在追求她？”

“我猜是的。一个二十出头的小伙子对一个十七八岁的漂亮姑娘，还会怎么样呢？”

“你说唐戴斯去加泰罗尼亚村了？”

“比我早走一步。”

“我们也往那儿走走，到雷瑟夫酒店歇歇脚，一边喝拉玛尔格葡萄酒，一边等消息，怎么样？”

“等谁的消息？”

“我们在路边等着唐戴斯，从他脸上就看得出情况如何。”

“行，”卡德鲁斯说，“你付酒钱？”

“当然。”唐格拉尔答道。

于是，两人快步走向预定地点。到了那儿，他们吩咐上一瓶酒，两只酒杯。

十分钟前，邦菲尔老爹刚瞧见唐戴斯从这儿走过。

他们确信唐戴斯已进了加泰罗尼亚村，便在枝繁叶茂的梧桐和埃及榕树下落座。一群欢乐的小鸟栖落在枝叶间，在早春的明媚风光里鸣啭歌唱。

第3章

加泰罗尼亚村

两个朋友一边喝泛着泡沫的拉玛尔格葡萄酒，一边竖着耳朵望着远处。百步开外，一座被烈日和寒风消蚀得光秃秃的山冈背后，就是加泰罗尼亚村。

当初有一群神秘的移民离开西班牙，来到这个狭长的半岛。人们不知道他们来自何方，只知道他们说着陌生的语言。其中一个首领懂得普罗旺斯语，他请求马赛当局把这个光秃而贫瘠的岬角赐给他们，他们像古代水手那样，已经把帆船拖了上去。当局同意了他的请求，三个月后，在这些海上波希米亚人带来的十多条帆船周围，建起了一个小村落。

这个村落建筑奇特，情调别致，半是摩尔风格，半是西班牙风格。现在的居民是那些移民的后代，说着祖先的语言。三四个世纪以来，他们不曾离开过这儿，犹如一群海鸟，在这块借以栖息的小小岬角上生生不息，与马赛居民界线分明，不相通婚，保留着故乡的风俗和服式，如同仍然说着祖先的语言一样。

读者且随我们穿过这个村里唯一的街道，一起走进那座小屋。小屋和村里其他的房屋一样，外墙由于常年日照，变成美丽的土黄色，形成了当地建筑的特色，内墙大都涂着一层石灰，这种白颜料就是这些西班牙式小屋的唯一装饰。

一个俊俏的姑娘背靠墙站着。她的头发像乌玉般又黑又亮，睫毛又浓又密，一双大眼睛像羚羊似的温柔，纤细秀美的手指正揉着一株无辜的欧石楠，花瓣撒了一地；手臂裸露到手肘处，浅棕色的臂膀仿佛照阿尔勒的维纳斯女神[1]雕成，因内心的焦躁而颤动着；一只柔韧而拱起的脚拍打着地面，让人能窥见那裹着蓝灰边红色棉纱长袜的线条优美、丰满匀称的小腿。

离她几步远的凳子上坐着个二十出头、个子挺高的小伙子，胳膊支在一张蛀蚀的旧桌子上，下意识地颠动着凳脚，神情烦恼地注视着她；他用目光在探询，可是姑娘以坚定的目光镇住了他。

---

1 阿尔勒的维纳斯女神：指古罗马时代的艺术杰作，在法国城市阿尔勒发现的维纳斯女神雕像。

“你瞧，梅塞苔丝，”小伙子说，“复活节就要到了，这正是举行婚礼的好时候，答应我吧！”

“我已经回答你一百遍了，费尔南，你要再问就是跟自己过不去了。”

“再说一遍吧，我求你，再说一遍让我相信吧。你就第一百次地告诉我，你拒绝我的爱，拒绝你母亲许诺过的亲事吧；让我明白，你对我的幸福漠不关心，我的生死对你算不了什么吧。主啊！整整十年，我心心念念想着娶你为妻，梅塞苔丝，现在我的希望破灭了，生活中唯一的目标落空了！”

“可我从没让你这样希望，费尔南，”梅塞苔丝说，“我从不对你撒娇，我总是对你说：‘我爱你就像爱我的哥哥，但我没法给你更多的感情，因为我的心已经属于别人了。’我是一直这样对你说的吧，费尔南？”

“是的，梅塞苔丝，”年轻人说，“是的，我知道，你对我是坦诚相见的，但这有多残酷啊。加泰罗尼亚人有一条族规，只能在同族间通婚，这你难道忘了？”

“你说错了，费尔南，这不是族规，只是习俗而已。听我的话，别再指望这个习俗来帮你了。你已经到了服役年龄，费尔南，现在你还没服役，那是暂时缓征，你随时都会被征召入伍。一旦当了兵，你怎么安置我呢？我是个无依无靠的孤儿，没有财产，只有一间差不多就要倒坍的小屋，还有几张旧渔网，这就是父亲留给母亲，母亲又留给我的遗产。母亲去世一年了，你也知道，费尔南，我几乎全靠大家的接济在生活。有时，你装着要我帮忙，好让我分享你打到的鱼，我接受了你的好意，费尔南，因为你是我父亲的侄子，因为我们从小一起长大，更因为，假如我拒绝你，就会过分伤你的心。我卖鱼换来钱，再去买纺线的麻，可心里明白，这是你的一份施舍，费尔南。”

“那又怎么样呢？梅塞苔丝，你再穷，再孤单，也比马赛那些最高傲的船主女儿、最有钱的银行家小姐和我更相配！像我这样，还能要什么？一个诚实的妻子，一个好主妇。我上哪儿还能找到比你更好的人呢？”

“费尔南，”梅塞苔丝摇了摇头说，“如果一个女人有了丈夫，却又爱着另一个男人，她就不是一个诚实的妻子，也不可能是好主妇。我再说一遍，除了友谊别再向我提别的要求，我只能给你这些了，我不想允诺自己无法做到的事情。”

“行，我明白了，”费尔南说道，“你能安于自己的清贫，却怕跟着我受穷。那好，梅塞苔丝，有了你的爱，我就会去发愤挣钱；你会给我带来幸福，我会变得富有的！我可以捕更多的鱼，我可以进鱼行去当伙计，我可以自己当商人。”

“你没法这么做，费尔南；你是个军人，现在还能待在加泰罗尼亚村里，只是因为没有打仗。所以你还是捕鱼吧，别胡思乱想了，那会使你觉得现实更难以忍受。就满足于我的友谊吧，我真的没法再给你更多了。”

“行，你说得有理，梅塞苔丝，那我就去当水手；我换下你不屑一顾的祖辈的衣服，戴上有光泽的帽子，穿上海魂衫，还有纽扣上缀铁锚的蓝色外套。这样一身穿戴会让你高兴了吧？”

“你是什么意思？”梅塞苔丝的目光不威自重，“什么意思？我不明白。”

“我的意思是说，梅塞苔丝，你对我这么无情，这么冷酷，是因为你在等另一个人，而他正是这样穿戴的。不过，你等的那个人也许会变心。就算他不变心，大海也会对他变心的。”

“费尔南，”梅塞苔丝高声说，“我原以为你很善良，看来我错了。费尔南，你祈求天主的愤怒来发泄你的嫉恨，你的心地有多坏！对，我不想对你隐瞒，我是在等你说的那个人，我爱他，即使他不回来，我也不会责备他变了心，我会说，他到死还一直爱着我。”

加泰罗尼亚小伙子做了个狂怒的动作。

“我明白你的意思，费尔南，因为我不爱你，所以你就恨他，你会用你的加泰罗尼亚短刀去和他的匕首决斗！这样对你有什么好处呢？倘若你输了，你会失去我的友谊；倘若你赢了，你会看到我对你的友谊变成仇恨。听我的话：去向一个女人所爱的男人挑衅，是不会赢得这个女人好感的。不，费尔南，我不相信你会听任自己变得那么卑鄙。我不可能做你的妻子，但我还是你的朋友，你的妹妹。而且……”她泪眼蒙眬地说，“你等着，等着吧，费尔南，你刚才说过，大海是无情的，他已走了四个月了，这四个月来，海上一次又一次，起过多少次风暴哦！”

费尔南漠无表情，他不想去擦流淌在梅塞苔丝双颊上的泪珠，尽管他愿意用自己的血去换这每一滴眼泪。但这些眼泪是为另一个人而流的。

他立起身来，在小屋里来回走了几步，又回到原地，停在梅塞苔丝面前，神情阴郁，紧攥双拳。

“告诉我，梅塞苔丝，”他说，“这是你最后的决定吗？”

“我爱埃德蒙·唐戴斯，”姑娘冷冷地说，“除了埃德蒙，我谁也不嫁。”

“你永远爱他？”

“活一天就爱他一天。”

费尔南心灰意冷地垂下头，长长地吁出一口气，如同一声呻吟；随即他又猛地抬起头，翕动着鼻孔，咬紧牙关说：

“假如他死了呢？”

“假如他死了，我也去死。”

“假如他把你忘了呢？”

“梅塞苔丝！”屋外一个人欢快地大声叫道，“梅塞苔丝！”

“啊！”姑娘脸上泛出兴奋的红光，她高兴地跳起身来喊道，“你看，他没忘记我，他来了！”

说着她向门口冲去，一边开门一边喊：“来啊，埃德蒙！我在这儿。”

费尔南脸色惨白，浑身战栗，像一个见到了蛇的游人那样向后退去，碰到一把椅子，跌坐在上面。

埃德蒙和梅塞苔丝紧紧地拥抱着。马赛炽热的阳光泻进开着的房门，两人沐浴在粼粼的光波之中。他们一时顾不得注意周围的一切，无边的幸福将他们与世隔绝了。他们说的话都是断断续续的，那其实是过分兴奋激动的缘故，但看上去倒像痛苦的流露。

陡地，埃德蒙瞥见了暗处显现出来的费尔南的脸，那是一张阴沉、苍白而怕人的脸。这个加泰罗尼亚年轻人本能地把手按在了腰间挂着的短刀上。

“对不起！”唐戴斯皱了皱眉头说，“我没注意这儿还有别人。”

说完，他向梅塞苔丝转过身子。

“这位先生是谁？”他问。

“这位先生会成为你最好的朋友，唐戴斯，因为他是我的朋友，我的堂兄，我的哥哥，他是费尔南。埃德蒙，除了你，他就是我在这个世上最珍爱的人了。你不认识他啦？”

“噢，认识。”埃德蒙说。

他一只手仍紧握着梅塞苔丝的手，另一只手友好地伸向加泰罗尼亚人。

费尔南对这友好的举动毫不理会，像一尊雕像那样沉默不动。

于是埃德蒙把目光从激动地颤抖着的梅塞苔丝身上移开，探询地看了一眼费尔南阴沉可怕、充满敌意的脸。

这一下，他全明白了。

他的脸上升起了怒火。

“我这么忙着赶来，梅塞苔丝，没想到会遇上一个敌人。”

“一个敌人！”梅塞苔丝恼怒地看着堂兄大声说，“你是说在我家里有一个敌人，埃德蒙！假如真是这样，我就会挽起你的胳膊到马赛去，离开这个家，永远不再回来。”

费尔南的眼里闪出一道寒光。

“如果你遭遇不幸，埃德蒙，”她继续说，神色异常镇静，意在向费尔南表明，她已经看透他头脑里最阴险的想法，“我就从莫吉翁海角跳下去，一头栽在岩石上。”

费尔南变得面无人色了。

“但你想错了，埃德蒙，”她接着说，“这儿没有你的敌人，只有我的哥哥费尔南，他会像对一个好朋友那样紧握你的手。”

姑娘的目光逼视着费尔南，加泰罗尼亚小伙子慑于这目光的威严，慢慢地走近埃德蒙，伸出手去。

他的仇恨像个来势汹汹却没有后劲的浪头，粉碎在姑娘对他施加的影响之下。

但他刚触到埃德蒙的手，就再也受不住了，猛地冲出屋去。

“啊！”他大声喊道，双手插在头发里，像个疯子似的狂奔，“啊！有谁能帮我甩掉这个人啊！我太不幸了！太不幸了！”

“喂，加泰罗尼亚人！喂，费尔南！你去哪儿？”一个声音传来。

年轻人倏地停下脚步，向四周张望，只见卡德鲁斯与唐格拉尔坐在凉棚下的一张桌子旁。

“哎！”卡德鲁斯说，“不来坐坐吗？敢情你那么急，跟老朋友打个招呼都来不及了？”

“何况老朋友面前还放着一瓶酒呢。”唐格拉尔说。

费尔南愣愣地望着他俩，一句话也不说。

“他看上去神色不对，”唐格拉尔用膝盖碰了碰卡德鲁斯说，“莫非我们失算，唐戴斯得胜了？”

“得！咱们来瞧瞧。”卡德鲁斯说。

他转身朝年轻人说：

“嗨，加泰罗尼亚小伙子，想好了没有呀？”他说。

费尔南擦了擦额头的汗水，慢慢走进凉棚，在浓荫下他的神志似乎清醒了点儿，凉意也使他疲惫的身子舒服了些。

“你好，”他说，“你是在叫我吗？”

说完，他跌坐在桌边的一把椅子里。

“是我叫你，我看你像疯子似的在跑，担心你去跳海呢，”卡德鲁斯笑嘻嘻地说，“朋友嘛，请他喝杯酒是应该的，可也不能瞅着他喝海水不管呀。”

费尔南叹了口气，听上去像在呻吟，头低下去，垂在交叉搁在桌上的两只手腕上。

“嘿！要我告诉你吗，费尔南，”卡德鲁斯说，这种粗鲁直率的口气，是好奇心切、顾不上耍手腕的小市民常用的，“嘿！你看上去像个失意的情人！”

说完，他哈哈大笑。

“瞎说！”唐格拉尔说，“这么棒的小伙子哪会情场失意呢，你在开玩笑，卡德鲁斯。”

“得，”卡德鲁斯说，“你听他怎么叹气来着。行了，费尔南，抬起头来，告诉我们是怎么回事。朋友关心你，你总不能不睬人家吧。”

“我挺好。”费尔南攥着拳头说，头始终没有抬起。

“你瞧，唐格拉尔，”卡德鲁斯对他使了个眼色说，“事情呢，是这样的：你面前的费尔南是个善良正直的加泰罗尼亚人，是马赛最出色的捕鱼能手，他爱上了一个名叫梅塞苔丝的姑娘，可惜的是，美丽的姑娘好像爱上了法老号的大副，法老号呢，就在今天进了港，你明白了吗？”

“不明白。”唐格拉尔说。

“可怜的费尔南让她给拒绝喽。”卡德鲁斯接着说。

“你还想说什么？”费尔南问，他抬起头来，盯住卡德鲁斯，仿佛要找他出气，“梅塞苔丝是自由的，不是吗？她想爱谁就爱谁。”

“你要是这么说，”卡德鲁斯说，“那就另当别论了！我还以为你是条加泰罗尼亚汉子呢；人家对我说，加泰罗尼亚汉子是不会让情敌取而代之的，尤其是费尔南，他的报复心厉害得吓人呢。”

费尔南惨然一笑。

“一个情人是永远不会吓人的。”他说。

“可怜的小伙子！”唐格拉尔接上茬，装出一副从心底里同情这个年轻人的样子，“哎呀，他没料到唐戴斯会这样突然回来，他本以为那小子早就死了，或者变心了。唉！事情来得太突然，就更让人难受。”

“我说，”卡德鲁斯边喝边说，拉玛尔格酒已经在他身上显出力道了，“我说，唐戴斯交了好运，倒霉的可不光是费尔南，是不，唐格拉尔？”

“你说得没错，可我得说他是最倒霉的。”

“别提它了，”卡德鲁斯说着给费尔南斟上一杯酒，又把自己的酒杯斟满，他已经喝了不下八杯，而唐格拉尔每次只是抿抿嘴唇，“别提它了，反正唐戴斯就要娶梅塞苔丝，那位美丽的梅塞苔丝了，可不是，他就是为这事回来的嘛。”

这当儿，唐格拉尔锐利的目光盯在年轻人脸上，他看出卡德鲁斯的话如同子弹击中了年轻人的心口。

“什么时候举行婚礼？”唐格拉尔问。

“还没定呢！”费尔南咕哝了一句。

“还没定，可只是迟早的事儿，”卡德鲁斯说，“就跟唐戴斯要当法老号船长一样，铁板钉钉，没得说。是不，唐格拉尔？”

唐格拉尔冷不丁遭此一击，不由得打了个激灵，他转身朝向卡德鲁斯，揣摩着他的表情，想知道他是不是有意这么说的；但在这张喝得醉醺醺的脸上，他看到的只有嫉妒。

“好吧！”他把三个人的酒杯都斟满，“为埃德蒙·唐戴斯船长，美丽的加泰罗尼亚姑娘的丈夫，干！”

卡德鲁斯很吃力地把酒杯举到唇边，一饮而尽。费尔南拿起酒杯往地上扔去，杯子摔得粉碎。

“啊哈！”卡德鲁斯说，“我看到什么啦？小山冈的顶上，往加泰罗尼亚村那边。费尔南，你眼力比我好，我敢情是有些眼花了。你知道，酒是会糊弄人的。我好像看见一对情人手挽手、肩并肩在走呢。天主饶恕我！他俩不知道我们看得见他们。瞧，这会儿他们搂在一块儿啦！”

唐格拉尔没有放过费尔南每一丝苦恼的神情，眼看着他的脸变得扭曲起来。

“你认识他俩吗，费尔南先生？”他问。

“认识，”费尔南声音嘶哑地回答说，“是埃德蒙先生和梅塞苔丝小姐。”

“哟！”卡德鲁斯说，“我都认不出他俩了！哟嚯，唐戴斯！哟嚯，漂亮姑娘！过来一下，告诉我们什么时候举办婚礼，行吗？这位费尔南先生固执得很，怎么也不肯对我们说啊。”

“你闭上嘴行不行！”唐格拉尔说，装出阻止卡德鲁斯往下说的样子，卡德鲁斯仗着酒劲正把头探出凉棚去，“你就给我站住，让人家安安静静说说情话行不行！你瞧费尔南先生，学学他的样子吧，人家这才叫有涵养哪。”

费尔南像一头被斗牛士激怒的公牛，被唐格拉尔撩拨得醋性大发，眼看就要猛冲过去了；他站起身，使足全身的劲儿准备冲向他的情敌，可就在这时，梅塞苔丝笑吟吟地抬起可爱的脸庞，明亮的眼眸闪闪发亮；费尔南陡地想起她说过，如果埃德蒙死了，她也去死，这么一想，就又垂头丧气地跌坐在椅子上了。

唐格拉尔看看这个，又看看那个：一个被酒灌得稀里糊涂，另一个被爱情弄得垂头丧气。

“跟这两个傻瓜打交道真没意思，”他自语说，“一个醉鬼，一个胆小鬼，夹在他们中间，弄得我也提心吊胆；这一个嫉妒成性，本该感到万分苦恼才是，这会儿却已经烂醉如泥；那一个是十足的呆子，别人刚刚从他鼻子底下把情妇抢走，他却像孩子似的只会哭，只会埋怨。不过，他那双发亮的眼睛挺像复仇心切的西班牙人、西西里人或卡拉布里亚[1]人，他那两只拳头像屠夫手上的重锤，能击毙一头牛。没错，埃德蒙运气好，他就要娶到漂亮姑娘，就要当上船长，不把我们放在眼里了，除非……”唐格拉尔嘴角露出一丝冷笑，“除非我来插一手。”

1　卡拉布里亚：意大利南部的一个地区，以民风剽悍著称。

"嗨！"卡德鲁斯支起身子，拳头撑在桌子上嚷道，"嗨！埃德蒙！你是没看见朋友呢，还是骄傲得眼睛朝天了呀？"

"亲爱的卡德鲁斯，"唐戴斯答道，"我不是骄傲，而是幸福，我想，幸福比骄傲更能让人视而不见。"

"好，解释得好，"卡德鲁斯说，"哎！你好，唐戴斯太太。"

梅塞苔丝神色庄重地点头致意。

"现在我还不姓这个姓，"她说，"我的家乡有个说法，在未婚夫成为丈夫之前，用未婚夫的姓氏称呼姑娘会招灾惹祸。所以，请还是叫我梅塞苔丝吧。"

"应该原谅我们的好邻居卡德鲁斯，"唐戴斯说，"他是难得弄错的。"

"这么说，婚礼很快就要操办了，唐戴斯先生？"唐格拉尔向这一对年轻人致意说。

"尽可能快吧，唐格拉尔先生，今天我们去我父亲那儿，明天，最迟后天，订婚宴席就在雷瑟夫酒店举行。我希望朋友们都能参加。请让我对您说，您是我们的客人，唐格拉尔先生；也请让我对你说，你是我们的客人，卡德鲁斯。"

"费尔南呢？"卡德鲁斯傻笑着说，"你也请他吗？"

"我妻子的哥哥就是我的哥哥，"埃德蒙说，"梅塞苔丝和我在这样的时刻见不到他和我们在一起，会感到遗憾的。"

费尔南张嘴想说什么，但声音卡在喉咙里出不来。

"今天准备，明后天就订婚……够急的啊，船长。"

"唐格拉尔，"埃德蒙笑着说，"我也要像刚才梅塞苔丝对卡德鲁斯说的那样对您说：请别把还不属于我的头衔给我戴上，这会给我带来灾祸的。"

"对不起，"唐格拉尔说，"我只是说你挺急的。这不，我们有的是时间，法老号在三个月内不会出海。"

"人人都急于得到幸福，唐格拉尔先生，我们已经忍受得太久，都快不敢相信还能得到幸福了。而我这样做，也不完全是为自己考虑，我还得去一趟巴黎。"

"真的吗，去巴黎？你是第一次去那儿？"

"是的。"

"到那儿有事要办？"

“不是私事，是勒克莱尔船长最后嘱托的事儿；唐格拉尔，您知道，这是一个神圣的使命。您放心，我去去就来。”

“没错，我明白。”唐格拉尔说。

随后，他暗自对自己说：

“去巴黎，准是去转交元帅给他的那封信。哼！这下子有戏了，好主意！哈！唐戴斯呀唐戴斯，法老号的花名册上还不是你打头呢。”

等他转过身来，埃德蒙已经走了。

“一路走好！”他冲着他嚷道。

“谢谢。”埃德蒙回过头来，友好地挥挥手说。

这对情人继续往前走去，安详而快乐，就像两个升天的使者。

第4章

阴谋

唐格拉尔看着埃德蒙和梅塞苔丝渐渐走远，消失在圣尼古拉堡的拐角处；他转过身子，但见费尔南脸色发白，浑身战栗地倒在椅子里，卡德鲁斯则嘟嘟哝哝地唱着一首饮酒歌。

“哟，老弟，”他对费尔南说，“看来这桩婚事是有人欢喜有人愁哪！”

“我算是完了。”费尔南说。

“那你是爱着梅塞苔丝？”

“我爱她爱得发狂！”

“很久了？”

“从我认识她那一天起，我一直爱着她。”

“可你就知道在这儿揪自己的头发，也不去想个办法！哼！我没想到你们加泰罗尼亚人会是这样的。”

“你让我怎么办呢？”费尔南说。

“问我？我怎么知道。这事跟我有什么相干？爱梅塞苔丝小姐的不是我，而是老弟你哪。福音书上不是说吗，谁去找，谁就会找着。”

“我已经找着了。”

“找着什么？”

“我想杀了那男的，可那女的对我说，她的未婚夫要有个好歹，她就自杀。”

“哼！说归说，做归做呗。”

“你不了解梅塞苔丝。她会说到做到的。”

“傻瓜！”唐格拉尔低声自语说，“她自杀不自杀关我什么事，只要唐戴斯当不上船长就成。”

“梅塞苔丝要死，”费尔南语气决绝地说，“我就先死。”

“这才叫爱情！”卡德鲁斯说，声音里醉意越发浓了，“这才叫爱情，要不我就见不到爱情啦！”

“得，”唐格拉尔说，“看来你是个好小伙子，我挺想帮你一把，谁让我碰上了呢。不过……”

“好嘞，”卡德鲁斯说，“说出来听听。”

“老兄，”唐格拉尔说，“你已经有七八分醉意，把这瓶都喝了，你就烂醉如泥了。喝吧，这事你别来掺和。我们做事得头脑清醒。”“谁说我醉了？”卡德鲁斯说，“去你的！这种酒，我还能喝上四瓶，这酒瓶才和科隆香水瓶一样大嘛！邦菲尔老爹，拿酒来！”

说着，他拿酒瓶在桌上敲了起来。

“你刚才说——”费尔南接口说，他急切地等着听下文。

“我说什么来着？我记不起来了。卡德鲁斯这醉鬼打断了我的思路。”

“醉鬼就醉鬼，总比不敢喝酒的家伙好哪，不敢喝，是心里有鬼，怕酒后把真话给说出来。”

卡德鲁斯说完，唱起了当时很流行的一首歌的最后两句：

坏人个个都喝水，
挪亚见到洪水可做证。

“你刚才说，”费尔南说，“你想帮我一把，接下去你又说：不过……”

“噢，我说了不过……要帮你不难，别让唐戴斯娶你的心上人不就行啦。依我看，就是唐戴斯不死，这桩婚事也成不了。”

“只有死才能把他俩分开。”费尔南说。

“你的脑袋瓜真不开窍，老弟，”卡德鲁斯说，“他可是唐格拉尔哪，狡猾得像个希腊人，他马上可以证明给你看，是你错了。证明给他看，唐格拉尔。我给你打了包票啦。告诉他，唐戴斯不用死，真让他死挺叫人伤心的。他是个好小伙子，我喜欢唐戴斯。为唐戴斯干杯。”

费尔南按捺不住，站起身来。

“让他去说，”唐格拉尔拉住他的胳膊说，“他是醉话，可也有点道理。生离跟死别是一样的。你想想，要是埃德蒙和梅塞苔丝中间隔着堵监狱的墙，那不就跟隔着座坟墓一样吗？”

“对，可要是监狱里的人出来，”卡德鲁斯说，他的神志还没有完全不清，“要是监狱里的人出来了，他又叫埃德蒙·唐戴斯，那他就会报仇。”

“那怕什么！”费尔南低声自语道。

“再说，”卡德鲁斯接着往下说，“凭什么把唐戴斯关进监狱？他不偷，不抢，也没害过人。”

“你住嘴。”唐格拉尔说。

“我不想住嘴。”卡德鲁斯说，“我想听听凭什么把唐戴斯关进监狱。我，我喜欢唐戴斯。为你干杯，唐戴斯！”

他又一口气喝下一杯酒。

唐格拉尔从裁缝混浊的眼眸看出酒性已经发作，就转脸对费尔南说：

“不用让他死，你明白吗？”

“我明白，可你也说了，得让他进监狱。你有什么办法让他进监狱？”

“办法嘛，”唐格拉尔说，“总能想出来的，”唐格拉尔说，“可这跟我又不相干，我干吗要插手进去？”

“我不知道跟你相干不相干，”费尔南抓住他的胳膊说，“可我知道，你自己也有对唐戴斯复仇的动机。一个满腔仇恨的人，在这一点上是不会看走眼的。”

“我有对唐戴斯复仇的动机？我发誓，绝对没有。我只是看着你这么痛苦，同情你。既然你以为我有个人目的，那就再见了，朋友，你好自为之吧。”

唐格拉尔装着站起身要走。

“别走啊，”费尔南拉住他说，“请你留一下！你对唐戴斯恨也好，不恨也好，跟我没关系。反正我恨他！我毫不隐瞒地承认这一点。请你想个办法，我来动手，只要不死人就行。梅塞苔丝只是说，要是有人杀了唐戴斯，她就自杀。”

卡德鲁斯耷拉在桌上的脑袋，忽然抬了起来。那双混浊、呆滞的眼睛看着费尔南和唐格拉尔。

“杀了唐戴斯！”他说，“谁在说杀了唐戴斯？我不许有人杀他，他是我朋友。今儿早上，他还说要借钱给我，就像我那会儿借钱给他呢。我不许有人杀他！”

“谁说要杀他了，蠢货！”唐格拉尔说，“是在说着玩呢。你就为他的健康干杯吧，”他把卡德鲁斯的酒杯斟满，“别来打扰我们。”

“行，为唐戴斯的健康干杯！”卡德鲁斯把酒灌了下去，“为他的健康……健康……”

“办法呢？”费尔南说。

“你没想出来？”

“没有，办法得你想。”

“可不是，”唐格拉尔说，“法国人就是比西班牙人强，西班牙人冥思苦想，法国人一拍脑袋主意就来。”

“那你就拍脑袋吧。”费尔南不耐烦地说。

“伙计，”唐格拉尔朝侍者喊道，“拿支笔来，还有墨水和纸！”

“笔，墨水，纸！”费尔南低声说。

“对，我是管账的，这些是我干活的家伙。没有家伙，我什么也干不了。”

“拿支笔来，还有墨水，纸！”这回费尔南喊了。

“全在那张桌上放着呢。”伙计指着那些东西说。

“拿过来。”

伙计端起纸笔墨水，拿到凉棚下的桌上。

“这些东西，”卡德鲁斯手按在纸上说，“杀起人来，比守在树林边上杀人还狠哪！一支笔，一张纸，一瓶墨水，我觉着比一柄剑、一把手枪更可怕。”

“这个傻瓜还不够醉，”唐格拉尔说，“再灌灌他，费尔南。”

费尔南便又给卡德鲁斯的酒杯满上，那酒鬼从纸上抬手抓过酒杯。加泰罗尼亚人看着他喝得一滴不剩，把酒杯搁在——让酒杯跌落在桌上。

“行了吧？”加泰罗尼亚人见卡德鲁斯已不省人事，便说道。

“行了。我是这么想的，”唐格拉尔说，“唐戴斯刚出海回来，途中到过那不勒斯和厄尔巴岛，假如有谁向检察官举报说，他是波拿巴分子的眼线……”

“我来举报！”年轻人立刻说。

“好，可是他们就会要你在举报信上签字，还会要你和被举报人对质。我可以给你准备一些证据，这我能做到。可是，唐戴斯不会坐一辈子牢，他总有一天会出来，到那时候，送他进监狱的人就该倒霉啦！”

“我不怕，”费尔南说，“我还就怕他不来找我打架呢。”

“好，那么梅塞苔丝呢？你只要不小心擦破她心上人的一块皮，她就会恨你！”

“是这样。”费尔南说。

“所以，”唐格拉尔说，“还不如像我这样，拿起笔在墨水里蘸一下，用左手写一封短短的举报信，左手写，笔迹就认不出了。”

唐格拉尔边说边做，用左手写了几行往右倾斜的字。他把写好的信递给费尔南，费尔南低声念道：

检察官先生台鉴：

鄙人乃王室与教会之友，现有一事禀报。法老号大副埃德蒙·唐戴斯从士麦那港返航途中，曾于那不勒斯和费拉约港逗留。此人奉缪拉之命送信给逆贼，并奉逆贼之命将一信转交巴黎波拿巴党人委员会。

逮捕此人便可截获罪证，盖因该信尚未送出，当在此人身上、其父住处或法老号船舱内。

“好啦，”唐格拉尔说，“这样一来，你报了仇，而且没落下把柄。现在我只要把信像这样折起来，写上‘王室检察官阁下’，就全妥了。”

唐格拉尔神情轻松地写上了。

“嗯，全妥了，”卡德鲁斯嚷道，他凭着残存的一点知觉听见了信的内容，本能地感觉到了这封信会带来的后果，“嗯，全妥了。可这有多卑鄙。”

说着他伸手想去拿信。

“你瞧你，”唐格拉尔不让他拿到信，“我这么说，这么做，不都是在开玩笑吗？要是唐戴斯真出什么事，我先就不答应！你瞧……”

他拿起信，揉成一团，往凉棚的角落一扔。

“这就好，”卡德鲁斯说，“唐戴斯是我的朋友，我不许别人对他使坏。”

“嘿，谁会对他使坏呀！我不会，费尔南也不会！”唐格拉尔说着，立起身来，看着费尔南。费尔南坐着没动，目光却斜斜地盯在扔到一边的举报信上。

“好嘞，”卡德鲁斯说，“叫人给我们再拿酒来，我要为埃德蒙和美丽的梅塞苔丝再干一杯！”

“你喝得够多啦，酒鬼，”唐格拉尔说，“再喝，你就站也站不稳，得躺在这儿了。”

“我，”卡德鲁斯站起身来，“我站不稳！我跟你打赌，我上阿库尔教堂钟楼，脚步不晃一晃！”

“好，”唐格拉尔说，“我和你打赌，不过放到明天吧。现在你该回家了，来，我扶你回家。”

“回家？”卡德鲁斯说，“我不用你扶。你呢？费尔南，你和我们一起回马赛吗？”

“不，”费尔南说，“我回加泰罗尼亚村。”

“别价，和我们一起回马赛嘛。”

“我不想去马赛。”

“瞧你说的，小伙子，你不想去？那好，不去就不去！每个人都有自由！唐格拉尔，让这位先生回他的加泰罗尼亚村吧。”

唐格拉尔顺着卡德鲁斯的心意，拽着他回马赛。但他没走新岸码头，特地走圣维克多城门，好方便费尔南抄条近路。卡德鲁斯由他掖着，踉踉跄跄地往前走去。

走出二十步开外，唐格拉尔回过头，瞧见费尔南冲过去捡起那张纸，放进衣袋。而后，只见他快步走出凉棚，朝皮隆方向而去。

“咦，他在干吗？”卡德鲁斯也回过头来瞧见了，“他骗我们，他说回加泰罗尼亚村，怎么进城去了！嗨，费尔南！你走错路了，小伙子！”

“是你眼花了，”唐格拉尔说，“他是顺着旧诊所街在走。”

“是吗！”卡德鲁斯说，“我还以为他往右拐了呢。酒这东西真蒙人。”

“行了，”唐格拉尔低声自语说，“好戏已经开场了，咱们往下瞧吧。”

第5章

订婚宴

第二天是个晴天。初升的太阳纯净而明亮，紫红的曙光鲜艳夺目，把泛着泡沫的浪尖点缀得绚丽多彩。

雷瑟夫酒店二楼，盛宴准备就绪。酒店的凉棚我们已经熟悉，二楼则是个宽敞的大厅，五六扇落地长窗的窗楣上，镌刻着法国各大城市的名字。对这种装饰风格做何评价，读者尽可以见仁见智。

窗外是个左右贯通的阳台，围着木栏杆。

午宴定于十二点举行，但从上午十一点钟起，阳台上就聚满散步散得已经不耐烦的来宾。他们是与新郎相与的法老号船员，还有几位当兵的朋友。为了给新人贺喜，大家都穿上了节日盛装。

消息传来，说是法老号的船主也要莅临大副的订婚宴。但不少人觉着唐戴斯的面子未必有这么大，所以没把这事当真。

唐格拉尔和卡德鲁斯一起来了。他证实了这一消息，说早上遇见莫雷尔先生，莫雷尔先生说了要亲自来雷瑟夫酒店赴宴。

果然，他俩前脚到，莫雷尔先生后脚就进了大厅。法老号的船员鼓掌向他致意。在他们看来，船主的到来证实了唐戴斯要当船长的传闻；唐戴斯在船上很有人缘，这些正直的船员为船主的选择与他们的心愿不谋而合向他鼓掌。莫雷尔先生刚进来，大家就催唐格拉尔和卡德鲁斯快去通知唐戴斯，这位举座瞩目的贵宾已经到了，让他赶快过来。

唐格拉尔和卡德鲁斯向外跑去。但他俩还没跑上一百步，就在香粉店附近看见一群人迎面走来。

这群人中，埃德蒙挽着新娘的胳臂走在前面，四个少女陪在新娘身旁，她们都是梅塞苔丝的朋友，也是加泰罗尼亚人。新郎身边是唐戴斯老爹。费尔南走在后面，脸上挂着阴沉的笑容。

梅塞苔丝和埃德蒙没有注意到费尔南的坏笑。这对年轻人沉浸在幸福中，看到的只有对方和自己，还有正为他们祝福的晴朗天空。

唐格拉尔和卡德鲁斯完成了报信的使命。两人和埃德蒙亲热地紧握了一下手，唐格拉尔随即陪在费尔南身旁往前走，卡德鲁斯悄悄挨到了唐戴斯老爹身边，这位老爹今天引来了街上行人的注目。

老人穿着漂亮的棱纹塔夫绸上装，衣服上缀着棱纹大纽扣。他瘦削而仍有力的小腿上套着质地很好的碎花点长筒袜，远远一看便知道是英国货。三角帽上垂下一束蓝白相间的缎带。

他拄着一根杖身绞扭、模样挺像古罗马弯头牧杖的硬木手杖，打扮得简直就像一七九六年在重新开放的卢森堡公园和杜伊勒里花园中得意扬扬的保王党人。

上面说了，卡德鲁斯悄悄挨在了他身边，大快朵颐的想望已经让他跟唐戴斯父子重归于好了；头天发生的事情只在卡德鲁斯的记忆里留下了模模糊糊的残片，一如早晨醒来，脑子里还模模糊糊地保存着夜间的残梦。

唐格拉尔走近费尔南，对这个失意的情人意味深长地看了一眼。费尔南走在那对未婚夫妇后面，此刻的梅塞苔丝已经完全顾不上他了，她沉浸在爱情的甜蜜和欢乐中，眼里看见的只有她的埃德蒙。费尔南的脸色白一阵红一阵，每交替一次就变得更加苍白。他时不时地朝马赛方向望一眼，这时全身都会神经质地抽动一下。他好像在等待什么，又好像预感到了要发生一件大事。

唐戴斯的穿着很简朴。他是商船船员，所以衣着介于军服和便装之间；他原本气色就好，未婚妻的快乐和美丽更使他显得容光焕发。

梅塞苔丝像塞浦路斯和希俄斯的希腊姑娘那样美丽，眼睛乌黑，嘴唇鲜红。步履像阿尔勒女人和安达卢西亚少女那般轻盈婀娜，落落大方。城市姑娘往往会把幸福隐藏在面纱后面，起码也会垂下长长的睫毛，梅塞苔丝却始终笑吟吟地看着周围的人们；她的微笑和眼神仿佛在说："如果你们是我的朋友，那就与我一起欢乐吧，因为我真的太幸福了！"

莫雷尔先生望见这对新人和伴随的人群走近，便下楼迎上前去。他身后跟着船员和士兵，他刚才告诉了大家，他已许诺让唐戴斯接替勒克莱尔的船长职位。埃德蒙见船主过来，脱开未婚妻挽着的胳膊，让她去挽着莫雷尔先生。于是，船主和姑娘率先登上通往大厅的楼梯，木楼梯在众多宾客的脚下噔噔作响，足足响了五分钟。

“爸爸，”梅塞苔丝走到餐桌跟前说，“请您坐在我右首；至于左首，我留给我的兄长。”她温柔地说，这柔情犹如匕首扎进费尔南的心窝。

他的嘴唇全无血色，在那张棕褐色的脸上，我们可以看见血又一次渐渐往下退，往心脏涌去。

唐戴斯这时也在请客人入席。他请莫雷尔先生坐在他右首，唐格拉尔坐在左首；而后，他扬臂示意，请大家各自入座。

宴席上已经摆满香味浓郁的阿尔勒腊肠，晶晶发亮的大龙虾，色泽淡红的螯虾，周身长刺的海胆，还有南方老饕交口赞誉、声称尽可与牡蛎媲美的蛤蜊，以及随海浪冲上海滩、识货的渔人统称为海果的各式可口海鲜的冷盘。

“怎么都不说话呀！”老人呷了一口琥珀色的葡萄酒说，这酒是邦菲尔老爹刚给梅塞苔丝送来的，“敢情这三十来个人都只顾得笑了。”

“喔！做丈夫的不见得老是兴高采烈的。”卡德鲁斯说。

“可我，实在是因为太幸福，才反而不觉得兴奋了。”唐戴斯说，“如果您也是这么想，我的邻居，那您就说对了。有时候，快乐会产生一种奇特的效果，和痛苦一样让人喘不过气来。”

唐格拉尔瞅着费尔南，此人性格外向，喜怒都会形之于色。

“喔，”他对唐戴斯说，“您难道是担心会出什么事？听我说，没事儿，您这不是挺称心如意的吗？”

“正因为这样，我才心里感到不安，”唐戴斯说，“我觉得一个人是不会这么容易就得到幸福的！幸福如同神奇小岛上有巨龙看守的宫殿。要获取幸福，非得经过一场恶斗不可；而我，说实话，我不知道自己凭了什么得到这幸福，成为梅塞苔丝的丈夫。”

“丈夫，丈夫，”卡德鲁斯哈哈大笑说，“你还没当丈夫呢，我的船长；要等你当了丈夫，你才知道那是啥滋味呢。”

梅塞苔丝脸涨得通红。

费尔南坐在椅子上痛苦难当，一听声响就浑身哆嗦；他不时擦一下额头的汗珠，这些沁出的汗珠，犹如暴风雨来临前密集的雨点。

“没错，”唐戴斯说，“我的邻居，我明白您的意思。梅塞苔丝此刻还不是我的妻子，这没错，”说着他掏出挂表看了看，“但再过一个半小时，她就是了！”

所有的人都惊讶地叫出声来，唯有唐戴斯老爹安坐不动，满心欢喜地笑着，露出依然整齐洁白的牙齿。梅塞苔丝粲然一笑，脸上的红晕退了下去。费尔南痉挛地握住短刀刀柄。

“再过一个半小时！”唐格拉尔说，他的脸也变白了，“怎么回事？”

“是这样的，朋友们！”唐戴斯说，“莫雷尔先生是除父亲外，我在世上欠情最多的人，这次又是多亏了他的贷款，我们的问题才都解决了。结婚登记已经办妥，下午两点半钟，马赛市长会在市政厅等我们。刚才敲了一点一刻，所以我说再过一个半小时梅塞苔丝就是唐戴斯太太，想必是不错的。”

费尔南紧闭双眼，感到有两团火球在灼烧眼皮。他紧靠餐桌不让自己瘫倒，可还是忍不住吁出了一声呻吟，但呻吟声淹没在了宾客的哄笑和贺喜声中。

“办得好啊！”唐戴斯老爹对唐格拉尔说，“您看，这可不算磨蹭了吧？昨天大清早回来，今天下午三点就结婚！当水手的干事情就是麻利。”

“可还有手续要办呢，”唐格拉尔底气不足地说，“结婚契约……”

“契约，”唐戴斯笑着说，“契约已经写好了，既然梅塞苔丝没有财产，我也没有多少，我们就依财产夫妻共有的方式结婚，就这样！这种契约写起来简单，而且开销也省些。”

这个玩笑又激起一阵欢呼和喝彩声。

“这么说，这桌订婚宴也就是结婚喜酒了。”唐格拉尔说。

“不，”唐戴斯说，“您不会吃亏的，放心吧。明天一早我去巴黎。四天去，四天回，用一天时间把受托的事情办完；三月一日我就回来，三月二日，举办真正的婚宴。”

宾客们听说还将有一次宴请，情绪更加高涨。一开始还嫌午宴场面有些冷清的唐戴斯老爹，这会儿在一片嘈杂的说话声中，想让大家安静下来，听他对新婚夫妇表达美好的祝愿，也难以做到了。

唐戴斯猜到父亲在想什么，满含亲情地朝父亲笑了笑。梅塞苔丝看了一眼餐厅的挂钟，向埃德蒙递了个眼神。

筵席上喧闹异常，无拘无束。宴席快要结束时，这种气氛在下层百姓中是常有的。有些人在自己的座位上坐不住了，从桌边站起来，走到别处去寻邻座聊天。整个大厅里人人都在说话，但没人留心于接对方的茬，大家都只管顺着自己的思路往下说。

唐格拉尔的脸色，几乎也变得像费尔南一样潦白；而费尔南如同在火海里受煎熬的囚犯，觉得自己就像死了一般。他夹在第一批站起来的人中间，在大厅里来回踱步，只想躲开那嘈杂的歌声和酒杯的碰击声。

他似乎也想躲开唐格拉尔，但唐格拉尔在大厅的一角碰上了他，而卡德鲁斯正好也走了过来。

“说真的，”卡德鲁斯说——唐戴斯友好热情的款待，尤其是邦菲尔老爹的上等葡萄酒，早已把他嫉恨唐戴斯交上好运的怨气打消了，“说真的，唐戴斯是个可爱的小伙子，我瞅着他坐在未婚妻身旁，心里就想，你俩昨天想跟他开那个糟糕的玩笑太不应该啦。”

“就是，”唐格拉尔说，“这不你也看见了，玩笑并没有开下去；我看这位可怜的费尔南先生失魂落魄的样子，一开始还真有点难过；但既然他完全能控制自己，而且情愿在情敌的婚宴上做伴郎，我也就没什么好说喽。”

卡德鲁斯看了看费尔南，只见他脸色铁青。

“姑娘确实长得美，”唐格拉尔接着说，“所以牺牲就更大喽。嗨！未来的船长真是个走运的家伙；我能做半天唐戴斯也就甘心喽。”

就在这时，梅塞苔丝以柔美的声音问道，“我们这就去吗？两点敲过了，他们在等我们，约好两点一刻到呢。”

“对，我们走吧！”唐戴斯迅即起身说。

“走喽！”所有的宾客应声高喊。

唐格拉尔一直注视着坐在窗台上的费尔南，这时只见他睁着一双惊恐的眼睛，周身痉挛地站起身来，而后重又跌坐在窗台上。几乎就在同时，楼梯上传来沉闷的响声。沉重的脚步声，含糊不清的说话声，夹杂着枪支的碰撞声，盖过宾客的喊声，一时间镇住了在场的人们，不安的寂静笼罩着大厅。

响声逼近，大厅门口响起三下叩击声；大厅里的人惊异地面面相觑。

“以法律的名义！”一个响亮的嗓音喊道，没有人应答。

门随即被打开，一个挂着肩带的警长走进大厅，另一名伍长带着四名士兵跟随其后。

不安变成了恐惧。

“出什么事了？”船主认识这个警长，迎上前去问道，“先生，这里面肯定有误会。”

“如果有误会，莫雷尔先生，”警长回答，“那就请相信，这场误会很快会澄清。现在，我身上带有逮捕令，虽然我很遗憾，这项命令要由我来执行，但我责无旁贷。各位，请问谁是埃德蒙·唐戴斯？”

所有的目光转向唐戴斯，这个年轻人情绪很激动，但仍保持着尊严，跨上一步说：

“我就是，先生。您有什么事？”

“埃德蒙·唐戴斯，”警长说，“我以法律的名义逮捕你！”

“逮捕我！”埃德蒙说着，脸色微微泛白了，“为什么要逮捕我？”

“我不清楚，先生，但初审过后，你就会知道了。”

莫雷尔先生心里明白，这种情形下是没有通融余地的：一个挂着肩带的警长此时已不是通情达理的人，而是一尊代表法律的雕像，冷峻，无情，缄默无语。

老爹却向警官扑了上去；世上有些事情，做父母的是没法用自己的心去理解的。

他又是请求又是哀号：眼泪和央求都无济于事；然而，他的悲恸毕竟使警长的心软了下来。

“先生，”他说，“请您冷静些；也许您的儿子触犯了海关或卫生公署的某些规定，他可以提出证据表明自己无罪，证据一经查实，他就可以获释。”

“嗨，怎么回事？”卡德鲁斯皱起眉头对唐格拉尔说，后者装出一副惊诧的样子。

“我怎么知道？”唐格拉尔说，“我同你一样，对眼前发生的事情一无所知，什么也不明白。”

卡德鲁斯用目光寻找费尔南，但他不见了。

这时，头天的情景异常清晰地在他脑海中显现了出来。

头天他喝醉了，记忆仿佛蒙上了一层薄纱。眼下，这突如其来的灾难把薄纱掀开了。

“嚯！”他嗓子嘶哑地说，“莫非这就是你们昨晚儿开玩笑的结果，唐格拉尔？要真是这样，谁开玩笑谁该死，这实在太过分了。”

“没这回事！”唐格拉尔大声说，“你明明知道我把纸条撕了。”

“你没有撕，”卡德鲁斯说，“你把它扔在角落里了。”

“闭上你的嘴，你当时喝醉了，什么也没看见。”

“费尔南在哪儿？”卡德鲁斯问。

“我怎么知道？”唐格拉尔说，“大概有事走了吧；哎，咱们别管这事了，还是去帮帮那些可怜的人吧。”

在他俩说话的当口，唐戴斯面带微笑，和所有的朋友一一握手，然后边往外走边向大家说：

“请放心吧，事情会解释清楚的，也许没等我走进监牢就没事了。”

“噢，当然！我可以担保。”唐格拉尔说，前面说过，他正朝人多的地方走去。

唐戴斯被士兵挟持着，跟在警长后面走下楼梯。一辆车门大开的马车停在门口。他先登上去，警长和两名士兵随后跟上，车门关上后，马车沿着去马赛的方向驶去。

“别了，唐戴斯！别了，埃德蒙！”梅塞苔丝扑向栏杆喊道。

被羁押的年轻人听见了这最后一声呼喊；它从他的未婚妻口中冲出，犹如一声撕心裂肺的哀号。他从车门探出头来，喊了一声“再见，梅塞苔丝！”，便消失在圣尼古拉要塞的拐角处。

“各位请留在这儿等我，”船主说，“我要尽快乘上一辆马车，赶到马赛去，然后我会把消息带回来的。”

“请快去吧！”所有的人都大声喊道，“请快去吧，早点回来！”

这两拨人走后，大厅里剩下的人一时间都惊慌得不知所措。

老人和梅塞苔丝悲痛欲绝，各自在一边伤心；过了一会儿，两人的目光终于相遇了，同一打击的受害者彼此认出了对方，两人抱头痛哭。

这当口，费尔南走了回来，倒了杯水一饮而尽，在一把椅子上坐了下来。

梅塞苔丝离开老人怀抱之后，凑巧坐在了费尔南身旁的一把椅子上。

费尔南下意识地把椅子向后挪了挪。

“是他。”卡德鲁斯对唐格拉尔说，他的目光盯在加泰罗尼亚小伙子身上。

“我看不会，”唐格拉尔说，“他太蠢了，不会是他。反正，就让作孽的人受惩罚吧。”

“你怎么不说那个教唆他的人呢。”卡德鲁斯说。

“哦，是吗！”唐格拉尔说，“敢情随口说说也有干系吗！”

“随口说说的话一旦当了真，说的人就脱不了干系。”

这当口，人们三五成群地正议论唐戴斯的被捕，众说纷纭。

“您呢，唐格拉尔，”有人问他，“您对这件事怎么看？”

“我吗，”唐格拉尔说，“我想他大概带回了几包违禁品。”

“要真是这样，唐格拉尔，您该知道的呀，您是管账的嘛。”

“这没错；可管账的只知道报关的那些货；我知道我们装载的棉花，是亚历山大港的帕斯特雷先生和士麦那港的帕斯卡尔先生的货物，别的我就不知道了。”

“噢，想起来了，”可怜的老爹想起了那些小东西，嗫嚅地说，“他昨天对我说，他给我带了一包咖啡和一盒烟草。”

“看到了吧，”唐格拉尔说，“就是嘛。可能在我们离船时，海关人员到法老号上检查，抓住了把柄。”

梅塞苔丝没法相信这是真的；一直强忍住泪水的她，放声大哭了起来。

“哎，哎，这就还好！”唐戴斯老爹有些不知所云地说。

“这就还好！”唐格拉尔跟着说。

“这就还好。”费尔南也想喃喃地说，但这几个字卡在喉咙里了，只见他的嘴唇在翕动，就是发不出声音来。

“各位，”一位站在栏杆前瞭望的来宾大声喊道，“各位，有辆马车来了！噢！是莫雷尔先生！他准是给我们带来了好消息。”

梅塞苔丝和老爹奔去迎接船主，三人在门口相遇了。莫雷尔先生脸色惨白。

“怎么样？”两人同时问道。

“唉！”船主摇着头答道，“事情比我想的严重得多。”

“哦！先生，”梅塞苔丝大声说，“他是无辜的！”

“我也这么相信，”莫雷尔先生说，“但是有人指控他……”

“指控他什么？”老唐戴斯问。

“指控他是波拿巴党人的眼线。”

在这个故事发生的时代生活过的读者一定会明白，莫雷尔先生刚刚说出的那个罪名有多可怕。

梅塞苔丝尖叫了一声；老人跌坐在一把椅子上。

“噢！”卡德鲁斯低声说，“你骗了我，唐格拉尔，玩笑当了真；可我不想让老爹和姑娘痛苦地死去，我要把真相告诉他们。”

“闭嘴，你这家伙！”唐格拉尔抓住卡德鲁斯的手说，“要不我就不管你了。谁告诉过你唐戴斯不是真正的罪犯？商船在厄尔巴岛停靠过，他下了船，在费拉约港待了一整天，要是在他身上真的搜到了一封牵连到他的信，谁同情他谁就是同谋。”

卡德鲁斯本是个生性自私的人，他明白这番话说得有根有据；他恐惧而痛苦地瞅着唐格拉尔，方才已经向前跨出一步，这会儿却往后退了两步。

“那就等等再说。”他嘟哝着说。

“是的，咱们得等着瞧，”唐格拉尔说，“他若是无辜的，就会被释放；如果有罪，那我们就没必要为一个阴谋分子连累自己。”

“那就走吧，我不能再待在这儿了。”

“好，走吧，”唐格拉尔说，他庆幸自己找到了一个开溜的同伴，“他们爱走爱留，就随他们去吧。”

他俩走了。费尔南现在又成了姑娘的保护人，他牵着梅塞苔丝的手，把她带回加泰罗尼亚村。唐戴斯的朋友也扶着险些昏厥过去的老人向梅朗巷而去。

很快，唐戴斯作为波拿巴党人眼线被捕的消息，传遍了全城。

“您相信这是真的吗，唐格拉尔？”莫雷尔先生赶上了他的管账和卡德鲁斯，匆匆问道，此时他正赶着进城，要到代理检察官德·维尔福先生那儿打听埃德蒙的消息，他曾经和这位先生有过一面之交，“您相信这是真的吗？”

“唉，先生！”唐格拉尔答道，“我早就告诉过您，唐戴斯毫无理由地在厄尔巴岛靠过岸，我始终觉得这次停靠有些蹊跷。”

“除了我，您把您的疑点跟别人说过没有？”

“我会守口如瓶的，先生，”唐格拉尔轻声说，“您的叔叔波利卡尔·莫雷尔曾在另一个人[1]麾下效过劳，并且他从不隐瞒他的政治观点。而由于您叔叔的缘故，有人怀疑您同情拿破仑。我怕就怕和唐戴斯过不去会牵连到您。有些事情，一个下属有责任对他的船主说，但对其他人就该绝口不提。”

“好样的，唐格拉尔！好！”船主说，“您是个正直的小伙子，说实话，在让唐戴斯当法老号船长的时候，我考虑过您的安排。”

“此话怎讲，莫雷尔先生？”

“嗯，我先问唐戴斯对您有何看法，他对您继续在船上任职有没有意见；因为我发现你们俩关系挺冷淡，可又不知道是什么原因。”

“他是怎么回答您的？”

“他总觉得曾在什么地方开罪过您，但究竟是什么事他没有明说。”

“伪君子！”唐格拉尔咕哝了一声。

“可怜的唐戴斯！”卡德鲁斯说，“他可确确实实是个好小伙子。”

“对，”莫雷尔先生说，“可是眼下法老号就没有船长了。”

“可以等一等吧，”唐格拉尔说，“我们不是要再过三个月才启航吗？到那时，唐戴斯也许就放出来了。”

“也许吧，可在那之前呢？”

“喔！在那之前有我呢，莫雷尔先生，”唐格拉尔说，“您知道，我懂得如何指挥一艘远航的商船，决不亚于任何一个经验丰富的船长。用我还有一个好处，就是如果埃德蒙从牢里放出来了，您无须再还谁的情，他和我照旧各司其职就行，这样岂不省事。”

“谢谢您，唐格拉尔，”船主说，“这样一来事情就都解决了。请您负责指挥吧，我现在就委任您，同时，我请您监督卸货。不管人事上有什么变动，货运不能受影响。”

“放心吧，先生；那么，现在能不能去看看我们的埃德蒙呢？”

“这我们待会儿再说吧，唐格拉尔；我正设法与德·维尔福先生联系，想请他为埃德蒙开脱罪名。我知道他是一个狂热的保王党人，可那没关系！他尽管是保王党人、检察官，也还是个有血有肉的人吧，而且我认为他这个人并不坏。”

---

1 另一个人：此处指拿破仑一世。

“没错，”唐格拉尔说，“可我听说他挺有野心，这样一来就难说了。”

“反正，”莫雷尔先生叹了口气说，“走一步看一步吧。现在请您上船去吧，我一会儿到船上去找您。”

说完他离开两位朋友，往法院方向而去。

“你看看，”唐格拉尔对卡德鲁斯说，“这事儿有多棘手。你现在还想帮唐戴斯吗？”

“不，不帮了。可是，开玩笑会弄到这地步，想想可真怕人。”

“哼！谁弄的？既不是你，也不是我吧？是费尔南。你很清楚，我把那张纸扔掉了——起先我还以为我把纸撕掉了呢。”

“没撕，你没撕，”卡德鲁斯说，“啊！这一点我记得很清楚：我看见那张纸撂在凉棚的一个角落里，皱巴巴的蜷成一团，我真巴不得它现在还撂在那儿呢！”

“是吗？敢情是费尔南把它捡走了，说不定他抄了一份，要不让别人抄了一份，没准这他都嫌烦；嗯，我想……天哪！没准他就把我写的那封信给寄走了！幸亏我改了笔迹。”

“这么说，你早就知道唐戴斯参与谋反了？”

“天地良心，我可不知道。我不是说了吗，我只是想开个玩笑，没别的意思。看来我就像阿尔勒甘[1]，说笑说出了实情。”

“结果还不是一样，”卡德鲁斯说，“我情愿破财消灾，但愿这件事根本没发生，再不济，至少没把我牵连进去。你瞧着吧，这件事会让我们倒霉的，唐格拉尔！”

“就算它会叫人倒霉，也只会叫真正有罪的人倒霉，真正有罪的人是费尔南，不是你和我。你想想，我们怎么会有麻烦呢？我们只要自己稳住，不露一点口风，暴风雨就会过去，雷不会打下来的。”

“阿门！”卡德鲁斯心事重重地晃着脑袋说，朝唐格拉尔挥挥手，朝梅朗巷走去。

“好啊！”唐格拉尔自言自语道，“事态的发展不出我所料：我现在是代理船长，只要这个蠢货卡德鲁斯能保持沉默，我船长就当定了。难道法院还会

1 阿尔勒甘：意大利喜剧人物，敏感而天真的家仆的典型形象。

把唐戴斯放出来？哼！”他冷笑一声，“法院就是法院，我相信它。”

他跳上一艘小船，吩咐船夫把他带到法老号，读者想必还记得，船主约他在船上见面。

第6章
王室代理检察官

同一天，同一时刻，在大河道街上的墨杜萨[1]喷泉正对面，一座由皮热[2]设计的具有贵族建筑风格的古老府邸里，也在举办订婚喜宴。

不过，这个场面上的角色并非普通市民、水手和士兵，而是马赛上流社会的头面人物。在座的有拿破仑摄政时期提出辞呈的法官，也有从法国军队里开小差加入孔代军[3]的老军官，还有一些年轻人，这些年轻人都是在对那个人——那个本该因五年的流放生活变成殉道者，却在十五年的复辟时期[4]变成了神的人——充满仇恨的家庭里长大的，虽说都由家里花钱雇四五个人代服兵役，但境况仍不稳定。

大家坐在餐桌旁，情绪激昂地交谈着。在当时的南方，这种情绪尤为激进和狂热，在五百年来尖锐的政治对立中，又加进了宗教上的仇恨情绪。

这个皇帝，主宰过世界上的一大片疆土，听到过一亿两千万臣民用十种不同的语言高呼“拿破仑万岁”，而后却成了治下仅五六千人口的小小厄尔巴岛的主子。在餐桌旁的这些人眼里，他对法国，对王室来说，都已经是个过了气的人物。法官指责他在政治上的失策；军人抨击他在莫斯科战役和莱比锡战役的失利；女人议论他和约瑟芬的离婚。这帮保王党人不仅由于这个人的倒台，而且由于这个体制的灭亡而兴高采烈、趾高气扬。他们觉得生活又要重新开始，噩梦已经过去。

一个胸佩圣路易十字勋章的老人立起身来，提议为路易十八国王的健康干杯。这个老人就是德•圣梅朗侯爵。

---

1 墨杜萨：希腊神话中的蛇发女怪。谁只要看她一眼，就会变成石头。珀尔修斯杀死她后，割下她的头献给雅典娜作为饰物。

2 皮热（1620—1694）：法国雕塑家、画家、建筑家，出生并长期生活在马赛。

3 孔代军：孔代，即约瑟夫·孔代亲王（1736—1818）：法国波旁王族孔代家族成员。法国大革命时期流亡并招募对抗共和政权的军队，人称“孔代军”。

4 复辟时期：指 1814 年至 1830 年间的法国王朝复辟时期。

在座的人想起在哈特韦尔[1]的流亡生活和法国的绥靖王，这一杯酒引来一片嘈杂的声音，大家按英国式的礼仪频频举杯。女人则把她们的花束解开，撒在筵席的桌布上。这样一来，全场气氛既热烈，又充满诗意。

圣梅朗侯爵夫人是个眼睛干涩、嘴唇很薄的女人，举止颇有贵族气派，虽说已年届五十，但风度仍很优雅。她开口说："要是那些革命党人这会儿在这里就好了，他们该明白，是他们把我们赶走的。在恐怖时代[2]，他们用一块面包就买下了我们所有这些古老的宅邸；而现在，我们却一声不吭地听任他们密谋造反。他们该明白，真正的忠诚表现在我们身上，因为我们依恋的是一个行将没落的君主政体，而他们是在向一个初升的太阳顶礼膜拜；我们破了产，他们却发了财。他们该明白，我们的国王是真正的*受人爱戴的路易*，而他们的那个篡权者，只是个*受人诅咒的拿破仑*。我说得对不对，维尔福？"

"您说什么……侯爵夫人？……请您原谅，我刚才没听清。"

"唉，让孩子们随便些吧，侯爵夫人，"先前提议祝酒的那个老人说，"孩子们快结婚了，他们自然爱说些别的事儿，而不是政治。"

"我请您原谅，母亲，"一个年轻的美人儿说，她长着金黄色的头发，一双睫毛浓密的眼睛左顾右盼时犹如珍珠那般流光溢彩，"我刚才占用了德·维尔福先生一些时间，现在我把他交还给您。德·维尔福先生，我母亲在和您说话。"

"对不起，夫人，如果您能重述一遍问题，我一定认真作答。"德·维尔福先生说。

"我们原谅您，蕾内，"侯爵夫人说着，那张干瘪的脸上绽出一个令人惊奇的温柔的笑靥，"女人的心就是这样，虽说偏见的影响和礼仪的要求会把它变得冷漠，但它总还留有宽厚、善良的一角，这是天主给母爱留下的一隅之地。我们原谅您……刚才我是说，维尔福，波拿巴党人既没有我们的信念，也没有我们的热情和忠诚。"

"噢，夫人，他们好歹还有代替这些品质的东西，那就是狂热。拿破仑是*西方的穆罕默德*，这是对普通百姓而言；对野心十足的极端分子而言，他不仅

1　哈特韦尔：位于英国白金汉郡的一个村镇。1809—1814 年，法国路易十八于流亡期间居住在此地。1814 年路易十八返抵法国，发动波旁王朝第一次复辟。

2　恐怖时代：指法国大革命中从 1793 年 5 月到 1794 年 7 月的这一段时间。

是一个立法者，一个主子，而且还是一种象征，平等的象征。”

“平等！”侯爵夫人大声说道，“拿破仑，平等的象征！那么您把罗伯斯庇尔先生比作什么呢？我觉得您把他的头衔拿来给这个科西嘉人了；我看哪，有一次篡位已经足够啦。”

“不，夫人，”维尔福说道，“我把每个人都放在恰如其分的位置上：罗伯斯庇尔的归宿，只能是路易十五广场上的断头台；而拿破仑的归宿，应该是旺多姆广场的廊柱。他们的区别，在于前一位降低了平等的水准，后一位则抬高了平等的地位；前一位把国王们压低到断头台上，后一位却把人民抬高到了王座上。”维尔福笑着往下说，“我的意思，并不是要否认这两个人是下流可鄙的革命者，也不是要否认热月九日和一八一四年的四月四日对法国而言是幸运的日子，是值得热爱秩序和王朝的朋友们庆祝的日子；我只是想说，拿破仑虽说跌倒后再也爬不起来——但愿如此——但他仍拥有众多的狂热信徒。这有什么办法呢，侯爵夫人？克伦威尔只及得上半个拿破仑，也还拥有不少信徒呢！”

“您知道吗，维尔福，您的话在一里[1]开外就能闻出革命党的味道。不过我对此表示谅解，既然您是吉伦特党人的儿子，就难免会对恐怖保留一点儿兴味。”

维尔福的脸涨得通红。

“不错，夫人，家父是吉伦特党人，”他说，“可是家父并没有投票赞成处决国王，他在恐怖时代像您一样被流放了，他的脑袋几乎和令尊大人的脑袋一样落在同一个断头台上。”

“是啊，”侯爵夫人说，这血腥的回忆丝毫也没让她动容，“不过，即便如此，他们也抱着截然相反的信念，证据就是我的家族中每个成员都始终追随着流亡的王室，而您的父亲却迫不及待地投奔了新政府，诺瓦蒂埃公民成为吉伦特党人以后，诺瓦蒂埃伯爵就成了参议员。”

“妈妈，妈妈，”蕾内说，“我们别再谈论这些可怕的事情好吗？”

“夫人，”维尔福说，“我赞同圣梅朗小姐的意见，恳请您忘掉这些往事。这些往事，就连天主的意志也对它们无能为力，我们又何必再议论呢？天主能改变未来，但不能改变过去。我们只是凡人，我们所能做的，就是即使不能否定它，至少可以忘掉它。所以，我不仅抛弃了家父的主张，而且抛弃了他的姓氏。

1 本书中的里，都指古长度单位法里。1 法里约合 4 公里。

家父曾经是，也许现在还是波拿巴党人，他叫诺瓦蒂埃；而我，我是保王党人，叫维尔福。在一棵老树的树身上，残留着一点革命的液汁，那就让它慢慢干掉吧，您只要看到，夫人，一株幼芽已经和这棵老树保持了相当的距离，尽管它不能，或者说恐怕也不想，彻底和它断绝关系。”

“说得好，维尔福，”侯爵说，“说得好，回答得精彩！我也一样，我总是劝侯爵夫人忘记过去，但怎么也劝不动，但愿您会比我走运些。”

“好，”侯爵夫人说，“就让我们忘记过去吧，我也巴不得这样，我们一言为定；可是，维尔福，您对未来的信念绝对不能动摇。请别忘了，维尔福，我们在陛下面前保举过您；在我们的请求下，陛下才答应忘掉您的过去，就如我答应您忘掉过去一样。”说到这儿，她把手伸给维尔福，“但是，一旦有谋反分子落在您的手里，您就得记着，正因为您来自一个可能与这些谋反分子有牵连的家庭，别人会对您加倍注意。”

“哎，夫人，”维尔福说，“我的职业，尤其是我们生活的时代，都要求我不能手软。我会这么做的。我已经就几起政治案件进行了起诉，以此表明我的忠心。遗憾的是，我们并没有一查到底。”

“您这样想吗？”侯爵夫人问。

“我很担心。拿破仑在厄尔巴岛，离法国很近；从那儿几乎看得见我们的海岸，因此他的拥戴者始终怀着希望。马赛城里领半饷的旧军官随处都有，他们成天为一点鸡毛蒜皮的小事找保王党人寻衅滋事；上层的人热衷决斗，平民百姓动辄拔刀相见。”

“是啊，”德·萨尔维厄伯爵说，德·圣梅朗先生的这位老朋友，是德·阿尔特瓦伯爵[1]的侍从官，“是啊，不过您知道，神圣同盟要让他换个地儿呢。”

“没错，我们离开巴黎那会儿就听说了，”德·圣梅朗先生说，“他们要把他送往哪儿去？”

“圣赫勒拿岛。”

“圣赫勒拿岛！这是什么地方？”侯爵夫人问。

“离这儿两千里的一个小岛，在赤道那边。”伯爵答道。

“好极了！正如维尔福说的，把这么一个人放在科西嘉和那不勒斯之间真

1　德·阿尔特瓦伯爵（1757—1836）：路易十八的弟弟，路易十八死后继位为查理十世（1824—1830）。

是再蠢不过了，一个是他出生的地方，一个是他妹夫还在执政的地方，岛的对面就是意大利，他一心想给儿子建立王朝的那个意大利。”

“可惜啊，”维尔福说，“我们有一八一四年的协议，要动拿破仑就不能不违反协议。”

“哦，这些协议迟早得违反，”德·萨尔维厄先生说，“他当初下令枪毙不幸的德·昂甘公爵[1]，他遵守协议了吗？”

“对，”侯爵夫人说，“就这么说定，神圣同盟为欧洲除掉拿破仑，维尔福为马赛除掉他的党羽。国王无论即位不即位，总是国王：如果他即位，他的政府应该是强有力的，他的臣僚应该是绝对忠诚的，这样才能防止出乱子。”

“夫人，遗憾的是，”维尔福微笑着说，“王室的代理检察长总要等出了乱子以后才出面。”

“那他就该平乱。”

“我可以对您说，夫人，我们不是在平乱，而是在以牙还牙。就是这样。”

“哦！德·维尔福先生，”一位漂亮的姑娘开口说，她是德·萨尔维厄伯爵的女儿，德·圣梅朗小姐的朋友，“等我们到了马赛，请设法办一次大案吧，我还没见过重罪法庭审案呢。听人说，这可有趣了。”

“的确非常有趣，小姐，”代理检察长说，“因为这不是看一出虚构的悲剧，而是在看一场真正的悲剧；其中的痛苦不是演戏，而是真实的痛苦。我们在被告席上见到的那个人，不是一等落幕就可以回家跟家人共进晚餐，然后安安心心睡上一觉，第二天再去登台演出的演员，他是要被带进监狱，交给刽子手的。您看，对喜欢追求刺激、爱激动的人来说，没有什么场面比这更值得看的了。放心吧，小姐，一旦有了机会，我会提供给您的。”

“他在吓唬我们……他还在笑哪！”蕾内说，她吓得脸都白了。

“有什么办法呢……这是一场生死决斗……我已经出庭不止五次，要求判处政治犯或其他罪犯死刑了……噢，谁知道有多少人此刻正在暗处磨刀霍霍，并且把刀尖对准了我呢？”

“哦！主啊！”蕾内说，她愈来愈担心了，“请您严肃些好吗，德·维尔福先生？”

1　昂甘公爵（1772—1804）：波旁王族成员，因指使保王党人暗杀拿破仑被枪决。

“我够严肃的了，小姐，”年轻检察官的嘴角带着微笑说，“小姐想要满足好奇、我想要施展抱负而起诉的这些案子，案情一个比一个重。拿破仑的这些士兵早已养成盲目向敌人冲锋的习惯，您想想，他们在开火或是拼刺刀肉搏时会思考什么呢？他们在杀一个他们视为有私仇的人时会比杀一个从没见过面的俄国人、奥地利人或是匈牙利人多斟酌一下吗？再说，您瞧，事情也该这样才对；否则，我们要想尽职也没有用武之地了呀。这不，每当我看见罪犯眼里闪烁出仇恨的怒火时，我就感到浑身是劲，兴奋地想：这不是一次审讯，而是一次战斗；我向他进攻，他抵抗，我再进攻，而战斗的结果，就跟打仗一样，不是得胜便是失败。这就叫诉讼。危险使人雄辩。假如我辩驳后，被告在向我笑，我就知道我说得不好，我的话一定苍白无力，而且论据不足。您想想吧，当一位检察官看见犯人面对他论据充足的证词，面对他电闪雷鸣般的雄辩，脸色变得苍白，脑袋低垂下来的时候，他会感到多么自豪！这颗垂下的头颅，不久便会落地。”

蕾内轻轻地叫了一声。

“这才叫字字铿锵哪。”一位宾客说。

“这才是我们时代所需要的人！”另一位说。

“就是，”第三位说，“您最近办的那件案子，办得漂亮极了，亲爱的维尔福。你们知道，那个家伙杀死了自己的父亲；毫不夸张地说，没等死在刽子手的刀下，他就死在您的诉状下了。”

“哦！对那些弑杀父母的罪人，”蕾内说，“哦！对那些罪犯怎么惩处都不过分；但是对不幸的政治犯……”

“他们更坏，蕾内，因为国王是一国之父，谁想推翻或谋杀国王，就是想杀死三千二百万人的父亲。”

“哦，不管怎么说，德·维尔福先生，”蕾内说，“请您答应我，对那些我向您求情的人宽容一些，好吗？”

“放心吧，”维尔福笑容可掬地说，“到时候我们一起来写公诉状。”

“亲爱的，”侯爵夫人对女儿说，“你就玩玩小鸟，养养卷毛狗，做做针线活，让你未来的丈夫做他该做的事情吧。如今，刀剑不行时了，长袍是最时髦的。这个意思，拉丁文有句话说得很透彻。”

"Cedant arma togae."[1] 维尔福欠身说。

"我不敢说拉丁文。"侯爵夫人说。

"我想，我宁愿您当大夫，"蕾内接着对维尔福说，"杀人天使虽有天使之称，还是让我害怕。"

"善良的蕾内！"维尔福轻声说，满含爱恋地看了姑娘一眼。

"我的女儿，"侯爵说，"德·维尔福先生将成为本省道德和政治的大夫；请相信我，这个角色大有前途。"

"这也是一个办法，可以让人忘掉他父亲做过些什么。"积习难改的侯爵夫人接口说。

"夫人，"维尔福带着苦笑说，"我刚才就有幸告诉过您，家父已经——至少我希望如此——公开承认他过去所犯的错误，他现在是宗教和社会秩序的挚友，也许是比我更出色的保王党人；因为他带着忏悔之情，而我只是凭着一腔热血。"

维尔福字斟句酌地说完这番话后，为了观察自己辩才的效果，环视了一下在场的宾客，正如在法庭上说了一段有分量的讼词以后，要对听众瞧一眼一样。

"好啊！亲爱的维尔福，"德·萨尔维厄伯爵说，"前天在杜伊勒里宫，御前大臣让我说说一个吉伦特党人的儿子和一位孔代军军官的女儿离奇的联姻是怎么回事，我回答的就是您说的这番话。大臣对此非常理解。这种联姻的方式正是路易十八所主张的。我们没注意到，国王走过来听到了我们的谈话；他打断我们说：'维尔福，'请注意，国王没说诺瓦蒂埃这个姓，只说维尔福，'维尔福很有前途，这个年轻人已经很成熟，他是我的人。我很高兴德·圣梅朗侯爵和侯爵夫人择他为婿，如果他们没有先来请求我恩准这门婚事，我也会把这一对撮合起来的。'"

"国王这么说了，伯爵？"维尔福欣喜若狂地问道。

"我说的是他的原话，倘若侯爵愿意直说的话，他会承认六个月前，当他向国王提起他女儿与您的婚事时，国王也是这么对他说的。"

"确实如此。"侯爵说。

---

1 拉丁文："让武器让位于长袍吧。"语出古罗马哲学家西塞罗的演讲集《论责任》。

“哦！我的一切，全是这位可敬的君主给予的。我誓为国王竭尽犬马之劳！”

“好极了，”侯爵夫人说，“我喜欢您这样；现在就来个谋反分子吧，我们正等着欢迎他呢。”

“母亲，”蕾内说，“我祈求天主千万别听您的话，愿他只给德·维尔福先生送来些小偷小摸的毛贼、破产倒霉的家伙和胆子不大的骗子吧；这样我才能睡得安稳。”

维尔福笑着说：“您这就等于希望医生只看些头痛脑热、麻疹蜂蜇的小毛小病。如果您想让我当王室检察官，那么您就应该希望来一些病入膏肓的病人，那样医生才有用武之地哪。”

就在这时，犹如造物主就等着维尔福说这句话，好让他如愿以偿似的，一个贴身男仆走进餐厅，低声向维尔福说了几句话。维尔福起身向在座的人打了个招呼，离开餐桌出去，过了一会儿回进来时，神情愉悦，面带微笑。

蕾内含情脉脉地望着他；因为此时她看着他湛蓝的眼睛，白皙的皮肤和那一圈乌黑的颊须，觉得他真是一个高雅、英俊的小伙子。于是少女整个心灵似乎都悬在了他的嘴上，她等着他解释刚才短暂离席的原因。

“噢，小姐，您刚才发愿希望自己的丈夫是一个医生，跟阿斯克勒庇俄斯[1]的弟子们（一八一五年，人们还是习惯这样说）相比，我至少有一点是大同小异的，那就是没有哪一刻是属于我自己的，甚至当我和您在一起时，在我的订婚喜宴上，还会有人来打扰我。”

“他们以什么理由打扰您呢，先生？”美丽的少女略带不安地问道。

“哦！如果来人说的是实情，那就是有一个病人已危在旦夕了。这次，病情非常严重，病人得上断头台。”

“哦，天主啊！”蕾内大声说，脸色变得煞白。

“果真这样！”宾客们异口同声说道。

“看来我们刚发现了波拿巴党人一次小小的阴谋活动。”

“怎么会呢？”侯爵夫人问。

1　阿斯克勒庇俄斯：阿波罗之子，希腊神话中的医药神。1815 年正是本书故事发生的年份，后文括号内〝一八一五年，人们还是习惯这样说〞，当指那时习惯于称医生为阿斯克勒庇俄斯的弟子。

“举报信就在我手上。”

接着维尔福念了起来：

检察官先生台鉴：

鄙人乃王室与教会之友，现有一事禀报。法老号大副埃德蒙·唐戴斯从士麦那港返航途中，曾于那不勒斯和费拉约港逗留。此人奉缪拉之命送信给逆贼，并奉逆贼之命将一信转交巴黎波拿巴党人委员会。

逮捕此人便可截获罪证，盖因该信尚未送出，当在此人身上、其父住处或法老号船舱内。

“可这只是封匿名信，”蕾内说，“而且是交给检察官先生，不是交给您的。”

“您说得对，可是检察官不在。于是信件转交给了他的秘书，而秘书有责任及时拆信，他拆开看了以后，马上派人来找我，没找到我，就下发了逮捕令。”

“那么罪犯被捕了？”侯爵夫人问。

“或者说，被告。”蕾内说。

“是的，夫人，”维尔福说，“正如刚才我有幸对蕾内小姐说的，果真搜到那封信的话，病人就病得不轻了。”

“这个不幸的人在哪儿？”蕾内问。

“在我家里。”

“去吧，我的朋友，”侯爵说，“当您需要在别处为国王效忠时，别为了和我们待在一起而渎职；国王需要您在哪儿尽责，您就该去哪儿。”

“哦！德·维尔福先生，”蕾内双手合十说，“请宽容些吧，今天可是您订婚的日子啊！”

维尔福绕着餐桌走了一圈，走近姑娘的椅子，把身体支在这把椅子的靠背上。

“为了不让您操心，”他说，“我当尽力而为，亲爱的蕾内；不过，假如证据确凿，指控成立，就必须割掉这株波拿巴分子的毒草。”

割掉两字让蕾内听得胆战心惊，因为这株草上长着个脑袋呢。

“行啦！行啦！”侯爵夫人说，“别听这个小姑娘唠叨了，她会习惯的。”

说着她向维尔福伸出一只瘦骨嶙峋的手，维尔福边吻边看着蕾内，他的眼神似乎在向她示意说：

“我此时吻的是您的手，至少我希望如此。”

“不祥的预兆。”蕾内喃喃地说。

“我说小姐，”侯爵夫人说，“您的孩子气真是改不了啦，我倒想问问您，您这么恣意任性、多愁善感，可还想着国家的命运吗？”

“哦！母亲！”蕾内轻轻唤了一声。

“请对这位不合格的小保王党人开恩吧，侯爵夫人，”维尔福说，“我向您保证，我会尽到王室代理检察官的职责，决不姑息手软。”

然而，当检察官维尔福对侯爵夫人说这话时，做未婚夫的维尔福偷偷地向未婚妻看了一眼，他的眼神仿佛在说：

“放心吧，蕾内，看在您的爱情分上，我会尽量宽容的。”

蕾内以温柔的微笑回报了他的目光。维尔福走出去时，心头充满了幸福。

第7章 审讯

德·维尔福刚走出餐厅，便收起欢愉的面容，做出一副庄重的样子，那是负有重大使命，要去对另一个同类的命运做出判决的人应有的神态。身为代理检察官，就得像出色的演员那样富于表情的变化，所以他不止一次在镜子前研究过自己的表情，但这一次要他皱起眉头，装出阴沉忧郁的神情，可真有些不容易。诚然，父亲的政治倾向是危险的，他热拉尔·德·维尔福绝不能沿那条道走下去，否则必将毁了自己的前程；但除了偶尔想到这一点，心绪有些不宁之外，他此时正享受着人间所有的幸福。他靠自己的努力已经很富有，才二十七岁便在司法界颇有声望，马上要娶一位年轻美貌的姑娘为妻，虽说爱得不狂热，但也是凭一个代理检察官的理智尽可能地去爱了。未婚妻德·圣梅朗小姐长得很美，又出身显赫的名门，她父母膝下只有这么一个女儿，所以他们肯定会施加全部影响来帮助这个女婿；而且，她能给做丈夫的带来五万埃居的嫁资，有朝一日还会有一笔五十万埃居的遗产——照有些人酸溜溜的讲法，叫倘来之物。

所有这一切加在一起，构成了让维尔福感到目眩的幸福，每当他透过心灵之窗注视内心世界时，他就禁不住觉得自己看到了太阳的黑子。

他在门口遇上正在等他的警长。一看见这个穿黑制服的人，维尔福立刻从九天之上跌落到了我们行走的平地上；于是他就如我们说的，做出一副严肃的样子，朝警长走去。

“我来了，先生，”他对警长说，“我看了那封信，您逮捕此人做得很对；现在，请把您搜查到的，有关他以及谋反阴谋的全部材料都交给我。”

“关于谋反的阴谋，先生，我们还一无所知；从他身上搜出的所有信件都放在一只大信封里，盖了封印，放在您的办公桌上。至于被告，您已经从告发信上知道，他名叫埃德蒙·唐戴斯，是法老号上的大副，这艘三桅商船出航亚历山大港和士麦那港做棉花交易，属马赛的莫雷尔父子公司所有。”

“他在商船工作之前，有没有在海军服过役？”

“噢，没有，先生；他还很年轻呢。”

“多大年纪？”

“也就十八九岁，最多二十岁吧。”

维尔福顺着大街走到枢密院街的拐角，有个人似乎在那儿专等着他，此时迎面走了过来。这人是莫雷尔先生。

“哦，德·维尔福先生！”船主上前大声说道，“很高兴遇见您。您瞧，刚才发生了一场最离奇、最不可思议的误会，有人把我船上的大副埃德蒙·唐戴斯抓走了。”

“这我已经知道，先生，”维尔福说，“我正要审讯他呢。”

“哦，先生，”莫雷尔对那年轻人的友情，使他显得很激动，“您不了解被控告的人，我却了解他；请相信，他是最善良、最正直的人，而且我敢说，他是最精通航海业务的海员！哦，德·维尔福先生！我诚心诚意把他介绍给您。”

正如读者可能已经看出的，维尔福属于城里的上层圈子，莫雷尔只是一介平民；前者是极端的保王党人，后者却有同情波拿巴党羽之嫌。因此，维尔福颇为不屑地看着莫雷尔，冷冰冰地对他说：

“您知道，先生，有人在个人生活中可能很善良，在商务交往中可能很正直，在业务上可能很精通，但在政治上，他照样可能身犯重罪；这想必您是明白的吧，先生？”

检察官在最后一句话上加重了语气，仿佛想让船主掂出它的分量；他那审视的目光好像要看到船主的内心深处去，好像在说你这家伙胆子够大的，居然还为别人说情，你该明白你自己还不见得脱得了干系呢。

莫雷尔脸红了起来，因为他感觉到了自己在政治上还没撇清。再说，唐戴斯出于对船主的信任，把他和大元帅见面，以及皇上对他说的那几句话都告诉了船主，这也使船主有些心绪不宁，但他还是以非常关切的语气接着说：

“我请求您，德·维尔福先生，请求您务必做到秉公执法，请求您一如既往慈悲为怀，把可怜的唐戴斯尽快还给我们吧！”

还给我们这几个字，在代理检察官听来很有点革命党暗号的味道。

“嗯哼！”他暗自想道，“‘还给我们’……这个唐戴斯莫非加入了某个烧炭党[1]组织，要不他的保护人怎么会脱口说出这个暗号呢？记得警长对我说过，犯人是在一家酒店被捕的，当时有很多人在场，没准那就是个烧炭党的秘密集会呢。”

他接着开口说：

“先生，您完全可以放心，倘若犯人是无辜的，您即使不说，我也一定会秉公办事；不过，倘若他真的有罪，那么先生，鉴于时势艰难，开不得姑息养奸的先例，我将不得不行使我的职权。”

说到这儿，他已走到位于法院背后的宅邸门口。他冷冷地向不幸的船主点了点头，便昂首阔步进门而去，撇下船主站在门外发呆。

前厅里挤满了宪兵和警察，被看押的那个犯人站在人群中，一动不动，表情平静，四周投向他的都是仇恨的目光。

维尔福穿过前厅时，从眼角里朝唐戴斯瞥了一眼；然后，他接过一个警察递给他的卷宗，边走边说：

“把犯人带进来。”

就凭这匆匆的一瞥，维尔福已经对自己要审讯的这个人有了一个印象：他从开阔的前额看到了智慧，从坚定的目光和微皱的眉宇间看到了勇气，在那露出两排洁白牙齿的厚厚的嘴唇上，他看到了坦诚。

这第一印象对唐戴斯是有利的；可是，有道是最初的冲动信不得，这句从政治的角度看颇为深刻的名言，维尔福是常听人说的，既然这句话挺管用，他就把它也用到了最初的印象上，而不考虑两者有什么差别了。

就这样，他在善良的本能就要充满心间、进而跃入脑际的当口，硬生生地把它压了下去。他对着镜子端整好办公事的表情，板着脸、狠巴巴地坐到办公桌前。

不一会儿，唐戴斯被带了进来。

年轻人脸色始终很苍白，但举止镇定，面带微笑；他自然大方地向法官鞠躬致意，然后用目光寻找座位，仿佛他是在莫雷尔船主的客厅里似的。

---

1 烧炭党：意大利秘密革命组织，19世纪初在法国统治下的那波利王国成立。因最初成员逃避在烧炭山区而得名（一说沿用中欧烧炭者秘密组织之名）。旨在使意大利从外国的统治下取得解放，并消灭封建专制制度。受其影响，法国也出现同名的秘密组织，旨在推翻复辟的波旁王朝。

这时，他与维尔福暗淡的目光相遇了；这是法院里的人特有的目光，他们不愿意让人一眼看透他们的想法，于是把自己的眼睛变成了没有光泽的玻璃球。这道目光让唐戴斯明白了，他面对的是法律的化身，铁面无情的法官。

“你是谁，叫什么名字？”维尔福一边翻着警察带进犯人时交给他的笔录，一边问道。一小时之内，笔录已摞成厚厚的一叠，许多间谍活动案都迅速地和这个被称为罪犯的不幸家伙挂上了钩。

“我叫埃德蒙·唐戴斯，先生，”年轻人语调平静、声音响亮地回答，“我是法老号上的大副，船是莫雷尔父子公司的。”

“年龄？”维尔福问。

“十九岁。”唐戴斯回答。

“被捕的当时，你在干什么？”

“我在举办我们的订婚筵席，先生。”唐戴斯微微有些激动地说，方才的欢愉和眼下死气沉沉的司法程序真有天壤之别，在德·维尔福先生这副尊容的映衬下，梅塞苔丝笑吟吟的脸庞更显得光彩照人。

“你的订婚筵席？”代理检察官不由自主地哆嗦了一下说。

“是的，先生，我正要娶一位我已经爱了三年的姑娘为妻。”

维尔福平时从不轻易动感情，此刻却被这巧合打动了；在幸福来临之际突遭逮捕的唐戴斯的激动话音，触动了他心灵深处的同情之弦；他同样快要结婚，同样非常幸福，而现在竟然有人来打扰他的幸福，要他去毁掉另一个像他一样幸福在望的人的欢乐。

他心想，等回到德·圣梅朗先生的客厅，他一定要对这一相似之处的哲学意义详加议论；趁唐戴斯等着他提问的当口，他就得先理一下思路，找出一些对比鲜明的词儿，有了这些词儿，演说家就能以铿锵动听的演说词博得听众的掌声，而掌声又往往给他们带来雄辩的美名。

维尔福给小小的演说词打腹稿时，脸上漾起了笑意。他回过神来对唐戴斯说：

“请继续说，先生。”

“您想让我说什么呢？”

“对法官把一切都说清楚。”

“请法官先生告诉我，您要我说哪方面的事情，我将毫无保留地把知道的都说出来；不过，”说到这儿，他也笑了笑，“我想预先说一句，我知道的并不多。”

“你在篡位者手下当过兵吗？”

“我们刚要编入海军，他就倒台了。”

“据说你的政治见解很极端。”维尔福说，虽然没人向他这么说过，但他还是作为一项指控提了出来。

“先生，您是说政治见解？噢，说出来真有些难为情，可我根本谈不上有什么见解。我刚才告诉过您，我才十九岁；我知道的东西少而又少，我起不了什么作用；我能有一个还算过得去的今天，一个小小的前程，能得到我所期望的那个位子，全亏了莫雷尔先生的提携。所以，假如说我有见解，当然不是指政治见解，而是指生活上的见解，那也仅仅局限于三种情感：我爱父亲，我尊敬莫雷尔先生，我崇拜梅塞苔丝。先生，这就是我能告诉法官先生的一切，我想您对这些是不会感兴趣的。”

维尔福一直注视着唐戴斯平静而开朗的脸，一边听他往下讲，一边回想起蕾内说过的话。蕾内虽然不认识犯人，但曾请求他对犯人从轻发落。代理检察官根据对案例和罪犯的审理经验，已经看出唐戴斯说的每一句话都可以证实他的无辜。这不，这个年轻人差不多还是个孩子，单纯，朴实，说话时理直气壮，这是内心光明磊落的自然流露；对每个人都怀着爱心，这是因为他感到幸福，而幸福能使恶人都显得可亲可爱，他甚至对法官都这么温和亲切，这让人感觉得到他内心情感的丰富。尽管维尔福对埃德蒙的态度刻板而严厉，埃德蒙的眼神、语调和举止，却满含着对这个审讯官的温情和善意。

“没错，”维尔福心想，“他是个可爱的小伙子，我希望不用费多大劲儿，就把蕾内第一次要求我做的事给做好，好让她给我点甜头：她会当着大家的面紧握一下我的手，并且私下里给我一个甜蜜的吻。”

维尔福想到这温馨的前景，脸顿时变得开朗起来。唐戴斯目不转睛地看着审讯官的一举一动和脸部表情的变化，当维尔福的目光带着他的思绪，停留在唐戴斯的脸上时，埃德蒙仿佛受了这思绪的感染，脸上也绽出了笑容。

“先生，”维尔福说，“你有什么仇人吗？”

“仇人？”唐戴斯说，“幸好我是个无足轻重的人，还没到结仇的份上呢。

要说脾气，我也许有些急躁，但我一直注意对手下的水手要温和。我手下有十一二个水手，先生，您要是问他们，他们准会告诉您他们喜欢我，尊重我，当然，不是像尊重父辈那样，因为我还很年轻，他们是把我当成兄长的。”

“既然没有仇人，那么或许有人嫉妒你。你才十九岁，就被提升当了船长，这对你来说已经升得很快了；你又要娶一位爱着你的漂亮姑娘为妻，这对所有的人来说都是非常难得的幸福，命运在这两件事上对你的偏爱，说不定会给你招来嫉妒。”

“是的，您说得很对。您对人的了解一定比我深刻，这是有可能的；不过，如果这些嫉妒我的人是我的朋友，那么我得向您承认，我宁可不知道他们是谁，好让自己不必非得去憎恨他们。”

“你错了，先生。你应该尽可能随时看清自己周围的一切；确实，我看得出你是个心地高尚的年轻人，我现在为你破一次例，把密告你的那封信给你看一下，这样会有助于澄清事实。这就是告密信，你认得出笔迹吗？”

维尔福从衣袋里掏出一封信，放在唐戴斯眼前。唐戴斯看着信，念了起来。一道阴影掠过他的前额，他说：

“不，先生，我不认识这个笔迹，笔迹是伪装的，但写得很流畅。不管怎么说，写这信的是个很有心计的人，”他感激地看着维尔福说，“我很幸运，能有一位像您这样的人审理我的案子，我得说，嫉妒我的这个人确确实实是个仇人。”

年轻人说这几句话时，眼睛里闪出一道光，维尔福看出来了，在这个温和的年轻人身上，蕴藏着一种惊人的力量。

“好吧，”代理检察官说，“现在请你，不是作为犯人面对法官，而是作为一个处境很危险的人面对另一个关心他的人，坦率地告诉我，这封匿名告密信上说的事情是否属实？”

他这么说的时候，厌恶地把唐戴斯交还给他的信往办公桌上一扔。

“都属实，又都不属实；先生，现在我凭水手的荣誉，凭我对梅塞苔丝的爱，以我父亲生命的名义起誓，我下面说的完全是事实。”

“请说吧。”维尔福大声说。

接着他轻声自语道：

“倘若蕾内能看见我，我希望她会对我满意，再也不会称我是割脑袋的人了！”

“事情是这样的，船驶离那不勒斯后，勒克莱尔船长得了脑膜炎，一病不起；我们船上没有医生，他又急于去厄尔巴岛，不愿中途停靠别的港口，因此病情越来越重，一直拖到第三天傍晚，他觉得自己快不行了，才把我叫到他的跟前。

“‘亲爱的唐戴斯，’他对我说，‘你凭你的荣誉起誓，一定照我对你说的话去做；这件事关系重大。’

“‘我起誓，船长。’我回答他说。

“‘那好，我死后，你作为大副来指挥这艘船，你把船开往厄尔巴岛，在费拉约港靠岸，去找大元帅，把这封信交给他。他也许会交给你另外一封信，并嘱咐你办一件事情。原来这件事情该由我来办的，唐戴斯，现在由你代替我去完成，一切由此而来的荣誉归于你。’

“‘我会去做的，船长，但也许面见大元帅不像您想的这么容易吧。’

“‘这儿是一枚戒指，你让他手下的人交给他，’船长说，‘你就不会遇到任何阻碍了。’

“说完他交给我一枚戒指。

“他说得正是时候，因为两小时后他昏迷过去，第二天就死了。”

“接下来你怎么做呢？”

“我做了我该做的事，先生，换一个人处在我的情形，也会这样做的，不管怎么说，一个垂死的人的心愿是神圣的，而对海员来说，船长的愿望更无异于命令。于是我便把船驶往厄尔巴岛，第二天靠了岸。我命令所有的人留在船上，我只身上岸。正如我预料的，要见大元帅得过好几道岗哨，但我出示了那枚作为联络信号的戒指后，所有的门都向我敞开了。他接见了我，问了我不幸的勒克莱尔船长临死前的一些情况，正如船长所说，他交给我一封信，嘱咐我亲自送到巴黎。我答应了他，因为这等于完成船长最后的心愿。我上岸后，处理完一切公务，就去看我的未婚妻，我发现她比以往更美丽更可爱了。多亏莫雷尔先生的帮助，我们办妥了教会方面的一些烦琐手续，最后，先生，正如我已经告诉过您的，我订了婚，筵席再持续一个小时，我就要成婚了，我打算次日出发去巴黎，结果突然冒出了这么一封告密信，我就被捕了。这封信，我想您现在也和我一样，对它不屑一顾了。”

“没错，”维尔福低声说，“你说的这些看来都是事实；你即使有罪，也是不慎所致，况且你的本意只是执行船长的命令，因而是正当的。请把在厄尔巴岛收到的那封信交给我，并保证随传随到，然后你就去找你的朋友们吧。”

“这么说我自由了，先生！”唐戴斯兴奋地大声说。

“是的，不过你得把信交给我。”

“信在您那儿吧，先生；警察是把这封信和别的信件一起搜走的。我认得出有几封就夹在这叠文件当中。”

“等一下，”代理检察官对唐戴斯说，年轻人已经拿起自己的手套和帽子了，“请等一下，信是写给谁的？”

“巴黎鸡鹭街，诺瓦蒂埃先生。”

即使一个响雷炸在维尔福头上，也不会像眼下这个打击来得那么迅猛，那么猝不及防；他刚才已经从椅子上支起身子，要去拿即将作为唐戴斯案宗存档的那叠纸，现在一下子跌坐在扶手椅上。他急忙翻阅这叠卷宗，从中抽出那封至关重要的信，不胜恐怖地向信封望去。

“鸡鹭街十三号，诺瓦蒂埃先生收。”他轻声念道，脸色越来越白。

“正是，先生，”唐戴斯惊讶地说，“您认识他？”

“不，”维尔福急忙回答，“国王忠诚的臣仆不会认识谋反分子。”

“这事跟谋反有关？”唐戴斯问，他刚以为获得了自由，这一下心又揪紧，反而害怕起来，“可是，先生，我刚才告诉您，我根本不知道我带的这封信上写了些什么。”

“不错，”维尔福声音喑哑地说，“但是您知道收信人的名字！”

“要把信送给他本人，先生，我当然得记住他的名字。”

“您没把这封信给任何人看过？”维尔福边看边说，越往下看，他脸色越苍白。

“没给任何人看过，先生，我发誓！”

“没人知道您从厄尔巴岛带了一封信给诺瓦蒂埃先生？”

“没人知道，先生，除了交给我信的那个人。”

“已经够啦，这就已经够啦！”维尔福喃喃自语道。

维尔福再往下看，脸色越发阴沉；瞧着他那苍白的嘴唇、颤抖的双手、炽热的眼睛，唐戴斯的脑子里掠过种种可怕的念头。

维尔福读完信，把头垂下，埋在双手里，一时间整个人瘫倒了。

“哦，我的天主！您怎么啦，先生？”唐戴斯怯生生地问。

维尔福默不作声；不一会儿，他抬起了苍白、扭曲的脸，又把信读了一遍。

“你说你不知道这封信写了些什么？”维尔福问。

“我以我的荣誉起誓，先生，”唐戴斯说，“我再说一遍，我不知道。可您这是怎么啦！您是病了吧；我拉铃行吗，我可以叫人吗？”

“不，”维尔福急忙立起身说道，“你别动，也别开口，在这里下命令的是我，不是你。”

“先生，”唐戴斯说，他的自尊心受了伤害，“我是想叫人来帮帮您，没别的意思。”

“我谁也不需要；只是一时头晕而已，没什么；你管好自己，不用管我。回答问题吧。”

唐戴斯等着他提问，但白等了：维尔福重又跌坐在扶手椅里，把一只冰冷的手放在大汗淋漓的额头上，第三次重读这封信。

“哦！要是他知道信的内容，”他在心里说，“要是他知道诺瓦蒂埃就是维尔福的父亲，那我就完了，彻底完了！”

他时不时抬眼看看埃德蒙，仿佛目光能摧毁由嘴把守着，并把秘密锁在心中的那道无形屏障似的。

“哦！不能再犹豫了！”他骤然喊道。

“我以天主的名义起誓，先生！”不幸的年轻人高声说，“假如您不相信我，假如您怀疑我，那就审问我吧，我做好了回答的准备。”

维尔福强打起精神，尽量以平静的口吻说：

“从审讯的情况来看，你的罪名是严重的，我不能如一开始所希望的那样，擅自做主立即还你自由，在做出这样的决定之前，我得先听听预审法官的意见。但你已经看到我是怎么对待你的了。”

“是的，先生，”唐戴斯大声说，“我很感谢您，因为您刚才对我与其说像一个法官，不如说更像一个朋友。”

“那好！我要再拘留你一段时间，但我会尽我所能早日释放你；对你最不利的物证就是这封信，你瞧……”

维尔福走近壁炉，把信扔进火里，看着信慢慢烧成灰烬。

“你瞧，”他接着说，“我把它销毁了。”

“哦！”唐戴斯大声说，“先生，您不仅是位好法官，您还是善良的化身。”

“不过听我说，”维尔福紧接着说，“我做出这个举动之后，你该明白你能信任我了吧？”

“先生！请吩咐吧，我一定遵命。”

“不，”维尔福走近年轻人说，“不，我给你的不是命令，你得明白，而是忠告。”

“请说吧，我一定听从，如同执行您的命令一样。”

“今晚之前，我把你留在法院里；可能还会有人来提审你，你就照刚才对我说的复述一遍，但绝口不要提这封信。”

“我答应您，先生。”

此刻似乎是维尔福在请求，安慰审判官的则是犯人。

“你要明白，”他说着朝灰烬瞥了一眼，灰烬还保留着信纸的形状，在火苗上舞动，“现在，信烧掉了，只有你与我知道曾经有过这么一封信。如果有人问起这封信，你就大胆地否认，这样你就有救了。”

“我会否认的，先生，请您放心。”唐戴斯说。

“好！好！”维尔福说着，把手放在拉铃的绳子上。

他正要拉铃，又松开了手。

“你身上就只带着这一封信？”他问。

“就这一封。”

“你发誓。”

唐戴斯伸出一只手。

“我发誓。”他说。

维尔福拉了铃。

警长走进来。

维尔福走近警长，凑在他耳边说了几句话；警长点头会意。

“请跟这位先生去吧。”维尔福对唐戴斯说。

唐戴斯欠身致意，向维尔福感激地看了一眼，出门而去。

门刚关上，维尔福已经疲惫不堪，几乎是昏倒在了一把扶手椅上。

过了一会儿，他喃喃地说：

“哦，天主啊！我的身家性命在此一举了！……假如检察官此时在马赛，假如召来的是预审法官而不是我，我就完了；而这封信，这封该死的信将把我推向深渊。啊，父亲啊父亲，难道在这世上你永远是我幸福的障碍，难道我必须和你的过去斗到底吗！”

蓦地，似乎一道突如其来的光芒划过他的头脑，照亮了他的脸；一丝微笑浮现在他那兀自痉挛着的嘴上，那双惶恐的眼睛定了定神，仿佛停留在一个想法上面。

“就这样，”他说，“是啊，这封信本来可能毁了我，这下也许反而能成全我。来吧，维尔福，行动吧！”

王室代理检察官确信犯人不在前厅之后，出得门来，匆匆朝未婚妻的宅邸而去。

第8章

伊夫堡

警长穿过前厅时，向站在唐戴斯左右的两名宪兵做了个手势；宪兵打开从王室检察官宅邸通往法院的一扇门，一行人沿着其中一条阴森森的长廊往前走去。随便哪个人，即使他跟案子毫不相干，走在这样的长廊上，也会情不自禁打个寒战。

维尔福的宅邸通往法院，法院的另一个出口通向监狱，紧靠法院的这个监狱是座灰蒙蒙的建筑，从它开着的窗口望出去，可以看见正面耸立的与之很不相称的阿库尔教堂钟楼。

在长廊上拐了好几个弯之后，他们来到一扇带铁窗的门跟前，小铁窗打开着。警长用一把铁锤在门上敲了三下，响声回荡，唐戴斯听来只觉得是敲在自己的心上。门开了，两个宪兵轻轻推了推犯人，唐戴斯稍稍迟疑了一下，随即跨过了可怕的门槛；门在他身后猛地关上。他吸到另一种空气，一种混浊、带有恶臭的空气：他入狱了。

他又被带到一间较为干净的牢房。窗上装着铁栅栏，门也上了锁。牢房的外观并不怎么使他害怕，再说，代理检察官刚才说的话显得既关切又善解人意，检察官的声音兀自在他的耳畔回旋，犹如对未来的温存许诺。

唐戴斯被带进牢房时已是下午四点。我们前面说过，那天是三月一日，所以不一会儿犯人便陷入黑暗的包围之中。

由于视觉不起作用，听觉就变得格外敏锐。听到有一点声响传来，他就以为有人来释放他，立即站起身来，向门口走上一步。但声音很快消失在另一个方向，他只得坐回到那张矮凳上。

终于挨到了晚上十点钟，正当唐戴斯开始绝望之际，又传来了一个声响，这次的声音确实是冲着他的牢房来的。果真，走廊上响起了脚步声，脚步在牢房门前停住；一把钥匙在锁孔里转动，锁芯嘎嘎作响，厚重的橡木门打开了，两支火把突然间照亮了整个牢房。

在两支火把的光照下，只见四个宪兵的佩刀和短筒火枪闪闪发亮。

唐戴斯跨上两步，站住望着新来的士兵。

“你们来找我？”他问。

“对。”一个宪兵说。

“是代理检察官派来的？”

“我想是的。”

“好，”唐戴斯说，“我这就跟你们走。”

可怜的年轻人听见是德•维尔福先生派来的，心就放了下来。他神情镇定、步履从容地走到押解他的士兵中间。

一辆马车停在临街的门前，马车夫已坐在座位上，一个下级警官坐在车夫身旁。

“这辆车在等我？”唐戴斯问。

“是在等你，”一个宪兵答道，“上车吧。”

唐戴斯还想再看上几眼，但车门已打开，他觉得有人在推他，他既不能也不想反抗，顿时坐倒在车厢的后座，夹在两个宪兵中间；另外两个宪兵坐在前排座位上，车轮开始滚动，发出阴沉的辚辚声。

犯人从车窗向外看去，车窗上也装着铁栅：原来他只是换了个牢房，区别在于这个牢房是滚动的，带着他滚向一个未知的目的地。铁栅之间只够伸出一只手去，唐戴斯从这空隙望出去，发现马车沿着工场街行驶，拐进圣洛朗街和塔拉米斯街，然后往下驶向河岸。

不一会儿，透过车窗铁栅和面前一幢建筑的窗户，他看见军舰的舷灯在闪烁。

马车停住了，下级警官下车，向岗哨走去；十来个士兵从里面出来，排列成两行；唐戴斯凭借河堤上街灯的灯光，看见他们的步枪在闪亮。

“这么兴师动众是为了我吗？”唐戴斯暗自思忖。

下级警官打开上锁的车门。他虽然没作声，但已经回答了这个问题，因为唐戴斯看见两列士兵从马车一直排到码头，中间为他让出一条长长的通道。

坐在前面的两个宪兵先下车，然后再把他带下，紧跟着下的是坐在他两旁的宪兵。一行人走向一条小船，港口的值班水手在码头上用一条铁链拉住小船。士兵们好奇地眼看着唐戴斯从他们中间走过去。很快，他就被安置在小船尾部，还是夹在这四个宪兵中间，而那个下级警官坐在船头。小船猛地震动一下便离开码头，四个桨手有力地把船划向皮隆。小船上的人发一声喊，封港的铁链落下，转眼间，唐戴斯已经置身在人们称作弗留利[1]的那个地方，也就是说到了港口之外。

一旦到了大海上，犯人最初的感觉是舒畅。空气，几乎就意味着自由。他大口大口地呼吸新鲜空气，那轻快的微风好像插上了双翼，带来夜和大海的神秘气息。不过，他很快就叹了一口气；小船正驶过雷瑟夫酒店，当天早上被捕的前一刻，他还曾是那么幸福，此刻酒店舞会欢快的乐声，从两扇敞开的窗户飘出，传到了他的耳畔。

唐戴斯双手合在胸前，抬头望天，祈祷着。

小艇继续前进；它已经越过骷髅峡，驶到法罗湾的对面，正要绕过炮台，这条航线让唐戴斯感到费解。

“你们把我带到哪儿去？”他问一个宪兵。

“待会儿就知道了。”

“但是……”

“我们奉命不得向你做任何解释。”

唐戴斯也可算是半个兵，向这些上司有令不得作答的士兵提问，他自己也觉得有些蠢，于是他沉默了。

他的脑际冒出种种奇怪的想法：既然这么一条小船不可能做长距离航行，既然他们去的港湾也没有大船停泊，他们想必是要把他带到一个远离海岸的地方，然后对他说他自由了；另外，他没有被捆绑起来，也没戴上手铐，这看来是个好兆头；还有，代理检察官对他的同情是很明显的，他不是说了，只要他不说出诺瓦蒂埃这个名字，就没什么可害怕的吗？维尔福不是当着他的面烧掉了那封信，那个对他不利的唯一证据吗？

他不作一声，心事重重，极力想用那双在黑暗中经受过磨炼，习惯于在夜色中航行的眼睛辨别方向。

在小船的右首，塔灯闪烁的拉托诺岛已被甩在后面，小船近乎贴着海岸

1　弗留利：意大利的一个地区。此处人称弗留利云云，当是指马赛与伊夫岛之间的一个海域。

线在行驶，来到了加泰罗尼亚村附近的海湾。他屏息凝神远远望着梅塞苔丝所住的村落，只觉得瞧见一个姑娘影影绰绰的身影显现在昏暗的沙滩上。

梅塞苔丝有没有感觉到，她的心上人正从离她三百步开外的水面上经过呢？

加泰罗尼亚村只亮着一盏灯。唐戴斯认出这是未婚妻屋里的灯火。梅塞苔丝是这个小村唯一熬夜的人。他现在只要大喊一声，未婚妻就能听见。

可是无端的羞愧攫住了他，他没喊出声。看守他的这些士兵听到他像疯子似的大喊大叫，他们会怎么想呢？他仍然不作一声，眼睛盯在这盏灯上。

小船往前划去，但犯人的心已离开小船，飞向了他的梅塞苔丝。

一片隆起的高地挡住了灯光。唐戴斯转过身子，发现小船已经驶到了大海上。

他刚才凝神静想的时候，小船升起的风帆替代了木桨，这会儿，小船凭借风力向前驶去。

虽说唐戴斯并不情愿再问那宪兵，但他还是挨近他，握住他的一只手。

“伙计，”他对那宪兵说，“我请您凭您的良知和士兵的品格，可怜可怜我，回答我的问题。我是唐戴斯船长，一个善良、诚实的法国人，我莫名其妙被人指控犯有叛国罪，现在你们把我带到哪儿去？告诉我，我以海员的人格担保，我会尽到我的本分，听从命运的安排。”

宪兵抓了抓后脑勺，又看看身边的同伴。那人耸了耸肩，意思是说：“到了这一步，说说也无妨。”于是那宪兵就向唐戴斯转过脸来。

“你是马赛人，又是海员，”他说，“却问我这是去哪儿？”

“是的，我发誓我不知道。”

“一点也猜不出来？”

“猜不出来。”

“这不可能。”

“我以世上一切最神圣的东西向您起誓，我确实不知道。发发慈悲，回答我吧。”

“那命令怎么办？”

“命令并没有阻止您告诉我十分钟、半小时，也许是一小时以后我自己也会知道的事情呀。差别在于您现在告诉我就免得让我心神不定，度时如年了。我把您看成朋友才问您的，您瞧，我既不想反抗，也不想逃跑；何况我也做不到。我们究竟去哪儿？”

“除非你从未出过马赛港，要不你眼上又没蒙着黑布，怎么会猜不出去哪儿呢？”

“我真的猜不出。”

“那你看看四周。”

唐戴斯站起身，目光自然地投向小船看来正在驶近的那个地点。只见一百托瓦兹[1]开外，隆起一座陡峭险峻的黑黝黝的山岩，山岩上似乎矗立着一块燧石[2]，那便是阴气沉沉的伊夫堡。

这座形状怪异的监狱笼罩在一片阴森恐怖的氛围之中。这座城堡三百年来以其悲惨的历史沿革而使马赛声名在外，唐戴斯从来没有想到过它，现在骤然看见它，那感觉就像死刑犯看见了断头台。

“哦！天哪！”他失声喊道，“伊夫堡！我们到那儿去干什么？”

宪兵笑了笑。

“你们要把我押到那儿去坐牢？”唐戴斯问，“伊夫堡是国家监狱，是专门关押政治要犯的。我没有犯罪。在伊夫堡有没有预审法官、有没有审判官？”

“我说啊，”那宪兵说，“里面只有典狱长、狱卒、卫队和高高的围墙。行了，行了，朋友，别这么大惊小怪的；要不我真会以为你是不把我的好意当回事，存心来调侃我了。”

唐戴斯使劲捏住那宪兵的手。

“那么您是说，”他说道，“你们把我带到伊夫堡是要把我关在里面？”

“可能是吧，”宪兵说，“不过伙计，你把我的手捏得这么紧可不管用喔。”

“既没有预审，也不办手续？”年轻人问。

“手续办齐了，预审也审过了。”

“难道德·维尔福先生说的话……”

“我不知道德·维尔福先生跟你说了些什么，”宪兵说，“我只知道，我们

1　法国旧长度单位。1 托瓦兹合 1.949 米。

2　燧石俗称火石，呈暗褐色，质地坚硬致密，产于石灰岩中。伊夫堡所在的伊夫岛即为石灰岩岛屿。

是去伊夫堡。嘿！你在干什么？嗨！大家当心！”

唐戴斯迅如闪电地耸起身，往大海跳去，但训练有素的宪兵早有提防，他的双脚还没来得及离开小船船板，四只强劲的手已经钳住了他。

他跌倒在小船后座上，发疯似的又喊又叫。

“好啊！”宪兵大声说道，用膝盖顶住他的胸口，“好啊！您就是这样实现水手的诺言的呀。我们不能相信甜言蜜语的人！行啦，现在，我的朋友，你再动一下，仅仅一下，我就往您的脑袋里撂一颗枪子儿。我已经违背了上司给我的第一道命令，现在你给我听着，我绝不会再违背第二道命令了。”

他将短枪往下压，唐戴斯感觉到枪筒抵住了自己的前额。

那一刹那，他想反抗，想跟鹰爪一般攫住他的无妄之灾同归于尽。然而，正因为灾难来得太突然，唐戴斯觉得它也许很快就会过去；再说，他又想到了德·维尔福先生的承诺；还有，如果一定要说的话，那就是在他看来，在一条小船上，死在一个宪兵手里，未免也太丢丑，太不值。

他跌坐在船板上，猛吼一声，狂怒之中绞着自己的双手。

就在这时，小船剧烈地晃了一下。船梢靠上了一块岩礁，一个桨手跳上礁石。铁索在滑轮上嘎嘎作响，往下放去。唐戴斯明白，他们到达目的地了，他们这是在系泊小船。

宪兵们抓住他的双臂和衣领，把他拖起来押上了岸，往城堡门前的石阶走去，那个警官提着上了刺刀的短枪紧跟其后。

唐戴斯已经不想再徒然进行反抗了；他拖着步子，但这并非消极反抗，而是一种麻木。他像一个醉汉那般晕头转向、步履蹒跚。他看见士兵重又迅速排列成行，他觉着脚下碰到了石阶，下意识地提起双脚，他依稀感到他们经过了一道门，门在身后重重地关上；但他只是机械地做着所有这些动作，面前仿佛是一团浓雾，什么也看不清。他甚至连大海都没看见；岛外这片浩渺的大海，是囚犯的断肠之处，岛上的囚犯望着无法穿越的茫茫大海，心中便充满了恐惧和凄楚。

他们停留了一下。这时，他定了定神，向四周张望，发现自己置身在一个四四方方的院子里，四周围着高墙；听得见哨兵缓慢而均匀的脚步声。堡内闪烁着两三盏灯火，灯光在墙上投射出两三道反光，哨兵每次经过，枪筒都闪闪发亮。

他们待了十来分钟；宪兵确信唐戴斯再也无法逃跑，就放开他。他们似乎在等待命令；命令下达了。

“犯人在哪儿？”一个声音问道。

“在这里。”众宪兵答道。

“让他跟我来，我这就带他去他的住处。”

“走！”宪兵说着，推了他一把。

犯人跟着那人往前走，来到一间近乎地下室的大牢房，牢房的墙面光秃秃、水淋淋，似乎浸透了泪水的雾气。一盏小油灯放在矮凳上，灯芯浸在散发出怪味的浊油中。灯光照亮了这间可怕的牢房发亮的墙壁，也让唐戴斯看清了带他来的那人，他像个下级狱卒，穿着邋遢，脸容猥琐。

“今晚你就待这儿，”他说，“天太晚，典狱长先生已经睡下了。明儿等他起来，了解你的情况以后，说不定会给你换个房间；得，面包在这儿，罐子里有水，墙角有稻草，一个犯人能有的就这些了。睡觉吧。”

没等唐戴斯想到张口回答，没等他瞧一眼狱卒留下的面包和水罐，也没等他转过脸去看看那堆给他当床的稻草，狱卒径自提起灯，关上门，撤去了犯人那点微弱的亮光。刚才唐戴斯凭借着这点亮光，犹如凭借闪电时的亮光，看见了牢房里水淋淋的墙壁。

现在，他独自一人待在黑暗和寂静之中，如同牢房的拱顶一样沉默与阴郁。他感到拱顶瘆人的寒气压在自己滚烫的额头上。

清晨的第一线阳光给阴森的地牢带来些许光亮时，狱卒来了，他奉命让犯人在原地住下。唐戴斯没有挪动过一步，好似有一只铁掌把他钉在了头天晚上停留的地方。他始终凝视着地面，一动不动，泪水濡湿的眼眶肿了起来。

整整一夜他就是这样站着度过的，他没有合过眼。

狱卒走过来，绕着他转了一圈，但唐戴斯似乎没有看见他。

狱卒拍拍他的肩膀，唐戴斯打了个哆嗦，晃了晃脑袋。

“你没睡觉？”狱卒问。

“不知道。”唐戴斯答道。

狱卒惊讶地看着他。

“你不饿？”他又问。

“不知道。”唐戴斯还是这样回答。

“你想要什么东西吗？”

“我要见典狱长。”

狱卒耸耸肩，走了出去。

唐戴斯注视着他，向半开的门伸出双手，但门又关上了。

这时，唐戴斯发出一声长长的哀号，胸膛似乎炸开了。蕴积着的泪水，好似两道小溪泉涌而出；他扑倒下去，额头碰地，久久地祈祷着。他再次把过去的时日在头脑里重温一遍，扪心自问在他短短的一生里究竟做错了什么，要遭受到如此残酷的惩罚。

白天就这样过去了，他仅仅吃了几口面包，喝了一点儿水。他时而坐着沉思，时而像关在铁笼里的野兽，在牢房里打转。

有一个想法尤其使他激动。在他被人押着驶向未知目的地的途中，他的内心还是很镇定、很平静的，他本来完全可以有十次机会往海里跳，一旦到了水里，凭着他的游泳技术，凭着一个马赛最棒的潜水员的能耐，他完全可以在水下逃之夭夭，摆脱看守游上岸，躲藏在某个荒僻的小湾，等候一艘热那亚或加泰罗尼亚的海船到来，投奔意大利或是西班牙，再从那儿写信给梅塞苔丝，让她来与他团聚。至于生活，不论在哪儿都不用犯愁，因为优秀的海员在哪儿都是不可多得的；他说意大利语像托斯卡纳[1]人一样地道，说西班牙语与旧卡斯蒂利亚[2]的本地人没什么区别；他可以把父亲也接出来，自由自在地和梅塞苔丝、父亲过着幸福的生活。现在他却成了囚犯，关在伊夫堡这座不可逾越的监狱里，无从知道父亲和梅塞苔丝的情况，而这一切都是因为他听信维尔福的话造成的。想到这里，他气得要发疯，狂躁地在稻草上打滚。

第二天同一时刻，狱卒进来了。

“嗨！”狱卒说，“今儿你清醒些了吧？”

唐戴斯默不作声。

1　托斯卡纳：意大利中部地区名。

2　旧卡斯蒂利亚：卡斯蒂利亚是西班牙中部一个地区的名称。其北部称为旧卡斯蒂利亚，南部称新卡斯蒂利亚。

“得，”那人说道，“打起精神来！有什么要求就提，让我看看行不行。得，说吧。”

“我要和典狱长说话。”

“哎！”狱卒不耐烦地说，“我不对你说过吗，这不可能。”

“为什么？”

“因为监狱有规定，不允许犯人这么做。”

“那么这儿允许什么呢？”唐戴斯问。

“付钱吃得好一点啊，散散步啊，有几本书啊。”

“我不需要书，也没心思散步，饭食这样就可以了；我只想着一件事，就是见典狱长。”

“你要是老提这事让我心烦，”狱卒说，“我就不给你吃的。”

“好吧，”唐戴斯说，“您不给我吃的，我就饿死，一了百了。”

狱卒从唐戴斯说这话的语气里听出，他的囚犯真会宁愿饿死的。狱卒一般每天可以从囚犯身上扣下十个苏的生活费，他的囚犯如果死了，他就亏了这些子儿，想到这儿狱卒放缓口气说：

“听着，你这个要求是办不到的，别再提了。犯人提出要见典狱长就能见他的先例是没有的。你要是放聪明点，我们可以允许你散散步。没准碰巧典狱长路过，你就可以见到他了，至于他愿不愿意搭理你，那要看他高兴了。”

“那么，”唐戴斯说，“要是没有这样的机会，我在这儿像这样得等多久？”

“这没准！”狱卒说道，“一个月，三个月，六个月，或许一年。”

“太长了，”唐戴斯说，“我要马上见到他。”

“嗨！”狱卒说，“你别老缠住一个要求不放嘛；这么下去，不出半个月你就会变疯的。”

“你真这么想？”唐戴斯问。

“没错，发疯都是这么开头的。我们这儿就有个现成的事儿：有个神甫先前就住这间牢房，他老想着要给典狱长一百万法郎来换他的自由，时间一长，他就变疯了。”

“他离开这间牢房多久了？”

“两年。”

“他被释放了？”

“没有，他进了地牢。”

“听着，”唐戴斯说，“我不是神甫，也不是疯子，也许我以后会是，但现在我神志还很清楚，我也有个提议。”

“什么提议？”

“我不会给你一百万，因为我给不出；但我可以给你一百个埃居，条件是你去一趟马赛，找到加泰罗尼亚村，把一封信交给一个名叫梅塞苔丝的姑娘，这封信也就两行字。”

“可要是我带着这两行字的信给逮住，我这狱卒就当不成了。在这儿我每年可以挣一千利弗尔[1]，伙食免费，还有外加的好处。你瞧，我为挣这三百个利弗尔去冒险，弄不好要丢掉一千，我不成了大傻瓜啦。”

“好，”唐戴斯说，“你给我听着。要是你拒绝把这封信交给梅塞苔丝，或是连告诉她我在这儿都不愿意，那么总有一天，我会躲在门背后等你，你一进来，我就用这张凳子砸碎你的脑袋。”

“你威胁我！”狱卒大声说着，往后退下一步做出防备的架势，“你一定是头脑发昏了，那个神甫一开始也这样。不出三天，你就会像他一样疯得手舞足蹈了。好在伊夫堡还有地牢呢。”

唐戴斯抓起矮凳，在狱卒的头上挥舞。

“得！得！”狱卒说，“得！既然你坚持，我这就去禀报典狱长。”

“这就对了！”唐戴斯说着，把矮凳放好，坐在凳上低着头。可他的眼神非常怕人，似乎他真的变成疯子了。

狱卒走出去，回来时带来一个下士和四个士兵。

“典狱长有令，”他说，“把犯人带到下一层牢房去。”

“带他去地牢。”下士说。

“去地牢；疯子就得跟疯子关在一起。”

四个士兵向唐戴斯扑过来，他浑身瘫软，毫无抵抗地被他们架走了。

士兵带他走下十五级台阶，打开一间地牢的门。他进去时口中喃喃念叨：

“他说得对，疯子就得跟疯子关在一起。”

---

1 利弗尔：法国古代货币。在本书故事发生的年代，1 个利弗尔约合 1/3 埃居。

门又关上了。唐戴斯向前走，伸开双臂，手碰到了墙。他在墙角坐下，一动不动；而他那双渐渐习惯在黑暗中辨物的眼睛，已开始能分清东西了。

狱卒说得不错，唐戴斯跟疯子相差无几了。

第9章

订婚之夜

前面说到，维尔福沿着大河道街返回德·圣梅朗夫人府邸。方才和他在餐桌前分手的那些宾客，此刻正在客厅喝咖啡。

蕾内心焦地盼着他回来，其他人也急切地等着他。所以他一进客厅，顿时响起一片欢呼声。

“嘿！割人脑袋的主儿，国家的栋梁，保王党的布鲁图[1]！”一个人大声说道，“出什么事了？快告诉我们。”

“哟！莫非又要有个恐怖时代不成？”另一个人问。

“科西嘉魔头[2]要从巢穴里跑出来了吗？”第三个人问。

“侯爵夫人，”维尔福走到未来的岳母跟前说，“请原谅我刚才的失礼……侯爵先生，我能私下和您说几句话吗？”

“哦，难道事情真有这么严重？”侯爵夫人见维尔福的脸上布满愁云，问道。

“十分严重，因而我不得不请你们允许我离开几天；”他转身向着蕾内继续说，“您想必看得出，事情确实很严重。”

“您这就要走？”蕾内大声说，她无法掩饰听到这突如其来的消息后的激动。

“不幸是这样，小姐，”维尔福回答，“我必须立即动身。”

“您去哪儿？”侯爵夫人问。

“我得保密，夫人；不过，倘若这儿有谁在巴黎有事，我有个朋友今晚出发，他乐意效劳。”

大家面面相觑。

“您要和我谈一会儿？”侯爵问。

---

1 布鲁图：罗马王政时代第七王苏佩布的侄子，于公元前509年废除王政，建立共和政体，史称罗马早期共和国。据法文版原书注释，此处称维尔福为布鲁图，带有揶揄的意味。

2 科西嘉魔头：保王党人给拿破仑起的绰号。在他们眼里，拿破仑这个科西嘉人就像童话中的食人巨妖（l'ogre）那么可怕。

“是的，我们到您书房去吧，请。”

侯爵挽起维尔福的胳膊，与他一起离开客厅。

“怎么样？”侯爵进了书房就问，“出什么事了，说吧。”

“我想是出了大事，我必须马上出发去巴黎。现在，侯爵，请原谅我十分唐突地问一个问题：您有国家证券吗？”

“我的全部财产都买了国家债券，差不多六七十万法郎吧。”

“好，请赶快卖掉，侯爵，赶快卖掉，否则您就破产了。”

“我在这儿怎么卖出呢？”

“您有个证券经纪人，是吗？”

“是的。”

“写一封信由我转交给他，让他卖掉，一分钟、一秒钟也不能耽搁，也许等我到巴黎已经为时过晚了。”

“哟！”侯爵说，“那我们得赶紧。”

他当即坐在桌前给经纪人写了一封信，吩咐他无论如何要把证券卖掉。

“现在，这封信我有了，”维尔福小心翼翼地把信放进口袋，“我还得有另外一封信。”

“给谁的？”

“给国王。”

“给国王？”

“是的。”

“我不敢擅自给陛下写信。”

“所以我不是要您，而是要您请德·萨尔维厄先生给陛下写信；让他把那封信交给我，凭那封信我就可以直接进宫觐见陛下。办理求见的手续，势必要浪费宝贵的时间。”

“您不是认识掌玺大臣吗？他可以自由出入杜伊勒里宫，只要他带着您，白天、晚上您随时可以见到国王。”

“是的，这没错。但是，我没有必要让另一个人知道我的事情，分享我的功劳。您明白吗？掌玺大臣到时候会把我甩在一边，独占这份功劳。我告诉您一点就够了，侯爵：倘若我第一个进宫见驾，我的前程就有了保证，因为我将要为国王做的事情，他是永远不会忘记的。”

“既然这样，亲爱的，您赶快收拾行装吧！我去跟德·萨尔维厄打招呼，让他写封信给您当通行证。”

“好，我们不能再耽搁了，再过一刻钟，我必须乘上驿站快车。”

“您得让驿车在门口停一停。”

“好的；请您替我向侯爵夫人致歉，也请跟德·圣梅朗小姐说一声，在这样的时刻离开她，我觉得非常遗憾。”

“您会在我的书房里见到她俩，可以当面向她们道别。”

“非常感谢；请关照伯爵写信吧。”

侯爵拉铃，一个仆人应声进来。

“去告诉德·萨尔维厄伯爵，就说我在等他……”侯爵对仆人说完，又转向维尔福说，“您先走吧。”

“好，我去去就来。”

维尔福拔腿往外奔去。但到了门口转念一想，一位王室代理检察官如此行色匆匆，万一被人看见，整个城市都会惶惑不安。于是他放慢脚步，神情凛然地往前走去。

到了自己宅邸门前，他看见暗处有个白色的身影一动不动地站着，像是在等他。

那正是美丽的加泰罗尼亚姑娘。她得不到埃德蒙的消息，趁着夜色降临，从法罗湾赶来打听未婚夫被捕的原因。

她看见维尔福走近，便从倚着的墙根闪出，挡住他的去路。唐戴斯曾向代理检察官提到过未婚妻，所以梅塞苔丝无须自报家门，维尔福就把她认出来了。少女的端庄美貌使他暗自吃惊；当她向他询问未婚夫的情况时，他觉得仿佛自己成了被告，而她倒是法官。

“您所说的人，”维尔福态度生硬地说，“是个罪大恶极的犯人，我不能帮他，小姐。”

梅塞苔丝抽噎了一声，看见维尔福要走，她又拦住了他。

“至少请告诉我他在哪儿，”她说，“好让我知道他究竟活着还是死了？”

“这我不知道，他已经不归我管了。”维尔福说。

梅塞苔丝温柔的目光和谦恭的态度，让维尔福感到很不自在；他推开她往前走去。回进宅邸，他用力砰上门，仿佛要把别人加在他身上的痛苦关在门外似的。

然而痛苦不是这么容易摆脱的。就如维吉尔[1]所说的致命的箭，它扎在了受伤的人身上。进了门，到了客厅，维尔福的双腿就再也支撑不住了。他吁出一口气，呜咽一声，跌坐在一把扶手椅上。

这颗受伤的心灵深处，萌发了致命溃疡的最初征兆。他为了满足自己野心而牺牲的那个人，正代他有罪的父亲受过的那个无辜的人，活生生地浮现在他眼前，脸色苍白，怒目而视，同样苍白的未婚妻牵着他的手。想起这个无辜的人，维尔福难以排遣内心的愧疚；这份内疚没让他像古代遭厄运的狷者那样焦躁，却犹如沉重、凄苦的钟声，一下一下地敲击他的心坎。每当回想起这件事，他就痛苦不堪，致命伤引起的刺痛自此永远不得消停，至死方休。

此刻这个人的灵魂里还有片刻的犹豫。他曾经好多次提出公诉，要求法庭判处被告死刑，那时他胸中充溢的是检察官对罪犯的敌忾；由于他的伶牙俐齿而被法官和陪审团判处极刑的那些被告，并没有在他额头留下丝毫阴影，因为这些被告罪有应得，维尔福相信证据是确凿的。

但是这一次，情况却不同：他刚给一个无辜的人，一个幸福在望的无辜的人判了无期徒刑，他不仅剥夺了这个人的自由，而且剥夺了他的幸福；这一次，他不是审判官，而是刽子手。

想到这里，我们上面描述过，他以往从未感受过的沉重的敲击声，又在他内心深处响起，胸中则涌起阵阵惊恐的波涛。这个心灵受伤的人，在剧痛中本能地意识到，只要伤口一天不愈合，他就一天不得安宁，哪怕只用手指碰一下淌血的伤口，他也会痛得打战。

而他的伤口是不会愈合的了。即使它暂时能愈合，过不久伤口也会再裂开，变得更加鲜血淋漓，更加痛苦难当。

这时，倘若蕾内温柔的声音在他耳畔响起，请求他宽容待人；倘若美丽的梅塞苔丝走来对他说："天网恢恢疏而不漏，请看在天主的分上，把我的未

---

1 维吉尔（公元前 70—前 19）：古罗马诗人。他在代表作《埃涅阿斯纪》的第四章中写到牧羊人掷出一支箭，这支致命的箭刺中了一头牝鹿的胁部。

婚夫还给我吧。”那么，对，尽管他会微微皱起眉，但他也会羞愧地低下头，他会不顾一切可能的后果，用这只冰凉的手签署释放唐戴斯的命令。但是，耳畔没有低语声，门启处只见贴身仆人进来禀报，驿车快马已经套在四轮旅行马车上了。

维尔福猛地立起身来，或者说有如经过思想斗争做出了抉择的人那样一跃而起，快步走到写字台跟前，拉开一只抽屉，把里面的金币统统塞进自己的口袋，而后慌乱地在房间里转了个圈，手放在额头上断断续续地嘟哝了几句；而后，感到贴身仆人把大氅披在了他的肩上，他便匆匆出门，跳进马车，吩咐马车直奔大河道街德·圣梅朗府邸而去。

不幸的唐戴斯就这样被定罪了。

正如德·圣梅朗先生许诺过的那样，侯爵夫人和蕾内等在书房里。维尔福看见蕾内，不由得战栗了一下，他下意识地觉得她又要请求他释放唐戴斯了。但遗憾的是，人都有自私的一面，此刻美丽的蕾内小姐只想着一件事，那就是维尔福的离去。

她爱维尔福，维尔福在即将做她丈夫之际离她而去，而且不知道什么时候才能回来，此刻的蕾内非但不会同情唐戴斯，反而还会诅咒他，都是因为他犯了罪，才把她和维尔福拆开了。

那梅塞苔丝又该怎么说呢！

可怜的梅塞苔丝在拉洛日街和费尔南相遇，费尔南陪着她回到了加泰罗尼亚村。她心情抑郁，愁肠百结，一头倒在了床上。费尔南跪在床边，把她冰凉的手紧紧握住，她居然没想到抽回。他在这只手上盖满了炽热的吻，她甚至都没有感觉到。

她就这样度过了一个夜晚。油尽灯灭。刚才她看不见灯火，现在她看不见黑暗；到了白天，她也看不见光明。

是痛苦蒙住了她的眼睛，她只能看见埃德蒙。

“啊，你在这里！”她终于转过脸来，对费尔南说。

“从昨天起我就没离开过你。”费尔南痛苦地叹了口气说。

莫雷尔先生还不肯认输。他得知唐戴斯在审讯过后进了监狱，便奔波于朋友之间，拜访马赛所有能施加影响的人士。但是风声已经传出来，年轻人是以波拿巴党人眼线的罪名被捕的。在那个年头，即使胆子再大些的人，也把拿破仑的东山再起看成荒诞不经的妄想。因此莫雷尔先生处处受到冷遇，人人怕他，拒绝他；回到家中，他心灰意冷，不得不承认事态已经极其严重，任何人都无能为力。

卡德鲁斯呢，他非常不安，非常痛苦。他没像莫雷尔先生那样奔走设法——他也没有什么办法。他只是带上两瓶黑茶藨酒把自己锁在屋里，指望喝个一醉方休。可是以他的酒量，两瓶酒还不足以把自己灌得酩酊大醉；他已经醉得抬不动腿再去找酒喝了，但又还没醉到把往事忘得一干二净的地步，他兀自坐在一张跷脚的桌子跟前，支着脑袋面对两只空酒瓶，在长芯蜡烛摇曳的光线下，只看见眼前尽是霍夫曼[1]洒在酒渍斑斑的手稿上的幽灵，如同奇形怪状的黑点那般在跳舞。

唐格拉尔却既没觉得不安，也不感到痛苦；他甚至很高兴，因为他已经向一个对头报了仇，并且在法老号上确保了自己担心失去的地位。唐格拉尔是工于算计的人，这种人生来就耳朵上搁一支笔，心头放一瓶墨水；这个世界上一切的一切，对他来说只是加减乘除而已。在他眼里，如果一个数字能使总数有所增加，而一个人只能使总数减少，那么这个数字比这个人更加珍贵。

唐格拉尔照样按时上床，睡得很安稳。

维尔福拿到德·萨尔维厄先生的信后，在蕾内的两颊亲了亲，吻了吻德·圣梅朗夫人的手，和侯爵握了握手，便坐上驿车沿通往埃克斯的大路飞驶而去。

唐戴斯老爹心如刀绞，悲痛欲绝。

至于埃德蒙，我们已经知道他的命运了。

---

1 霍夫曼（1776—1822）：德国小说家。曾任乐队指挥，也作过曲。作品以怪异、恐怖的超自然体验为特色。

第10章
杜伊勒里宫的小书房

维尔福先后三次换乘驿车，往巴黎疾驶而去。让我们暂且撇下他，穿过两三间客厅，走进杜伊勒里宫的小书房。这间有拱形圆窗的小书房，因拿破仑和路易十八特别喜爱而闻名，如今它是路易·菲力浦[1]的书房。

且说这间书房里，路易十八坐在从哈特韦尔带回的一张桌子跟前。大人物都有些为世人所知的癖好，路易十八的一个癖好，就是珍爱这张桃花心木的桌子。此刻，国王正漫不经心地听着一个老臣说话，那人五十一二岁年纪，头发已经灰白，气度不凡，面容端庄。陛下一边听他说，一边在格里菲乌斯[2]编注的贺拉斯[3]诗集的页边做注释，这个版本虽说很受推崇，却多有舛误之处，正好让陛下卓越的哲学见解有了用武之地。

“您说什么，先生？”国王问道。

“我说臣下忧心如焚，陛下。”

“真的吗？莫非您梦见了七头肥牛和七头瘦牛[4]？”

“不是的，陛下，那无非预示七个丰年和七个荒年而已，陛下英明，有陛下治理天下，饥荒不足为惧。”

“那么您说的是什么灾难，亲爱的勃拉加斯？”

“陛下，我想我有充分理由相信，南方正酝酿着一场大风暴。”

“嗯，亲爱的公爵，”路易十八答道，“我相信您的消息并不准确，我可以肯定地说，那边阳光很明媚。”

路易十八尽管很有才智，还是爱开浅薄的玩笑。

---

1 路易·菲力浦（1773—1850）：出身波旁王朝的奥尔良家族，法国大革命期间流亡国外。1830年7月革命后登上王位。1830年至1848年间为法国国王。小说《基督山伯爵》自1845年8月起在报纸上连载；此处的“如今”，当指路易·菲力浦治下的这一年代。小说中的故事则发生在稍早的路易十八（1755—1824）时代。

2 格里菲乌斯（1616—1664）：德国诗人、剧作家。

3 贺拉斯（公元前65—前8）：古罗马诗人，出生在韦努西亚，即今天的意大利韦诺萨。

4 见《圣经·旧约·创世记》。埃及法老梦见七头肥牛和七头瘦牛。约瑟释梦说，这表示七个丰年后会有七个荒年。后来果然应验。

“陛下，”德·勃拉加斯先生说，“陛下就不能派一些忠实可靠的人到朗格多克、普罗旺斯和多菲内三省去一下，把那些地方的民情向您如实禀报吗，即便是为了让一个忠心耿耿的臣仆放心也好哇？”

“Conimus surdis.”[1] 国王一边继续在贺拉斯诗集上写注，一边说道。

“陛下，”朝臣做出懂得这位韦努西亚诗人[2]这句诗的样子，笑着说，“陛下信赖法国民众的忠心在情在理，不过我想，提防某些亡命之徒的垂死挣扎也是无可厚非的。”

“您指谁？”

“波拿巴，还有他的党羽。”

“亲爱的勃拉加斯，”国王说，“您这么疑神疑鬼，让我没法工作。”

“而我，陛下，您这么高枕无忧让我无法安睡。”

“等一下，亲爱的，请等等，我在 Pastor quum traheret[3] 上找到了一个很好的注呢；过一会儿您再往下说。”

出现了片刻的沉寂。路易十八用极小的字体在贺拉斯诗集空白处写上一条新的注释，写完，他抬起头来说道，带着自以为颇有见地的人的得意神情，其实他只是在评价另一个人的见地而已，“请继续说下去，我听着呢。”

“陛下，”勃拉加斯说，他突然想把维尔福的功劳占为己有了，“我不得不对您说，使我担忧的绝不是一些缺乏根据的传闻或捕风捉影的街头巷议。我派了一个有头脑、完全值得信赖的人去视察南方动态（公爵说此话时犹豫了一下），他坐驿站快车来对我说：‘国王受到巨大的威胁。’于是，我就赶来了，陛下。”

“Mala ducis avi domum.”[4] 路易十八一边写注，一边说。

“陛下命令我不再坚持这一说法吗？”

“哪儿的话？亲爱的公爵，请把手伸出来。”

“哪一只？”

“随便，左边的吧。”

“这只，陛下？”

---

1 拉丁文：我们不为聋子歌唱。古罗马诗人维吉尔《牧歌》中的诗句。

2 大仲马的本意是指维吉尔，但似将维吉尔与贺拉斯的出生地弄混了。

3 拉丁文：牧羊人无法自持。贺拉斯《颂歌》中的诗句。

4 拉丁文：你带回了不祥的预兆。贺拉斯《颂歌》中的诗句。

“我说左边的，您却伸右边的；我是说我的左边。对了，这边。您大概可以找到警务大臣昨天送交的报告……啊，听，唐德雷先生这就来了……是唐德雷先生吗？”路易十八问掌门官，后者刚巧进来禀报警务大臣到。

“是的，陛下，唐德雷子爵先生到，”掌门官重复一遍。

“您来得正好，子爵，”路易十八微微一笑说，“来，请对公爵说说波拿巴先生的最新消息吧。无论局势多么严峻，请您不要有丝毫隐瞒。怎么样，难道厄尔巴岛真是个火山，我们当真会看到那儿爆发一场烈焰冲天的战争吗？bella,horrid a bella[1]。”

唐德雷先生把两手放在安乐椅的扶手上，靠着椅背优雅地晃动着说：

“陛下看过昨天的报告了？”

“看过，看过了，不过请您对公爵说说，他还没看过报告。对他详细谈谈那个篡权者在岛上的所作所为吧。”

“先生，”子爵对公爵说，“陛下所有的臣仆都应该对厄尔巴岛传来的最新消息感到欢欣鼓舞，波拿巴……”

唐德雷先生看着路易十八；国王埋首加注，连头都不抬。

“波拿巴闷得要死，”子爵接着说，“他成天看隆戈纳港的矿工干活。”

“他还以搔痒来消遣。”国王说。

“搔痒？”公爵问，“陛下这话是什么意思？”

“没错，亲爱的公爵，难道您忘了这位大人物，这个半人半神的英雄得了一种要命的皮肤病，prurigo[2]？”

“还有呢，公爵先生，”警务大臣继续说，“我们几乎可以肯定，要不了多久，篡权者就会变成疯子。”

“疯子？”

“会疯到极点。现在，他已经神志不清了，他时而热泪滚滚，时而纵声大笑；有几次在海边一待就是几个小时，向大海扔石子，只要石片打了五六个漂儿，他就像又赢了一场马伦哥[3]战役或是奥斯特利茨[4]战役那么心满意足。陛下，

1 拉丁文：战争，可怕的战争。维吉尔《埃涅阿斯纪》中的诗句。

2 拉丁文：瘙痒症。

3 马伦哥：意大利地名。1800 年 6 月拿破仑率法军在此地与奥地利军队血战一天，取得以少胜多的战绩。

4 奥斯特利茨：捷克地名。1805 年 12 月拿破仑集中优势兵力在此地击溃沙皇和奥皇亲自指挥的俄奥联军，取得辉煌胜利。

您同意这是发疯的征兆吧？”

“或者是智慧的征兆，子爵先生，智慧的征兆，”路易十八笑着说，“古代的伟大统帅就是往海里扔石子取乐的；您去看看普鲁塔克[1]的《阿非利加西庇阿[2]生平》吧。”

两人对时局的漫不经心，着实让德·勃拉加斯先生暗暗叫苦。虽说维尔福没把机密向他和盘托出，生怕功劳全给他揽了去，但就凭维尔福告诉他的情况，他已经感到极为不安了。

“瞧，唐德雷，”路易十八说，“勃拉加斯还没有被说服；您再说说篡权者的转变。”

警务大臣躬了躬身。

“篡权者的转变！”公爵低声说，他看看国王，又看看唐德雷，他俩就像维吉尔诗歌里的牧童那样一唱一和，“篡权者有所转变了？”

“绝对没错，亲爱的公爵。”

“变得循规蹈矩了。请详细说说吧，子爵。”

“事情是这样的，公爵先生，”警务大臣一本正经地说，“前不久拿破仑视察旧部，有两三个部下，按他的说法就是老兵，表示想回法国。他当场批给他们假期，勉励老兵要为他们的好国王效力。这是他的原话，公爵先生，我可以肯定。”

“嗨！勃拉加斯，您怎么说？”国王目光暂离那本翻开的皇皇巨著，满脸得意地说。

“我想说，陛下，警务大臣和我之间，肯定有一个人弄错了。警务大臣既然负责陛下的安全和尊严，他是不可能弄错的，所以很可能是我弄错了。但是陛下，假如我处在您的地位，我会垂询一下我对陛下说过的那个人。我甚至坚持恳请陛下给他这样的荣幸。”

“行啊，公爵，我愿意接见您举荐的任何人；不过，我希望接见他时手里有准备好的材料。大臣先生，您有一份比这更新的报告吗？这一份是二月二十

1　普鲁塔克（约 46—约 120）：古希腊传记作家。代表作《列传》收有希腊名人传和罗马名人传各二十三篇。

2　阿非利加西庇阿（约公元前 185—前 129）：古罗马统帅。公元前 147 年当选执政官。次年率军攻陷北非重镇迦太基，故史称阿非利加西庇阿。

日签发的，今天已经是三月三日了！”

“还没有，陛下，不过我每时每刻都在等一份新的报告。我一早就出门了，说不定报告已经送到，而我刚好不在。”

“那您到警察总署去走一趟吧，倘若没有，”路易十八笑着说，“您就造一份出来，你们不是经常这样做的吗？”

“啊，陛下！”大臣说，“我主仁慈，这样的报告，根本无须编造。每天我的办公桌上都堆满了详尽的举报材料，都是些可怜的穷光蛋写的，他们巴不得能为陛下效力，拿一些赏钱。他们一心指望时来运转，有朝一日撞上一件大事，好靠告密捞上一把。”

“很好；您去吧，先生，”路易十八说，“记得我在等您。”

“我去去就来，陛下；十分钟就回来。”

“陛下，”德·勃拉加斯先生说，“那我就去找那个信使。”

“等一下，等一下，”路易十八说，“勃拉加斯，我真得为您换一下纹章了，我要给您一只展开双翅的鹰，鹰爪牢牢攫着一只拼命挣扎的猎物，上面的题铭是：Tenax[1]。”

“陛下，我听着。”德·勃拉加斯先生忍住心中的焦急说。

“这一段，我想听听您的意见：molli bugiens anhelitu[2]；您知道，这是指一只逃避狼的鹿。您是猎手，还是王室捕狼主猎官。凭这双重身份，您觉得molli anhelitu[3] 如何？”

“妙极了，陛下；而我的信使就像您说的这只鹿，他刚刚乘驿站快车，在三天时间里赶了二百二十里路程。”

“这可真是又累又乏，亲爱的公爵，其实有了急报，只要花三四个小时就能把消息传到，连气也不用喘一下哟。”

“哦！陛下，这个可怜的年轻人从大老远赶来，满怀热忱地给陛下送一份重要情报，陛下未免有些冷落他了吧；德·萨尔维厄先生把他介绍给我，老臣恳求陛下看在德·萨尔维厄先生面上，恩准接见这位信使。”

---

1 拉丁文：执拗。

2 拉丁文：你会气喘吁吁地逃跑。贺拉斯《颂歌》中的诗句。

3 拉丁文：你会气喘吁吁。

“德·萨尔维厄先生，我弟弟的那个侍从官？”

“正是。”

“没错，他是在马赛。”

“他是从那里给我写信的。”

“向您提到了这次阴谋？”

“没有，不过他向我推荐了德·维尔福先生，并托我把他引荐给陛下。”

“德·维尔福先生？”国王大声说，“这个信使是德·维尔福先生？”

“是的，陛下。”

“从马赛赶来的就是他？”

“就是他。”

“您刚才怎么不把他的名字告诉我呢！”国王脸上露出些许不安的神色。

“我以为陛下不熟悉这个名字。”

“错了，错了，勃拉加斯；这个人办事认真，有教养，而且很有抱负；对了，您知道他父亲的名字吗？”

“他父亲？”

“是的。诺瓦蒂埃。”

“吉伦特党人诺瓦蒂埃？参议员诺瓦蒂埃？”

“对，就是他。”

“陛下任用此人的儿子？”

“勃拉加斯，我的朋友，您根本没听明白；我不是对您说了维尔福很有抱负嘛。为了达到目的，他会不惜牺牲一切，包括他的父亲。”

“这么说，陛下，我可以让他进来了？”

“马上进来，公爵。他在哪儿？”

“他在下面等我，在我的马车里。”

“把他叫来。”

“我这就去。”

公爵转身出去，敏捷有如年轻人；他对王朝的热忱使他看上去就像二十岁。

路易十八又把目光投向翻开的贺拉斯诗集，嘴里念念有词：

"Justum et tenacem propositi virum."[1]

德·勃拉加斯先生带着维尔福，像刚才一样敏捷地返回；但到了前厅，他不得不停了下来。维尔福的衣着完全不合宫廷的礼仪，他那件沾满尘土的上衣没逃过德·勃雷泽先生的眼睛，宫廷礼仪总管先生看见这个年轻人居然这般穿戴去觐见国王，感到大为吃惊。不过公爵以"陛下有旨"为维尔福解了围：虽然宫廷礼仪总管出于维护礼仪尊严的考虑，依然对维尔福的仪表颇有微词，但他最后还是放行了。

国王仍然坐在老位子上没动。维尔福进门时，正巧和他打了个照面，年轻检察官的第一个反应是骤然停住脚步。

"进来，德·维尔福先生，"国王说，"请进来。"

维尔福躬身致敬，朝前走上几步，等候国王垂询。

"德·维尔福先生，"路易十八继续说，"德·勃拉加斯公爵说您有重要的事情要告诉我们。"

"陛下，公爵先生说得不错，希望陛下也会首肯我们的判断。"

"先生，先请告诉我们，依您看事情真有他们说的那么严重吗？"

"陛下，我认为事情非常紧迫；不过，我希望由于我行动快速，事态还没有到不可挽回的地步。"

"好，先生，您说吧，"国王说，让德·勃拉加斯先生脸容变色、维尔福话音岔声的激动情绪，他不由得也感染上了，"从头说起，把事情的来龙去脉都交代清楚。"

"陛下，"维尔福说，"我当把事情原原本本禀报陛下，不过我现在过于激动，如果说话条理欠周，恳请陛下见谅。"

维尔福说了这番开场白之后，向国王瞥了一眼，看见这位威严显赫的听者态度和蔼，便放下心来，接着往下说：

"陛下，我以最快的速度赶到巴黎向陛下禀报，我在我的职责管辖范围内，发现了一宗真正的谋反事件。这绝非百姓或军队底层天天有人在策划、注定成不了气候的阴谋，而是一次真正的谋反，一场直接威胁到陛下王位的风暴。陛下，篡权者武装了三条船；他在策划某项计划，即便他是异想天开，这也是一

1 拉丁文：正直而意志坚强的人啊。贺拉斯《颂歌》中的诗句。

个极其可怕的计划。此时此刻，他应该已经离开厄尔巴岛，去哪儿？我不知道，不过可以肯定他想卷土重来，在那不勒斯，或是在托斯卡纳海岸，甚至在法国本土登陆。国王陛下不会不知道，厄尔巴岛的这个统治者还和意大利和法国保持着联系。”

“是的，先生，我知道，”国王激动地说，“最近还有消息说，波拿巴党人在圣雅克街有次集会。不过，还是请您说下去，您是怎么得到这些情报的？”

“陛下，详情是我在审讯一个马赛人时得到的，长期以来我一直在严密注意他，我临行的当天，派人拘捕了他。此人是一个不安分守己的水手，我一直怀疑他是波拿巴党人，他曾暗中登上厄尔巴岛，在那里会见了大元帅，后者让他捎口信给一个在巴黎的波拿巴党人，我没能从他口中套出此人的名字。但口信的内容是要这个波拿巴党人网罗党羽迎接波拿巴归来（当然这是案犯的说法，陛下），行动时间就在最近。”

“这个人现在在哪儿？”路易十八问。

“在监狱里，陛下。”

“您觉得事态很严重？”

“非常严重，陛下。那天正是我的订婚日。我在家宴席间得知情况后大吃一惊，立即撇下未婚妻和朋友，急忙赶来投到国王陛下的脚下，陈诉我的担忧，表白我的忠心。”

“噢，对了，”路易十八说，“您的未婚妻是德·圣梅朗小姐吧？”

“她是陛下一位最忠诚的臣仆的女儿。”

“对，对。您再说说这个阴谋吧，德·维尔福先生。”

“陛下，我担心不仅仅是阴谋，我担心这是举事谋反。”

“举事谋反，谈何容易，”国王面带笑容说，“先祖的王位刚恢复承袭，我们对过去、现在和未来都不敢掉以轻心；十个月来，我的大臣们倍加警惕以确保地中海沿岸安然无恙。波拿巴若在那不勒斯登陆，联军在他到达皮翁比诺[1]之前定会采取行动；他若在托斯卡纳登陆，他踏上的将是敌对的国土；他若在法国登陆，手下人马势必不多，何况他已不得民心，我们很容易制服他。所以您尽管可以放心，先生。不过请您相信，王室仍然感谢您。”

1 皮翁比诺：意大利中部城镇。

“哦！唐德雷先生回来了！”德·勃拉加斯公爵说。

果然，警务大臣先生出现在门口，他脸色苍白，浑身颤抖，目光飘忽，仿佛突然头晕得厉害似的。

维尔福退后一步准备离去，但德·勃拉加斯先生一把拉住了他。

第11章

科西嘉魔头

路易十八看见这张气急败坏的脸，猛地把身前的桌子推开。

“出了什么事，子爵先生？”他大声说，“您看上去一副气急败坏的样子，您这么惊慌失措，莫非跟德·勃拉加斯先生说的情况，跟德·维尔福先生刚才证实的消息有关？”

德·勃拉加斯先生疾步走近子爵，但见到警务大臣如此惊恐万状，朝廷重臣的得意劲儿顿时烟消云散；到了这种紧要关头，他也顾不得去指责面前的这位警务大臣情报失实，而宁可对手真能占个上风了。

“陛下……”子爵一时口吃得说不出话来。

“怎么了，说呀。”路易十八说。

警务大臣做了个绝望的手势，脚步踉跄地扑到路易十八跟前，国王皱起眉头，往后退了一步。

“您说不说？”他问。

“哦！陛下，大祸临头了！都是我的过错，我永远也不能宽恕自己！”

“先生，”路易十八说，“我命令您快说。”

“哦，陛下，篡位者二月二十八日离开了厄尔巴岛，三月一日已经登陆。”

“在哪儿？”国王急切地问。

“法国，陛下。在儒昂湾的一个小港口，离昂蒂布很近。”

“篡位者在法国登陆，在儒昂湾，昂蒂布附近，离巴黎才二百五十里路，三月一日上的岸，而您到今天三月三日刚刚知道这个消息！……哼！先生，这种事简直叫人难以相信，如果不是别人给您打了假报告，就是您自己疯了。”

“陛下，此事千真万确！”

路易十八做了个无法形容的又气又怕的手势，直挺挺地竖起身来，仿佛有一个出其不意的打击同时击中了他的心脏和脸。

“他到了法国！”他喊道，“篡位者到了法国！可是为什么你们不把他看住？啊？难道你们和他是串通一气的？”

“陛下，”德•勃拉加斯公爵高声说，“唐德雷先生是不可能沾上背叛罪名的。陛下，我们大家都两眼漆黑，警务大臣只是和大家一样看不见而已。”

“不过……”维尔福开口想说，但马上打住了，“噢，请原谅，陛下，”他欠身说，“我的忠诚使我一时难以自制，还望陛下恕罪。”

“说吧，先生，大胆地说，”国王说，“只有您一个人及时把这件事通知了我们，请您和我们一起想想主意吧。”

“陛下，”维尔福说，“南方民众痛恨篡位者，我以为他倘若在南方起事，我们完全可以在普罗旺斯和朗格多克两省发动民众反对他。”

“对，这没错，”大臣说，“但他是在沿加普和西斯特隆一线推进。”

“推进？”路易十八说，“您是说他在向巴黎逼近？”

警务大臣默认。

“那么多菲内呢，先生，”国王问维尔福，“您认为我们能像在普罗旺斯那样，把这个省也动员起来吗？”

“陛下，我遗憾地向陛下坦陈一个严峻的事实：多菲内省的民众远远不如普罗旺斯和朗格多克两省。那些山民都是波拿巴党人，陛下。”

“唔，”路易十八喃喃地说，“您的消息是准确的。那么，他带了多少人马？”

“陛下，我不知道。”警务大臣说。

“什么，您不知道！您忘记去打听了？嘿，”他惨笑一声说，“这种小事您是不放在心上的。”

“陛下，我无从打听；急报只报告了篡位者登陆和沿线推进的消息。”

“这个急报是怎么到您那儿的？”国王问。

大臣低下头，脸涨得通红。

“是急报站接力传递的，陛下。”他嗫嚅着说。

路易十八向前跨了一步，像拿破仑那样把胳臂交叉在胸前。

“难道说，”他气得脸色发白，“七国联军推翻这个人，上天显灵让我在流亡二十五年后坐上先祖的御座，我在这二十五年中研究、探索、分析安危系于我一身的法兰西民情风物，难道说这一切都是为了在我所有心愿都将实现的时候，让我的权力在手中炸开，炸得粉碎吗？！”

“陛下，这是劫数。”大臣低声说，他感觉到国王这番话的分量，虽说同命运相比并不足道，但已足以压垮一个人了。

“这么说，我们倒是让对头给说中了：‘什么也没学会，什么也没忘记？’倘如我像他一样是被人欺骗，我还可以自己安慰自己；可是，这些人的高官厚禄都是我给他们的，他们应该爱护我胜过爱护自己才对，因为我的命运就是他们的命运，在我接位之前，他们一无所有，在我逊位之后他们也将一无所有，想不到我却要由于他们的无能和愚蠢而落得悲惨的下场！哦！您说得太对了，这是劫数。”

大臣听着这些辛辣的冷嘲热讽，躬身不敢抬头。

德·勃拉加斯先生擦着额头上的汗珠；维尔福却暗自得意，因为他觉得自己显得越发重要了。

“一败涂地，”路易十八接着说，他依稀看到了王朝将要坠入的深渊，“还要等急报来了才知道自己一败涂地哦！我宁可像我哥哥路易十六一样上断头台，也不愿被人当作笑柄撵走，从杜伊勒里宫的楼梯上滚下去……笑柄，先生，您不知道这在法国意味着什么吧，不过，您真应该知道才是。”

“陛下，陛下，”大臣喃喃地说，“请陛下开恩！……”

“德·维尔福先生，您过来，”国王对年轻人说，后者始终一动不动地站在后面，仔细听着这场于一个岌岌可危的王国性命攸关的谈话，“请您过来告诉这位先生，他不知道的事情，有人早就全都知道了。”

“陛下，”大臣说，“其实谁也不可能猜出那个人的具体计划，他对谁也没透露过。”

“其实不可能！啊，瞧您说得多么振振有词。不巧的是，好些振振有词的大字眼，就跟不可一世的大人物一样，我早就掂过分量喽。一个大臣有偌大的一整套机构，一大批属下，有警员，有密探，有一百五十万法郎的秘密活动经费，其实却不可能知道离法国海岸线六十里的地方发生了什么事情！而这位先生，他只是个普通的法官，没有任何情报来源，他却比您与您的所有警察知道的多得多，如果他像您一样有权动用急报设施，他就能保住我的王冠了。”

警务大臣带着极其轻蔑的表情把目光转向维尔福，后者以一个胜利者的谦虚姿态低下头。

“我这话不是对您说的，勃拉加斯，”路易十八说，“虽然您什么也没发现，至少您头脑很清楚，没有轻易放过疑点；换了另一个人，就会认为德·维尔福先生的发现无足轻重，甚至认为那是出于邀功的目的杜撰的。”

这几句话，影射的是一小时前警务大臣口气极为自信的那番议论。

维尔福明白国王的意图。换了另一个人，也许会陶醉在赞赏之中忘乎所以，然而维尔福却在担心自己将成为警务大臣的死敌，虽说他明白这个大臣已经注定要完蛋了。诚然，这个大臣在权倾朝野之际没能及早洞悉拿破仑的诡计，但他在作垂死挣扎之时，却有可能揭穿维尔福的秘密——只消提审一次唐戴斯就行了。所以维尔福非但不对此人施加压力，反而决定帮他一把。

“陛下，”维尔福说，“事态发展之迅速，恰恰向国王陛下证明除了上帝没人能掀起一场风暴阻止它。陛下谬夸我有先见之明，其实完全是缘于偶然。我作为陛下忠诚的臣仆，只是抓住了机会而已。请陛下别再对我过奖，否则我留给陛下的最初印象恐怕就难保了。”

警务大臣向年轻人投去意味深长的一瞥作为答谢。维尔福明白自己的心思没白费，也就是说，他既没有失去国王的感激之情，又新结交了一个朋友，一个在必要的时候可以信赖的朋友。

“很好。现在，”国王转向德·勃拉加斯先生和警务大臣说，“我不需要你们了，你们俩告退吧。剩下的是军机大臣的事情啦。”

“所幸我们的军队是可靠的，陛下，”德·勃拉加斯说，“陛下知道，所有的报告都证实了军队是效忠政府的。”

“别跟我提报告，公爵，我知道我们对军队可以有几分信任。噢，说起报告，子爵先生，您知道圣雅克街事件的最新消息吗？”

“圣雅克街事件！”维尔福情不自禁地喊出声来。

但他马上打住了话头。

“请原谅，陛下，”他说，“我对陛下的忠忱让我又忘了——并不是我对陛下的尊敬，那已经深深地铭刻在我心间，但我又忘了礼仪。”

“您但说无妨，先生，”路易十八说，“今天您有权提任何问题。”

“陛下，”警务大臣回答国王的问话说，“我刚才正是来向陛下禀报有关这个事件的最新情报的，不想陛下的注意力都被吸引到了海湾的敌情上面。现在这些小事也许不会再使陛下感兴趣了。”

“恰恰相反，先生，恰恰相反，”路易十八说，“我觉得这件事与我们所关心的事有着直接的关连，盖斯内尔将军之死或许会捅出内部的一个大阴谋呢。”

维尔福听到盖斯内尔的名字，不由得打了个哆嗦。

“陛下，”警务大臣说，“种种迹象表明，盖斯内尔之死是有预谋的，而不是我们先前所想的自杀。这是一次暗杀。看来盖斯内尔从一个波拿巴党人俱乐部出来以后就失踪了。当天早上曾有一个陌生人去找他，跟他约定在圣雅克街相会；来人被引进书房时，将军的贴身侍仆正在给将军梳头，可惜他只听到来人说了个圣雅克街，没听清门牌号。”

警务大臣向国王路易十八转述情报时，维尔福全神贯注地听着，脸上红一阵白一阵。

国王转向他。

“德·维尔福先生，有人认为盖斯内尔将军与篡位者有瓜葛，但事实上他是完全忠于我的，他是波拿巴党人安排的一个圈套的牺牲者。您对此怎么看？”

“很可能是这样，陛下，”维尔福答道，“我们其他还知道什么情况吗？”

“我的手下人跟踪了那个陌生人。”

“跟踪了那个陌生人？”维尔福重复说。

“是的，仆人报出了他的特征。此人约莫五十岁，棕色皮肤，浓眉毛，黑眼睛，蓄髭，穿蓝色常礼服，饰孔上别着四级荣誉勋章。昨天，他们跟踪的一个人外貌完全相符，但跟到絮西埃纳街和鸡鹭街的拐角，此人突然不见了。”

维尔福把身子靠在了椅背上，因为警务大臣说话的时候，他觉得腿软得实在站不住了；后来听到此人甩掉了尾巴，他才松了口气。

“继续追踪此人，”国王对警务大臣说，“盖斯内尔将军当前对我们很有用，所有的迹象都表明，他是一次谋杀的牺牲者。如果情况确凿，那无论凶手是不是波拿巴党人，都必须严惩不贷。”

听国王这么说，维尔福竭尽全力克制住自己，才算掩饰住了内心的恐惧。

“真是怪事！”国王发火地说，“警方说了‘发生一起谋杀案’，就以为什么都说清楚了；再说‘正在跟踪罪犯’，就以为没什么别的可做了。”

“陛下，我相信在这件事上我们会让陛下满意的。”

“好，我们等着瞧吧。我不再留您了，子爵。德·维尔福先生，您经过长途跋涉也累了，去休息吧。您大概住在您父亲那儿？”

维尔福感到一阵目眩。

“不，陛下，”他说，“我住马德里旅店，在图尔农街。”

“您去见过他了？”

“陛下，我一到就直奔德·勃拉加斯公爵府了。”

“那您总得去看看他吧？”

“我不想去，陛下。”

“哦！可也是，”路易十八说着笑了一笑，意思是说他这么问是另有用意的，“我忘了，您和诺瓦蒂埃先生的关系很冷淡，这是为王室利益所做的又一次牺牲，我该对您有所补偿。”

“陛下对我的眷顾已经是一种超过我奢望的褒奖，我对国王别无所求。”

“请放心，先生，我们不会忘掉您的。暂且，”(国王摘下荣誉勋位十字勋章，通常它挂在他的蓝色外衣上，位于圣路易十字勋章旁边，加尔迈山圣母院和圣拉扎尔骑士团徽章上方，他把它交给维尔福。）他说，“暂且，您拿着这枚勋章吧。”

“陛下，”维尔福说，“陛下想必是看错了，这枚勋章是四级荣誉勋章呢。”

“别管这么多了，先生，”路易十八说，“就拿这一枚吧；我没时间再让人去定制一枚了。勃拉加斯，请您记住把荣誉勋位证书发给德·维尔福先生。”

维尔福的眼眶里涌满了喜悦和自豪的泪水，他捧起勋章吻了一下。

“现在，”他问，“敢问陛下还有什么吩咐？”

“去休息吧，您需要休息；请记住，您在巴黎虽然无法为我效力，在马赛可是大有可为啊。”

“陛下，”维尔福欠身答道，“我再过一小时就离开巴黎。”

“去吧，先生，”国王说，“假如我把您忘了（当国王的记忆力都不怎么样），提醒我就是了，别害怕……子爵先生，请下令去找军机大臣。勃拉加斯，您留下。”

“先生，”警务大臣走出杜伊勒里宫时对维尔福说，“您开门大吉，前途无量啊。”

维尔福一边向仕途已尽的大臣致意，一边暗自思忖：“这能长久得了吗？”

同时，他在用目光寻找一辆出租马车准备回旅店。

一辆马车经过码头，维尔福朝它做了个手势。马车驶近，维尔福交代了住址，坐进车厢深处，对前景美美地想了一番。十分钟过后，维尔福回到住地，他吩咐马车两小时后来接他，并命令仆人准备早餐。

他正准备坐上餐桌，忽然铃声响起，听得出有人在果断有力地拉着铃绳。贴身侍仆前去开门，维尔福听见来人在说他的名字。

“谁会知道我在这儿呢？”年轻人心想。

贴身侍仆走了进来。

“嗨，”维尔福说，“有什么事？谁拉铃想见我？”

“一个陌生人，他不肯说出姓名。”

“什么！一个不愿说出姓名的陌生人？他找我干什么？”

“他想和先生说话。”

“和我？”

“是的。”

“他说我的名字了？”

“一点没错。”

“这个陌生人什么模样？”

“哦，先生，此人有五十来岁。”

“小个还是大个？”

“和先生的个儿差不多。”

“皮肤是棕色还是黄色？”

“棕色，深得发黑；黑头发，黑眼睛，黑眉毛。”

“穿着呢，穿什么衣服？”维尔福急切地问。

“穿蓝色常礼服，从上到下有一排纽扣，佩戴荣誉勋位勋章。”

“是他。”维尔福脸色变得惨白，喃喃地说。

“没错！”我们已两次描述过他特征的那个人进得门来说，“嘿，规矩倒不少；儿子让父亲在前厅等着是马赛的习俗吗？”

“父亲！”维尔福大声说，“我没猜错……我就想到也许是您。”

“行啦，如果你想到是我，”来人说，他把手杖靠在一边，把帽子放在椅子上，

“那么请允许我对你说，亲爱的热拉尔，你让我这样等着可不大客气。”

“你去吧，热尔曼。”维尔福说。

仆人神色惊讶地退了出去。

第12章

父与子

刚才进来的确实是诺瓦蒂埃先生，他的目光追随着热尔曼，看着这个仆人把门关上；然后，大概是担心仆人会在前厅偷听，他又去把门打开。他的小心谨慎并不是多余的，热尔曼退下速度之快，证明他绝难幸免于诱使我们先祖堕落的原罪[1]。诺瓦蒂埃先生不惮其劳，亲自去把前厅的门关上，再返回关上卧室的门，插上门销，这才转过身来把手伸给维尔福。维尔福不胜惊讶地瞧着他开门关门，一时没能回过神来。

“哎！你知道吗，我亲爱的热拉尔，”他带着诡异的笑容对年轻人说，“你看上去好像并不高兴看见我啊？”

“怎么会呢？父亲，”维尔福说，“我很高兴；不过我完全没想到您会来，所以一时有些摸不着头脑。”

“啊哈，亲爱的朋友，”诺瓦蒂埃先生边说边在一把扶手椅里坐下，“我还以为这话该我对您说呢。这不！您告诉我二月二十八日您在马赛订婚，可是三月三日您却在巴黎？”

“我在这儿，父亲，”热拉尔走近诺瓦蒂埃说，“您没什么可以抱怨的。我来巴黎就是为了您，这趟旅行也许能救您的命。”

“噢，是吗，”诺瓦蒂埃先生在扶手椅里洒脱地挺直身子说，“说给我听听吧，法官大人，这大概会很有趣的。”

“父亲，您听说过圣雅克街上有个波拿巴党人的俱乐部吧？”

“圣雅克街五十三号？没错，我是这个俱乐部的副主席。”

“父亲，您的冷静使我害怕。”

“这有什么办法呢，亲爱的？我被山岳派[2]流放过，坐在一辆运干草的小车

1　人类的先祖亚当和夏娃因好奇偷吃伊甸园的禁果，犯了原罪。此处影射热尔曼难逃好奇心的诱惑，退下后原想躲在门外偷听。

2　山岳派：法国大革命期间国民公会的激进派议员，因开会时坐在议会中较高座位上得名。1792年秋，山岳派作为较温和的吉伦特派的对立面而出现。1793—1794年，山岳派一度实际上统治法国。

上逃出巴黎，后来又在波尔多的荒原里被罗伯斯庇尔的暗探追逐，经过这样的磨炼就没什么好怕的啰。哎！圣雅克街的俱乐部怎么样？”

“有人曾把盖斯内尔将军带到那儿。他是晚上九点离开家的，第二天在塞纳河里发现了他的尸体。”

“谁对您讲了这么个动听的故事？”

“国王陛下。”

“好吧！作为对您的故事的回报，”诺瓦蒂埃说，“我告诉您一个消息。”

“父亲，我想我已经知道您要说什么了。”

“哦！您已经知道皇上登陆的消息了？”

“轻点，父亲，我求您了，首先为您，其次为我。是的，我已经知道这个消息，甚至比您知道得更早。三天来，我的马车在马赛到巴黎的路上拼命狂奔，我恨不得把脑子里翻腾的念头一下子送到二百里开外。”

“三天前！您疯了吗？三天前，皇上还没上船呢。”

“可我已经知道了这个计划。”

“怎么会呢？”

“是从厄尔巴岛上给您的一封信里知道的。”

“给我的信？”

“给您的信，我是从送信人的文件袋里截获的。假如这封信落到另一个人手里，父亲，此刻没准您正挨枪子儿呢。”

维尔福的父亲笑了起来。

“行了，行了，”他说，“看来复辟王朝从帝国那里把果断速决给学来了……挨枪子儿！亲爱的，瞧您说的！那么这封信，它在哪儿？我太了解您啦，不用担心您会把信随便乱扔。”

“我把信烧了，生怕留下片言只语。因为单凭这信就能把您定罪。”

“还会毁了您的前程，”诺瓦蒂埃冷冷地说，“是的，我懂；不过，既然有您保护我，我还有什么好怕的呢。”

“我不只是保护您，先生，我还要救您一条命。”

“嗬！事情愈来愈戏剧化了。说出来听听。”

“先生，我们再来说说圣雅克街的俱乐部吧。”

“看来这个俱乐部让警方落下一块心病了。为什么他们不再仔细找找呢？这个俱乐部是找得到的嘛。”

“他们没有找到，但已经有线索了。”

“这话说得妙，我懂；警方如果出了岔子，他们就说已经有线索了，让政府静静地等着，然后他们又会耷拉着脑袋走来说：线索丢了。”

“您说的没错，不过他们找到了一具尸体；盖斯内尔将军被杀了，这事任你放在哪个国家，都叫谋杀。”

“谋杀？您这么认为？可是没有证据可以证明将军死于谋杀啊；在塞纳河里每天都可以找到许多人，他们不是陷于绝望投河自尽，就是不会游泳溺水而死。”

“父亲，您很清楚将军不会因为绝望而投河，而在一月份，没人会到塞纳河去洗澡。不，您别绕弯子了，他肯定是死于谋杀。”

“谁说得这么肯定呢？”

“国王。”

“国王！我原以为他还有些哲学家的头脑，不会不理解在政治上没有谋杀这一说法。在政治上，亲爱的，您应该和我同样明白，没有人的存在，只有思想的存在；没有感情，只有利益。在政治上，我们不说杀了一个人，只说清除了一个障碍。您想知道事情的来龙去脉吗？那好，我这就告诉您。我们原以为盖斯内尔将军是可以依靠的，厄尔巴岛上有人把他推荐给我们。我们当中有一个人去找他，请他到圣雅克街参加一次朋友间的集会；他来了，在那儿，我们向他介绍了全盘计划，对他说了厄尔巴岛的出发时间、计划中的登陆时间。然后，等到把一切都听完，并且认为不会再有什么新的内容了，他才对我们说他是保王党人。这时大家面面相觑；我们要他发誓不泄露机密，他照做了，但非常勉强，倒像他这么发誓，是在试试老天爷灵验不灵验。好吧！虽然他很勉强，我们还是给了他自由，绝对的自由，让他离开了俱乐部。他没回到自己家里，这有什么办法呢，亲爱的？他从我们那儿出去，很可能迷了路，如此而已。谋杀！您这么说还真让我吃了一惊，维尔福，您身为王室代理检察官，光凭捕风捉影就能给我定罪吗？当您为王室尽责，让人把我同伴的脑袋砍下来时，我对您说过‘我的儿子，您犯了谋杀罪！’吗？从来没有，我只是说：‘很好，先生，您得胜了，等着回报吧。’”

“不过父亲，您得当心，一旦轮到我们回报你们，那就是毁灭性的。”

“我不明白您的意思。”

“您在指望篡位者东山再起？”

“就算是吧。”

“您指望错了，父亲。他在法国腹地走出十里地，就会像一头野兽那样被人追捕、围剿、抓住。”

“亲爱的朋友，此刻皇上正在向格勒诺布尔前进，十日到十二日到达里昂，二十日到二十五日到达巴黎。”

“民众会奋起……”

“奋起欢迎他。”

“他随身只带了不多的人马，而我们可以派几支军队去堵截他。”

“这些军队将护送他回到首都。亲爱的热拉尔，您其实还只是个孩子；您自以为情报确实，因为有一份急报在皇帝登陆后对您说：‘篡位者带少量人马在戛纳登陆，我们正在追击中。’可是他在哪儿？他在干什么？您一无所知。您只知道他们在追击他，但您不知道，他们会不发一枪一弹，把他一直追送到巴黎呢。”

“格勒诺布尔和里昂都是效忠国王的城市，民众会筑起一道不可逾越的防线阻止他。”

“格勒诺布尔会热情地为他敞开大门，里昂会倾城出动去欢迎他。相信我吧，我们的情报来源不比您的差，我们的警探和你们的一样能干。您需要证据吗？证据就是，您想对我隐瞒这次旅行，而我在您通过关卡半小时后就知道您到达了；您的住址，除了您的马车夫外，其他人一概不知，可是我知道您的住址，正当您要用餐时我准时到达，这就是证据。请按铃让人再放一套餐具，我们一起用餐吧。”

“没错，”维尔福惊奇地看着父亲说，“看来您知道得还挺多。”

“嘿嘿！事情很简单；你们执掌着权力，但你们所有的只是金钱能买到的东西，我们还没有执掌权力，但我们拥有的献身精神，使我们无往而不利。”

“献身精神？”维尔福笑问。

“是的，献身精神；这是一种说法，其实也就是为实现目标，可以不惜牺牲、不择手段。”

说完，他伸手想去拉铃叫仆人，因为做儿子的并没叫。

维尔福按住他的胳膊。

“等一下，父亲，”年轻人说，“还有一句话。”

“说吧。”

“王室的警探虽说无能，却掌握着一个机密的情报。”

“什么情报？”

“关于某人特征的情报；盖斯内尔将军失踪的当天早上，此人去过他家里。”

“哦！这他们也知道，好样的！那么是些什么特征呢？”

“褐色皮肤，头发、颊髯和眼睛都是黑色的，高领排扣的蓝色常礼服，饰孔里别一枚四级荣誉勋章，戴宽边帽，拿白藤手杖。”

“好家伙！他们全都知道啊？”诺瓦蒂埃说，“既然这样，为什么不把这个人抓起来呢？”

“因为昨天或是前天他从鸡鹭街的拐角跑掉，就此不见了。”

“还是啊，我说你们的警察是草包嘛。”

“不错，但是他们迟早会找到他的。”

“哦，”诺瓦蒂埃漫不经心地往四周扫了一眼说，“哦，要是这个人还蒙在鼓里，那倒也说不定，可是他已经知道了，而且，”他笑了笑说，“他还会改换一下容貌和服装。”

说着，他站起身来，解开外衣纽扣，松开领带，朝一张桌子走去，桌上放着儿子的梳洗用品，他拿起剃须刀，在脸上涂上肥皂，用他结实有力的手，刮掉给警察提供了珍贵线索的碍事的颊髯。

维尔福看着他这么做，惊恐中夹杂着几分敬佩之意。

诺瓦蒂埃刮掉颊髯之后，又在头发上下了一番功夫，再换下那条黑领带，戴上放在打开的旅行箱面上的花领带，脱下那件蓝色常礼服，穿上维尔福的一件下摆呈喇叭状的栗色常礼服。他又在镜子前试戴了一下年轻人的卷边帽，对自己新的模样似乎挺满意，没有再去拿先前放在壁炉旁边的白藤手杖，而是用那只壮实的手，把一根细软的竹棍挥得呲呲作响，举止优雅的代理检察官平时就是用这根手杖给自己的步履平添一种洒脱风度的。

“怎么样？”诺瓦蒂埃转身面对呆若木鸡的儿子说，“经过这番简单的化装，嗯，你认为你的警察还认得出我吗？”

“认不出，父亲，”维尔福结结巴巴地说，“至少我希望如此。”

“现在，亲爱的热拉尔，”诺瓦蒂埃继续说，“我相信你的谨慎，这些东西就由你来处理掉吧。”

“噢，这您可以放心，父亲。”维尔福说。

“当然！现在我想你是对的，你确实能救我一条命，不过你也放心，要不了多久我就会回报你的。”

维尔福摇了摇头。

“你还不信？”

“至少我希望是您错了。”

“你还要去见国王？”

“也许。”

“你想让他把你当成一个预言家吗？”

“预言灾祸的人在宫里是不受欢迎的，父亲。”

“没错，但总有一天，大家会为他们说公道话的。倘若真的发生了第二次复辟，你就会被当成英雄看待了。”

“我可以对国王说些什么呢？”

“告诉他：‘陛下，关于法国的形势、市民的舆论和军队的士气，我要说您全都受骗了。您在巴黎称作科西嘉魔头的这个人，在讷韦尔还被人叫作篡位者，但在里昂已被人称为波拿巴，在格勒诺布尔则被尊称为皇上了。您以为他被人围剿、追逐，四处逃窜；但他在前进，像他猎获的鹰一样行动快捷。您以为他的散兵游勇快要饿死、累垮，都想开小差了，但他们却像滚雪球那样越滚越大。陛下，走吧；把法国拱手交给它真正的主子，交给那个不是买下它，而是征服它的人；走吧，陛下，尽管您并没冒多少风险，因为您的对手已经强大到足以宽容您的地步，但是对圣路易的一个孙子来说，要让阿库尔、马伦哥和奥斯特利茨战役的胜利者来饶他一命，未免也太让他难堪了。’把这些话告诉他，热拉尔，要不你干脆走自己的路，什么也别对他说。闭口不提你的巴黎之行，千万别吹嘘你到巴黎来干什么和已经干了什么。回去仍然干你的老本行。如果说你是心急火燎般赶来的，那么就照样地赶回去。趁着夜色回到马赛，从后门悄悄回家。在那里，要温和、谦恭、深居简出，特别是千万别伤害人，因为这一次，我们已经清楚谁是敌人，一定会果断采取行动。去吧，儿子，去吧，亲爱的热拉尔，如果你能听从父亲的命令，或者如果你更爱他一些，把他的话当成一个朋友的忠告，到时候我们可以保留你的职位。”诺瓦蒂埃笑着往下说，“如果政治天平有一天让你在上而我在下，你就又有一次救我的机会了。再见，亲爱的热拉尔，下一次来巴黎，就住我家吧。”

诺瓦蒂埃说完这番话，神情自若地走了出去；在整个这场让维尔福感到尴尬的谈话中，他的神情始终这么镇静自若。

维尔福脸色苍白，心情激动，他奔到窗台前，撩开窗帘，看见父亲若无其事地从两三个鬼鬼祟祟的人中间走过去，这些人在街头巷尾打埋伏，正是为了抓住那个黑胡须、蓝礼服、宽边帽的人呢。

维尔福就这样气喘未定地站在窗口，直到看见父亲消失在比西街的十字路口。然后，他冲向诺瓦蒂埃扔下的衣物，把黑领带和蓝礼服塞进箱底，把帽子折拢塞进一个衣柜的下层，把白藤手杖折成三段，扔进壁炉的炉火中。他戴上一顶旅行便帽，唤来贴身侍仆，用眼神示意他别提任何他想提的问题。结好账后，他跳上一辆等在门口的马车。他在里昂得知波拿巴刚刚进入格勒诺布尔，从里昂到马赛的一路上乱得很，但他终于抵达了马赛。这个野心勃勃、初尝尊荣滋味的年轻人，此刻正忧心忡忡。

第13章
百日王朝

诺瓦蒂埃是个出色的预言家，正如他预言的那样，事态发展很快。我们都知道，从厄尔巴岛返回巴黎，这种非同寻常、奇迹般的东山再起，非但史无前例，恐怕也后无来者[1]。

路易十八对这一迅猛的打击只是软弱无力地抵挡了一阵，他不相信民众，对事态的发展也就失去了信心。王朝，或者说他刚刚重建起来的君主政权，本来就基础不稳，摇摇欲坠，拿破仑只消一挥手，整个这座建筑——陈旧的偏见与崭新的观念的畸形混合体——就轰然倒塌了。维尔福从国王那儿得到的只是感激——它眼下不仅无用，甚至还很危险——和一枚四级荣誉勋章，这枚勋章维尔福很识相地没有佩戴，尽管德·勃拉加斯先生遵照国王的吩咐，派人小心翼翼地把荣誉勋位证书给送来了。

诺瓦蒂埃凭着他所冒的风险和所出的力，成了百日王朝煊赫一时的人物，没有他的保举，拿破仑肯定要免去维尔福的职位。这位一七九三年的吉伦特党人、一八〇六年的参议员，正如他所许诺的那样，保护了这个不久前保护过他的人。

帝国正在还魂，不过它的再次倾覆也不难预见；这段时间里，维尔福的心思全都用在把唐戴斯当初险些儿透露出去的秘密掩盖得严严实实。

只有王室检察官被免了职，因为他有忠于王室的嫌疑。

帝国政权刚刚建立，也就是说皇帝刚刚住进路易十八离开的杜伊勒里宫，他就在小书房里向四处发布各种各样的命令，至于这间书房，我们先前随着维尔福进去后已做过介绍。在书房的桃花心木桌子上，皇帝还发现了路易十八启封后还留下一半烟丝的鼻烟盒。而就在这样的时刻，在马赛方面，不管官员态

1　1815年2月下旬，拿破仑率领数百名卫士和老近卫军士兵，从厄尔巴岛悄悄返回法国。3月20日拿破仑重返巴黎，再次登上皇位，重新统治法国近100天。这段时期史称"百日王朝"。6月兵败滑铁卢后，拿破仑签署退位诏书。随后他被放逐到圣赫勒拿岛，在那儿度过余生。

度如何，老百姓已经感到南方始终未曾熄灭的内战余烬重又燃烧了，保王党人若敢外出，定会遭到斥骂和侮辱，此时若要挑动民众报复保王党人，真是不费吹灰之力。

可敬的船长莫雷尔先生，我们先前说过他始终是站在民众一边的，这会儿他的社会地位自然有了根本的改变，我不想说他现在有多少权势，因为他生性谨慎，又有几分腼腆——但凡兢兢业业、勤俭起家的生意人，大抵都是如此，我只想说，尽管在那些激进的波拿巴党人眼里他只是个温和派，但他的社会地位已经足以让他向当局发出颇有分量的吁请了——我们不难猜出，这一吁请与唐戴斯有关。

维尔福虽然上司倒台，自己却站住了脚跟。但他的婚事已暂时搁在一边，要等待一个更为有利的时机。倘若皇帝在位不倒，他热拉尔当然是另攀一门亲较为合适，而对象，自有父亲会为他物色；倘若王朝第二次复辟把路易十八重新送上王位，德·圣梅朗先生的影响就会像他本人一样成倍增加，那桩婚事也就比以前更实惠了。

王室代理检察官暂时当了马赛的首席法官。且说一天早晨，仆人推门进来通报，莫雷尔先生来访。

换了别人，很可能就赶忙前去迎接船主了，而这份殷勤恰恰无异于示弱。维尔福可要高明得多，他即使不是对任何情况都有过历练，至少是对任何事情都有一种直觉。他像在王朝复辟时一样，让莫雷尔在前厅等候，王室代理检察官向来的习惯就是不管身边有没有人，先让来客在前厅等上一阵。这次也不例外，他用了一刻钟时间翻阅了两三种风格各异的报纸之后，才吩咐让船主进来。

莫雷尔先生原以为维尔福会垂头丧气的，不料一眼就看到，维尔福和一个半月以前一模一样，也就是说，镇静，坚定，冷漠而不失礼貌，这最后一点，是有教养的人与平民百姓之间的一道难以逾越的坎儿。

走进书房前，他满心以为法官见了他会瑟瑟发抖，结果却是见了这个把胳膊支在书桌上等着提问的人，他自己反倒抖抖索索，局促不安了。

他在门口站住。维尔福注视着他，仿佛一时还没能认出他来似的。两人相持默视了几分钟，可敬的船主把手里的帽子转来转去，简直不知所措，结果还是维尔福先开口：

“我想是莫雷尔先生吧？”

“是的，先生，是我。”船主答道。

“请走近些，”法官说，打了个表示恩赐的手势，“请问阁下光临有何见教？”

“您猜不到吗，先生？”莫雷尔问。

“一点儿也猜不到；但我当尽我所能为您效劳。”

“这事您完全有办法的，先生。”莫雷尔说。

“那就请说吧。”

“先生，”船主说，他渐渐恢复了自信，再说他的申诉完全在理，立场又很鲜明，所以他的语气非常坚定，“您想必记得，大家得知皇帝陛下登岸的前几天，我来为一个不幸的年轻人向您求过情。他是一个水手，在我的船上当大副。您想必也还记得，他被指控和厄尔巴岛有联系，有这层关系，在当时是个罪名，但放在今天就是一种光荣了。当时您为路易十八效力，没法庇护这个年轻人，先生，您在尽您的职责。如今您为拿破仑效力，您理应保护他，这仍然是您的职责。我来，就是想问一下他现在怎么样了。”

维尔福竭尽全力控制住自己。

“这个人叫什么名字？”他问，“请把他的名字告诉我。”

“埃德蒙·唐戴斯。”

不用说，维尔福宁愿在决斗中让对手从二十五步开外先开枪，也不愿听人提到这个名字，但他仍然脸不改色，眉头也不皱一下。

“这样，”维尔福心里想，“就没人能责备我当初逮捕这个年轻人是假公济私了。”

“唐戴斯？”他重复了一遍，“您是说埃德蒙·唐戴斯？”

“是的，先生。”

维尔福打开放在旁边格子里的一个卷宗，放到桌上，又走到旁边去翻阅其他文件，然后，他转身面向船主。

“您肯定您没弄错，先生？”他以最自然的语气问道。

倘若莫雷尔更精细一些，或对这种事情的经验更丰富一些，他也许会觉得奇怪，为什么代理检察官会亲自过问这桩已经无关的案子，他也许会寻思，为什么维尔福不让他到囚犯登记处，到典狱长那儿去打听。但莫雷尔现在看不出维尔福有半点心虚的样子；而既然看不出维尔福害怕，他在维尔福身上见到的就只是屈尊俯就的态度了。维尔福得计了。

“不，先生，”莫雷尔说，“我没有弄错。我认识这可怜的小伙子有十年了，他在我手下也已经干了四年。您想必还记得，一个半月前，我来请求您对这可怜的孩子网开一面，就像今天我来请求您对他秉公处理一样；您那时接待我的态度非常冷淡，不高兴多搭理我。咳！那会儿保王党对波拿巴党就是看不顺眼！”

“先生，”维尔福以惯常的敏捷和冷静招架说，“我当时是保王党，认为波旁家族是王座的合法继承人，是当仁不让的法兰西君王；但我们看到了皇上奇迹般的复位，这证明我是错了。天才的拿破仑胜利了：得民心者才是真正的君主。”

“好啊！”莫雷尔爽声说道，“听您这样说我真高兴，看来埃德蒙有救了。”

“等一等，”维尔福翻阅一个新的卷宗接着说，“我找到了：他是一个海员，是吗？他要娶一个加泰罗尼亚姑娘是吗？对，对！现在我想起来了，这是一个重案。”

“怎么会呢？”

“您知道，他离开这儿以后，就被带到法院的监狱去了。”

“噢，后来呢？”

“后来，我向巴黎打了报告；我把在他身上找到的信件送去了。这是我的职责，我不能不这么做……过了一个星期，他就被带走了。”

“带走了！”莫雷尔大声说，“他们把他怎么样了？”

“哦，不用担心。他可能被送到弗内斯特雷尔、皮涅罗尔或者圣玛格丽特群岛[1]去了，按我们的行话，这叫换换环境。放心吧，不定哪天早上，他就会回来再给您当船长的。”

“他什么时候回来，这个位置都给他留着。可他也该回来了吧？我想波拿巴党法院的当务之急，就是释放保王党法院监禁的犯人吧。”

“别太心急，亲爱的莫雷尔先生，”维尔福说，“什么事都得按法律程序办

1　弗内斯特雷尔和皮涅罗尔分别是皮埃蒙特和都灵的监狱。圣玛格丽特群岛位于戛纳附近，此处的国家监狱曾于1687年至1698年囚禁过铁面人。

才行。监禁的命令来自上面，释放的命令也得自上而下。拿破仑回来才半个月，那些甄别平反的公文大概也刚送上去。”

“但是，”莫雷尔问道，“我们现在掌权了，难道就没有办法加快这个程序吗？我有几个朋友还是有些影响的，我弄得到撤销逮捕令的公文。”

“根本就没有逮捕令。”

“那么在监狱花名册上勾销他的名字。”

“政治犯入狱是不入册的。有时候，政府就是用这个办法让一个人失踪而不留任何痕迹。入了花名册就有据可查了。”

“在波旁王朝时代也许是这样，但现在……”

“任何时代都一个样，亲爱的莫雷尔先生：政府一个接一个换，其实是大同小异的。路易十四治下的司法机构今天还在运转，就只巴士底狱除外。皇上对监狱的管理比国王更严格！监狱里不入册的囚犯可以说是不计其数。”

这番合情合理的解释说服了莫雷尔，他甚至连半点怀疑都没有了。

“那么，维尔福先生，”他说，“您是不是可以给我一些忠告，好让可怜的唐戴斯早日归来呢？”

“只有一个，先生：给司法大臣写信请求帮助。”

“哦！先生，这样的信大臣每天要收到两百封，可他看不了四封。”

“没错。但是由我审批并直接报送的信，他是会看的。”维尔福说。

“您会亲自把信送上去，先生？”

“一点不错。唐戴斯在当时有罪，但现在他是无辜的。当时判他入狱是我的职责，现在让他获得自由也是我的职责。”

就这样，维尔福避免了一次可能性虽说不大、但毕竟存在的调查的危险，这样的调查是会让他完蛋的。

“那我怎么对大臣说呢？”

“请坐这儿，莫雷尔先生，”维尔福说着把座位让给船主，“我来口述。”

“这不太让您费心了吗？”

“没事。我们得抓紧，不能再浪费时间了。”

“是啊，先生，您想想，那可怜的年轻人在那儿等待，在那儿受罪，说不定他都已经绝望了哪。”

维尔福想到这个犯人在寂寞和黑暗中咒骂他，不禁打了一个寒战；但是他已陷得太深，无法回头了，唐戴斯必得在他野心的齿轮之间被碾得粉碎。

“请说吧，先生。”船主说，他已坐在维尔福的扶手椅里，手上拿着一支笔。

于是，维尔福口述了一封请求信。这封信意在请求释放唐戴斯，这一点是无可置疑的，但信中过分渲染了唐戴斯效忠拿破仑的热忱，唐戴斯俨然成了辅佐拿破仑东山再起的中坚人物。显然，如果唐戴斯还在含冤蒙辱，大臣看了信一定会立即为他伸张正义。

信写完以后，维尔福又把它高声念了一遍。

“成了，”他说，“剩下的事我来办吧。”

“信很快就会送出吗，先生？”

“今天就送。”

“加上您的审批意见？”

“我会尽量写得好些，先生，证明您在信中所说的情况完全属实。”

维尔福坐下，在请求信的一角写上审批意见。

“下一步，先生，我该干什么呢？”莫雷尔问。

“您就等着好了，”维尔福说，“一切由我来办。”

这个保证使莫雷尔充满了希望。他满心喜悦地离开代理检察官去告诉唐戴斯老爹，他很快就能见到儿子了。

可是维尔福并没有把请求信送呈巴黎。他把它小心翼翼地保存了起来。这封信眼下虽可救出唐戴斯，但将来说不定会给唐戴斯带来更大的麻烦——从欧洲的局势及事态的发展可以看出，第二次王朝复辟并不是不可能的。

唐戴斯于是继续当犯人，他被关在深深的囚牢里，根本听不见路易十八滚下王位的巨大声响，也听不见帝国垮台的更为可怖的声响。

但维尔福却以警觉的目光注视着，聚精会神地倾听着。在世人称之为百日王朝的帝国复出的短暂时期，莫雷尔两次为请求释放唐戴斯而来，每次维尔福都信誓旦旦，以前景乐观来安慰他；最终，滑铁卢战役发生了。莫雷尔再也不到维尔福府上登门了；船主为他年轻的朋友做了一切他出于人道而该做的事情；在第二次复辟时期再想进行新的尝试是徒劳而且有害的了。

路易十八重新登上王位。对维尔福而言，马赛给了他过多的记忆，而且都成了内疚之事，他请求得到在图卢兹某一空缺的检察官职位，获得了允准。他到新任所后两个星期，娶了蕾内·德·圣梅朗小姐为妻，这时他岳父在宫廷的地位比以前更显赫了。

这就是唐戴斯在百日政变期间和滑铁卢战役之后仍然被关在囚牢，不说完全被人遗忘，却至少为天主所遗忘的原因。

拿破仑一起事，唐格拉尔就明白他给唐戴斯的那一击有多么厉害：他的告密可谓适逢其时。他这种人生来就是坏种，平日里又有点小聪明，他管这奇怪的巧合叫天意。

而当拿破仑真的成了事，重又在巴黎发号施令的时候，唐格拉尔却吓破了胆。他每时每刻都担心唐戴斯会出现在眼前。唐戴斯知道一切，唐戴斯既可怕又强悍，他会来报仇的。于是，唐格拉尔向莫雷尔先生辞去船上的职务，并请船主把他推荐给一个西班牙商人。三月底，他在那个商人那里做了个小职员。这是拿破仑重返杜伊勒里宫后十到十二天之间的事情。他就此去了马德里，人们再也听不到他的消息了。

费尔南什么也不明白。唐戴斯不在，这就够了。他现在怎么样？费尔南根本不想知道。不过，唐戴斯不在的这段时间里，费尔南冥思苦想，既要为唐戴斯的不在编些理由哄住梅塞苔丝，又要考虑迁移到别处并把她强行带走的计划。也有时，这是他一生中最难受的时刻，他坐在法罗湾的顶端——从这儿可以同时看清马赛和加泰罗尼亚村——像猎鹰般忧郁而凛然地望着大路，等着看见那个潇洒倜傥的年轻人回转家门。对费尔南来说，这个年轻人就是他的复仇使者。费尔南暗自下决心：他要先一枪击碎唐戴斯的脑袋，然后自杀；他想，自己的死会给杀死情敌抹上几分浪漫色彩。但是费尔南是在骗自己：他是不会自杀的，因为他还抱有希望。

就在这时候，命途多舛的帝国发布了最后一次征兵令，所有尚能拿起武器的人都响应皇帝响亮有力的号召冲到法国境外去[1]。费尔南离开家园和梅塞苔丝，和其他人一样应征入伍。一个阴暗、可怕的想法折磨着他：他怕自己这一走，他的情敌就会回来娶他心爱的人。

如果费尔南真的想自杀，那他在离开梅塞苔丝时就该这么做了。

1　1815 年 6 月，拿破仑率领新组建的军队进入比利时，迎战第 7 次反法同盟军。

正如忠诚的表现在善良的人身上终会产生效果一样，费尔南对梅塞苔丝的关心，对她的不幸所表示的同情，以及尽可能满足她一切要求的殷勤，终于产生了效果。梅塞苔丝始终和费尔南保持着友谊，如今友谊又添上了感激之情。

“我的兄长，”她给费尔南背上新兵的背包，“您是我唯一的朋友，您一定要小心保护自己，别让我一个人留在这个世界上。您要是死了，我就是孤零零的一个人了。”

在费尔南整装待发之际，梅塞苔丝说的这番话使他又有了一线希望。倘若唐戴斯不再回来，梅塞苔丝说不定有一天还会是他的。

留下的梅塞苔丝孤单单的，陪伴她的只有这片从未显得这么荒凉的土地，以及一望无际的大海。她整日两眼泪汪汪的，犹如凄婉的故事中的痴情女子，不停地围着本族人的小村落转悠。她时而在南方的烈日下伫立，一动不动像一尊雕像似的不言不语，呆呆地望着马赛；时而坐在堤岸上，倾听大海的呻吟，这呻吟和她的痛苦一样不绝如缕；她常常自问是不是就该让身子向前倾去，投入深渊葬身谷底，这样做是不是会比永无尽头的等待，比一次又一次的失望来得好受些。

梅塞苔丝没有跳下去，并不是因为缺乏勇气。宗教信念拯救了她，使她没有走上自尽的绝路。

卡德鲁斯与费尔南一样应征入了伍。但他比加泰罗尼亚人年长八岁，又已经结婚，所以他是第三批入伍，被派到了沿海地区。

唐戴斯老爹的生命是靠希望支撑着的。皇帝一倒台，希望全都成了泡影。

离开儿子五个月之后，就在当初儿子被捕的那个时分老人在梅塞苔丝的怀里咽下了最后一口气。

莫雷尔先生负担了他的全部丧葬费，把老人在患病期间欠下的一小笔债也还清了。

这样做光凭大慈大悲是不够的，它还需要勇气。那时南方战事未平，帮助一个像唐戴斯这样危险的波拿巴党人的父亲，即便老人已经气息奄奄，也可以是一条罪名。

第 14 章

愤怒的囚徒和疯癫的犯人

路易十八重返王位约莫一年的时候，监狱督察长前来巡察。

唐戴斯在地牢里听见了上面嘈杂的声响。这些门轴转动和木门开启的动静在地面上听起来固然很响，但在地下是很难分辨的，只有习惯于在黑夜的静谧中谛听的囚犯才能听清——他们听惯了地牢里蜘蛛织网、凝聚的水珠每隔一小时滴落一次的声音。

他猜想那些鲜活的人群中间一定发生了不寻常的事情。长久以来，他几乎生活在一座坟墓里，觉得自己跟死人没什么两样了。

结果，是督察长来逐一视察大牢、单间牢房和地牢。他询问了好几个犯人，之所以选这些犯人，或是因其表现好，或是因其特别傻。督察长问他们伙食怎么样，有什么要求。

他们一致回答伙食糟糕，要求恢复自由。

督察长问他们有没有别的事情要向他说。

他们又都一致摇头。这些犯人还有什么比自由更为宝贵的东西要申请呢？

督察长微笑着转过身子，对典狱长说：

“我真不明白为什么上面要叫我们这么徒劳无益地巡回视察。看过一个犯人就等于看了一百个，听过一个犯人讲，就等于听了一千个，永远是千篇一律：吃得不好，自己无辜。还有其他犯人可以看看吗？”

“有，我们还有危险和发疯的犯人，关在地牢里。”

“去看看吧，”督察长带着极为厌倦的神色说，“还得恪尽职守哟，下去看看地牢吧。”

“请稍等，”典狱长说，“让我先去找两个士兵来。犯人有时会走极端，或者是活得不耐烦了，想被定成死罪。因此您有可能成为一次绝望行动的牺牲者。”

“那么就采取预防措施吧。”督察长说。

典狱长派人找来两个士兵，一行人开始沿着一条霉腐、恶臭、潮湿的楼梯往下走。单单在这儿走上一走，眼睛、鼻子和呼吸就都会变得极其难受。

“嚯！”督察长走到半道停住说，“谁能住在这种鬼地方？”

“一个最危险的谋反分子，上面特别关照说他是一个无恶不作的家伙。”

“他一个人住？”

“当然。”

“他在这里多久了？”

“将近一年。”

“他一来就关在地牢里？”

“不是的，先生。他想杀死一名为他送饭的狱卒，这才被关进地牢的。”

“他想杀死狱卒？”

“是的，先生，就是替我们掌灯的这个人。是这样吗，安托万？”典狱长问。

“对，他要杀我。”那狱卒说。

“是吗！他是个疯子？”

“比疯子更糟，”那狱卒说，“简直是魔鬼。”

“不要训训他吗？”督察长问典狱长。

“不用了，先生，像这样已经够他受的啦；再说他也快疯了。这种情形我们见过，我看不出一年，他的神经就完全错乱了。”

“这对他来说，说不定倒是好事，”督察长说，“真的疯了，痛苦反而少些。”

读者不难看出，这位督察长是个挺有人情味的人，很适合从事这份应以博爱为怀的工作。

“您说得对，先生，”典狱长说，“您的想法表明您对这事儿琢磨得挺透彻。这不，二十来尺[1]开外还有一个地牢，可以从另一个楼梯下去。那里面关着一个老神甫。他当过意大利一个政党的头儿，一八一一年起关在这儿，一八一三年底发了疯。从那以后，他就像变了个人：一会儿哭，一会儿笑，先是愈来愈瘦，后来又长胖了。您看这一位不如看那一位，他疯得有趣，看了不会让您伤感。”

“我两个都看，”督察长说，“做事得做实在喽。”

督察长是第一次巡视监狱，想给上峰留个好印象。

“我们先进去看第一个地牢吧。”他又说。

---

1 本书中的“尺”都指法尺（pied）。1 法尺相当于 325 毫米。

“好的。”典狱长答道。

说完，他向掌匙狱卒示意，后者打开了门。

唐戴斯蹲在地牢的一角，带着难以言状的激动迎接穿过狭窄的铁栅射进来的微弱日光。听到笨重的铁锁嘎嘎作响，锈蚀的铰链在支轴上转动发出的刺耳声音，他抬起头来。看见一个陌生人由两个狱卒擎着火把照明，典狱长帽子拿在手上和他说话，旁边还有两名士兵护送，唐戴斯猜出了来人的身份。向上级部门申诉的机会终于盼到了，他双手合在胸前，猛地扑上前去。

士兵们立即把刺刀交叉成十字，他们以为犯人要伤害督察长。

督察长本人也不由得往后退了一步。

唐戴斯发现他们把他看成凶狠的要犯了。

于是，他在目光中凝聚起内心所能有的全部温顺和谦恭，极其恭敬地一口气说了很多话，想以此来打动来访者。见他这么会说，在场的人都挺惊讶。

督察长从头到底听完唐戴斯的陈述，然后转向典狱长轻声说：

“他会皈依宗教的，他已经变得顺从多了。瞧，威吓对他还是管用的，他在刺刀前退缩了。可真的疯子是什么都不怕的。关于这一点我在夏朗东[1]做过很有趣的研究。”

接着，他向犯人转过身去。

“长话短说，”他说，“你有什么要求？”

“我希望知道我犯了什么罪；我请求他们给我找法官；我要求公开审理我的案子；最后，如果我真的有罪，我要求你们枪毙我，而如果我是无辜的，你们应给我自由。”

“你的伙食好吗？”督察长问。

“嗯，算好吧，我不知道。不过这无关紧要；重要的，不光和我这个不幸的犯人有关，而且和所有主持正义的官员有关，和治理天下的国王有关的，是一个无辜的人不该成为卑鄙的告发的牺牲者，不该永远被关在狱中咒骂刽子手。”

“你今天挺驯顺，”典狱长说，“但你不总是这样的，你想杀死看守那会儿，说的可是另一番话。”

---

1 夏朗东：离巴黎不远的一座小城，当时那儿有一所疯人院。

“不错，先生，”唐戴斯说，“我向他表示歉意，他对我一直很好……可是，您让我怎么办呢！我那时候是疯了，我恨极了。”

“你现在不疯不恨了？”

“不了，先生，监禁磨灭了我的意志，销蚀了我的心灵……我来这里已经很久了！”

“很久了？……你是什么时候被捕的？”督察长问。

“一八一五年二月二十八日下午两点。”

督察长计算着。

“今天是一八一六年七月三十日。瞧你说的，你关在这儿才十七个月。”

“才十七个月！”唐戴斯说，“噢！先生，您不知道十七个月的监禁意味着什么，那就是十七年，就是十七个世纪啊！您不知道对像我这样一个离幸福只有一步之遥，一个马上就要娶心上人为妻的人，对于我这样一个锦绣前程已在面前展现，而转瞬间一切又都化为泡影的人，十七个月的监禁意味着什么！我正沐浴在美好的阳光里的时候，却突然跌入最幽深的黑夜，发觉前途毁于一旦，不知道我所爱的人是否还在爱我，也不知道年迈的父亲是死了还是活着，这又意味着什么！十七个月，对一个习惯于辽阔无垠的海面上清新的空气，过惯了海员自由自在、无拘无束生活的人来说，是多么漫长啊！先生，您知道吗，即使犯下了人类语言所能形容的最令人发指的罪行，十七个月的监禁也是残酷的呀。可怜可怜我吧，先生，我不求从轻发落，我只求让法官审判我。你们总不能不让一个被告寻找法官吧。”

“好，”督察长说，“我们知道了。”

接着，他又转身对典狱长说：

“说真的，这个可怜虫还真让我有点难过。上去以后，您把他的入狱卷宗拿给我看看。”

“遵命，”典狱长说，“不过我想，您看到的会是对他不利的可怕的记录。”

“先生，”唐戴斯接着说，“我知道您本人不能决定让我从这里出去，但您可以向当局转达我的请求，您可以促成一次调查，总之，您可以让我接受审判：一次审判，就是我的全部请求。这样可以让我知道自己犯了什么罪，被判了什么刑；您也瞧见了，不审不判是一种最可怕的酷刑。”

“你得把事情的来龙去脉跟我讲一下。”督察长说。

“先生，”唐戴斯大声说，“我从您的声音里听出您已经动了恻隐之心。先生，请告诉我我有希望了。”

“我不能对你说这句话，”督察长答道，“我只能答应查阅你的档案。”

“噢！这么说，先生，我自由了，我得救了。”

“当时是谁下的逮捕令？”督察长问。

“德·维尔福先生，”唐戴斯回答说，“请去看看他，和他谈一下吧。”

“德·维尔福先生调离马赛已经有一年了。他在图卢兹。”

“噢！原来是这样，”唐戴斯轻声说道，“我唯一的保护人调走了。”

“德·维尔福先生和你有没有仇？”督察长问。

“没有，先生；他对我非常友好。”

“那么他已经留下的，或者还会给我的有关你的材料，我都是可以相信的啰？”

“完全可以相信，先生。”

“那好，你等着吧。”

唐戴斯跪倒在地，双手举向上天轻声祈祷，感激这个察看监狱的人，这个拯救地狱中灵魂的人。

地牢的门重又关上，但督察长带来的希望也关在唐戴斯的地牢里了。

“阁下马上调阅入狱档案，还是先去神甫的地牢？”典狱长问。

“一次看完吧，”督察长答道，“要是往上走到有亮光的地方，只怕就没有勇气再下来喽。”

“喔！这个犯人跟刚才的不一样，他那疯劲儿，您看了准会觉得有趣。”

“他怎么个疯法？”

“嚯！疯得挺古怪，他自以为拥有一个极大的宝藏。被捕的第一年，他说如果政府还他自由，他就奉献给政府一百万；第二年，增加到两百万，第三年，三百万，每年往上加。他已经坐了五年牢，他准会要求和您密谈，给您五百万。”

“嗬嗬！果然很有趣，”督察长说，“这个百万富翁叫什么呢？”

“法里亚长老。”

“二十七号！”督察长说。

“就这儿。把门打开，安托万。”

掌匙狱卒开了门，督察长好奇的目光探进疯长老的地牢。

监狱上下都这么称呼这个犯人。

牢房正中，一个几乎赤身裸体的人躺在用墙上剥落的石灰在地上画出的一个圈子里。他那破成一缕一缕的衣服，已经遮不住身子了。地上画着一些清晰的几何图形，他正聚精会神地思考问题，神情与被马塞卢斯麾下士兵杀死的阿基米德[1]极为相像。地牢门打开时声音传来，他没挪动一下身子。但当火把那不寻常的光芒骤然照亮湿漉漉的地面时，他吃了一惊。他猛地回过头来，诧异地看着这么些人鱼贯走下他的地牢。

他赶紧抓起扔在床脚跟前的被单，手忙脚乱地披在身上，好让自己别在陌生人面前过于出丑。

“你有什么要求？”督察长千篇一律地问道。

“我吗？先生，”长老神色惊异地说，“我没有要求。”

“你没弄明白，”督察长接着说，“我是政府特派员，我的任务是巡视监狱，听取犯人的意见。”

“哦，那就另当别论了，先生，”长老赶紧大声道，“我希望我们能谈得来。”

“瞧，”典狱长低声说，“我不是说过吗？这就要开始了。”

“先生，”犯人继续说，“我是法里亚神甫，出生在罗马；我给罗斯皮里奥西红衣主教当了二十年秘书。我一八一一年初被捕，不知道被捕原因。从那以后，我就一直要求意大利和法国当局释放我。”

“为什么向法国当局要求呢？”典狱长问。

“因为我是在皮翁比诺[2]被捕的。据我推测，皮翁比诺也像米兰和佛罗伦萨一样，已经成为法国某个省的省会了[3]。”

---

1 阿基米德（公元前 287—前 212）：古希腊学者。相传马塞卢斯统率罗马军队攻陷叙拉古城时，阿基米德正在家里的沙地上画数学图形，他对闯进来的士兵大喊：“别动我的图形！”但还是惨遭杀害。

2 意大利托斯卡纳区的沿海城市，与厄尔巴岛遥遥相望。

3 拿破仑执政后将全国划分为 88 个省。随着军事上的胜利，拿破仑称帝后的帝国版图愈来愈大。他本人不仅是法兰西帝国的皇帝，还是意大利的国王、莱茵联邦的“保护者”、瑞士联邦的仲裁者。他的三个兄弟约瑟夫、路易和热罗姆分别被封为那波利、荷兰和威斯特伐利亚的国王。

督察长和典狱长相视一笑。

"嗨，"督察长说，"你的意大利新闻已经过时了。"

"这是我被捕那天的事情，先生，"法里亚长老说，"皇帝陛下为上天刚赐予他的儿子建立了罗马王国[1]，我想他出师连连告捷，大概已经实现了马基雅弗利[2]和恺撒•博尔吉亚[3]的梦想，使意大利成为一个统一的王国。"

"先生，"督察长说，"幸而上天有眼，在我看来你竭诚支持的这个宏伟计划出了点岔子。"

"这个计划是使意大利强大、独立和幸福的唯一办法。"长老答道。

"有可能，"督察长说，"但我此行的目的不是和你讨论意大利的政治，而是像我刚才做的那样询问，你对监狱的食宿有什么意见。"

"监狱的伙食都差不多，"长老回答说，"也就是说非常糟糕。至于住宿，您看见了，这里很潮湿，不卫生，但作为一间地牢还说得过去。现在，我想说的不是这些，而是意义极为重大、涉及最高利益的一桩秘密。"

"来了吧。"典狱长低声对督察长说。

"这就是为什么我见到您会如此高兴的缘故，"长老继续说，"虽说您在我做一项极重要的计算时打扰了我，如果这项计算做成了，也许能修正牛顿定律。您能赏光和我私下里谈一会儿吗？"

"得，不出我的所料吧？"典狱长对督察长说。

"您的犯人您很了解。"督察长笑着说。

接着，他又转向法里亚说：

"先生，我无法满足你提出的要求。"

"可是，先生，"长老说，"如果事关政府获得的一笔巨款，比如说五百万呢？"

"得，"督察长转身对典狱长说，"您的预言准确到数字了。"

"噢，"神甫看见督察长动了动身子准备退出，马上说，"我们不一定非得单独谈不可，典狱长先生也可以在场。"

1　1811年，拿破仑和玛丽·路易丝的儿子约瑟夫刚出生即被册封为罗马王。

2　马基雅弗利（1469—1527）：意大利政治思想家。1513年撰写《君主论》一书，主张统一意大利，实行君主专制。

3　恺撒·博尔吉亚（1476—1507）：教皇亚历山大六世的私生子，意大利政治家。他娶法国纳瓦拉国王之妹为妻，并利用姻亲关系扩张教廷权势。马基雅弗利在《君主论》中举博尔吉亚为新时代君主表率，博尔吉亚因此著名。

“亲爱的先生，”典狱长说，“不巧的是我们事先就知道你会说什么了。是关于你的宝藏吧？”

法里亚凝视着这个嘲弄者，一个公正的旁观者可以看到他的目光中闪动着理性和睿智之光。

“没错，”他说，“不说这个你要我说什么呢？”

“督察长先生，”典狱长说，“这个故事我可以讲得和长老一样好。听了四五年我的耳朵都听腻了。”

“典狱长先生，”长老说，“这证明了您就像《圣经》上说的那些人一样，视而不见，听而不闻。”

“亲爱的先生，”督察长说，“托上天的福，典狱长挺有钱，他不需要你的钱；把钱留着等你出狱的那天用吧。”

长老双眼圆睁，一把抓住督察长的手。

“可要是我出不了狱呢，”他说，“如果当局不顾公道把我关在这个地牢里，而我生前没能把这个秘密告诉任何人，这笔财富不是付诸东流了吗？政府，还有我，如果能用上这笔钱，岂不更好吗？我出六百万，先生，是的，我愿意出六百万，只要你们放了我，我有余下的钱就够了。”

“说真的，”督察长轻声说，“如果我们不知道这个人疯了，听他说话的口气那么自信，说不定真会相信他说的是实话呢。”

“我没有疯，先生，我说的是实话，”法里亚接口说，他凭着犯人特有的敏锐听觉，听见了督察长的每一句话，“我说的这个宝藏确实存在，我提议我们签订一份合同，然后你们带我去我指定的地点，当着我的面挖掘。假如我扯谎，假如一无所获，假如真像你们说的那样我是个疯子，那好！你们再把我带回这个地牢来，我将在这儿度过余生，至死不再向您和任何人提任何要求。”

典狱长笑了起来。

“你的宝藏很远吧？”他问。

“离这儿有一百里。”法里亚答道。

“想得倒美，”典狱长说，“倘若每个犯人都要把看守带上走一百里地玩玩，而那些看守又都答应陪他们去走，那么犯人逃跑的机会就来啰：这么长途跋涉，逃跑的机会自然有的是。”

“这一招并不新鲜，”督察长说，“这位先生甚至得不到发明权。”

接着，他又转身面向长老。

“我问你的是伙食怎么样。”他说。

“先生，”法里亚说，“如果我对您说的是实话，如果我给您指出的地点真埋着宝藏，请您向上帝发誓还我自由。”

“你的伙食怎么样？”督察长又问一遍。

“先生，您这样做是不会冒风险的，您瞧，我不想寻觅机会逃跑，你们去那儿时，我还留在牢里好了。”

“你没有回答我的问题。”督察长不耐烦地说。

“您也没有回答我的请求！”长老喊道，“您就同其他那些不肯相信我的白痴一起见鬼去吧！你们不想要我的金子，我自己留着；你们不肯还给我自由，天主会还给我。行了，我没什么要说的了。”

说完，他扔下被单，捡起一块石灰，重新在圈子正中坐下，继续画线、计算。

“他在干什么？”督察长转身退出时问。

“算他的宝藏呗。”典狱长说。

法里亚向他投去极为鄙夷的一瞥，以回报他的讥讽。

他们出去，狱卒关上了门。

“他过去大概真的有点财产。”督察长走上石级时说。

“也说不定是做梦梦见，”典狱长回答说，“第二天醒来就变疯了。”

“其实，”督察长无意中道出了世弊的症结，“他如果真富有，也就不会进监狱喽。”

法里亚长老的一次际遇就这样结束了。他仍然当他的囚犯，不过，在这次视察之后，这个逗人发笑的疯子更加著名了。

卡里古拉和尼禄[1]这两个喜欢异想天开，热衷于探寻宝藏的皇帝，如果听到可怜长老的这番话，一准会把他所盼望的空气、他所企求的空间，以及他愿以如此昂贵代价赎回的自由全都给他。如今的君主囿于现实的天地，再也没有敢想敢做的勇气了。他们惧怕下达命令时被人偷听，惧怕所做的事情有人窥视，不再感到自己是天神的化身。他们只是戴着王冠的凡人而已。从前，他们自以

1 卡里古拉（12—41）和尼禄（37—68）都是历史上有名的古罗马暴君。

为是朱比特的儿子，至少对自己是这么说的，他们身上多多少少还有着他们天父的遗风。而在云天之外的一切，常人是难以企及的。然而如今的君王很容易企及。因此，专制政府不愿把囚禁和酷刑的真相大白于天下，也不愿让一个被严加审讯的犯人肢体不全、伤痕累累地重见天日。由于疯病是一种精神备受折磨之后在污浊的地牢里与之俱生的溃疡，患此病者总是被十分小心地藏在他的病源地，或者说，即使能被释放，他也会被深藏在某家阴森森的医院里，医生面对狱卒送去的这些体脑残缺的患者，既看不出他们还有人的模样，也看不出他们还有人的思想。

法里亚长老是在监狱里发的疯，鉴于他的病状，他被判了无期徒刑。

至于唐戴斯，督察长没有食言。他上去回到典狱长那里，就让人把入狱档案取来了。有关这个犯人的批语如下：

> 埃德蒙·唐戴斯
>
> 狂热的波拿巴党人，曾积极参与厄尔巴岛事变。
>
> 须绝密关押并严加监视。

在档案中，这几行字的笔迹跟前面的不一样，用的墨水也不同。这表明批语是唐戴斯被监禁之后添加上去的。

指控措辞有力，无懈可击。督察长在下面写上：

> 无需复议。

可以说，这次巡视倒使唐戴斯大为振奋；自他入狱之后，他早已忘了计数时日，然而巡视员又给了他一个新的日期，这个日期唐戴斯是从此不会忘记了。督察长走后，他用天花板上剥落的一块石灰在墙上写下：一八一六年七月三十日。从那时起，他每天刻上一道线，使自己对时间心中有个数。

时光一天又一天，一星期又一星期，一个月又一个月地流逝了。唐戴斯始终等待着。一开始，他把自己获释的时间定为半个月。看来督察长对他的事情还有一些兴趣，即使不急着去办，那么有十五天也足够了。十五天过去了，他心想，要让督察长在回巴黎之前就办理他的事，那未免有些荒唐，只有等他巡视完之后才会回到巴黎，而他的巡视时间可能要持续一两个月。于是他定下了三个月，而不是十五天的期限。三个月过去了，他又冒出了新的想法，把期限宽延到六个月。六个月又过去了，他一个限期接着一个限期往后挪，一直等到了十个半月。在这十个半月中，监狱里没有任何变化，没有任何让他感到慰藉的消息传来。他问狱卒，狱卒一如往常三缄其口。唐戴斯开始怀疑起自己的神志来了。他想，记忆中的这件事莫非是大脑的错觉，那位出现在他牢房里的抚慰天使莫非是插着梦的翅膀下到他的牢房里来的。

一年过后，典狱长调任前往汉姆堡[1]履新。他带走了好几个下属，其中有看守唐戴斯的狱卒。新的典狱长上任后，觉得记这些犯人的名字太麻烦，于是干脆把他们编上号。这个人满为患的可怕旅社共有五十个房间，住客就按住房号码编号；我们不幸的年轻人不再叫唐戴斯这个姓或埃德蒙这个名字了，他叫三十四号。

1　汉姆堡：位于法国索姆省汉姆镇的著名监狱。

第15章

三十四号和二十七号

被遗忘在监狱里的犯人所经受的痛苦有几个阶段，其中每个阶段唐戴斯都经历过了。

起初是高傲，因为这时他还怀有希望，自信是无罪的。接着，他对自己究竟是否有罪起了怀疑，让典狱长说起来就是精神错乱了。而后他从高傲的顶上直跌下来，开始祈求了，但不是向主祈求，而是向人祈求——天主到最后才成为他的精神支柱。这个不幸的人，他本该一开始就求助于天主的，却直到一切希望都破灭以后才寄希望于天主。

唐戴斯先是恳求他们把他从这个地牢里带出来，投入另一个地牢，哪怕更黑更深也行。一次变动，即便更糟，总归是变动，好歹可以让他有几天时间排遣一下烦闷。他央求他们让他放风，给他书籍、乐器，结果全都不准。但这也没关系，他一个劲地央求下去。他已经习惯了和新狱卒说话，虽然这个狱卒比前任更沉默，但是对一个人说话，哪怕对一个哑巴说话，也毕竟是一种乐趣。唐戴斯说话，是想听见自己的声音：当他单身一人时，他也试过对自己说话，却反而觉得害怕。

没有入狱的时候，一想到结伙扎堆的流浪汉、强盗、杀人犯，想到他们粗鄙下流的喧闹和狂野的江湖义气，他就心里发怵。可现在他巴不得和这些人关在一间牢房里，那样至少可以看看其他的面孔，而不是整天对着狱卒这张冷峻、木然的脸。他甚至羡慕那些穿着褴褛的号衣，脚下戴着镣铐，肩上烙着烙印的苦役犯，这些苦役犯至少有同伙做伴，能呼吸新鲜空气，能仰望天空。苦役犯还是有福的啊。

有一天他央求狱卒给他找个伙伴，无论是谁，哪怕是他听说过的疯长老也行。狱卒心肠虽硬，毕竟人性未泯。他虽说整天板着脸，但心底里还是对这个不幸的犯人抱有几分同情，觉得这个年轻人这么受苦委实不易。他把三十四号的请求转告了典狱长。谁知典狱长审慎得像个政治家，以为唐戴斯是在酝酿一个阴谋，打算结伙越狱潜逃。于是犯人的要求被拒绝了。

唐戴斯求遍所有可求的人，一无所获。他转而祈求天主——我们前面说了，迟早会有这一天的。

散布在尘世间，由命运遭受摧残的不幸的人收集起来的种种虔诚的思绪，使唐戴斯的灵魂焕然一新。他记起了母亲教他的祷词，从中发现了以前未曾体会到的新意。对生活在幸福中的人来说，祷告只是一些单调的、含义贫乏的词句而已。直要到灾祸降临的那一天，他才会明白他祈求上苍怜悯的话，是多么的崇高。

他岂止是热诚地，简直是狂热地祈祷啊。他大声祷告，不再害怕听到自己的声音。这时，他会进入一种神志恍惚的状态，依稀觉得天主在听着他说的每一句话；他把自己卑微的、受损害的一生，都托付给了天主的意志。每次祈祷的末尾，他都要添上这么一句话，来表达一个心愿，一个诉之于人往往比诉之于天主更有用的心愿："请宽恕我们的冒犯，就如我们宽恕冒犯我们的人。"

唐戴斯诚心诚意地祈祷，但他仍在坐牢。

于是他的心绪变得黯淡了，他的眼前阴霾重重。唐戴斯本是一个单纯质朴、没受过教育的人，对他来说，过去仍遮蔽在厚厚的幕帘后面，这层幕帘得靠睿智来掀开。在孤寂的地牢里，在思想的荒漠中，他无法重温那些逝去的岁月，复活那些灭绝的民族，重建那些被想象渲染得如此宏伟，有如约翰·马丁[1]笔下的巴比伦那般沐浴在天火光亮之中的古代城市。他只有短暂的过去、悲惨的现在和朦胧的未来，要用十九年的生命之光照亮无尽的黑夜，那光亮实在是太微弱了！他没法排遣无边的愁闷。他那坚毅的精神本该翱翔着穿越岁月的长空，如今却被囚禁了起来，犹如笼中的鹰。他只抓住了一个念头，那就是令人难以置信的厄运似乎无缘无故地毁了他的幸福。他狂乱的思绪凝定在这个想法上，翻来覆去地从各个侧面设想着，简直可以说是咬牙切齿地在吞噬，如同在但丁的《地狱篇》中，无情的乌哥利诺吞掉罗吉埃利大主教的脑袋[2]一样。基于意志的信念被他抛开了，犹如别人在功成名就时抛弃信念一样——不同的是信念并没给唐戴斯带来帮助。

1　约翰·马丁（1789—1854）：英国画家，与同时代的透纳齐名。擅长画《圣经》和历史题材的大幅油画。

2　参见但丁《神曲·地狱篇》第三十三歌。

苦行之后是疯狂。埃德蒙口吐渎神的咒骂，吓得狱卒直往后缩。他用身体去撞地牢的墙；他怨恨周围的一切，尤其怨恨他自己，一粒沙子、一根稻草、一丝风都会惹得他恼怒不已。这时，维尔福出示给他看过的那封告密信，又在他脑海中浮现出来，犹如用火红的字母写在墙上，就像伯沙撒看见的Mane,Thecel,Pharès[1]。直觉告诉他，使他陷入眼下深渊的是人的仇恨，而不是神的报复；他狂热地想象出种种酷刑来惩罚这些不知姓名的仇人，但觉得再可怕的刑罚也显得太轻，太短暂；因为施刑后就是死亡，而死亡意味着安息，或至少是与安息相似的麻木。

他反复在心里想，死亡对仇人来说意味着安息，而恶人应该得到比死亡更痛苦的惩罚，这么想着想着，他的思绪不由得凝定在了自杀这个可悲的念头上；在不幸的斜坡上停在这阴郁的念头面前，那才是最不幸的啊！那是一片死亡之海，一眼看去就如万顷碧波一般伸展，但游在上面，就会感觉到双脚被沥青似的泥淖粘住。一旦粘上了，除非有神的佑助，否则就只能沉没下去；愈挣扎，下沉得愈快。

然而这种精神上的弥留状态，毕竟不如在这以前所受的折磨，和也许在这以后要受的惩罚那么可怕；它是一种令人眩晕的慰藉，让人在看到张着大口的深渊的同时，也看到了渊底是虚无。埃德蒙走到了这一步，在这个念头上寻到了些许安慰；在这死神常常悄然降临的地牢里，所有的痛苦，所有的折磨，所有随之而来的幽灵鬼魂，似乎都已离他而去。唐戴斯心情平静地回望了过去，又不胜恐惧地瞻望了未来，然后他选了两者的中间地带，这儿似乎是他的避难之地。

“有过好几次，”他心想，“当我扬帆远航，当我自由自在、身强力壮，指挥着别人的时候，我看见天空乌云密布，大海颤抖着、怒吼着，暴风雨如同巨鹰拍击着翅膀从天际呼啸而至；那时候，我觉得我的船是个软弱无力的藏身之地，因为它就如巨人手中的一根羽毛，在发抖，在战栗。不一会儿，随着惊涛骇浪巨大的声响，我看见了锋利的岩石，感到了死亡的迫近。我惧怕死亡，我

1　“算，称，分”。巴比伦国王伯沙撒大宴群臣时，突然墙上显现这几个字，先知但以理解释说，这表示天主计算了国王的在位期限，并称量了他的亏欠，预言他的王国分裂后将归于玛代人和波斯人。见《圣经·旧约·但以理书》第5章。

尽一切努力逃避死亡，我使出了常人的全部力量和水手的全部智慧与天主抗争！……这是因为我当时是幸福的，而回到生活就是回到幸福之中，因为我不想死，不想就这样死，因为长眠在海藻和岩石铺垫的床上毕竟太可怕了；因为我还不甘心让我这样一个天主按自己的形象创造出来的人去充当海鸥和秃鹫的饲料。然而现在完全不同了。我已经丧失了对生命的留恋，死亡在向我微笑，犹如乳母向摇篮里的婴儿微笑。我心甘情愿去死；我已心力交瘁，需要躺下，就如在绝望和狂怒中度过一个夜晚之后需要睡眠一样。要知道，我曾在这样的夜晚绕牢房转了三千圈，也就是发疯似的走了三万步，十里地哪。”

这个想法在年轻人的头脑里扎下根以后，他就变得温和了，脸上也有了笑意；他整理了硬邦邦的床，放好了黑乎乎的面包，吃得很少，不再睡觉，觉得这样的生活似乎也可以忍受了，因为，只要他愿意，他随时都可以把余生丢弃在那儿，就如别人扔掉一件旧衣服。

他有两种死法：一种很简单，只要把手帕往窗栏上一结，吊死了事；另一种是绝食饿死。对第一种死法，唐戴斯向来很厌恶。他从小憎恶海盗，而海盗就是在船的横桁上被吊死的；所以在他眼里，吊死是一种可耻的死法，他不想这样死。于是他采用第二种死法，当天开始绝食。

我们前面说了，唐戴斯在监狱里已经待了近四个年头。督察长来过以后，唐戴斯日复一日地记过一阵日期，但到了第二年末尾，他又放弃了。

现在唐戴斯说了“我想死”，又选定了死的方式；他对自己发誓要这样去死，生怕自己的决心有所动摇。“如果狱卒早晚两次把饭端来，”他想，“我就倒出窗外，装作吃过的样子。”

他想好了就这么做了。每天两次，他把食物从只露出一小方天空的铁窗里倒出去，起初挺开心，继而有些犹豫，最后就带着遗憾了；只有想到自己的誓言，他才有力量继续执行这可怕的计划。过去这些食物使他恶心，现在他饥肠辘辘，似乎看看也可口，闻闻也喷香了。有时他整整一个小时把盛菜的盘子端在手上，直愣愣地望着一块腐肉或一块臭鱼，还有黑乎乎发霉的面包。生命的本能还在他的身上抗争着，不时动摇着他的决心。这会儿，地牢在他眼里似乎不再那么阴森，他的处境似乎也不那么令人绝望了；他还年轻，应该还只有二十五六岁，差不多还有五十年好活，换句话说，还有双倍的日子要过。在这么漫长的时间里，会发生多少事情来冲破大门，推倒伊夫堡的围墙，还他自由呀！他本来自愿做坦塔罗斯[1]，拒绝进食，但想到这儿，他就把食物举到了嘴边。可是他马上又想到自己的誓言，他生性高尚，深怕因食言而自轻自污。就这样，他严酷无情地消耗着剩余的生命。终于有一天，他再也没有力气爬起来，把狱卒端来的晚餐扔到窗外去了。

第二天，他看不见东西，也听不清声音了。

狱卒以为他得了重病，而埃德蒙只求早死。

白天就这样过去了：埃德蒙昏昏然有些麻木，神志恍惚中却生出一种异样的舒适感。胃痉挛的剧痛消失了，口干舌燥的痛苦平息了；合上眼睛时，他仿佛感到星星点点的亮光在面前乱舞，犹如黑夜中在泥泞土地上蹿动的鬼火，这就是死亡那个未知国度的曙光。晚上九点钟左右，他突然听到靠床的那面墙壁传来沉闷的响声。

监狱里各种各样讨厌的小动物都会发出响声，埃德蒙已经慢慢地习惯了，听着这些声音照样能睡得着。可是这次，或许他的感官因饥饿而更加敏锐，或许这声音真的比平时更响，或许在这弥留之际，一切事情都被赋予了重要的意义，埃德蒙抬起头来想听得更真切些。

这是一种均匀的抓扒声，仿佛一只巨爪在抓或是一颗巨牙在啃，要不就是一件什么工具在刮凿石块。

年轻人虽说已很虚弱，但他的脑子里仍闪过犯人常常萦绕脑际的一个其实很平常的念头：自由。这个声音，恰恰在一切声响对他而言行将销匿的时刻传来，他觉得这是天主终于怜悯他的不幸，在劝他迷途知返了。有谁知道这是不是他的一个朋友，他苦苦思念的某个亲爱的人也在思念他，想方设法来接近他呢？

然而不，埃德蒙想必是错了，这是在死亡之门上飘浮着的一个梦。

埃德蒙依然听着这个声音。声音持续了将近三个小时，而后传来一种像是有东西倒坍的声音，接着便是一片死寂。

几个小时过后，声音又传来了，而且更响更近。埃德蒙已经对这种无异

1 坦塔罗斯：希腊神话中的吕狄亚国王。因触怒主神宙斯，被罚永世站在水中。水深及下巴，但他口渴要喝水时，水就退去。头上有果树，但他饥饿想吃果子时，树枝就升高。

于和他做伴的劳作很感兴趣。但突然间，狱卒进来了。

一个星期前，他下了死的决心，四天前他开始执行死的计划，在这段时间里，埃德蒙没有对狱卒说过一句话。狱卒跟他说话，问他觉得自己是得了什么病，他根本不搭理。狱卒过来想看看他的脸，他转过身去把脸冲着墙。“可是今天，”他心想，“狱卒说不定会听见这闷闷的响声，他一起疑心，可能这声音就要没有了，我也说不清的希望就要破灭了。”而正是这朦胧的希望，给临终前的埃德蒙带来了安慰。

狱卒带来了早饭。

唐戴斯在床上支起身子，唠唠叨叨说个不停，什么监狱的饭菜难以下咽啦，地牢里冷得让人受不了啦，东拉西扯，怨天怨地，故意把话说得很响，让狱卒听得不耐烦。这个狱卒这天正好为患病的犯人弄到一份汤、一份新鲜的面包，他把汤和面包给他带来了。

他以为唐戴斯神志迷糊在说呓语，把食物像平常一样放在一张破旧的跛桌上，就退了出去。

埃德蒙自由了，他又惊喜地倾听起来。

声响变得很清晰，现在年轻人毫不费劲便能听清楚了。

他心想：“没有疑问了。既然声音在白天还响，一定是有个像我一样的囚犯在准备越狱。哦！要是我在他身边，我能帮他不少忙呢！”

骤然间，他那惯于承受不幸、难以接受人间欢乐的头脑里，一片乌云遮住了希望之光。一个想法冒了出来：说不定这是典狱长吩咐工人在修缮隔壁的牢房呢。

想知道问题的答案并不难，但他该不该冒险提出这个问题呢？当然，只要等狱卒到了，让他听听这响声，再看看他的表情就可以知道结果了。可是，这么做的话，不就是为了一时的满足而出卖宝贵的希望吗？天可怜见，埃德蒙的头脑此刻已是一个空壳，一丁点儿的思想也会在里面訇然作响。因为过于虚弱，思绪像蒸汽一般飘浮，无法集中到一个问题上去。埃德蒙知道，只有一个办法可以让自己思路清晰、判断无误。他转过头，看见狱卒刚放到桌上还冒着热气的汤，站起身踉踉跄跄地走过去，端起盆子一口气把汤喝光，顿时感到一种难以言喻的舒服。

但埃德蒙还能克制自己不再多吃：他听人说过，海难的幸存者被救上来以后，往往由于饿过了头，一下子吃得太多而送命。他把要放进嘴里的面包放回到桌子上，走回去重新躺下。他不想死了。

很快，他就觉得头脑清醒了起来，所有那些朦朦胧胧、几乎不可捉摸的思绪都在大脑这奇妙的棋盘上重新复位——在这个棋盘上多一个格子，也许就足以使人优于动物。他又能思考了，于是他用推理来增强自己的思维能力。

他对自己说：

"我应该试验一下，但不能连累别人。假如在那里工作的是一个普通工人，我在墙上敲一下，他当然会停下工作，去猜是谁在敲墙，为什么要敲墙。而既然他的工作是合法的，是典狱长吩咐干的，他马上就会恢复工作。反过来，假如那是一个犯人，我发出的声响便会吓住他，他生怕被人告发，就会停止工作，一直挨到晚上等他以为大家都睡着了，才重新开始。"

埃德蒙又从床上立起身来。这一回，两条腿不再晃动，眼前也不再冒金星了。他走到牢房的一角，抽出一块受了潮有些松动的石片，在响声最清晰的那堵墙上敲了起来。

他敲了三下。

敲第一下时，那边的响声便戛然而止。

埃德蒙全神贯注侧耳听着。一小时过去了，两小时过去了，没传来新的声响。埃德蒙敲了这三下，墙的那边变得死一般寂静。

埃德蒙充满了希望，吃了几口面包，喝下几口水，他天生体质强健，现在体力已差不多恢复到以往那样了。

白天过去了，那边仍然没有动静。

夜晚来到了，那边仍然没有声响。

"这是一个犯人。"埃德蒙对自己说，内心有说不出的喜悦。

他的思维就此变得活跃了。他精神振奋，恢复了旺盛的生命力。

夜晚慢慢过去，不曾传出任何声响。

埃德蒙一夜没有合眼。

白天来临；狱卒端着饭菜进来。埃德蒙已经把原来的饭菜吃得精光，又把新的一扫而空。他侧耳静听，但始终没听到声音；他不由得担心起来，生怕再也听不到这声音了。他在牢房里来回转圈，走了不下十里路，他又一连几小时拉着通风窗的铁栅栏，使四肢肌肉恢复弹性和力量，这样的锻炼他已经很久没有进行了。他准备以肉搏的方式迎接未来的命运，就像拳击手在临上场前伸展胳膊，往身上抹油一样。在这般狂热锻炼的间歇，他总是侧耳细听有没有声音，对那个犯人的过于谨慎感到很不耐烦，埋怨那人怎么就想不到打扰他的是另一个和他一样渴望自由的犯人呢。

三天过去了；死一般沉寂的七十二小时，是一分钟一分钟数着度过的。

终于有一天晚上，狱卒最后一次查监过后，当唐戴斯第一百次把耳朵贴到墙上去的时候，他隐隐约约感到有一阵轻微的震动，沿着寂静的石墙传到了他的耳际。

他把脑袋挪开定了定神，又在牢房里转了几圈，然后再把耳朵贴近原来的地方。

毫无疑问，另一边肯定有动静；那个犯人大概意识到危险，改用了另一种方法。很可能他出于安全的考虑，把凿子换成了撬棍。

埃德蒙在这个发现的鼓舞下，决心帮助那个不知疲倦的劳作者。他先把床移开一些，因为他觉着这项争取自由的工程就在床的后面进行着。然后他朝四下里望去，想找样可以凿墙的东西，凿掉湿漉漉的水泥以后，抽出墙里的石块。

但他什么也没找到。既没有小刀，也没有别的利器；只有窗上的栅栏是铁做的，不过他早已领教过了，这些铁条钉得很牢，根本别想摇得动。

地牢的全部家什就是一张床、一把椅子、一张桌子、一只水桶和一只瓦罐。

床上有好些铁杆，但这些铁杆都用螺丝钉在木架上，非得用螺丝刀旋松螺丝，才能取下铁杆。

桌子和椅子无法利用，水桶上本该有个把柄，但早已被卸走了。

只剩下一个办法，就是打碎瓦罐，拿带棱角的瓦片当工具。

他把瓦罐往石板地上扔去，瓦罐应声而碎。

他选了两三块有尖角的瓦片，藏在草褥里。其他的瓦片就那么散落在地面上；失手打破瓦罐还是挺自然的，不至于引起疑心。

埃德蒙整夜都可以干活。但在黑暗中他只能摸着干，所以进展很慢。而且他很快就发现，手里的瓦片没法挖动那么硬的东西。他于是把床推回原处，等待天亮。有了希望，耐心也回来了。

他彻夜在听，听着陌生的挖掘人继续那头的地下工程。

天亮了，狱卒走进来。唐戴斯对他说，头天晚上喝水时，手里一滑，瓦罐掉在地上打碎了。狱卒嘟嘟哝哝地去找来一只新的，甚至都懒得把旧瓦罐的碎块带走。

一会儿他又走回来，嘱咐犯人留神些，就又走了出去。

唐戴斯满心欢喜地听着锁孔嘎吱作响；以往每次门合上的同时，也锁住了他的心，可这一回不同了。他听着脚步声渐渐远去，等它消失之后，他一下子扑到床前，把床挪开。借着透进地牢的微弱曙光，他看清了墙上的痕迹，原来昨晚他是白辛苦，没有去挖石块四周嵌缝的泥灰，而是一个劲地在石头上硬挖。

泥灰受到潮湿已经变软了。

唐戴斯惊喜地看到，有的泥灰已经稀稀拉拉落下来。当然，这些碎屑都不大，但半个小时下来，唐戴斯还是挖出了差不多一把泥灰。一个数学家大概可以算出，照这样干上两年，如果不碰上岩块，就可以挖出一个两尺见方、纵深二十尺左右的通道。

犯人责备自己没有早点想到这么做，把漫长的岁月浪费在期待和祈祷上，在绝望中虚掷光阴。

他关进这间地牢将近六年了。有六年功夫，再累人的活儿也可以完工了！

想到这里，他浑身来劲。

三天里面，他小心翼翼地挖掉了水泥层，让石块裸露在外。墙由碎石砌成，但为了增加牢度，碎石中间添加了一些大块的石头。他差不多已经让一块大石头露出根部，现在该想法把大石块挖出来。

唐戴斯试着用指甲，但指甲太软。

他想用瓦块来撬，但瓦块一嵌进缝里就碎裂了。

他白忙了一个小时，重新站起来时，满脸是汗，愁眉紧锁。

难道刚开始就得停下，就得一动不动地等着邻居来完成这一切？说不定他也会心灰意冷呢！

他的脑子里倏地闪过一个念头。他站在那儿笑了起来；额头上的汗水很快就收干了。

狱卒每天都用马口铁做的平底锅盛着汤端来。这口平底锅里装着唐戴斯和另一个犯人的汤，因为唐戴斯注意到里面的汤有时是满的，有时却只剩一半，想必就是有时先分给他，而有时先分给另一个犯人的缘故。

平底锅有个铁的把手，唐戴斯打的就是这只铁把手的主意。假如可以交换的话，他情愿以十年的生命来换这只铁把手。

狱卒把平底锅里的汤倒进唐戴斯的盘子里。唐戴斯用木匙吃完汤之后，像往常一样把盘子洗干净。

晚上，唐戴斯把盘子往地上一搁，就撂在牢门和桌子中间。狱卒进来时，一脚踹在盘子上，把它给踩碎了。

这次他对唐戴斯无话可说，因为唐戴斯把盘子放在地上固然有错，但他自己走路不看脚下也不对。

狱卒咕哝了几句，事情就算过去了。

接下来，他想看看周围有没有东西可以倒汤。可是唐戴斯身边就这么一只盘子，除了它别无选择。

“把平底锅留下来吧，”唐戴斯说，“等明儿送早饭再拿走好了。”

这个建议懒惰的狱卒挺听得进，因为他不必上下来回走三趟了。

他留下了平底锅。

唐戴斯欣喜得微微打战了。

他很快把平底锅里的汤和肉吃完——按狱中的规矩，肉是放在汤里的。接下来他静等了一个小时，等到确信狱卒不会再改变主意了，才移开床，拿平底锅的铁把手插进已经剥去水泥层的石块中间，撬了起来。

大石块微微动了一下，唐戴斯明白自己的活儿干得不错。

果然，一小时后，大石块从墙里被挖了出来，露出一尺半见方的一个墙洞。

唐戴斯把泥灰仔细地聚在一起，捧到地牢的一个角落里，用瓦片刮下一些灰土盖在上面。

现在他手里有了这么件宝贵的工具，这是他碰巧，或者更确切地说，是他用计谋得来的，他得趁夜里使劲多挖一些。

黎明时分，他把大石块搁回到墙洞里，把床移到原来的位置，睡在床上。

早餐只有一块面包，狱卒过来把面包放在桌上。

“哎，你没给我另外带只盘子来吗？”唐戴斯问。

“没有，”狱卒说，“你总是打碎东西，瓦罐是你弄碎的，我踩在盘子上也有你的干系。要是所有的犯人都像你这样，政府可就应付不了喽。我把平底锅留给你，汤就倒在里面。这么一来你总不会再打碎东西了吧。”

唐戴斯举眼望天，在被子里合起他的双手。

留下来的这件铁器，使他心中生出对上天强烈的感激之情，以往生活中遇到过的开心事儿，都从没让他这么激动过。

但他发现，自从他开始工作以后，那边的犯人就再没干过活。

没关系，这可不是放弃努力的理由；如果他的邻居不向他靠拢，他就主动去接近他。

整个白天他不停地劳动着。入夜，他靠新工具从墙上挖出十来把碎石、泥灰和水泥的碎末。

快到狱卒进来的时候了，他用劲把平底锅把手扳直，再把锅子放回原处。狱卒像往常一样往锅里倒一份肉汤，或者更确切地说，倒一份鱼汤，因为这天是守斋日。犯人每星期得守三次斋，要不是唐戴斯早已不再计数日子了，这倒不失为一个计数时日的办法。

狱卒倒完汤后，就出去了。

这一回，唐戴斯想确认一下邻居是否真的停止工作了。

他侧耳细听。

四周一片寂静，就像工程中断三天来的情况一样。

唐戴斯叹了口气；显然，那位邻居不信任他。

但他并不气馁，仍然整夜干活；不过两三小时干下来，他遇到了障碍，铁柄插不进去，在一块平面上打滑。

唐戴斯把手伸进去摸，发觉那是一根大梁。

这根大梁横穿，或者说堵住了唐戴斯辛辛苦苦挖成的墙洞。

现在，只得朝上或者朝下重新开挖了。

不幸的年轻人想不到还会有这样的障碍。

“啊！天主啊，天主！”他大声说，“我可是向您祈祷得够多的了，我一心指望您听到了我的祷告。天主啊！您剥夺了我生的自由，天主啊！您剥夺了我死的安宁，天主啊，在这之后您却让我又萌生了活下去的希望，天主啊！那就请可怜可怜我，别让我绝望而死吧！”

“谁在把天主和绝望放在一块儿说呢？”突然一个声音传来，仿佛是从地底下冒出来的，声音模糊而低沉，在年轻人听来只觉得阴森森的。

埃德蒙感到头发竖了起来，他跪着往后退缩了一下。

“哦！”他喃喃地说，“我听见有人在说话。”

埃德蒙在这四五年里除了狱卒的声音，没有听到过别的说话声，而对犯人来说狱卒是不能算作一个人的，他只是橡木门外的一扇活动门，铁栅栏外的一道肉栅栏而已。

“看在上天的分上！”唐戴斯说，“你已经开口了，虽说你的声音让我害怕，但还是请说下去吧；你是谁？”

“你又是谁？”那个声音问道。

“一个不幸的囚犯。”唐戴斯毫不犹豫地答道。

“哪国人？”

“法国人。”

“你的名字？”

“埃德蒙·唐戴斯。”

“职业？”

“船员。”

“什么时候来这里的？”

“一八一五年二月二十八日。”

“犯了什么罪？”

“我是无辜的。”

“那么指控你的是什么罪名？”

“参与皇帝复位的阴谋活动。”

“什么！皇帝复位！皇帝不在位了？”

“他一八一四年在枫丹白露逊位，然后被流放到了厄尔巴岛。你是什么时候到这里来的，怎么会对这些事情一无所知呢？”

“一八一一年。”

唐戴斯打了个寒战：这个人比他多坐了四年牢。

“好吧，别再挖了，”那个声音很快地说道，“你就告诉我你挖的洞有多高吧。”

“跟地面齐平。”

“是怎么遮起来的？”

“洞就在我的床背后。”

“你入狱以后，他们没移动过你的床吗？”

“没有。”

“你的牢房通往哪儿？”

“通往一条过道。”

“过道呢？”

“通到一个院子。”

“糟糕！”那人喃喃地说。

“哦，怎么啦？”唐戴斯问。

“我弄错了，我的图纸出了纰漏，图纸上画错一条线，就整整偏离了十五尺。我把你挖的这堵墙，当作城堡的外墙啦！”

“那样的话，你不是挖到海边去了吗？”

“我就是想这样。”

“要是真到了海边呢？”

“我就跳海，游到伊夫堡附近的某个岛上，或是多姆岛，或是蒂布朗岛，要不就游上岸，那样我就得救了。”

“你能游到那儿？”

“天主会给我力量。现在，全都完了。”

“全都完了？”

“是的。你小心地把洞堵上，别再挖了，什么也别干，等我的消息吧。”

“至少让我知道你是谁……请告诉我，你是谁？”

“我是……我是……二十七号。”

“你信不过我？”唐戴斯问。

埃德蒙似乎听到一声苦笑穿过拱顶，传到他耳朵里。

“噢！我是个虔诚的基督教徒，”他大声地说，出于本能他猜到那人是想甩开他了，“我以基督的名义向你起誓，我哪怕被砍头，也不会向你和我的刽子手吐露一丝真情。看在老天的分上，别离开我，别撇下我不和我说话。要不然，我向你发誓，我已经支撑不下去，我会把头碰在墙上撞得粉碎。我死了以后，你会内疚的。”

“你有多大了？听声音你像个年轻人。”

“我不知道我的年龄，因为来这儿以后，我就不计算时间了。我只知道，我是一八一五年二月二十八日被捕的，当时我马上就十九岁了。”

“还不到二十六，”那人喃喃地说，“在这年纪是不会出卖人的。”

“不会！不会的！我向你起誓，”唐戴斯说，“我刚才说了，我再重说一遍，我即使给他们斩成万段，也不会出卖你。”

“幸亏你对我这么说了；也幸亏你这么求我，否则我就要另想主意，离开你了。是你的年龄让我放了心，我会找你的，等着吧。”

“等多久？”

“我得看看我们运气如何。我会给你信号的。”

“你不会抛开我，不会把我一个人撇下，你会来找我，或者会让我来找你的，是吗？我们一块儿逃跑，即使逃不了，我们也能说说话，你说你爱的人，我说我爱的人。你一定也有你爱的人吧？”

“我在这世上孤身一人。”

“那你可以爱我呀。如果你年轻，我就是你的同伴。如果你是老人，我就是你的儿子。我的父亲倘若还活着该有七十岁了；我只爱他和一个名叫梅塞苔丝的姑娘。我的父亲不会忘掉我，我确信这一点；但是梅塞苔丝，天主才知道她是不是还在想我。我会爱你的，就像爱我的父亲一样。”

“好吧，”那个犯人说，“明儿见。”

尽管他说得很简单，但唐戴斯从他的语气中听出他是诚恳的。唐戴斯止住话头，站起身来，像以往一样小心地把挖出的碎块处理完毕。然后把床挪回靠住墙。

唐戴斯沉醉在幸福之中。他从此不再是孤身一人，有可能还能获得自由呢。

就算仍然是囚犯，至少也有了个伙伴。两个人关在一起，那就是半囚禁了。两个人一起诉苦，就近于祷告，两个人一起祷告，就近于谢恩了。

唐戴斯整天在牢里踱来踱去，心头充满了喜悦。有时，他激动得都喘不过气来了；他坐在床上，用手捂住胸口。只要听到过道里传来些微声响，他就急忙跑到门边。也有一两次，想到这个邻居，这个自己还不认识，但已经像朋友那样爱他的人，也许会被迫和自己分离，不由得害怕起来。他打定主意，倘若狱卒移开他的床，低头察看洞口，他就用藏在水罐下面的石块打他个脑袋开花。

这样他就会被处以极刑，他心里十分清楚；可是，要不是有那神奇的声音唤起他生的信念，他不是一样会忧郁绝望而死吗？

傍晚时分，狱卒来了；唐戴斯躺在床上，他觉得这样可以把还没挖完的洞口遮得严实些。想必他看这个讨厌狱卒的目光有些异乎寻常，狱卒冲着他说：

"怎么着，你又要发疯了？"

唐戴斯默不作声，唯恐自己一说话，声音过于激动会泄露秘密。

狱卒摇着头走了出去。

夜幕降临了。唐戴斯以为邻居会趁寂静和黑暗的机会和他接头。他想错了。一夜过去，在他焦灼的期待中，没有任何声音来召唤他。但第二天，清晨查监过后，正当他把床从墙前移开的时候，他听到间歇时间相等的三下叩击声。他赶紧跪下来。

"是你吗？"他说，"我在这儿。"

"你那儿狱卒走了吗？"那个声音问。

"走了，"唐戴斯说，"他要到傍晚再来；我们有十二个小时是自由的。"

"那我可以动手了？"那声音问。

"噢！可以，可以，马上动手吧，别再等了，我求求你。"

这时唐戴斯已经有半个身体钻在洞里，突然间他双手支撑的一块地面塌陷了下去。他赶紧向后退，只见一大堆泥土和石头砸向一个骤然露出的洞口，这个洞刚好位于自己挖掘的洞的下方。从这个黑黢黢深不可测的洞里，先是露出了一颗脑袋、两个肩膀，接着露出了一个人的身体。这个人敏捷地从洞里钻了出来。

第16章
意大利学者

唐戴斯一把搂住盼望已久的新朋友，把他带到窗前，在透进地牢的微弱光线下细细端详。

这人个子不高，多年的铁窗生活把他的头发全熬白了，灰白的浓眉下藏着一双炯炯有神的眼睛，胡须仍然是黑的，一直垂到胸前。从瘦削而轮廓分明的脸上刻着的一道道深深的皱纹，看得出他是个惯于劳神费心而很少从事体力活动的人。他的额头沁满汗珠。

他的衣服褴褛不堪，让人难以想见当初究竟是什么式样的。

他看上去至少有六十五岁，但举止还很利索，这说明漫长的囚禁生活也许使他显得比实际年龄更老了些。

唐戴斯的热情似乎让他很高兴，他那冷漠的心此刻好像又变得温暖起来，在年轻人炽热的心的感染下融化了。他原以为能走向自由，结果却进入了另一个地牢，这叫他不免有些失望，但他还是相当热情地感谢了年轻人的诚意。

"先得想个办法把通道堵起来，别让狱卒看出来，"他说，"要想以后没麻烦，就不能让他们知道这儿的秘密。"

唐戴斯俯向洞口，拿起一块石头。石头很重，但他一下子便抬起来，塞进了洞里。

"你就这么徒手挖这块大石头，"他摇着头说，"不用工具？"

"你呢，"唐戴斯吃惊地问，"你有工具？"

"我做了几件，除了锉刀，该有的我都有了：凿子，钳子，撬棍。"

"噢！我很想看看你凭耐心和灵巧做出来的这些东西。"唐戴斯说。

"瞧，这是一把凿子。"

说着他拿出一块刃口锋利的厚铁，手柄是山毛榉木做的。

"用什么做的？"唐戴斯问。

"用床上的一块铁铰链。我就是用这件工具把通道一直挖到你这儿的，差不多有五十尺吧。”

“五十尺！”唐戴斯惊愕地喊道。

“轻点儿，年轻人，轻点儿；他们常在犯人的门口偷听。”

“他们知道我是一个人。”

“也会听的。”

“你说你挖了五十尺才挖到这里？”

“是的，这就是我和你牢房之间的距离。我没有画比例图的几何量具，所以把弧线计算错了。本来画四十尺长的弧线就够了，结果画了五十尺；我跟你说了，我还以为能一直通到外墙，挖穿墙就可以跳进海里。没想到我是顺着你牢房外面的过道在挖，而没有往下挖。这下我的劳动全白费了；这条过道通往一个院子，院子里全是卫兵。”

“你说得没错，”唐戴斯说，“可是这条过道只沿着我牢房的一面，另外还有三面墙呢。”

“对，是这样，不过其中的一面墙通体是岩石，十个矿工带上全套工具，也得花十年功夫才能凿穿那厚厚的岩石。另一面连着典狱长住宅的下部，我们要是挖过去，只能钻进一个锁着门的地窖，在那儿被抓住；最后一面……等等，最后一面通到哪儿？”

这就是开着窗洞的那堵墙。这个窗洞向外渐渐缩小，直到光线的入口处，这么小的口子连个孩子也钻不进，何况窗洞上还装着三排铁栅栏，哪怕再多疑的狱卒也不用担心犯人会从这个洞口逃跑。

那人一边问，一边把桌子拖到窗口下面。

“你爬上去。”他对唐戴斯说。

唐戴斯顺从地爬上桌子，他已猜出同伴的意图，背靠墙向他伸出两只手。

唐戴斯到现在为止还只知道他的牢房号码，而不知道他真名的这个同伴，从他外表的年龄看绝对想不到他有这般敏捷的身手，只见他像只猫或一条蜥蜴那样灵活地跃到桌上，然后踏着唐戴斯的双手，一下子跳到他肩上。地牢的拱顶使他不能直起身子，于是他弯下身来，把头钻进第一排栅栏中间，从上朝下张望。

片刻过后，他很快地把头缩了回来。

“嗬！”他说，“不出我的所料。”

他又顺着唐戴斯的身子向下滑到桌上，再从桌上跳到地上。

“到底怎么样？”年轻人也跳了下来，急切地问。

老囚犯思索了一会儿。

“对，”他说，“是这样。你的地牢第四堵墙外面，是一条室外走廊，有点像环形通道，军士不停地来回巡逻，也有哨兵站岗。”

“你看清楚了？”

“我看见一个士兵的军帽和枪筒，就赶紧缩了回来，生怕他发现我。”

“那怎么办？”唐戴斯问。

“你瞧，从你的牢房是不可能逃出去了。”

“那怎么办？”年轻人又问一遍。

“那么，”老囚犯说，“就听从天主的安排吧。”

老人的脸上显露出听天由命的神情。

唐戴斯望着这个人，在心中孕育了那么久的希望，他居然就这样豁达地放弃了，唐戴斯惊讶之中夹带着几分敬佩。

“现在，可以告诉我你是谁了吗？”唐戴斯问。

“噢！现在我已经不能帮助你了，如果你还对我的名字感兴趣的话，我可以告诉你。”

“你能帮助我，你可以安慰我，鼓励我，因为我觉得你是个非常坚强的人。”

长老凄然一笑。

“我是法里亚神甫，”他说，“你已经知道，我是在一八一一年被关进伊夫堡的。在这以前我在弗内斯特雷尔堡被关过三年。一八一一年，他们把我从皮埃蒙特转到法国。也就在那时，我才得知上天似乎对拿破仑特别关照，给了他一个儿子，而这个儿子在摇篮里就被封为罗马王。你先前对我说的话，我是绝对想不到的，谁料得到四年以后，这个庞然大物会被推倒在地呢。那么，现在是谁在统治法国？是拿破仑二世吗？”

“不，是路易十八。”

“路易十八，路易十六的弟弟，天意真是神秘莫测啊。上天抛弃一个被它眷顾过的人，眷顾一个被它抛弃过的人，究竟是什么用意呢？”

唐戴斯目不转睛地望着这个一时间忘掉了自身的命运，而在为世界的命运操心的人。

“对，对，”老人继续说，“就和在英国一样：查理一世之后是克伦威尔，克伦威尔之后，是查理二世，也许在查理二世之后，又是哪个女婿、亲戚，或是奥兰治的什么亲王即位。某个地方总督要当国王了，就对老百姓做新的让步，于是有了宪法，自由也来了！你会看见的，年轻人，”他转身对唐戴斯说，用先知那般明亮而深邃的目光望着他，“以你的年龄你能看到，你会看见的。”

“是啊，如果我能从这儿出去的话。”

“啊！你说得对，”法里亚长老说，“我们是囚犯，可有时候我会忘记，我的目光穿透了四周的牢墙，就以为自己是自由人呢。”

“你是为什么被关进来的？”

“我吗？因为我在一八〇七年就做着拿破仑在一八一一年想实现的梦；因为意大利被分割成许多暴虐和虚弱的小王朝，而我赞同马基雅弗利的主张，期盼在这些诸侯中间建立起一个统一的、强盛的帝国；还因为我错把一个戴王冠的傻瓜当作了我的恺撒·博尔吉亚[1]，他假装支持我，结果把我出卖了。这也是亚历山大六世和克雷芒七世[2]的计划，但他们执行不力，而拿破仑也没能实现它，看来这个计划是注定要破产的。意大利是该被诅咒的！”

说完，老人垂下了头。

唐戴斯不理解一个人怎么会为这样的事情甘冒生命危险。诚然他见过拿破仑，和他说过话，所以认识他，可是他根本就不知道克雷芒七世和亚历山大六世是何许样人。

“你是不是就是那位……”唐戴斯有点接受狱卒的看法了，那也是伊夫堡上下普遍的看法，“他们说的那位有病的神甫？”

“你是想说，他们说的那个疯子，是吗？”

“我不敢说。”唐戴斯笑着说。

“是啊，”法里亚苦笑说，“是啊，他们说的疯子就是我；长久以来一直被当作笑料出示给监狱里的来宾看的就是我。倘若这个令人痛苦绝望的地方有小

1　参见第121页注。恺撒·博尔吉亚和他父亲教皇亚历山大六世，都致力于利用姻亲关系恢复教会自15世纪大分裂以来丧失的权势，谋求在意大利建立统一的政权。

2　克雷芒七世（1478—1534）：意大利籍教皇。

孩的话，我还能把孩子们逗乐呢。”

唐戴斯一动不动，沉默片刻，然后问道：

“这么说，你放弃逃跑的希望了？”

“我觉得逃跑是不可能了；硬要做天主不允许做的事，是对天主的不敬啊。”

“为什么要泄气呢？要想一次尝试就成功，这对上天也期望太高了吧。就不能朝另一个方向重新开始挖吗？”

“重新开始，你说得轻松，可你知道我都做了些什么吗？我花了四年时间才做出了那几样工具，你知道吗？我挖那块硬得像花岗岩的地面，又花了两年，你知道吗？以往我根本不敢设想自己能挪动的大石头，现在我必须把它们整块儿搬开；我成天干着这艰苦的活儿，到了夜晚要是能挖下一平方寸[1]板结得像石头一样坚硬的泥灰，我会有多么的高兴，这些你都知道吗？为了把挖出的泥土和石块藏起来，我不得不挖穿台阶的拱顶，把它们一点一点塞进台阶的肚子里，而现在肚洞已经塞满，连一把泥灰都放不进了，这你知道吗？还有，我本以为辛苦到了头，目标完成，精力也耗尽了，可是突然间天主不仅延宕了目标的实现，而且让希望离开了我，这你又知道吗？噢！我对你说过，我再重复一遍，既然让我失去自由是天主的意愿，那么我再也不会做出任何努力来企求自由了。”

埃德蒙低下了头。老人为越狱失败而痛苦，他本该对他表示同情，但他由于终于有了一个伙伴，心头正充满着喜悦，他不想让老人觉察自己的情绪。

法里亚长老在埃德蒙的床上躺了下来；埃德蒙站着。

年轻人从未想过逃跑。有些事情看上去就是不可能的，对这样的事情，我们不会起念去尝试，而只会本能地回避。在地下挖一条五十尺的通道，花费三年时间辛苦劳作，即便成功，也只是通到一个临海的悬崖峭壁，从五十、六十，甚至一百尺的高处往下跳，即使躲过了哨兵的子弹，也难逃一头撞在岩石上粉身碎骨的命运。就算能平安渡过这些难关，也还得在海面上游出一海里，想到这些可怕的场景，他觉得还是听天由命为好。我们前面看见，他几乎已经听从命运的摆布，只想一死了之了。

而现在，年轻人看到了一个老人是如何凭着顽强的意志坚毅地活下去的，

1　寸：本书中的寸，都指法国古长度单位法寸（pouce），1 法寸约合 27.07 毫米。

他面前有了一个在绝望中奋争的榜样。他开始认真思考，估量起自己的勇气来了。他连想都不曾想到要做的事情，有人想到去做了；这个人没他年轻，没他强壮，没他灵活，却凭着聪明和耐心，制作了为完成这次难以想象的行动所必需的工具，整个计划只是由于一个计算错误才落空了。既然另一个人能做这一切，那么对他唐戴斯来说，还有什么事情不可能做到呢。法里亚挖五十尺，他就可以挖一百尺。法里亚五十岁，为这件工程花了三年时间，他只有法里亚一半年纪，他可以花上六年。法里亚是神甫、学者、教会里的人，他尚且不畏惧从伊夫堡游到多姆岛、拉托诺岛或勒梅尔岛，那么他埃德蒙，海员，经验丰富的潜水好手，常常为寻找一簇珊瑚就潜入海底，难道他游上一海里还会有什么问题吗？游一海里要多少时间？一小时？他以前难道没有在海上一连游好几小时不上岸吗！不，他唐戴斯不缺什么，他只要有个榜样激励自己就成了。别人已经做到，或者能够做到的事情，他唐戴斯也一定能做到。

年轻人把这些念头在脑子里过了一遍。

“我找到你要找的办法了。”他对老人说。

法里亚微微一颤。

“你？”他抬起头来，那神情似乎在说，唐戴斯此话即使当真，用不了多久他也会泄气的，“说说看，你找到什么办法了？”

“你从你的牢房挖到我这儿的通道，是和室外走廊沿同一个方向的，对吗？”

“是的。”

“这条通道和室外走廊之间，距离大概只有十五步？”

“最多如此。”

“那好，我们在通道的当中再挖一条竖向的支道。这一次只要量准了，就可以一直挖到室外走廊。杀掉哨兵，我们就可以逃跑了。要完成这个计划，一要有勇气，这你有，二要有力气，我有的是力气。至于耐心，你已经作出了证明，现在看我的吧。”

“等一下，我的朋友，”长老说，“你还不知道我有的是什么样的勇气，也不知道我打算把力气用在什么地方。至于耐心，我每天早上接着干夜里的活儿，夜里接着干白天的活儿，我想耐心我也有了。可你得知道我当时是怎么想的，我的想法是：解救一个不该受惩罚的无辜的人，这是实现天主的意愿。”

“难道你的想法变了，”唐戴斯问，“你遇见我以后就认为自己有罪了吗？”

“不，但我也不愿成为有罪的人。在这以前，我想我一直是在跟环境较量，但现在你是要我跟人较量了。我可以挖穿一堵墙、毁掉一个台阶，但我不会去刺穿一个人的胸膛，毁灭一个人的生命。”

唐戴斯微微露出惊讶的神情。

“怎么，”他说，“眼看自由可以到手了，你却在为这点事迟疑不决？”

“那你自己呢，”法里亚说，“为什么你没趁晚上狱卒进来的时候，拿一根桌腿砸死他，换上他的衣服设法逃走呢？”

“因为我没想到呀。”唐戴斯说。

“这是因为你对这样的罪行有一种本能的恐惧，所以才不会想到这么做，”老人说，“凡是简单易行的事情，我们的天性总会告诫我们有哪些界限是不能逾越的。老虎，嗜血是它的天性，它生来就是如此，它的嗅觉告诉它一个猎物在附近，它便立刻奔向猎物，扑上去，把它撕得粉碎。这是它的本能，它服从本能。人跟老虎不同，人厌恶看见血；厌恶谋杀不是社会法则，那是自然法则。”

唐戴斯有些惊讶：长老的这番话，对那些曾经困扰他的问题做出了解释，这些问题往往会不知不觉地闪过他的头脑，或者说得更准确些，闪过他的灵魂——其实人人如此，有些想法是脑子里想出来，有些想法则是从心灵流淌出来的。

“我在狱中，”法里亚接着说，“快有十二年了，我反复想过那些著名的越狱案例。越狱成功的情况并不多。圆满成功的越狱，都是经过深思熟虑、长期准备的，德·博福尔公爵逃出万森堡，杜比古瓦神甫逃出主教堡，拉杜特逃出巴士底狱，无一不是如此。也有一些机缘凑巧的例子：这是最求之不得的情况。我们等待机会吧，机会一来，我们就抓住它不放。”

“你真能等啊，”唐戴斯叹了口气说，“耗时费神的工程让你把心思都用在了这上面，现在工程停了，但你还有希望在支撑着自己。”

“不过，”长老说，“我也不光是在挖墙。”

“那你还做什么？”

“写作，或者研究。”

“他们给你纸、笔、墨水？”

“不给，”长老说，“可我自己能做。”

“你自己做纸，做笔和墨水？”唐戴斯惊讶地问。

“对。”

唐戴斯钦佩地看着他;但他仍难以相信他说的话。法里亚觉察了他的疑惑。

“等你去我那儿的时候，”他说，“我可以给你看一部完整的书稿。那是我一生思考、研究和反省的结晶，当年在古罗马竞技场的废墟上，在威尼斯圣马可广场的廊柱间、在佛罗伦萨的阿尔诺河边，我曾反复酝酿推敲，但我没想到有一天，我居然会有闲暇在伊夫堡的高墙里把它们写下来。这部书稿叫《论建立意大利统一君主政体的可能性》，印出来会是一本四开的厚书。”

“那你写在什么地方呢？”

“写在两件衬衣上。我想出了一个办法，可以使衬衣变得像羊皮纸那样光滑紧密。”

“那你是化学家？”

“凑合吧。我认识拉瓦锡[1]，卡巴尼斯[2]也是我朋友。”

“要完成这么一部著作，你也得对历史有研究才行。你有书吗？”

“我在罗马的图书室里有近五千册书。我读了一遍又一遍，发现如果选读其中一百五十本，即使不说可以通晓人类全部知识吧，至少也够终生受用了。我花三年时间精读了这一百五十本书。我在被捕前，已经对这些书的内容烂熟于胸了。现在我即便身处牢房，也还能完整地回忆起这些书中的内容。它们的作者，包括修昔底德[3]，色诺芬[4]，普鲁塔克，提图斯•李维[5]，塔西图斯[6]，斯特拉达[7]，约尔南代斯[8]，但丁，蒙田，莎士比亚，斯宾诺莎，马基雅弗利和博絮埃[9]。这里我仅仅举出了一些最重要的作者的名字。”

1 拉瓦锡（1743—1794）：法国化学家，史称现代化学之父。

2 卡巴尼斯（1757—1808）：法国哲学家，生理学家。

3 修昔底德（约公元前460—约前400）：古希腊历史学家。

4 色诺芬（约公元前430—约前355或前354）：古希腊历史学家。

5 提图斯·李维（公元前59—公元17）：古罗马历史学家。

6 塔西图斯（54—117）：古罗马历史学家。

7 斯特拉达（1572—1649）：意大利历史学家。

8 约尔南代斯：6世纪（生卒年份不详）的天主教主教，历史学家。

9 博絮埃（1627—1704）：法国天主教神甫，作家，演说家。

“那你一定懂好几种语言啰？”

“我会说五种现代语言：德语、法语、意大利语、英语和西班牙语。靠古希腊语的基础，我能看懂现代希腊语；但我说得不好，现在还在学。”

“还在学？”唐戴斯问。

“是的，我把认识的词列成一个单词表，再把这些单词排列、组合、颠来倒去，也就足够用来表达思想了。我认识将近一千个词，现在完全够用了。当然，词典里的词总有十万个以上吧。眼下，我说得不好，但只要能让人明白我的意思也就够了。”

埃德蒙越听越入迷，他开始发现这个怪人具有一种几乎超自然的能力。他很想知道这个人究竟有没有做不到的事，于是继续问道：

“既然他们不给你笔，那你怎么写得成这么厚的一本大书呢？”

“我自制了几支很棒的笔。假如有人知道斋日偶尔能吃到的鳕鱼头的软骨可以制笔的话，他们大概会宁愿用这种笔而不用普通笔的。所以，我总是满心欢喜地盼着星期三、星期五和星期六，在这些日子我有可能得到更多的制笔材料。是的，撰写历史著作对我来说是最大的安慰。我沉潜到了过去的岁月里，就会忘掉眼前的一切；我在历史的长河里自由自在地徜徉，就不再记得自己是个囚犯了。”

“那么墨水呢？”唐戴斯问，“用什么东西自制墨水呢？”

“我的牢房里有过一只壁炉，”法里亚说，“把我关进去的时候，这只壁炉已经堵住了。不过，以前成年累月在壁炉里生火，壁炉的内壁上都积满了烟炱。星期天我会有一点葡萄酒；我把烟炱溶化在葡萄酒里，就制成了上好的墨水。有些内容需要特别引起注意，这种地方我就刺破手指，用血来写。”

“什么时候可以让我看看这一切呢？”唐戴斯问。

“随时都行。”法里亚回答。

“哦！那就现在吧！”年轻人大声说道。

“跟我来。”长老说。

他钻进地下的通道，消失在里面。唐戴斯跟了进去。

第17章

长老的牢房

唐戴斯猫着腰，并不很困难地钻过那条地下通道，到了通长老牢房的另一端。通道在端口骤然变窄，仅够一个人匍匐通行。牢房的地面铺着石板；法里亚当初选定光线最暗的角落，掀起一块石板开始了那艰巨的工程，唐戴斯看到的就是完工后的情形。

唐戴斯直起身子，留神察看这间牢房。乍一看，这间房间并无特别之处。

“很好，”长老说，“现在才十二点一刻，我们还有好几个小时呢。”

唐戴斯朝四下里张望，想看看长老有个什么钟，能这么精确地报时。

“你瞧瞧从窗口透进来的那缕阳光，”长老说，“再看一下我画在墙上的那几道线。这些线，是根据地球自转和绕太阳公转的规律画出来的。从这儿看钟点，比看手表还准，因为手表会走快走慢，而太阳和地球的运行是分毫不差的。”

唐戴斯听不懂这样的解释。每当看见太阳从山后升起、落入地中海的时候，他总以为是太阳，而不是地球在动。他所居住的地球在做双重的转动，而他居然觉察不到，这对他来说实在太不可思议了。他觉得老人说的每一句话中，都充满科学的神秘，就像他少年时代那次航行中所见到的古吉拉特和戈尔孔达[1]的金矿和钻石矿。

“噢，”他对长老说，“快让我看看你的宝贝东西吧。”

长老走到壁炉跟前，用手里拿着的凿子拨开废弃炉膛上的一块石板。只见下面是一个相当深的空洞，里面藏着他对唐戴斯说起过的那些东西。

“你想先看什么？”他问。

“先看那部关于意大利王朝的巨著吧。”

法里亚从那珍贵的储藏柜里捧出三四个布卷，每个布卷都由纸莎草那样的薄布片卷裹而成，每块薄布片宽约四寸，长约十八寸。这些编了号的布片上，全都密密麻麻写满了字。长老是用他的母语意大利文写的，唐戴斯熟悉普罗旺斯方言，所以能看懂意大利文。

---

1 古吉拉特和戈尔孔达：均为印度西海岸地名。

“瞧，”他说，“都在里面了。将近一个星期以前，我在第六十八条布片的下首写上了完字。我的两件衬衣和所有的手帕都用上了。倘若有一天我能恢复自由，在意大利有那么一个出版商敢于把我的东西印出来，我就名扬天下了。”

“当然，”唐戴斯说，“一定会这样。现在我想看看你写这部书用的笔。”

“看吧。”法里亚说。

他把一根六寸来长，画笔柄粗细的木棒递给年轻人。木棒头上绑着一根长老对唐戴斯说起过的那种软骨。软骨尖端呈鸭嘴形状，这会儿上面还留有墨渍；尖端中央像普通笔尖那样开了条缝。

唐戴斯端详了一番，然后抬起头来寻找修削软骨笔尖的工具。

“喔，”法里亚说，“削笔刀是不是？这可是我的杰作。削笔刀，还有这把刀，都是用一只废旧的铁蜡烛台做出来的。”

削笔刀锋利如剃刀。另一把刀则还有个好处，可以当匕首用。

唐戴斯仔细观看这两样东西，神情之专注，就像当年在马赛古玩店里端详远洋船从南半球海域带回来的土人制作的工具。

“要说墨水，”法里亚说，“你已经知道是怎么做的了。我是现做现用的。”

“可有件事我不明白，”唐戴斯说，“你要做这么多事，光凭白天怎么够呢。”

“我还有晚上……”法里亚回答说。

“晚上！难道你有猫的本领，在夜里也能看清东西？”

“我没那本领，但是天主给人的智慧可以弥补官能的不足。我有东西照明。”

“什么东西？”

“菜里有肉的时候，我把肥肉切下，熬成一种稠厚的油脂。瞧，这就是我的油灯。”

法里亚让唐戴斯看一个模样有点像街灯的东西。

“用什么引火？”

“两块火石和烧焦的布片。”

“火柴呢？”

“我只说得了皮肤病，要一点硫黄，他们给我了。”

唐戴斯把手里的东西放到桌上，低下头去；他被老人的坚韧和毅力折服了。

“另外还有呢，”法里亚接着说，“我没把所有的宝贝藏在一个地方。把这儿盖上吧。”

他俩把石板放回原处。长老在上面撒了些尘土，用脚擦去移动的痕迹，然后走过去，把床挪开。

床头后面，有一块石头把一个洞口遮掩得几乎不露一丝缝隙，洞里有一根长约二十五到三十尺的绳梯。

唐戴斯仔细检查了一遍，绳梯非常结实。

“你要完成这么一件美妙的杰作，哪儿来的线呢？”

“我在弗内斯特雷尔堡坐牢的三年时间里，先是拆了几件衬衣，然后又从床单折边里拆下好些线。被押送到伊夫堡的时候，我设法把拆下的纱线带来了。绳梯是在这儿结成的。”

“他们没发现床单上少了折边？”

“我又给缝上了。”

“用什么缝？”

“用这根针。”

说着长老撩开破旧的衣衫，亮出一根贴身藏着的又长又尖，还穿着线的鱼骨给唐戴斯看。

“是啊，”法里亚继续说，“我起初想折断这些铁栅栏，从窗口逃出去，你看到了，这窗子比你那儿要大一些，我越狱时还可以再挖开一点儿。后来，我发现窗口下面就是天井，意识到这个计划太危险，就放弃了。但我还是保存了绳梯备用，我跟你提到过的那些越狱机会，说不定碰巧也会有的。”

唐戴斯望着绳梯，思绪却转到了另一件事上。一个念头突然在他脑子里闪过：这个人既然这么聪明，这么机灵，这么深刻，那么他唐戴斯蒙受不幸的原因，他自己没法看清的那团黑雾，这个人也许能看出个端倪。

“你在想什么？”长老微笑着问，他把唐戴斯的沉思当作看得出神了。

“我想到了两件事。第一件事是，现在凭着你的智慧，你已经取得了这么令人赞叹的成就，假如你是自由的，你会做成多少事情啊？”

“说不定一事无成，我的过剩的脑力也许会化为乌有。要开发深藏在人类智慧里的神秘宝藏，就需要遭遇不幸；要想引爆炸药，就需要压力。囚禁生活把我分散飘忽的官能都凝聚在了一个焦点上，让它们在一个狭窄的空间相互撞击。你是知道的，乌云相撞生成电，电生成火花，火花生成光。”

“我，我什么也不知道，”唐戴斯说，他因自己的无知而羞愧，“你说的有些话，对我来说就像天书；你懂得这么多，一定很开心！”

长老笑了。

“你刚才说你想到了两件事？”

“是的。”

“第一件你告诉我了，第二件是什么事？”

“第二件是你已经把你的身世告诉了我，可你还不知道我的身世。”

“你还年轻，你不会遇到多少重要的事情。”

“我遇到过天大的不幸，”唐戴斯说，“那是我不该遇到的不幸。我曾经埋怨天主，说过渎神的话，可我想，我应该找到让我陷于不幸的人，跟他们算账。”

“你能肯定别人控告你的罪名是无中生有，你是无辜的？”

“完全是无辜的。我愿凭这世界上我最亲爱的两个人，我父亲和梅塞苔丝来起誓。”

“那好，”长老边说边遮好藏东西的地方，把床移回原位，“把你的故事说给我听听吧。”

唐戴斯开始讲起长老所称的故事来。先是一次去印度和两三次去地中海东岸地区的航行。然后，说到最后一次出海，勒克莱尔船长病死，临终前要他转交给大元帅一包东西，他见到大元帅，带回一封给诺瓦蒂埃先生的信。然后他说到返航马赛，重见父亲，他对梅塞苔丝的爱，订婚宴，接下来的被捕，审讯，在法院的临时拘禁，直到被打入伊夫堡地牢。说到这儿，他说不下去了，他甚至不知道自己坐牢已经有多久了。

长老听他说完，陷入了深思。

“有句话说得很深刻，”过了一会儿，他开口说，“它和刚才我对你说的话有联系，就是扭曲的人格才会产生邪恶的念头，一般而言，人的天性是厌恶犯罪的。文明使我们产生了欲念、恶习和虚荣心，有时候它们会扼杀我们善良的本性，诱使我们作恶。所以这句格言这么说：要抓罪犯，先找从罪行中得益的人！你不在了，谁会得益呢？”

“谁也不会呀！我太无足轻重了。”

“别这么说，你的这个回答既不合逻辑，又不合情理。我的朋友，你要知道一切事情都是相互有关联的，从国王在位有碍王储登基，到小职员在职影响雇员转正，道理都是一样的。倘若国王死了，王储就可以继承王位；倘若小职员死了，候补的雇员就可以得到那份一千二百利弗尔的年薪。这笔钱对他的重要性，跟国王每年的一千二百万专用款没什么差别。每个人，从社会阶梯最底层的平民百姓，到最高层的王公贵胄，周围都会形成一个纷纷扰扰的小天地，一张利害攸关的关系网，就跟我们周围的世界没什么两样。这个关系网随着当事人地位的升迁而愈来愈大。它好比一只陀螺，全凭惯性的平衡作用，支撑在一个尖顶上。回过头来看看你周围的那个小天地吧。你就要被任命为法老号船长了？”

“是的。”

“你就要娶一位美丽的姑娘为妻了？”

“是的。”

“如果你当不成法老号船长，会对谁有利？如果你娶不成梅塞苔丝，又会对谁有利？请先回答第一个问题，条理清晰是解决问题的关键。有谁不愿意你当法老号的船长？”

“没有，船员们都很喜欢我。如果让他们推举一位船长，我相信他们也会推举我。只有一个人可能心里对我有些不满，我曾经和他吵过一架，我提出跟他决斗，他拒绝了。”

“行！这个人叫什么名字？”

“唐格拉尔。”

“他在船上干什么？”

“管账。”

“要是你当了船长，你会留他继续任职吗？”

“如果我有权决定的话，我不会留用他，因为我发现过他账目不清。”

“好。现在请告诉我，你和勒克莱尔船长最后一次谈话时，有谁在场？”

“没有，就我们俩。”

“有人能听得见你们的谈话吗？”

“能，舱门开着。等一下……对了，勒克莱尔船长把给大元帅的那包东西交给我的当口，正好唐格拉尔走过。”

“好，”长老说，“现在说到正题了。你们停靠厄尔巴岛的时候，你有没有和别人一起上岸？”

“没有。”

“你拿到一封信？”

“对，是大元帅交给我的。”

“这封信，你放在哪儿？”

“放在我的包里。”

“你的包是随身带的吗？能平放一封信的包，一个水手的衣袋里怎么放得进呢？”

“你说得对，我的包是放在船上的。”

“那你是回到船上以后，才把信放进包里的？”

“对。”

“从费拉约港回到船上，一路上你把信放在哪儿？”

“一直拿在手里。”

“你回到法老号船上的时候，人人都能看到你手里拿着信？”

“是的。”

“唐格拉尔也能看到？”

“他也能看到。”

“现在听我说；你尽量回忆一下：匿名信上写的内容，你还记得吗？”

“噢！记得，我读过三遍，每句话都记住了。”

“把它背给我听。”

唐戴斯想了想，说：

“上面是这样写的。

“‘检察官先生台鉴：

“‘鄙人乃王室与教会之友，现有一事禀报。法老号大副埃德蒙·唐戴斯从士麦那港返航途中，曾于那不勒斯和费拉约港逗留。此人奉缪拉之命送信给逆贼，并奉逆贼之命将一信转交巴黎波拿巴党人委员会。

“‘逮捕此人便可截获罪证，盖因该信尚未送出，当在此人身上、其父住处或法老号船舱内。’”

长老耸了耸肩。

“现在一清二楚了，”他说，“你太天真，也太善良，要不然你早就猜出是怎么回事了。”

“你这么想？”唐戴斯大声说，“噢！这真太恶毒了！”

“唐格拉尔平时写的字是怎么样的？”

“一手漂亮的草体。”

“匿名信上的笔迹是怎么样的？”

“是向右斜的。”

长老微微一笑。

唐戴斯问：“是伪装过的吗？”

“伪装得挺大胆。你看。”

长老拿起他称为笔的东西，在墨水里蘸了蘸，用左手在一件备用的衬衣上写了匿名信开头的两行字。

唐戴斯往后退了一步，不胜惊恐地看着长老。

“啊！简直不可思议，”他大声说，“这个笔迹和匿名信上的太像了。”

“这是因为匿名信是用左手写的。我注意到了一个情况。”长老说。

“什么情况？”

“不同的人用右手写的字会很不相同，但用左手写的字，笔迹大同小异。”

“难道你什么都见过，什么都考虑过？”

“我们还是接着往下说吧。”

“噢！对。”

“现在说第二个问题。”

“我听着。”

“你不能娶梅塞苔丝，有人会因此得益吗？”

“有！一个爱她的小伙子。”

“叫什么名字？”

“费尔南。”

“这是个西班牙名字。”

“他是加泰罗尼亚人。”

“你认为他能写出这么一封信吗？”

“不。他要干掉我，多半会捅我一刀。”

“对，这符合西班牙人的性格：宁可去杀人，不肯当懦夫。”

“再说，”唐戴斯说，“匿名信里写的有些事情，他是不知道的。”

“你没把这些事情告诉过别人？”

“没有。”

“对你的情妇也没说过？”

“对我的未婚妻也没说过。”

“那就是唐格拉尔了。”

“噢！现在我相信了。”

“等等……唐格拉尔认识费尔南吗？”

“不认识……噢，不……我想起来了……”

“想起什么？”

“在举行订婚宴的前两天，我看见他俩在邦菲尔老爹的凉棚下，坐在同一张桌子旁边。唐格拉尔看上去挺高兴，开着玩笑，费尔南脸色苍白，好像很心烦意乱的样子。”

“就他俩？”

“另外还有一个我的熟人，他们俩想必就是他介绍认识的。这个人叫卡德鲁斯，是个裁缝；当时他已经喝醉了。等等……等等……这我怎么会没想到呢？他们喝酒的桌子旁边放着墨水、纸和笔。”唐戴斯把手放在额上说，“啊！恶毒！太恶毒了！”

“你还有什么事情想知道吗？”长老笑着问。

“有，有，既然你把一切都分析得那么透彻，既然你对一切事情都看得那么清楚，那么我还想知道，为什么我只被审讯过一次，为什么没有让我上法庭，为什么我没有判决就被定了罪？”

“这事就有点复杂了，”长老说，“司法界黑幕重重，外人难以看透。相比之下，我们刚才为你的两个朋友所做的分析，就像孩子的游戏了。要把这事弄清楚，有些情况你得说得更仔细些。”

“行，你想到什么问题就请问吧。说真心话，你对我的事看得比我自己还清楚。”

“是谁审讯你的？检察官，代理检察官，还是预审法官？”

“代理检察官。”

“年轻人还是老年人？”

“年轻人，大约二十七八岁。”

“嗯！还没有腐败，但已经有野心了，”长老说，“他对你的态度怎么样？”

“挺和气，不凶。”

“你把事情全都对他说了？”

“全都说了。”

“他的态度在审讯过程中有没有变化？”

“有过一小会儿，他读完诬告我的信以后，神情突然改变了。我的不幸遭遇似乎使他受到很大的震动。”

“你的不幸遭遇？”

“是的。”

“你相信他是在同情你的不幸？”

“有一件事可以证明这一点。”

“什么事？”

“他把会连累我的那张纸给烧了。”

“哪张纸？匿名信？”

“不，是我要转交的那封信。”

“你肯定？”

“他是当着我的面烧的。”

“这就错不了啦。这个人很可能是一个你根本想象不到的最阴险毒辣的家伙。”

“说实话，你这话让我听得胆战心惊！”唐戴斯说，“难道这是个老虎、鳄鱼横行的世界吗？”

“没错，区别仅仅在于两只脚的老虎、鳄鱼比别的猛兽更危险。”

“请你再说下去吧。”

“好的。他把那封信烧了？”

“是的，他还对我说：‘瞧，这是对你不利的唯一证据，我把它销毁了。’”

“这个举动高尚得不自然了。”

“你这样想？”

“我可以肯定。这封信是给谁的？”

“巴黎鸡鹭街十三号的诺瓦蒂埃先生。”

“你估摸，你那位代理检察官烧了这封信自己会有好处吗？”

“大概是吧。因为他几次要我答应不对别人提起这封信，他说这是为我着想。他还让我发誓不把信封上的名字告诉任何人。”

“诺瓦蒂埃？”长老反复念道，“诺瓦蒂埃？我知道有一个诺瓦蒂埃是伊特鲁里亚[1]女王的朝臣，另一个诺瓦蒂埃是大革命时期的吉伦特党人。你那位代理检察官对你说他叫什么名字？”

“德·维尔福。”

长老哈哈大笑。

唐戴斯愣愣地望着他。

“你怎么啦？”他问。

“你看到这束阳光了？”长老问。

“看到了。”

“在我看来，整个事情要比这束明亮的阳光还要清楚。可怜的孩子！这个检察官对你很好是吗？”

“是的。”

“这位可敬的检察官烧掉信，销毁了证据？”

“是的。”

“这个道貌岸然的坏蛋，他要你发誓不把诺瓦蒂埃的名字告诉任何人？”

“是的。”

“可怜的小傻瓜啊，你知道这个诺瓦蒂埃是谁吗？这个诺瓦蒂埃就是他的父亲！”

即使一个惊雷落在唐戴斯脚下，炸出一个深渊，渊底露出地狱的大门，

1　意大利中西部古国，位于后来的托斯卡纳地区。

对唐戴斯的打击也不会比长老的这几句话来得更迅疾，更凶猛，更惨烈。唐戴斯站起身来，双手捧头，仿佛怕它炸开似的。

“他的父亲！他的父亲！”他喊道。

“对，他的父亲，诺瓦蒂埃·德·维尔福。”长老说。

刹那间一道闪光在唐戴斯的脑子里掠过，照亮了始终隐没在黑暗中的角角落落。审讯时维尔福的支吾躲闪，那封被烧毁的信，要他发的誓，检察官并非咄咄逼人，而是近乎哀求的语气，他一下子都回忆起来了。他大喊一声，像喝醉酒似的晃了几晃，一头钻进那条连通两个牢房的过道。

“哦！”他说，“我得一个人待着，好好想想这一切。”

他一进自己的牢房，就瘫倒在床上。傍晚狱卒进来，只见他坐在床上，两眼直视，肌肉紧绷，像尊雕像似的一动不动，默不作声。

他冷静思索了好几个小时，但在他看来似乎才过了几秒钟。在这期间，他打定主意铁了心，立下了令人生畏的誓言。

一个声音把他从沉思中唤醒，那是法里亚长老，狱卒已经查过监了，他来邀请唐戴斯和他共进晚餐。法里亚是公认的疯子，而且是个有趣的疯子，所以他可以享受某些特权，比如说面包比别的犯人稍白一些，星期天还可以有一小瓶葡萄酒。这天正巧是星期天，长老请年轻伙伴一起去分享他的面包和酒。

唐戴斯跟随他去了。他的脸部肌肉已经放松，恢复了常态，但从他那坚毅决绝的神情依然可以看出，他下过的决心是不可动摇的。长老凝视着他。

“我帮你追查线索，又对你说了那么多话，还真有点后悔呢。”他说。

“为什么？”唐戴斯问。

“因为我在你心里注入了一种你从未有过的情感，那就是复仇。”

唐戴斯微微一笑。

“我们说些别的事吧。”他说。

长老又端详了他一会儿，忧伤地摇了摇头；随后，他就照唐戴斯所说的，说起别的事情来了。

就像那些饱经忧患的人一样，老人的谈话饱含睿智和情趣，让人听了既能得到许多教益，又觉得兴味盎然。而这种谈话又毫无自私的意味，不幸的老人从来不说自己的不幸。

唐戴斯满心赞佩地听着他的每一句话。其中有些话和他的想法是一致的，和他作为水手所获得的知识吻合。有些话涉及种种未知的事物，它们犹如照亮了南半球上航行者的北极光，在唐戴斯眼前展现了五光十色的新景象，开拓了一望无际的新视野。唐戴斯明白，老人是在伦理、哲学和社会学这些领域中学识渊博的长者，一个智力健全的人若能以他为师，那是一种幸福。

"你得把你的知识教我一点儿，"唐戴斯说，"要不你和我在一起会觉得厌烦的。现在我觉得，你一定宁愿忍受孤独，也不想跟一个像我这样无知无识的人做伴的。只要你肯教我，我保证不再提逃走的事了。"

长老笑了笑。

"唉！我的孩子，"他说，"人类的知识是很有限的，在我教会你数学、物理、历史和我会讲的三四种现代语言以后，你就和我知道得一样多了。所有这些知识，用不了两年时间，我就可以把它们从我这儿灌进你的脑子里。"

"两年！"唐戴斯说，"你相信两年里我就能学到所有这些知识？"

"要说懂得应用，那还不行，要说学会原理，也就够了。学过的东西，不一定是懂得的东西。有两种人，一种是书蠹，一种是学者：记忆造就前一种人，哲学造就后一种人。"

"哲学可以学吗？"

"哲学是学不到的；哲学是天才所应用的既得知识的总和；哲学是基督升天时脚下那片绚丽的祥云。"

"那好，"唐戴斯说，"你先教我什么呢？我真想快点开始，我太渴望知识了。"

"我全都教给你！"长老说。

当天傍晚，两个囚犯拟订了一个学习计划；第二天就开始实施。唐戴斯有惊人的记忆力和极强的接受能力：天生的数学头脑，使他能顺利地学会各种算式和证明；海员丰富的想象力，则使枯燥的数字和呆板的线条变得趣味盎然。他本来就懂意大利语，还会说一点希腊语，这都是他在航行中学到的。有了这两门语言的基础，他就不难学会其他语言的语法结构。六个月后，他已经能说西班牙语、英语和德语了。

正如他对长老所说的，他再也不提逃跑的事了，这或许是由于他专注于学习，无暇分心去想自由，或许只是因为他本来就是个说到做到的人；对他来说，日子过得既快又充实。一年过后，他变成了另一个人。

可是唐戴斯发觉，虽然有他相伴多少给长老的囚禁生活带来了一些乐趣，但长老还是变得愈来愈忧郁了。似乎有一个想法始终在他脑海中盘旋不去，时时刻刻都在困扰着他，他常常陷入沉思，不由自主地长吁短叹，有时倏然起立，交叉双臂，在牢房里愁眉不展地徘徊。

有一天，他突然在来回转了不下一百次的踱步中停住，大声说：

“唉！要是没有哨兵多好啊！”

“你想没有就可以没有。”唐戴斯说，长老脑子里在想什么，此刻他就像透过水晶球那般看得一清二楚。

“噢！我对你说过，”长老说，“我不喜欢杀人。”

“可是这样的杀人，是出于生存的本能，是一种自卫意识啊。”

“我无论如何不会这么做。”

“可你老在想这事，是吗？”

“是啊，不停地想。”长老喃喃地说。

“你想出了一个办法，是吗？”唐戴斯急切地问。

“是的，如果外面过道上的哨兵又瞎又聋就好了。”

“他会又瞎又聋的。”年轻人语气之决绝，使长老心头一愣。

“不，不！”他高声说，“不能这样。”

唐戴斯想继续这个话头，但是长老摇摇头，不肯再说下去。

三个月就这样过去了。

“你力气大不大？”一天长老问唐戴斯。

唐戴斯一言不发，拿起那把凿子，像摆弄一块薄铁皮似的把它扭弯又扳直。

“你能保证，不到万不得已，你决不杀死哨兵吗？”

“我以我的荣誉保证。”

“那好，”长老说，“我们可以实施我们的计划了。”

“我们需要多少时间才能完成这个计划？”

“至少一年。”

“现在就可以开始吗？”

“马上可以开始。”

“哦！你瞧瞧，我们已经浪费了一年时间。”唐戴斯大声说。

“你觉得这一年时间我们是浪费了？”长老问。

“噢！原谅我，原谅我……”埃德蒙涨红了脸，大声说道。

“轻声！”长老说，“人终究是人嘛，你已经是我认识的人中间最优秀的一个了。来，我把我的计划告诉你。”

长老让唐戴斯看一张画就的草图，上面有他和唐戴斯的牢房以及牢房外的过道。长老计划在过道下面再挖一条地道，就如矿工用的巷道那样，一直通到室外走廊的中间。他俩沿着这条巷道，可以来到哨兵放哨的室外走廊下面。到了那里，他们再挖一个大洞，撬松走廊上的一块大石板。到时候，巡逻的士兵踩上去，就会随石板一道落进大洞。趁那士兵摔得晕头转向、不能动弹之际，唐戴斯扑上去捆住他，堵住他的嘴，然后和长老一起从走廊的窗口逃出去，沿绳梯爬下外墙，这样就得救了。

唐戴斯连连拍手，眼睛里射出喜悦的光芒，这个计划非常简单，一定能成功。

当天两人就开始干活了。由于先前有过一段长时间的休息，现在做的又是两人内心深处反复思量过的事情，他们干得特别起劲。

只有在狱卒查房时，他们才回到各自的牢房，此外的时间里，他们都不停地干活。他们已经听惯狱卒的脚步声，远远听见他从石梯上下来，便马上警觉了。从新通道挖出的土如果不及时处理，很可能把旧通道堵死，所以他们万分小心，把泥土一点一点地从唐戴斯或是法里亚牢房的窗口扔出去，事先已经碾成碎末的泥土，随着晚风飘扬到远处，不会留下任何痕迹。

他们靠一把凿子、一把小刀和一根撬棍，持续不断地干了一年多时间。在此期间，法里亚边干活边教唐戴斯。他有时用这种语言，有时用那种语言，向唐戴斯讲述各民族的历史，历数在身后留下人称光荣的显赫名声的一代又一代伟人的业绩。长老是上流社会的人物，而且经常接触显贵，言谈举止中自有一种雍容的气度，而唐戴斯天生具有模仿能力，善于学习他所缺少的优雅礼仪和贵族风度，而这种风度通常是只有出入上流社会交际圈才能学到的。

十五个月以后，通道掘成了；走廊下的大洞也挖好了。在洞里可以听见哨兵来回走动的声音。为了更有把握，他们想等一个没有月亮、夜色浓重的夜晚动手。现在他们就怕士兵踩上几乎已经挖空的石板，石板吃不起分量会坠落下来。为防不测，他们在地基里找了一根小梁，打算把它撑在石板下面。这一天，唐戴斯正在撑木梁，法里亚长老留在年轻人的囚室里打磨准备用来挂绳梯的钉子。突然，唐戴斯听到长老凄厉的喊声。他迅速退出通道，只见长老站在囚室中央，脸色苍白，头冒冷汗，痉挛地紧握双拳。

"哦！天哪！"唐戴斯喊道，"出了什么事，你怎么了？"

"快！快！"长老说，"快听我说！"

唐戴斯看到法里亚脸色铁青，眼圈发黑，嘴唇发白，头发竖起；他惊呆了，手一松凿子落在地上。

"究竟出什么事了？"他大声问道。

"我不行了！"长老说，"一种可怕的，可能致命的病就要发作了。我在入狱的前一年得过这种病。这种病一旦发作，只有一种药救得了我。现在你听我说，你赶快到我的房间去，拆下床脚，床脚里有个洞，里面有个小玻璃瓶，盛着半瓶红色的液体，你把药瓶拿来。噢，不行，我在这里会被发现的。趁我现在还有一点力气，你帮我回到自己的房间去。病一发作，就没人知道会怎么样了。"

这飞来横祸狠狠地砸在唐戴斯头上，但他并没有失去理智。他先把长老掖到墙边，再钻进通道，费劲地拖着不幸的同伴来到通道的另一端，回进长老的牢房，把他平放在床上。

"谢谢，"长老说，他浑身打战，像刚从冰水里出来，"病就要发作，我的全身肌肉都要变得僵直了。或许我会一动不动，也不哼一声；但也可能我会口吐白沫，大喊大叫。你一定不能让我叫出声来，这非常重要，否则他们就会把我换到另一个囚室，我们就永远分开了。等你看见我全身不动，手脚冰凉，像死了一样的时候，记住，一定要等到这个时候，你才用刀撬开我的牙齿，往我的嘴里滴进八到十滴这种药水，也许我还能恢复过来。"

"也许？"唐戴斯悲痛地问。

"救救我！救救我！"长老喊道，"我……我……"

病来得太突然，太猛烈，可怜的囚犯甚至都没能把话说完；一片阴影，像海上的风暴那样黑压压地掠过他的额头。他瞳孔放大，嘴巴歪斜，两颊发紫。他扭动身体，口吐白沫，拼命叫喊。唐戴斯按照他的嘱咐用被单捂住他的嘴，不让人听见他的喊声。这样持续了两个小时。长老浑身上下没有一丝生气，变得比一块大理石更白更冷，比一根被人踩在脚下的芦苇更软弱无力。他最后痉挛了一下，就昏厥了过去，身体僵硬，脸色铁青。

埃德蒙等到这假死现象侵入他的全身，冷透他的心脏以后，拿起小刀，把刀刃伸进他的牙缝，很费劲地撬开咬紧的牙关，一滴一滴数着，滴进十滴红色药水，然后静等着。

一小时过去了，老人纹丝不动。唐戴斯担心自己的行动过于迟缓，急得两手插进头发里死死地盯着他看。长老的面颊上终于微微有了点血色，那双一直睁着、毫无反应的眼睛也有了点生气，嘴里发出轻微的叹息声，身体动了一下。

“有救了！有救了！”唐戴斯大声叫道。

病人还不能说话，但他把手指向门口，显得非常着急。唐戴斯侧耳细听，听到狱卒的脚步声：快到七点钟了，刚才他没顾得上考虑时间。

年轻人奔向通道，钻进去用石板遮住洞口，然后回到自己的牢房。

不一会儿，牢门打开了；像往常那样，狱卒看见囚犯坐在床沿上。

狱卒转身出去，他的脚步声刚刚消失在长廊上，唐戴斯就迫不及待地再次钻进地道，根本没想到去吃东西。他用头顶起石板，回到长老的囚室。

老人已经恢复知觉，但仍然没有一点力气，躺在床上一动不动。

“我没想到还能见到你。”他对唐戴斯说。

“你为什么这么说？”年轻人问，“你是以为自己要死了吗？”

“不是，我是说你逃跑的条件都具备了，我以为你跑了。”

唐戴斯生气了，脸涨得通红。

“我会不带你走吗！”他大声说，“你真的把我想象得那么坏吗？”

“现在我知道是我想错了，”病人说，“唉，我浑身没有一点力气，我垮了，我不行了。”

“别泄气，你会好起来的。”唐戴斯说着，在法里亚的床边坐下，握住他的双手。

长老摇了摇头。

“上一次，”他说，“发作的时间只有半个小时，过后我感到饿了，还能独自站起来。今天，大腿与胳膊都动弹不了，脑袋涨得厉害，这表明脑血管在渗血。第三次再发作，我就会完全瘫痪，甚至骤然死去。”

“不，不，放心吧，即使第三次发作，你也不会死的，那时候你已经自由了。我会像这次一样把你救活的，而且比这一次更快，因为我们会有必要的器具和药品了。”

“我的朋友，”老人说，“别安慰我啦，刚才的发作已经判了我无期徒刑，不能走路，是没法逃跑的。”

“哦！只要需要，我们可以等上一星期、一个月、两个月，你的身体会慢慢恢复的。我们已经做好了逃跑的准备，逃跑的时间和时机全由我们选择。等到哪一天，你感到有足够的力气游泳了，好！我们就选那一天。”

“我游不了啦，”法里亚说，“胳膊瘫痪了，这不是一天两天，而是一辈子的事。你提提这只胳膊，你瞧它有多沉。”

年轻人提起长老的一只胳膊，它又毫无知觉地垂落下来。他叹了一口气。

“现在你相信了，是吗，埃德蒙？”法里亚说，“相信我吧，我明白我在说什么；自从我第一次发病以后，我就不停地想这件事情。我并不感到意外，因为这是我家的遗传病。我父亲死于第三次发病，祖父也是。这种药水是著名的卡巴尼斯医生给我配制的，他预言我会有同样的命运。”

“医生错了，”唐戴斯大声说，“即使你瘫痪了，也没关系，我能背你，我可以背着你游泳。”

“孩子啊，”长老说，“你是水手，是游泳好手，你不会不明白，一个人背着这么沉的分量在海里是游不出五十寻[1]的。别再骗自己了，这样的事，就连你那高尚的心也是骗不过的。我就留在这里，直到我解脱的钟声敲响的那一刻。现在对我来说，死就意味着解脱。而你，你得逃走，得赶快走！你年轻、机灵、强健，别替我操心了，我把你的许诺还给你。”

“好吧，”唐戴斯说，“好吧，这样的话，我也留下不走了。”

说完，他站起身来，在老人头上庄严地伸出一只手，说：

“我凭耶稣基督的血发誓，只要你活着，我决不离开你。”

---

1 寻（brasse）：法国古长度单位，1 寻约合 1.6 米。

法里亚默默地注视着他，这个年轻人是这么庄重，这么纯朴，这么高贵，老人在这张充满诚意的脸上，看到了他真挚的爱和忠于誓言的决心。

“你的诚意，”病人说，“我接受了，谢谢。”

稍过了一会儿，他向唐戴斯伸出一只手说：

“也许你这无私的诚意会得到报偿。现在，既然我走不了，你又不愿走，那么我们就把长廊下的那个洞堵上吧。要不士兵在走动时，可能会觉得被挖过的地方声音有些异样，他要是去叫一个狱官来看看，事情就会败露，我俩就得分开了。你去把洞堵上吧，可惜我再也不能帮你一起干了。能行的话，你就彻夜干吧。明天早晨狱卒查过牢房以后你再过来，我有一件重要的事情要对你说。”

唐戴斯握住长老的一只手，老人微微一笑，示意他放心。年轻人顺从地放开他的手，怀着对这位年长朋友的尊敬之情，退了出去。

第18章

宝藏

次日清晨，唐戴斯回到法里亚的牢房，看见这位狱中的同伴神情安详地坐着。

一束阳光从牢房窄小的窗口射进来，只见老人的左手拿着一张摊开的纸，读者想必还记得，他现在只有左手还能活动了。纸张先前一直是卷起来的，这会儿还微微卷曲着。

长老不作一声，把纸递给唐戴斯。

“这是什么？”唐戴斯问。

“你好好看看。”长老微笑着说。

“我眼睛睁得大大的，”唐戴斯说，“可就看见一张烧掉一半的纸片，上面用一种奇怪的墨水写着些哥特体的字母。”

“我的朋友，”法里亚说，“我已经考验过你，现在我可以把事情全都告诉你了。这张纸就是我的宝藏，从今天起，宝藏的一半归你所有了。”

唐戴斯的额上沁出了冷汗。他和法里亚已经相处很久了，他一直避免跟老人提起宝藏的话题，因为他知道，人家说可怜的长老发疯，说的就是这事儿，这是疯病的病根。埃德蒙凭着本能的敏感，从来不去触动这根痛苦震颤着的弦。而法里亚也始终绝口不提这事。埃德蒙一直把老人对此事的沉默看成理智的恢复；今天，老人在那可怕的病刚刚发作过后，又说起这件事儿，莫非他的神经又错乱了。

“你的宝藏？”唐戴斯结结巴巴地问。

法里亚笑了。

“是的，”他说，“你确实是个心地高尚的人，埃德蒙。瞧你，脸色发白，浑身颤抖，我明白你此刻在想什么。不，放心吧，我没有疯。这个宝藏是有的，唐戴斯，虽然我没能拥有它，你却完全可以拥有它。这儿没人肯听我说，没人相信我的话，他们都以为我疯了。可是你，你应该知道我没有疯。请先好好听我说，你现在不相信也没关系，以后你会相信的。”

“唉！”埃德蒙喃喃自语，“他老毛病又犯了！我也就差没得这病了。”

他对老人说：

“你发病以后一定很疲倦，不想休息一会儿吗？明天，假如你愿意，我再来听你讲，但今天我得小心看护你，别的事都不管了。再说，”他笑着说，“宝藏这事儿真有这么急吗？”

“非常急，埃德蒙！”老人回答说，“谁知道明天，或许后天，我会不会第三次犯病呢？想想吧，到那时一切都完了！这些珍宝，能使十户人家变成巨富，是啊，我常常想，就让它永远埋没吧，那些迫害我的人休想得到它，这样想的时候我会在苦涩中感受一丝快慰：这个想法满足了我的报复心理，深夜待在牢房里濒临绝望的时候，我就慢慢体味其中的快意。可是现在，我因为对你的爱而宽恕了世界，我看见你这么年轻，前途无量，想到我说出这个秘密以后将会给你带来的幸福，我就生怕耽误了时间，不能确保把埋藏在地下的巨大财富交到真正值得享有它的人手中。”

埃德蒙扭过头去叹了口气。

“你还是不肯相信我，埃德蒙，”法里亚说，“还是不愿意拿我的话当真吗？我知道，得拿出证据给你看才行。那好，这张纸我从没给任何人看过，现在我给你看。”

“明天吧，朋友，”埃德蒙说，他不想让老人一个劲地疯下去，“我们不是说好这事明天再谈吗？”

“是明天再谈，但你今天先看一下。”

“别惹他生气吧。”埃德蒙心想。

于是，他拿起那张想必是不小心烧着过、缺损了一半的纸，念了起来：

时维一四九八年四月二十五日，吾

大六世教皇陛下宴请。因虑其

慊，为谋取吾之财产，或将使

帕达、班蒂伏里奥后尘饮

与受遗赠人。盖吾曩将所

石、金刚钻、首饰埋
基督山岛；知其处者，唯
当二百万罗马埃居之
由东首小湾数至第二十块岩
洞有两处入口：财宝位于第二
赠吾侄吉多•斯帕达。

一四九八年四月二十五日　恺

“看到了吧？”法里亚等年轻人念完，问道。

“我看到的，”唐戴斯回答说，“只是一些断断续续、连不成文的句子，有一半字给烧掉，意思没法看懂了。”

“你是第一次读，我的朋友，所以对你来说确实是这样。但对我来说就不同了，我成夜不眠，反反复复地研究它，已经把句子都连缀起来，把意思都补全了。”

“你是说你知道另外半张纸上写些什么了？”

“知道得一清二楚，你听我说了就会明白的。不过，你还是先听听这张纸的来历吧。”

“别出声！”唐戴斯轻声说，“有脚步声！……有人来了……我得走了……再见！”

说着唐戴斯像游蛇似的，钻进狭窄的通道，他庆幸自己可以不去听长老的解释了，这样的解释是会让他更加相信老人神志不清的。至于法里亚，他受了惊吓，反倒恢复了一点活力，他把石块用脚推到原位，并用草席盖上，遮住移动的痕迹，因为他已来不及抹去了。

进来的是典狱长，狱卒向他报告了法里亚的病情，现在他想亲自看一看囚犯到底病得有多重。

法里亚坐着见典狱长，避免做出任何可能引起猜疑的动作，把自己已经半身瘫痪的病情瞒过了他。长老原本担心典狱长会动恻隐之心，给他换个条件稍好些的牢房，那样他就得和年轻伙伴分开了。幸而情况不是如此，典狱长尽管在心底里对法里亚有几分好感，但他离开地牢时，相信这可怜的疯子只是身体稍有些不适罢了。

在这段时间里，埃德蒙坐在床上双手捧住头，竭力想把思绪集中起来。认识法里亚以来，他在老人身上看到的一切都是那么睿智，那么高尚，那么合情合理，他不能理解，一个处处都表现出超人智慧的长者，怎么会一说到宝藏就失去理智了呢？究竟是法里亚神经错乱，还是世人误解了法里亚？

唐戴斯整个白天都待在自己的牢房里，不敢回到朋友那里去。他有意拖宕，延迟确信长老发疯的时刻的到来，那个时刻对他来说实在是太残酷了。

傍晚时分，狱卒查过牢房以后，法里亚见年轻人还没来，就试着自己穿过他俩之间的那段通道。埃德蒙听见老人艰难挪动身子的声音，不由得打了个寒战，他知道，老人的一条腿已经瘫痪，一条胳膊也不管用了。埃德蒙只得去拉他一把，否则他就没法从通唐戴斯这边的狭小洞口钻出来了。

"我不顾一切地追到你这儿来了，"长老慈祥地笑着说，"你以为能躲开我的慷慨馈赠，可你做不到。所以还是听我说吧。"

埃德蒙看出自己已无退路，便让老人坐在床上，自己坐在旁边一张矮凳上。

"你知道，"法里亚说，"我曾经是斯帕达红衣主教的秘书、亲信和密友。他是这个家族中最后一位亲王，我这一生中享有过的幸福，都是这位可敬的主教大人赐予的。尽管这个家族以巨富著称，经常可以听到有人说'像斯帕达家那么富有'，可是，实际上红衣主教本人并不富有。但既然大家都这么说，他也就只能在荣华富贵的虚名下过日子了。他的宫邸是我的天堂。我在那儿教过他的几个侄儿，后来他们先后死去，这世间只剩下了他孤零零的一个人，我出于对他的绝对忠诚，竭力设法回报他十年如一日给予我的恩惠。

"红衣主教的府邸，对我来说很快就没有秘密可言了。我经常看见主教大人孜孜不倦查阅年代久远的书册，热切地在尘埃之中翻寻家传的手稿。有一天，我责怪他不该经常为此熬夜，弄得自己身心疲惫，他望着我露出一丝苦笑，在我面前打开一本记述罗马城历史的书，他翻到题为《教皇亚历山大六世生平》的第二十章，对我说了下面这段我终生难忘的话：

"罗马涅[1]的主要战役已经结束了。恺撒•博尔吉亚完成他的征服大业以后，

1 罗马涅：古代意大利的一个省，隶属于当时的主教国。

急需资金收买意大利全部国土。教皇[1]也需要金钱来摆脱法国的路易十二，这位国王虽然连连受挫，但仍然相当强大。所以，教皇和恺撒必得做一笔大交易来筹钱。而在当时财力几乎耗尽的意大利，这可并不是一件容易做到的事情。

“教皇陛下有了个主意。他决定册封两位红衣主教。

“只要选中罗马的两个头面人物，尤其是两个有钱人，圣父就能从这笔交易中大大获益。首先，他可以出售两位红衣主教属下的重要职位和其他一些肥缺；其次，他卖出这两顶红衣主教高帽能有大笔进账。

“还有第三个好处，下面马上就会讲到。

“教皇和恺撒·博尔吉亚物色了两个未来的红衣主教，其中一个是让·罗斯皮里奥西，他身上已有神廷中的四个至尊头衔，另外一个是恺撒·斯帕达，他是最显贵最富有的罗马人之一。这两位对教皇如此宠幸意味着什么都有所觉察。但他们都是雄心勃勃的人物。而博尔吉亚找到这两位以后，很快便又找到了其他职位的买主。

“结果是罗斯皮里奥西和斯帕达捐一大笔钱当上了红衣主教，而另外八个人也捐钱买到了两位红衣主教升迁前的职位。这笔交易的卖主，钱柜里一下子增加了八十万埃居。

“现在该说说这桩交易的最后一部分了。教皇对罗斯皮里奥西和斯帕达优渥有加，擢升他俩当红衣主教，原先还指望这两人为还清他这笔实实在在的人情债，会变卖家产到罗马定居。见这一指望落了空，教皇和恺撒·博尔吉亚便邀请这两位红衣主教共赴晚宴。

“关于这次宴请，圣父和圣子之间有过争议。恺撒认为不妨就用对付他的知交好友的两个办法。一个是用那把出名的钥匙。钥匙上有一根工匠出于疏忽留下的铁刺。席间他假意请人去打开一只柜子，那人使劲开启很难打开的柜子时，势必会被铁刺扎着，而且第二天必死无疑。另一个办法就是用那只雕有狮头的戒指。恺撒戴上这枚戒指和某人握手，狮子就会咬破这只承受恩泽的手的表皮，伤口在二十四小时之后即可致命。

“恺撒向圣父建议，要么请两位红衣主教去开柜子，要么由他和他俩亲亲热热地各握一次手，然而亚历山大六世回答说：

1　指教皇亚历山大六世（1431—1501）。恺撒·博尔吉亚的父亲。

“‘对斯帕达和罗斯皮里奥西这么两位出色的红衣主教，别计较一顿晚宴的费用了。我有预感，这笔钱我们还是能赚回来的。另外，你别忘了，恺撒，消化不良是马上见颜色的，而扎一下、咬一口要过一两天才会有结果。’

“恺撒同意圣父的这番话。于是两位红衣主教被邀赴宴了。

“筵席设在圣皮埃尔埃斯里安宫旁边的一座葡萄园里。那座宫殿是个可爱迷人的邸宅，两位红衣主教久闻其名。

“罗斯皮里奥西此次获得殊荣，高兴得有些忘乎所以，喜形于色地准备去美餐一顿。斯帕达为人谨慎小心，他拿出纸和笔给侄儿写了份遗嘱，这个侄儿是位前程远大的年轻船长，也是他在这世上唯一钟爱的人。

“随后，他派侍从通知侄儿在葡萄园附近等他，可是侍从似乎没有找到他的侄儿。

“斯帕达很清楚这种宴请的含义。自从作为传播文明使者的基督教把进步带进罗马之后，不会再有百人队长从暴君那里来对你说：‘恺撒要你去死。’现在是一位由红衣主教担任的教皇特使，嘴角带着微笑，来给你传达教皇的圣谕：‘教皇陛下想和您共进晚餐。’

“斯帕达在两点钟光景出发去圣皮埃尔埃斯里安宫的葡萄园，教皇已在那里等他。斯帕达万万意想不到，他第一眼看到的就是身穿盛装、笑容可掬的侄儿，显然恺撒·博尔吉亚已经对他花言巧语了一番。斯帕达脸色唰地变白了。恺撒以嘲讽的目光恶狠狠地看了他一眼，意思是要让斯帕达明白，他恺撒早就把一切都料到了，陷阱早已设下了。

“众人入席之际，斯帕达只来得及问了侄儿一句：‘我的口信你收到了吗？’侄儿回答说没有，而且顿时明白了这个问题的全部含义。但一切都为时已晚，他方才已经喝下了一杯由膳食总管特地为他奉上的葡萄酒。与此同时，斯帕达眼见自己被另一瓶酒灌个半醉。一个小时后，一位医生宣布他俩因食用了有毒的羊肚菌而毒发身亡。斯帕达死在葡萄园的门口，侄儿在自家门口咽气前向妻子做了个手势，但她没有明白这手势的意思。

“恺撒和教皇借口寻找死者的有关文件，迫不及待地想侵吞斯帕达的遗产。可是所谓遗产，其实只是一张纸，斯帕达在上面写着：‘吾将吾之银箱、书籍遗赠吾所钟爱之侄，内有精装金角日课经一册，望侄儿善为保存，以志永念。’

“死者的家属四处搜寻，又把日课经也细细翻了一遍，最后把家具给分了。可是他们惊讶地发现，斯帕达虽说是出名的富人，实际上却是一个最寒酸的叔父；要说财宝，半点儿也没有：至多就是锁在图书室和实验室里的那些珍贵的科学书籍和器皿。

“事情就是这样。恺撒和他的圣父也在寻找、搜索、探究，但什么也没找到，或者说找到的东西实在少得可怜：价值一千埃居的金银制品以及大约相同数目的现金。不过教皇的手下人得知，侄儿当初走到家门口时，还来得及对妻子说了这么一句话：

“‘在叔父的书籍文件里找，里面有真正的遗嘱。’

“于是他们又去寻找，比正式的遗产继承人找得更卖力。但结果还是一无所获。最后只剩下了两座宫邸和巴拉丹山[1]后的一座葡萄园。当时不动产的价值很有限，圣父和圣子都看不上眼，所以两座宫邸和葡萄园仍然留在了斯帕达家族手里。

“时光一年一年地过去。亚历山大六世中毒身亡，你知道，他是错服了毒药。恺撒同时中毒，像蛇也似的蜕了一层皮才保住了性命，但毒液在新长出来的皮肤上留下了类似虎皮的斑纹。他后来被迫离开罗马，莫名其妙地死于一次几乎被历史学家遗忘的夜间武装冲突。

“自从教皇暴死、圣子流亡以后，人们普遍认为这个家族会恢复斯帕达红衣主教时代的显贵气派，但情况并非如此。斯帕达家族的成员生活拮据，只是勉强支撑门面而已。那宗扑朔迷离的事件，谜团始终没有解开，有传闻说，恺撒的政治手腕比圣父高明，他从教皇手上夺走了两位红衣主教的财产；我说两位，是因为罗斯皮里奥西红衣主教毫无戒心，他的财物早就被掳掠一空了。

“听到这儿，”法里亚顿了顿，微笑着说，“你还没觉得这个故事过于荒唐吧？”

“啊不，正相反，”唐戴斯说，“我就像在读一本趣味盎然的编年史。请往下说吧。”

“我这就往下说。这个家族对平庸的生活已习以为常了。多少年又过去了。家族的后代，有的投身行伍，有的从事外交，有人成了神职人员，也有人当上

1　巴拉丹山：古罗马城的七座小山中的一座，山上多有豪宅。

了银行家。发财的固然有，穷愁潦倒的更多。我现在要说的是这个家族的最后一位成员，也就是斯帕达伯爵。我曾经是他的秘书。

“我常听到他抱怨说他的家产和门第不相称。我劝他把手头的一点家产转换成终身年金，他听从这个意见，增加了一倍收入。

“那本著名的日课经还留在家中，归斯帕达伯爵所有。这本日课经在家族中世代相传，由于在所能找到的唯一的遗嘱里有那么一句奇怪的话，它在家族中就成了一件真正的圣物，族人怀着近于迷信的虔敬心情把它一代代地保存下来。这本书里装饰着典雅的彩色哥特体字母，角上包着金而分量很沉，遇有盛大的节日，总由一名仆人把它捧到红衣主教面前。

“我看过那位中毒身亡的红衣主教传下来，保存在家族档案中的各类文件，如证书、契约、羊皮纸手稿等等。我在浩如烟海的旧纸堆里东寻西找——在我以前至少有二十名侍从、二十名管家和二十名秘书做过同样的事情。但不管我有多么废寝忘食，也不管我的信念有多么虔诚，我什么也没找到。在这期间，我不但仔细阅读了博尔吉亚家族的传记，而且亲自动笔写了一本内容翔实的博尔吉亚家族史，把历年发生的事件逐一记录下来。我只有一个目的，那就是弄清楚那位恺撒·斯帕达红衣主教去世以后，博尔吉亚家族的资产中是否多出了一笔财富。然而我发现，多出的只是斯帕达红衣主教那位不幸的伙伴罗斯皮里奥西红衣主教的家产。

“于是我几乎能肯定，博尔吉亚家族也罢，斯帕达红衣主教本人的家族也罢，都没有得到这笔遗产。这笔遗产至今没有找到主人，犹如阿拉伯神话里的宝藏那样，沉睡在大地的怀抱中，由一个精灵看守着。我无数次地翻看、核算、研究这个家族三百年来的收支情况，但毫无用处，我依然茫无头绪，斯帕达伯爵依然坐守愁城。

“我的东家去世了。他把终身年金留给家人，而把其余的东西，也就是他的家族文件，那座藏有五千册书的图书室，以及那本著名的日课经，统统遗赠给我，另外还把他仅有的一千罗马埃居现款也留给了我，条件是我每年为他望一次弥撒，给他编一本族谱和一本家史。这些事情，我都不折不扣地照办了……

“别着急，亲爱的埃德蒙，我就要说完了。

“一八〇七年，我被捕前一个月，斯帕达伯爵去世后半个月，也就是十二月二十五日——待会儿你就会明白，这个日子为什么会在我的记忆中留下这么深刻的印象——我正在整理文件资料，这座宅邸已经归一个陌生人所有，我马上就要离开罗马到佛罗伦萨去定居了，我得随身带走我积攒起来的一万二千利弗尔，还有那些藏书，以及那本有名的日课经。我第一千遍地翻看着那些文件，连续工作使我感到很疲倦，再说午餐吃得过饱也有些不舒服，我用双手枕着头打起盹来了。这时约莫是下午三点钟。

“我醒来时时钟正敲六点。

“我抬起头，发觉周围一片漆黑。我拉铃想让人把蜡烛拿来，但没人应声，于是我就自己去找。我已经习惯了这样一种随遇而安的生活状态。我顺手拿起一支现成的蜡烛，碰巧火柴盒子空了，我就用另一只手去找一张纸，想就着壁炉里最后那绺跳动的火苗点燃这张纸。我担心摸黑拿到手的不是废纸而是一张有用的纸，所以犹豫了一下，忽然我想起了，放在身旁桌子上的那本日课经里有一张上端发黄的旧纸片，似乎是作书签用的，这张纸片度过了几个世纪，继承人出于对遗物的尊重，一直留着没动。我摸摸索索地去寻找那张废纸片，找到以后，就把它卷拢来，伸向即将熄灭的火苗，点着了。

“随着火苗蹿起，只见捏着的纸卷如同施了魔法一般，显出泛黄的字迹。我吓了一跳，赶紧吹灭火，把纸攥在手中，然后在炉子里点燃蜡烛，心情异常激动地打开卷皱的纸片。我发现纸上的文字是用神秘的隐显墨水写成的，骤然遇热，就会显现出来。三分之一以上的纸片已经烧毁，只剩下了今天早晨你读到的那张碎纸片。再读一遍吧，唐戴斯，待会儿你读完了，我再把那些中断的句子和不完全的意思补充完整。”

说完，他把纸片递给唐戴斯。这一回，唐戴斯看着这些用棕色墨水写的铁锈似的字迹，急不可耐地出声念了起来：

　　时维一四九八年四月二十五日，吾

大六世教皇陛下宴请。因虑其

慊，为谋取吾之财产，或将使

帕达、班蒂伏里奥后尘饮

与受遗赠人。盖吾曩将所

石、金刚钻、首饰埋
基督山岛；知其处者，唯
当二百万罗马埃居之
由东首小湾数至第二十块岩
洞有两处入口：财宝位于第二
赠吾侄吉多·斯帕达。
　　一四九八年四月二十五日　恺

“现在，”长老接着说，“你再看这张。”

他递给唐戴斯另一张纸，上面也有些残行断句。

唐戴斯接过来，念道：

蒙亚历山
于吾之纳赀心有不
吾步红衣主教克拉
鸩身亡，故将藏宝处告
拥有之黄金、金币、宝
于吾侄吉多·斯帕达曾同游之
吾一人而已。该价值约
财宝，尽埋于此岛洞窟之中，
石，掀起即可获至，
洞最深处。吾将此悉

撒·斯帕达

法里亚热切的目光随着他的声音在纸上移动。等唐戴斯念到最后一行时，他说：

“现在你把两张纸拼在一起，然后告诉我你看到了什么。”

唐戴斯照着做了，两张纸片合在一起，拼成下面这篇文字：

时维一四九八年四月二十五日，吾 * 蒙亚历山大六世教皇陛下宴请。因虑其 * 于吾之纳赀心有不慊，为谋取吾之财产，或将使 * 吾步红衣主教克拉帕达、班蒂伏里奥后尘饮 * 鸩身亡，故将藏宝处告与受遗赠人。盖吾曩将所 * 拥有之黄金、金币、宝石、金刚钻、首饰埋 * 于吾侄吉多 · 斯帕达曾同游之基督山岛；知其处者，唯 * 吾一人而已。该价值约当二百万罗马埃居之 * 财宝，尽埋于此岛洞窟之中，由东首小湾数至第二十块岩 * 石，掀起即可获至，洞有两处入口：财宝位于第二 * 洞最深处。吾将此悉赠吾侄吉多 · 斯帕达。

一四九八年四月二十五日　恺 * 撒 · 斯帕达

“嗯，你终于明白了吧？”法里亚说。

“这就是许多人找了那么久的……斯帕达红衣主教的遗嘱？”埃德蒙将信将疑地说。

“对，一点没错。”

“是谁把它拼成这样的呢？”

“我呀。我凭着这张残留的纸片，根据纸的宽度估算每行文字的长度，再根据断断续续的文字的意思，推断出另一半文字的内容。这就好比在地道里靠顶上漏下来的一丝亮光摸索着往前走。”

“你确信自己猜对以后，是怎么做的？”

“我打定主意立即动身，随身带着那部论述意大利统一事业巨著的开头部分。拿破仑自从儿子出生以后，主张意大利应该统一，我因鼓吹这一观点，早就被意大利警方盯上了。我行色匆匆，他们猜不出原因，却起了疑心，我在皮翁比诺一上船，就被捕了。”

“现在，”法里亚目光慈祥地望着唐戴斯说，“现在，我知道的全都告诉你了。倘若我们能一起逃出去，这宝藏的一半归你；倘若我死在这儿，而你逃了出去，这宝藏就全部归你。”

“可是，”唐戴斯有些迟疑地问，“这宝藏除了我们，还有没有更合法的主人呢？”

“没有了，你放心，这个家族没有后人了。再说，家族最后一支的斯帕达伯爵指定了我做财产继承人；他把那本具有象征意义的日课经遗赠给我，也就把日课经里所包含的东西遗赠给了我。你不用担心，我们一旦得到这笔财富，完全可以问心无愧地享用。”

“你说这笔财富价值……”

“两百万罗马埃居，按现在的币制算大约一千三百万吧。”

“不可能！”唐戴斯听了这个天文数字，仍然吃了一惊。

“为什么不可能？”老人说，“斯帕达家族在十五世纪是一个历史最悠久的望族。何况，那时候既没有金融贸易，也没有实业投资，金币和珠宝堆在家里的情况并不少见，直到今天还有一些罗马世族的后裔，穷得都快要饿死了，却还守着价值百万的珠宝钻石，可那是长子世袭继承的财产，他们不能动用。”

埃德蒙觉得自己在做梦：他欣喜异常，却又不敢完全相信这一切是真的，弄得有些晕晕乎乎。

“我一直对你保守这个秘密，”法里亚接着说，“一来是要考验你，二来是想让你大吃一惊。倘若在我的病再次发作之前我们越狱成功，我就把你带到基督山去，”他叹了口气说，“不过，现在看来得由你领我去喽。哎，唐戴斯，你不对我说一声谢谢吗？”

“这个宝藏是属于你的，我的朋友，”唐戴斯说，“只属于你一个人，我没有任何权利得到它。我并不是你的亲人啊。”

“你是我的儿子，唐戴斯！”老人大声说，“你是囚禁生活赐给我的儿子。我的职业决定我只能过单身生活，上帝把你赐给我是为了抚慰一个不能当父亲的人，也是为了抚慰一个不能获得自由的囚徒。”

法里亚向年轻人伸出还能活动的那只胳膊。唐戴斯扑在老人的怀里，哭了起来。

第19章

第三次发病

这宝藏长久以来一直盘桓在长老的脑际，如今它终于可以造福于埃德蒙，这个法里亚当儿子那么深爱着的年轻人，成了他未来幸福的保证，宝藏在长老的眼里变得加倍珍贵了。他每天都要说这笔财富，告诉唐戴斯在这个时代，一个人有了一千三四百万财产，可以为朋友做多少好事。唐戴斯听着听着，想起自己立下的复仇誓言，脸色变得阴沉下来，他想的是，这个年头一个人有了一千三四百万财产，可以让仇人受多少罪。

长老没去过基督山岛，但唐戴斯去过。这座离皮阿诺萨岛[1]二十五海里的小岛，位于科西嘉和厄尔巴岛之间，他的船常从这小岛跟前驶过，有一次还在那儿靠过岸。那是一座荒岛，以前这样，现在还这样。这座岛差不多是个圆锥形，仿佛是由海底的一次火山喷发形成的隆起。

唐戴斯把小岛的地形画给法里亚看，法里亚指点唐戴斯怎样找藏宝的地方。

可是唐戴斯对这事不像老人那么热心，更没有老人的那份信心。诚然，他现在相信法里亚没有疯，老人凭他的毅力发现这个秘密，人家因此把他当成疯子，这些都使唐戴斯更加钦佩老人。可是，唐戴斯没法相信，这笔财富——即使它存在过——现在还存在，他没把这宝藏当作幻想的产物，但至少认为它不会仍然在那儿。

然而，仿佛命运有意要夺去这两个囚犯的最后一线希望，让他们明白自己注定要坐一辈子牢，一次新的灾难降临到了他们头上。靠海的走廊早就有塌陷的危险，最近狱方加固了地基，巨大的岩块堵住了唐戴斯已经填满一半的那个洞。读者想必还记得，把走廊下挖出来的洞堵上，是长老让年轻人这么做的，要不然，万一狱方发现他们的越狱企图，肯定会把他俩分开；他们从此就要各自关在一扇更加坚固、更加无情的牢门后面了。

---

1 意大利的一座小岛，位于厄尔巴岛与基督山岛之间。

“你瞧，”年轻人的语气中有着几分忧郁，“你称道过我对你的忠诚，可是天主连这份忠诚都不想给我留下了。我答应过永远和你在一起，现在我连违背诺言的自由也没有了。我也和你一样，没法得到那个宝藏，我俩都出不去了。不过，我的朋友，我真正的财富并不是基督山阴森的岩洞里等着我的珍宝，而是你，是我们每天躲开狱卒一起度过的五六个小时，是你输入我脑际的智慧之光，是植根于我记忆中的多种语言——它们已经长出了饱含哲理的分枝。你凭着对科学知识的深刻理解，使分门别类的科学变得条理清晰、明白易懂，教我掌握了它们。这些才是我的财富，朋友，是你使我变得富有而幸福。请相信我，即使那些堆成山的金币、装满箱的钻石确实就在那儿，并不是清晨飘浮在海面，看似坚实的土地，一旦靠近就蒸发、升腾、消失得无影无踪的雾团，它们也比不上你已经给我的财富来得珍贵。长时间地待在你身边，倾听你雄辩的声音来充实我的头脑，锤炼我的灵魂，使我的身心获得自由后足以经受巨大而可怕的灾难，把我从自暴自弃的边缘拉回来，让我不再伤心绝望，这就是我的财富，真正属于自己的财富。这些财富不是虚幻的，它们是我实实在在从你那儿得到的东西，世上的任何人，即使恺撒•博尔吉亚家族，都别想从我这儿夺走它们。”

就这样，对这两个命运不济的囚犯来说，随后的日子虽不能说让人高兴，但至少过得很快。法里亚多年来对宝藏的具体情况守口如瓶，现在一有机会就说个没完。正如他所预料的，他的右臂和右腿仍然不能动弹，因此他几乎已经失去了自己享受这笔财富的任何希望。但是，他一心指望年轻的伙伴能获释或越狱，并为他感到欣慰。他担心遗嘱哪天会一时找不到或丢失，一定要唐戴斯把它熟记在心。看到唐戴斯可以把它一字不漏地从头背到底了，老人就毁掉了另外半张纸。他坚信，现在即使有人找到并夺走这半张纸，也无法猜出其中的全部含义。有时，法里亚一连几个小时给唐戴斯上课，给他讲授获得自由以后用得着的各种知识。唐戴斯倘若能够出狱，从他获得自由的那一刻起，他就应该只有一个想法，就是不惜任何代价直奔基督山岛，找一个不会引起猜疑的理由，独自待在那儿。一旦到了目的地，只剩下一个人了，就可以仔细寻找那个神奇的洞窟，搜索指定的地点了。那地点，读者想必还记得，就在第二个洞穴的最深处。

在这期间，日子过得虽不能说飞快，至少不致令人不堪忍受。我们说了，法里亚没有恢复右手和右腿的机能，但智力上丝毫没受影响，他不仅把为人处世的种种道理讲给年轻伙伴听，这一点我们已经详细地说过，而且教他在监狱中怎样学会忍耐，以一种崇高的精神面对空虚难熬的日子，给自己找事情做。所以，他俩永远是忙碌的，法里亚觉得忙一些反而不会觉得自己慢慢在变老，唐戴斯则觉得忙一些可以不去想起渐渐淡忘的过去。对唐戴斯来说，往事仿佛夜色中远远的一盏孤灯，只是在记忆的深处时隐时现了。他们没有新的灾祸临头；在天主的谛视下，时光就这样机械地、平静地流逝。

可是，在这表面的平静下，年轻人心里，也许老人心里也一样，隐藏着多少被克制的冲动，多少被窒息的叹息啊。每当法里亚独自留下，埃德蒙回到隔壁牢房去的时候，它们就都冒了出来。

一天夜里，埃德蒙突然惊醒，觉得有人在叫他。

他睁开眼睛，想透过浓重的夜色看个明白。

他听见有个声音在叫他的名字，更确切地说，听见有个呻吟声在吃力地叫他的名字。

他从床上竖起身来，额头渗出焦急的汗珠，侧耳倾听。没有疑问，呻吟声是从隔壁牢房传来的。

“崇高的天主啊！”唐戴斯喃喃地说，“难道……”

他移开床，抽出石块，钻进地道，爬到另一端；洞口的石块已经掀开。

在我们提到过的那盏简陋的灯颤悠的灯光下，埃德蒙看见老人脸色苍白，紧紧抓住床架站在那儿。他已经了解老人发病时可怕的症状，老人第一次发病时，他被这些症状吓坏了；眼下，只见老人脸容抽紧，可怕的症状又出现了。

“呃，我的朋友，”法里亚无力地说，“你知道是怎么回事了吧？我不需要再对你说什么了！”

埃德蒙痛苦地叫了一声，完全失去了理智，边向牢门扑去边喊：

“救命啊！救命啊！”

法里亚还有最后一点力气用手臂拦住他。

“别出声！”老人说，“要不你就完了。别管我了，我的朋友，我们来想想怎么让你在狱中过得好一些，或者怎么逃出去吧。我所做的这些事情，你独自重做一遍，得花好几年时间，而一旦看守发现了这通道，我们就前功尽弃了。

你放心，我的朋友，我离开以后，这间地牢不会空着，会有别的难友来顶替我的。那个人会把你看作拯救天使，他也许像你一样年轻、强健、坚韧不拔，可以帮助你逃跑，而不像我这样只能妨碍你。你不用再背着一个半身瘫痪的老人的负担了。天主到底还是为你做了件好事，把你被夺走的一切加倍偿还了你，现在我可以死了。”

埃德蒙不知所措，合起双手连声说道：

“啊！我的朋友，我的朋友，你别这样说！”

随即他清醒过来，刚才由于突如其来的打击，由于老人的这番话而一度失去的勇气，很快恢复了。

“喔！”他说，“我已经救过你一次，我还能再救你一次！”

说完，他抬起床脚，从缺口里取出药水瓶，里面还有三分之一瓶红色药水。

“瞧，”他说，“这救命药水还有。快，快告诉我这次该怎么做。你说呀，我的朋友，我听着呢。”

“没有希望了，”法里亚摇着头说，“不过还是试试吧。天主创造了人，让对生命之爱植根于我们的心灵深处，他希望我们尽最大的可能保存生命，尽管有时候活着很难，但生命毕竟是宝贵的。”

“噢！对，是这样，”唐戴斯大声说，“我会救活你的，我向你保证！”

“那好，就试试吧！我遍身发冷，觉得血在往脑子里涌。可怕的颤抖，让我牙齿打战，骨头像要散架似的。过五分钟，病就会发作，过一刻钟，我就会成为一具死尸了。”

“不！”唐戴斯喊道，内心感到一阵绞痛。

“你照第一次那样做，不过时间别等得那么长。此刻，我的生命的活力全都已耗尽了，死神要做的事，”他指着他瘫痪的手臂和腿说，“也只剩下一半了。你先往我嘴里滴十二滴，而不是十滴药水，要是我还不醒，你就把剩下的全倒进去。现在把我抱到床上去吧，我已经站不住了。”

埃德蒙抱起老人，把他放到床上。

“我的朋友，”法里亚说，“在我悲惨的一生中，唯有你让我感到了慰藉，上天把你给我虽说迟了一些，但毕竟是给了。这是一件无比珍贵的礼物，我感谢天主。快要和你永远分手了，我祝愿你获得应该得到的一切幸福和成功。我的儿子，我为你祝福！”

年轻人跪下，把头靠在老人的床上。

“我在这临终的时刻还有几句话，你要听好了。斯帕达的宝藏是有的。承蒙天主垂怜，现在对我来说既不存在距离，也不存在障碍了。我在第二个洞窟深处看到了它，我的目光穿透了厚厚的岩壁，数不胜数的奇珍异宝看得我眼花缭乱。要是你能逃出去，请别忘了我这可怜的神甫，我并不是大家所以为的疯子。你快去基督山，好好享用我们的财富吧，你受的苦已经够多了。”

一阵剧烈的颤动让老人没法再往下说了。唐戴斯抬起头，看见他的眼球充满血丝，仿佛血流全从他的胸腔涌到了脸部。

“别了，别了！”老人痉挛地捏紧年轻人的手，喃喃地说，“永别了！”

“不，别这么说，别这么说！”埃德蒙大声说，“啊，天主啊，请别抛弃我们！快来帮我救救他吧……”

“别出声，别出声，”垂死的人轻轻地说，“要不你就是救活了我，他们也要把我们分开的。”

“你说得对。噢，你放心，你放心，你会活下去的！这不，病的发作虽然来势很猛，但你看起来并不像第一次那么痛苦。”

“你错了，我看上去不那么痛苦，是因为我已经承受不住痛苦了。你还年轻，对生活充满了信心。自信和希望是年轻人的特权。老年人看得更清楚的是死亡。喔！它在这儿……它来了……结束了……我的眼睛看不见了……我的神志迷糊了……你的手呢，唐戴斯……别了……永别了！”

他集中全身的精力，使尽最后一点劲儿，挣扎着抬起身子说：

“基督山，别忘了基督山！”

说完就瘫倒在床上。

这次发作非常可怕：他四肢僵直，眼皮鼓起，口吐带血的泡沫，全身一动不动，曾经躺在这儿的智者，此刻成了这张充满苦难的床上垂死的人。

唐戴斯拿起灯，放到床头一块凸出的石头上，灯光摇曳不定，异样而古怪的光芒照亮了扭曲变形的脸和毫无生气的僵直躯体。

他目光凝定，冷静地等着给老人滴救命药水的时刻。

过了一会儿，他觉得时候已到，就拿起小刀，撬开老人的牙床。这次老人的牙关没像第一次咬得那么紧，唐戴斯一滴一滴地数着，数到十二滴，停下来等着。瓶子里大约还有比这多一倍的药水。

他等了十分钟，一刻钟，半小时，毫无动静。他浑身颤抖，毛发竖起，额头布满冷汗。他凭自己的心跳在计着时。

这时他想，该最后一搏了。他把药瓶移近法里亚发紫的嘴唇，无须掰开那不曾再合上过的下颌，便将药瓶中的药水全都倒了进去。

药水产生了电流刺激般的效应，老人猛地抖动一下，可怕地睁大眼睛，吁出一口气，声音就像一声尖叫。随后，颤动的身子渐渐又归于死寂。

只有两只眼睛还睁着。

半小时，一小时，一个半小时过去了。埃德蒙在这令人不安的一个半小时里，时时俯身把手贴在老人的心窝上，清楚地感觉到他的身体在变凉，心脏的跳动在变弱，声音也愈来愈低，愈来愈沉。

终于一切都没能恢复。心跳停止了，脸变成了死灰色，眼睛仍然睁着，然而眼神完全散了。

这时是清晨六点，天刚刚放亮，微弱的光线透进地牢，奄奄一息的灯光显得更加苍白了。异样的反光映在死者的脸上，让它时不时仿佛现出生命的迹象。天色将明未明之际，唐戴斯还抱有一线希望，但现在他意识到了，和他在一起的是一具死尸。

一阵无法克服的、极度的恐惧攫住了他，他不敢再握住那只悬在床外的手，不敢再把目光停留在那对凝滞、泛白的眼睛上，他好几次把它们合上，但都没用，刚合上又睁开了。他灭了灯，把灯小心藏好，钻进地道，把头顶上方的石板放正。

实在也容不得他迟疑，不一会儿狱卒就进来了。

狱卒带着早饭和内衣，先到唐戴斯这儿，然后去法里亚的牢房。

从狱卒脸上看不出任何迹象表明他知道出事了。他走了出去。

唐戴斯怀着一种难以形容的焦急心情，想知道在那不幸的朋友的牢房里发生的情况。他重新钻进地道，刚爬到那头，就听到了狱卒惊慌的喊声。

别的狱卒很快赶了过来。紧接着，传来士兵们沉重而有节奏的脚步声。这样走路在士兵已经成了习惯，哪怕不执勤时他们也这样走路。在士兵后面，是典狱长。

埃德蒙听到有人在拨动尸体，床发出嘎吱嘎吱的声响。接着，典狱长下令朝老人脸上泼水，但看来泼过水后犯人仍然不动，只听得典狱长吩咐把医生找来。

典狱长走了出去。唐戴斯耳朵里传进几句表示怜悯的话，但中间夹杂着嘲讽的笑声。

"嗬嗬，"有个人说，"疯子找宝藏去了，祝他一路顺风喽！"

"他有几百万，可连条裹尸布也买不起。"另一个人说。

"嘿！"第三个人接着说，"伊夫堡的裹尸布可不算贵哦。"

"也没准，"先前那第一个人说，"他们教会的兄弟会为他破费几个子儿呢。"

"那他就有幸装进袋子喽。"

埃德蒙一句不漏地仔细听着，可其中有些话他听不懂。说话声一会儿就停息了，似乎所有的人都离开了那间牢房。

他仍然不敢进去。说不定留着个狱卒在守尸呢。

于是他一动不动，大气不出、凝神屏息地等着。

将近一个小时之后，寂静中漾起了轻微的声音，继而愈来愈响。

是典狱长回来了，身后跟着医生和几名军官。

又是片刻的寂静。医生正在床前检查尸体。

不一会儿，医生和典狱长开始了对话。

医生诊断出老人致死的病因，宣布他已经死亡。

听他说话的口气那么漫不经心，唐戴斯不禁愤慨起来。他觉得，自己对可怜的长老的爱，所有在场的人都应有所感受，不该这么漠然。

"听您这么说，我很难过，"典狱长对医生说，"这个犯人性情温和，从来不添麻烦，疯疯癫癫的挺逗人乐。这样的犯人最容易看管。"

"可不！"那个狱卒接口说，"不看管也没事。我敢担保，他在这儿待上五十年也想不到越狱这茬儿。"

"不过，"典狱长继续对医生说，"我想不管怎么样，我们还是得确认一下犯人是否真的死了，此事刻不容缓。这么做，绝不是对您的医术有所怀疑，我完全是责任攸关，不得已而为之。"

牢房里一时寂静无声。唐戴斯侧耳细听，估摸医生在查看死者，再一次给他诊脉。

“您只管放心，”医生说，“我向您担保，他死了。”

“您知道，先生，”典狱长执拗地说，“像他这样的情况，光凭简单的诊断是不够的。他看上去确实已经死亡，但我还是得请您按法律规定的手续行事，做出最后的结论。”

“那行，让人去烧烙铁吧，”医生说，“不过说真的，这大可不必啰。”

唐戴斯听到“烧烙铁”这几个字，不由得打了个寒战。

传来了急促的脚步声、门的转动声，以及好几个人在牢房里来来去去的脚步声。不一会儿，一个狱卒走进牢房说：

“火盆和烙铁拿来了。”

片刻静默过后，传来烙铁炙烧人体的呲呲声，浓烈而呛人的气味甚至透过墙壁，传到了把耳朵贴在墙上静听隔壁动静的唐戴斯这儿。

嗅到人体烧焦的气味，唐戴斯额上直冒冷汗，觉得自己像要昏厥过去。

“您瞧，先生，他确实死了，”医生说，“火烧脚跟是最过硬的证明。这疯老头的疯病治好了，从大牢里解脱了。”

“他是叫法里亚吧？”陪同典狱长的一个军官问道。

“是的，先生。按他的说法，这是一个世家的姓氏。不过，他的确挺有学问的，只要不提到宝藏这茬儿，头脑相当清楚。可一说到宝藏，得，犟得简直不可理喻。”

“这种病在医学上叫偏执狂。”医生说。

“他做过什么让你抱怨的事情吗？”典狱长问看管这间牢房的狱卒。

“从来没有，典狱长先生，”狱卒答道，“从来没有。他以前还讲故事给我听，我听得可带劲呢。有一回我老婆生病，他开了个药方，还真的把她的病给治好了。”

“喔！”医生说，“我还不知道是在跟一个同行打交道呢。我想，典狱长先生，”他笑着往下说，“接下来的事儿都按老规矩办吧。”

“对，没错，你放心，我们去找个崭新的袋子把他装在里面。你看如何？”

“先生，这道最后的手续是不是要当着您的面办掉？”那个狱卒问道。

“当然，不过动作得麻利些。我总不能一整天都待在这儿吧。”

又传来了来回走动的脚步声。隔了一会，唐戴斯听到一阵搓揉麻布的声音。床嘎吱嘎吱作响，然后响起沉甸甸的脚步声，好像是有人抬着尸体踩在了石头地面上。最后又是床受压发出的嘎吱声。

“晚上见。”典狱长说。

“做不做弥撒？”一个军官问。

“做不了咯，”典狱长答道，“堡里的神甫昨天请了一个礼拜假，要去耶尔[1]，我还跟他说这段时间里出不了事呢；可怜的长老走得也太着急了点，他本来可以听到安魂曲的。”

“嘿呀！”医生带着做这一行的人所惯有的不敬口吻说，“他自己就是神甫。天主心里有数，不会再派个神甫到地狱去让魔鬼得意喽。”

这句拙劣的玩笑引来一阵狂笑。

这当口，把尸体装进麻袋的工作仍在继续。

“晚上见！”看他们干完后，典狱长说。

“几点？”那个狱卒问。

“十点到十一点吧。”

“要守尸吗？”

“何必呢？像他活着的时候一样把牢门关上就行了。”

脚步声渐渐远去，声音越来越轻。又传来关门上锁的刺耳声响。接下来便是一片寂静，这片死寂比孤独更凄惨，它渗透周围的一切，一直渗进年轻人冰冷的心里。

他用头慢慢顶起石板，朝那个牢房投去探询的一瞥。

牢房里空无一人。唐戴斯钻出通道。

1 耶尔：法国南端濒临地中海的旅游胜地。

第20章

伊夫堡的坟场

在透进窗口的朦胧光线下，只见一只粗麻布袋平放在床上。从袋子宽宽的皱褶，隐约可以看出里面装着个僵直的人体。这麻袋就是法里亚的裹尸布，照那些狱卒的说法，这块裹尸布值不了几个子儿。就这样，一切都结束了。唐戴斯和长老之间已经横亘着一种有形的分离，他再也见不到那双睁得大大的，仿佛能穿越死亡的眼睛，再也无法紧握那只为他拨开迷雾、揭示真相的智者之手了。法里亚，这个和他患难与共，帮助他振作起来的好伙伴，只能存在于他的记忆中了。他坐在床前，感到悲从中来，心中充满苦涩的忧郁。

孤零零的一个人！他又变成孤零零的一个人！他重又陷入孤寂之中，重又面对无边的空虚！

他是多么孤独啊，那个把他和人世间维系在一起的唯一的朋友，他从此再也见不到他的身影，听不到他的声音了！他何不随法里亚而去，以穿越死亡之门为代价，祈求天主揭开人生的谜底呢！

长老在世时，不允许唐戴斯有轻生的念头，如今老人不在了，这个念头犹如一个幽灵，从老人的尸体旁矗立起来。

“我要是死了，”他对自己说，“就去他去的地方，我肯定能找着他。可是怎么死呢？那挺简单，”他苦笑了一下，“我待在这儿，有人进来就扑上去掐死他，他们会把我送上断头台的。”

然而，痛苦的发作犹如波涛的起伏，两个波峰之间总会有个波谷。唐戴斯在轻生的念头前退缩了，他骤然从绝望中抬起头来，内心充满对生命和自由的渴望。

“啊不，我不要死！”他对自己说，“既然要死，我何必白白熬这么多日子，白白受这么多苦难！以前，几年以前，我下决心要死的时候，死是一种解脱；而现在，那岂不是太轻易地认命，认定自己的命运就真的那么悲惨吗？！不，我要活，我要抗争到底，我要重新获得被夺去的幸福！我不能忘记，我还有仇人，还有仇要报，说不定也还有几个朋友要报恩，在这以前我不能死。可是，我这样子怎么出得去呢，等我像法里亚一样被抬出牢房，已经没人记得我了。”

说到这里，埃德蒙愣住了。他两眼凝滞，就像一个人突然冒出一个想法，自己被它吓住了那样。蓦地，他站起身来，像是头晕似的，把手放在额上，在牢房里转了两三圈，又在床前站定……

“啊！”他自语道，“这主意是谁给我出的？是您吗，我的天主？既然只有死人才能从这儿出去，那就让我充当死人吧。”

他不容自己有时间再去考虑，更不容自己有机会改变主意，横下心来决定孤注一掷了。他向那可怕的麻袋俯下身去，用法里亚自制的小刀划开袋子，把尸体从袋中拖出来，挪回自己的牢房平放在床上，拿平时扎头的破布条给他扎上，给他盖上毯子，最后一次吻了他那冰凉的额头，尽量把那双仍旧睁得大大的、因失神而显得吓人的眼睛合上一些，然后让他的脸冲着墙，这样一来，狱卒晚上送饭来的时候就会以为自己是睡着了，这在平时也是常有的事。唐戴斯随即进入通道，拉过床顶住墙，转身爬回长老的牢房。他从壁炉后面的储藏柜里取出针和线，脱下破衣服扔在里面，光着身子钻进麻袋躺好，然后从里面把袋口缝上。由于光着身子，有人要是摸一下麻袋，会觉得袋里确实是裸体的尸身。

这会儿倘若有人正好进来，就能听见唐戴斯的心跳声。

唐戴斯本可以等到晚上查监后再这么做的，但他生怕典狱长随时有可能改变主意，提前着人把尸体搬走。

那样一来，他的最后一线希望就落空了。

反正，他已经把每个细节都考虑过，每个步骤都设想好了。

倘若半路上掘墓人发现了抬的不是死人，而是活人，那他就马上用小刀割开袋子，趁他们惊魂未定之际，一逃了之。倘若他们想抓他，就跟他们动刀子。

倘若他们把他带到坟地，安放在洞穴里，他就听任他们填土。由于是夜间，只要掘墓人一离开，他就可以掀开松软的泥土，逃之夭夭：但愿泥土不要太沉，他能掀得掉。

倘若情况不是这样，沉甸甸的泥土压得他窒息过去，那也好，干脆一了百了。

从头天晚上起，唐戴斯就没吃过东西，但整整一天他根本没有想到过自己饿不饿。身处险境，他的身心高度紧张，没有时间再去想其他事情。

马上要面临的一个考验，是狱卒七点钟要送晚饭来，万一他发觉犯人掉了包，那就一切都完了。幸好以前唐戴斯心情很坏，或是过于疲倦的时候，也常有躺着不睬狱卒的情形。狱卒通常把面包和汤放在小桌上，不同他说话就退出去。

可这一次，万一狱卒偏偏和唐戴斯说话了，看见唐戴斯不搭理，还就走近木床了，那就全都露馅了。

七点钟快到了，唐戴斯变得忧心如焚。他一只手按在胸口，想压住心脏的狂跳，另一只手不停地擦拭沿着太阳穴淌下的汗珠。时不时浑身直打战，仿佛有一把虎钳在夹紧心脏似的。他觉得自己快要死了。时间一点一点过去，监狱里没有任何动静，唐戴斯明白，他已经渡过了第一个难关;这是一个好兆头。终于，典狱长指定的时间到了，楼梯上传来了脚步声。埃德蒙知道这是关键时刻；他鼓起全部勇气，屏住气——倘若能让脉搏急促的跳动也屏住，他一定会这么做。

有人走到门口停下，听脚步声像是两个人。唐戴斯琢磨这就是来抬他的掘墓人。这个猜想立刻得到了证实：他听到他们放下担架的声响。

门打开了，唐戴斯觉得眼前隐隐约约有些亮光。透过裹住他的麻袋布，只见两个黑影走近床来。第三个人站在门口，手里拿着一盏风灯。走到床前的两人各抓住麻袋的一端。

“这么个瘦老头，还挺沉哪！”抬头的那人说。

“你没听人家说吗，骨头每年要重半斤呢[1]。”提脚的那人说。

“绑上了？”第一个人问。

“何必一路抬着呢，”第二个人说，“到那儿再绑也不迟哇。”

“可也是。那就走咧。”

“他们要绑什么呀？”唐戴斯暗自思忖。

两人把唐戴斯装的死人抬到担架上。唐戴斯把身体伸直，尽量装得像具死尸。两人把他平放在担架上，然后由提着风灯的人在前面照路，登上台阶。

1　本书中的斤均指法国古斤。1 斤约合 490 克。

陡然，夜晚寒冽的新鲜空气涌了过来。唐戴斯感觉到这是地中海上干冷而强烈的西北风。这个遽然而至的感受，让他忧喜参半。

两个掘墓人走出二十来步，停住，放下担架。

其中一人走了开去，唐戴斯听见脚步声在石板地上作响。

“我这是在哪儿？”他暗自思忖。

“咳，这老头可不轻哪！”留下的那人说着，在担架边上坐了下来。

唐戴斯的第一反应便是逃走，幸而他克制住了。

“照着我，蠢货，”走开的那人说，“要不我一辈子也找不着那东西。”

提风灯的人听从了他的命令，尽管，咱们也听见了，这个命令的措辞不太文雅。

“他在找什么？”唐戴斯心想，“大概是把铲子。”

传来一声得意的喊声，看来那人找到了他要找的东西。

“咳，”另一个说，“够费事的啊。”

“可不，”那人答道，“总算找到了。”

说完，他走了过来，埃德蒙听见他在自己身旁扔下一件很重的东西，发出沉闷的响声；同时，一根绳子紧紧捆住了双脚，很疼。

“嘿，打结了吗？”一直待在那儿没动的掘墓人问。

“打了，”另一人说，“保牢。”

“那走吧。”

他俩抬起担架重新上路。

一行人走了五十来步，又停下来打开一扇门，然后再往前走。走着走着，波涛拍击城堡下岩石的声响清晰地传到了唐戴斯的耳畔。

“这鬼天气！”一个掘墓人说，“今夜泡在海水里可不是滋味哦。”

“可不，长老要浑身湿透喽。”另一个说，两人哈哈大笑。

唐戴斯不很明白这个玩笑的意思，但他已经觉得毛骨悚然了。

“好嘞，总算到了！”第一个人又说。

“再远点，再远点，”另一个说，“上一个不就是撞了岩石，搁在半山腰了吗。典狱长第二天骂我们是大懒虫。”

他们又向上攀登了四五步，接着唐戴斯感到他们同时提起他的头和脚，把他来回晃荡。

“一！”两个掘墓人齐声喊道。

“二！”

“三！”

唐戴斯只觉得自己被高高地抛在空中，而后像一只受伤坠落的小鸟，笔直地往下坠，他的心恐惧得直发凉。虽说有一样沉重的东西在脚下拖住他加速往下坠落，他还是觉得坠落的时间长得没完没了。最后，随着一声可怕的巨响，他像一支离弦的箭钻进了冰凉的水里。他不由自主地惊呼一声，但喊声立即淹没在了海水里。

唐戴斯被抛进了大海，绑在脚上的一只三十六磅重的铁球把他拖向海底。

大海，就是伊夫堡的坟场。

第21章

蒂布朗岛

唐戴斯头晕目眩，几乎透不过气来，但神志还清醒，及时屏住了呼吸。我们前面说过，他右手捏着一把打开的小刀以防万一；他迅即划开麻袋，先伸出胳膊，再探出脑袋。他使足劲儿想托起铁球，但仍然被拖着笔直往下沉。他弯下身子，好不容易找到捆住两只脚踝的绳索，在快要窒息的那一瞬间，一下子割断了绳索。他使劲一蹬，浮上了海面；而铁球拖着那块险些成为他的裹尸布的粗麻布，沉向深不可测的海底。

唐戴斯吸了口气，又潜入水里。他必须格外小心，绝对不能让人看见。

再次浮出海面时，他已经在落水处五十步开外了。头顶上方那片黑压压的天空，预示风暴即将来临。狂风劲吹飞驰的浮云，不时露出一角蓝天和闪烁的星星。向前望去，只见一片昏暗而骚动的海面，浊浪翻滚，汹涌而来。往后看，巨大的山崖犹如妖魔鬼怪高高耸立，比大海和天空更幽暗，黑黢黢的巉岩好似一条正要擒获猎物的巨臂；崖顶上，一盏风灯照亮了两个人影。

远远看去，那两个人向大海倾下身子，好像在焦急地找什么东西。对了，那两个古怪的掘墓人准是听见了他在半空中发出的叫声。于是，唐戴斯又没入水中，潜游了很长一段距离。以前他很喜欢潜泳，在法罗湾常有许多人看他潜泳，称赞他是马赛顶尖的游泳好手。

他再次浮出海面时，风灯消失了。

得选一个去处。伊夫堡四周的所有岛屿中，拉托诺岛和波梅格岛是最近的两座岛屿，可是两座岛上都有人居住，小多姆岛也一样。最安全的还是蒂布朗岛和勒梅尔岛，这两座岛都在伊夫堡一里开外。

唐戴斯打定主意去那儿，可是四周夜色愈来愈浓，在这茫茫大海上怎么去找那两座岛呢？

就在这时，他瞧见普拉尼埃的灯塔星星似的在闪烁。

对准这座灯塔游去，蒂布朗岛应该在稍稍偏左的位置。所以，只要稍稍向左偏斜一点，就能游到那座岛近旁了。

不过，我们刚才说了，那座岛离伊夫堡有一里多路。

在狱中，法里亚见到他垂头丧气的时候，总会对他说：

“唐戴斯，可不能无精打采喔。要是体力不行，就算逃了出去，也会淹死的。”

沉重的、带着苦味的海浪劈头打下来时，这句话又在唐戴斯的耳边响起。他急忙浮上水面，迎着风浪向前游，想看看自己的体力还行不行。他欣喜地看到，虽然在狱中待了那么久，他并未丧失力量和灵巧，他感到自己仍是儿时常在其中嬉戏的大海的主人。

如影随形的恐惧，也驱使唐戴斯奋力向前。游到浪尖时他屏息细听是否有声音传来。每次浮上波涛的峰顶，他都急切地向目力所及的海面望去，盼望能穿透沉沉的夜色搜索到一个目标。在他眼里，每个翻卷得稍高一些的海浪都是追逐他的快船，他使足劲儿躲开它们，但这样做消耗了不少体力。

他不停地游着，可怖的伊夫堡渐渐没入了夜雾，但尽管看不清它的模样，他仍能感觉到它的存在。

一个小时过去了，唐戴斯浑身充满自由的喜悦，精神振奋地继续朝既定方向游去。

“行，”他心想，“我游了快有一个钟头了吧，不过我是逆风在游，速度大概要慢四分之一。只要没看错方向，我现在离蒂布朗岛不会太远了……可万一我认错方向了呢！”

唐戴斯周身打了个寒战；他想仰浮在海面上休息一会儿，然而大海的浪涛汹涌而来，他很快就发现，指望靠仰泳放松一下是行不通的。

“咳！”他说道，“好吧，我就一直这么游下去，游到胳臂都麻木，全身都抽筋，然后沉到海底了事！”

他横下一条心，使劲继续向前游。

骤然间，昏暗的天空变得更加阴沉，一大块厚实、沉重而浓密的乌云冲着他压了下来。与此同时，只觉得膝盖被什么东西猛地撞了一下，一阵剧痛锥心刺骨，他以为自己是被子弹击中了，心想马上还会有第二声枪响。然而并没有再听到枪声。他伸出手去，觉得有样东西挡在前面，他垂下一条腿，碰到了地面。这时他明白他错当成乌云的是什么东西了。

二十步开外，矗立着一堆形状怪异的岩礁，就像趁烧得发红突然取出冷凝的一堆硕大无朋的炉石：这就是蒂布朗岛。

唐戴斯站起身来，走上几步，在岩石上躺了下来。他心中对天主充满感激之情，觉得身下高低不平的岩石比最柔软的床垫还要舒服。

开始下雨了，累得精疲力竭的唐戴斯顾不得刮风下雨，美美地进入了梦乡。但凡躯体已经动弹不得，而灵魂仍在期望着无上幸福的人，都会有这样香甜的梦。

一小时之后，埃德蒙被一声巨雷惊醒。顷刻间狂风大作，暴雨如注，天空不时划过一道道火蛇般的闪电，照亮浊浪排空的大海和乱云飞渡的天空。

唐戴斯凭着水手的锐利目光没有看错，这就是蒂布朗岛。他早知道这座小岛一片光秃，寸草不生，无任何可供遮蔽的东西。等风暴稍过，他得重新下海游到勒梅尔岛去，该岛虽然也荒芜，但毕竟开阔些，更宜于栖身。

一块兀立的巨石，给唐戴斯提供了暂时的藏身之处，他躲了进去。几乎就在同时，暴风雨以排山倒海之势向小岛袭来。

埃德蒙感到身边的巨岩在抖动。恶浪在巨大的金字塔般的岩石底下撞得粉碎，翻起的浪花溅了他一身。眼下虽然还安全，但周围的一切都在轰轰作响，雷鸣电闪弄得他头晕目眩。小岛犹如抛锚的战舰颤个不停，而缆绳一旦断裂，他就会被卷进深不见底的漩涡。

他猛然想起，他已经有一天一夜没吃东西了。顿时他觉得又饥又渴。

他伸出手去，贪婪地捧饮积聚在岩石凹处的雨水。

刚直起身子，只见一道闪电仿佛从上天一直划开到天主光彩夺目的御座脚下，照亮了整个苍穹。在这道亮光下，他瞥见四分之一里外，勒梅尔岛和克鲁瓦西海角之间，有一条小小的渔船被风暴和海浪簸弄着，如同一个幽灵，从浪峰一直滑落到谷底，一秒钟后，又出现在另一个浪尖上，飞也似的迎着他冲来。唐戴斯想大声叫喊，想找一件破衣裳挥动，好让他们知道渔船要触礁了。但看来他们已经知道了。在另一次闪电的光照下，唐戴斯看见有四个人紧抓着桅杆和绳索，第五个人紧紧扶着断裂的舵轮。他看见的那些人无疑也看见了他，呼啸的海风把绝望的呼救声带到了他的耳边。桅杆上方，破烂的风帆，折曲得好似一根芦苇，在风中猎猎作响。突然，系住它的绳索断裂了，于是那张帆像在黑云之上滑翔而过的白色巨鸟，被卷进阴暗的天空，顷刻间消失不见了。

随着一声令人胆战的爆裂声，传来了遇难者临死的呼救。唐戴斯像一尊石雕似的伏在岩石上，头朝下向渊底搜寻。又是一道闪电划过，他看到了粉碎的小船，以及残骸间神情绝望的脸庞和伸向天空的手臂。

紧接着，一切都被黑暗淹没，悲惨的景象犹如闪电一般倏然而逝。

唐戴斯冒着滚落大海的危险，沿光滑的斜坡直冲下去。他四处张望，侧耳细听，但什么也没听见，什么也没看到；没有叫喊，没有挣扎，只有体现天主神威的暴风雨继续挟着狂风咆哮，裹着急浪翻腾。

风渐渐停息了。天上大片大片被暴风雨洗褪了色的灰云向西方涌去，蔚蓝色的苍穹显露出来，星星在夜空中格外明亮。不一会儿，在东方地平线的深蓝色波涛上，出现一条淡红色的长带，波浪跳跃着，一道亮光在浪尖上掠过，把泛着泡沫的一朵朵浪花染成一条条金色的流苏。

曙光来临了。

面对这壮丽的景观，唐戴斯一动不动，默默地站着，仿佛他这是第一次看见似的。的确，自从关进伊夫堡以后，他已经把这种景象遗忘了。他向城堡转过身子，缓缓地环视着苍天和大海。

幽暗的城堡在大海中央耸起，气象威严有如伫立不动的庞然大物，俨然君临天下，统治着周围的一切。

这会儿大约是清晨五点；大海依然那么平静。

“再过两个钟头，”埃德蒙心想，“狱卒就会走进我的房间，发现我那可怜的朋友的尸体，认出尸体后找不着我，他准会大声叫喊。于是，他们会发现暗洞和地道，还会查问把我扔进海里的那两个人，他俩一定听到了我的叫声。很快，载满武装士兵的小船就会出海追捕我这不幸的逃亡者。他们知道我走不了多远，会鸣炮向沿岸居民发出警告，通知他们不得收留一个衣不遮体、饥肠辘辘的流浪汉。马赛的探子和警员都会奉命在海岸上搜索，伊夫堡的典狱长也会派人在海上搜索。到那时，水陆两路都有人围截，我可怎么办？我又饿又冷，连那把救命的小刀都在游泳时扔了。随便哪个农夫，只要他贪图那二十法郎的赏金，都能捉住我；我已经筋疲力尽、走投无路了。啊，天主啊！天主！请您瞧瞧，我受的苦难道还不够多吗？我已经无能为力，您就不能救救我吗？”

埃德蒙体力消耗过多，脑中一片空白，有点神志不清了，他遥望着伊夫堡，热切地祈祷着。突然间，波梅格岛的尽头有一艘小船映入他的眼帘。船上的三角帆掠过远远的天际，如同一只擦着波浪滑翔的海鸥；只有目力锐利的水手才能认出，那是一条热那亚单桅三角帆船，行驶在半明半暗的水天相连处。它从马赛向外海疾驶而去，尖尖的船首吐出闪光的白沫，为圆鼓鼓的船身劈开一条轻巧的航道。

“嘿！”埃德蒙大声对自己说，“要是我不怕被人盘问，不怕被认出是逃犯带回马赛，再过半个小时我就能登上这条船了！可我能做什么？能说什么？怎么骗得过他们呢？这些人是走私贩子，骨子里都是海盗。他们打着做买卖的幌子，在沿海地带干掠夺抢劫的勾当。他们不会愿意白白干一件好事的，他们一定会出卖我。

“再等一等吧。

“可我快要饿死了，实在不能再等了。再过几个钟头，我就会连最后一点力气也没有了。而且查监的时间快到了。我得趁搜捕通报发出之前，船上的人还没起疑的当口登上小船。我可以冒充昨夜遇难的船上的水手。这种鬼话没准真能管用，反正船上的人都死了，不会有人来拆穿我的。就这么干吧。”

唐戴斯说着，望了望沉船的地方，不禁打了个寒战。一块岩石的尖角上，还挂着遇难水手遗留的一顶弗吉尼亚红帽[1]，不远处漂浮着沉船龙骨的残骸，这些碎片被海浪冲来冲去，犹如无力的羊角撞击着岩礁。

刹那间，唐戴斯拿定了主意。他跳下海向那顶帽子游去，拿了戴在自己头上，抓过一根船骨残片，朝单桅船航行的路线横切着游过去。

“现在我有救了。”他对自己说。

这个信念使他平添了一股力量。

不一会儿，他发现那条单桅船正顶着风，在伊夫堡和普拉尼埃灯塔之间抢风航行。他顿时担心起来，小船莫非不是擦着海岸航行，而是要驶出海去，譬如说驶向科西嘉岛或萨尔代涅岛。不过，定睛细看小船的航迹，他松了口气，看来小船沿着一条去意大利的常规航线，正要从雅罗斯岛与卡拉萨雷涅岛之间穿过去。

1　弗吉尼亚红帽：一种红色锥形帽子，法国大革命期间一度流行。

他和这条单桅船渐渐靠近。小船又一下抢风行驶，离唐戴斯已不到四分之一里。唐戴斯趁着一个浪头直起身子，挥动帽子呼救。但船上的人没看见他，船身倾斜了一下，折向驶去。唐戴斯想大声叫喊，但目测了一下距离，明白声音传不到船上，半路上就会淹没在风浪的喧嚣声中。

他暗自庆幸方才多个心眼，抱了一截龙骨片。否则，以他眼下这么虚弱的身子，想必坚持不下去，万一那条船始终没能发现他，他就再也游不上岸了。

虽说唐戴斯差不多确准了这条船航行的路线，但他还是悬着颗心，目不转睛地注视着它。不一会儿，只见它稍稍转了一下方向，朝他直驶而来。

他迎着这条单桅船游上去，但还没来得及游到它跟前，船首又转了开去。

唐戴斯使足劲儿，将大半个身子跃上海面，挥动那顶帽子，发出凄厉的叫声，遇难水手的这种喊声，听上去像海妖的悲鸣。

这回，船上的人听到了他的喊声，也看见了他。单桅船掉转船头向他驶来。同时，他看见他们准备把小划子放到海里。

两个人登上小划子，奋力划桨靠近过来。唐戴斯觉得身下的那片龙骨没用了，就丢开它，让它随波逐流而去，自己用力游过去和他俩会合。

但他高估了自己的体力，他其实已经筋疲力尽了；此刻他才感到那截已经漂出百步开外的木头对他是多么重要。他的胳膊开始僵硬，腿脚也不灵便了，游泳的动作变得生硬而不连贯，胸膛起伏，气喘不止。

他大叫一声，那两人使劲划桨，其中一人用意大利语冲他喊道：

“挺住！”

他刚听见这句话，一个浪头朝他兜头砸将下来，他再也支持不住，没入了泛着泡沫的水面。

他跟每个快要淹死的人一样，绝望地张开双臂乱划乱动，挣扎着浮出海面发出第三声惨叫。接着他只觉得自己在海里下沉，犹如脚上还系着那个铁球。

海水在头顶上涌流，透过海水他看见了苍白的天空和许多黑斑。

他用尽最后的力气挣扎着靠近海面。这时他觉得有人抓住了他头发；接着，就什么也看不见、什么也听不见了。他昏了过去。

重新睁开眼睛时，他已经在单桅船的甲板上。船继续在航行。他最先想着的是看看船的航向：只见它离伊夫堡愈来愈远了。

他实在太疲惫了，他喜悦的欢叫听上去像痛苦的呻吟。

且说唐戴斯躺在甲板上，一个水手用大毛巾为他摩擦四肢。另一个，他认出就是冲他喊“挺住！”的水手，把一只水壶的嘴伸进他的嘴里。第三个年岁大些，他既是船上的头儿又是舵手，此刻正带着自私意味的怜悯神情望着他，凡是知道昨天虽然躲过了灾难，明天仍有可能大祸临头的人，都会有这种类似的神情。

水壶里的几滴朗姆酒，使年轻人衰竭的心脏重新兴奋起来。跪在他面前的水手继续用大毛巾给他擦身，又使他的四肢恢复了弹性。

“你是谁？”头儿用蹩脚的法语问道。

“我是马耳他水手，”唐戴斯用蹩脚的意大利语回答，“我们从锡拉库萨[1]来，船上装着葡萄酒和谷物。昨天夜里在莫尔季翁海岬遇上暴风雨，船就在前面触礁沉没了。”

“你是从哪儿游过来的？”

“触礁时我幸好攀住了那些礁石，就从那儿游了过来。我们可怜的船长脑袋撞在礁石上开了花。另外三个伙伴淹死了。我想我是唯一幸存的人。待在这座不见人影的荒凉小岛上，让我感到很害怕，看见你的船，我就壮胆抓起一块船板，想游到船上来。谢谢你们，”唐戴斯接着说，“你们救了我的命。要不是你们一个水手抓住我的头发，我就完了。”

“那是我，”一个面容坦诚、开朗，两颊蓄着长长黑髯的水手说，“我到得还真是时候，你都在往下沉了呢。”

“是这样，”唐戴斯向他伸出手说，“我的朋友，我再次感谢你。”

“说实话，”水手说，“我犹豫了一会儿。你的胡子有六寸长，头发有尺把长，看上去不像个好人，倒像个强盗。”

唐戴斯想起来了，自从关进伊夫堡之后，他没有剪过头发，也没有刮过胡子。

“噢，”他说，“有一次遇险，我曾经向岩洞圣母许过愿，十年不剃头发、不刮胡子。今天是许愿到期的最后一天，我差点儿在这个纪念日淹死。”

“现在，我们怎么安置你呢？”头儿问。

1　锡拉库萨：意大利西西里岛上的城市。

“嗨！”唐戴斯答道，“随便怎么都行。我当水手的那条船完了，船长送了命。你们也瞧见了，我捡了一条命，可是身边什么也没有。幸好我是个挺不错的水手，到下一个港口靠岸时，你们就把我丢下得了，我总能在哪条船上找到份活儿干的。”

“你熟悉地中海吗？”

“我从小就在地中海航行。”

“那些港口你都熟悉？”

“随便哪个港口，无论水域怎么危险，我都能闭着眼睛驶进驶出。”

“哎，你说怎么样，头儿！”那个让唐戴斯挺住的水手说，“要是这伙计说的都是实话，咱们干吗不把他留下来呢？”

“要真是这样，当然可以，”头儿迟疑不决地说，“可瞧他这副可怜巴巴的样子，只怕是说得好听，干起来不一定行。”

“我干得比我说的好。”唐戴斯说。

“嗬嗬！”头儿笑着说，“那咱们走着瞧。”

“行，”唐戴斯说着站了起来，“你们去哪儿？”

“去里窝那。”

“那么，抢风行驶只有浪费时间，干吗不靠前侧风直行呢？”

“就怕一头撞上里翁岛呗。”

“我们会在它的旁边经过，离岸足足有二十寻。”

“那你来掌舵，”头儿说，“我倒要看看你的本事。”

年轻人走上前去，坐在他的位置上。他轻轻压一下舵把，船头随之转动。他看出这条船虽说算不上第一流的，但还是可以操纵自如。

“拉转桁索和帆角索！”他大声说。

船上的四名水手都跑去拉帆索，头儿看着他们干活。

“拉直绳索！”唐戴斯继续说。

水手们遵命从事，不打折扣。

“拴上绳索！”

如同前两个命令，这个命令也执行了，这条单桅船不再抢风行驶，而是径直向里翁岛方向驶去，正如唐戴斯所预言的，船的右舷侧在离岛二十寻的地方驶了过去。

“太棒了！”头儿说。

“太棒了！”水手们应声喊道。

众人钦佩地看着唐戴斯。他的目光又充满着智慧，身体又恢复了活力，而在新结识的水手看来，他拥有这一切是毋庸置疑的。

“看来，”唐戴斯离开舵把说，“至少在这次航行中我还能对你们有点儿用处。倘若你们到了里窝那不要我了，把我留在那儿就是了。我拿到第一笔工钱，就把这段时间的伙食费还你们，借给我穿的衣服，我也会付钱的。”

“行啊，行啊，”头儿说，“只要你提的要求不过分，一切都好说。”

“大家一样，”唐戴斯说，“您给伙计什么待遇，也照样给我就行了。”

“这不公平，”把唐戴斯从海里拉上来的那个水手说，“因为你比我们懂得多。”

“你插什么嘴？这关你什么事，雅各布？”头儿说，“要多要少，让人家自己说嘛。”

“那也行，”雅各布说，“我只是说说自己的意见罢了。”

“喂！你要是有替换衣服，还不如借条裤子和一件短上装给他，他还赤着身子呢。”

“可不行啊，”雅各布说，“我只拿得出一件衬衫和一条裤子。”

“这就够了，”唐戴斯说，“谢谢，我的朋友。”

雅各布一下子钻下底舱，不一会儿拿着衬衫和裤子上来。唐戴斯穿上，心里充满喜悦。

“你还要些什么？”头儿问。

“一块面包，再来一口我刚才喝的朗姆酒。我有很长时间没吃东西了。”

可不是，差不多有四十个小时了。

水手拿来一块面包，雅各布把装酒的水壶递给他。

“打左舵！”船长转身对操舵的水手说。

唐戴斯接过水壶，朝舵工那儿瞥了一眼。水壶在半空中停住了。

“看哪！”头儿说，“伊夫堡那边出什么事了？”

伊夫堡南棱堡的雉堞上方升起一团白雾，唐戴斯也看见了。

一秒钟过后，远方的炮声隐隐约约地传到了船上。

水手们抬起头来，面面相觑。

“这是什么意思？”头儿问。

“昨夜那儿有犯人逃跑，”唐戴斯说，“这是放炮示警。”

头儿向唐戴斯看了一眼，年轻人在说这句话时已经把水壶口放进嘴里。这头儿即便有过一丝疑惑，当他看见年轻人镇定自若、津津有味地品味朗姆酒时，这一丝疑虑也就一闪而过，立刻消释了。

“这酒挺凶。”唐戴斯说着，用衬衫袖子擦着额头上的汗。

“管他呢，”头儿瞅着他，心想，“就算是他，也值。要不，这么能干的水手哪儿去找。”

唐戴斯借口累了，要求坐到舵工的位置上。操舵的水手乐得轻松一下，用目光询问头儿，头儿点头示意他可以把舵柄交给新来的伙伴。

唐戴斯坐定之后，终于能把目光死死盯着马赛方向了。

“今天是几号？”唐戴斯等看不见伊夫堡之后，向走来坐在他身旁的雅各布问道。

“二月二十八日。”雅各布说。

“哪一年？”唐戴斯问。

“什么哪一年！你问今年是哪一年？”

“对，”唐戴斯说，“我问今年是哪一年。”

“今年是哪一年，你忘了？”

“可不是，昨儿晚上我吓破了胆，”唐戴斯笑着说，“我差点儿精神失常，直到现在脑子里还是一片糊涂。我问你，今天是哪一年的二月二十八日？”

“一八二九年。”雅各布回答说。

唐戴斯自被捕之日起，一天又一天，一年又一年，已经熬过了十四个年头。

他被关进伊夫堡时才十九岁，出来时已经三十三岁了。

他的唇角露出一丝苦笑，心想在这漫长的岁月里，梅塞苔丝大概早就以为他不在人世了。她现在怎么样了呢？

接着，他想到了那三个人，眼里燃起仇恨的火焰。就是他们，让他坐了这么长时间的大牢，使他的身心受了这么可怕的摧残。

他重温在狱中立下的誓言，他要找唐格拉尔、费尔南和维尔福报仇雪恨，不达目的决不罢休。

这不会是无法兑现的誓言了。此时此刻，地中海上航速最快的帆船也甭想追上这条单桅船了。它正扬帆鼓风，朝里窝那疾驶而去。

第22章
走私贩子

唐戴斯上船不到一天，就已经明白自己在和什么人打交道了。这条名叫少女阿梅莉号的热那亚单桅帆船，它可敬的船长虽然没有受过法里亚长老的教诲，但几乎会说地中海这个巨大湖泊沿岸的所有通用语言，从阿拉伯语到普罗旺斯方言都能对付。这样就省得雇用翻译了，那些人总是碍手碍脚，有时还会多嘴多舌。凭借这种本领，他跟各种各样的人交往，其中有海上相遇的船只的船员，有沿岸交接货物的小船的水手，也有既无姓名又无国籍、身份不明的各色人等——比如说在海港码头上常能见到的那些人，看上去他们没有任何谋生手段，可他们自有隐蔽、神秘的经济来源，简直像是在靠天吃饭：读者想必猜到了，唐戴斯是在一条走私船上。

因此，这个头儿收留唐戴斯是有过几分疑虑的。沿海的海关人员都熟悉他，而且那些先生们跟他斗起法来一次比一次狡诈，所以他起初琢磨唐戴斯是税务局派来的，是想来摸他底细的探子。但后来，唐戴斯成功地经受了考验，头儿看这年轻人熟练的驾船动作，相信了他的话。而当他看见伊夫堡棱堡上方袅袅升起的轻烟，听到远处传来的炮声时，他马上想到自己收留的此人来头不小，是个像国王那样进出要鸣炮的角色。老实说，他心里反而定了些，这毕竟要比来个海关探子让他放心得多；随即看到新来的伙计神情那么坦然，他干脆连这点疑虑也打消了。

于是，埃德蒙占了个便宜，他知道这头儿是什么样的人，而对方却不知他的底细。任凭这个老江湖和其他水手怎么套他的话，他就是顶住不露一点口风。他像熟悉马赛一样熟悉那不勒斯和马耳他，把两个地方的风土人情说得绘声绘色，并凭着一副好记性，前后说话严丝合缝，不露一点破绽。那个热那亚人虽然精明，但还是让埃德蒙的温和笑脸、航海经验，让他那高明的掩饰给蒙住了。

再说，也说不定这个热那亚人机敏过人，他只是不想知道不必知道的事、不愿相信不必相信的事而已。

他俩彼此就处于这种关系，到了里窝那。

埃德蒙还得接受另一次考验：十四年来他没有看见过自己是什么模样，他现在还能认得出自己吗？他的记忆中还保存着自己年轻时的模样，而现在他要看到的却是成年以后的他。在那些新伙伴眼里，他当初许的愿也该兑现了。他过去来过里窝那不下二十次，他记得圣费迪南街上有一家理发店。他进得店去理发剃须。

理发师惊讶地瞧着这个满头长发、胡须又密又黑的顾客，他看上去活像提香[1]笔下的一个人物。当时留长发蓄长须还不时兴，换了今天，让理发师感到惊奇的，恐怕是他怎么舍得剃掉这么一副天生美须发喽。

里窝那的这位理发师不假思索就把活儿干完了。

埃德蒙感到下巴颏光溜溜的，头发也修得与常人一般长短了，于是他就要了一面镜子，端详起自己来。

我们前面说过，这时他已经三十三岁了，十四年的铁窗生活，使他在气质上有了很大的改变。

刚进伊夫堡时，他那张圆圆的、开朗坦诚的脸蛋上经常是笑容可掬的，那时候他一帆风顺，而且以为未来只是过去理所当然的继续。现在，这一切全变了。

圆圆的脸拉长了，含笑的嘴角刻上了表露坚毅和沉着的线条；眉毛上方有一道很深的皱纹，那是长年凝神沉思的印痕；那双眼睛饱含忧郁的神色，还不时闪过愤世嫉俗、充满仇恨的寒光。由于不见阳光，脸色苍白，衬在黑发上有一种北欧贵族的美;渊博的学识，则使整个脸庞焕发出一种凛然的智慧之光。此外，虽然身量较高，但长年精力积聚，显得体魄强健有力。

原先矫健颀长的身姿，如今呈现出肌肉丰满、圆浑壮硕的风采。而嗓音却因祈祷、啜泣、诅咒而有了很大变化，时而是异常柔和的颤音，时而又是几近嘶哑的粗声粗气。

此外，由于长期待在昏暗甚至漆黑的地牢里，他的眼睛练就了鬣狗和狼的本领，能在黑夜里辨别物体。

1　提香（约 1489—1576）：意大利文艺复兴盛期威尼斯画派画家。

埃德蒙看着自己，不由得哑然失笑。倘若他在世上还有朋友的话，那么即使最要好的朋友也认不出他来喽，因为，连他自己都已经不认得自己了。

少女阿梅莉号的头儿挺想留住埃德蒙这个能干的水手，提出给他预支一部分红利，埃德蒙接受了。在理发店端整了容貌之后，他马上又进商店买了一套水手服装，我们知道，这种服装很简单，就是一条白裤子、一件海魂衫和一顶弗吉尼亚红帽。

他穿着这身服装，先把向雅各布借来的衬衫和裤子还给他，接着来找少女阿梅莉号的头儿，又不得不把自己的身世再讲了一遍。头儿简直不敢相信这个潇洒优雅的水手就是原先那个胡子拉碴，长发上夹着海藻，身上淌着海水，被救上甲板时赤身露体、奄奄一息的可怜家伙。

他看见唐戴斯这么容光焕发的模样很高兴，向唐戴斯表示要延长他的雇用期。但唐戴斯有自己的打算，只答应干三个月。

且说少女阿梅莉号上的水手都很卖力气，头儿吩咐什么就做什么，头儿呢，也干练得很，从不浪费时间。他们到里窝那才一个星期，这条船体宽宽的帆船就又载满了彩色平纹细布、禁运的棉花、英国香粉和专卖局疏于盖戳的烟草。头儿打算把这些货从自由港里窝那运到科西嘉，在那里由投机商转手运往法国。

船启程了。埃德蒙又航行在蔚蓝色的大海上，这是他青年时代遨游的天地，是他在狱中魂牵梦萦的去处。小船把戈尔戈纳[1]抛到右边，又在皮阿诺萨岛右侧擦过，向保利[2]和拿破仑的故乡前进。

第二天，头儿像往常一样登上甲板，只见唐戴斯倚着船舷，以奇特的目光注视着一堆堆巨大的、沐浴在朝阳玫瑰色光亮中的岩礁。那就是基督山岛。

少女阿梅莉号的右舷在离岛四分之三里处驶过，继续向科西嘉岛行进。

唐戴斯久久注视着这座小岛，在他心中，这座岛的名字是铿然有声的。他想，只要往海里一跳，不出半个钟头，就可以登上天主赐予他的这块土地了。可转念一想，到了那儿又怎么办呢？他没有工具开掘宝库，也没有武器保护它。再说，水手们会怎么说？头儿会怎么想呢？不行，他必须再等待。

1　戈尔戈纳：意大利岛屿，位于科西嘉岛和里窝那之间。

2　帕斯卡·保利（1725—1807）：意大利政治家。曾领导科西嘉人反对热那亚的统治。法国大革命后再次领导科西嘉反对法国统治、争取独立的斗争。

幸而，唐戴斯已经学会了等待。他等待自由等了十四年，现在自由了，为财富再等一年半载又算得了什么呢？

当初倘若有人向他提议用财富去换取自由，他难道会不接受吗？

再说，这笔财富究竟在不在，会不会是海市蜃楼呢？可怜的法里亚长老脑子患病时想出来的东西，会不会和他一起离开了尘世呢？

但有一点不容置疑，斯帕达红衣主教的遗嘱交代得很确切。

唐戴斯把那张纸上的内容又从头到尾默诵一遍。他一个字也没忘掉。

黄昏降临，小岛的色彩随着渐浓的暮色慢慢变深，消隐在黑夜之中——但这是对常人而言，埃德蒙在狱中练就了黑暗中视物的本领，他想必仍能看见这座小岛——他独自留在甲板上最后离去。

第二天醒来时，船已行驶到阿莱里亚[1]附近。这一整天他们都抢风行驶。入夜，海岸上燃起了灯火。根据灯光的排列位置判断，他们可以靠岸了，于是这艘单桅船在该挂国籍旗的斜桁上，挂上了一盏信号灯，向前驶进岸上来复枪的射程之内。

唐戴斯注意到，这无疑是关键的时刻，*少女阿梅莉号*的头儿在靠近岸边时，吩咐架起两门小炮，这种类似城堡防御武器的土炮，能把四磅重的炮弹送出千步之外而不发出很大的响声。

对这天晚上来说，这个预防措施却是多余的。一切都进行得悄无声息，十分顺利。四只小划子轻轻地驶近单桅帆船，帆船也放下一只小划子作为回应。五只小划子往来穿梭，到凌晨两点，单桅船上的货物就都卸到了岸上。

*少女阿梅莉号*的头儿是个办事麻利的人，当晚他就把红利分了。每人可以拿到一百个托斯卡纳利弗尔，折合我们的钱，差不多有八十法郎。

航行还没有结束呢。他们掉头驶向撒丁岛，前往那儿把刚卸空的船再次装满。

这回装货同样很顺利，*少女阿梅莉号*真是福星高照。

帆船装着哈瓦那雪茄、赫雷斯和马拉加[2]的葡萄酒，驶往卢卡公国[3]。

1　阿莱里亚：科西嘉岛上的一个城镇。

2　赫雷斯、马拉加都是西班牙盛产葡萄的地区。

3　卢卡公国：拿破仑 1805 年在意大利北部卢卡地区建立，并授予其妹伊丽莎·波拿巴的一个公国。

在那里他们与少女阿梅莉号头儿的死敌——税务局发生了冲突。一个海关缉私人员中弹倒地，两名水手受伤，其中一个是唐戴斯，一颗子弹擦破了他左肩的皮肉。

经历了这场冲突并受了伤，唐戴斯反倒感到挺高兴，这无异于教会了他如何直面危险、承受伤痛。他做到了含笑面对危险，中弹的那一刹那，他像希腊哲人那样说道："痛苦啊，你并不是坏事。"

那个海关人员是在他眼皮底下受了致命伤倒地的，但不知是因为发生冲突时他的血在沸腾，还是因为他的情感已经冷却，看着这场景他只是稍有动容而已。他已经踏上他所要走的路，已经朝着既定的目标前进，那颗心在他的胸膛里经受锤炼，在渐渐变硬。

但雅各布看见他倒下时，以为他被打死了，扑上前去把他扶起。扶起以后又像好朋友一般尽心照料他。

所以，这个世界虽然不像庞格洛斯博士[1]眼里的那样好，但也不像唐戴斯想的那么坏，例如眼前这个伙伴，见他倒地居然那么动情，可是除了他的那份红利，这个人又能从他身上得到什么好处呢？

我们说了，埃德蒙只受了点轻伤。雅各布给他服了从撒丁岛老婆子手里买来的，只有在某些时令才能采到的草药，居然很见效，伤口很快愈合了。这时，埃德蒙想试试雅各布，提出把自己的那份红利给他，以报答他的精心照料，雅各布气呼呼地一口拒绝了。

雅各布跟埃德蒙初次见面，就对他产生了真诚的好感，埃德蒙也因此对雅各布怀有一种友爱的感情。雅各布对此已心满意足了。他本能地感觉到，在埃德蒙身上自有一种超出其地位的优越之处，而这种优越之处，埃德蒙是完全瞒住其他人的。埃德蒙稍对他流露出一点友情，这个厚道的水手就觉得很高兴了。

单桅船在蔚蓝色的海面上扬帆前行，行驶得很平稳。在船上漫长的白天，埃德蒙手拿航海图，当起了雅各布的老师，就如可悲的法里亚长老当初教他一样。他指给雅各布看海岸线的位置，向他解释罗盘的用法，教他学会读在我们头顶上打开着的、人们称之为天空的这本大书，这本大书是天主用钻石写在碧

1　庞格洛斯：伏尔泰小说《老实人》中的人物，乐观主义的典型形象。

空上的。

有一次雅各布问：

“我是个普通的水手，教我这些东西有什么用呢？”

埃德蒙回答说：

“谁知道呢？也许有朝一日你会成为船长呢，你的老乡拿破仑不是还当了皇帝吗！”

我们忘了提一句，雅各布也是科西嘉人。

两个半月在这不间歇的一次次航行中过去了。埃德蒙成了沿海航行的好手，正如他以前曾是个勇敢的水手；他和沿岸的走私贩子都混得挺熟，学会了这些近乎海盗的走私贩子相互间的联络暗号。

基督山岛他来来回回经过了不下二十回，但始终没有找到一次上岸的机会。

于是他在心里拿定了一个主意。

他决定等到和少女阿梅莉号头儿的合约期满，就用自己的钱（他可以这样做了，因为在多次航行中，他已积攒了一百来个金币），租一条小船，随便找个借口，径自去基督山岛。

到了那里，就可以放开手来找宝藏了。

当然也不能太放手，不用说，送他去的人肯定会暗中盯着他。

在这个世界上，总得冒点儿风险才行。

但监狱生活已经使埃德蒙变得谨慎小心，他不想再冒风险了。

可是，他绞尽脑汁也无计可施，除了租条船，他想不出别的办法去这朝思暮想的小岛。

他正这么犹疑着，忽然有天晚上，头儿挽住他胳膊，把他带到奥利奥街的一家小酒店。那是里窝那走私贩子平时碰头的地方。头儿这么带他去，表明他对唐戴斯非常信任，一心想留下他了。

唐戴斯以前也到这儿来过，知道沿岸的走私生意通常都在这儿成交。望着活跃在绵延两千里海岸线上的各路走私贩子，唐戴斯心想，一个人倘若能把自己的坚强意志，同这些有分有合的关系网结合起来，还愁没有力量吗？

这一次他们谈的是一笔大生意。先由几条船装上土耳其的地毯、地中海东岸地区和克什米尔的布匹，运到一个中立的交货地点。然后再设法从那儿偷运到法国海岸。

这笔生意做成了，红利数目很可观，每人可以分到五六十个皮阿斯特[1]。

少女阿梅莉号的头儿提议把基督山岛作为卸货地点，这座小岛荒无人烟，既没有驻军，也没有关卡，似乎早在奥林匹斯时代[2]就被商人和盗贼的保护神——墨丘利撂在了大海中央。商人与盗贼这两个阶层，在今天还是略有区分的（虽然界限有些模糊），而在古代，这种区分似乎并不存在。

唐戴斯听到基督山这名字，兴奋得浑身发颤，为了掩饰激动的情绪，他起身在酒店里转了一圈。在这雾气腾腾的小酒店里，能听到各国语言拼凑而成的地中海沿岸特有的混合语。

当他回到桌边时，他们已经说定第二天夜间启航，到基督山岛卸货。

头儿征求埃德蒙的意见，他认为这座小岛具有一切可能的安全条件，并说要做大宗生意就得速战速决。

于是，对已商定的计划不再做任何变更，一准第二天傍晚启航。要是顺风，第三天晚上就可以到达这座小岛附近的海面。

1　埃及、叙利亚等国辅币名。

2　古代希腊人视奥林匹斯山为神山。此处奥林匹斯时代指远古神话时代。

第23章

基督山岛

长年遭受厄运的人，有时也会由于命运的疏怠而撞上好运，唐戴斯这回正是碰上了这样的好运气，竟然有机会用这样一种既简单又自然、不会引起任何猜疑的办法登上基督山岛。

现在，离他向往已久的这次航行仅隔着一个夜晚了。

这个夜晚唐戴斯是在焦虑不安中度过的。闭上眼睛，就会看见斯帕达红衣主教用闪光的文字写在墙上的信；打个盹儿，荒诞不经的梦就会在脑海里回旋。他似乎在往下走进一个岩洞，那里的地面是玛瑙铺成的，墙上镶嵌着宝石，钟乳石状的钻石从岩顶上挂下来，珍珠犹如地下水凝聚的水汽一滴一滴往下掉。

埃德蒙心花怒放，欣喜若狂，在口袋里揣满了珠宝；接着，他走回到亮处，珠宝又变成了一粒粒石子。他想回到这些珠光宝气的岩洞，可是洞穴已是若隐若现，路径也变得蜿蜒曲折、缭绕盘旋，刹那间洞口不知了去向。他搜索枯肠，就是找不到阿拉伯渔夫唤开阿里巴巴宝窟洞门的那句咒语。一切都是白费劲；一度有望从大地守护神手里夺得的宝藏，重归于大地，销匿不见了。

第二天同样是在极度兴奋和焦躁不安中度过的；但白天的想象不再那么天马行空，逻辑思维派上了用场，原先朦胧游移的想法，渐渐变得明确起来。

暮色降临，水手们忙着准备启航。这番忙碌，正好帮唐戴斯掩饰了内心的激动。这些日子来，他赢得了同伴的信任，在船上发号施令俨然就是一船之长。他的指令简洁、明确、易于执行，所以水手们执行起来不仅迅速，而且乐意。

头儿任他去干：他也看出唐戴斯比这些水手，比他自己都强。在他心目中，这个年轻人是自己当然的接班人，他感到遗憾的是没有个女儿可以把埃德蒙牢牢地拴在身边。

晚上七点，一切就绪。七点十分，灯塔刚点灯，他们就绕过灯塔驶出了海湾。

平静的海面上吹来凉爽的东南风。夜空中渐次点亮了一个个上苍的灯塔；每个这样的灯塔，都是一个世界。唐戴斯吩咐大家都去睡觉，他一人留下掌舵。

听马耳他人（船上的水手都这么叫唐戴斯）这么吩咐，大家二话不说，都乖乖地去睡了。

有时会出现这样的情况：唐戴斯虽说好不容易才从孤独中挣脱，重返这个世界，可他又强烈地感到需要孤独。在一个漆黑的夜里，万籁俱寂，在天主的垂顾下，驾着一条小船，形单影只地在海面漂荡，世上还有比这更浩茫、更富有诗意的孤独吗？

这一次，孤独中充满了种种遐思，夜晚被幻想照亮，静寂中有他的誓言在震响。

头儿醒来时，船正鼓帆全速前进，没有一片帆不被风吹得鼓鼓的，船速达每小时两里半。

基督山岛在天际显得越来越大。

埃德蒙把船交还它的主人，现在轮到他去吊床上躺一会儿了。但尽管一夜未眠，他仍然一刻也不能合上眼睛。

两小时过后，他回到甲板上。帆船正在绕过厄尔巴岛。他们此刻在马尔西阿纳附近，位于平坦而林木葱茏的皮阿诺萨岛北面。从这望去，只见基督山火红的山顶直刺蔚蓝的天空。

唐戴斯命令舵工打左舵，从右边通过皮阿诺萨岛。他测算过了，这样航行可以缩短两到三节航程。

傍晚五点左右，全岛尽收眼底，缓缓下沉的夕阳的余晖，把周围照得晶莹剔透，小岛上的一草一木都可以看得清清楚楚。

埃德蒙目不转睛地望着岛上的岩礁渐次染上层层暮色，从鲜艳的玫瑰色变到深暗的蓝色。他的脸上不时泛出一阵阵红晕，额头发热，眼前犹如蒙着紫红色的雾翳。

即便一个赌徒把全部财产都押在了一盘骰子上，他此刻的心情也不会有埃德蒙的企盼这么急切，这么揪心。

入夜了。晚上十点，*少女阿梅莉号*靠岸，它是最先按约赶到这座小岛的。

唐戴斯虽说平时极善于克制自己，这回也不能自持了。他首先跳到海滩上，倘若他无所顾忌的话，他一定会像布鲁图那样扑下身子去亲吻大地。

天完全黑下来了。但到了十一点钟，月亮从大海中央升起，把银辉洒在粼粼的波光之上。月亮愈升愈高，它的光辉开始变成一束束瀑布似的银练，在这另一座皮里翁山[1]层层相叠的巨岩上嬉戏。

*少女阿梅莉号*的水手都熟悉这座小岛，他们常在这儿歇脚。而唐戴斯虽然在地中海沿岸航行时多次经过小岛，却从没上过岸。

他问雅各布：

“我们在哪儿过夜？”

“在单桅船上呗。”水手答道。

“干吗不睡在岩洞里？”

“什么岩洞？”

“岛上的岩洞呀。”

“我没听说过有岩洞。”雅各布说。

唐戴斯额上沁出一阵冷汗。

“基督山岛上没有岩洞？”他问。

“没有。”

唐戴斯一时间瞠目结舌。但他转念一想，说不定那些岩洞由于大自然的变故湮没了，要不就是斯帕达红衣主教早有防备，先把它们堵上了。

所以，关键是找到湮没的洞口。在夜间是没法找的，唐戴斯决定等到第二天再找。再说，半里开外的海面上刚亮起信号，*少女阿梅莉号*随即发出了相同的信号，这表明马上就要卸货了。

后到的那条船看到回应的信号，得知靠岸已万无一失，于是很快就像幽灵似的悄悄显出白色的身影，在离岸一链处下锚。

开始卸货了。

唐戴斯一边干活一边想，倘若他把在心里和耳边不停地嗡嗡作响的想法大声说出来，只消说一句，他就能在伙伴中引起一片欢呼。但他不仅不想泄露这个惊人的秘密，而且担心自己已经说得太多，担心自己这么走来走去，这么反复提问，这么仔细察看，这么老是显得心事重重，会引起人们的猜疑。但幸而至少在当时，痛苦的往事在他的脸上留下了难以磨灭的忧伤的印记，偶尔从愁绪中露出的欢愉，只是转瞬即逝的表情。

---

1 希腊东北部的一座山。希腊神话中半人半马神的住地。

没人看出半点儿破绽。第二天，当唐戴斯拿着枪、子弹和火药表示想去打只把在岩石间跳来蹦去的野山羊时，大家都以为唐戴斯要去这么转一圈，无非是因为喜欢打猎,或者是想一个人清静清静。只有雅各布一人执意要跟他去。唐戴斯对此不便反对，生怕拒绝会招来猜疑。才走出不到四分之一里，他就逮着机会射中了一只山羊，他就让雅各布把山羊先带回船上，等烤熟了再鸣枪给他发个信号，他好赶去吃他的那份。烤山羊，再加上几只干果、一瓶普尔西亚诺葡萄酒，就是一顿美餐了。

唐戴斯一边往前走，一边不时回头往后看。走到一块岩石的顶上，只见在脚下一千尺开外，雅各布已经回到同伴中间，大家兴高采烈地准备着早餐，多亏唐戴斯枪法准，早餐添了一道主菜。

埃德蒙带着温和而忧郁的笑容看了他们一会儿，一个人自知比同伴优越时，会有这样的表情。

“再过两个钟头，”他想，“这些人袋里揣着五十个皮阿斯特，又要为再挣五十个皮阿斯特再去搏命了。等他们揣着六百个利弗尔回来，他们会像苏丹一样不可一世，像莫卧儿总督一样志满意得。今天，我抱有希望，所以看不起他们的这点儿钱，觉得他们寒碜；明天，一旦我的幻想破灭，也许我也不得不把这点寒碜的小钱看得天一样大……哦，不！”他出声说道,“这样的事不会发生；法里亚是位从不出错的智者，这件事他是不会弄错的。要是真得再过这种贫穷卑贱的生活，我宁愿死。”

三个月前，唐戴斯一心只想着自由，现在光有自由不够了，他还渴望财富；要说过错，那不在唐戴斯，而在天主，它限制了人的能力，却给了他无穷的欲望！这会儿，唐戴斯来到两堵岩壁的夹缝中间，夹缝中有一条湍流冲刷而成的小径，极有可能还不曾留下过人类的足迹。唐戴斯估计洞穴就在这一带，于是慢慢向前走去。他沿着海岸一路往前，神情专注地观察路上每个细微的迹象，觉着某些岩石上似乎有凿痕。

时光给有形的物体披上青苔的外衣，一如给无形的物体蒙上忘却的外衣。这些凿在岩石上的记号，不曾随着岁月的流逝而湮灭，但它们时时被一丛丛鲜花盛开的香桃木所遮掩，或被寄生的地衣所覆盖。唐戴斯得拨开树枝或剥去苔衣，才能找到指向一个个迷宫的记号。这些记号使埃德蒙心中充满希望。这些莫不是红衣主教留给侄儿，让他在遭遇无法完全预料的灾难时，可以循迹找宝的指路标记？这么个僻静的所在，正是藏宝的好地方。可是，这些原本为亲人刻凿的记号，到底有没有落在别人的眼里，泄露过宝藏的秘密，这座充满奇迹的荒凉小岛，又是不是忠贞不渝地保守了这个惊人的秘密呢？

唐戴斯凭借山势的起伏，避开远处同伴的目光，一路往前寻去。到了离港湾六十来步的地方，这些刻凿在岩石上的记号戛然而止；循着标记却找不到任何岩洞。一块浑圆的巨岩立在一块坚实的基石上，似乎是标记导向的唯一目标。埃德蒙心想，这下非但没有到达终点，而且说不定又回到了起点：于是他掉头按原路往回走去。

这当口，那些伙伴正在准备早餐，有的找岩泉汲水，有的把面包和干果拿上岸，有的烤山羊肉。山羊肉从临时架起的铁叉上取下来的那会儿，他们瞧见埃德蒙在岩石间跳来跳去，像羚羊一样大胆而轻捷，于是放了一枪向这位猎手发信号。只见远处的猎手立即改变方向，径直朝他们奔来。正当所有的人注视着他在半空中飞跃，埋怨他过于大胆时，仿佛为了证明这种担心不是没有道理似的，埃德蒙的脚闪了一下，只见他在一块岩石顶上晃了晃，惊叫一声便栽下去不见了。

大家一跃而起冲上前去。虽说埃德蒙在各方面都比他们强，他们还是喜欢他。头一个跑到的是雅各布。

只见埃德蒙浑身是血，躺在地上一动不动，似乎失去了知觉；看来他是从十四五尺的岩石上滚下来的。有人往他嘴里倒了几滴朗姆酒，这个药方曾经在他身上起效，这次也产生了同样的效果。

埃德蒙睁开双眼，哼哼唧唧地说膝盖疼，脑袋发沉，腰里也像针扎似的难受。大家想把他抬到岸边；雅各布指挥抬人，但刚一碰着埃德蒙，他就哎哟哎哟直嚷嚷，说疼得实在受不了，一点也不能碰。

大家明白，唐戴斯是没法去吃早餐了。可唐戴斯却说大家不用陪着他，要伙伴们过去吃早餐。至于他，休息一会就行了，他们过会儿再来，就会看见他没事的。

水手们也不必让人多说，因为他们都饿了，山羊肉的香味诱惑着他们。这些走南闯北的水手，原本也就不会客套。

一小时过后，他们回来了。这段时间里唐戴斯所能做的，仅仅是拖着腿爬了十来步路，靠在一块长满青苔的岩石上。

唐戴斯的伤痛好像非但没有减轻，反而加剧了。头儿惦念着船上的货，他的这条船必须在当天早上出发，把货运到尼斯和弗雷汝斯[1]之间与皮埃蒙特[2]接壤的法国边境。他坚持让唐戴斯站起来试一试。唐戴斯为不拂他的面子，咬紧牙关想忍痛抬起身来，但试了几次都不行，疼得脸色刷白，连声呻吟。

“腰扭伤了，”头儿低声说，“得，他是个好伙伴，咱们不能撇下他。先把他抬到船上再说。”

可是唐戴斯神色严峻地说，他宁愿死在原地也不愿忍受活动时引起的剧烈的疼痛，哪怕动一下也不行。

“那行，”头儿说，“反正，咱们不能把你这样的好伙伴撇下不管。咱们今晚动身。”

水手们听了这话，谁也没有异议，但全都大为吃惊。头儿做买卖向来不讲情面，他居然肯放弃一笔交易，或者推迟行期，这可是破天荒头一遭。

因此，唐戴斯坚决不同意为他一人坏了规矩。

“不能这样，”他对头儿说，“我粗心，就该受到粗心的惩罚。给我留下点饼干，留下一支枪和枪药子弹，我好打野山羊，必要时也可以自卫；再给我一把十字镐吧，要是你们去得久了，我就自个儿搭个棚子。”

“你会饿死的。”头儿说。

“饿死也比痛死强，”埃德蒙答道，“只要动一下，我就钻心刺骨的疼得受不了。”

头儿转过身去看了看帆船，它在小小的港湾里晃悠着，已经做好启航的准备，挂上帆就可以出海了。

“你让我们怎么办呢，马耳他人，”他说，“我们不能就这样撂下你，可我们又不能留下来，怎么办？”

“你们走吧，走吧！”唐戴斯高声说。

“我们少说也得离开一个星期，”头儿说，“然后才能绕道来接你。”

1　弗雷汝斯：法国东南部瓦尔省城镇。

2　皮埃蒙特：意大利西北部地区。

“听我说，”唐戴斯说，“要是这两三天里，你们中途遇到一条渔船或别的什么船，你就让他们来接我，我愿意付二十五个皮阿斯特搭船回到里窝那。如果遇不到船，那就你们回来接我。”

头儿摇了摇头。

“听我说，巴尔蒂船长，有一个两全其美的办法，”雅各布说，“你们走，我留下来照顾他。”

“你情愿放弃红利陪我？”埃德蒙问。

“对，”雅各布说，“我情愿。”

“你真是个好心的小伙子，雅各布，”埃德蒙说，“天主会报答你的好意的。不过谢谢你，我不用有人陪，休息一两天就没事了。说不定还能在石缝里找到些治外伤的药草呢。”

唐戴斯的嘴角掠过一丝奇特的笑意，他动情地握住雅各布的手，但他心意已决，一定要留下，而且是独自一个人留下。

走私贩子给埃德蒙留下他所要的东西，就离开了，他们频频回首，一再向他依依作别。埃德蒙只举起一只手示意，仿佛身体的其他部位都不能动弹似的。

等他们走得看不见了，唐戴斯笑着对自己说：

“真是不可思议，只有在这些人中间，才能找到友情和忠诚。”

他小心翼翼地挪动身子，爬到一块岩石的顶上，刚才这块岩石挡住了视线，他没法看到大海。从岩顶上，他看见那条单桅船张帆起锚，如同行将飞翔的海鸥那样优雅地晃了晃，就出发了。

一个小时后，它从视线中消失，至少从受伤的人所处的位置看不见它了。

唐戴斯站起身来，一下子变得那么轻捷灵便，犹如在岩礁的香桃木和黄连木树丛中蹦跳的羚羊。他一手提枪，一手拿镐，向最后看见标记的那块岩石飞奔而去。

“现在，”他想起法里亚给他讲过的阿拉伯渔夫的故事，大声说道，“现在，芝麻芝麻，快开门！”

第24章
炫目的珍宝

太阳将近走了一日行程的三分之一。五月温煦而充满生机的阳光照在这片岩礁上，岩石似乎也感受到了它的热力。成千只知了藏身在灌木丛中，发出单调而持续不断的鸣叫声。香桃木和橄榄树的枝叶微微抖动，发出铿锵的金属声。唐戴斯在烘热的岩石上每走一步，那些酷似绿宝石的蜥蜴就纷纷逃窜。远处的斜坡上，不时有让猎手看得眼热的野羚羊在蹦跳。总之，小岛上是有生灵居住的，是生气勃勃、充满活力的，可是埃德蒙在天主的手掌下感到一种莫名的孤独。

他此时的感觉无以名状，有点近乎恐惧。那是一种在光天化日之下，即使身处荒无人烟的地方，也生怕有人窥视的恐惧感。

这种感觉异常强烈;埃德蒙正待动手，不由得又停住，放下十字镐，提起枪，再一次攀上小岛最高的那块岩石，从那儿向远处眺望。

埃德蒙眺望的既不是屋宇依稀可辨的、富有诗意的科西嘉岛，又不是在他身后几乎完全陌生的撒丁岛，也不是永远令人缅怀的厄尔巴岛，更不是影影绰绰显现在地平线上、唯有水手的眼睛能望见的都市热那亚和商埠里窝那。不，他凝神遥望的是清晨驶走的那艘双桅帆船和刚刚启航的那条单桅帆船。

双桅船已经到了博尼法乔海峡，渐渐从视线中消失，单桅船沿相反的方向行驶，正要绕过科西嘉岛。

看到这儿，埃德蒙悬着的心放了下来。

他把目光转向周围的景物。他位于圆锥形岛屿最高处，犹如巨大的底座上一尊纤小的雕像；脚下没有一个人，四周没有一条船，唯有大海的碧波不停地拍击着岩礁，给小岛镶上一条银色的围边。

唐戴斯快步走下岩顶，可步子还是迈得很小心。刚才佯装失足挺逼真，侥幸骗过了同伴，这会儿可千万不能真的有个闪失喔。

我们说了，唐戴斯曾经沿着岩石上的标记往回走，最后来到了一个隐蔽的小海湾。它犹如林中仙女的浴池，隐匿在山岩之中。小湾的开口处很宽，中间很深，足以让一条平底小船驶入并可藏在里面。他看到过法里亚长老是如何根据归纳法，一环扣一环地深入推断，从而走出假设的迷宫的。此刻他循着长老的思路，设想斯帕达红衣主教当初怕让人看见，就在这小湾靠岸，把小船藏在这儿，然后沿着记号所标出的路线走到终点，把珍宝埋藏起来。

这个设想又把唐戴斯带回到了那块圆形巨石跟前。

不过，这个庞然大物使埃德蒙感到惶惑不解，把他理顺了的思路又搅乱了。当初要不是有很多人一齐用力，怎么能把这块大约有五六千斤重的巨石搬上来，放在这个位置上呢？

猛不丁一个想法在他脑子里冒出来。“这块岩石不是搬上去的，”他心想，“它是滚落下来的。”

他冲到岩石顶上，寻找它原先所处的位置。

果然，他很快发现山崖上方有一道斜坡，大圆石一准是沿斜坡滚落下来，停在现在的位置上的。一块普通大小的石头成了它的垫石。巨石四周的缝隙都用石块和卵石塞得严严实实，而这小小的石筑工程上面，又盖了一层泥土，野草在上面生长，青苔向四周蔓延，一些香桃木和黄连木的种子也在上面生根发芽，于是，古老的巨石看上去像是天生就落根在那儿的。

唐戴斯仔细地拨开土层，识破了——至少是自以为识破了红衣主教的机心。

他开始用十字镐去刨经时间风化的外层。

刨了十分钟，外层掀开了，露出一个伸得进手臂的洞口。

唐戴斯找到一棵粗壮的橄榄树，砍下削去枝丫，把树干伸进洞里当撬棒。

但是巨石太沉，而且与下面的岩块板结得太牢，依靠人力，即使是赫拉克勒斯怕也摇不动它。

唐戴斯想了想，觉得应该先移动那块垫石。

怎么才能移动它呢？

心里犯难的唐戴斯朝四下看去；目光落在雅各布留给他的那只岩羊角上，掏空的羊角里装的是炸药。

他笑了笑：这可怕的发明派得上用场了。

他采用劈山开路的工兵节省人力的办法，用十字镐在巨岩和垫石之间挖出一个槽口，往里面填满火药，再把手帕卷起来沾上火药，做成一根导火索。

他点燃导火索，赶快躲开。

很快就引爆了：上面的大圆石顷刻间被巨大的力量掀动，下面的垫石裂成碎块飞向空中。一大群昆虫战战兢兢地爬出唐戴斯先前挖出的小洞，四处逃窜，一条仿佛把守着这条神秘通道的大蛇，游动着它那饰着淡蓝色涡纹的躯体，刹那间就消失不见了。

唐戴斯走上前去。大圆石已失去支撑，朝悬崖倾侧过去。我们这位无畏的探宝者绕着它转了一圈，选定一个最易晃动的部位，把当撬棒用的树干伸进去，像西绪福斯[1]那样，挺直身子用力去撬。

已经给震得有些松动的巨石摇摇欲坠了。唐戴斯猛地再一发力：这让人想起力拔群山与众神之主抗争的提坦[2]。巨岩终于立不住了，连滚带蹦地坠落下去，转眼间消失在了大海之中。

巨石留下一个圆形的印痕，中间露出一块嵌有铁环的方石板。

一举成功令唐戴斯惊喜万分，他情不自禁地喊出声来。

他想一鼓作气撬起石板；可是腿直打哆嗦，心狂跳不已，眼睛热辣辣的，看出去一片模糊。他不得不停了下来。

但停下来歇一歇的念头转瞬即逝。他把撬棒伸进铁环，用力一抬。石板挪了开去，露出一个陡坡，阶梯似的通进石洞，愈往里愈幽暗。

换了别人早就直冲下去，兴奋得大喊大叫了。但唐戴斯站立不动，脸色苍白，一时拿不定主意该怎么办。

“别忙，”他对自己说，“先得想清楚了！我受了那么多苦，已经承受不起失望的打击了。要是没有宝藏，我岂不是白忙乎了！一颗盛满希望的心碰到冷酷的现实，是会碎的！也许法里亚只是做了一个梦，斯帕达在这个洞里什么也没埋下，或许他根本就没来过，也说不定他刚来过，恺撒·博尔吉亚这个大胆的冒险家，这个阴险的强盗，就尾随而来，像我一样掀起这块石头，在我之前

---

1 西绪福斯：希腊神话中的暴君。死后被罚在地狱把巨石推到山上。每当巨石就要推到山顶时，巨石总会滚落下来，他只得循环往复，推石不已。

2 提坦：指希腊神话中天神乌拉诺斯和地神盖娅的十二名巨神子女。他们曾与宙斯顽强抗争，失败后被打入塔耳塔洛斯地狱。

进到洞里，什么也没给我留下呢。”

他伫立不动，静静地想着，眼睛直愣愣地盯着幽暗而深邃的岩洞。

“但既然我已经不存指望，既然我已经想明白了，再抱任何希望都是发疯，那么我再去冒一次险，不就仅仅是出于好奇心吗？”

他仍然呆呆地站着，默默地沉思着。

“没错，在这个强盗君王大开大阖、充满传奇色彩的一生中，这次冒险会占有一席之地，这个童话般的奇遇肯定和别的事情有着关联。没错，博尔吉亚在一个夜晚来过这里，一只手擎着火炬，另一只手拿着一柄剑，而离他二十步远，也许就在这块岩石下面，站立着两个卫士，脸色阴沉，杀气腾腾，监视着大地、天空和大海，而他们的主子就如我待会儿要做的那样，走进洞去，用他那令人生畏的手臂举着的火炬驱赶黑暗。

“是这样。不过，这一来秘密就泄露给那两个卫士了，恺撒后来是怎么处置他俩的呢？”唐戴斯寻思。

“那还不简单，”他微微一笑回答自己，“跟埋葬阿拉里克[1]的奴隶一样处置呗。

“倘若他真的来过，”唐戴斯接着往下想，“他一定会找到宝藏，把它们全都运走。可是博尔吉亚是个把意大利比作一株菊蓟，一片片剥下吞食的人哪，他绝对不会费神再把这块巨岩按底朝下的位置重新放好的，他是不会浪费时间的。

“先下去看看再说吧。”

于是他下到洞里，嘴上挂着怀疑的微笑，轻声说出体现人类智慧的那三个绝妙的字眼：“说不定……”

但是，唐戴斯既没有置身于他料定要陷入的黑暗之中，也没有闻到污浊而腐霉的气息，他只是看到一缕被分解成淡蓝色光线的柔和的日光。空气和光线不仅从他刚才开出的洞口，而且还从洞外看不见的岩石裂缝处渗透进来，从这些裂缝可以看见湛蓝的天空，绿色橡树的枝叶以及树莓肥厚带刺、攀缘生长的茎秆，正在蓝天的映衬下婆娑摇曳。

1　阿拉里克（约370—410）：西哥特人首领。死于意大利半岛东南部卡拉布里亚，为防其遗体落入罗马人手中，所有为他建造坟墓并埋葬他的奴隶事后均被杀死。

他在洞里待了几秒钟，感到洞里的空气温润而不潮湿，非但不难闻，反而有些芬芳，温度比洞外低一些，光线和洞外的阳光相比则略暗而偏蓝。我们说过，唐戴斯的眼睛早已习惯在黑暗中看物，几秒钟过后他就能看清洞里最隐蔽的角落了。岩洞是花岗岩构成的，岩壁像钻石似的粼粼发光。

“嘿！”埃德蒙微笑着自忖道，“这大概就是红衣主教留下的珍宝了。好心的长老梦见这些光灿夺目的洞壁，就当它们真是珠宝了。”

不过唐戴斯想起了遗嘱上的一句话，这份他烂熟于胸的遗嘱上写的是：“位于第二洞最深处。”

他仅仅进了第一个洞，现在得找第二个洞。

唐戴斯打量周围：这第二个洞自然应该在岛的深处，而且想必隐蔽得更为巧妙。他细细察看每一处岩壁，觉得有一块岩壁看上去像是洞口。

十字镐凿在岩石上，发出一下下清脆的回声。唐戴斯的额头上不由得沁出了冷汗。幸好，不屈不挠的挖掘者终于听到岩壁的一处发出沉闷、深沉的回声，他那炽热的目光投向这堵岩壁，凭着囚犯才有的灵敏感觉，猜想洞口就在这儿。

不过唐戴斯也像恺撒•博尔吉亚一样深知时间的价值，为了避免白费劳力，他还是先用十字镐试探其他几堵岩壁，用枪托敲击地面，在每个让人生疑的地方扒开沙土，但什么也没发现，于是他又回到这处响声令人振奋的岩壁。

他举起十字镐，更加用力地向岩壁凿去。

这时，眼前突然出现了一幕奇异的景象：镐头所到之处，一大片壁画涂料似的东西应声剥落，露出一块颜色发白、看似质地松软的石头。想必当初就是用这种石块封住洞口，然后在石块上敷抹涂层，再在涂层上修饰出花岗岩色泽和纹理的。

唐戴斯抡起十字镐凿去，十字镐的尖端嵌进这洞口岩壁一寸左右。

现在该从这儿挖进去。

但一个人遇事做出的反应，有时真是又奇怪又神秘。眼看法里亚的话一步步得到验证，按说唐戴斯该满心欢喜才是，可是他非但没有把心放宽，反而心生疑虑，变得沮丧起来。这次新的尝试本该赋予他新的力量，结果却耗去了他仅剩的力气。十字镐落了下来，差点儿从手中滑脱。他干脆把十字镐扔在地上，抹了抹额头的汗水，转身回到洞外。他对自己说，这是去看看外面有没有人在偷看，而其实，他是得去呼吸一点新鲜空气，要不只怕会晕过去。

小岛上不见人影，升到天顶的骄阳仿佛用它灼热的火眼直盯着小岛；远处，白帆点点的渔船滑过宝石蓝的海面。

唐戴斯还没吃过东西。可是在这当口，哪有时间去吃东西呢，他喝了一口朗姆酒，定了定神，重又回到洞里。

方才显得那么沉重的十字镐，此刻变轻了；他举起十字镐，犹如手握一杆笔，浑身是劲地干了起来。

抡了几镐，他发现这些石头并没砌牢，只是一块块叠起来，外面抹了一层涂料而已。他把镐尖插进一条缝隙，使劲一撬，欣喜地看到一块石头滚落在脚前。

于是，唐戴斯只要用十字镐的鹤嘴把石头一块块撬出来就行了。石头一块挨一块跌落下来。

缺口打开，唐戴斯可以钻进去了。然而，多等一会儿，推迟一会儿进去，就是多抱一会儿希望。

因此，唐戴斯又迟疑了片刻，才从第一个岩洞进入第二个岩洞。

第二个岩洞比第一个更低，更暗，形状也更吓人。空气只能从刚刚开启的洞口进入，洞内散发着恶臭，让唐戴斯感到纳闷的是，在第一个岩洞里为什么闻不到这种气味。

唐戴斯等了一会儿，让外面的空气把这股恶臭冲淡一些，然后才往里走去。

洞口的左面，有一个又深又暗的角落。

但我们知道，对唐戴斯的眼睛来说，是无所谓暗不暗的。

他朝这个洞窟四下里看了一遍：它跟第一个洞一样，空荡荡的什么也没有。

宝藏——如果倘若它确实存在——就埋在那个黢黑的角落。

他的心提到了嗓子眼里。往下挖两尺，就一切都见分晓了，不是欣喜若狂，就是灰心丧气。

他向那个角落走去，似乎骤然间下了决心，猛地举起十字镐凿下去。

凿了五六下，就听见镐头碰在金属上的声音。

无论凄厉的警钟还是哀伤的丧钟，都不会产生这样的效果。唐戴斯的脸变白了——即使他什么也没挖到，脸色也不会有这么惨白。

他又往旁边凿了几下，镐头还是碰到了东西，但声音有所不同。

“是个包着铁皮的木箱子。”他想。

正在此时，一个黑影倏地一闪而过。

唐戴斯扔下十字镐，抓起长枪冲出洞口，往外奔去。

原来是一只野山羊刚从外侧洞口蹿过，正在不远处吃草。

这可是饱餐一顿的绝好机会，但唐戴斯生怕枪声会把什么人引来。

他想了想，折下一根树枝，走到方才走私贩子做饭的火堆跟前，就着还在冒烟的余烬点着树枝，拿着这支火把回了过来。

待会儿他得看仔细了，任何一个细小的地方都不能漏掉。

他举着火把凑近刚才凿出的口子，看清了自己没有弄错：十字镐先后凿在了包铁和木头上。

他把火把插在地上，开始往下挖。

不一会儿便清出约莫三尺长、两尺宽的一块地方，唐戴斯看见了一只箍着铁皮的橡木箱子。箱盖中央镶着一块未被腐蚀的银牌，斯帕达家族的纹徽在上面熠熠生辉，那是一枚意大利式样的盾形纹章，椭圆形的盾牌上竖着一柄长剑，上端是一顶红衣主教的冠冕。

唐戴斯一眼就认出了它：这枚纹徽，法里亚长老曾经给他描绘过多少次哟！

现在，已经没有任何疑问了，宝藏就在这儿。谁也不会费尽周章到这种地方来埋一只空箱子的。

一会儿工夫，箱子周围便清理干净了，只见木箱正中有一把锁，两旁各有一把扣锁，箱体两侧都有把手。所有的器件都精雕细镂，当年的这一风尚，会使最普通的金属制品也显得弥足珍贵。

唐戴斯抓住两侧的把手，想把箱子抬起来。但休想提得动。

唐戴斯想打开箱子，但大锁和扣锁都锁得紧紧的，宛如忠心的卫士死守着主人的宝藏。

唐戴斯把镐尖嵌进箱体和箱盖之间，压住镐柄使劲往下撬，箱盖嘎吱嘎吱响了一阵，终于裂开了。木板有了偌大的裂口，箍着的铁皮也就散落开来，上面兀自挂着翘裂的木片。箱子被打开了。

唐戴斯突然感到一阵眩晕；他提起枪，压上铅弹放在身边。他闭上眼睛，犹如孩子面对亮光闪烁的天空，闭上眼睛好在想象中繁星满天的夜空看见更多的星星。可等他睁开眼睛，他不由得被眼前的景象惊呆了。

箱子分成三格。

第一格里装着黄澄澄、光灿灿的金币。

第二格里是码得整整齐齐的金条，这些金条不曾经过打磨，但其重量和价值叫人看得怦然心动。

第三格只装了一半，里面全是金刚钻、珍珠和宝石，埃德蒙抓了一把在手中摩挲，珍宝像瀑布似的流光溢彩，一颗颗落下时，发出冰雹敲击玻璃窗的清脆声音。

埃德蒙反复摩挲抚弄这些金子和珠宝，将颤抖的双手插进它们中间。然后，他站起身来，犹如发了疯那样，一路癫狂地奔出洞穴。他跳上一块可以观望大海的岩石，但什么东西也没看见；他一个人，只有他一个人和令人不可思议、只有在童话世界中才能见到的巨大财富在一起，而这一切都是他的。他此刻是在做梦还是醒着？他究竟是在做一个短暂的梦，还是真的置身于现实中呢？

他需要再看看他的金子，可是他感到此刻他已经承受不了那炫目的光芒。他双手捧住头，似乎不想让神志散逸似的。接着，他横穿全岛狂奔，基督山岛上本无路可循，他也压根儿就不是择路而跑；他的狂叫声和手舞足蹈的样子惊跑了野羚羊，吓坏了海鸟。然后他兜了一大圈回来，犹豫片刻，急匆匆地从第一个岩洞冲进第二个岩洞，再次面对这数不清的金子和钻石。

这一回，他双膝跪下，用痉挛的双手按住狂跳的心，低声祈祷起来，而这是唯有天主才能听懂的祷告。

不一会儿，他平静了下来，心情也放松了，从此刻起，他不再怀疑自己的幸福了。

他开始点数自己的财富：金条有一千根左右，每根重两到三个利弗尔。第一格的金币他拿了将近一半出来，数下来是两万五千枚金埃居，每枚刻有教皇亚历山大六世及其前任教皇头像的金埃居，按现在的币制算值八十个法郎。最后，他双手捧了十捧珍珠、宝石和金刚钻，其中有许多出自能工巧匠之手，除了本身固有的价值，精良的工艺也所值不菲。

唐戴斯见天色已晚，渐渐黑了下来，担心再留在洞穴里会遭到意外的袭击，于是提着枪走了出去。一块饼干和几口酒便是他的晚餐。然后，他把石块放回原处，躺在上面，用身体堵住了岩洞的入口，睡了几个小时。

这是一个既美妙又可怕的夜晚；而这样的夜晚，这个情绪异常激动的人已经不是第一次经历了。

第25章

陌生人

唐戴斯一夜没合眼，终于迎来了第一线曙光。他迅即起身，像头天一样，攀上小岛最高的岩顶，放眼向四周望去。岛上依然一片空寂，不见人影。

埃德蒙返身下来，掀开石板回到岩洞，抓起几把宝石塞进衣袋，然后尽可能按原样锁好箱子，在箱盖上铺一层尘土，用脚踩实，撒上沙子，使这块地方看不出动过的痕迹。出得岩洞，重新放上石板，堆上大大小小的碎石，中间用泥土填实，栽上香桃木和欧石楠，再浇上水，好让它们不显得是新栽的。然后他擦去四周的脚印，耐住性子等待单桅船的伙伴回来。他明白，现在要做的事情，并不是整天厮守着一堆没法用的金子和钻石，犹如护宝巨龙那般不离基督山岛。他应该回到现实生活，回到人群中间去，应该在社会上博取地位、名望和权势。有了财富就能有这一切;财富,是人世间无坚不摧、无所不能的力量。

第六天，那条走私船返航了。唐戴斯远远望见*少女阿梅莉号*的身影驶近；他像受伤的菲洛克忒忒斯[1]那样拖着步子来到海湾。伙伴们上岸以后，他告诉他们自己觉得好多了，但走路还是不行；而后，轮到他听他们的冒险经历了。这次走货得了手，这没错;可是货刚卸下，他们就得知有条缉私船从土伦出港，正朝他们那边驶去。他们赶紧扯帆逃离，一路上直惋惜唐戴斯没在船上指挥，要不准能逃得更快些。到后来，那条缉私船他们都已经看见了，好在天暗了，他们趁着夜色绕过科西嘉海角，总算把那条船给甩掉了。

总的来说，这次航行还不错；所有的人，尤其是雅各布，都为唐戴斯没能一起去感到可惜，否则，唐戴斯也可以分到那份五十皮阿斯特的红利。

埃德蒙不动声色地听大家说。他们说到他要是没留在小岛上，能够得到多少多少好处的时候，他甚至连笑也没笑一下。由于*少女阿梅莉号*是专程来基督山岛接他的，他当晚就上船，跟着头儿去了里窝那。

---

1 菲洛克忒忒斯：古希腊神话中赫拉克勒斯的挚友。参加征讨特洛伊战争途中被毒蛇咬伤，无法随军行进，遂留在一座小岛上。

到了里窝那，他去一家犹太人开的店出手了四颗最小的钻石，每颗到手五千法郎。按说犹太老板该问一下，一个水手怎么会有这种东西，但既然每颗钻石能净赚一千，他也就不多这个嘴了。

第二天，唐戴斯买了一条崭新的小船送给雅各布，另外还给他一百个皮阿斯特让他雇水手；馈赠的条件是雅各布得去马赛打听两个人的消息，一个是名叫路易・唐戴斯的老人，住在梅朗巷，另一个是姑娘，住在加泰罗尼亚村，叫梅塞苔丝。

现在轮到雅各布以为自己在做梦了。于是埃德蒙告诉他，自己是因为向家里要钱父母没给，一时头脑发热才赌气当水手的；回到里窝那后，作为一位叔叔的唯一遗产继承人，接受了他的遗产。唐戴斯凭着自己的修养，把这个故事讲得合情合理、娓娓动听，雅各布对昔日的伙伴没起半点疑心。

由于埃德蒙在*少女阿梅莉号*的雇用期已满，他去向头儿辞行。头儿起初还想挽留他，但像雅各布一样听了继承遗产的故事以后，打消了念头，知道昔日这个水手的决心是难以动摇了。

第二天，雅各布启航去了马赛。埃德蒙和他约定在基督山岛等他。

同一天，唐戴斯也出发了。他没说去哪儿，但给*少女阿梅莉号*的每个成员送了一份厚利，并答应头儿日后把自己的消息告诉他。

唐戴斯去了热那亚。

到了那儿，刚好有条游艇在试航。游艇是一个英国人订的货，这个英国人听说热那亚人是地中海沿岸最棒的造船行家，所以特地在这儿定制一条游艇。他订货的出价是四千法郎：唐戴斯愿出六千，条件是游艇得当天交货。游艇打造期间英国人去了瑞士，要过三四个星期才会回来。造船商心想这段时间足够他另造一条。于是唐戴斯把造船商带到犹太人那里，和犹太人到店铺里间去了一下，而后犹太人出来点了六千法郎给造船商。

造船商自告奋勇为唐戴斯物色水手，但唐戴斯说自己习惯了独自航行，谢绝了他的提议。他只是要造船商给他在船舱的床头做一个暗柜，里面分三个暗格。按照他给出的尺寸，暗柜第二天就做好了。

两小时过后，唐戴斯驾船驶离热那亚港，岸上挤满好奇的人群，大家都想看看这个爱独自出海的西班牙阔佬长什么样儿。

唐戴斯驾驶这艘游艇得心应手，他不用走动一步，只需轻轻转动舵柄，就可以操纵游艇灵活自如地行驶，游艇仿佛通了灵性，能按主人最细微的心意调整航向。唐戴斯心想，热那亚人名不虚传，果然是世界上最出色的造船行家。

看热闹的人目送游艇渐渐远去，直到看不见了，才纷纷议论，猜测游艇究竟去了哪儿：有说科西嘉的，也有说厄尔巴岛的；有人打赌说是去西班牙，有人认定是去非洲。可是谁也没有想到去基督山岛。

而唐戴斯恰恰去了基督山岛。

第二天傍晚时分，他抵达小岛。这艘游艇确实出色，只用三十五个小时就驶完了全程。唐戴斯对小岛沿岸了如指掌；他没在上两次的地方上岸，换在一个小湾里下了锚。

岛上杳无动静。看来，唐戴斯离开以后，没有人上过岸。他来到宝窟：一切保持原样。

第二天，他那巨大的财富便运到了游艇上，藏在暗柜的三个暗格里。

唐戴斯又等了一星期。他天天驾驶游艇围着小岛转，犹如骑师驾驭调教心爱的坐骑。七天下来，他熟悉了游艇的每一个优缺点，不仅能让它的优点发挥得更充分，也能弥补它的不足之处了。

到了第八天，唐戴斯看见一艘小船扯满风帆驶来，他认出是雅各布的船，便打出一个信号，雅各布回了个信号。两小时后，小船靠上了游艇。

唐戴斯所问的两件事，答复都是令人伤心的。

老唐戴斯去世了。

梅塞苔丝下落不明。

埃德蒙听到这两个消息时，脸色很平静；不过他立即离船上了岸，而且不许任何人跟着。

两个小时过后，他回来了；雅各布小船上的两个水手登上游艇帮他操作，他吩咐掉头直驶马赛。父亲的去世并不很意外，可梅塞苔丝，她究竟怎么了？

这事要是让别人去办，就得把事情交代清楚，那样免不了要泄露自己的秘密。再说，唐戴斯还想了解更多的情况。因此，他只能亲自出马。在里窝那照镜子的那会儿，他就相信没人认得出他了；何况现在他已经是化装易容的高手。于是，一天清晨，游艇后面跟着小船，径直驶进马赛港一齐下锚停泊。

当初那个终生难忘的夜晚，他就是从对面那个码头被带上船，押送到伊夫堡去的。

看见一个宪兵乘坐检疫艇迎面驶来，唐戴斯不由得打了个战。但他立即控制住自己，镇定自若地把一本英国护照递过去。护照是在里窝那花钱买的。而在法国，外国护照照例比本国护照吃香。他非常顺利地上了岸。

走上卡讷比耶尔大道，他一眼看见法老号上的一个水手。这个人在唐戴斯的手下干过活，唐戴斯心想，不妨试试他的反应，看看自己外貌的变化到底有多大。他走上前去，问了好几个问题，水手一一回答。从这人说话的口气和表情来看，他丝毫没有觉出说话的对方是他的熟人。

唐戴斯给了水手一枚硬币表示谢意。不一会儿，只听见他从后面奔了上来。

唐戴斯转过身去。

"对不起，先生，"水手说，"您大概是弄错了，以为给了我一枚四十个苏的硬币，可您给的是一枚双拿破仑[1]。"

"喔，"唐戴斯说，"我是弄错了。不过，您的诚实应该受到奖赏，这里还有一枚双拿破仑，请您收下，拿去与伙伴们一起为我的健康干一杯吧。"

水手瞠目结舌地望着唐戴斯，连道谢都忘了。眼睁睁看着唐戴斯渐渐走远，他才回过神来说了句：

"他准是从印度回来的大富翁。"

唐戴斯沿着大街往前走；每走一步，就有一份愁绪袭上心头：童年时代的全部回忆，这些难以磨灭、永远萦绕在脑际的回忆，在广场的每个角落，在街道的每个转角，在路口的每块界石上浮现出来。走完诺埃伊街，看见梅朗巷就在前面，他不由得腿发软，差点儿跌倒在一辆马车的车轮下。最后总算走到了父亲居住的那幢小楼跟前。抬眼望去，当年父亲精心缚扎在顶楼栅栏上的马兜铃和旱金莲已不复可见。

他倚在一棵树上，出神地望着这幢寒碜小楼的顶层。过了好一会儿，他才朝门口走去。进得门来，他问看门人有没有房间出租，得到否定的回答后，仍执意要去看看六楼的那个套间。看门人架不住他的请求，只好带他上楼去请六楼的住户允许一个外国人看一下房间。住在这个小小套间里的，是一对年轻

1 这里的拿破仑是法国旧时的金币名称。一枚拿破仑值 20 法郎，一枚双拿破仑值 40 法郎。

夫妇，刚结婚才一星期。

唐戴斯看见两位年轻的人儿，深深地叹了一口气。

不过，他在这儿已经看不见父亲当年留下的痕迹。糊墙纸换掉了；曾是埃德蒙儿时朋友、每个细部都还历历在目的老家具，早已不知去向。唯有那四堵板壁依然是旧时模样。

他的目光落在年轻夫妇的床上，那个位置正是当年房客放床的地方。泪水不由自主地涌上眼眶：老人想必就是在这儿，呼唤着儿子的名字咽下了最后一口气。

年轻夫妇惊讶地望着这个神情严肃的陌生人，两颗泪珠沿着他的脸颊往下淌，他的脸部表情却始终那么平静。一切痛苦自有其庄严的意味，所以他俩没有对陌生人提任何问题，只是默默地退过一旁，好让他尽情地流泪。最后这对年轻夫妇送他到房门口，对他说他可以再来，他们的陋室随时欢迎他光临。

到了下面一层，埃德蒙在另一扇门前停下，问住在里面的是否还是那个裁缝卡德鲁斯。可守门人回答说，他说的那个人因为生意不好，早就搬出去了，现在听说在贝尔加德到博凯尔的大路边上开了家小客栈。

下得楼来，唐戴斯问了梅朗巷这幢小楼的房东的地址，随即前往拜访。他让仆人通报威尔莫勋爵来访（他在护照上也用这个名字和爵位）。他用两万五千法郎的价钱从房东手里买下了那幢小楼。这要比小楼所值的价至少高了一万法郎。可是即使房东开价五十万，唐戴斯也会照付不误。

当天，办理契约的公证人通知六楼那对年轻夫妇，新房东请他们在楼里任选一套房间，房租照旧，只要把现在住的两居室让出来就行。

这桩奇怪事儿，梅朗巷的邻里议论了足足有一个星期，他们做了成百上千种猜测，但没有一种是猜对的。

更让他们困惑不解、脑袋发蒙的是，那天傍晚有人看见，白天去过梅朗巷小楼的这个人，散步去了加泰罗尼亚村，还走进一个简陋的渔棚，在里面待了一个多钟头，打听几个人的下落。都十五六个年头过去了，这几个人有的死了，有的不知去了哪儿。

下一天，他走访的那家渔户收到一份礼物：一条崭新的加泰罗尼亚渔船，两张大拉网和一张拖网。

憨厚的渔民想好好谢谢慷慨的访客。可是有人瞧见，头天他从渔村回去，向一个水手吩咐了几句话，便上马赶路，从埃克斯门出了马赛城。

第26章

加尔桥[1]客栈

凡是像我一样在法国南方徒步游历过的人，都会看见在贝尔加德和博凯尔之间，也就是从乡村到城镇的半路上，靠博凯尔近些，离贝尔加德稍远些的地方，有一家小客栈，门口悬着一块铁皮，风一吹过便会嘎嘎作响，上面歪歪斜斜地写着几个字：加尔桥客栈。沿罗讷河的流向看去，这个小客栈位于大路左边，背靠着河。客栈的前门向过路人开启，后门对着一块园地，朗格多克人管那叫花园，里面长着几棵矮小的橄榄树，无花果树的叶丛蒙着尘土，看上去是银白色的；还种了些葱、蒜和辣椒。角落里，一棵高大的五针松，犹如被遗忘的哨兵，忧郁地伸出弯弯曲曲的枝丫，顶端扇形的叶盖，则被摄氏三十度的阳光晒得快枯裂了。

这些大大小小的树木，都被西北风刮得弯下了腰——须知普罗旺斯有三害，其一就是来自地中海的干冷的西北风，另外两害，读者也许还有所不知，那就是迪朗斯河和议会。

周围的平地，宛如一个积满尘土的大湖，东一处西一处，稀稀落落长着几株小麦，想必是当地好奇心未泯的农艺家撒下的种，麦芒为蝉提供了栖身之处，尖厉单调的蝉鸣声追逐着迷路来到这荒僻角落的旅人。

这七八年来，经营小客栈的是一对中年男女，他们有个小女佣叫特丽奈特，还有个照看马厩的小男仆，名叫帕科。打从博凯尔镇和埃格莫尔特之间开通运河，货船和马拉驳船替代了载货马车和驿车之后，有这么两个小家伙打杂，人手已经可以说绰绰有余了。

这条运河，仿佛偏偏要和倒霉的客栈老板过不去似的，就在向它输水的罗讷河和被它扼杀生机的大路中间流过，离小客栈仅百步之遥。

关于这家客栈，我们刚刚做过简短的介绍，话虽不多，可句句是实情。

1　加尔桥：法国南方朗格多克地区加尔河上的引水渠，著名的古罗马工程，分上下三层桥拱，总高47米。当时用于向尼姆城输水。

客栈老板的年纪嘛，四十出头，四十五不到，瘦高个儿，粗骨骼，眼睛深陷而有神，鹰钩鼻，牙齿白得像食肉动物，总之，是个地道的南方人。虽说上了点年纪，头发却像拿不定主意要不要变白，和满脸的络腮胡子一样浓密而拳曲，只稀稀落落杂有几根白发。肤色天生就黑，加上这可怜虫成天站在门口，盼着有旅客徒步或乘马车来投宿，所以黝黑的底色上又覆上了一层茶褐色。盼望多半是落空的；顶不住毒日头的暴晒，他只能在头上扎一块红头帕，弄得有点像西班牙的赶骡人。说起来，他还是我们的老相识：此人正是加斯帕尔•卡德鲁斯。

那婆娘却是个脸色苍白、羸弱多病的女人。她出生在阿尔勒地区，当姑娘时的名字叫玛德莱娜•拉黛尔，原本也有几分阿尔勒女人的姿色。但由于患着埃格莫尔特塘地和卡马格沼泽地常见的流行病，长年低烧不退，姿色也就大大减退了。她几乎终日坐在楼上的房间里瑟瑟发抖，不是埋在安乐椅里，就是靠在床上。做丈夫的整日价守在客栈门口往外张望，他情愿这么守望，因为和老婆待在一起，那婆娘就唠叨个没完，抱怨自己命不好，到头来，他总是用这样一句挺有哲理的话来堵住她的嘴：

“别说了，卡尔贡特娘们！这是老天爷的安排。”

叫她这个绰号有个原因，玛德莱娜•拉黛尔是位于萨隆镇和朗贝斯克镇之间的卡尔贡特村人。而且当地人的习惯就是叫绰号而不叫姓名。再说也难怪卡德鲁斯叫她娘们，就他这种粗俗的谈吐而言，玛德莱娜的名字未免太雅了些。

这位客栈老板话倒是说得挺豁达，一副听天由命的样子，可是读者千万别以为，被可恶的博凯尔运河逼到如此地步，他真的就这么若无其事，整天听老婆喋喋不休、没完没了地埋怨，他真的就那么无动于衷。他虽说生活节俭，不抱奢望，但骨子里是南方人，场面上极讲究面子。所以，当初生意兴隆的时候，每逢火印节或塔拉斯各龙节[1]，他总要带着他那卡尔贡特娘们参加。他身穿南方男人的漂亮衣服，既像加泰罗尼亚人，又像安达卢西亚人，卡尔贡特娘们身穿阿尔勒迷人的裙子，其款式看上去借鉴了希腊和阿拉伯的服饰。然而这几年来，表链、项圈、彩色腰带、绣花胸带、丝绒背心、花边长袜、条纹鞋罩、带银搭扣的鞋子，都渐渐不见了。加斯帕尔•卡德鲁斯无法再像过去一样炫耀自己的风采，于是便同妻子一起，在那些世俗浮华的场景中销声匿迹了。每当他待在

1 火印节和塔拉斯各龙节，都是普罗旺斯地区的传统宗教节日。

寒酸的客栈里，远远听见欢乐的喧闹声飘到耳边时，他简直是心如刀绞。他守着这个店，固然是要靠它赚钱谋生，可也是因为，他除了这儿已经没别的地方好躲了。

且说那天上午，卡德鲁斯跟往常一样，兀立在客栈门口，忧郁的目光从母鸡啄食的空地，移到向南北两个方向延伸的、空荡荡的大路来回张望。突然，屋里传来妻子的尖叫声，他不得不暂时离开一下门口的岗位。他嘴里咕哝着回进客栈，爬上二楼——大门却依然敞开着，仿佛是提醒客人路过时别忘了光顾。

卡德鲁斯进屋的当口，那条他极目张望的大路还如同南方的沙漠一样空旷寂寥；白色的大路夹在两行枝叶稀疏的树木之间，无穷无尽地向前延伸。我们当然明白，但凡一个旅人有可能安排一天的行程，他就绝不会选这个时刻到这个可怕的撒哈拉大沙漠来受这份罪。

可话虽这么说，巧事还是有啦。倘若卡德鲁斯在那岗位上再多待一会儿，他就会看见远处从贝尔加德方向，隐隐约约有个人骑着马款款而来，那种悠然自得的神态，表明骑手和坐骑之间关系非常融洽。马是骟过的，四条腿协调而欢快地一路小跑；骑马的人是位教士，虽然烈日当空，骄阳似火，他仍身穿黑色教士服，头戴三角帽。他和他的马稳稳当当地向前而来。

到了客店门口，人和马同时停了下来，但很难看出是马带住了人，还是人带住了马。只见骑马人跳下马，牵着缰绳，把它系在只连着一个铰链的破百叶窗的钩钉上。然后，教士用红棉纱手帕擦着额上不停地冒出来的汗水，回到客店门前，用手杖包铁的一端敲了三下门。

一条大黑狗应声竖起身，龇出尖利的白牙，吠叫着蹿上前去，这种敌对的表示，说明它很少与生客打交道。

立时，店里贴墙的木楼梯上响起沉重的脚步声，这家可怜的客店的主人弯着身子倒退着走下楼梯，来到教士站立的门前。

"来了，来了！"卡德鲁斯连声说，这会儿有人来他感到挺惊讶，"别叫，马戈丹！请别害怕，先生，这狗光叫不咬人。您是要喝口酒吧？天太热啦……哦！对不起，"卡德鲁斯看清了他迎接的是一位有身份的过路人，顿了顿说，"恕我眼拙，没看清自己有幸接待的是谁。您想要点什么，神甫先生？我听候吩咐。"

教士以奇特的目光注视对方两三秒钟之久，似乎想让店主人也集中精神好好地看看自己。但看到对方只是由于没有听到回话而感到惊讶，脸上别无表情，教士认为不必再让他惊讶下去了，于是便带着浓重的意大利口音问道：

“您就是卡德鲁斯先生？”

“是的，先生，”店主人说，听到这句问话，他越发惊讶了，“在下加斯帕尔•卡德鲁斯，愿为您效劳。”

“加斯帕尔•卡德鲁斯……姓和名都对。从前您住在梅朗巷，是吗？五层？”

“一点不错。”

“您在那儿当裁缝？”

“对，但生意不好。马赛这鬼天气太热了，我看哪，到头来只怕大家都要一丝不挂呢。喔，说到天热，您不想喝点什么解解渴吗，神甫先生？”

“想啊，请把您最好的葡萄酒拿一瓶给我，然后咱们接着往下谈。”

“好嘞，神甫先生。”卡德鲁斯说。

卡德鲁斯还藏着最后几瓶卡奥尔[1]葡萄酒。他不想错过这个机会，赶忙掀起旁边翻板活门钻下地窖。底楼的这间屋兼做大厅和厨房，下面就是地窖。

五分钟后，他钻出地窖，看见教士胳膊支在桌子上坐着，那条狗马戈丹似乎明白这个陌生人和其他人不一样，看来会在这儿吃点什么，已经和他和睦相处，把秃毛的颈脖伸在他的腿上，用倦怠的眼神望着他。

“您是单身吗？”教士见店主人在他面前放上一瓶酒、一只酒杯，开口问道。

“喔！主啊！是的，单身，差不多就是单身，神甫先生，因为我虽说有个老婆，但她什么也帮不了我。这个可怜的卡尔贡特娘们，是个病秧子。”

“噢！您结婚了！”教士颇有几分兴趣地说，同时向四下里扫了一眼，仿佛要估量一下这些简陋的家具能值几个钱。

“我并不富有，这您也看到了吧，神甫先生？”卡德鲁斯叹了口气说，“有什么办法呢？如今这世道，光做个好人可是发不了财的。”

教士锐利的目光盯在他的脸上。

“是的，先生，我可确实是个好人哪，”店主经受住了教士的逼视，一只手放在胸前，连连点头说，“这年头可不是谁都能这样说的。”

“如果确实是这样，就再好不过了，”教士说，“我相信好人一定会有好报，

---

1 卡奥尔：法国南部南比利牛斯大区洛特省省会，盛产红葡萄酒。

坏人迟早会遭报应。”

“您当然这么说啦，神甫先生；以您的身份，当然该这么说。”卡德鲁斯满脸苦涩地说，“可人家信不信您的话，就是另一码事喽。”

“您这么说就错了，先生，”教士说，“也许再过一会儿您就会看到，我的话是可以当场兑现的。”

“您说什么？”卡德鲁斯惊讶地问。

“我想说，我首先得确认您就是我要找的人。”

“您要我怎么证明呢？”

“在一八一四年，或者一八一五年那会儿，您认识一个叫唐戴斯的水手吗？”

“唐戴斯！……您问我认不认识可怜的埃德蒙？当然认识！他是我最好的朋友！”卡德鲁斯脸涨得通红地大声嚷嚷，教士定睛望着他，明亮而坚定的目光仿佛要把他整个儿看个透。

“嗯，我想他是叫埃德蒙吧。”

“埃德蒙，那还有错？就像我叫加斯帕尔·卡德鲁斯，绝对错不了。可怜的埃德蒙，他到底怎么样了，先生？”卡德鲁斯继续往下说，“您认识他？他还活着？他获得自由了？他快活吗？”

“他坐牢时死了。他比土伦拖着铁镣的苦役犯还要绝望，还要悲惨啊。”

卡德鲁斯的脸由红转白。他掉转身子；教士看见他用红头帕的一角在擦眼泪。

“可怜的小伙子！”卡德鲁斯嘟嘟哝哝地说，“这不，我刚才没说错吧，神甫先生。仁慈的天主只对坏人仁慈哪。哟！”卡德鲁斯用南方人有声有色的语调继续说，“世道愈来愈坏喽，老天爷啊，你就干脆打两天霹雳，喷一个钟头天火，来个一了百了吧！”

“看上去，您是真心喜欢这个小伙子？”教士问。

“对，我喜欢他，”卡德鲁斯说，“虽说我有一阵子嫉妒过他的幸福，可是后来，我以卡德鲁斯的名誉向您发誓，我对他的不幸遭遇同情极了。”

出现了片刻的静默；但教士一直目不转睛地看着店主人脸上的表情。

“这个可怜的小伙子，您认识他？”卡德鲁斯问。

“他临终时，是我给他做临终圣事的。”教士说。

“他是生什么病死的？”卡德鲁斯声音哽咽地问。

“一个三十岁的人死在监狱里，不是被折磨死的，还会怎么样呢？”

卡德鲁斯擦了擦额头的汗珠。

“这件事，奇怪就奇怪在，”教士接着说，“唐戴斯临终时吻着基督的脚，对我发誓说，他不知道自己坐牢的真正原因。”

“没错，没错，”卡德鲁斯喃喃地说，“他不可能知道。神甫先生，他不可能知道。可怜的小伙子，他没撒谎。”

“他始终不明白为什么会遭到这样的不幸，所以他委托我为他弄清事情的真相，恢复被玷污的名誉。”

教士的目光凝定在卡德鲁斯的脸上，看着这张脸上显出几近悲伤的神色。

“一位有钱的英国人，”教士接着说，“是他的患难之交，在第二次王朝复辟时期出了狱。这个英国人有一颗很值钱的钻石。他在狱中生病，唐戴斯像兄弟一样照料过他。他临出狱时，就把这颗钻石留给了唐戴斯，作为对他的回报。唐戴斯知道狱卒拿了钻石照样可能再出卖他，所以没有拿钻石去向狱卒行贿，十分珍惜地藏在身边，准备出狱后用。他知道，一旦出狱，只要卖掉这颗钻石就不愁吃穿了。”

“照您这么说，”卡德鲁斯眼睛发红地问道，“这颗钻石非常值钱啰？”

“凡事都是相对而言，”教士说，“对埃德蒙来说，确实非常贵重。这颗钻石估计值五万法郎。”

“五万法郎！”卡德鲁斯说，“那它该像核桃一样大啰？”

“那倒不见得，”教士说，“您不妨自己看一下，我带在身上呢。”

卡德鲁斯急切的目光，似乎要在教士身上立时搜出这颗钻石。

教士从衣袋里掏出一只黑皮面的小盒子，打开。镶在一枚做工精湛的戒指上的钻石射出耀眼的光芒，卡德鲁斯顿时感到一阵眼花缭乱。

“这东西值五万法郎？”

“还不算托座，它本身也很值钱。”教士说。

他关上首饰盒，放回口袋里。但那颗钻石仍然在卡德鲁斯的脑海中熠熠生辉。

“那您是怎么得到这颗钻石的呢，神甫先生？”卡德鲁斯问道，“埃德蒙指定您做遗产继承人了？”

“没有，但他指定了我做遗嘱执行人，‘我有三个好朋友，还有个未婚妻，’他对我说，‘我相信，这四个人一定会为我感到悲伤的。其中一个好朋友名叫卡德鲁斯。’”

卡德鲁斯浑身一颤。

“‘另一个，’”教士接着说，似乎没有觉察到卡德鲁斯的情绪变化，“‘另一个名叫唐格拉尔。第三个，虽说是我的情敌，但也是我的好朋友。’”

卡德鲁斯脸上露出狠毒的笑容，做了个手势想打住教士的话头。

“等一下，”教士说，“请让我把话说完。您有什么事，待会儿再说。‘第三个，虽说是我的情敌，但也是我的好朋友，他名叫费尔南。我的未婚妻，名叫……’他未婚妻的名字，我一下子想不起来了。”教士说。

“梅塞苔丝。”卡德鲁斯说。

“对！是这名字，”教士说着，轻轻叹了口气，“梅塞苔丝。”

“您怎么啦？”卡德鲁斯问。

“给我拿一瓶水来。”教士说。

卡德鲁斯赶紧去拿水。

教士倒了一杯水，喝了几口。

“我们说到哪儿了？”他把杯子放在桌上问道。

“未婚妻名叫梅塞苔丝。”

“是的，没错。‘您到马赛去……’这又是唐戴斯在说话，您明白吗？”

“明白。”

“‘您把这颗钻石卖了，把钱分成五份，平均分给他们。在这个世界上，只有他们才爱我！’”

“为什么分五份？”卡德鲁斯说，“您只说了四个人的名字。”

“因为我听人说，第五个已经死了……这第五个是唐戴斯的父亲。”

“唉！是啊，”卡德鲁斯一时间百感交集，异常激动地说，“唉！是啊，可怜的人哪，他死喽。”

“这事我是在马赛听说的，”教士竭力显得无动于衷地说，“但他死了很久了，所以我没有打听到详情……关于老人临终的情形，您知道吗？”

“唉！”卡德鲁斯说道，“谁能比我知道得更清楚呢？……我和老爹是近邻……唉，主啊！儿子失踪不到一年，可怜的老人就死喽！”

“得什么病死的？”

“医生说他得了……好像是肠胃炎吧。但认识他的人都说他是伤心而死……我差不多是亲眼看他咽气的。依我说啊，他是……”

卡德鲁斯不说下去了。

“是什么？”教士急切地问。

“唉！是饿死的！”

“饿死？”教士从长凳上跳起来，大声说道，“饿死！最下贱的畜生也不该饿死啊！在街上游荡的野狗，也会碰上好心人给它扔一块面包哪。一个人，一个基督徒，在那么多自称也是基督徒的人中间，居然会饿死！不可能！哦！这不可能！”

“信不信由你。”卡德鲁斯说。

“这你就错了，”楼梯口传来一个声音，“这关你什么事？”

两人回过头去，从楼梯木栏杆的空隙里，看到那个病容满面的卡尔贡特娘们。她方才就拖着病恹恹的身子从房间里出来，坐在最高一级楼梯上，把头枕在膝盖上，听他俩的谈话。

“又关你什么事啊，娘们？”卡德鲁斯说，“这位先生在打听消息，我出于礼貌也得告诉他呗。”

“可是出于谨慎，你该拒绝回答。你怎么知道人家安的是什么心，傻瓜？”

“是好心，夫人，这我可以向您保证，”教士说，“您丈夫什么也不用害怕，只要照实回答就行。”

“什么也不用害怕？可不是，一开头总是许愿许得挺漂亮，接下来就说放心啊，什么也不用害怕啊。临了一拍屁股走人，说过的话根本不算数。得，等到哪天早上，这些可怜虫大难临头，还不明白是怎么惹的祸呢。”

“请放心，好太太，我向您保证，我绝不会给你们惹祸。”

卡尔贡特娘们咕哝了几句别人听不清的话，刚才抬起的头又垂到了膝盖上，浑身仍然发烧得直打战。她由着丈夫去说，凭她占着的这个位置，她一句话也不会漏听的。

这当儿，教士喝了几口水，恢复了平静。

“难道，”他接着说，“难道眼看着不幸的老人饿死，就没人管他吗？”

“啊！先生，”卡德鲁斯说，“那个加泰罗尼亚姑娘梅塞苔丝，还有那位莫雷尔先生，可都没有抛弃他。但是，可怜的老人非常厌恶费尔南，”卡德鲁斯带着嘲讽的笑容说，“就是唐戴斯对您说是他朋友的那位呗。”

“难道他不是朋友？”教士问。

“加斯帕尔！加斯帕尔！”那女人在楼梯上轻声说道，“你说话心里可得有点数。”

卡德鲁斯不耐烦地挥挥手，不去理睬打断他话头的女人。

“一个人想把别人的妻子占为己有，还能算这个人的朋友吗？”他对着教士说，“唐戴斯有一颗金子般的心，把这些人都当作朋友……可怜的埃德蒙！……其实他什么都不知道也好。否则，他临终前就不那么容易原谅他们喽……反正，”卡德鲁斯接着说，他的语言有时颇有几分粗砺的诗意，“我怕活人的仇恨，但更怕死人的诅咒。”

“傻瓜！”卡尔贡特娘们说。

“您知道费尔南是怎么害唐戴斯的吗？”教士问。

“我想我知道。”

“那您说吧。”

“加斯帕尔，你爱怎么做就怎么做，你是一家之主嘛，”那女人说，“不过，你要是还听我的，就什么也别说。”

“这次，我想你说得对，娘们。”卡德鲁斯说。

“怎么，您不愿意说？”教士问。

“何苦呢！”卡德鲁斯说，“假如小伙子还活着，他来找我，想弄明白谁是他的朋友，谁是他的仇人，那我倒不妨告诉他。可您刚才说了，他已经死了，既不会恨，也不能报仇了。这事儿呀，就此别提了吧。”

“难道您要眼看我把一份该给忠实朋友的酬报，交给您所说的无耻的假朋友吗？”教士说。

“可也是，您说得没错，”卡德鲁斯说，“再说，可怜的埃德蒙的这点遗赠，现在对他们又算得什么呢？大海里的一滴水！”

“你倒不想想，这些人动一动手指头，就能把你摁扁喽。”那女人说。

“哦！这些人这么有财有势？”

“看来，他们的情况，您并不了解啰？”

“不了解，请讲给我听听。”

卡德鲁斯看上去转了一下念头。

“算了吧，这事说起来，话可就太长喽。”他说。

“说不说随您，朋友，”教士说话的口气似乎很无所谓，“我尊重您处世的谨慎态度。再说，您这么做，也表明了您确实心地很善良。不说就不说了吧。我的责任是什么？无非是履行一个简单的手续而已。把这钻石卖掉就行了。”

说着，他从袋里掏出首饰盒打开，钻石的光芒照得卡德鲁斯眼睛发花。

“你来看哪，娘们！”他扯开粗哑的嗓门喊道。

“钻石！”卡尔贡特娘们说着，站起身来，一步一顿地走下楼来，“这颗钻石是怎么回事？”

“你没听见吗，娘们？”卡德鲁斯说，“这颗钻石是埃德蒙留给我们的。先是他父亲，然后是他的三个朋友费尔南、唐格拉尔和我，当然还有未婚妻梅塞苔丝。钻石值五万法郎呢。”

“嗬！真漂亮！”她说。

“照这么说，这笔钱有五分之一归我？”卡德鲁斯问教士。

“没错，”教士回答说，“另外唐戴斯父亲的那一份，我想也给你们四个人平分。”

“干吗是我们四个人？”卡尔贡特娘们问道。

“因为你们是埃德蒙的四个朋友。”

“背信弃义的人可算不得朋友！”女人低声说。

“就是，就是，”卡德鲁斯说，“我说了嘛，有人背信弃义，说不定还犯下过罪孽呢，现在反而要奖赏他，这简直是伤天害理、亵渎神明嘛。”

“是您要这样嘛，”教士静静地说，一边把钻石放回长袍的衣袋里，“现在把埃德蒙几个朋友的地址给我，让我来完成他最后的遗愿吧。”

汗珠沿着卡德鲁斯的额头往下淌。他瞧见教士起身朝门口走去，像是去看了一眼拴着的马，又回了进来。

卡德鲁斯和那娘们意味深长地互相望了一眼。

“这钻石早晚得全归我俩。”卡德鲁斯说。

“能到手吗？”女人问。

“一个教士，我还对付得了。”

“你怎么想就怎么做吧，”女人说，“我可不想掺和在里面。”

说完，她又抖抖瑟瑟地爬上楼。天气这么热，可她的牙齿仍在咯咯打战。

走到最后一级梯级，她停下了。

“你再想想，加斯帕尔！”她说。

“我拿定主意了。”卡德鲁斯说。

卡尔贡特娘们叹了口气，回进她的房间。在楼下听得见她踩着楼板，走过去重重地坐在安乐椅上。

“您拿定什么主意了？”教士问。

“把事情全告诉您。”卡德鲁斯说。

“我说嘛，是该这么做。”教士说，“您真要不想说，我也不会硬要您说。不过，您说了，我就可以按照委托人的意愿分配他的遗产，那当然更好喽。”

“我也希望如此。”卡德鲁斯说，贪婪的欲望犹如闷着的火，把他的双颊烧红了。

“那就请说吧。”教士说。

“等一下。”卡德鲁斯说，“待会儿说到节骨眼上，要是有人进来打断我们，那就太扫兴啦。再说，也没必要让人家知道您来过这里。”

他走去把客店的门关上。为了万无一失，他还插上了平时夜间才上的门闩。

趁这工夫，教士选了一个位置，好让自己听得更自在一些。他坐在一个背光的角落，让灯光完全照在对方的脸上。他身子前倾，双手交叉，或者不如说绞在一起，摆出一副洗耳恭听的架势。

卡德鲁斯拉过一张板凳，在他对面坐下。

“你可记住，我什么也没让你干哦！”卡尔贡特娘们抖抖瑟瑟地大声喊道，她仿佛能穿透楼板看见楼下的情形似的。

“行了，行了，”卡德鲁斯说，“这事你就别管了，有事我来担待。”

于是，他开始讲了起来。

第27章
往事

“先生，”卡德鲁斯说，“我得请您先答应我一件事。”

“什么事？”教士问。

“我对您说的故事，如果您以后要提到，千万别让人知道是我说的。我要说到的那些人有钱有势，他们动一根手指头，就能让我像玻璃那样粉身碎骨。”

“放心吧，朋友，”教士说，“我是神甫，世人的忏悔永远埋在我的心里。请您记住，我们唯一的目的，就是圆满地完成我们朋友的遗愿。说吧，别保留，也别带着意气，把事实说出来，把全部真相说出来。您要说到的那些人，我不认识，也许永远也不会认识。再说，我是意大利人，不是法国人；我属于天主，不属于人世，等到一个垂死的人的遗愿实现以后，我就会返回修道院。”

这样言之凿凿的承诺，似乎让卡德鲁斯有点放心了。

“好，既然这样，”卡德鲁斯说，“我愿意，或者说我应该让您明白，可怜的埃德蒙以为真诚和忠贞的那些友谊，究竟是什么东西。”

“先从他的父亲说起吧，”教士说，“埃德蒙很爱他的父亲，对我说了好些老人的情况。”

“这是个悲惨的故事，先生，”卡德鲁斯摇着头说，“开头的那段，您大概已经知道了。”

“是的，”教士回答说，“一直到他在马赛附近一家酒店里被捕那天的事情，埃德蒙都对我说了。”

“雷瑟夫酒店。天哪！那天的事情就像发生在眼前喔。”

“是不是在他的订婚宴上出事的？”

“就是。婚宴开始时大家挺高兴的，结局可就惨喽。一个警官带着四个全副武装的士兵进来，把唐戴斯抓走了。”

“我就知道这些，先生，”教士说，“后来的情况，唐戴斯也不清楚。我刚才和您提到的那五个人，他再也没见过，也没听说过。”

“唉，唐戴斯被捕以后，莫雷尔先生赶紧去打听消息，情况很不妙。唐戴斯老爹独自一人回到家里，流着泪收起参加婚礼的那身礼服，在房间里走啊，走啊，晚上也不睡觉。我住在他楼下，听见他彻夜走个不停。我自己也没睡好，这位可怜的父亲的痛苦让我心里挺难受的，他的脚步声搅动我的心，就好像他的脚踩在我的胸膛上似的。

“第二天，梅塞苔丝去马赛恳求德·维尔福先生出面帮忙，但是一无所获。她就跑去看老人；老人整夜没有上床，也一直没吃东西，梅塞苔丝看他那么悲伤，那么虚弱，想带他回去照顾他，但老人怎么也不肯。

“‘不行，’他说，‘我不能离开这儿。我那可怜的孩子非常爱我，他一出狱就会来看我的。要是我不在，他怎么办呢？’

“这些话我是站在楼道上听来的，因为我希望梅塞苔丝能说服老人跟她走。他的脚步声每天在我的头顶上响个不停，使我一刻也不得安宁。”

“您就不上楼去安慰安慰他？”教士问。

“唉，先生，”卡德鲁斯答道，“愿意让人安慰的人，你才能去安慰他呀。可他根本不愿意让人安慰。再说，我也不知道为什么，我觉得他好像不怎么想见到我。有天夜里，我听到他在抽泣，我实在受不了，就上楼去，但等我走到房门口，他已经不哭，在祈祷了。他那些动人的话，那些催人泪下的哀诉，我真不知怎样向您复述，先生，光说那是虔诚和痛苦，都是远远不够的。我不是伪君子，也不喜欢虚伪的人。那天，我心想：仁慈的天主没给我孩子，倒也好，否则，如果我做了父亲，也像可怜的老人一样遭受这样的痛苦，却又没法记住，也没法在心里找到那些动人的祈祷词，我真会跳到海里一死了之，省得再受这份煎熬。”

“可怜的父亲！”教士喃喃地说。

“他一天比一天孤独，愈来愈少出门。莫雷尔先生和梅塞苔丝常去看他，可他的门总关着，我知道他在家，可他就是不应声。有一天，他一反常态，开门让梅塞苔丝进去，可怜的姑娘自己哀痛欲绝，却还要竭力安慰老人。

“‘相信我的话吧，孩子，’老人说，‘他已经死了。现在不是我们等他回来，而是他在等我们去。我挺高兴，我老了，很快就能见到他了。’

“一个让人见了就伤心的人，你哪怕心肠再好，也不会总是去看他的。到头来，唐戴斯老爹就剩下孤零零的一个人了。我只是看见一些不相识的人时而上他屋里去，他们走的时候，身边总带着一个包裹。后来我才知道这些包裹是怎么回事，原来他在一点一点变卖东西来维持生计。最后，老人终于山穷水尽，还欠下了三个季度的房钱，房东扬言要赶他出去。他恳求宽限一个星期，房东答应了。我知道这事儿，是因为房东出了他的房门，就上我屋里来了。

"最初三天，我听见他像往常一样来回走动，到了第四天，什么也听不见了。我壮着胆子上楼去，只见房门关着。我从锁孔里望进去，看见他面无血色，虚弱不堪。我想他一定病得很重，就让人去叫莫雷尔先生，我自己跑去找梅塞苔丝。他俩急急忙忙赶了过来。莫雷尔带来一个医生，医生诊断说是肠胃炎，要老人禁食。当时我在场，先生，我永远忘不了老人听了这个医嘱后的笑容。

"从那以后，他把门打开了，他有了绝食的口实，因为是医生吩咐他禁食的。"

教士吁出一口气，听上去像是在呻吟。

"这故事您挺感兴趣是吗，先生？"卡德鲁斯问。

"是的，"教士说，"这故事非常动人。"

"梅塞苔丝来了，看到老人瘦得脱了形，她又提出让老人搬到她家去。莫雷尔先生也是这个意思，他想不顾老人的反对，硬送他去；但老人号啕大哭，他们不敢再坚持。梅塞苔丝留在老人床前。莫雷尔先生临离开时，向加泰罗尼亚姑娘做了个手势——他把一个钱包留在了壁炉上。可是老人借口遵从医嘱，不肯吃任何东西。最后，他在绝望和衰竭中苦熬了九天，一边诅咒使他陷于惨境的人，一边咽了气。他临终前对梅塞苔丝说：

"'您再见到埃德蒙，就告诉他，我至死都在为他祝福。'"

教士立起身来，把颤抖的手按在发干的喉咙上，在屋里转了两圈。

"按您说，他是死于……"

"饥饿……先生，死于饥饿，"卡德鲁斯说，"这一点我敢肯定，就像你我都是基督徒一样肯定。"

教士浑身颤抖，伸手抓起杯子，把剩下的水一饮而尽。他重又坐下，眼睛发红，双颊惨白。

"您瞧，这故事实在太惨了！"他声音嘶哑地说。

“先生，惨就惨在它并不是天意，是有人造的孽呀。”

“那就说说这些人吧，”教士说，“您可得想好喽，”他说这话的神情已经近乎威胁了，“您答应过全都告诉我的。说吧，让儿子绝望而死，又让父亲饿死的，究竟是谁？”

“两个嫉妒他的人，先生，一个由于爱情，另一个出于野心：费尔南和唐格拉尔。”

“这种嫉妒是怎么表现的？说！”

“他们告密说埃德蒙是波拿巴党人。”

“两个人中间是谁告的密，谁是真正的凶手？”

“两个都是，先生，一个写信，另一个寄信。”

“信在哪儿写的？”

“就在雷瑟夫酒店，订婚宴的前一天写的。”

“果然如此，果然如此，”教士低声自语，“法里亚啊，法里亚！你对人对事看得多透彻啊！”

“您说什么，先生？”卡德鲁斯问。

“没什么，”教士说，“您继续说吧。”

“唐格拉尔怕人家认出他的笔迹，是用左手写的告密信。写好以后，交给费尔南去寄出。”

“噢，”教士突然喊道，“当时您也在场吧！”

“是谁，”卡德鲁斯惊愕地说，“是谁告诉您我在场的？”

教士发觉自己操之过急了。

“谁也没告诉我，”他说，“可您要不是也在场，怎么会知道得这么详细呢？”

“可也是，”卡德鲁斯声音哽咽地说，“我确实在场。”

“可您没有阻止他俩的卑劣勾当！”教士说，“那您就是他俩的同谋。”

“先生，”卡德鲁斯说，“他们两人一个劲儿叫我喝酒，把我给灌醉了。我那会儿看东西就像隔了一层雾。即便这样，能说的话我还是说了；可是他俩跟我说，他们只是想开个玩笑，不会有事的。”

“那第二天您总该看见这个玩笑的结果了吧。可您什么也没有说。唐戴斯被捕的时候，您应该在场吧。”

“是的，先生，我在场，我本来是想说，想把一切都说出来的，可是让唐格拉尔给拦住了。

“‘要是他真的有罪，’他对我说，‘要是他真的在厄尔巴岛停靠过，真的为巴黎的波拿巴党人送过信，要是人家真的在他身上找到了这封信，那么同情他的人就会被当作他的同党。’

“说实话，那会儿的政局让我很害怕，我没敢再说什么。我承认我是贪生怕死，但不能说我有罪啊。”

“我懂了，您是听任他们犯罪。”

“是这样，先生，”卡德鲁斯说，“可我每日每夜都在为此感到内疚啊。我可以向您发誓，我经常在祈求天主宽恕我。这是我一生中真正让我感到痛悔的事情，这不，我老交倒霉运，就是上天给我的报应哪。我一直在为一时的糊涂赎罪，所以，每次那娘们埋怨这埋怨那的，我总对她说：‘别说了，娘们，这是老天爷的安排。’”

说着，卡德鲁斯垂下头，显出真心忏悔的样子。

“好吧，先生，”教士说道，“您说得很坦率。您这样真心忏悔，上天会原谅您的。”

“可是埃德蒙已经死了，”卡德鲁斯说，“他没有原谅我啊！”

“他并不知道。”教士说。

“说不定他现在知道了，”卡德鲁斯说，“听人说，人死了什么都知道。”

两人一时沉默不语。教士站起身来，边踱步边沉思，而后回到原地坐下。

“您几次提到一个名叫莫雷尔的人，”他说，“这个人是谁？”

“他是法老号的船主，唐戴斯的雇主。”

“在这个悲惨的故事里，他扮演的是什么角色？”教士问。

“他是个正直的人，很勇敢，又有同情心。他为埃德蒙四处奔走。皇帝复位那会儿，他写信请求释放埃德蒙，口气非常激烈，结果到王朝第二次复辟的时候，他被当作波拿巴党人受到了迫害。我刚才说了，他好几次到唐戴斯老爹家去，想把老人接走。在老爹去世的前一天，要不就是前两天，他在壁炉上留下一个钱袋。这笔钱，后来替老人付清了房租和丧葬费。就这样，可怜的老人生前也好，死后也好，都没给别人添过麻烦。那只红丝绒的大钱袋，现在还在我这儿呢。”

“这位莫雷尔先生还活着吗？”教士问。

“活着。”卡德鲁斯说。

“那么，”教士说，“他有天主保佑，一定很富有……很幸福吧？”

卡德鲁斯苦笑一下。

“是啊，跟我一样幸福。”他说。

“难道莫雷尔先生也遭遇过不幸？”教士拔高了嗓门。

“他不光保不住家产，先生，他连名誉也保不住了。”

“怎么回事？”

“唉，”卡德鲁斯说，“是这么回事。莫雷尔先生辛辛苦苦花了二十五年心血，在马赛商界有了个体面的地位；可是现在，他眼看就要破产了。他在两年之内损失了五条船，三次受到牵连赔偿了巨款，他仅剩的一线希望，就是可怜的唐戴斯指挥过的那条法老号。这条船这几天就该从印度载着胭红和靛青颜料返航了。万一这条船也像其他船一样出了事，那他就完了。”

“那么，”教士问，“这个不幸的人有妻子儿女吗？”

“有的，他有个妻子，面对家庭遭受的不幸，她表现得像一个圣人。他有一个女儿，本来就要嫁给一个她心爱的人了，但现在男方家庭不愿让这个年轻人娶一个破产人家的女儿。他还有一个儿子，在军队里当中尉。可是，您当然明白，这一切非但不能减轻莫雷尔先生的痛苦，反而使他倍加难受。如果他是单身一人，往自己脑袋上打一枪，倒也一了百了啦。”

“真可怕！”教士低声自语道。

“天主就是这样报答有德行的人的，先生，”卡德鲁斯说，“这不，我刚才也对您说了，我除了做过一件错事，从来没有干过坏事，可我照样穷得叮当响。总有一天，我会眼睁睁看着老婆发烧死掉却无力救她，自己也会像唐戴斯老爹一样慢慢饿死。可是费尔南和唐格拉尔，他俩乐得在金子堆上打滚。”

“怎么会这样？”

“还不是因为他们交了好运，老实人却老是倒霉。”

“唐格拉尔怎么样了？他不是幕后策划的主犯吗？”

“他怎么样？莫雷尔先生并不知道他干的勾当，推荐他到西班牙的一家银行里去当职员。西班牙战争时期，他给法军提供给养攒了点钱。他靠这点本钱做股票生意，财产一下子翻了三四倍。他的前妻就是那个银行家的女儿。前妻死了以后，他娶了一个寡妇德·纳尔戈恩夫人，她的父亲就是在朝中很得宠的王室侍从长萨尔维厄先生。唐格拉尔成了百万富翁，宫廷封他爵位，现在他是唐格拉尔男爵了。在勃朗峰街有一座府邸，马厩里养着十匹马，前厅里有六名仆人侍候，保险柜里少说也有好几百万吧。”

“哦！”教士的声音听上去怪怪的，“这么说，他现在很幸福啰？”

“哼！幸福，谁知道呢？幸福不幸福，是墙壁后面的秘密；墙壁什么都听得见，但它不会说话。倘若钱多就是幸福，那么唐格拉尔该算是很幸福了。”

“费尔南呢？”

“费尔南，那又是另一回事了。”

“不过，一个既没有经济来源，又没有受过教育的加泰罗尼亚渔夫，怎么会发财的呢？说实话，我想不明白。”

“任谁也想不明白。说不定，他的生活里有过一桩无人知晓的、不同寻常的秘密吧。”

“那就说说有人知道的事吧。依您看，他是怎么一步步爬上去，拥有很多财产，或者很高地位的呢？”

“他两样都有，先生，两样都有！他既有钱又有地位。”

“您是在编故事吧？”

“我说的是真事儿。您听我说下去，就会明白的。

“费尔南是在皇帝复位的前几天应征入伍的。波旁王朝让他安安稳稳地留在加泰罗尼亚人的村落里，但拿破仑回来后，颁布了非常征兵令，费尔南不得不出发了。我也一样，也得走。不过，因为我比费尔南年纪大，又刚娶了那可怜的娘们，我被就近派到了沿海地带。

“费尔南被编入作战部队，跟着团队开往前线，参加了里尼战役。

“战役结束的当天夜里，他在一个将军的门前站岗，这个将军与敌人暗中串通。就在那天夜间，将军要去投奔英国人。他怂恿费尔南陪他一起逃跑。费尔南听了将军的话，擅离岗哨跟他走了。

“倘若拿破仑还在皇位上，费尔南就可能被送上军事法庭。可是王朝复辟，他反倒有了投靠波旁王朝的资本。他回到法国时，肩上已经戴着少尉肩章。那个将军在王室很得宠；在他的保举下，费尔南一八二三年升任上尉。西班牙战争期间，正在唐格拉尔开始投机买卖的当口，费尔南被派往马德里，任务是调查他同胞的思想动态——他自己就是西班牙人。他在那里碰到了唐格拉尔，两人勾结在了一起。费尔南在将军面前立下军令状，获准在西班牙首都和外省各地游说保王党人。有一次，他带领自己的团队通过一条只有他一人知道的羊肠小道，来到保王党人把守的山隘，在奇袭中功绩卓著，因此在法军占领特洛加代罗以后，他被任命为上校，封为伯爵，还得了个四级荣誉勋章。”

“天数啊！天数！”教士轻声叹道。

“是啊，不过请听下去，我还没讲完哪。西班牙战争结束后，费尔南的仕途受到影响，原因就是欧洲不再打仗了。当时，只有希腊人起来反对土耳其，发动了争取独立的战争。公众把目光转向雅典，同情和支持希腊成了时尚。法国政府，这您当然知道，虽说没有公开袒护希腊人，但暗中允许法国人前去参战。费尔南获准去希腊效力后，仍在军队供职。

“不久之后，就听说德·莫尔塞夫伯爵，这是他那时用的名号，在阿里帕夏[1]麾下当了少将教官。

“您当然也知道，阿里帕夏后来被人杀害了。他遇害前，给了费尔南一大笔钱，酬谢他的效忠。费尔南带了这笔钱回到法国，同时保留了中将军衔。”

“那么现在……”教士问。

“现在，”卡德鲁斯说，“他在巴黎埃尔代街二十七号有一座豪华的府邸。”

教士张开嘴，看上去像是要说什么话，但最终克制住自己没说出来。

“那么梅塞苔丝呢，”他说，“我听说她失踪了？”

“失踪，”卡德鲁斯说，“对，就像太阳那样，今天消失了，明天升起时更加明亮。”

“她也发财了？”教士带着讥讽的笑容问。

“眼下梅塞苔丝可是巴黎有名的贵夫人喽。”卡德鲁斯说。

“请您说下去，”教士说，“我觉得就像是在听人说梦呢。不过我也见过好些稀奇古怪的事儿，所以听您说的这些事，也就不怎么感到惊奇。”

1　阿里帕夏（1741—1822）：希腊约阿尼纳大帕夏区的统治者，土耳其苏丹属下的总督。

“起先，梅塞苔丝失去了埃德蒙，也曾灰心绝望过。我刚才也说了她怎么向德·维尔福先生苦苦哀求，怎么对唐戴斯的父亲关心备至。就在这时候，费尔南应征入伍了，这对她又是一次打击。她压根儿不知道费尔南干过的勾当，待他有如兄弟一般。

“费尔南走了，剩下她孤零零的一个人。

“她整天以泪洗面，就这样过了整整三个月。她不知道埃德蒙的下落，也没有费尔南的消息。眼前只有一位因绝望而就要离开人世的老人。

“从马赛到加泰罗尼亚村有两条小路，她经常坐在其中一条的拐角上。有一天，她又在那里坐了一整天，可是始终等不到心上人的身影出现在小路上，也等不到亲如兄弟的同伴的一点音信。晚上回家时她心情格外颓丧。

“突然，她听到了一个熟悉的脚步声，她不安地回过头去，门开了，她看见身穿少尉军服的费尔南出现在眼前。

“虽说她流着泪盼望的两个人只回来了一个，但这毕竟是过去的生活的一部分又回来了呀。

“梅塞苔丝激动地握住费尔南的双手；费尔南却以为这是爱他的表示。其实，在度过了漫长的孤独、悲伤的日子以后，梅塞苔丝表达的是她感到在世上不再孤单、终于又有了一个朋友的喜悦心情。应该说，她从来不曾讨厌过费尔南，她只是并不爱他罢了。她把全部的爱，都给埃德蒙，但是他……下落不明……说不定已经死了。梅塞苔丝想到这儿，总是泣不成声，痛苦地绞着自己的胳膊。以往，每当有人向她提到这种可能性，她总是不往那儿想，现在，脑子里却常常会不由自主地冒出这个念头。唐戴斯老爹在的时候，也常对她说：‘埃德蒙死了，否则他早该回来看我们了。’

“可惜啊，老人死了。倘若他还活着，也许梅塞苔丝永远也不会成为另一个人的妻子，因为老人会责备她的。费尔南明白这一点。所以他这一次从军队里回来休假，没有对梅塞苔丝表示爱慕之情。等下一次升了中尉回来，他知道老爹已经去世了，才提醒梅塞苔丝，说自己仍然爱着她。

“梅塞苔丝请他让她再等埃德蒙六个月。”

“也就是说，总共是十八个月。”教士苦笑一下，说，“哪怕是一个被爱得最深的情人，他还能有什么奢求呢？”

他低声吟诵了一位英国诗人的诗句：Frailty,thy name is woman！[1]

“六个月后，”卡德鲁斯接着说，“婚礼在阿库尔教堂举行。”

“正是她要和埃德蒙举行婚礼的那个教堂，”教士低声自语说，“只是换了个新郎。”

“梅塞苔丝结婚了，”卡德鲁斯说，“虽然她在婚礼上显得很平静，但走过雷瑟夫酒店时，她还是差点儿昏了过去。十八个月以前，她就在这儿和埃德蒙庆贺他们的订婚纪念。倘若她敢于正视自己的内心，她会发现她仍然在爱着埃德蒙。

“费尔南快活多了，但心里仍不踏实。那时候，我还常看见他，他总是担心埃德蒙会突然回来。因此，他决定搬家，带着梅塞苔丝远走高飞。留在加泰罗尼亚村太危险，勾起回忆的东西也太多。

“婚后一个星期，他们就走了。”

“后来您见过梅塞苔丝吗？”教士问。

“见过。西班牙战争期间，费尔南去了西班牙，把她留在佩皮尼昂。我在那儿见到她的时候，她正一心在教育儿子。”

教士打了个冷战。

“儿子？”他问。

“是的，”卡德鲁斯说，“小阿尔贝。”

“可是，要教育儿子，”教士接着说，“她本人得受过教育才行呀？我好像听埃德蒙说过，她是个渔民的女儿，长得很美，但是没有文化。”

“嗨！”卡德鲁斯大声说，“他太不了解自己的未婚妻了！先生，倘若凤冠只能戴在最美丽最聪慧的女人头上，那么梅塞苔丝就是一位王后。她越是富有，就学得越多。绘画，音乐，她什么都学。咱们私下说一句，我觉得她这么做，只是为了散心，为了忘却，她让自己的脑子装进许多的知识，正是为了排除心头的思念。不过，现在一切都过去了，”卡德鲁斯说，“有了财富和荣耀，她多少总得到了些安慰吧。她那么有钱，又是伯爵夫人，不过……”

卡德鲁斯停住，不说下去了。

“不过什么？”教士问。

1　莎士比亚《哈姆雷特》一剧中的名句。意为：软弱啊，你的名字是女人！（见第一幕第一场，朱生豪译本）

"不过，我知道她并不幸福。"卡德鲁斯说。

"您怎么知道？"

"嗯，有一阵我穷得实在过不下去了，我寻思那几个老朋友也许能帮帮我。我去找唐格拉尔，不料他连见都不想见我。我又上费尔南家，他让贴身仆人给了我一百法郎。"

"他俩您都没见到？"

"都没见到。可是德·莫尔塞夫夫人却见到我了。"

"怎么回事？"

"我刚走出来，一只钱袋落在我的脚跟前。里面有二十五枚金路易。我抬起头来，只见梅塞苔丝站在窗口，正在关百叶窗。"

"维尔福先生呢？"教士问。

"呸！他可不是我的朋友。我不认识他，我不会去求他。"

"这么说，您对他后来的情况，对他在陷害埃德蒙的阴谋里该负多少责任，全都不了解吗？"

"不了解。我只知道他下令逮捕埃德蒙后没多久，就娶了德·圣梅朗小姐，很快离开了马赛。不用说，他跟那几个人一样走运。不用说，他像唐格拉尔一样富有，像费尔南一样受人尊重。只有我，唉，注定要一辈子受穷，天主把我给忘喽。"

"您错了，我的朋友，"教士说，"有时候，天主看上去好像忘了，没有行使裁判的权力；可是到时候它会想起来的。现在我就给您一个证明。"

说着，教士从衣袋里掏出钻石，递给卡德鲁斯。

"拿着吧，我的朋友，"他对卡德鲁斯说，"这颗钻石归您了。"

"怎么，归我一个人？"卡德鲁斯大声说，"哦！先生，您不是在开玩笑吧？"

"这颗钻石本该在埃德蒙的朋友之间平分。可是既然他只有一个朋友，那就不用分了。拿着这颗钻石，把它卖了吧。我再说一遍，它值五万法郎。我想这笔钱足以让您摆脱贫穷了。"

"喔！先生，"卡德鲁斯怯生生地伸出一只手，用另一只手擦去额上沁出的汗珠，"喔！先生，请别拿一个人的幸福和绝望开玩笑吧！"

"我知道什么是幸福，也知道绝望的滋味，我从不拿感情开玩笑。请拿着吧，交换的条件……”

卡德鲁斯的那只手已经触到钻石了，听到这儿缩了回来。

教士微微一笑。

“交换的条件，”他继续说道，“是您得把那只红丝绒的钱袋，就是莫雷尔先生留在唐戴斯老爹壁炉上的那只钱袋给我。您说过钱袋在这儿。”

卡德鲁斯惊愕得回不过神来。他走到橡木柜子跟前，打开柜门，拿出一只狭长的丝绒钱袋，交给教士。红丝绒已经褪色了，上面有两个曾经镀过金的铜圈。

教士接过钱袋，把钻石交给卡德鲁斯。

“啊！您一定是天主派来的人，先生！”卡德鲁斯大声说，“其实没人知道埃德蒙曾经把钻石交给您，您完全可以自己留下的。”

“哼，”教士低声对自己说，“看样子，你就会这么干的。”

他站起身来，拿起帽子和手套。

“呣，”他说，“您对我说的全都是实话，我真的全都能相信吗？”

“神甫先生，”卡德鲁斯说，“墙上有个圣木做的基督十字架，箱柜上有我老婆的《圣经》。请您打开《圣经》，我愿对着十字架，凭我灵魂的永福，凭一个基督徒的信仰向您起誓，我对您说的全都是实话，就像最后审判时天使在天主耳边说的话一样。”

“这就好，”教士说，他从卡德鲁斯说话的语气，相信他说的是真话，“这就好。但愿这笔钱能对您有用！再见，我要走得远远的，不再看见这些彼此使坏的恶人。”

他婉言谢绝了卡德鲁斯的盛情挽留，自己卸下门闩，出门上马。向鞠躬作揖、频频道谢的店主人告别后，他沿着来时的方向出发了。

卡德鲁斯目送教士走远，回过头来，只见卡尔贡特娘们站在身后。她的脸比平时都更没有血色，身体也抖得更厉害。

“我都听到了，是真的吗？”她问。

“你问他是不是把钻石给了咱们？”卡德鲁斯说，他兴奋得快要发疯了。

“对。”

“真得不能再真了，东西就在这儿呢。”

女人对着钻石端详片刻，声音喑哑地说：

“万一是假的呢？”

卡德鲁斯脸色陡变，身子摇晃起来。

“假的，”他嘟囔着说，“假的……这个人干吗要给我一颗假钻石呢？”

“为了不付钱就套出你的秘密呗，傻瓜！”

这句话好比当头一棒，卡德鲁斯一时说不出话来。

“啊！”过了一会儿，他拿起帽子，往裹着红手帕的头上一戴，说道，“是真是假，马上就可以知道。”

“你要干什么？”

“博凯尔的集市上，有好些巴黎来的珠宝商，我把钻石拿去给他们瞧瞧。你守在家里，娘们，过两个钟头我就回来。”

说着卡德鲁斯跑出屋子，朝着跟陌生人相反的方向飞奔而去。

“五万法郎，”卡尔贡特娘们一个人留下，喃喃自语道，“是一笔钱……但算不上发财。”

第28章

监狱档案

上面那幕场景的第二天，一个三十岁出头的男人来见马赛市长。此人身穿浅蓝色礼服，紫花布裤，白背心，举止和口音都有一股英国味儿。

“先生，”他对市长说，“我是罗马汤姆森—弗伦奇公司的首席代表。近十年来，我们一直和马赛莫雷尔父子公司有业务关系。鄙公司在这些业务交往中已投入约十万法郎，现在听说这家公司濒临破产，我们不免感到担心。这次我专程从罗马赶来，想向您打听一下这家公司的情况。”

“先生，”市长回答说，“我的确知道，最近四五年来，莫雷尔先生厄运不断，先后损失了四五艘船，吃进了三四家商行破产的倒账。不过，虽然我本人也是他的债权人，在他的公司有一万法郎投资，但恕我不能就他的财产状况向您提供任何情况。倘若您问我身为市长如何看待莫雷尔先生，那么我会回答您，他是一个极守信用的人，至今为止，他一丝不苟地执行了所有合约的条款。我只能对您说这些，先生；倘若您想知道更多的情况，您不妨去拜访一下德·博维尔先生，这位监狱督察长住在诺埃伊街十五号，据我所知，他在莫雷尔公司有二十万法郎投资，这笔款子比我的多得多，所以，假如真的有什么事值得担心的话，他想必会了解得比我更清楚。”

英国人似乎很欣赏这番委婉得体的托词，躬身告别市长后，迈着大不列颠子民特有的大步，向刚才说到的那条街而去。

德·博维尔先生在书房里。英国人乍一见他，微微吃了一惊，仿佛此次拜访的人，他并不是首次见面似的。而德·博维尔先生，由于心情过于沮丧，满脑子只想着眼前的事情，无暇让自己的记忆和想象去追溯往事了。

英国人以本民族特有的冷峻态度，把刚才向马赛市长提过的问题，几乎一字不易地又问了一遍。

“唉，先生，”德·博维尔先生大声说，“不幸的是您的担忧很有根据，您说的那个人已经到了山穷水尽的地步。我有二十万法郎在莫雷尔公司，这笔钱是我女儿的陪嫁，原本我打算让她半个月后就完婚的。这二十万法郎都是到期付款的款项，十万在本月十五日到期，十万在下个月十五日。我已经通知莫雷尔先生，希望款子能按时付清，可是先生，他在半小时前刚来过，他对我说，要是他的法老号在十五日前不能返航，他就无力偿还这笔钱款。”

“哦，”英国人说，“这听上去像是一种要求缓付的说法。”

“只怕更像是宣布破产哪！”德·博维尔先生沮丧地说。

英国人思索片刻，接着说：

“这么说来，先生，这笔债务让您很担心啰？”

“我看这笔钱是完蛋了。”

“噢，我把您的债权买下来。”

“您？”

“对，我。”

“那么，是低价收进？”

“不，按二十万法郎原价收进，”英国人笑着说，“我们的公司不做那种缺德事。”

“以什么方式结账？”

“现金。”

说着，英国人从口袋里掏出一叠现钞，看来有德·博维尔先生担心损失的钱款的两倍。

一丝欣喜的表情掠过德·博维尔先生的脸，但他还是尽力克制住自己，说：

“先生，我得提醒您，按照目前情况来看，您至多只能收回本金百分之六的款项。”

“这不关我的事，”英国人说，“这是汤姆森—弗伦奇公司的事，我只是受人之托。也许他们是想促使竞争对手早日破产吧。给我的指令，就是用现金支付，收购您的全部投资。您转个账就行了。至于我，我只要求支取一笔佣金。”

“当然，先生，这完全是应该的！”德·博维尔先生大声说，“通常佣金是一厘半，您要二厘？三厘？五厘？还是更多一些？请说吧！”

“先生，”英国人笑着说，“我和我们公司一样，不做这样的事。不，我要的是另外一种佣金。”

“请说吧，先生，我听着呢。”

“您是监狱督察长？”

“干了有十四个年头了。”

“您掌管着犯人进出狱的档案？”

“没错。”

“档案里附有犯人的有关材料？”

“每个犯人都有一份卷宗。”

“嗯，先生，我在罗马时的老师是一位古怪的神甫，后来他突然失踪了。我打听到他被囚禁在伊夫堡，我想了解一下他临终的情况。”

“他叫什么？”

“法里亚长老。”

“嘿！我记得！”德·博维尔先生大声说，“他是个疯子。”

“别人都这么说。”

“喔！我可以肯定，他是疯了。”

“也许吧。他有哪些症状呢？”

“他老是说他知道一个藏宝的地方，只要恢复他的自由，他就捐给政府一笔天文数字的巨款。”

“可怜的人！他死了？”

“死了，大概就在五六个月以前，是二月份吧。”

“您的记性真好，先生，居然记得这么清楚。”

“我记得很清楚，是因为这个可怜的人死了以后，还出过一件古怪的事情。”

“可以跟我说说这件事吗？”英国人冷峻的脸上浮现出的那种好奇的表情，想必会叫一个目光敏锐的旁观者暗自感到吃惊。

“当然可以，先生。离这位长老的地牢不到五十尺的另一个地牢里，关着一个波拿巴党人的眼线，此人在一八一五年帮助篡权者复位出力不小，是个非常顽固的危险人物。”

“是吗？”英国人问道。

“是的，”德·博维尔先生答道，“我在一八一六年，要不就是一八一七年，曾经见过他一次。我们带了一队士兵下到他的地牢里，此人给我印象很深，我一辈子也忘不了他那张脸。”

英国人脸上露出一丝难以觉察的笑容。

“您刚才说，先生，”他说，“这两间地牢……”

“相距五十尺左右，不过，这个埃德蒙·唐戴斯……”

“这个危险人物名叫……”

“埃德蒙·唐戴斯。是的，先生，这个埃德蒙·唐戴斯似乎弄到了工具，或者自己制作了工具，因为我们发现了一个连通两个牢房的地道。”

“挖地道显然是想逃跑啰？”

“一点不错。可是那两个犯人运气不好，法里亚长老得了一种全身肌肉僵直的怪病，突然死了。”

“我明白了；这样他们的越狱计划就只能中止了。”

“对死者，是这样，”德·博维尔先生说，“但对生者却不是。这个唐戴斯反而趁机从监狱里逃出去了。他大概以为伊夫堡死掉的犯人也会埋在寻常的坟场，就先把死者搬进自己的牢房，然后钻进收尸袋从里面缝好，想等下葬后逃走。”

“这样做很冒险，看来他还有几分胆量。”英国人说。

“哦！我已经说了，先生，这个人相当危险。幸好结果是他自己倒霉，政府倒不用再为他操心了。”

“此话怎讲？”

“您不明白吧？”

“不明白。”

“伊夫堡是没有坟场的；犯人死了，就在他的脚上绑上一只三十六磅重的铁球，扔进海里了事。”

“哦？”英国人应声说，仿佛他还不很明了。

“嗯，他们在唐戴斯脚上绑上一只三十六磅重的铁球，把他扔进了大海里。”

“真的吗？”英国人大声说。

“真的，先生，”督察长说，“您能想象得出，越狱的犯人感觉到自己在笔直地往下坠落，会吓成什么样子吗？我真想在那一刻看看他那张脸。”

“这可不容易。”

“可不是！”德·博维尔说，他已确信那二十万法郎能保住了，所以心情很好，“可不是！不过我能想象喔。”

说完，他放声大笑。

“我也能想象。”英国人说。

他也笑了笑，但那是英国式的矜持的浅笑。

“这么说，”英国人迅即敛住笑容说，“这么说，越狱的犯人淹死在海里了？”

“毫无疑问。”

“也就是说，典狱长一下子就除掉了一个狂人和一个疯子？”

“一点不错。”

“这件事情，应该有一份书面材料存档吧？”英国人问。

“有，有死亡证明。您知道，唐戴斯如果还有亲属的话，他们会打听他究竟是活是死的。”

“要是他还有些遗产的话，他的亲属就可以心安理得地继承喽？他肯定死了？”

“肯定死了。假如他们需要，我可以给他们出具证明。”

“那好吧，”英国人说，“我们还是回头谈谈档案吧。”

“对，一说起这件事，话头就扯远了。对不起了。”

“干吗对不起？就为说了这事儿？完全不必，我听得挺有趣呢。”

“可也是。那么先生，那个可怜的神甫的有关材料，您是不是看一下呢？他倒是挺斯文的。”

“好呀。”

“请到里间来，我这就拿给您。”

两人走进里间。

果然，所有的材料都整理得井井有条。每一本登记簿都编上号码，每一个卷宗都占据一格。督察长请英国人坐在自己的圈手椅里，把有关伊夫堡的登记簿和卷宗一一放在他面前，让他随意翻阅。然后督察长拣了个墙角的位置坐下，看起报纸来。

英国人毫不费劲地找到了有关法里亚长老的卷宗。不过，德·博维尔先生刚才叙述的那个故事，似乎也让他很感兴趣，因为他看了几页，就又找出了埃德蒙·唐戴斯的卷宗来看。卷宗里材料很全：告密信、审讯记录、莫雷尔的请求信、德·维尔福先生的批复。他悄悄地把告密信折拢，放进衣袋里，接着再读审讯记录，看见上面并未提到诺瓦蒂埃的名字。他又浏览了一下标有一八一五年四月十日日期的那封请求信，由于当时拿破仑在位，所以莫雷尔听从代理检察官的劝告，在请求信里有意夸大了唐戴斯对帝国事业的贡献，而此信一经维尔福批复，唐戴斯为拿破仑效力就成了不容置疑的事实了。看到这儿，埃德蒙全都明白了。这封写给拿破仑的请求信，维尔福扣了下来，第二次王朝复辟时它就成了检察官手中的一张王牌。埃德蒙在档案上看到自己名字下面的那几行字，也就不再感到太吃惊了：

埃德蒙·唐戴斯
狂热的波拿巴党人，曾积极参与厄尔巴岛事变。
须绝密关押并严加监视。

页面下方还有几个字，看上去笔迹有所不同：

无需复议。

不过，他把页面上方的那几行字迹，跟莫雷尔请求信上批复的笔迹一比较，就看出它们出自同一个人之手，也就是说，都是维尔福的手笔。

至于下方的那几个字，英国人猜想大概是某个巡视监狱的官员加上的，也许那人曾对唐戴斯的案子表示关注，但看到档案上的定性结论，他也就作罢了的。

我们刚才说了，督察长出于谨慎，不想影响法里亚长老的学生查阅档案，离得远远的自顾自读着《白旗报》。

因此他没有看见英国人折起告密信放进衣袋，这封告密信是唐格拉尔在雷瑟夫酒店的凉棚下写的，上面盖着马赛邮局二月二十七日下午六点钟的邮戳。

不过，话该这么说，由于督察长对这张纸并不看重，而对他那二十万法郎又非常看重，所以他即便看到了英国人在做什么，即便知道那样做不好，想必也不会提出异议的。

“谢谢，”英国人重重地合上档案说，“情况我已经了解了。现在该我来履行诺言了。您只要写一张债权转让书，确认收到全部款项，我就可付钱给您了。”

说完，他把办公桌前的位子让给德·博维尔先生。督察长不再客气，赶忙坐下去写转让证书，而英国人则在档案柜边上点数现钞。

第29章
莫雷尔公司

假定有个熟悉莫雷尔公司内部情况的人，几年前离开马赛，现在刚回来，那他准会发现这家公司变得面目全非了。

公司里那种热气腾腾的场景，那种轻松欢快的氛围，窗户里那一张张愉悦的脸庞，走廊里那些耳朵上夹着笔、来去匆匆的职员，都已不复可见。院子里堆得满满的货包，笑着嚷着忙碌着的搬运工，也都从眼前消失了。映入眼帘的，是一派萧条、落寞的景象。在冷清清的走廊、空荡荡的院子里，往日每个办公室坐得满满当当的那么些职员，如今只剩下了两个。一个是年轻人，二十三四岁年纪，名叫埃马纽埃尔・埃尔博，他正在追求莫雷尔先生的女儿，虽说父母好说歹说要他离开公司，他还是留了下来。另一个是管账务的老伙计，独眼，叫科克莱斯[1]，这是那些当年挤在硕大而喧闹的办公室里的年轻人给他起的绰号，这个绰号取代了他的真实姓名，现在谁要用真名喊他，十有八九他连头也不会回过去。

科克莱斯仍在莫雷尔先生手下工作，在船主目前的处境下，他的地位发生了奇妙的变化：既升任为出纳主任，又降职为仆役。

然而，科克莱斯依然故我，善良、耐心、忠诚，在数字计算上绝无通融余地——为此，他敢同任何人抗争，莫雷尔先生也包括在内。他精于计算，从不出错，在他面前任何人休想蒙混过关。

莫雷尔公司上上下下愁绪弥漫的当口，科克莱斯是唯一不受这种气氛影响的人。他之所以无动于衷，并非感情天生冷漠，而是由于具有不折不挠的精神。据说，在一艘注定要沉没的航船上，老鼠会预先逃离，还没等船起锚，这些自私的小动物就会离开原来栖身的航船。现在的情形是类似的，原来在公司里栖身的职员，一个个都从办公室和仓库溜走了。科克莱斯看着他们先后离去，甚至都没想过问一下原因。科克莱斯唯一关心的，就是数字。他在莫雷尔公司干

1　古罗马的英雄，在战场上被打瞎一只眼睛。

了二十个年头，公司如期付款，从来不出差错，似乎已是天经地义的事情；他无法想象严格的规章制度居然会中止执行，应付的款项居然会拖延宕账，正如终年靠长流不息的河水作动力的磨坊主无法想象河水居然会干涸。只要河水还没到干涸的一天，科克莱斯的信念也就不会发生动摇。上个月底结账时分毫不差。科克莱斯曾查出莫雷尔先生少算的七十个生丁的错账，同一天，他又把多算的十四个苏还给莫雷尔先生，船主苦笑一下，收下这点钱扔进几乎空空如也的抽屉，说道：

"科克莱斯，您真是出纳中的一颗明珠啊！"

科克莱斯退出时心满意足；莫雷尔先生本人就是马赛城正人君子中的一颗明珠，他的赞赏对科克莱斯而言，比五十埃居的赏钱更使他受宠若惊。

但从圆满结清上月底的账目以来，莫雷尔先生真是度日如年。为了结清这笔账目，他凑集了仅剩的全部资金，甚至去博凯尔集市变卖了妻子、女儿的首饰和家里的部分银器——他担心让人看见自己捉襟见肘的窘态，生怕面临困境的消息在马赛不胫而走。这次，莫雷尔公司总算保住了面子；但是他已经山穷水尽。风声传了出去，人家唯恐贷出的款项血本无归，没有人再肯给莫雷尔先生贷款。面对本月十五日要偿还德·博维尔先生的十万法郎，以及下月十五日到期的另外十万法郎，莫雷尔先生把最后的希望寄托在了*法老号*上。与*法老号*同时起锚的还有另一艘船，它已顺利返航，并带来了*法老号*启航的消息。

那艘船和*法老号*都从加尔各答开出，但它早在两个星期前就到了，*法老号*却杳无音信。

就在这样的情况下，罗马的汤姆森一弗伦奇公司的代表，在与德·博维尔先生谈成我们已做过介绍的那笔重要交易后的第二天，前来拜访莫雷尔先生。

先由埃马纽埃尔接待他。每张陌生面孔，都可能意味着一个出于担心而来向公司方面了解情况的新的债权人，因此可以说，每张陌生的脸都使这个年轻人感到害怕。他想为老板挡个驾，把事情揽到自己身上来。但陌生人声称跟他埃马纽埃尔先生无话可说，坚持要同莫雷尔先生面谈。埃马纽埃尔叹了口气，叫来科克莱斯，请他把陌生人带去见莫雷尔先生。

科克莱斯走在前头，陌生人跟在后面。

在楼梯上，他们碰见一位十六七岁的漂亮少女。她惊恐不安地望着陌生人。

科克莱斯并没注意她脸上的表情，但看来这表情却没逃过陌生人的眼睛。

“莫雷尔先生在办公室里吗，朱丽小姐？”出纳员问道。

“是的，我想是的，”少女迟疑了一下说，“请您先去看看，科克莱斯，倘若我父亲在那里，就请通报一声这位先生来了。”

“不用通报我的名字，小姐，”英国人说，“莫雷尔先生并不知道我的名字。这位先生只需说我是罗马汤姆森先生和弗伦奇先生的首席代表就行了，令尊的公司和他们有业务往来。”

少女脸色变白，下楼往埃马纽埃尔的办公室而去。科克莱斯和陌生人继续上楼。

科克莱斯身上带着一把钥匙，没有要事一般是不用的，这回他用这把钥匙打开了三楼楼梯平台拐角上的一道门，把陌生人引进前厅，又打开第二道门，关上，让汤姆森—弗伦奇公司的专员单独等了一会儿，然后出来示意请他进去。

英国人走进房间，只见莫雷尔先生坐在桌子后面，面对一摞摞堆得高高的、记载着公司负债情况的账簿，脸色惨白。

莫雷尔先生看见陌生人，合拢账本站起身来，示意对方坐下。等来客落座后，他自己才坐下。

十四年过去了，这位可敬的商人已今非昔比。我们的故事刚开始时他才三十六岁，现在他已快到五十岁了。头发变白了，忧虑在额上刻下了深深的皱纹。曾经坚定而沉稳的目光，变得茫然而游移，好像害怕凝定在一个人或一个想法上。

英国人注视着他，好奇的神情中，明显地带着关切的意味。

“先生，”莫雷尔开口说道，英国人专注的目光似乎使他感到很不自在，“您有事要和我谈吗？”

“是的，先生。您知道我是代表哪家公司来的，是吗？”

“我的出纳告诉我，您代表的是汤姆森—弗伦奇公司。”

“他说得不错，先生。汤姆森—弗伦奇公司在本月和下月期间，要在法国支付三四十万法郎的款项。本公司素知您严守信用，于是尽量收购由您签署的期票，委派我到贵公司兑现陆续到期的期票，并由我支配使用这些款项。”

莫雷尔长长地叹出一口气，举手抹了抹汗水淋漓的额头。

“那么，先生，”莫雷尔说，“您手头有我签署的期票？”

“是的，先生，数额相当大。”

“总数有多少？”莫雷尔尽力使声音保持镇静，问道。

“这些债权转让书，”英国人从口袋里掏出一叠纸说，“是监狱督察长德•博维尔先生开具给本公司的，金额总数为二十万法郎。德·博维尔先生的这些期票，您想必是记得的？”

“是的，先生，他存在本公司的这笔款项，利率为四厘半，存了快满五年了。”

“约定的偿还期限是……”

“本月十五日支付一半，下个月十五日支付另一半。”

“没错。另外，这是一张本月到期的三万二千五百法郎的期票，也是您签署的。期票持有人把款项划给了本公司。”

“这张期票我认得，”莫雷尔说，想到平生也许要第一次无法兑现自己签字的票据，他羞愧万分，脸涨得通红，“还有别的吗？”

“还有，先生，下月底还有帕斯卡公司以及马赛的怀德—特纳公司转让给我们的五万五千法郎到期。总共加在一起是二十八万七千五百法郎。”

听着对方列数这些款项，可怜的莫雷尔心中的痛苦简直无法描述。

“二十八万七千五百法郎。”他下意识地重复说。

“是的，先生，”英国人说，他顿了一顿，然后继续往下说，“我想无须向您隐瞒，莫雷尔先生，尽管您无可指责的信誉是众所周知的，但目前马赛已有传闻，说您无力偿付这些债务。”

听了这番近乎唐突的开场白，莫雷尔的脸色白得吓人。

“先生，”他说，“至今为止，我从家父手里接过公司已有二十四年，他本人经管这个公司也有三十五个年头；至今为止，由莫雷尔父子公司签署的期票，从来没有不能兑现的。”

“是的，这我知道，”英国人回答说，“但你我都是看重荣誉的人，请您坦率地告诉我，先生，这些期票您能按时支付吗？”

莫雷尔浑身一颤，注视着这个语气如此自信的人。

“既然您坦率地问我，”他说，“我也坦率地回答您。是的，先生，倘若如我所希望的，货船能安全返航，我就能按时支付，因为只要船一抵港，因我接连遭遇意外而中断的贷款便可恢复。但是，倘若不幸法老号，我这最后的指望也落空……”

可怜的船主眼眶里噙满泪水。

“怎么样，”对方问，“倘若您这最后的指望也落空……”

“唉，”莫雷尔说，“先生，我真不愿意说……不过，我既然已经习惯了遭受痛苦，也应该习惯于蒙受羞辱。唉！我想，那样的话，我就不得不延宕付款期了。”

“难道就没有一个朋友可以帮助您吗？”

莫雷尔苦笑一下。

“您知道，先生，在生意场上是没有朋友，”他说，“只有客户的。”

“是这样，”英国人轻声说，“那么，您就只存唯一的希望了？”

“唯一的希望。”

“最后的希望？”

“最后的希望。”

“要是这个希望落空……”

“我就完了，彻底完了。”

“我来拜访的时候，刚好有艘船在进港。”

“我知道，先生，是个年轻人告诉我的。这位年轻人在我患难之际仍对我忠心耿耿，他每天有一部分时间是在屋顶的平台上度过的，因为他希望能第一个把好消息告诉我。”

“那不是您的船？”

“不是。那是一条波尔多货船吉伦特号，也是从印度返航的，但不是我的那条船。”

“也许这条船见过法老号，会给您带来一些消息。”

“您真要我明说吗，先生！我害怕这样吉凶未卜地等着，但同样害怕听到这条三桅船的消息。吉凶未卜，毕竟还有一线希望。”

他声音喑哑地接着说：

“这么迟迟不归是很不正常的；法老号是二月五日离开的加尔各答，一个多月前就该到了。”

“怎么回事？”英国人一边侧耳谛听，一边说，“外面是什么声音？”

“啊，主啊！我的主啊！”莫雷尔脸色煞白地大声说，“又出什么事了？”

果然，从楼道里传来嘈杂的声响；只听得人来人往，一片喧闹，甚至有人惨叫了一声。

莫雷尔站起来想去开门，但浑身无力地跌坐在扶手椅里。

这两人面对面地待着，莫雷尔四肢抖索，陌生人注视着他，目光里包含着深深的怜悯。喧闹声停歇了。但莫雷尔好像还在等着什么：想必喧闹事出有因，他在等着下文吧。

陌生人觉得听见有人轻轻走上楼梯，听脚步声，好像不止一个人。来人在门外站定了。

一把钥匙插进第一道门的锁孔，传来房门开启的吱呀声。

“只有两个人有这扇门的钥匙，”莫雷尔喃喃说道，“科克莱斯和朱丽。”

与此同时，第二道门也打开了。少女脸色苍白、泪流满面地走了进来。

莫雷尔颤巍巍地抬起身来，双臂撑住椅子的扶手，才勉强站直。他想发问，可就是说不出话来。

“哦，爸爸！”少女合起双手说，“请原谅女儿给您带来了坏消息！”

莫雷尔脸无血色；朱丽扑进他的怀里。

“哦，爸爸！爸爸！”她说，“您可要挺住啊！”

“法老号真的沉没了？”莫雷尔哽咽地问道。

少女没有回答，但在父亲的怀里点了点头。

“那么船员呢？”莫雷尔问。

“他们得救了，”少女说，“刚刚进港的那条波尔多货船把他们救上来了。”

莫雷尔向上天举起双手，脸上那顺从、感恩的表情令人肃然起敬。

“谢谢，我的天主！”莫雷尔说，“您只打击了我一个人。”

那英国人虽说冷漠，眼眶也湿了。

“请进来吧，”莫雷尔说，“请进来吧，我知道你们都在门口。”

果然，他刚说出这句话，莫雷尔夫人就啜泣着走了进来，埃马纽埃尔紧随其后；在前厅里，还可以看见七八个脸容粗犷、衣衫破敝的水手站在那儿。英国人看见这些水手，打了个激灵；他迈出一步似乎要向他们走去，但随即收住脚步，躲进一个最不起眼、最幽暗的角落。

莫雷尔夫人在一把扶手椅上坐下，双手握住丈夫的一只手，而朱丽则仍然依偎在父亲的胸口。埃马纽埃尔停在房间中央，仿佛充当莫雷尔一家和站在门口的水手之间的联系人。

“是怎么出的事？”莫雷尔问。

“走近些，佩纳隆，”年轻人说，“您讲讲事情的经过吧。”

一个脸膛被赤道的阳光晒得黑黝黝的老水手，手里捏着一顶破破烂烂的帽子，走上前来。

“您好，莫雷尔先生，”他开口说，仿佛他头天晚上刚离开马赛，今天从埃克斯或土伦回来似的。

“您好，我的朋友，”船主说，他在泪花中强露出笑容，“船长在哪儿？”

“船长嘛，莫雷尔先生，他生病了，留在了帕尔马。天主保佑，他会没事的。过几天您就会看见他回来，身体棒得跟我一样。”

“这就好……现在，您请说吧，佩纳隆。”莫雷尔先生说。

佩纳隆把嚼烟从右颊移到左颊，用手遮在嘴前，转过身子，朝前厅吐出一口黑乎乎的唾沫，然后叉开腿说了起来。

“情况是这样的，莫雷尔先生。我们在风平浪静的海上航行了一个星期以后，趁着偏南的西南风在勃朗海岬和布瓦雅多尔海岬之间稳稳当当地行驶。突然，戈玛尔船长朝我走来，那会儿我正在掌舵，他对我说：‘佩纳隆老爹，前面天边升起的那几块乌云，你看见了吗？’

“恰好这时我也在看这一大片乌云。

“‘我看哪，船长，我看这片乌云升得太快，有点儿出格，再说也太黑，看上去不是好兆头。’

“‘我也这么想，’船长说，‘我们得防着点。眼看马上就要起大风了，我们的帆张得太多……喔嗬！注意啦！收顶帆，落第一斜帆！’

“真及时哪，命令刚下，狂风已经在追逐我们，船向一侧倾斜了。

“‘嗨！’船长说，‘帆还是张得太多，得落主帆！’

“五分钟后，主帆落下了，我们靠前桅帆、二层帆和三层帆往前行驶。

“‘喂，佩纳隆老爹，’船长对我说，‘你干吗摇头啊？’

“‘得，我要是你呀，我可不想留在这条航线上。’

“‘我想你说得对，老伙计，’他说，‘马上就要起风了。’

“‘嗬！船长，’我回答他说，‘光是一阵大风，倒也好喽。我看准是一场铺天盖地的暴风雨，要不就算我看走眼！’

“那阵风刮过来，就像从蒙特尔东刮过来的沙尘暴；幸好对付它的是个行家。

“‘收两格方帆！’船长喊道，‘松开帆角索，顶风转帆桁，收方帆，吊车稳住桅桁！’”

“在那个海域，这样做是不够的，”英国人说，“换了我，就收起四格方帆，落下前桅帆。”

这个突如其来的声音坚定而响亮，在场的人一下子都怔住了。佩纳隆把手遮在眼睛上，仔细端详这个以如此泰然自若的口吻对船长评头论足的人。

“我们干得更棒，先生，”老水手不无敬意地回答说，“我们收起后桅帆顶风行驶，打算赶到暴雨前面去。过了十分钟后，我们干脆收起所有的帆，光着桅杆航行。”

“船太旧了，经不起这样的风险。”英国人说。

“唉，让您说着了！这下可遭殃喽。我们在风浪里颠簸了十二个钟头，就是魔鬼也受不了这份罪。接着，船开始进水了。‘佩纳隆，’船长说，‘我想我们在往下沉，老伙计；把舵轮给我，你到底舱去看看。’

“我把舵轮交给他，走下舱去；那里已经积有三尺深的水。我一路嚷着跑上来：‘快抽水！快抽水！’唉！可惜晚喽！水手拼命抽水；可是好像愈抽水愈多。‘好吧！’眼看已经忙乎了四个钟头，水却愈涨愈高，我就说，‘反正这船得沉，咱们就跟着沉下去吧，人不就死一回嘛！’

“‘你是这样带头的吗，佩纳隆？’船长说，‘好！你等着，你等着！’

“他回进舱房，拿出两把手枪，说：‘谁第一个离开水泵，我就朝他脑门上给他一枪！’”

“好。”英国人说。

“头脑清醒了，勇气也就来了，”水手接着往下说，“再说这时候天开始放亮，风也平息了；不过，船舱仍在进水，并不很多，大约每小时升高两寸，但是在一点一点往上涨。您想想，每小时两寸，好像不算什么，但进了十二个小时水，也就有二十四寸，二十四寸，就是两尺哪。两尺，加上原来的三尺，一共是五尺。那么，一条船的肚子里灌进五尺水，差不多就像一个人生大肚子水肿病啦。

“‘行了，’船长说，‘已经很够啦，莫雷尔先生没什么可指责我们的了；我们为了救船，已经尽力而为了；现在，要想办法救人。伙计们，放救生艇，越快越好！’

“请听我说，莫雷尔先生，”佩纳隆继续说道，“我们爱法老号，可是水手哪怕对船的感情再深，毕竟还是更珍爱自己的生命。所以，没等他说第二遍，我们就行动了。就在这当口，船呻吟起来了，它似乎在对我们说：‘你们走吧，快点离开吧！’可怜的法老号，它没骗人，我们感觉得到，它在我们脚下渐渐往下沉。我们一齐动手，迅速把救生艇放到海里，八个人全都一齐跳到里面。

“船长最后一个下来，或者不如说，不，他没有下来，因为他不愿意离开他的船，是我上去拦腰把他抱住，把他扔给其他伙计，然后，我也跟着跳下去了。真是千钧一发哪！因为我刚刚跳下小艇，甲板就带着一声巨响炸裂了，好似一艘主力舰的侧舷炮齐发似的。

“十分钟后，它先是往前倾，然后往后沉，接着就像一只狗追逐自己的尾巴似的自身兜圈子；最后，各位再见，噗噜噜噜！！……一切都结束了，法老号没有了！

“至于我们，我们在小艇上三天三夜没吃没喝；后来，我们竟然谈论到抽签决定命运，看谁让大家分食了，就在这时，我们发现了吉伦特号，我们向它发出信号，它看见我们，向我们调转船头，为我们放下救生艇，把我们接上去了。这就是全部经过，莫雷尔先生，我说话算数并以水手的荣誉发誓！其他人说说，是这样的吗？”

一片表示赞同的低语声，表明刚才他说的都是真实的情况，细节也描绘得很生动。

“好，朋友们，”莫雷尔先生说，“你们都是好样的，我早就知道，我遭受这场灾难，不能怪别人，只能怪自己的命。这是天主的旨意，而不是人的过错。让我们顺从天主的意愿吧。噢，我欠你们多少薪水？”

“喔！算了！咱们不说这个，莫雷尔先生。”

“不，一定要说。”船主凄然一笑，说。

“那好吧，欠三个月的……”佩纳隆说。

“科克莱斯，给这些好人每人发两百法郎。如果我的景况不像现在这样，朋友们，”莫雷尔说，“我会再说一句：再给每人发两百法郎的奖金；可是日子不好过呀，朋友们，我剩下的一点儿钱也不属于我了。请你们多多原谅我，别因此嫌弃我。”

佩纳隆感动地咧了咧嘴，转身和伙伴们交谈了几句，又回过身来。

“说到这个，莫雷尔先生，”他把嚼烟移到嘴的另一侧，又往前厅里吐了一口唾沫，正巧吐在跟第一口唾沫对称的地方，“说到这个……”

“说到什么？”

“钱……”

“怎么样？”

“是这样，莫雷尔先生，大伙儿说，眼下，他们每人有五十法郎就够了，余下的以后再说。”

“谢谢，朋友们，谢谢！”莫雷尔先生深受感动地大声说，“你们都是心地善良的好人。不过，你们还是拿着吧，拿着吧。假如你们找到一份好工作，就去干吧，你们是自由的。”

他的最后一句话，在这些厚道的水手中间产生了奇特的效果。他们面面相觑，神情惶恐。佩纳隆一口气没上来，差点儿把嚼烟吞下去；幸好他及时用手掐住了喉咙。

“怎么，莫雷尔先生，”他结结巴巴地说，“怎么，您要辞退我们！您是对我们不满意吗？”

“不，朋友们，”船主说，“不是我对你们不满意，而是恰恰相反。不是我要辞退你们，而是我没有别的办法。我已经没有船，也不需要水手了。”

“怎么，您没有船了！”佩纳隆说，“那好，您就让人再造几条，我们等着。感谢天主，我们都知道航海是怎么回事。”

“我没有钱再造新船了，佩纳隆，”船主凄凉地笑了笑说，“谢谢你们的好意，但我不能接受您的建议。”

“那好吧，既然您没有钱了，您就不必再付我们工资。我们就像可怜的法老号不张帆一样，空着身子走就是了，没事！”

“行了，你们不用说了，朋友们，”莫雷尔激动得几乎说不出话来了，“去吧，求求你们了。等景况好些，我们再相聚吧。埃马纽埃尔，”船主转身说，“请你送送他们，并请按照我说的去做。”

“起码，咱们可以再见面，是吗，莫雷尔先生？”佩纳隆说。

“是的，朋友们，至少我希望如此。你们走吧。”

说着他向走在头里的科克莱斯做了个手势。水手们跟在出纳员后面，埃马纽埃尔紧随其后。

“现在，”船主向他的妻子和他的女儿说，“请让我单独待一会儿，我要与这位先生谈谈。”

他用目光向汤姆森—弗伦奇公司的代理人瞥了一眼，后者在整个谈话过程中，一直站在角落里没挪动身子，只是中间插了几句话，我们已介绍过了。两个女人抬起眼睛看了看陌生人，她们早已把他全忘了，然后都退了出去；不过，少女在出门的当儿，向这个人投去一道让人感动的哀求的目光，那人以微笑作答；如果此时有一个冷静的旁观者在场，看到这张冷冰冰的脸上绽出这个笑容，准会感到很惊奇。屋里只剩下两个男人。

“好吧！先生，”莫雷尔跌坐在那把扶手椅里说，“您都看见了，也都听见了，我没什么再可奉告的了。”

“我看见了，先生，”英国人说，“新的灾难又降临到您的头上，它跟其他灾难一样，都是您完全不应该蒙受的，这就使我更加希望能使您感到有所宽慰。”

“啊，先生！”莫雷尔轻呼一声。

“嗯，”陌生人继续说道，“我是您的主要债权人，是吗？”

“至少您拥有近期兑现的全部期票。”

“您希望对我延期付款吗？”

“延期付款能挽救我的名誉，因而也能挽救我的生命。”

“您希望延期到何时？”

莫雷尔犹豫了一下。

“两个月吧。”他说。

“好吧，”陌生人说，“我给您三个月期限。”

“可是，您认为汤姆森—弗伦奇公司……”

“放心吧，先生，一切由我负责。今天是六月五日。”

“是的。”

“那好，请您重新开具期票，把日期改成九月五日；九月五日上午十一点（挂钟此时正指在十一点上），我再到这儿来。”

“我会恭候您的，先生，”莫雷尔说，“到时候，不是您拿到钱，就是我死去。”

这句话说得非常之轻，陌生人并没能听清楚。

期票重新开好，旧的撕掉了，可怜的船主至少有三个月的缓冲期来聚集最后的资金。

英国人以这个民族特有的冷漠神情接受了莫雷尔的谢忱，并向他道别。船主连声称谢，把他一直送到门口。

陌生人在楼梯上遇见了朱丽。少女装着要下楼的样子，其实是正在等他。

“啊，先生！”她合着双手说。

“小姐，”陌生人说，“您有一天会收到一封署名水手辛巴德的信……不管您觉得信上的要求看上去有多么奇怪，请务必逐一按照信上说的去做。”

“好的，先生。”朱丽答道。

“您答应我一定照办？”

“我向您起誓。”

“好！再见，小姐。愿您永远像现在这样，做一个善良、圣洁的姑娘；我希望天主会回报您，让埃马纽埃尔成为您的丈夫。”

朱丽轻叫一声，双颊涨红得像樱桃；她紧紧抓住楼梯的扶手，才没摔下楼去。

陌生人向她挥手告别，下楼而去。

在院子里，他碰见了佩纳隆，憨厚的水手每只手捏着一卷一百法郎的钞票，似乎拿不定主意这钱是拿还是不拿。

“请过来一下，朋友，”他对水手说，“我有话跟您说。”

第30章
九月五日

汤姆森—弗伦奇公司的代理人同意期票支付展期，是莫雷尔根本没有想到的，在可怜的船主看来，这是个转机，似乎命运这么无情地折磨他，终于感到厌倦了。当天他就把这件事告诉了妻子、女儿和埃马纽埃尔。这个家庭不能说就此恢复了宁静，但至少有了一线希望。可惜的是，除了宽宏大量的汤姆森—弗伦奇公司，莫雷尔还有其他的债权人。而正如他说，在生意场上只有客户，没有朋友。他静下心来细细思量，觉得无法理解汤姆森—弗伦奇公司何以对他如此慷慨大度。他只能把这解释为这家公司出于自私动机的一种精明的盘算：对一个欠他们三十万法郎债务的对手，与其迫使他加速破产，收回本金六厘到八厘的款额，不如给他一个机会，三个月后再收回全部本金。

不幸的是，所有的其他客户，或出于妒恨，或由于盲目，打的都不是这个算盘，考虑问题的出发点甚至完全是相反的。于是，持有莫雷尔签署期票的客户，一到期就刻不容缓地前来兑现，幸亏那个英国人宽限了一段时日，科克莱斯还能照常支付这些款项。因此，科克莱斯一如既往，安定自若。唯有莫雷尔先生不胜惊恐地想到，要不是有这次宽限，那么十五日要支付德·博维尔的十万法郎，三十日要支付另外三万二千五百法郎的期票，他在这个月就非得信誉扫地不可。

马赛商界普遍认为，莫雷尔连遭厄运，势必无法支撑下去。所以看到他月底仍能照常兑现期票，都感到非常惊讶。不过舆论并没有因此恢复对他的信任，大家众口一词，预言到下月底，不幸的船主肯定会一蹶不振。

这一个月，莫雷尔都在为筹集资金做努力。以往他开出的期票，无论期限多长，对方绝无不放心之理，客户主动要求持有期票也是常有的事。可现在，莫雷尔想要开具期限仅为九十天的期票，却在几家银行都吃了闭门羹。幸亏他本人还有几笔进账可以调调头；这些进账如期收进了，于是到七月底，莫雷尔还有办法应付门面。

汤姆森—弗伦奇公司的那位代理人，没有再在马赛露面。他在拜访莫雷尔过后，就不知去向了。而且，他在马赛期间只和市长、监狱督察长和莫雷尔先生有过接触，他此行除了给他们三位留下各不相同的印象而外，别无踪迹可寻。法老号上的那些水手，也都不见了，想来他们是找到了工作。

戈玛尔船长病愈从帕尔马返回后，一直迟疑着没去见莫雷尔先生。莫雷尔先生知道了，就亲自去看他。可敬的船主听过佩纳隆的讲述，知道船长在那次海难中表现得很勇敢，所以现在反而是船主在安慰船长。戈玛尔船长不好意思去领的那份薪金，他也给送来了。

莫雷尔先生下楼时，正好遇见上楼的佩纳隆。只见他穿着一身崭新的衣服；看来他是把钱花在了正处。可敬的舵手看见船主，显得很尴尬。他闪到楼梯口的一个拐角，嘴里的嚼烟一会儿左边嚼嚼，一会儿右边嚼嚼，转动两只惶惑不安的大眼睛，看着莫雷尔先生像往常一样亲切地伸过来的手，怯生生地握了一握。莫雷尔先生心想，佩纳隆这么窘迫，大概是穿了身漂亮衣服的缘故；显而易见，这个老实人以前从没这样阔气地开销过。他一定是在别的船上找到了活儿干，他这么不安，想必是为自己给法老号服丧的时间不够长感到羞愧。说不定他这次来正是要把自己的好运告诉戈玛尔船长，并把新船主聘请戈玛尔船长的意思转告他呢。

“都是好人哪，”莫雷尔离开他俩时，心里在念叨，“但愿你们的新主人像我一样爱护你们，但愿他比我幸运！”

八月过去了，莫雷尔不停地拆东墙补西墙，时而兑现原有的期票，时而开出新的期票。八月二十日，马赛传来风声，说是莫雷尔搭乘一辆邮车走了，于是大家心想，既然到月底就必须提交资产负债表，那么莫雷尔先走一步，想必是不忍目睹这幕悲惨的场面，打算让埃马纽埃尔和科克莱斯代他承受这个残酷的打击。可是，出乎人们意料的是，八月三十一日那天，莫雷尔公司照常营业。科克莱斯坐在柜台的栅栏后面，一如正义的贺拉斯那般镇定自若，接过客户递上来的期票，仔细地从第一张看到最后一张，一一如数付款。有两笔莫雷尔先生交代过的款项，科克莱斯也像对待船主开具的期票一样照付不误。这一下可把那些乌鸦嘴的预言家给弄蒙了，但他们不肯善罢甘休，又把莫雷尔的破产期限推延到九月底。

九月一日，莫雷尔回来了。全家人都焦急不安地等着他；这次巴黎之行可能是他的最后一线生机了。原来，莫雷尔是去找唐格拉尔了。如今唐格拉尔已是百万富翁，而当初他是多亏莫雷尔的举荐，才得以进入西班牙的一家银行，并在那儿发迹的。听人说，现在唐格拉尔拥有六百万到八百万的资财，信贷额度则是无限的。所以，唐格拉尔不用从腰包里掏出一个子儿便能挽救莫雷尔；只要他肯为一笔贷款具保，莫雷尔便得救了。其实，莫雷尔早就想到了唐格拉尔，但他对这个人有一种不可抑制的本能的反感，因此，他一拖再拖，直到山穷水尽才去找他。然而本能的感觉是对的，他果然遭到了拒绝，蒙羞含恨而归。

莫雷尔回到家里，没有一句怨言，没有一句责难，他流着泪拥抱了妻子和女儿，握了握埃马纽埃尔的手，然后就把自己关进三楼的办公室里，叫人去请科克莱斯。

“这下我们完了。”母女俩对埃马纽埃尔说。

然后，她俩关起门来商量了一阵，决定由朱丽给在尼姆驻防的哥哥写信，让他立即赶回来。

可怜的母女俩凭直觉意识到，她们必须竭尽全力来承受即将来临的打击。

马克西米利安·莫雷尔虽说才二十二岁，但他对父亲已经有很大的影响。

他是个意志坚强、为人正直的年轻人。到了选择职业的年龄，做父亲的并没有给他安排一个前途，而是鼓励他按自己的志向做出选择。年轻人志在进入军界;他以优异的成绩通过会考，进入了综合工科学校[1]，毕业后被派往第五十三联队任少尉军官。他得到这个军衔至今已有一年多，并已得到许诺，一旦有机会便可提升为中尉。在团队里，大家公认马克西米利安·莫雷尔是个严于律己的人，能恪尽军人的职守，也能承担男子汉应尽的义务。同伴们说他是斯多葛派[2]。不过当然，他们往往并不知道这个称呼的真正含义，只是跟着人家这么说而已。

母女俩预感到将要面临的严重情况，把希望寄托在了这个年轻人身上。

对情况的严重性，她俩的估计没有错；科克莱斯走进莫雷尔先生的办公室不多一会儿，朱丽就看见他退了出来，脸色苍白，浑身哆嗦，神色惊恐不安。

1 综合工科学校（Ecole Polytechnique）：1794 年创建于巴黎的著名高等学府。1804 年一度改制为军事学院，学员毕业后在军队任职。

2 作为哲学流派，早期斯多葛派学说提倡禁欲主义，崇尚理性，强调承担义务。

科克莱斯经过她面前时，她本想问问他，可是忠心耿耿的老出纳一反常态，慌慌张张地往楼下跑去，胳膊举得高高地喊道：

“哟，小姐！小姐！多么可怕的灾难！叫人怎么能相信喔！”

过一会儿，只见他匆匆返身上楼，怀里抱着两三本厚厚的账簿、一个文件夹和一只钱袋。

莫雷尔逐一查看账本，翻阅文件夹，点数钱币。

他手头的现金只有七八千法郎，到五日为止尚可进账四五千，加在一起最多也只有一万四千法郎，而要偿付的期票债务高达二十八万七千五百法郎。要说分批付款，这也不可能哪。

然而，莫雷尔下楼吃晚饭时，神情非常平静。这种平静，比沮丧颓唐更使母女俩感到不安。

平日里，莫雷尔吃好晚饭会出去走走，到老马赛人常去的酒吧喝一杯咖啡，看一下《快讯报》。这天，他没出去，径直上楼回进办公室。

科克莱斯呢，看上去呆若木鸡。大半天工夫，他一直待在院子里，光着脑袋坐在一块石头上，任由毒辣辣的太阳暴晒。

埃马纽埃尔想安慰母女俩，但他不善于言辞。他正因为熟悉公司的事务，所以尽管不愿去想，还是清楚地感觉到巨大的灾难在逼近莫雷尔一家。

入夜了。母女俩没去睡觉，她们指望莫雷尔先生下楼时，能到她们待的屋里坐一会儿。可是她们听见他路过门口时放轻了脚步，大概是担心被她们叫住。

她俩侧耳细听，听见他走进卧室，从里面把门关上了。

莫雷尔夫人让女儿先去睡，朱丽退出后半小时光景，她立起身，脱掉鞋子，轻手轻脚地来到走廊，想从门锁孔里看看丈夫在干什么。

在走廊上，她瞥见前面闪过一个人影：原来是朱丽，她也放不下心，就先来了。

少女走近莫雷尔夫人。

“他在写东西。”她说。

母女俩早就猜到了，只是不说而已。

莫雷尔夫人俯身凑近锁孔。果然，莫雷尔在写东西；可是有个细节女儿没看见，莫雷尔夫人却看见了，她丈夫是在一张公文纸上写东西。

一个可怕的想法掠过她的脑海：他是在写遗嘱。她吓得浑身瑟瑟发抖，不过，她还能控制住自己，没叫出声来。

第二天，莫雷尔先生显得非常安详；他和平时一样待在办公室里，和平时一样下楼吃饭。有一点不同的是，吃好晚饭以后，他让女儿坐在自己身边，抱住她的头，久久地把它贴在胸前。

夜里，朱丽对母亲说，虽说父亲表面上很平静，但她听到他的心跳得特别快。

接下来的两天，也在同样的气氛中度过。九月四日晚上，莫雷尔先生向女儿要回办公室的钥匙。

朱丽一听，不由得打了个哆嗦，她意识到这是个不祥之兆。她一直保留着这把钥匙，只有在童年受罚时父亲才会讨回钥匙，现在父亲为什么要讨回呢？

少女望着莫雷尔先生。

"爸爸，我做错了什么事，"她说，"您要讨回这把钥匙？"

"没有，我的孩子，"痛苦的父亲回答说，听到这句简单的问话，他眼眶里竟噙满了泪水，"没有，我只是要用一下。"

朱丽装作在找钥匙。

"我大概忘在卧室里了。"她说。

她走出办公室，并没有去卧室，而是跑下楼去征求埃马纽埃尔的意见。

"别把钥匙还给您父亲，"埃马纽埃尔说，"明天上午，您最好别离开他身边。"

她想问清楚原因，但埃马纽埃尔什么也不知道，或者说什么也不愿说。

九月四日整个夜晚，莫雷尔夫人一直把耳朵贴在护壁板上。凌晨三点以前，她听见丈夫一直焦躁不安地在房间里踱步。

直到三点钟，他才倒在床上。

母女俩厮守着度过了这一夜。从昨晚起，她俩就在等着马克西米利安回来。

早上八点钟，莫雷尔先生走进她们的房间。他神情很平静，但从那张苍白、疲惫的脸上，看得出他这一夜是在焦虑不安中度过的。

母女俩不敢问他夜里睡得好吗。

莫雷尔对妻子格外温柔，对女儿流露出前所未有的慈爱和眷恋，对这可怜的孩子看不够也吻不够。

父亲离开时，朱丽想起埃马纽埃尔的叮咛，就跟了上去，但莫雷尔先生把她轻轻推开说：

“陪着你母亲吧。”

朱丽还想坚持。

“我要你这样！”莫雷尔说。

莫雷尔平生还是第一次对女儿说“我要你这样！”，不过他的口气里充满了柔情，朱丽不由得停住了脚步。

她留在原地，伫立不动，默不作声。过了一会儿，房门又打开了，她感到有人搂住她，嘴贴在了她的额头上。

她抬起头，兴奋地叫出声：

“马克西米利安，哥哥！”

莫雷尔夫人听见喊声，跑过来扑进儿子的怀抱。

“母亲，”年轻人看看莫雷尔夫人，又看看妹妹说，“怎么啦，出什么事了？看了你们的信，我吓了一大跳，马上就赶回来了。”

“朱丽，”莫雷尔夫人抬头望着年轻人，对女儿说，“快去告诉父亲，就说马克西米利安刚刚回来。”

少女冲出房间，刚走上楼梯的第一级，迎面看见一个人站在楼梯上，手上拿着一封信。

“您是朱丽·莫雷尔小姐吗？”这个人带着浓重的意大利口音问道。

“是的，先生，”朱丽迟疑地回答说，“您找我有什么事？我不认识您呀。”

“请看一下这封信。”那人说着把手里的信递给她。

朱丽犹豫了一下。

“它能拯救您的父亲。”送信人说。

少女急忙拿过信，拆开念道：

请即刻去梅朗巷十五号楼，从门房那儿拿到六楼房间的钥匙后，进屋子取下壁炉上的红丝绒钱袋，把它交给您父亲。

切记，他一定得在十一点钟之前拿到钱袋。

您答应过绝对听从我的吩咐不要忘记您的诺言。

水手辛巴德

少女兴奋得大叫一声，抬起头来，想问问那个送信人，但那人已经不见了。她的目光移回信纸，再念一遍，发现还有一句附言。

她念道：

有一点至关重要，就是您必须独自一个人完成这趟使命，倘若有人陪您，或是另一个人去了，门房会回答说他不知道有这么回事。

这句附言使少女的欣喜大大打了个折扣。会不会有人在给她设陷阱呢？她太纯洁了，不知道像她这样年龄的少女可能遇到怎样的危险，可是我们不用知道到底有怎样的危险，照样会感到恐惧。而且，正因为不知道究竟是怎样的危险，我们才更加感到恐惧。

朱丽踌躇不决，想找人商量一下。

而出于一种奇特的情感，她要找的既不是母亲，也不是哥哥，而是埃马纽埃尔。

她下楼找到埃马纽埃尔，把事情原原本本告诉他：汤姆森—弗伦奇公司的代表那天是怎么对她说的，当时她是怎么许诺的，刚才在楼梯上又怎么碰到了那个送信人。那封信她也给他看了。

“您应该去，小姐。”埃马纽埃尔说。

“应该去？”朱丽低声说。

“是的，我陪您去。”

“您没看见，我必须单独一个人去吗？”朱丽说。

“到时候您是一个人，”年轻人说，“我在博物馆街的拐角等您。倘若您迟迟不出来，我感到担心了，我就去找您。只要您告诉我有人找您麻烦，惹您讨厌了，那他就活该倒霉！”

“那么，埃马纽埃尔，”少女迟疑不决地说，“您的意思是我要去赴约？”

“对，送信的人不是对您说，那能使您父亲得救吗？”

“可是，埃马纽埃尔，到底父亲遇到什么危险了？”少女问。

埃马纽埃尔略一迟疑，但想到事已至此，必须让朱丽快下决心，也就豁出去了。

“请听我说，”他对她说，“今天是九月五日，是吗？”

“是的。”

“今天十一点钟，您父亲要支付将近三十万法郎。”

“对，我们知道。”

“可是，”埃马纽埃尔说，“公司里现在只有一万五千法郎。”

“那会怎么样呢？”

“如果今天十一点钟以前，仍然没有人肯来帮您父亲一把，那么到中午，您父亲就不得不宣告破产。”

“哦！走吧！我们快走吧！”少女失声喊道，急忙拉着年轻人就走。

而这时候，莫雷尔夫人也已经把事情都对儿子说了。

年轻人知道父亲接连遭受打击以后，家庭的开支有了很大的变化；可是他没想到事情竟然已经到了这种地步。

他惊呆了。

蓦地，他冲出房门跑上楼去，他以为父亲在办公室里，敲门却没人应。

他正要转身走开，只听得旁边的房门开了，他回过头来，看见了父亲。莫雷尔先生刚才没有上楼去办公室，而是回了卧室，这会儿刚出来。

莫雷尔先生看见马克西米利安，不由得惊叫一声。他不知道儿子回来，一时竟愣在那儿，左胳臂紧紧按住藏在礼服里面的一件东西。

马克西米利安飞身下楼，扑上去搂住父亲的脖子。可是，突然间他往后退下一步，右手却仍按在父亲胸前。

“父亲，”他的脸唰地变成了死灰色，“您为什么在礼服里藏一对手枪？”

“唉，我就担心会这样！”莫雷尔说。

“父亲！父亲！看在老天的分上！”年轻人大声说，“告诉我您要手枪有什么用？”

“马克西米利安，”莫雷尔凝望着儿子说，“你是一个男子汉，一个珍惜名誉的男子汉。来吧，我告诉你。”

莫雷尔跨着沉稳的步子上楼往办公室而去，马克西米利安却步履踉跄地跟在后面。

莫雷尔打开门，等儿子进去后把门关上;接着他穿过前厅，走到办公桌前，把手枪放在桌上，向儿子指了指摊开的账本。

这本账簿上准确地记录着公司的财务状况。

莫雷尔再过半个小时必须支付二十八万七千五百法郎。

他现在总共才有一万五千二百五十七法郎。

“你看看吧。”莫雷尔说。

年轻人看完以后，仿佛整个人都垮了。

莫雷尔什么也没说，面对数字写成的无情的判决书，还有什么可说的呢？

“为了应付这场灾难，父亲，”过了一会儿，年轻人问道，“您已经尽了全力？”

“是的。”莫雷尔说。

“您没有别的进账了？”

“没有了。”

“所有的办法都想尽了？”

“都想尽了。”

“那么再过半个钟头，”马克西米利安声音低沉地说，“我们的姓氏就要蒙受耻辱了。”

“鲜血可以洗清耻辱。”莫雷尔说。

“您说得对，父亲，我明白您的意思。”

说完，他伸手去拿手枪。

“一把您用，一把我用，”他说，“谢谢。”

莫雷尔拦住他的手。

“那么你母亲呢……你妹妹呢……谁来扶养她们？”

年轻人周身一颤。

“父亲，”他说，“您要让我活下去，这您认真想过没有？”

“是的，我要你活下去，”莫雷尔说，“这是你的责任。你是一个头脑冷静、性格坚强的人，马克西米利安……马克西米利安，你不是一个平庸的人；我不要求你什么，也不命令你去做什么，我只是对你说：你就当自己是个局外人，客观地审视一下你的处境，然后自己来做出判断吧。”

年轻人思索片刻，眼睛里闪现出一种坚忍的目光。他悲伤地缓缓撕下标志军衔的肩章和袖章。

“好，”他把手伸给莫雷尔说，“您安心地死吧，父亲！我活下去。”

莫雷尔动了动身子，想跪倒在儿子跟前。马克西米利安一把扶住他，拉向自己；一时间，两颗高贵的心紧紧贴在一起跳动了。

“你知道这不是我的过错。”莫雷尔说。

马克西米利安笑了笑。

“我知道，父亲，您是我见过的最高尚的人。”

“好，都说定了：现在，回到你母亲和妹妹身边去吧。”

“父亲，”年轻人单膝跪下说，“为我祝福吧！”

莫雷尔双手捧住儿子的头，在他前额吻了好几下。

“喔！是的，”他说，“我以我自己和三代名声无可指摘的先人的名义为你祝福，记住我以三代人的名义说的话吧：灾难摧毁的大厦，天主会重新建起。哪怕是铁石心肠的人，看见我这样死去，也会同情你的；他们拒绝给我宽限，但他们也许会给你。这时，你不能说出任何有失尊严的话；你要努力，要勤奋，要热情勇敢地去奋斗；你和母亲、妹妹，要学会过艰苦的生活，这样日积月累，在你的手里就会慢慢攒起我欠下的债款，而且愈聚愈多。想想吧，为我恢复名誉的那一天，该是多么壮丽，多么伟大、庄严的一天啊；到那一天，你可以就在这间办公室里说：我的父亲死了，因为他没能做成今天我所做的事；可是他死得安详、平静，因为他知道我一定会成功的。”

“啊！父亲，父亲，”年轻人大声说，“您要能活着那有多好！”

“倘若我活着，一切就都不一样了。倘若我活着，关心会变成怀疑，同情会变成催逼；倘若我活着，我只是一个言而无信、违约毁誉的人，说到底只是一个破产的人。反过来，倘若我死了，你想想，马克西米利安，我的尸体便是一个正直而不幸的人的尸体。活着，就连最好的朋友也不会再上门；死了，全马赛的人会流着泪护送我到最后的安息之地；活着，我的名字会使你蒙羞含垢；

死了，你可以昂起头说：

“‘我父亲是因为有生第一次迫不得已食言而自杀的。’”

年轻人呻吟一声，他似乎已经认命了。听从天主的这个信念，又一次回到他的脑际，但不是心中。

“现在，”莫雷尔说，“我要一个人待在这儿，别让你母亲和妹妹过来。”

“您不想再见见妹妹了？”马克西米利安问。

这次见到父亲，年轻人内心还隐隐约约怀着一线希望，这就是他问这句话的原因。莫雷尔先生摇摇头。

“今天早上我已经见过她，”他说，“已经跟她告别过了。”

“您对我就没有别的嘱咐了吗，父亲？”马克西米利安声音颤抖地问道。

“有，孩子，有一个神圣的嘱托。”

“您说，父亲。”

“汤姆森—弗伦奇公司是唯一一家同情我的公司。他们这样做是出于人道，还是出于自私的动机，我不知道，别人的心理已经不该由我来研究了。这家公司的代理人再过十分钟就要来取二十八万七千五百法郎到期期票的现款，这位先生，我想说他不是同意，而是主动提出为我宽限了三个月的时间。孩子，你首先要把这家公司的欠债还清，你对这位先生要绝对尊重。”

“是，父亲。”马克西米利安说。

“现在，最后一次道别吧，”莫雷尔说，“去吧，去吧，我要一个人待着；遗嘱就在卧室的写字台里，你会找到的。”

年轻人站着没动，神情木然，他只有意志的力量，却没有行动的力量。

“听着，马克西米利安，”他的父亲说道，“假定我与你一样是一个军人，接到命令去攻占一个碉堡，而你知道我在攻占这座碉堡时会被打死，难道你不会对我说：‘去吧，父亲。因为，您倘若留下来就会名誉扫地，与其受耻辱不如去死！’”

“是的，是的，”年轻人说，“是的。”

说着，他浑身痉挛地把莫雷尔搂在自己怀里。

“我走了，父亲。”他说完便冲出办公室。

儿子走了以后，莫雷尔有一会儿站着没动，眼睛凝视着房门；然后，他抬起手，找到拉铃绳，拉了一下。

片刻过后，科克莱斯进来了。

他像换了一个人:这三天来他弄明白了是怎么回事，身心也就整个儿垮了。二十年的岁月没能压弯他的颈项，但想到莫雷尔公司即将无力付款，他的腰背就再也直不起来了。

“我的好科克莱斯，”莫雷尔说这话时的声调实在无法描述，“你等在前厅里吧。三个月前汤姆森 — 弗伦奇公司的代理人来过，你是知道的，这位先生待会儿还要来，他一到你就通报。”

科克莱斯一声不响，点了点头，回到前厅坐下，静等着。

莫雷尔又跌坐在椅子上；他的眼睛不由自主地移向挂钟，还剩七分钟，这是他生命的最后七分钟了。指针走得这么快，真叫人难以想象；他似乎看见指针在移动。

我们眼前的这个人，年纪还不算大，经过一番也许是错误的，然而至少是认真的思考以后，他就要和他在世上所爱的一切，和家庭幸福的温馨生活告别，在这庄严的时刻，他脑海中翻腾着的思绪，是无法表达的；但只要看看他那张大汗淋漓、露出听天由命神情的脸，看看他那噙着泪水、凝望着苍天的双眼，我们也就对他在想些什么，多少能知道几分了。

指针仍在移动，子弹已经上膛;他伸手拿起一把枪，轻轻念着女儿的名字。

他又放下这致命的武器，拿笔写了几个字。

这时，他才感到自己还没向钟爱的女儿好好告别。

接着，他又转向挂钟，他不再以分而是以秒计数了。

他拿起手枪，嘴巴半张，眼睛盯住指针，听到枪保险打开的咔嗒声的一刹那，他不禁打了一个寒战。

冰凉的汗珠从额头滚下，一阵更加难忍的烦躁压在他的心头。

他听见了楼梯口那扇门的转动声。

接着，办公室的门也开了。

挂钟即将敲响十一点。

莫雷尔没有回过头去，他等着科克莱斯说出这句话：

“汤姆森—弗伦奇公司代理人到。”

他把手枪移向自己的嘴……

突然，他听到一声叫喊，是女儿的声音。

他转身看见朱丽；手枪从手中滑到了地上。

“父亲！”少女叫道，她上气不接下气，兴奋得几乎昏死过去，“得救了！您得救了！”

说着她一头栽进他的怀里，手上举起一只红丝绒钱袋。

“得救了！我的孩子！”莫雷尔说，“你在说什么？”

“是的，得救了！看哪，看哪！”少女说。

莫雷尔拿起钱袋，打了一个寒噤，他依稀记得自己有过这样一件东西。

钱袋一头是一张二十八万七千五百法郎的期票。

期票已经付讫。

另一头是一颗大如榛子的钻石，旁边的一小张羊皮纸上写着五个字：

朱丽的嫁妆

莫雷尔把手放在额头上，以为自己在做梦。

这时，挂钟敲响十一点。

清脆的钟声在耳畔颤动，犹如铁锤一下下敲打在心头。

“哦，我的孩子，”他说，“快告诉我是怎么回事。你是在哪儿找到这只钱袋的？”

“在梅朗巷十五号六楼，一个小房间的壁炉上。”

“可是，”莫雷尔大声说，“这只钱袋不是你的呀。”

朱丽把她在上午收到的信递给父亲。

“你刚才就一个人待在那间屋子里？”莫雷尔看完信后问。

“埃马纽埃尔陪我去的，父亲。他说好在博物馆街的拐角等我；可是，奇怪的是，我返回时，他不在那儿了。”

“莫雷尔先生！”楼梯上响起一个声音，“莫雷尔先生！”

“是他。”朱丽说。

话音未落，埃马纽埃尔走了进来，满脸兴奋和激动。

“法老号！”他大声喊道，“法老号！”

“您说什么？法老号！您疯了吗，埃马纽埃尔？您知道法老号沉没了。”

“法老号！先生，他们发出的信号是法老号；法老号进港了。”

莫雷尔又跌倒在椅子上，他浑身无力，脑子再也不听使唤，无法弄明白这一连串不可思议的、让人简直不敢相信的奇怪事情。

这时，他儿子进来了。

“父亲，”马克西米利安大声说，“您干吗要说法老号沉了呢？瞭望台已经看到它，它进港了。”

“朋友们，”莫雷尔说，“倘若真有这样的事，那简直是天主显示的奇迹了！不可能！不可能啊！”

但是，他拿在手里的这只钱袋、这张付讫的期票和这颗晶莹璀璨的钻石，却是这么真切，这么实在，绝非凭空想象的东西。

“喔！先生，”这时科克莱斯说话了，“这是怎么回事，怎么是法老号？”

“我们走，孩子们，”莫雷尔站起身来说，“我们去看看这个消息是不是确实，但愿上天怜悯我们。”

他们下楼而去；莫雷尔夫人等在楼梯上：这可怜的女人刚才没敢上楼。

不多片刻，他们就到了卡讷比耶尔大道。

港口上挤满了人。

人群为莫雷尔闪开了一条通道。

“法老号！法老号！”大家异口同声地喊道。

果然，说来简直叫人无法相信，圣让瞭望塔的对面，奇迹般地停着一艘海船，船尾赫然漆着几个白色大字：法老号　马赛莫雷尔父子公司。这艘船和原来那艘法老号一模一样，船上也满载着胭红和靛蓝颜料。船长戈玛尔在甲板上指挥下锚，佩纳隆老爹在向莫雷尔先生挥手致意。

再也无可怀疑了：亲眼所见、亲耳所闻便是证明，而且还有上万个见证人。

莫雷尔和马克西米利安站在防波堤上，在全城人的鼓掌欢呼声中抱在一起；而这时，有一个黑胡须遮住了半张脸的男人，躲在一个岗亭后面，深情地注视着这个场面，口中喃喃地说：

“心灵高尚的人，祝你幸福；但愿天主为你已做和将做的善事赐福于你；

但愿我的感谢如同你的善行一样不为人所知。”

他离开藏身的岗亭时，脸上的笑容洋溢着欣喜和幸福；谁也没有注意到他，每个人都在关注眼前发生的事情。他走下一级石阶，连唤三声：

“雅各布！雅各布！雅各布！”

一只划子应声向他划来，把他送到一条设施豪华的游艇边上，他的身手犹如水手般矫健，一跃跳上游艇的甲板。他站在那里，再次向莫雷尔先生望去，船主淌着欢乐的泪水，在人群中和大家亲热地握手，满含谢忱的目光则仿佛在向上天寻觅那位不知名的恩人。

“现在，”那个陌生男人说道，“永别了，善良，人道和感激……永别了，所有使心灵之花绽放的情感！……我已经代天主酬报了好人……现在让我代复仇之神去惩罚恶人吧！”

说完这句话，他做了个手势，游艇似乎只等这个信号启航，即刻往大海飞驶而去。

第31章

意大利——水手辛巴德

一八三八年初，两位来自巴黎上流社会的年轻人，阿尔贝·德·莫尔塞夫子爵和弗朗兹·德·埃皮奈男爵，来到佛罗伦萨。两人商定一起去罗马过狂欢节[1]，弗朗兹在意大利住了将近四年，所以这次他给阿尔贝当导游。

去罗马过狂欢节不是一件小事，何况这两个人还不想在民众广场或瓦奇诺广场这种地方随便找个过夜的地方。于是，他们写信给西班牙广场上伦敦旅馆的帕斯特里尼老板，预定一个舒适的套房。

帕斯特里尼老板回信说只有 al secondo piano[2] 两间卧室和一间书房空着，每天只收一个路易的租金。两个年轻人接受了。阿尔贝想充分利用余下的时间，于是去了那不勒斯。弗朗兹留在佛罗伦萨。

弗朗兹尽情领略这座孕育美第奇家族[3]的城市的风土人情，在人称游乐场的这座伊甸园里漫步，在佛罗伦萨引以为荣的显贵府上做客。这天他心血来潮，心想既然见识过了波拿巴的诞生地科西嘉，何不再去拿破仑的栖息地厄尔巴岛看看呢。

于是一天傍晚，他来到里窝那港口，解开系在铁环上的一条小船，裹着披风睡进舱底，只对水手说了一句："去厄尔巴岛。"

小船像海鸟离巢般驶出港口，次日便将弗朗兹送到了费拉约港。

沿着那位伟人的足迹走了一遭之后，弗朗兹横穿这座帝王之岛，登船往马尔西阿纳驶去。

离岸后两小时，他在皮阿诺萨上了岸，因为水手满有把握地说，那里有漫天飞着的红山鹑在等着他。

---

1 亦称"嘉年华会"。欧洲民间的一个节期，一般在基督教大斋节前三天举行。因封斋期间教会禁止肉食和娱乐，人们在此节期举行各种宴饮跳舞活动，尽情欢乐。

2 意大利文：三楼的。

3 美第奇家族：中世纪意大利佛罗伦萨的著名家族。16 世纪起其族人先后受封为佛罗伦萨公爵和托斯卡纳大公，并有两人当选为教皇。佛罗伦萨为意大利文艺复兴的中心之一。

打猎成绩并不理想。弗朗兹费了好大劲才打到几只瘦山鹑。像所有忙了半天而收获甚微的猎手一样，他重新登船时情绪很糟糕。

“噢！阁下愿意去的话，”船长对他说，“有个地方打猎绝对棒。”

“在哪儿？”

“您看见那座岛了吗？”船长伸手朝着正南方向，指着兀立在无比绚丽的靛蓝色海面上的一块巨大的锥形礁岩。

“嗯，这是什么岛？”弗朗兹问。

“基督山岛。”里窝那人回答说。

“可我没有在这个岛上打猎的许可呀？”

“阁下不用许可，这是座荒岛。”

“啊！是吗？”年轻人说，“地中海当中居然有个荒岛不住人，真是不可思议。”

“这挺自然，阁下。岛上全是岩石，要种地可难喽。”

“岛归哪儿管？”

“托斯卡纳。”

“在岛上能找到什么猎物？”

“数不清的野山羊。”

“它们靠舔石头为生？”弗朗兹怀疑地笑着问。

“那倒不是。不过岩石缝里有欧石楠、香桃木和黄连木，可以啃嫩芽。”

“那我睡哪儿？”

“睡岛上的岩洞，或者裹了披风睡船上，都可以。不过，如果阁下愿意，我们可以打完猎就走；我们的船白天夜间都可以航行。用不上帆的时候我们可以划桨。”

跟伙伴会聚的日子还早，再说在罗马的住宿也不用担心，于是弗朗兹接受了这个建议，心想可以补偿一下上次狩猎的遗憾。

听到他同意了，水手们低声交谈了几句。

“怎么啦！”他问道，“有什么麻烦事吗？”

“没什么，”船长说，“只是我们得先跟阁下说清楚，岛上可不太安全喔。”

“什么意思？”

“我是说，基督山岛上没人居住，所以就成了从科西嘉、撒丁岛或是非洲来的走私贩子和海盗的避风港。万一有人举报我们在岛上待过，那么我们一回到里窝那，就得接受六天的检疫隔离检查。”

“见鬼！这算怎么回事哪！六天！上帝创造人类也不过用了六天。这可未免长了点吧，伙计们。”

“可是谁会说出阁下去过基督山岛呢？”

“嘿！总不会是我吧。”弗朗兹大声说。

“也不会是我们。”水手们异口同声说。

“既然这样，就去基督山岛吧。”

随着船长的命令，小船向着基督山岛的方向掉过头来。

弗朗兹在一旁看着水手们忙前忙后。不一会儿，小船驶上新的航程，轻风鼓满了船帆，四名水手各就各位，三人在前，一人掌舵。这时，他重新接上话头。

“加埃塔诺，”他对船长说，“我想，您刚才说基督山岛是海盗的藏身之地，看来除山羊之外还有另一种猎物啰。”

“是的，阁下，确实是这样。”

“我早就知道有走私贩子，但自从攻占阿尔及尔和摄政时期[1]崩溃以来，我还以为海盗只是库珀[2]和马里亚特上尉[3]小说中的人物呢。”

“哟！阁下可想错了。海盗跟强盗是一回事，看上去强盗像是被教皇莱翁十二世消灭光了，可事实上他们每天都在抢劫旅客，甚至抢到了罗马城门口。您难道没听说，就在六个月前，法国驻罗马教廷代办在离韦莱特里[4]才五百步远的地方遭了抢劫？”

“听说了。”

“这不，倘若老爷像我们一样长住在里窝那，您会时不时地听说一条满载货物的小船或是一条漂亮的英国游艇没有返回，人们在巴斯蒂亚港、费拉约港或是在奇维塔韦基亚港等了又等，不知道发生了什么事，还以为船是撞上礁岩

1　指1715—1723年法国奥尔良公爵摄政的时期。

2　费尼摩尔·库珀（1789—1851）：美国著名的冒险小说作家。

3　费雷德里克·马里亚特（1792—1848）：英国小说家，写过一系列海上冒险小说。

4　意大利旅游城市。

沉没了呢。谁知道那块礁岩呀，其实是条载着七八个人的又矮又窄的小船，这伙海盗趁着月黑风高，在一个荒无人烟的小岛附近截住那条船，把它洗劫一空，这跟剪径的强盗在森林边上洗劫邮车是一回事。”

“那么，”弗朗兹仍然平躺在船舱里说，“遇到这样的倒霉事，那些人为什么不去申诉，要求法国、撒丁岛或是托斯卡纳政府惩办这些海盗呢？”

“您问为什么？”加埃塔诺笑着说。

“是呀，为什么？”

“因为，他们先把游艇或商船上所有的值钱东西搬到自己的小船上，然后把被劫船上所有人的手脚都捆绑起来，在每个人的脖子上吊一只二十四磅的铁球，又在俘获的商船的龙骨上凿一个酒桶大小的洞，然后跑上甲板，关闭舱口，再跳回自己的小船。十分钟后，商船上开始有人呼救，有人呻吟，船呢，慢慢地下沉，先是一侧，接着是另一侧。然后，船体一下子翘了起来，接着又往下沉，愈沉愈深。猛然间，只听得一声放炮似的巨响，舱内空气爆裂了甲板。商船就像一个落水的人在拼命挣扎一样，来回不停地晃动，每晃一下，船体就再往下沉一点。很快，船舱里的压力太大了，水从裂口直往外喷，就像巨大的鲸鱼从鼻孔在喷水柱。最后，随着一下闷响，船身最后打了个转往海底沉去，卷起一个巨大的漏斗状漩涡，漩涡转动片刻，渐渐弥合，然后消失得无影无踪。五分钟过后，就只有天主才能在平静的海底找到这艘失踪的商船了。

“现在您该明白，”船长笑着补充说，“为什么商船回不了港，也没有人去向政府告状的原因了吧。”

如果加埃塔诺在出航之前就将这些底细告诉弗朗兹，他多半会在决定此行之前再考虑一下。现在已经出发了，他觉得再退缩就显得怯懦了。他是这样一种人，他们不愿轻率冒险，但一旦危险临头，却能够冷静地迎上前去；他们果敢镇定，将危险看作决斗中的敌手；他们会审时度势，以退为进。退，并不是露怯，而是因为对自己的优势所在了然于心，更是为了紧接着一剑置对手于死地。

“得了吧！”他说，“我走遍西西里岛和卡拉布里亚[1]，还在爱琴海周游了两个月，可我连强盗或海盗的影子都没见着。”

1 意大利一个多山的地区。

“我说这些，倒不是想让阁下放弃这趟旅行，”加埃塔诺说，“既然您问了，我得把实情告诉您，就这么回事。”

“好吧，亲爱的加埃塔诺，您说的那些的确很有意思，但我还是想多游玩些地方。往基督山岛开吧。”

此时，风势很猛，小船以每小时六七海里的速度疾驶，迅速接近这趟航程的终点。随着小船驶近，小岛看上去就像从海中冒出来似的，显得愈来愈大。透过明净天际下的落日余晖，可以望见层层叠叠的岩石此起彼伏，如同弹药库里的炮弹。岩石缝隙中长出红嫣嫣的欧石楠和绿油油的树丛。那些水手们表面上看似平静，但显然内心还是有所警惕，小心翼翼地注视着脚下驶过的明镜般的辽阔海面。远远的海面上散布着几条渔船，扬着白帆，犹如在浪尖翻飞的海鸥。

距基督山不足十五海里时，夕阳开始在科西嘉岛的背后沉落，岛上的山峦在右首显现，在天穹上勾勒出锯齿状的轮廓。硕大的山岩就像巨人阿达马斯托[1]，气势逼人地耸立在小船前。笼罩在山背后的太阳给山巅涂抹上一片金黄。渐渐地，阴影从海上升起，仿佛是在驱赶落日的最后一抹余晖。余晖在山顶驻足片刻，将山顶染得色彩斑斓，就像火山口一样。最后，阴影从山岩底部向上爬升，终于吞没了山顶。整座岛屿成了一座灰雾缭绕的山，显得愈来愈阴沉，半小时后，就完全笼罩在黑夜中了。

好在船员们长年在那一带海域航行，对托斯卡纳群岛的每一块岩石都了如指掌。而弗朗兹置身于黑暗笼罩中的小船上，却无法摆脱内心的不安。科西嘉早已从视线中消失，基督山也不知隐蔽在了何处，可水手们却仿佛个个都长着猞猁的眼睛，能在黑夜里辨认方向，就连舵手也没有流露出丝毫的迟疑。

太阳落山已有约莫一个小时，弗朗兹发现左舷四分之一海里处似乎有一团黑乎乎的东西，但是看不清到底是什么。由于担心因为错将浮云认作陆地而招来水手们的嗤笑，他一直默不作声。忽然，天际闪现出一片亮光。陆地可能看上去像一片浮云，这片亮光却不可能是一颗流星吧。

“这是什么亮光？”他问。

“嘘！”船长说，“这是火光。”

1　阿达马斯托：葡萄牙诗人卡蒙斯（约1524—1580）所作叙事诗《卢济塔尼亚人之歌》中的巨人，象征好望角。该诗描写葡萄牙航海家达·伽马发现印度航线的经过。

“您不是说过岛上没人居住吗？”

“我是说没人常住，但我也说过，这是走私贩子的落脚点。”

“还有海盗吧！”

“还有海盗，”加埃塔诺将弗朗兹的话重复了一遍，“就是为了这个我才下令绕过小岛。您瞧，火光在我们后面了。”

“这火光，”弗朗兹接着说，“我倒并不担心，反而觉得挺安全，那些怕被别人发现的人才不敢生火呢。”

“噢，这可难说，”加埃塔诺说，“如果您能在黑暗里分辨出岛的方位，您就会发现，那火光无论是从侧面还是从皮阿诺萨岛那边望过去都看不到，只有从海上才看得到。”

“您担心那火堆是坏人点的？”

“这正是我们得弄清楚的。”加埃塔诺回答时，眼睛始终盯着岛上那星光般的火光。

“怎么弄清楚？”

“您会看见的。”

加埃塔诺跟伙伴们商量了四五分钟，然后他们悄然开始了行动。眨眼工夫，小船调转了头，朝来时的方向驶去。没一会儿，火光就隐匿在一片隆起的陆地后面。

这时舵手又改变了航向，小船快速向小岛靠拢过去。转眼间就离岛不过五十步之遥了。

加埃塔诺落下船帆，小船停了下来。

这一切都做得悄然无声，而且小船掉头之后，船上再也没有人说过话。

自从提议了这次冒险活动以后，加埃塔诺就将所有的责任揽在了自己身上。四个水手目不转睛地盯着他，手握船桨，随时准备划桨起程。由于是在黑暗中，这些做起来并不困难。

弗朗兹以我们所熟悉的冷静态度查看他的武器：两支双筒猎枪和一支马枪。他上好子弹，检查一下枪机，然后静静地等着。

这时，船长已脱掉了外套和衬衫，紧了紧裤子；他本来就光着脚，所以也没有鞋袜可脱。做完这些，他把食指按在嘴唇上示意大家保持肃静，然后悄无声息地滑入海里向岸边游去，他小心翼翼地游着，生怕引起一丝动静。只有水中泛起的粼粼波纹才能使大家了解他的踪迹。

一会儿工夫，波纹消失了。显然加埃塔诺已经上了岸。

所有人在小船上一动不动地等了半个小时，终于又看见同样粼光闪闪的波纹，从岸边向着小船漾来。片刻过后，加埃塔诺猛划两下，上得船来。

“怎么样？”弗朗兹和水手们同时发问。

“怎么样！”他说，“那是些西班牙走私贩子，还有两个科西嘉强盗跟他们在一块儿。”

“那两个科西嘉强盗跟西班牙走私贩混在一起干什么？”

“哟，天哪！”加埃塔诺以基督教徒悲天悯人的口吻回答说，“大家总得互相帮一把吧。这些强盗在陆地上常被宪兵和海关缉私队逼得走投无路，正好他们在那里发现一条小船，船上有几个像我们一样的棒小伙子，就来恳求我们收留他们。你总不能拒绝帮助这些被人到处追捕的可怜家伙吧！于是我们就收留他们，为更加安全起见，我们还出了外海。这么干花不了几个钱，却救了别人的命，起码让我们的一个伙伴获得自由，而他也会念我们的好处，兴许哪天机缘凑巧，会轮到他来给我们指一个安全去处，帮我们把货物顺顺当当地卸上岸呢。”

“这么看来，”弗朗兹说，“你们自己有时候也干点走私的活儿，对吗，我亲爱的加埃塔诺？”

“嗨，您别这么说，阁下，人总得什么都干一点儿，我们还得过日子哪。”加埃塔诺露出一副难以捉摸的笑容回答。

“那么您跟岛上的那些人是老相识了？”

“差不多，我们水手就像共济会[1]会员一样，互相之间打个暗号就认识啦。”

“那我们也上岸去的话要紧吗？”

“绝对没问题，走私贩毕竟不是盗贼。”

“可这两个科西嘉强盗……”弗朗兹接着说，心里盘算着遇到危险的可能性。

“哎，我的老天！”加埃塔诺说，“做了强盗那也不是他们的错，那是政

1 共济会是分布在世界各地的秘密组织，源自公元八世纪泥瓦匠的行业组织，以互助互爱为宗旨。

府的错。”

“怎么会是这样？”

“当然是这样！他们是被逼无奈，也就是因为做掉了个把人，科西嘉人生来就有这种喜欢复仇的天性。”

“这做掉个把人是什么意思？难道是杀了人？”弗朗兹追问。

“应该说是杀了一个仇人，”船长接着说，“这完全是两码事。”

“好吧，”年轻人说，“去请求那些走私贩和强盗接纳我们吧，您觉得他们肯吗？”

“绝对没问题。”

“他们有多少人？”

“四个，阁下，加上两个强盗一共是六个。”

“正好我们也是六个人，万一那几位先生想要生事，我们也对付得了。好了，我再说最后一遍，去基督山。”

“遵命，阁下，不过您能准许我们采取一些预防措施吗？”

“那当然。要像涅斯托尔[1]那样足智多谋，像尤利西斯[2]那样谨慎小心。我不但准许，而且鼓励你们这样做。”

“那好，大家都别出声了！”加埃塔诺说。

所有人都闭上了嘴。

像弗朗兹这样头脑缜密的人，所有这些事他都看得很明白，情况不算危急，但也不能漠然视之。他清楚，眼下周围一片黑暗，自己孤身一人漂荡在海上，对那些水手不知根底，而他们也没有理由要效忠于他；那些人知道他的裤腰带里藏着几千法郎，他们还不止一次地端详他的武器，即便不是出于妒忌，至少也是出于好奇，因为他那几支枪都非常棒。另一方面，他就要登岸了，只有这几个人可以保护他。这座小岛虽然有着一个富于宗教色彩的名字，但在弗朗兹看来，除了将他钉在十字架上外，那些走私贩子和强盗似乎不会给他什么别的礼遇。再说，关于那艘沉海商船的故事大白天讲起来似乎有些夸张，但在夜里听来倒颇有几分可信。因此，置身于想象出来的双重危险之中，他眼睛紧盯着

1　希腊神话中的英雄，荷马史诗中把他描写成一位深谋远虑的军事首领。

2　即希腊神话中的英雄奥德修斯，传说中解古城特洛伊之围的木马计就是他提出的。

那些人，手也一直不离枪把。

这时，水手们重新扯起船帆，沿着刚才走过一个来回的水道驶去。弗朗兹的眼睛已经习惯了黑暗，在黑暗中能够分辨出船舷边掠过的巨大的花岗岩石，当小船再次拐过一处悬崖时，他终于瞥见了火光，比先前看到的更加明亮，原来那是一堆篝火，有五六个人围坐在火堆旁。

火光辉映在百步开外的海面上。加埃塔诺沿着光影的边缘航行，小心地使船隐没在黑暗之中；直到驶到火光的正面时，他才笔直地朝着光影中心驶去，嘴上哼起一首渔歌，他的伙计们也同声给他伴唱。

歌声一响，围坐在火堆旁的那几个人就站起身向滩头走来，眼睛直盯着小船，显然是竭力想弄清来者的实力和意图。

没多久，他们似乎已经摸清了情况，只留一人待在岸边，其余的人都回到火堆旁，火上正烤着一整只山羊羔。

当小船驶到距岸二十来步时，滩头上的那个人举起马枪做了个哨兵遇见巡逻兵时的姿势，用撒丁岛上的土话喊道："什么人？"

弗朗兹沉着地将双筒枪上了膛。

加埃塔诺跟那个人对了几句话，那些话弗朗兹一句也听不懂，但听得出来是在讲他。

"阁下，"船长问，"您打算通报一下姓名吗？"

"不要让他们知道我的姓名，"弗朗兹答道，"就跟他们说我是来这里游玩的法国游客好了。"

加埃塔诺将这些话转述给了哨兵，哨兵听后向围坐在火堆边的一个人吩咐了一声，那人立刻站起身来消失在岩石堆后面。

一时间谁都没有作声，似乎每个人都在忙自己的事：弗朗兹忙着下船，水手们在收帆，走私贩继续烤他们的羊羔；然而，这些人表面上显得漫不经心，私下里都在彼此观察。

刚才走开的那个人，突然出现在刚才消失地点的对面，他向哨兵点头示意，那哨兵就转向小船，喊了一声："Saccommodi."

"Saccommodi"是意大利文，无法直译，可以理解为"来吧，请进，欢迎光临，只当在你自己家里一样，你就是家里的主人"，诸如此类。这个词有点像莫里哀[1]说的那句土耳其话一样，其含义之丰富足以令那些醉心于贵族的小市民惊叹不已。

没等他说第二遍，水手们便猛划几桨将小船靠上了岸。加埃塔诺跳上沙滩，又低声跟哨兵交谈了几句；他的伙计们也先后下了船，最后轮到了弗朗兹。

他肩上斜背着一支枪，加埃塔诺也背着一支枪，一个水手提着马枪。他的那身穿着看上去有点像戏子，又有点像公子哥，既没引起主人的怀疑，也没使他们感到不安。

他们将船泊在岸边，走上几步想找个合适的露营地。但是那个放哨的走私贩子显然觉得他们往那儿走很不妥，他对加埃塔诺大声喊道：

"请别走那边。"

加埃塔诺咕哝着道了声歉，掉转头，朝着相反方向走去，另外两个水手为了照路，走到篝火旁点着了火把。

他们又往前走了三十来步，在一片被岩石围起的空地上停下脚步。岩石上有人凿了几个凳子模样的墩子，有点像让人坐着放哨用的哨位。四周的岩石缝里生长着几株矮小的橡树和繁密的香桃木。弗朗兹压低火把，借着火光看到一堆灰烬，看来这个舒适的隐蔽去处并不是他第一个发现的，这想必是那些居无定所的走私贩子在基督山岛上的一处歇脚地。

他打消了原先所做的种种推测。自从一脚踏上了岸，受到主人算不上友好但还比较平和的接待，他的担心就已经打消了许多，而当闻到隔壁露营地飘过来烤炙小羊羔的香味时，他的担心就全部转化成了食欲。

他跟加埃塔诺说起晚餐的事，加埃塔诺回答说，准备晚餐再容易不过了，他们的船里有面包、酒和半打山鹑，只消生起一堆火来烤熟它们就得了。

"再说，"他补充说，"如果阁下想尝尝羊羔的美味，我可以过去，用我们的山鹑换回他们的一块肉来。"

"就这么办，加埃塔诺，"弗朗兹说，"您真是天生做生意的料。"

这时水手们已经抱来几捧欧石楠和香桃木的干枝，还有一些新鲜的栎树枝，生起一堆火来。

---

1 莫里哀（1622—1673）：17世纪法国剧作家。他运用喜剧传统形式创造了新的喜剧风格。他的作品中有一部名为《醉心于贵族的小市民》。

正当弗朗兹嗅着烤山羊的香味，等得不耐烦时，船长神色忧虑地回来了。

“怎么样，”他问，“有什么消息？他们拒绝了？”

“正好相反，”加埃塔诺说，“老大听说你是从法国来的年轻人，邀请您跟他们一起用晚餐。”

“好啊，”弗朗兹说，“既然这位老大这么客气，我倒不好不接受了，再说我也可以带些东西过去一块儿吃。”

“不是这么回事，他们有的是吃的。但他有个条件，您答应了才能请您去他家。”

“他家？他在这儿造了房子？”

“没有，但反正他有个很舒适的住处，他们是这么说的。”

“您认识这位老大？”

“我听人说起过他。”

“说好还是说坏？”

“有好也有坏。”

“嚯！是什么条件呢？”

“您得用布蒙住眼睛，直到他吩咐您取下的时候才可以取下。”

弗朗兹凝视着加埃塔诺，在心里揣摩他对这个提议的想法。

“哎，”加埃塔诺仿佛在应答弗朗兹的想法，“我觉得值得考虑。”

“换了您的话，您会怎么做？”年轻人问。

“我就去，反正没什么大不了的。”

“您会接受邀请？”

“会，就当是去开开眼界吧。”

“这位老大家里有什么东西值得看的？”

“听着，”加埃塔诺压低嗓门说，“我不知道人家说的那些是不是真的……”

他停下来，看看附近是否有人在偷听。

“别人怎么说的？”

“说这位老大住在一个地下宫殿里，跟这个地下宫殿比起来，庇梯[1]的府邸简直就不值一提。”

1　意大利佛罗伦萨著名世家。该家族的府邸建于15世纪，以藏画丰富而闻名。

“简直是天方夜谭！”弗朗兹重新坐了下来。

“这可不是天方夜谭，”加埃塔诺继续说，“这是真的。圣费迪南号上的那个舵手卡玛就去过，回来后惊叹得不得了，说这样的宝窟只有在神话故事里才有。”

“是吗！”弗朗兹说，“不过照您这么说，我这不是要去阿里巴巴的山洞了吗？”

“我只不过把别人说的告诉您罢了，阁下。”

“看来您是劝我接受啰？”

“嗨，我没这么说！阁下还是自己拿主意，这种事我可不敢劝您。”

弗朗兹思索了片刻，估摸这样有钱的人不太可能贪图自己这区区几千法郎的。无非就是去吃一顿丰盛的晚餐，于是他接受了邀请。加埃塔诺带着他的答复走了。

我们前面提到过，弗朗兹是个谨慎的人，他想对这位奇怪而又神秘的主人有尽可能多的了解。于是他转向旁边的一个水手——刚才他跟船长谈话时那人一直在恪尽职守地给山鹑褪毛——问他，周围既看不见舢板，也看不见帆船，那些人到底是怎么上岛的呢。

“我倒不担这个心，”那水手回答说，“我知道他们的帆船在哪儿。”

“是条漂亮的帆船吗？”

“但愿阁下您也有那样一条船，用来周游世界。”

“它的载重有多少？”

“大概一百吨左右，这条船式样挺别致，按英国人的说法是一条游艇，打造得非常结实，经得住任何风浪。”

“在哪儿打造的？”

“我不清楚，依我看这是一条热那亚船。”

“一个走私贩的头儿，怎么会到热那亚让人打造这样一条船用来跑生意呢？”弗朗兹继续问。

“我可没说船的主人是走私贩呀。”水手说。

“您是没说过，但好像加埃塔诺说过。”

“加埃塔诺只是远远地见过那条船，他还没跟船上的人讲过话呢。”

“但是，这个人不是走私贩子的话，那他是什么人呢？”

“一位有钱的爵爷，到处旅行，寻欢作乐呗。”

“啊，”弗朗兹心想，“这个人真是越来越神秘了，他俩说的话都对不上头。”

“他叫什么名字？”

“别人问他时，他总是回答说他叫水手辛巴德，不过我怀疑这不是他的真名。”

“水手辛巴德？”

“是的。”

“这位爵爷住在哪儿？”

“住在海上。”

“他是哪国人？”

“不清楚。”

“您见过他吗？”

“见过几次。”

“他是个什么样的人？”

“待会儿阁下自己判断吧。”

“他会在哪儿接待我呢？”

“一定会在加埃塔诺告诉您的那个地下宫殿里。”

“你们以前在这座无人荒岛停泊时，从来没有想到过去瞧瞧那座迷人的地下宫殿？”

“喔！想过的，阁下，”水手说，“找了不止一次，可结果还是一场空。我们到处搜寻岩洞，但始终找不到一点儿洞口的痕迹。听说那扇门不是用钥匙打开，要用魔法咒语才叫得开。”

“看来没错，”弗朗兹自言自语地说，“我这是到了《一千零一夜》的故事中啦。”

“爵爷在恭候阁下。”一个声音在身后说道，他听出是那个哨兵。

哨兵后面还跟着两个游艇上的人。

弗朗兹立即从口袋里抽出手帕，递给对他说话的那个人。

他们一言不发地把他的眼睛蒙了起来，而且蒙得很小心，生怕他会趁机偷看。蒙上后还让他发誓绝不试图扯下眼罩。

他发了誓。

然后那两个人一人挟住他的一只胳膊，给他引道，哨兵则在前面开路。

走了三十来步，烤羊羔的味道越来越诱人，估计是正在经过那个露营地，接着他被带着继续往前走了五十来步，显然是朝着起先加埃塔诺被喝止的那个方向在走，此时他才明白刚才不被准许往那儿走的原因了。不久，氛围有些变化，感觉像是进了地洞。又走了数秒钟，听到噼啪声，空气变得温暖而芳香。终于，他感觉自己的双脚踏在了厚实而柔软的地毯上；向导放开了他。片刻静穆之后，有个声音用略带一点外国口音的优美法语向他说道：

“欢迎光临寒舍，先生，您可以解下手帕了。”

读到这里您不难想到，一听到这句话，弗朗兹就解下了手帕。他面前站着一位男子，三十八九岁样子，一身突尼斯人打扮，头戴一顶镶着蓝色丝绸流苏的红色无边圆帽，身穿一件镶着金边的黑呢外套和一条宽松的深红色长裤，腿上是同样颜色的护腿套，也跟外套一样镶着金边，脚下趿一双黄色拖鞋，腰间围一条华丽的羊绒大围巾，腰带上插一柄锋利的小弯刀。

虽然脸色苍白得有些发青，这个人却是相貌堂堂；两眼目光敏锐，富有活力；挺拔的鼻梁几乎与前额齐平，带有纯粹的希腊鼻特征，牙齿颗颗洁白如同珍珠，在黑髭的衬托下显得分外耀眼。

不过他的脸色苍白得有些非同寻常，仿佛一个人长时间被关闭在墓穴里头，再也恢复不了常人那种健康的肤色了。

他的身材并不高，却很匀称，手脚都很小巧，跟南方人一样。

使弗朗兹惊讶不已的是，自己刚才还把加埃塔诺所说的视为天方夜谭，而此刻豪华的室内陈设令他不得不眼见为实。

整个房间里都挂满了绣着金花的深红色土耳其织锦。角落里是一张榻儿，上面摆放着一套阿拉伯宝剑，剑鞘是银的，剑柄上镶嵌着灿烂的宝石；天花板上垂挂着一盏威尼斯玻璃吊灯，外形和色彩都很迷人，脚下是土耳其地毯，又软又厚，深及脚背；弗朗兹刚才进来的那扇门前挂着几重门帘，另外有一扇门通向隔壁房间，看过去里面一片灯火辉煌。

主人听凭弗朗兹站在那里发愣，同时也在打量他，目光始终不曾离开过他。

“先生，”他终于对他说道，“让您蒙住眼睛来这儿，多有冒犯，万分抱歉。因为大部分时间里这座岛上荒无人烟，一旦让别人知晓这个住处的秘密，等我回到这个落脚之地时，肯定会发现这里被弄得一团糟，那样就未免太令人不愉快了。倒不是因为怕受损失，我是怕那时再也没法过这种与世隔绝的生活了。现在，让我来尽力帮您忘掉这些小小的不愉快，我要向您奉献您绝对想不到在这儿能找到的东西，那就是一顿还算丰盛的晚餐和一张相当舒服的卧床。”

“说实在的，我亲爱的主人，”弗朗兹答道，“您不必为此道歉。我知道，那些进入神奇宫殿里的人总是要被蒙上眼睛的，您看，《胡格诺派教徒》[1]里的拉乌尔不就是这样的吗。再说我也没有什么可抱怨的，因为您让我看到的简直就是《一千零一夜》神奇故事的一部续集。”

“唉！我想借用卢库卢斯[2]的一句话，‘假如我早知道有幸请到先生，我就事先做些准备了。’寒舍虽然简陋，但您尽可随意享用；菜肴一如平常，但仍请您赏光。阿里，晚餐准备好了吗？”

话音刚落，门帘掀开，一个穿着一套白色便服，皮肤黑得像乌木似的努比亚黑奴向主人示意，餐厅里一切都已准备妥当。

“现在，”那陌生人对弗朗兹说，“我不知道您是否同意我的看法，不过我觉得，两个人面对面待上两三个小时，彼此不知道如何称呼对方，实在是很别扭的事情。我很尊重待客之道，绝不会冒昧询问您的大名或尊衔。我只是请您随便给我一个称呼，以便于我跟您交谈。至于我自己，为了您说话方便，我想告诉您，大家通常叫我水手辛巴德。”

“我嘛，”弗朗兹回答，“我要告诉您，只要得到那盏著名的神灯，我便可以变成阿拉丁[3]了。眼下您不妨就叫我阿拉丁吧，这样我们就可以沉浸在这东方世界的氛围里了，我总是在想，我是被某个善良的守护神带到这里来的吧。”

“好吧，阿拉丁老爷，”那位神秘的东道主说，“您已经听到我们的晚餐准备好了，那就请劳驾去餐厅吧；鄙人当在前引路。”

说着，辛巴德掀开门帘，把弗朗兹引进餐厅。

---

1 《胡格诺派教徒》又名《法国新教徒》，德国作曲家梅耶贝尔 1836 年创作的法国式大歌剧，取材于历史上天主教徒屠杀新教徒的宗教事件。

2 卢库卢斯（约公元前 117—前 56）：古罗马大将。

3 《一千零一夜》中的故事《阿拉丁与神灯》中的主人公。

弗朗兹仿佛走进了另一个魔幻之地，餐桌上摆满了珍馐佳肴。他环顾四周，竭力使自己缓过神来。餐厅的富丽堂皇不亚于他刚刚离开的小客厅，整个房间全部用大理石铺就，装饰着价值连城的古代风格的浮雕，长方形餐厅的两端各伫立着两尊精美的雕像，头上都顶着果篮。篮里有许多鲜美的水果，堆成金字塔状：除了西西里的菠萝，马拉加的石榴，巴利阿里群岛的甜橙，还有法国的桃子和突尼斯的椰枣。

晚餐有烤野鸡配科西嘉乌鸫，腌制的冻野猪肉，一大块浇了芥末蛋黄酱的烤羊羔，一条鲜美的大鲮鱼和一只硕大的龙虾。几道大盘之间，还上了多道甜品小碟。

餐盘是银质的，餐碟则是日本瓷器。

弗朗兹揉了揉双眼，努力使自己确信这不是梦境。

在餐桌旁侍候着的只有阿里一个人，他把一切都做得井井有条，对此客人向他的主人大加赞赏。

“是的，”主人一边安闲自如地招待客人，一边接口说，“这个可怜的家伙，对我非常忠心，可以说是竭尽报效之心。我救过他的命，对此他一直铭记在心，他很爱惜这条命，看来他知道自己的脑袋还在肩膀上是拜我所赐，对此还颇有几分感激之情。”

阿里走到他的主人跟前，捧起他的手吻了一下。

“辛巴德先生，”弗朗兹说，“我想请问您是在怎样的情形下完成那件善举的，您不会嫌我过分唐突吧？”

“哦！事情很简单，”主人回答说，“好像是这个可笑的家伙闲逛时太靠近突尼斯大公的后宫了吧，这在他这种肤色的年轻人是被禁止的。大公判了他重罪，要摘取他的舌头、手和头；第一天割舌头，第二天剁手，第三天砍头。我一直想找一个哑奴，所以等到他们把他的舌头割掉之后，我就去向大公提议用一支漂亮的双筒长枪来换他。头天晚上，殿下好像对这支枪很动心，但他又有些犹豫，因为他是那么地想要那个可怜家伙的命。于是除了长枪以外我又加上一柄英国猎刀，我曾经用这把猎刀将殿下的土耳其弯刀一斩两段。这使得大公决定赦免了他的手和头，但条件是他永远不得再踏上突尼斯的国土。这项交易条件根本没有必要，因为这个异教徒一瞅见非洲海岸，就立刻躲到舱底下去了，一直到望不见世界第三大洲的时候，他才敢跑出来。”

弗朗兹默默地沉思了片刻，不知对于东道主刚才讲述这段故事时透着冷酷的天真神情，究竟应该做何感想。

“既然您取了那位受人尊敬的水手的名字，”他转换了话题，“您想必以航行为生吧？”

“是的，我曾发誓这样做，但那个时候，我几乎没有想到有可能实现这一誓言，”陌生人微笑着说，“我还另外发过几个誓，我希望它们都能够兑现。”

虽然辛巴德在说这些话的时候表情很平静，但是他的目光中有一种奇特的冷酷意味。

“您受过不少苦吧，先生？”弗朗兹试探地问。

辛巴德微微颤动一下，定睛看着他。

“您从哪儿看出这一点的？”他问。

“一切都使我这样想，”弗朗兹答道，“从您的声音，您的目光，您那苍白的肤色，和您所过的这种生活。”

“我嘛！我过着我所知道的最快乐的生活，一个真正的总督过的生活。我是万物之王：我喜欢上一个地方，我就住下；觉得厌倦了，就离开；我像鸟儿一样自由，像鸟儿一样插着翅膀；我的仆人们对我唯命是从。有时我还同人类的法律开些小小的玩笑，放走正被通缉的强盗或被追捕的犯人。然后我就施行我的司法审判，既有低级法庭也有高级法庭，没有缓刑，也没有上诉，或定罪或赦免，没有人管得着。这么说吧，您如果体验过我的生活，您就不会想去过其他的生活了，您也再不会想回到尘世中去了，除非您还有一件大事要了结。”

“譬如说，复仇。”弗朗兹说。

陌生人用一种仿佛能够看透人心灵深处的目光注视着年轻人。

“为什么是复仇呢？”他问。

“因为，”弗朗兹接着说，“从您的神态看，我觉得您像一个受到社会迫害的人，跟社会有着不共戴天之仇。”

“啊哈！”辛巴德露出一口洁白锐利的牙齿，带着他那种奇特的笑容回答，“您错了，就像您现在所看到的，我算是那种慈善家，也许有一天我会去巴黎跟阿佩尔[1]先生和那个穿蓝色小外套的人[2]竞争一番呢。”

“那将是您的第一次巴黎之行吗？”

“哦，是的。我这个人有点太缺乏好奇心了，是吗？但是我向您保证，巴黎之行推迟了那么久，错不在我，迟早有一天我会去那儿的。”

“那您打算尽快成行吗？”

“我也不知道，这得看情况而定，而情况是变化莫测的。”

“我希望那个时候我也在那里，我要尽我所能来报答您在基督山给予我的盛情款待。”

“我非常乐意接受您的邀请，”主人回答说，“可惜，我去那里，是不想让人知道的。”

谈话间，两人继续用着晚餐，但这顿晚餐似乎是专为弗朗兹一个人准备的，因为那位陌生人只是略微尝了几口送到他面前的珍馐，而他的不速之客却吃得津津有味。

末了，阿里奉上甜品，说得更确切一些，他从雕像的手中取下果篮放到餐桌上。

他在两只果篮之间放上一只镀金的小银杯，杯上盖着同样材质的盖子。

阿里端上小杯时那种小心翼翼的神态引起了弗朗兹的好奇。他揭开盖子，见里面盛着一些浅绿色的果酱状的东西，看上去有点像当归酱，但他肯定从未见识过。

他重新盖上杯盖，跟揭开之前一样对杯中物茫然无知。于是他把目光移向主人，只见对方正望着自己的失望模样微笑。

“您猜不出这只杯子里是什么甜品，觉得奇怪，是不是？”他对他说道。

“我承认是这样。”

“那我告诉您吧，这种绿色甜品正是赫伯[3]请朱庇特[4]赴宴时上的甜品呀。”

“可是这种众神的食品，”弗朗兹说，“落到了凡人的手里，肯定已经丧失了它在天堂里的尊号而有了一个人世间的名称，用俗话说，这种东西叫作什么

1　尼古拉·阿佩尔（1750—1841）：法国厨师、糖果制造商、制酒商。曾以论文所得的奖金建立第一个商业罐头厂。

2　著名慈善家埃德姆·尚皮翁（1764—1852）的绰号。

3　赫伯是主神宙斯和他妻子赫拉所生的女儿，在荷马史诗里，多以众神的侍酒者身份出现。

4　古罗马神话中的主神，相当于希腊神话中的宙斯。

呢？再说我也并不怎么想品尝它。”

“哈！这正好暴露出我们这些凡夫俗子的真面目，”辛巴德大声说，“我们常常同快乐擦身而过，却对它视而不见；即使我们看到它而且注意到了它，可还是认不出它。如果您是一个注重实利的拜金主义者，尝一口这个，秘鲁、古扎拉特和戈尔贡德的金矿都会在您面前打开。如果您是一个空想家或者是一个诗人，还是尝一口这个，所有可能的障碍都将消失，无限的疆域将展现在您的眼前，您可以在那无垠的梦幻天地中自由自在地遨游。如果您是一个野心勃勃的人，您想企求荣华富贵，那么还是尝一口这个，不出一个小时，您就变成一位国王，不是那种位于欧洲某个角落里的王国的国王，像法国、西班牙和英国那样，而是整个世界乃至整个宇宙的统治者和万物之王。您的宝座将建立在耶稣被撒旦劫走的那座高山上。您无须向撒旦顶礼膜拜，也不用亲吻他的魔爪。您是整个世界至高无上的君主。我向您展示的这一切，难道还不够诱人吗？既然只要尝一口，难道这还不是一件举手之劳的事吗？您看。”

说着，他揭开那只盛着被他大肆赞美过的果冻的镀金小杯，舀了一匙神奇的果酱，送入口中，半眯着眼睛，微微仰起头，慢慢地品味着。

弗朗兹望着他缓缓吞咽完他那心爱的美味，从陶醉中回味过来，便问道：

“说到底，这么珍贵的美味究竟是什么东西呢？”

“您有没有听说过，”主人问他道，“那个想暗杀菲力浦·奥古斯都[1]的山中老人？”

“当然啦。”

“那好，您该知道，他统治着一片富庶的山谷，山谷两旁是大山，他那富于诗意的名字就是这么得来的。山谷中有哈桑·本·沙巴[2]培植的美丽花园，花园里有独立的小楼。他在那里接见他的子民。也就在那儿，照马可·波罗[3]的说法，他给他们服用一种药草，吃了以后可以上天堂，天堂里树草四季常青，蔬果四季常绿，男女青春永驻。然而，这些快乐的人们所认为的现实，实际上只是一个梦。可是这个梦是那么美妙，那么令人陶醉，以至于他们甘愿出卖自

1　菲力浦·奥古斯都（1165—1223）：法国国王。

2　哈桑·本·沙巴（约1050—1124）：伊斯兰教阿萨辛派创始人，即上文中的“山中老人”。

3　马可·波罗（约1254—1324），意大利著名旅行家。

己的肉体和灵魂给那个赐予他们梦境的人。他们对他唯命是从，就像听从天主的旨意。他们走遍天涯海角去追杀他指定的牺牲品，受尽严刑拷打也不会哼哼，因为他们相信死亡只是超度去极乐世界的捷径，而他们已从圣草中尝到过极乐世界的滋味。而现在放在您面前的就是这种圣草。”

“那么，”弗朗兹大声叫道，“这就是印度大麻了！我听说过这东西。”

“一点不错，您说对了，阿拉丁先生，这是印度大麻，是亚历山大[1]出产的最好最纯的大麻，这些大麻是阿布戈尔烤制的，他是举世无双的大麻制作能手，我们应该给他建造一座宫殿，上面刻这样几个字：给出售快乐的人，感恩的世人敬献。”

“您知道吗，”弗朗兹说，“对于您的这些赞美之词是真实还是夸大，我倒很想自己来做个判断。”

“请您自己判断吧，我尊贵的客人，可是不要只品尝一次就下结论。像对其他一切事物一样，我们应该让感官习惯于一种全新的印象，不论它是温和的还是猛烈的，悲伤的还是愉悦的。人的天性与这种神赐之物之间存在冲突，人生来就不是为了享受欢乐，而是永远和痛苦纠结在一起的。天性应该在这场冲突中屈服，现实应该让位于梦幻。到那时，梦幻主宰一切，梦幻便成了生活，而生活也就成了梦幻。这种变化带来的不同感受相差极大！换句话说，将现实的痛苦跟虚幻的快乐一相比，尘世间的日子您就一天也过不下去了，您会希望永远生活在梦幻之中。当您离开梦幻世界回到现实中来的时候，您会感到是从春天的那不勒斯回到了冬天的拉普兰[2]。您会感到是从天堂回到了尘世，从天国下入了地狱。尝一下吧，我的客人，尝一下印度大麻吧！”

弗朗兹二话不说，舀起一勺这种神奇的果酱，分量跟他的主人所吃的差不多，把它送进嘴里。

“说实话，”在咽下了这神奇果酱以后他说，“我不知道它的效果是否真像您所描述的那样美妙，但我品尝下来这东西味道并不像您说的那样好。”

“这是因为您的味觉神经还体验不出这东西的美妙之处。请告诉我，当您第一次品尝牡蛎，茶叶，英国黑啤酒，块菰，以及其他种种您日后异常钟爱的

1 埃及第一大港，食品工业发达。

2 斯堪的纳维亚半岛北部地区，气候异常寒冷。

那些东西时，您喜欢它们吗？罗马人烧野雉的时候在它的肚子里塞满魏散草[1]，中国人爱吃燕窝，您了解其中的道理吗？唉，我的天主，您不了解。大麻也是这样，也许您今天吃起来不仅乏味而且还有些恶心，可是只要吃上一个星期，您就会觉得这世上没有什么食物能比得上这精致的美味了。好了，我们到隔壁房间去吧，那是您的卧室，阿里马上会给我们端咖啡和拿烟斗来。”

两人都站起身来，当自称辛巴德的主人（我们不妨也这样称呼他，因为就像他的客人一样，他也得有个称呼才是）吩咐他的仆人的时候，弗朗兹走进了隔壁房间。

这个房间陈设简单却不失奢华。房间呈圆形，四周摆了一圈沙发。不过，沙发、墙壁、天花板和地板上都铺了华美的兽皮，如同最柔软的地毯一样柔绵松软。其中，有鬃毛蓬松的阿特拉斯[2]狮皮、条纹斑斓的孟加拉虎皮；有但丁笔下出现过的斑点明丽的开普敦[3]豹皮；还有西伯利亚的熊皮和挪威的狐皮；这些兽皮都一张叠一张厚厚地铺开，走在上面就像踏在厚厚的草地上，或是躺在最柔软光滑的床上。

两人在长沙发上躺下，素馨吸管的琥珀嘴的土耳其式长烟斗已摆放在他们的身边。一切都准备得有条不紊，一支烟斗只用一次。他俩每人拿了一支。阿里点燃了烟丝后，退出去端咖啡了。

房间里沉默了一会儿。辛巴德陷入了沉思，即便在交谈的时候，他似乎也没有抛开那些思绪；弗朗兹则默默地陷入了一种恍惚迷离的状态之中，这是吸上等烟草时常有的现象，仿佛烟草能带走吸烟者头脑里的一切烦恼，让他沉浸在形形色色的幻景玄想之中。

阿里端上咖啡。

“您喝哪一种？”陌生人问，“法国式还是土耳其式，浓的还是淡的，沏的还是煮的，加糖不加糖，一切都是现成的，您随便选。”

“我要土耳其式的吧。”弗朗兹回答。

“您选对了，”主人大声说，“这说明您偏爱东方式的生活。啊！那些东方人，

1　又称阿魏，植物树脂，有一种恶臭。以前常用作镇痉药。

2　山脉名，位于非洲西北部沿海地区。

3　今为南非共和国的一个港口，在非洲大陆最南端。

只有他们才懂得如何生活。至于我嘛，”他露出一丝令年轻人无法忘怀的古怪微笑补充说，“等我去巴黎把事情了结之后，我就去东方度此残生。假如那时您想要跟我重聚的话，您得去开罗、巴格达或者伊斯法罕[1]找我才行。”

“嗨！”弗朗兹说，“那是再容易不过的事了，因为我相信我的肩膀上已长出一对老鹰的翅膀，凭着这一对翅膀，我可以二十四小时内环绕地球一周了。”

“啊哈！看来印度大麻起作用了。好吧，张开您的翅膀，飞到超凡的境界中去吧。什么都不用怕，有人会守着您，假如您的翅膀也像伊卡洛斯[2]的那样被太阳晒化了，我们会来接住您的。”

于是他对阿里说了几句阿拉伯语，后者做了个服从的手势退了下去，但并没有走远。

至于弗朗兹，他的身上发生了奇异的变化。白天肉体上的一切劳累和晚间种种奇遇在精神上造成的紧张，都渐渐消失了。这如同沉睡前的假寐状态，大脑还是能够感受到睡眠的来临。他的躯体仿佛变得空灵而轻盈，他的头脑从没像现在这样澄明，他的感官似乎变得加倍敏锐；视野不断在扩大，但眼前不是他在沉睡前见过的那个笼罩着一种不可名状的恐惧的昏暗天地，而是一条清澄而广阔的蓝色地平线，蕴含着大海的蔚蓝、太阳的金辉和清风的芬芳；接着响起了水手们的歌声，歌声是那么清澈、那么明亮，倘若记录下来的话，可以谱成一组天堂的和声，展现在他眼中的基督山岛不再是阴森森地耸立在波浪之上的一块巨礁，而成了沙漠中的一片绿洲。随着小船的临近，水手们的歌声变得越发响亮和谐，岛上飘扬起令人销魂心荡的神秘和声，直升天际，仿佛有一个罗雷莱[3]那样的仙女或是安菲翁[4]那样的魔法师，想要吸引一个灵魂或是建起一座城池。

终于小船靠上了岸，既不费力，也无震荡，就像上下嘴唇相碰一样。他就在那不间断的美妙旋律声中回到岩洞。他往下走去，说得更确切些，是他自己觉着往下走了几步，边走边呼吸着清新芳香的空气，好似到了那香得令人心

---

1 伊朗一城市，在德黑兰南面。

2 希腊神话中的人物，他用蜡把翅膀粘在身上逃出囹圄，但因太靠近太阳，蜡化后翅翼落下，坠海而死。

3 传说罗雷莱原是一个少女，由于对不忠的情人感到绝望而投河自尽，后变成一个用歌声引诱渔船触礁沉没的海妖。

4 希腊神话中宙斯的儿子，后成为歌手和音乐家，巨石听到他的竖琴声便自动筑成城墙。

醉、暖得令人神迷的喀尔刻[1]的洞穴里一样。他又看到了入睡前所见到的一切，从神秘的主人辛巴德，到沉默的仆人阿里。然后，一切都在他眼前渐渐地消隐，如同一盏神灯熄灭时那最后一抹光影。他又回到了那间有雕像的卧室里，室内只点着一盏灯，这盏古色古香、光线柔和的灯，在你沉入梦乡或恣意寻欢的夜晚，都彻夜亮着。

依然是那几尊体态丰美的雕像，雍容华贵而又充满诗意；目光脉脉含情，笑容春意荡漾，发式仪态万千。她们就是芙里奈[2]、克莱奥帕特拉[3]和梅萨利纳[4]这三个风情万种的女人。然而，在这几尊雕像中间，有如一缕清光，有如奥林匹斯山中基督的一位天使，轻轻地飘过一个纯洁的身影，一个宁静的灵魂，一个柔和的幻象，她那贞洁的额头上罩着面纱，似乎是羞于见到这三尊淫秽的大理石雕像。

这时，恍惚中他觉得这三尊雕像都在向唯一的男子示爱，而这个男子就是他，正当他昏昏沉沉地欲再度入睡之际，她们朝他的床边走来，白色的长裙遮没了脚背，脖颈裸露在外，长发如波浪般飘逸，那种妖媚的神态，天神也抵挡不了，只有圣人才能抗拒；她们的目光专注而炽热，就像盯着小鸟的蛇，这犹如拥抱一般让人透不过气来，又如接吻一般肉感的目光，把他的整个身心都捕掳过去了。

弗朗兹觉得自己的眼睛快要合上了，他向周围看了最后一眼，依稀又看见了那尊罩着面纱的娇羞的雕像。然后，他的眼睛对周围的世界闭上了，但感官却向种种匪夷所思的印象开启了。

接着就是无穷无尽的肉欲快感和绵延不断的爱情——这正是先知穆罕默德当年对选民做出的许诺。那些石雕的嘴唇都变得充满活力，胸脯都变得热乎乎的。弗朗兹还是第一次感受到印度大麻的威力，所以当他感到自己的嘴被这些雕像如同游蛇般柔软而冰冷的双唇贴住时，爱情几乎成了一种痛苦，肉欲也几乎成了一种折磨。然而，他越是想用胳膊推拒这从未体验过的爱情，感官却越是清晰地感受到这种神秘梦幻的魅力，经过一场得用灵魂去拼搏的

1　希腊神话中的美丽女仙，精通巫术，奥德修斯曾在她的小岛上居住一年。
2　芙里奈（公元前 4 世纪）：希腊名妓，曾是雅典雕塑家普拉克西特利斯的模特儿。
3　克莱奥帕特拉（公元前 69—前 30）：埃及女王，以美艳和擅弄权术著称。
4　梅萨利纳（约 22—48）：罗马皇帝克劳狄的第三个妻子，出身贵族家庭，以放荡和阴险著称。

争斗之后，他终于毫无保留地听任摆布了。在这些大理石情妇的热吻下，在这海市蜃楼般的梦幻的诱惑下，他气喘吁吁，身疲力惫，在肉体的极度快感中沉睡过去。

第32章

苏醒

当弗朗兹醒来时，外界的事物仿佛都成了他梦幻的延续。他感到自己置身于坟墓之中，阳光好似一道怜悯的目光，幽幽地钻进来。他伸出手去，摸到了岩石。他支起身子，发现自己裹着呢斗篷，躺在欧石楠干枝叶铺成的柔软而芳香的床上。

所有的幻觉都消失了，仿佛那些雕像只是他梦境中从坟墓中钻出来的幽灵，没等他苏醒，已逃逸得无影无踪了。

他朝日光照射进来的方向迈出几步，梦境中的骚动全被现实中的宁静所取代。他发现自己是在一个岩洞里，就向开阔处走去。穿过拱形的通道，他看到了蓝天和碧海。天空和海水在清晨的阳光下闪闪发亮。岸上，水手们坐着聊天嬉笑；十步开外的海面上，下了锚的小船悠悠地摇来晃去。

他尽情地呼吸拂过额头的清爽微风，倾听着微弱的海浪拍岸声。涌向岸边的海浪撞击着礁石，留下一串串碎银般的白色浪花。他抛开一切回忆和思虑，听凭自己沉湎于大自然中万物所蕴含着的神奇魅力——当一个人从怪诞的梦境中走出来时，更容易感受到这种魅力。眼前的这个如此宁静、纯洁、宏大的现实世界渐渐地向他证实了梦的虚幻，于是他开始回忆起来。

他回想起自己怎样来到这座岛上，又如何被引见给走私贩子的一个头儿，那富丽堂皇的地下宫殿，那丰盛的晚餐和那一勺印度大麻。

不过，面对光天化日之下的现实，他觉得所有这些事好像至少已经过去了一年。可是，那个梦在他脑海里留下的印象是如此栩栩如生，在他的想象中所占据的位置又是如此重要，因此他的脑海里不时地闪现出那些整夜给予他无数热吻的倩影中的一位，她就坐在水手们中间，或是在穿越岩洞，要不就是坐在小船上晃悠。不过，他的头脑已经完全清醒，他的身体也得到了彻底的休息；他不再觉得昏昏沉沉，而是感到整个身心轻松舒坦，吸取空气和阳光比任何时候都畅快。

于是他兴致盎然地向水手们走去。

他们一看见他就马上站起来，船长迎上前来。

“辛巴德爵爷要我们转达他对阁下的问候，”船长对他说，“因为不能亲自跟您告别，他托我们转达他的歉意，但他相信您一定会原谅他的，因为他有非常重要的事情被召去马拉加了。”

“是吗！我亲爱的加埃塔诺，”弗朗兹说，“这么说来这一切都是真的了。这座岛上真有一个人请我去过，极其殷勤地款待过我，而在我熟睡时离开了，是这样吗？”

“千真万确，您还可以看到他那条扯着满帆的小游艇呢。假如您拿出望远镜，您多半还能从那些船员中认出您的那位东道主哩。”

加埃塔诺一边说着，一边伸出手来指着方向，果然那儿有一条小帆船正在扬帆向科西嘉的南端驶去。

弗朗兹拿出望远镜，调整好焦距，朝所指的方向望去。

加埃塔诺没有骗他，那位神秘的陌生人站在帆船的尾部，像他一样手里拿着一副望远镜。他还穿着头天晚上的那套衣服，正挥动着手帕向他告别哩。

弗朗兹也抽出手帕，同样挥动着向他致意。

过了一会，船尾处冒出一缕轻烟，缓缓地升腾到空中散了开来，接着弗朗兹听到了一记隐约的炮声。

“嘿，您听到了吗，”加埃塔诺说，“他在向您道别哪！”

年轻人举起马枪，朝空中放了一枪，对枪声能否穿越这么长的距离传到那条游艇并不抱很大希望。

“阁下有何吩咐？”加埃塔诺问。

“您先给我点上一支火把。”

“哦！明白，”船长说，“您是想去找那栋魔屋吧，非常乐意为您效劳，只要阁下您高兴，我这就给您点火把去。我也曾有过您这样的念头，异想天开地想过三四回，但最后还是放弃了。乔瓦尼，去点一支火把来，”他又说，“拿来给先生。”

乔瓦尼照着做了，弗朗兹拿过火把，钻入岩洞，加埃塔诺跟在他后面。

他认出了他醒来时睡着的那张床，上面铺着的欧石楠还是皱巴巴的。他举着火把照遍了岩洞的上下左右，但一无所获。除了一些烟熏的痕迹，他什么也没有发现，这些痕迹是前人做这种同样尝试的结果，跟他一样，他们也扑了一个空。

这些花岗岩壁就像遥远的未来一样让人无法穿透，他仔细地查找每一处岩壁，每看到一线裂缝，就用猎刀的刀锋插进去撬动，推搡每一块凸出地面的地方，希望它会陷进去，可全都徒劳无益。两个小时过去了，仍是一无所获。

最终，他只得放弃。加埃塔诺赢了。

当弗朗兹回到海滩时，那条游艇已经成了天边的一个小白点。他又拿起望远镜，但即便从望远镜里看出去，他也分辨不出什么了。

加埃塔诺提醒他，他原是为猎山羊而来的，而他早把这一点给忘了。于是他拿起猎枪，开始在岛上转悠起来，从神色上看，他似乎是在完成一件任务而不像在寻欢作乐。没过一刻钟，他已猎杀了一只大山羊和两只小山羊。虽然这些山羊是野生的，而且敏捷得像羚羊一样，但跟家养的山羊没什么两样，所以弗朗兹并不把它们当猎物看。

然后，更强烈的念头占据了他的脑子。从头天晚上起，他已真的变成《一千零一夜》神话故事里的主人公了，他身不由己又被吸引到了岩洞跟前。

尽管首次搜寻无功而返，但他还是在关照加埃塔诺烤炙一只小山羊之后又开始了第二次搜寻。这第二次探访花费了相当长时间，等到他回来时小山羊已经烤熟，午饭也已经准备好了。

弗朗兹找了个位置坐下，那正是前天晚上那位神秘的东道主派人邀请他去赴宴的地方。他还瞥见远处那条小游艇，像一只在浪尖翱翔的海鸥，继续朝着科西嘉方向驶去。

“您刚才告诉我，”他对加埃塔诺说，“辛巴德爵爷是去马拉加，可是我怎么觉得他是直接驶往韦基奥港去的呀。”

“您怎么不记得了，”船长说，“我不是告诉过您，他那班人里面有两个科西嘉强盗吗？”

“这倒是，他是送他俩去那儿？”弗朗兹问。

“正是。嗳！他就是这样一个人，”加埃塔诺大声说，“别人都说他是天不怕地不怕，为了帮一个可怜人的忙，他可以不怕麻烦，多绕出五十多里路呢。”

“不过帮这种忙会惹恼地方当局的，因为他是在他们的辖区内做这种善事啊。”弗朗兹说。

“嗨！”加埃塔诺笑着说，“当局对他能有什么办法！他根本就没把他们放在眼里！让他们去追他试试看。不说别的，他的游艇就不是一条船，那简直是一只鸟，平常的一条三桅战船，每走十二海里就得被它甩出三海里。再说，他只要一上岸，不就到处都能找到朋友了吗？”

所有这一番话再清楚不过地表明，这位辛巴德爵爷，弗朗兹的东道主，有幸与地中海沿岸的走私贩和强盗们保持着良好的关系，这使他得以保持一种非同寻常的地位。

对于弗朗兹，基督山岛上已经没有什么能让他留恋的了，他对找到那个岩洞的秘密已不抱任何希望。于是他匆匆用餐，同时命令那班水手将船准备好，等他用完餐便启程。

半小时后他登上了小船。

他向游艇那边看了最后一眼，那条游艇正在韦基奥港海湾那一带渐渐隐没。

他发出启航的信号。

当小船开始起动时，游艇已经消失了。

随之而消失的，还有头天夜间那最后的场景：晚餐、辛巴德、印度大麻和雕像，全都融入了同一个梦境之中。

小船航行了一天一夜，第二天，当太阳升起时，连基督山岛也消失得无影无踪了。

弗朗兹一上了岸，就把先前所经历过的种种事情至少都暂时忘记了。他把他在佛罗伦萨寻欢作乐和走亲访友的事情告一段落，然后一心盘算着跟他那位等在罗马的朋友碰头。

于是他动身了，星期六傍晚时分，他搭乘邮车到达海关广场。

正如我们先前说过的，房间早已预定好了，所以他所要做的只是找到帕斯特里尼老板的旅店。可这不是一件容易事，因为街上挤满了人，在罗马的盛大节日来临之前，到处都充满了粗鄙狂热的街谈巷议。在罗马，一年中数得上的四件大事，就是狂欢节、圣周[1]、圣体瞻礼和圣彼得节[2]了。

一年中的其余日子里，这个城市便重新陷入死气沉沉的冷漠状态中，不死不活的，像是阳阴两界的一个中转站，一个超尘绝俗的停留点，一处充满着诗意和特色的安息地。弗朗兹曾去那里小住过五六次，每次去总会发觉那里比前一次更加神奇美妙。

他终于从那越聚越多、越来越兴奋的人群中挤出来，到达旅店。他刚张口询问，侍者就带着遇到车夫生意很忙和旅店已经客满时那种特有的傲慢神气，回答他说伦敦旅店已没有空房可以给他了。于是他递上名片，要求转交帕斯特里尼老板，还说了阿尔贝·德·莫尔塞夫的名字。这一招果然奏效，帕斯特里尼老板亲自赶来，一边道歉失迎，一边训斥侍者，又从那准备招揽旅客的向导手里夺过烛台，打算领他去找阿尔贝，没想到阿尔贝自己下来了。

预定的套房包括两间小卧室和一间小书房。那两间卧室面朝大街，帕斯特里尼老板对此夸耀再三，认为这是一个无可比拟的优点。同一层楼上的其他房间全被一位很有钱的绅士租去了。那人看上去像是西西里人或是马耳他人；但旅店主人也说不准这位旅客究竟是哪个地方的。

“相当不错，帕斯特里尼老板，”弗朗兹说，“但我们今晚必须立刻用晚餐，随便吃点就行，从明天起给我们准备一辆敞篷马车。”

“晚餐嘛，”店主答道，“马上就可以为二位准备好，至于马车嘛……”

“马车怎么了！”阿尔贝大声说，“话得说清楚，这可不能开玩笑，帕斯特里尼老板！我们必须有一辆马车。”

“先生，”店主说，“我会尽力为您准备一辆，我只能这么说了。”

“我们什么时候能得到准信？”弗朗兹问。

“明天上午。”店主回答。

“见鬼！”阿尔贝说，“我们多出钱就是了，无非是这样；在德拉克和阿隆车行，平日里租一辆马车只要二十五法郎，可到了星期天和节日就要三十或三十五法郎，外加每天五法郎的小费，算起来就是四十了，就这样，别再讨价还价了。”

---

1 天主教节日，在复活节前一周。

2 圣彼得是基督十二门徒之一，圣彼得节在6月29日。

“恐怕，即使您给他们双倍的价钱，那些先生也无法给您找到一辆马车。”

“那就叫他们把马套到我的车子上来好了，我的车子出了点小毛病，但关系不大。”

“连马也找不到。”

阿尔贝望着弗朗兹，像是没搞懂这句回答的意思似的。

“您搞得懂吗，弗朗兹！连马也没有，”他说，“但是那些驿车上的马呢，我们不能租吗？”

“两星期之前就全租出去了，现在只剩下几匹应付急用的。”

“您看怎么办呢？”弗朗兹问阿尔贝。

“要我说，当有事情让我伤脑筋时，我习惯于不去钻牛角尖，而宁愿去想想别的事。晚餐好了吗，帕斯特里尼老板？”

“是的，阁下。”

“那好，先吃饭去吧。”

“那么车和马怎么办呢？”弗朗兹问。

“别担心，我亲爱的朋友，到时候它们自然会来的，问题只在于我们要花多少钱而已。”

莫尔塞夫相信，只要钱袋鼓鼓的，天底下就没有办不到的事情。他就是抱着这种令人钦佩的人生观用完了餐，然后爬上床呼呼大睡，他还梦见自己乘着一辆六匹马拉的豪华马车去度狂欢节哩。

第33章

罗马强盗

第二天弗朗兹先醒，他一醒来就立刻拉铃。

铃声刚落，帕斯特里尼老板就亲自赶来了。

“阁下，”没等弗朗兹开口问他，店主便得意地说，“昨天我没敢贸然答应你们，还真料准了；你们来得太晚了，要在狂欢节的最后三天在罗马雇辆马车，想也别想喽。”

“得，”弗朗兹说，“那可是压轴的三天。”

“怎么啦？”阿尔贝一边进门一边问，“没马车？”

“一点不错，亲爱的朋友，”弗朗兹答道，“给您猜着了。”

“哈！你们的这座不朽之城可真够瞧的。”

“我是说，阁下，”帕斯特里尼老板回答说，竭力想在他的客人面前维护基督教世界之都的尊严，“从星期天上午一直到星期二晚上都没有车，不过从现在起到星期天之前，您要五十辆都有。”

“哦！这还像句话，”阿尔贝说，“今天是星期二，谁知道从现在到星期天这段时间里会发生些什么事呢？”

“会有一万到一万二千个旅客到来，”弗朗兹答道，“那样一来车就更难找了。”

“我的朋友，”莫尔塞夫说，“还是先顾眼前吧，别为以后的事操心了。”

“至少，”弗朗兹问，“我们总可以租到一个窗口吧。”

“面朝哪儿？”

“当然是面朝河道街啰！”

“嗐，您说得倒轻巧！一个窗口！”帕斯特里尼老板大声嚷道，“没门儿，根本就没门儿！多里亚宫的六楼本来还剩一个，结果也让一位俄国亲王用每天二十西昆[1]的租金给租去了。”

---

1 古代威尼斯金币。

两个年轻人惊愕地对望一眼。

“哎，”弗朗兹对阿尔贝说，“您知道我们最好怎样做吗？干脆去威尼斯度狂欢节，在那儿即使租不到马车，至少可以弄到一条贡朵拉吧。”

“哦！我可不去！”阿尔贝大声说，“我到罗马就是来看狂欢节的，我非要在这里看不可，就是踩着高跷也要看。”

“这真是个好主意，”弗朗兹大声说，“吹起蜡烛来特方便，我们装扮成吸血鬼或是朗德的山民，准会大出风头。”

“那么从现在起到星期天上午，两位阁下还打算租一辆车吗？”

“当然！”阿尔贝说，“难道您以为我们会像法院的书记员那样，靠两条腿去跑遍罗马的大街小巷？”

“那我遵命马上给两位阁下去办，”帕斯特里尼老板说，“只是得先说一下，两位包租一辆马车每天要花六个皮阿斯特哪。”

“亲爱的帕斯特里尼先生，”弗朗兹说，“我不是我们的那位百万富翁邻居。我可跟您把话说在头里，我这是第四次来罗马了，我清楚租一辆马车该花多少钱，无论是平日里，还是星期天和节日。我们给您十二个皮阿斯特，算是今天和明后两天的租车费，您应该有些赚头了。”

“可是，阁下！……”帕斯特里尼老板还想讨价还价一番。

“得了，我亲爱的老板，”弗朗兹说，“再这样我就直接去跟您的上家谈价钱了，那人我也认识，算得上是老朋友了，他这些年从我身上捞了不少钱，还希望再能从我这儿捞点钱呢。他开的价，准比我现在给您的低：到那时您没钱可赚，就只能怪您自己啦。”

“阁下不必这样费神，”帕斯特里尼老板满脸堆笑说，那是意大利投机商认输时常有的笑容，“我尽力去办就是了，但愿能使您满意。”

“很好！这样说才像话哪。”

“二位什么时候要车？”

“一小时后。”

“车一小时后等在门口。”

果然，一小时后马车已经在等候这两个年轻人了。这是一辆普通的出租马车，如今沾了盛大节日的光，被抬高身价当作豪华四轮马车来用。尽管车子外观太不起眼，但是在狂欢节前的最后三天里能够找到这么一辆交通工具，两个年轻人已经感到很高兴了。

“阁下！”导游看到弗朗兹把头伸向窗口，就朝上大声问道，“要把轿车停在宫门口吗？”

弗朗兹早已习惯了意大利人的夸大其词，所以他的第一个反应就是环顾一下四周；但是这句话的确是冲着他说的。

阁下就是弗朗兹，轿车就是这辆出租马车，而王宫就是伦敦旅店。

这个民族爱夸饰的天性，在这句话里尽显无遗。

弗朗兹和阿尔贝走下楼来。轿车靠在宫门口，两位阁下坐在车厢软座上，导游则坐在后座。

“两位阁下打算去哪儿？”

“先去圣彼得大教堂，然后再去斗兽场。”阿尔贝完全是巴黎人的口气。

阿尔贝不知道，参观圣彼得大教堂得花一整天，想要仔细观赏的话得花一个月；所以参观好圣彼得大教堂，一天工夫就过去了。

两个朋友这才发现天色暗了下来。

弗朗兹掏出怀表一看，已经四点半了。

于是立刻回转旅店。到了门口，弗朗兹吩咐车夫，八点钟还要用车。白天陪阿尔贝参观了圣彼得大教堂，他还想让他观赏一下月光下的斗兽场。一个人陪朋友游览一座自己观光过的城市时，他的殷勤劲儿绝不亚于介绍一位昔日的情人。

所以，弗朗兹给车夫指定了一条观光路线：先从民众门出城，绕城一周后，再从圣乔瓦尼门进城。这样，他们就可以在去斗兽场的途中，顺道观光朱庇特神殿、古市场、塞普蒂姆·塞维尔凯旋门[1]、安东尼乌斯和福斯蒂纳神庙[2]以及古罗马圣道[3]这些名胜古迹。

他俩入座就餐。帕斯特里尼老板答应过要为贵客准备一顿丰盛的晚餐，而实际上这顿饭一般得很，简直不值一提。

1　古罗马皇帝塞普蒂姆·塞维尔（146—211）战胜帕尔希人后所建的一座城门。

2　古罗马皇帝安东尼乌斯（86—161）及其皇后福斯蒂纳所建造的神庙。

3　古罗马的一条主要街道。

吃餐后甜点时，店主进来了。弗朗兹以为他是来听他们对晚餐的恭维话，于是打算说几句好话，但刚开口就被店主打断了。

“阁下，”他说，“承蒙赞许，不胜荣幸，可我不是为这个来的……”

“那您是来告诉我们您已经弄到一辆马车了？”阿尔贝点燃一支雪茄问道。

“那更不是，两位阁下最好别去想那件事了，还是死了这条心吧。在罗马，事情要么办得到，要么办不到。要是有人告诉您一件事情办不到，那就算没戏了。”

“在巴黎可就容易多啦，再不好办的事，只要付双倍的价钱，立马就能办成。”

“我听法国人都这么说，”帕斯特里尼老板说，他心里颇有些不受用，“既然这样，我不明白他们何必还要出门旅行。”

“所以嘛，”阿尔贝一边漫不经心地朝天花板吐烟，一边翘起扶手椅的两条前腿，身子往后仰着说，“只有像我们这样的疯子和傻瓜才会出门旅行，聪明人才不会离开他们在埃尔代街的宅邸、根特林荫大道和巴黎咖啡馆呢。”

不用说，阿尔贝就住在他提到的那条街上，每天都上林荫大道去兜风，还去那家咖啡馆吃个晚饭，当然，在咖啡馆吃饭是得跟侍者有些交情才行的。

帕斯特里尼老板沉默片刻；显然他是在想怎么回答，而看来一下子还不知道说什么好。

“您这么来，”这一次是弗朗兹打断了店主关于巴黎地名的思考，“总是有事要说吧。能告诉我们是什么事吗？”

“啊！对了，是这么回事，二位吩咐了马车八点钟来？”

“没错。”

“二位打算去参观竞技场？”

“您是说斗兽场吧？”

“都是一回事。”

“没错。”

“二位跟车夫说了从民众门出城，绕城一周，再从圣乔瓦尼门进城，对吗？”

“对呀。”

“喔，这条路线走不得。”

“走不得？”

“起码是很危险。”

“很危险？为什么？”

“因为那个大名鼎鼎的路易吉·万帕。”

“且慢，亲爱的老板，请问这个大名鼎鼎的路易吉·万帕是个什么人？”阿尔贝问，“在罗马他可能是大名鼎鼎，可在巴黎，我敢说没人知道这么个人。”

“怎么！您不认识他？”

“我没有这个荣幸。”

“从来没有听人说过他的名字？”

“从来没有。”

“那好，请听我说，他是个强盗，跟他比起来，德瑟拉里和加斯帕罗内那帮人只能算是唱诗班里的小毛孩了。”

“您得留神啦，阿尔贝！”弗朗兹大声说，“我们总算遇到一个强盗了！”

“我告诉您，亲爱的老板，无论您对我们说什么，我一个字也不信。我们先把话说明白了，然后您想怎么说就怎么说，我洗耳恭听，比如‘有一次啊’什么的，行，您就说吧。”

帕斯特里尼老板转身向着弗朗兹，他觉得两个年轻人中，此人看上去比较理智一些。我们得为正直的店主说句公道话：这辈子他接待的法国人真不算少，可是他们的有些想法，他始终弄不明白。

“阁下，”他神情严肃地对弗朗兹说，“要是二位都把我看作一个爱撒谎的人，那我就什么都不说了，但我可以保证，我这可是为二位阁下在着想。”

“阿尔贝没有说您撒谎，亲爱的帕斯特里尼先生，”弗朗兹说，“他只是说不相信您，如此而已。不过我相信您，没事，请接着往下说。”

“可是，阁下，您知道，一旦有人对我的诚信表示怀疑……”

“我的好老板，”弗朗兹说，“您简直比卡桑德拉[1]还要多心，她还是个预言家呢，却没有一个人肯相信她，而现在您至少还有一半听众吧。来，请您先坐下，然后告诉我们这位万帕先生究竟是何许人物。”

“我刚才说了，阁下，他是强盗，是马斯特里拉大盗以后最出名的强盗。”

---

1 希腊神话中特洛伊的公主，被授予预卜吉凶的本领。

“可这个强盗跟我们吩咐车夫从民众门出城，再从圣乔瓦尼门进城有什么关系呢？”

“有关系啊，”帕斯特里尼老板答道，“你们从这个门出去没有问题，但我拿不准你们是不是能从另外那个门回来。”

“怎么会呢？”弗朗兹问。

“因为天黑以后，离城门五十步开外就难保安全了。”

“此话当真？”阿尔贝大声问道。

“子爵阁下，”帕斯特里尼老板说，对阿尔贝怀疑他的诚实，他心里一直在耿耿于怀，“我这可不是对您说的，我是对您的旅伴说的，他熟悉罗马，知道这种事开不得玩笑。”

“嗨！”阿尔贝对弗朗兹说，“这可是现成的冒险好机会：我们可以在马车里装满手枪、霰弹枪和双筒枪，路易吉•万帕要是来打劫，我们就将他拿下，带回罗马献给教皇陛下。教皇陛下会问用什么来酬谢我们的这桩大功劳，我们就直截了当提出要一辆四轮大马车和两匹宫廷马厩里的马，这样我们就可以坐着马车去看狂欢节了。说不定罗马人还会为了感谢我们而在朱庇特神殿给我们授勋加冕，就像对待库尔提乌斯[1]和霍拉提乌斯•科克列斯[2]那样，把我们当作他们国家的救星哩。”

阿尔贝在这么夸夸其谈的当口，帕斯特里尼老板拉长着脸，那副表情实在难以形容。

“别的不说，”弗朗兹问阿尔贝，“您从哪里去搞到这些可以塞满马车的手枪、霰弹枪和双筒枪呢？”

“我身边可没有，”他说，“在特拉契纳的时候，我连那把短刀也被人偷了。您呢？”

“我吗？我在阿瓜邦当特也让人给偷了。”

“得！亲爱的老板，”阿尔贝用手里的雪茄烟蒂又点燃一支雪茄说，“这办法对小偷来说还真不错，敢情他们跟强盗还是串通一气的？”

帕斯特里尼老板大概觉得这玩笑开得太过分，所以并不正面回答这个问

1　神话中的古罗马英雄。传说当罗马广场出现深渊时，他纵马奔向深渊，深渊遂闭合。

2　亦为神话中的古罗马英雄，传说曾只身守卫罗马河桥，为罗马军民赢得时间。

题，而且仍然脸冲着弗朗兹说话，仿佛只有他还算明白事理，彼此间还能沟通。

“阁下是知道的，遇到强盗打劫通常都是不抵抗的。”

“什么！”阿尔贝大声说，想到自己被人洗劫一空还不能吭上一声，血气就上来了，“不抵抗？”

“是的，因为抵抗了也没有用。十多个强盗从地沟、破房子或阴沟里跳出来，一起用枪指着您，这时您又能怎么样呢？”

“我照走不误，宁可被他们杀了！”阿尔贝大声说。

旅店老板转向弗朗兹，神情仿佛在说：“阁下，您这位朋友准是疯了。”

“亲爱的阿尔贝，”弗朗兹开口说，“您的回答很有英雄气概，可以跟老高乃依[1]的那句‘让他去死吧！’媲美。只不过，贺拉斯这么说是为了拯救罗马城，那是死得其所。而我们呢，只是一时心血来潮，想要满足自己的好奇心而已，为了一时的心血来潮拿生命去冒险，未免有些荒唐可笑吧。”

“啊！”帕斯特里尼老板大声说，“说得好，这话才说得在理呢。”

阿尔贝给自己斟了一杯 lacryma christi[2]，一边不时啜上一口，一边嘟嘟囔囔地不知说些什么。

“好了，帕斯特里尼老板，”弗朗兹说，“现在我的伙伴平静下来了，您也已经看出我的性格是很随和的，现在您给我们说说，这位路易吉·万帕大爷到底是怎么个人？是牧人还是贵族？是小伙子还是老头儿？是小个子还是大块头？您给我们说说他到底长什么样，万一哪天我们碰巧在人群中撞见他，就像撞见让·斯波加尔和莱拉[3]一样，那我们至少可以认出他呀。”

“阁下想要了解他的情况，问我算是问对了，路易吉·万帕还是小孩那会儿我就认识他了。有一天我从费朗蒂诺去阿拉特里[4]，正好落在了他手里，算我走运，他还记得我这个老相识，不但没让我掏一个子儿赎金就放了我，还送了我一块很漂亮的怀表，而且给我讲了他的身世。”

“让我瞧瞧那块表。”阿尔贝说。

1　高乃依（1606—1684）：法国古典主义戏剧作家。贺拉斯是他的著名同名剧本中的主人公。

2　意大利南部产的一种麝香葡萄酒。

3　英国诗人拜伦（1788—1824）同名叙事长诗中的人物。

4　意大利拉齐奥区的两个城镇。

帕斯特里尼老板从上衣口袋掏出一块精美的布雷盖[1]怀表，表盖上刻着制作者的名字、巴黎的印记和一枚伯爵纹徽。

“您瞧。”他说。

“嗬！”阿尔贝惊呼起来，“我该恭喜您，我有一块跟这差不多的，”他从背心口袋里掏出一块表，“花了我三千法郎哩。”

“我们还是来听听他的身世吧，”弗朗兹说，他拉过一把椅子，示意帕斯特里尼老板坐下。

“不会叨扰二位吧？”旅店老板说。

“不会！”阿尔贝说，“您又不是布道神甫，用不着站着说话。”

旅店主人向两位听众每人恭恭敬敬地鞠了一躬，表示他已经准备好向两位讲述他们想打听的有关路易吉·万帕的情况，然后坐下来。

“喔！”弗朗兹没等帕斯特里尼老板开口说话，先自说道，“您说您在路易吉·万帕小时候就认识他，这么说来他还是个年轻人啰？”

“当然是年轻人！刚满二十二岁！嘿！他可是个前途无量的小伙子，错不了！”

“您觉得怎么样，阿尔贝？才二十二岁就名声在外，够可以的。”弗朗兹说。

“可不是，亚历山大、恺撒和拿破仑这几位名震天下的人物，在他这个年纪名气可没他大呢。”

“这就是说，”弗朗兹转向旅店主人说，“这个故事的主人公只有二十二岁。”

“刚满二十二，我刚才有幸说了。”

“是大高个，还是小个子？”

“中等身材，跟这位阁下差不多。”旅店主人望着阿尔贝说。

“多谢这么比较。”阿尔贝欠了欠身说。

“请往下讲吧，帕斯特里尼老板，”弗朗兹说，对朋友的神经过敏付之一笑，“他出身在什么阶层？”

“他原先就不过是圣费利切伯爵农庄里的一个牧羊人，农庄坐落在帕莱斯特里纳和加布里湖中间。他出生在邦皮纳拉，五岁就开始为伯爵干活。他父亲自己在阿纳尼有一小群羊，剪了羊毛，挤了羊奶，就拿到罗马来卖，靠这维持

1　布雷盖（1747—1823）：18 世纪到 19 世纪初法国第一流的钟表制造家。

生计。

“万帕的性格从小就与众不同。七岁那年，有一天他去找帕莱斯特里纳的本堂神甫，恳求他教自己念书。这事可不容易，因为小羊倌不能丢下羊不管啊。那位好心的本堂神甫每天要去一个镇上做弥撒。那个小镇人太少，养不起一个教士，甚至连个镇名都没有，大家都管它叫博尔戈。他向路易吉建议，在他从博尔戈回来的半路上等他，利用那个时间给他上课，还告诉他，上课时间很短，所以他得多用功才行。

“这孩子高兴地答应了。

“每天，路易吉把羊群赶到帕莱斯特里纳通往博尔戈的大路旁吃草；上午九点光景，本堂神甫会经过那里，跟那孩子一起坐在沟渠边，小羊倌就用本堂神甫的祈祷书当课本来学。

“三个月下来，他已经会认字了。

“这还不够，他还必须学会写字。

“本堂神甫请罗马的一位书法老师写了三套字母表，大号、中号、小号的各一套，让小万帕照着字母表用铁钉在石板上学写字。

“当天晚上，羊群回到农庄以后，小万帕跑去帕莱斯特里纳的锁匠家里，找来一根大铁钉，烧红、锤击、锻打成圆形，做成一支古色古香的铁笔。

“第二天，他捡了一大堆石片，开始学写字。

“三个月过后，他学会了写字。

“本堂神甫对他的聪敏深感惊奇，也为他的天分所感动，送给他几本练习簿、一盒鹅毛笔和一把削笔刀。

“他又得重新再学，但跟开头时相比，毕竟容易多了。一个星期后，他用起鹅毛笔来，就跟用铁笔一样顺手自如了。

“本堂神甫把这些事说给了圣费利切伯爵听，伯爵要见小羊倌，唤了他来，让他当着自己的面念书写字，并吩咐管家让他跟府里的仆役一起吃饭，每月还给他两个皮阿斯特。

“路易吉用这笔钱买了书和笔。

“他对所有的事物都表现出很强的模仿能力，跟乔托[1]童年时代一样，他在

1　乔托（1267—1337）：14 世纪意大利画家。

石板上画羊，画树林，画房舍。

“然后他又学着用小刀将木头雕刻成各样形状，那位挺有名气的雕刻家毕内利，一开始也就是这样学的。

“有个比万帕小一点的小姑娘，才六七岁，也在帕莱斯特里纳附近的一个农庄里放羊。她叫泰蕾莎，是个孤儿，出生在瓦尔蒙托纳。

“两个孩子碰到一起，就会并肩坐下，有说有笑地一起玩耍，听凭羊群混杂在一起吃草。到了傍晚，两人把圣费利切伯爵和切尔维特里男爵的羊群分开，约定第二天再会面，然后各自回自己的农庄。

“第二天，他们如约见面；两人就这样一起并肩长大。

“万帕十二岁时，小泰蕾莎十一岁。

“这时，他们的天性也开始展露出来。

“路易吉在孤独的生活中对雕刻始终兴趣不减，但他平时常会听人说句俏皮话就沉下脸来不开心，过一阵却又变得情绪很激动，不时还会没来由地发脾气，对人说话总爱冷嘲热讽。邦皮纳拉、帕莱斯特里纳或是瓦尔蒙托纳一带的孩子谁都奈何他不了，也没人愿意跟他交朋友。他个性倔强，老是要别人屈从，自己从来不肯退让，弄得没有人愿意跟他亲近，也没有人对他表示好感。唯有泰蕾莎例外，她只消一句话、一个眼神、一个手势，就能让他俯首顺从；这个面对强悍的男子从不买账的刚直的小伙子，唯有在女人手里才会变得如此温存。

“泰蕾莎正好相反，活泼、敏捷、快乐，只是太爱打扮；路易吉每个月从圣费利切伯爵的管家那里领到的两个皮阿斯特，还有他把自己精工制作的小雕刻卖给罗马玩具商赚来的钱，全都用来给她买珍珠耳环、玻璃珠项链和镀金别针了。靠着路易吉的慷慨挥霍，泰蕾莎成了罗马近郊最漂亮也最会打扮的农家少女。

“两个孩子，成天厮守在一起，渐渐长大成人，听任各自的天性自由发展，从不发生矛盾。在他们的谈话、希望和梦想中，万帕总是把自己当成一个船长、一位将军或是一省的总督。泰蕾莎则想象着自己发了财，穿戴华丽，被众多穿制服的仆人侍候着。两人一起在这种绚烂多彩的憧憬和遐想中度过白天的时光，然后把羊群分开赶回各自的羊圈，从梦想之巅重新跌回卑微的现实生活状态。

“一天，小羊倌告诉伯爵的管家，说他看见从萨皮纳[1]的山岭里跑出来一头狼，总在他的羊群周围转悠。管家给了他一支长枪，这正是万帕想要的东西。

“这支布雷西亚[2]产的长枪碰巧是支好枪，射击起来跟英国短枪一样精准。可有一天伯爵用这支枪去砸一只垂死的狐狸时砸坏了枪托，于是就将它丢弃了。

“对于万帕这样的雕刻能手来说，重做一个枪托不是难事。他检查了原先的枪托底座，估算了最适合抵肩瞄准的长度，重新做了一个枪托，并雕上非常精美的花纹。这样一支枪，假如他愿意拿到市场上去卖，即便单卖枪托，也准能卖十五到二十个皮阿斯特。

“可是他不会这么做，因为拥有一支枪是这个年轻人长久以来的梦想。在任何一个独立不羁取代了自由的位置的国家里，凡是有大丈夫气概的男子汉，他心里的首要愿望就是想拥有一件武器，有了枪，他就既可以进攻，也可以防守；何况身佩武器看上去很酷，往往能让人生出几分敬畏之意。

“从那时起，万帕一有空就练习射击；他买来火药和子弹，看见什么打什么：一棵长在萨皮纳山坡上的枯瘦干巴、灰不溜秋的橄榄树，一只晚上钻出洞穴来觅食的狐狸，一只在天空中翱翔的老鹰，全都是他的靶子。没过多久，他的枪法就已经十分精准；泰蕾莎以前一听到枪声就害怕得要命，现在也会饶有兴致地看他指哪打哪，弹无虚发，简直就像弹靶近在咫尺一样。

“一天晚上，在两个年轻人常去的那片冷杉树林里，真的来了一头狼，可它还没走出十步，就一命呜呼了。

“万帕对这漂亮的一枪毙命得意非常，把狼扛上肩，带回了农庄。

“这样一来，路易吉在农庄那一带渐渐有了名气。强者无论走到哪儿，总会找到自己的崇拜者。这个小羊倌被公认为方圆三十里内最机敏、最强壮、最勇敢的 contadino[3]。泰蕾莎的名声比他传得更远，她被公认为萨皮纳山区最美的姑娘，只是没人敢对她说一句表示爱慕的话，因为他们知道万帕爱着她。

“但两个年轻人都还从未向对方表露过爱意。他俩比肩长大，就像两棵树，根须在地下缠绕，枝丫在地上交错，芳香在空气中氤氲。彼此相见成了他俩

---

1 意大利中部山区。

2 意大利北部亚平宁山麓城市，16 世纪时相当繁荣。

3 意大利文：农民。

的共同愿望，这种愿望逐渐发展成需要，他们明白了，宁愿死也不能一天不相见。

“泰蕾莎十六岁，万帕十七岁了。

“在这当口，传说有一伙强盗盘踞在莱皮尼山一带。罗马附近的打劫从来没有真正被根除。有时那些强盗缺少一个首领，但只要有一个人出头，自然会有一帮人跟随其后。

“那个大盗库库默托，在阿布鲁兹犯下案，在那不勒斯公国遭驱逐以后，就像曼弗雷德[1]那样，越过加里利亚诺山脉，逃到索尼诺和朱贝尔诺之间，在阿马西纳河那一带藏身匿迹。

“在那里，他学德瑟拉里和加斯帕罗内的样，重新拉起一支队伍，指望很快就能超过他们。帕莱斯特里纳、弗拉斯卡蒂和邦皮纳拉一带的几个年轻人失踪了。起初，大家还为他们担心，但不久便明白他们是去库库默托那里入伙了。

“又过了一些时候，库库默托成了大众关注的目标。这个强盗头子的胆大包天和残忍凶暴成了人们的谈资。

“一天，他绑架了一个姑娘，她是弗洛奇诺内的土地丈量员的女儿。强盗们的帮规很严：凡是抢到年轻女子，首先归那个把她抢来的人，然后由其他人抽签，轮流决定她归谁，直到被整帮强盗玩够后抛弃或者被他们蹂躏至死，那个不幸的女子才能脱离苦海。

“要是父母有钱来赎回自己的女儿，他们就会请一个中间人去帮他们付赎金；有姑娘做人质，中间人不会有危险。如果付不出赎金，被掳的姑娘就难逃一死。

“那个姑娘的恋人也在库库默托的强盗帮里，他名叫卡利尼。

“她认出自己的恋人时，向他张开双臂，以为自己得救了。可是，可怜的卡利尼认出她时，感到自己的心都碎了，他很清楚自己的恋人将面临怎样的命运。

“不过，因为他是库库默托的亲信，因为他出生入死为他卖了三年的命，因为他曾经一枪撂倒正要举刀砍杀首领的宪兵而救了库库默托的命，所以他指望库库默托对他会有恻隐之心。

1 英国诗人拜伦同名诗剧的主人公。

“他把首领拉到一边。这时，那个姑娘坐在林中空地中间一棵大松树下，让罗马农家女的优美头饰像面纱那般垂下遮住自己的脸，来躲避强盗们的好色目光。

“他把所有的事情一五一十告诉了首领：他对她的爱慕之情，他俩之间的山盟海誓，还有，自从他们来到附近安营扎寨之后，两人如何相约每天夜间在一个废墟中幽会。

“刚好那天傍晚，库库默托派卡利尼去附近一个小镇，他没能去赴约。而库库默托，照他自己的说法，碰巧路过那里，于是就把那个姑娘掳了来。

“卡利尼恳求首领看在他的分上破一次例，求他不要伤害丽塔，还告诉他说她的父亲有钱，可以付一大笔赎金。

“库库默托似乎让朋友的恳求给说动了，要他找个羊倌到弗洛奇诺内去给丽塔父亲家送信。

“卡利尼高兴地跑去告诉丽塔说她有救了，并劝说她写了一封信给她父亲，信中她记述了她的遭遇，并告诉父亲，自己的赎金是三百个皮阿斯特。

“他们给了她父亲十二小时的限期，也就是说，第二天上午九点之前必须交出赎金。

“信写好后，卡利尼接过信拔腿就走，跑下山去找信使。

“他找到一个正在牧羊的牧童。牧童似乎天生就是强盗的信差，因为他们生活在城市和山林之间，文明生活和原始生活之间。

“年轻的牧羊人立刻动身，答应在一个小时内赶到弗洛奇诺内。

“卡利尼欢天喜地回来找他的恋人，要告诉她这个好消息。

“他发现同伙们正坐在一片林中空地上，乐滋滋地享用着从农家勒索得来的食品。他在这一堆人中寻找丽塔和库库默托，但没有找到。

“他问他俩到哪儿去了，回答他的是一阵狂笑。卡利尼的额上沁出一阵冷汗，他心里发毛，惊恐得连头发都一根根竖了起来。

“他又问了一遍。一个强盗倒了一杯奥维埃托葡萄酒，递给他说：

“‘为勇敢的库库默托和美丽的丽塔的健康干杯！’

“正在这时，卡利尼似乎听到女人的尖叫声，他立时猜到了是怎么回事。他夺过酒杯，向那个向他敬酒的同伙脸上摔了过去，随即朝着叫声传来的方向奔去。

“奔了百十来步，在一簇灌木丛边上，他看见丽塔昏迷不醒地躺在库库默托的怀中。

“看见卡利尼，库库默托站了起来，两只手里各攥着一把手枪。

“两个强盗对视片刻，一个唇边挂着猥亵的微笑，另一个脸色苍白得像个死人。

“看起来这两人之间准要出事。但卡利尼的脸渐渐松弛了下来，他的一只手原本抓着腰带上的手枪，现在也垂到了身旁。

“丽塔躺在他们两个人的中间。

“月光映照着这幕场景。

“‘嗯，’库库默托对他说，‘事情办得怎么样了？’

“‘办好了，头儿，’卡利尼回答说，‘明天上午九点之前，丽塔的父亲会带钱过来。’

“‘好极了。在这以前，咱们可以痛痛快快地乐上一个晚上。这姑娘很迷人，说实在的，你的眼力不错，卡利尼兄弟。我这人可不自私，我们这就回到弟兄们那儿去，让大家抽签来决定她下一个归谁。’

“‘这么说，您决定按帮规处置她了？’卡利尼问。

“‘干嘛要为她破例呢？’

“‘我原以为我恳求过您……’

“‘你比别人多了什么，可以有权要求例外？’

“‘我当然有。’

“‘别急，’库库默托说，‘早晚会轮到你的。’

“卡利尼紧咬牙关，几乎把牙齿咬碎。

“‘走吧，’说着，库库默托朝同伙的方向走了一步，‘你不来？’

“‘我就来……’

“库库默托一边往前走，一边用眼睛瞟着卡利尼，生怕遭他暗算，但卡利尼却全然没有敌意的表示。

“他交叉着双臂站在丽塔旁边，她还是昏迷不醒。

“一时间，库库默托头脑中闪现出那个年轻人抱起她一起逃走的画面，但是现在这对他已无关紧要了，他已经从丽塔身上得到了他所想要的东西。至于钱，三百皮阿斯特分到每个人手里数额少得可怜，所以他对此也不怎么在乎。

“于是他继续朝林中空地走去，可是大大出乎他的意料，卡利尼差不多与他同时到达那里。

“‘抽签！抽签！’强盗们见到首领，都嚷了起来。

“所有人的眼睛里都闪动着醉意蒙眬而又猥亵兴奋的光，篝火把他们映得周身通红，看上去一个个酷似魔鬼。

“这些人的要求很正当，所以首领点了下头表示同意。大家将把名字写在纸上，放入一顶帽子，卡利尼的名字也在其中。一帮人中最年轻的那个从里面抽出一张来。

“那上面写着迪阿伏拉西奥的名字。

“此人就是刚才向卡利尼提议向首领敬酒，被卡利尼用酒杯摔在脸上的那个。

“他从额角到嘴边被砸了一长条口子，鲜血还在从里面流出来。

“迪阿伏拉西奥看到自己如此走运，发出一阵大笑。

“‘头儿，’他对首领说，‘刚才卡利尼不肯为您的健康干杯，现在请建议他为我的健康干杯吧；也许他对我比对您更愿意赏脸。’

“在场的每一个人都以为卡利尼会发作，可是出乎他们的意料，他一只手端起酒杯，另一只手拿过一瓶酒，然后斟满酒杯。

“‘祝你健康，迪阿伏拉西奥。’他语气异常平和地说。

“他一口气喝光了酒，手都没颤一下。然后他在火堆旁坐了下来。

“‘我的那份晚餐呢？’他问，‘跑了这么远的路，我可饿坏了。’

“‘好样的，卡利尼！’强盗们高声嚷道，‘这样才像条汉子哪。’

“所有的人又重新围在火堆旁边，只有迪阿伏拉西奥走开了。

“卡利尼吃着喝着，仿佛什么事也未曾发生过。

“强盗们惊讶地望着他，弄不懂他为何能够如此无动于衷。正在纳闷时，他们听到身后传来沉重的脚步声。

“他们惊讶地看到迪阿伏拉西奥双臂抱着那个少女。

“她的头向后仰着，长发垂落到地上。

“当他俩进入被篝火照亮的圆圈时，大家才发现少女和强盗两个人都面无血色。

“这一幕景象来得这么突然，又是这么奇特，这么肃穆，在场的人不由得都站了起来，只有卡利尼仍旧坐在那里吃喝，仿佛周围什么事都没有发生。

“一片死寂中，迪阿伏拉西奥继续向前走了几步，将丽塔放到首领的脚下。

“这时大家方才明白少女和强盗都面无血色的原因：一把尖刀插进丽塔的左乳下方，深及刀柄。

“所有的目光都转向卡利尼：只见他腰带上的刀鞘是空的。

“‘啊哈！’首领说，‘现在我明白为什么卡利尼要走在我后面了。’

“生性犷悍的人都欣赏刚烈的举动。这些强盗虽说或许没人会像卡利尼这样做，但他们都懂他为什么要这样做。

“‘怎么样，’卡利尼也站起来，走到死尸旁，把手搭在手枪柄上说，‘还有谁要跟我争夺这个女人吗？’

“‘不，’首领说，‘她归你了。’

“于是卡利尼将她抱起来，抱着她走出火光映照着的圆圈。

“库库默托像往常一样安排了哨兵警戒，强盗们都裹在外套里，围着火堆睡下了。

“到了半夜，哨兵发出警报，首领和众人立刻爬了起来。

“原来是丽塔的父亲带着女儿的赎金赶来了。

“‘喏，这里是三百皮阿斯特，’他递给库库默托一袋钱说，‘把我的女儿还给我吧。’

“首领没有接这笔钱，只是示意他跟着自己走。老人照办了。两个人穿过被月光映照着的树丛往前走去。最后库库默托停住脚步，伸手指着一棵树下的两个人，对老人说：

“‘去问卡利尼要你的女儿吧，他会跟你说清楚的。’

“说完，他转身回到同伴那儿去了。

“老人两眼发直，呆立在那里，他预感到有什么难以想象的巨大不幸，就要降临在他头上了。

“他脚步踉跄地朝那前面模糊的人影走上几步。

“听到他的脚步声，卡利尼抬起头来，此时两个人的身影才清楚地显现在老人的眼前。

“女人躺在地下，头枕在男人的膝上，那男人坐着，俯身向着她。直到他直起身子时，才露出被他紧紧抱在怀里的女人的脸。

“老人认出了女儿，卡利尼也认出了老人。

“‘我一直在等你。’强盗对丽塔的父亲说。

“‘畜生！’老人说，‘你把她怎么了？’

“他惊恐地看着女儿，丽塔纹丝不动，脸色惨白，浑身是血，胸口插着一把短刀。

“一道月光照在她身上，也照亮了她那苍白的脸。

“‘库库默托糟蹋了你的女儿，’强盗说，‘因为我爱她，所以我杀了她，否则她会被帮里所有的人蹂躏。’

“老人一句话也没说，脸色惨白得像死人。

“‘现在，’卡利尼说，‘要是我做错了，你替她报仇吧。’

“他从少女的胸口拔出短刀，站起来，用一只手将短刀递给老人，另一只手解开上衣，向他露出胸膛。

“‘你做得对，’老人嗓音嘶哑地对他说，‘抱抱我吧，我的孩子。’

“卡利尼扑到未婚妻父亲的怀里哭泣起来。这个血性男儿是平生第一次落泪。

“‘现在，’老人对卡利尼说，‘帮我把女儿埋了吧。’

“卡利尼去找来两把十字镐，少女的父亲和恋人一起在一棵橡树脚下挖了个坑，浓密的树枝正好遮住了少女的坟茔。

“墓穴挖好以后，做父亲的先拥抱了女儿，接着是她的恋人。然后，一人一头抬起她，把她放入墓穴。

“然后，他们跪下为死者祈祷。

“祈祷完毕，他们把土堆在死者身上，直到把墓穴填满。

“老人把手伸给卡利尼。

“‘谢谢你，我的孩子！’老人对他说，‘现在，让我一个人待一会儿。’

“‘可是……’他说。

“‘别管我，照我说的做。’

“卡利尼听从了他，回到同伴那里，用斗篷裹住身体躺下，没多久就跟其他人一样睡熟了。

“强盗们在前一天晚上就决定要换一个地方扎营。

“破晓前一小时，库库默托喊醒手下人，下令出发。

“但卡利尼还不知道丽塔的父亲究竟怎样了，他不肯就这么离开树林。

“他朝老人昨晚待的地方走去。

“他发现老人吊死在了女儿坟茔上方的那棵橡树上。

“他对着老人的尸体和恋人的墓穴，发誓为他俩报仇。

“但他没能履行自己的誓言。两天以后，在一场对罗马宪兵的遭遇战里，卡利尼被打死了。

“令人迷惑不解的是，他面向敌人，却在背后挨了一颗子弹。

“但不久事情就明白了，有个强盗告诉伙伴们说，当卡利尼倒下的时候，库库默托正在他后面十步远的地方。

“在他们从弗洛奇诺内树林出发的那天清晨，他就暗中跟踪卡利尼，听到了他发的誓言，他是个有心计的人，所以就先发制人了。

“有关这个可怕的强盗头子，还流传着十来个故事，都跟这一个同样离奇。

“因此，从丰迪到贝鲁斯，大家听到库库默托的名字就会吓得发抖。

“这些故事也常常是路易吉和泰蕾莎之间的话题。

“那少女每次听到这些故事就吓得发抖，可是万帕拍打着他那支百发百中的好枪，微笑着让她放心。倘若她还是不放心，他就指给她看百步开外栖息在枯枝上的一只乌鸦，瞄准射击，鸟儿应声落在树下。

“时光就这么流逝，两个年轻人到了谈婚论嫁的年龄，万帕二十了，泰蕾莎十九。

“两人都是孤儿，所以他们只要请求各自的主人准许就行，他们提出的请求得到了准许。

“有一天两个人正在谈论未来的打算，忽然听到两三声枪响，接着一个人突然从他们经常去放羊的那片树林里向他们跑来。

“奔到话音能听见的距离时，他朝他俩喊道：

“‘有人在追我，你们能把我藏起来吗？’

“两个年轻人立刻意识到这个逃亡者是强盗，但是在罗马的农民和强盗之间，天生有着一种默契，前者总是随时准备为后者提供帮助。

“万帕二话不说，跑到他们有时藏身的洞穴跟前，挪开堵住洞口的大石块，示意逃亡者躲进这个无人知晓的避难所，再用石块堵住洞口，然后回到泰蕾莎身边坐下。

“不多片刻，四个骑马的宪兵追到了树林边，其中三个看上去在搜寻逃亡者，另一个拽着一个绳索套住脖子的被俘的强盗。

“那三个宪兵向四下里张望，看到了这两个年轻人后，就策马过来，问他们有没有看到什么人。

“他俩什么人都没看到。

“‘真糟糕，’队长说，‘我们要找的那个人，是个强盗头子。’

“‘库库默托？’路易吉和泰蕾莎禁不住一齐喊出声来。

“‘对，’队长说，‘他的人头悬赏一千个罗马埃居，要是你们帮我们抓住他，就分给你们五百。’

“两个年轻人对视一眼。队长一时间觉得事情有门儿。五百罗马埃居等于三千法郎，三千法郎对两个准备结婚的穷孤儿来说可是一大笔钱。

“‘是啊，真糟糕，’万帕说，‘可我们确实没看见他。’

“宪兵们又去四下里搜寻了一遍，还是一无所获。

“于是他们陆续离开了。

“万帕跑过去移开石块，库库默托钻出洞来。

“透过洞口的缝隙，他看见了这两个年轻人与宪兵说话；他猜出了他们说话的内容，并从路易吉和泰蕾莎脸上的表情看出了他俩拿定主意不出卖他的决心，于是他从口袋里掏出满满一袋金币，送给他俩。

“万帕高傲地昂着头不屑一顾，而泰蕾莎，想到用这一大袋金币可以买到所有她想要的昂贵首饰和漂亮衣裳，两只眼睛都发亮了。

“库库默托是个老奸巨猾的魔鬼，他披着强盗的外衣，骨子里却是条毒蛇；泰蕾莎的这种目光顿时使他意识到，夏娃的这个后代是个爱慕虚荣的女人。他走回树林里去的时候，借口感激他们的救命之恩，屡屡回过头来看她。

“几天过去了，库库默托没有再露面，也未曾听人提起他。

“嘉年华快到了。圣费利切伯爵宣布要举办一场盛大的假面舞会，届时全罗马的头面人物都会应邀光临。

“泰蕾莎很想去见识一下这场舞会。路易吉央求他的保护人，也就是伯爵府的那位管家，准许她和他一起混杂在府邸的仆役中观看舞会。管家同意了他的请求。

“伯爵十分钟爱自己的女儿卡尔梅拉，这场舞会就是特意为她举办的。

“卡尔梅拉跟泰蕾莎年龄身材都相仿，而泰蕾莎在美貌上也不输给卡尔梅拉。

“舞会当晚，泰蕾莎穿上她最漂亮的衣裳，戴着她最昂贵的别针，别着她最绚丽的玻璃饰物，一副弗拉斯卡蒂女郎的打扮。

“路易吉则穿上了罗马农民逢年过节穿的那种很别致的衣装。

“两个人如愿混在了仆役和农人中间。

“舞会极其奢华，不光别墅里灯火通明，连花园的树木上都悬挂着上千只彩色灯笼。没过多久，宾客们就从房间里拥到了露台上，又从露台拥到花园的走道上。

“在小径的每个交叉路口，都有一支乐队，还备有各种冷餐和饮料。宾客走过路过，随时可以就地跳上一组四对舞。

“卡尔梅拉打扮成一个索尼诺农家姑娘的模样，戴着刺绣精美的无边软帽，金发卡上镶着钻石，土耳其丝绸的腰带上绣着大朵的花卉；长披肩和裙子都是纯羊绒的，围裙是印度平纹细布的，胸衣上的纽扣全由宝石制成。

“她的两个女伴，一个打扮成内图诺农妇，另一个打扮成里西阿农妇。

“来自罗马最富有、最显赫的家族的四个年轻人，带着堪称举世无双的意大利式潇洒风度，陪伴在她们左右。他们分别穿着阿尔巴诺、韦莱特里、奇维塔—卡斯特拉纳和索拉的乡间服装。

“不用说，这些农人服装，也都像那些女人的一样，灿烂耀目地缀满了金银珠宝。

“卡尔梅拉心血来潮，想跳一组四对舞，只是缺少一位女舞伴。

“卡尔梅拉环顾四周，可女宾中没有一个人的穿戴跟她和她的女伴们相配。

“圣费利切伯爵指给她看混在一群农妇中间的泰蕾莎，她正挽着路易吉的胳膊。

“‘我可以请她吗，父亲？’卡尔梅拉问。

“‘当然可以，’伯爵回答，‘我们不是在度狂欢节吗？’

“卡尔梅拉转向正在跟她交谈的一位男伴，跟他说了几句话，并用手指着那位少女。

“年轻人顺着那只纤巧小手所指的方向看了一眼，欠了欠身，便走过去邀请泰蕾莎加入由伯爵女儿领舞的四对舞。

“泰蕾莎感觉脸上火辣辣的发烫，她用目光征询路易吉的意见。路易吉眼看不同意也不行，便缓缓抽出挽着泰蕾莎胳膊的手臂；泰蕾莎被她的高雅舞伴引领着走了过去，惶恐不安地站到这高雅的四对舞中自己的位置上。

“诚然，以一个艺术家的眼光来看，泰蕾莎这身朴素而得体的装束，跟卡尔梅拉和她的女伴们相比，别有一番独特的韵味。然而泰蕾莎生来是个轻佻而爱打扮的少女，那些薄纱上的刺绣、腰带上的棕榈叶扣饰和色泽艳丽的羊绒看得她眼花缭乱，蓝宝石和金刚钻的反光也让她羡慕得心头怦怦直跳。

“被晾在一边的路易吉却在体验一种难以言说的感受，它如同一阵隐痛，先是啃噬着他的心，继而又颤动着透过他的血管，弥漫到全身。他两眼紧盯着泰蕾莎和她舞伴每一个最细小的动作，当他们的手碰到一起时，他只觉得头昏目眩，脉搏汩汩地跳，耳边仿佛有一口钟在敲击。泰蕾莎双眼低垂，羞涩地听着舞伴侃侃而谈，而从那个英俊的年轻人炽热的目光里，路易吉看出他正在恭维她。他感到天昏地转，从地狱里发出的种种声音在耳畔震荡，撺掇他去杀人，去夺命。他深怕这种疯狂的情感会让自己失去理智，所以一只手紧紧抓住身边的那棵树的枝丫。但另外那只手，痉挛地握着插在腰带上的那把雕花柄匕首，时时会不由自主地将它抽出鞘来。

“路易吉嫉妒了！他感觉到，生性风流而又爱慕虚荣的泰蕾莎很有可能会弃他而去。

“而方才还很腼腆甚至有些胆怯的年轻村女，这时却恢复了常态。我们说过泰蕾莎很漂亮。但她不仅漂亮，还十分优雅，比起我们通常所见到的那些矫揉造作的优雅来，她那略带野性的优雅更为动人。

“她在这轮四对舞上出尽了风头；尽管她对圣费利切伯爵的女儿满心羡慕，我们可不敢说卡尔梅拉对她没有一丝妒意。

“那个英俊的舞伴一边对她说着赞颂的话，一边陪伴她回到刚才他来请她的地方，路易吉在那里等着她。

“在跳四对舞时，少女向路易吉那里瞥过几次眼，每次总见他面色苍白，脸绷得紧紧的。甚至有一次，他的短刀都已一半出了鞘，闪出的寒光晃了她的眼。

“当她重新挽住她恋人的胳膊时，人都有些发抖了。

“四对舞跳得非常成功，显然应该再来一次。只有卡尔梅拉一个人反对，但圣费利切伯爵温存地请求他的女儿，她最终还是同意了。

“立刻便有一个舞伴走上前去邀请泰蕾莎，缺了她，四对舞就跳不成了。然而年轻姑娘已不见了踪影。

“事实上，路易吉已经没有力量再承受一次这样的考验了，他半拉半劝地将泰蕾莎拖到花园的另外一边。泰蕾莎虽然很不情愿，但还是依从了他。但是她从脸色看得出来，这个年轻男人心里正乱着呢。看着他一言不发却又神经质地颤抖，她明白他心里一定在酝酿着一件非同寻常的事。她自己的内心也无法平静，虽说她并没有做什么出格的事情，但她觉得路易吉有理由责备她。到底为了什么，她心里并没有数，只是觉得自己应该受到责备。

“令泰蕾莎倍感惊讶的是，路易吉始终保持沉默，在晚会上再未开过一次口。当夜晚的寒意将逗留在花园里的宾客都赶回室内继续他们的晚会时，他才送泰蕾莎回家，当快到她家门口时，他才开口说：

“‘泰蕾莎，在圣费利切伯爵的小姐对面跳舞时，你在想些什么？’

“‘我在想，’年轻姑娘满怀坦诚地回答，‘我情愿减一半寿命来换得一套她穿的那身衣服。’

“‘你的舞伴对你说了些什么？’

“‘他对我说，想要这些东西，只是小事一桩，只要我说句话就行。’

“‘他说得有道理，’路易吉说，‘你真的那么想要这套衣服？’

“‘是的。’

“‘好吧，你会有的！’

“少女吃了一惊，抬起头来想问个究竟，但是他的脸色是如此阴沉可怕，她话到嘴边又咽了回去。

“况且，路易吉说完这几句话就走了。

“泰蕾莎目送着他在夜色里离去，直到他的踪影完全消失，方才叹了声气回家。

“就在那天夜里，出了一件大事：有个仆人疏忽大意，忘了灭灯，圣费利切家的别墅失火了，正好烧着了卡尔梅拉所住套间隔壁的几间偏房。半夜里被火光惊醒之后，卡尔梅拉连忙跳下床，用睡袍裹住身体，想从门里逃出去。但是她要经过的那条走廊已经被大火吞噬了，她只得退回房间里大声呼救。正在这时，离地二十尺高的一扇窗户打开了，一个年轻的农民跳进房间，抓住她的两臂，用超人的技巧和力气把她背到了草地上，一到那儿，她就昏了过去。等到她恢复知觉，她的父亲已经赶来，仆人们也都围在她身边，正在对她进行施救。整幢别墅有半边被烧毁，还好卡尔梅拉安然无恙，实在是不幸之中的大幸。

“大家到处找寻她的救命恩人，可是他没有再露面；他们又到处打听他的下落，但是也没有人看见过他。而卡尔梅拉当时神志不清，根本没有看清那人的模样。

“此外，伯爵家财万贯，只是卡尔梅拉受了些惊吓，在他看来，她奇迹般地死里逃生，与其说是一场真正的灾祸，还不如说是上帝的又一次眷顾，因此对于火灾造成的损失，他没怎么在意。

“第二天，还是老时间，两个年轻人又在树林边相聚了。他兴高采烈地迎向她，似乎已经把前晚发生的事情全忘了。泰蕾莎明显有些心事重重，但当她看到路易吉那么心情愉快，也就装出轻松自在的样子；只要不受情绪的干扰，她的本性就是这样的。

“路易吉挽住泰蕾莎的手臂，把她带到岩洞的入口处。到了那里他停住了脚步。少女意识到有不同寻常的事情将要发生，直愣愣地看着他。

“‘泰蕾莎，’路易吉说，‘昨天晚上你对我说过，你情愿拿世界上的一切来换一套伯爵女儿穿的那种衣服，是吗？’

“‘是的，’泰蕾莎说，心里有些惊讶，‘可是我这样说实在太傻了。’

“‘我当时回答你，好的，你会有的。’

“‘是的，’少女回答，对路易吉所说的话越发感到惊讶，‘但是你这么说

肯定只是为了想让我高兴罢了。’

“‘办不到的事，我从来不会轻易答应你的。泰蕾莎，’路易吉傲气十足地说，‘进洞里去穿穿看吧。’

“说完这话，他移开石块，指给泰蕾莎看，只见岩洞里点着两支明晃晃的蜡烛，每支蜡烛旁各竖着一面华丽的镜子，在一张路易吉自己制作的简陋桌子上摆放着珍珠项链和钻石别针，旁边的一把椅子上放着其余的服饰。

“泰蕾莎发出一声惊喜的尖叫，也不问这套服饰是从哪儿来的，甚至都来不及向路易吉道谢，就一头钻进那个已变成更衣室的岩洞。

“路易吉在她身后推上石块，因为他刚才瞥见一个旅人骑着马，站在耸立在岩洞与帕莱斯特里纳之间的一个小山坡上，那个人停在那里，好像迷了路。在蓝天的衬托下，他的身影的轮廓异常清晰，在南部地区纵目远望时，常会有这样的感觉。

“那人发现了路易吉，便策马向他奔来。

“路易吉没有弄错，那个人来自帕莱斯特里纳，想去蒂沃利，正在那里犹豫，不知该走哪条路。

“年轻人给他指了路，可是沿着这条路往前走四分之一里后还会分出三条岔路，到了这个三岔路口，那个人可能还会走错道，所以他请求路易吉给他做向导。

“路易吉脱下外套放到地上，背上马枪，一身轻装，走在旅人的前面领路，马匹在他那山里人敏捷的步伐后面，也只是勉强跟上。

“走了十分钟，路易吉和旅人到了年轻牧羊人指过的那个岔路口。

“到了那里，他像个皇帝一样伸手做了个手势，指着三条小路中旅人应该走的那条道。

“‘您走这条路，大人，’他说，‘现在您不会再走错啦。’

“‘这是给你的报酬。’旅人说着，给了年轻的牧羊人几个小钱。

“‘谢谢，’路易吉缩回了手，‘可我帮您这忙不是为了钱。’

“‘那么，’旅人说，似乎看惯了城里人的奴颜婢膝和山里人的自尊自傲这两者之间的区别，‘既然你不要报酬，至少可以接受一件礼物吧。’

“‘当然！这是另一回事。’

“‘那好，’旅人说，‘拿着这两个威尼斯西昆，去给你的未婚妻买一副耳环吧。’

“‘那请您也收下这把短刀，’年轻的牧羊人说，‘从阿尔巴诺到西维塔卡斯特拉纳您再也找不到比这更精美的雕花刀柄啦。’

“‘我收下，’旅人说，‘可这么一来，我欠你的情了，这把刀不止两个西昆呢。’

“‘对买卖人来说也许是这样，可是这是我自己刻的，所以至多也就值一个皮阿斯特。’

“‘你叫什么名字？’旅人问。

“‘路易吉·万帕，’牧羊人回答，口气就像是在回答：我是马其顿国王亚历山大，‘那么您呢？’

“‘我吗？’旅人说，‘我叫水手辛巴德。’”

“水手辛巴德！”弗朗兹·德·埃皮奈吃惊地叫了起来。

“对，”讲故事的人说道，“那个旅人报给万帕的就是这名字。”

“哎，您不喜欢这个名字？”阿尔贝插了进来，“这个名字起得非常好，老实说，我在小时候就对叫这个名字的那位先生的种种冒险故事很感兴趣了。”

弗朗兹没再言语。读者不难理解，水手辛巴德这个名字唤醒了他所有的记忆，如同前晚基督山伯爵这个名字勾起种种往事一样。

“请讲下去。”他对店主说。

“万帕倨傲地将那两个西昆放进衣袋，慢悠悠地沿着来路往回走，走到离岩洞两三百步远处，他似乎听到一声喊叫。

“他停下脚步，试图听清叫声是从哪里传来的。

“旋即，他清楚地听见有人在叫他的名字。

“叫声是从山洞那边传来的。

“他像一只羚羊似的冲向前去，一边跑一边装填弹药，不到一分钟，他便跑到起先他瞥见旅人的那个山坡对面的一座小山丘上。

“到了那里，救命的呼喊声更加清晰了。

“他向对面的山坡望去，只见一个人正想劫走泰蕾莎，就像半人半马的涅索斯劫走特伊阿尼拉[1]那样。

“那个人正向树林方向走去，从山洞到树林的这一段路他已走了四分之三。

“万帕目测了一下距离，那个人在他前面至少有两百步远，看来是追不上他了。

“年轻的牧羊人站定在那里，仿佛脚下生了根。他用肩膀抵住枪托，缓缓地抬起枪管瞄准奔跑中的劫持者，跟着他瞄了一秒钟后开了火。

“劫持者停住了脚步，膝盖一弯，跟着人就倒了下来，就势把泰蕾莎拉倒在他身上。

“泰蕾莎随即站了起来，而那个逃亡者还躺在那里垂死挣扎。

“万帕赶紧朝泰蕾莎奔去，因为她从垂死者身边跑开十步远，两腿一软，重新跪倒在地。年轻人唯恐那颗射中他的敌人的子弹同时也伤着了他的未婚妻。

“幸好她一点没事，泰蕾莎只是因为受惊过度才瘫倒在地。直到确信她安然无恙之后，路易吉才转身走向那个受伤的人。

“那家伙刚刚断气，只见他攥紧了双拳，嘴巴痛苦地扭歪着，头发直竖，满头大汗。

“他的双眼依旧恶狠狠地睁开着。

“万帕走近死者，认出他是库库默托。

“自从那天被那两个年轻人救了一命以后，这个强盗就看上了泰蕾莎，并发誓要把这个少女占为己有。从那天起他一直等待机会，趁她恋人去给旅人带路撇下她一个人之机，劫走了她，正当他自以为得手时，没想到万帕的子弹，凭借着这个牧羊少年的弹无虚发的好枪法，射穿了他的心脏。

“万帕定睛望着他，脸上毫不动容，而泰蕾莎却正好相反，她的手脚都在发抖，只敢慢慢靠近那死去的强盗，迟疑地从她恋人的肩膀上向尸体瞥了一眼。

“过了片刻，万帕转向他的未婚妻。

“‘好了，没事了，’他说，‘你已经都打扮好了，现在该我去换衣服了。’

“果然，泰蕾莎从头到脚穿着圣费利切伯爵女儿的衣装。

“万帕抱起库库默托的尸体，将他拖进洞里，这回轮到泰蕾莎留在洞外面了。

1　希腊神话中的人物。涅索斯想夺走赫拉克勒斯的妻子特伊阿尼拉，结果被箭射中。

“这时要是再有一个旅人经过，他就会看到一个奇怪的景象：一个牧羊女在牧羊，身上却穿着羊绒长裙，戴着珍珠的耳环和项链、钻石的别针和翡翠、绿宝石及红宝石的纽扣。

“无疑，他会以为自己回到了弗洛里安努斯[1]时代，等回到了巴黎，就会到处宣布说他遇到过一位阿尔卑斯山上的牧羊女坐在萨宾山[2]的山脚下。

“过了一刻钟，万帕也走出岩洞。他的服饰相当精致，比起泰蕾莎穿的毫不逊色。

“他上身穿一套钉着镂金纽扣的石榴红丝绒上装，一件绣花丝绸背心，颈脖上围一条罗马披巾；腰上挂一只金红绿三色刺绣的子弹盒；下身一条天蓝色丝绒短裤，裤管长及膝盖，用钻石纽扣扣紧；麂皮绑腿镶满了色彩夹杂的阿拉伯图案；帽子上飘着五颜六色的饰带；腰带上挂着两只怀表，子弹盒上还插着一把精美的短刀。

“泰蕾莎发出一声赞美的喊叫。万帕这身穿戴装束酷似莱奥波德·罗贝尔[3]或施奈兹[4]油画中的人物。

“他穿的全都是库库默托的衣服。

“年轻人看到这身装束对他的未婚妻所产生的效果，嘴角漾出得意的微笑。

“‘现在，’他对泰蕾莎说，‘你愿意跟我一起同甘共苦吗？’

“‘我愿意！’少女激动地大声说。

“‘无论我走到哪里你都会跟着我吗？’

“‘跟你到天涯海角都行。’

“‘那么挽着我的胳膊，我们走吧，我们得抓紧时间啦。’

“少女将手伸进她恋人的胳膊里，连问都不问他会带她去哪里；因为此刻他在她眼里简直就像神一样漂亮、高傲和有力。

“两个人向着树林里走去，几分钟后，他们已进入了林子。

“不用说，树林里的每一条小路万帕都很熟悉，所以他径自往前走，没有任何犹豫。林子里虽然没有现成的路，但只要看一眼树木和草丛，他就知道该

---

1 弗洛里安努斯（232—276）：罗马皇帝。

2 萨宾山民在公元前220年归顺罗马人。这句话隐喻古老的神话又再现了。

3 莱奥波德·罗贝尔（1794—1835）：出生在瑞士，法国画派的画家。

4 施奈兹（1787—1870）：法国画家。

怎么走，他们就这样向前走了一个半钟头。

“最后，他们走到了树林最茂密的地方。一条河床干枯的河道通往一个深深的峡谷，两边的河岸上，松树浓荫环绕，使河道看上去更为阴暗，除了更平坦一些，这简直就像维吉尔所说的那条阿凡尔纳[1]之路。万帕却偏偏挑这条奇怪的路走。

“泰蕾莎看到这荒山野岭的景象又害怕起来，她紧挨着她的领路人，一声也不敢吭。但看到他迈着平稳的脚步泰然自若地向前走着，她也就竭力控制住自己的情绪。

“突然，离他们十步开外的一棵树背后闪出个人来，用枪指着万帕。

“‘再走一步就要你的命！’他叫道。

“‘别来这套，’万帕抬手做了个轻蔑的手势说，而泰蕾莎却再也掩饰不住自己的恐惧，紧紧靠着他，‘都是自己人！’

“‘你是什么人？’哨兵问。

“‘我是路易吉·万帕，圣费利切农庄的牧羊人。’

“‘你想干什么？’

“‘我有话想跟你那些在罗卡比安卡山坳里的伙伴们讲。’

“‘那好，跟我走，’哨兵说，‘既然你知道该往哪儿走，那你走前头吧。’

“对强盗所表示出的谨小慎微，万帕轻蔑地笑了一下，带着泰蕾莎走在前面，脚步仍像刚才一样的坚定和安闲。

“走了五分钟，强盗示意他们停下来。

“两个年轻人服从了。

“强盗学了三声乌鸦叫。

“远处传来乌鸦的呱呱叫声，算是对刚才这三声的回应。

“‘好了，’强盗说，‘现在你可以接着往前走了。’

“路易吉和泰蕾莎重新往前走去。

“越往前走，泰蕾莎就越惊恐不安，紧紧依偎着她的恋人。果然，透过树丛，可以影影绰绰地望见刀光枪影。

“罗卡比安卡山坳坐落在一座小山顶上，那里以前曾经是一座火山，在莱

1 阿凡尔纳是意大利的一个湖，在古代被看成是阴曹地府的入口处。

姆斯和罗姆鲁斯[1]离开阿尔伯[2]去兴建罗马城之前就已经熄灭了。

“泰蕾莎和路易吉刚爬上山顶，就发现那里有二十来个强盗。

“‘这个年轻人是来找你们的，说他有话要说。’哨兵说。

“‘他要跟我们说什么？’其中一个人问，首领不在的情况下他临时当头儿。

“‘我想说我不愿再干放羊这活了。’万帕说。

“‘啊！我明白了，’临时首领说，‘你是来求我们让你入伙的喽？’

“‘欢迎入伙！’几个强盗叫道，他们来自费吕其诺、邦皮纳拉和阿纳尼地区，都认识路易吉·万帕。

“‘我不光想来入伙，另外我还有个要求。’

“‘你还想要什么？’强盗们惊讶地问。

“‘我想当你们的头儿。’年轻人说。

“强盗们大笑起来。

“‘你凭什么要求得到这个荣誉呢？’临时首领问。

“‘我杀了你们的首领库库默托，我身上穿的这些衣服就是他的，’路易吉说，‘我还放火烧了圣费利切的府邸，为的是给我的未婚妻弄一套结婚礼服。’

“一小时后，路易吉·万帕被推举为首领，取代了库库默托。”

“唉，我亲爱的阿尔贝，”弗朗兹转身对他的朋友说，“您对路易吉·万帕这个家伙有何感想？”

“我认为这是无稽之谈，”阿尔贝答道，“根本就没这么个人。”

“无稽之谈是什么意思？”帕斯特里尼问。

“要跟您解释清楚得花很长时间，亲爱的老板，”弗朗兹回答，“您说现在万帕老兄在罗马周围这一带干他的营生？”

“而且更加胆大包天。在他之前，没有一个强盗敢这么干的。”

“看来连警察也制服不了他了？”

“有什么办法！他跟平原上的牧羊人、台伯河[3]上的渔民和沿海那一带的走私贩子都关系不错。他们上山搜寻他时，他就往河上逃；等他们追到河上时，

1　罗姆鲁斯是传说中罗马城的建设者。据说他和莱姆斯都是战神马尔斯生的孪生兄弟，长大成人后夺取阿尔伯城，并在台伯河畔建一新城，即罗马城。

2　阿尔伯是意大利古地区拉丁姆的一座古城，被摧毁后，大部分居民逃往罗马。

3　意大利的一条河，流经罗马。

他又溜到海上去了；当他们以为他躲在吉利奥岛、加努迪岛或基督山岛上时，却发现他在阿尔巴诺、蒂沃利或里恰那一带露面了。”

“那么他对旅客的态度如何？”

“啊！天主！这再简单不过啦。根据旅客离城里的距离远近，他分别给他们八小时、十二小时或一天的时间来支付赎金，要是时间超过，他再宽限一个小时。六十分钟一到，如果钱还没到，他就一枪打得肉票脑袋开花，或是一刀捅在胸口上，立马玩完。”

“好家伙！阿尔贝，”弗朗兹问他的朋友，“您还打算取道城外的林荫大道去斗兽场吗？”

“当然，”阿尔贝说，“只要那条大道风景美就行。”

这时，时钟敲响九点，门开处，马车夫出现了。

“阁下，”他说，“马车已经备好了。”

“好，”弗朗兹说，“那么就去斗兽场吧！”

“阁下是走民众门还是走城里的大街？”

“当然是大街！走大街！”弗朗兹嚷了起来。

“啊！我亲爱的！”阿尔贝一边站起身来点燃第三支雪茄烟，一边说，“说真的，我还以为您会更勇敢一些呢。”

说着，两个年轻人下楼乘上马车。

第34章 露面

弗朗兹找到了一个折中的方案，让阿尔贝在去斗兽场的路上，不经过任何一座残存的古建筑，这样，就不致因途中屡屡见到高大的建筑而使斗兽场的巍峨有所逊色。这条线路是沿西斯廷街往前，在圣母马利亚大教堂前横穿过去，经乌尔巴纳街到芬科里圣彼得教堂，然后到斗兽场街。

这条线路另外还有一个好处：它不会干扰弗朗兹听了帕斯特里尼老板讲述的故事后留下的印象，那个故事牵涉到了基督山那位神秘的东道主。于是，弗朗兹手支着头坐在车厢里面，凝神思索着走马灯似的没完没了的问题，这些问题他不止一次地问过自己，但始终不曾得到过一个满意的答案。

不过，有一件事还是让他想起了他的朋友水手辛巴德：这就是那些强盗和那些水手之间的神秘关系。帕斯特里尼老板说万帕在渔民和走私贩子的船上都可以落脚，这使弗朗兹联想起那两个跟小游艇的船员共进晚餐的科西嘉强盗，那艘游艇特地绕道去韦基奥港，唯一的目的就是送那两个强盗在那儿上岸。基督山的主人自报的名字，在这个西班牙旅馆的老板口中说出来，向弗朗兹表明了这个名字不仅在托斯卡纳和科西嘉的沿海地区，而且在皮翁比诺、奇维塔韦基亚、奥斯蒂埃和加埃塔沿岸都享有同样的声望；弗朗兹记得，基督山这位主人还提到过突尼斯和巴勒莫，这表明他掌握着一个分布很广的关系网。

一路上，这个年轻人的整个思绪都深深沉浸在种种回忆之中；然而，当他瞧见面前耸立着阴郁而庞大的斗兽场的幽灵之时，这些回忆却全都抛到脑后去了。月光透过斗兽场一个个洞口投下的长长的、惨白的光线，犹如从鬼魂眼中射出的目光。马车停在苏丹墓旁边。车夫下来开门；两个年轻人跳下马车，只见面前站着一个导游，仿佛是从地底下钻出来似的。

旅馆的那个向导也是跟着来的，所以他们一下子有了两个导游。

话说回来，在罗马要想避免在导游问题上如此奢侈，那也是不可能的：且不说从你踏进旅馆大门起，就有市内导游寸步不离地跟着你，直至你离开这座城市为止，每个景区跟前还都有景区导游，而且几乎在景区里的每个景点又都有一个景点导游。所以你想，在斗兽场这么一个名闻遐迩的景点跟前，怎么能少得了导游呢，要知道关于这座著名的废墟，马提雅尔[1]可是这么说的：

> 孟斐斯就别再吹嘘它那些金字塔粗陋的奇迹，人们也别再为巴比伦的奇观大唱颂歌吧；面对古罗马皇帝建造的这座高大巍峨的圆形剧场，任何建筑、任何人都理应自愧不如，理应把最美的赞词全都献给它。

弗朗兹和阿尔贝无意逃避这些强蛮的导游。再说，只有这些导游才有权手执火把在景区中穿行，所以要甩掉他们就更有难度了。于是，两人没有提出任何异议，乖乖地听由两个向导带领前行。

弗朗兹参观这座斗兽场已有十次之多。可他的同伴却是初来乍到，第一次踏进弗拉维乌斯•韦斯巴芗[2]的这座遗迹，所以对他的赞美我更为感同身受——尽管那两个向导在旁边不知趣地唠叨个没完，这座废墟还是给他留下了极为强烈的印象。确实，若非亲眼看到，你是无法想象一座废墟竟然会如此气势恢宏的，南国的月光宛如西天的暮色，神秘的清辉兀自将残垣断壁的体量放大了一倍。

那两个导游自然不肯放弃他们不受时效约束的权利，领着阿尔贝仔仔细细参观狮子墓穴、角斗士隔间和罗马皇帝包厢的壁墩，耽于深思的弗朗兹撇下他们，沿着内廊走了百十来步，走上一座废弃的台阶，任凭那三人沿着对称的游览路线继续往前，独自悄悄坐在一根廊柱的阴影里，面对一个半圆形的缺口，纵目望去，整座高大的花岗岩建筑雄伟的身影尽收眼底。

弗朗兹在那儿待了差不多一刻钟，正如我刚才说的，坐在一根廊柱的阴影里，瞧着远处的阿尔贝，他由两个手擎火把的向导伴随左右，正从斗兽场另一端的出口进来，他们犹如磷火引领下的幽灵，走下一排又一排阶梯座位，朝着为供奉女灶神的贞女专设的位置走去。正在这时，弗朗兹觉得听见不远处传来石子滚落的声音，声音的方向是他方才拾级而上的这座台阶对面的那座台阶。

---

1 马提雅尔（约40—约104）：古罗马诗人。

2 弗拉维乌斯·韦斯巴芗（9—79）：古罗马皇帝（69—79），于公元72年下令兴建弗拉维圆形剧场（后来更名为罗马斗兽场）。

一块石头因年代久远而松动，从高处滚落下去，这本没有什么可奇怪的；不过这一次，他觉得这块石头是因为有人踩在上面而松动滚落的，尽管踩动石子的人处处当心，但他还是弄出了这点声响。

果然，稍过片刻，只见一个人影从夜色中显现出来，渐渐登上台阶，台阶的口子正对着弗朗兹，月光从那儿照射进来，但沿着台阶往下走，人影就融入了昏暗之中。

这可能是一个像他一样的游客，想躲开导游无聊的絮叨，独自静静地思索一些事情，所以看到这么一个人影，并没有什么可以大惊小怪的；不过从他走上最后几级台阶时迟疑的神态，从他走上平台后伫立静听的模样，显然可以看出他上这儿是特地而来，是来等人的。

弗朗兹做了个本能的动作，尽量把身子蜷缩在柱子后面。

离这两人十尺高的拱顶上，裂开一个井口似的圆孔，透过圆孔可以看见缀满繁星的夜空。

在这个也许数百年来始终有月光泻入的圆孔周围，生长着一丛丛荆棘，绿色纤细的齿缘在瓦蓝色夜空的映衬下，显得很清晰，粗壮的青藤和强韧的常春藤从高台上挂落下来，在拱顶下轻轻摇曳，宛如飘荡的缆绳。

那个引起弗朗兹注意的神秘来客，置身于半明半暗的光线之中，弗朗兹看不清他的脸，但他的装束还是可以看清的：他裹着一件宽大的褐色披风，披风的一角下摆甩在左肩上，遮住了脸的下半部，而那顶宽边帽则盖住了上半张脸。孔口斜射进来的月光，照在他的下半身上，可以清楚地看到黑色的长裤潇洒地束在一双擦得很亮的靴子里。

显然，这个男子要不是贵族，至少也是个上流社会的人物。

他在那儿站了几分钟，看得出来已经有些不耐烦了；突然间，一声轻响从高台上传来。

与此同时，一道黑影遮蔽了光线，一个男子出现在孔口，锐利的目光射向下方的平台，看见了裹披风的人；他立即抓住一把垂挂的青藤和荡荡悠悠的常春藤，纵身一跳，沿着藤束滑到离地三四尺的地方，轻轻跳到地上。此人身穿整套的特朗斯泰韦服饰。

“请原谅，阁下，”他用罗马方言说，“让您等我了。好在我只迟到了几分钟。

圣让-德-拉特朗教堂刚敲十点。”

“您没迟到，是我早到了，”那个陌生人用纯正的托斯卡纳话回答说，“所以别说客套话了；再说，即使您让我等了，我料想那也一定是有原因，由不得您的。”

“您说得没错，阁下；我刚从圣天使城堡来，在那儿费了好大工夫才把贝波搞定。”

“这个贝波是什么人？”

“贝波是监狱的一个管理员，我答应了给他一笔小小的年金，才算从他那儿打听到教皇城堡里的动静。”

“哦！看得出您是个很精细的人，朋友！”

“有什么办法，阁下！谁也料不定会出什么事啊。说不定有一天我也会像可怜的佩皮诺一样给关进去，也需要有只耗子来咬断监狱的铁丝网呢。”

“长话短说，您打听到哪些情况？”

“星期二两点钟有两场处决，这是罗马每次重大节假的开场戏。一个犯人要受锤刑，那家伙把从小抚养他的神甫给杀了，他罪有应得，没什么好同情的。另一个被判斩决，那就是可怜的佩皮诺。”

“那也没办法呀，朋友。您弄得他们人心惶惶，不光是教皇政府害怕您，就连邻近的那些王国也都胆战心惊。他们当然想要杀一儆百喽。”

“可是佩皮诺根本还没入伙呢。他是个可怜的牧羊人，只不过给我们运了点粮食来，别的什么罪也没有呀。”

“这就足够算是您的同伙了。这不，您瞧，他们对他还是够宽待的：要您哪天落在了他们手里，您准得挨锤刑，可他只上断头台就行了。不过，这样也好让老百姓多看点热闹，爱看什么都有。”

“还有我给他们准备的呢，那可是他们料想不到的。”特朗斯泰韦人接口说。

“亲爱的朋友，请恕我直言，”裹披风的人说，“我觉得您是在准备干一件蠢事。”

“那可怜的家伙为了帮我，落了个命都不保的下场，我要不惜一切代价救他出来。圣母在上！要是我不去救这个善良的小伙子，我会把自己看成一个懦夫的。”

“您想怎么救他？”

“我会在刑场周围安排二十来个弟兄，等他们把他带进刑场，我发个信号，大家就拔出匕首扑向押解他的士兵，把他救出来。”

“我看这样做胜算不大。我相信我的计划要比您的高明得多。”

“您的计划是怎样的，阁下？”

“我先给我认识的某个人一万皮阿斯特，让他批准把佩皮诺的行刑日期推迟到明年。然后，在这一年当中，我再给我认识的另外某个人一万皮阿斯特，帮他越狱。”

“您肯定能得手？”

“当然！”裹披风的人用法语说。

“您说什么？”特朗斯泰韦人问。

“哦，我是说，光凭我的金币，我就能比您和您的这帮弟兄们用匕首、手枪、马枪和短筒火枪干得更漂亮。您就让我来干吧。”

“那也好。不过万一您失手，我们照样还是准备干的。”

“您要愿意的话，就照样准备吧。不过您只管放心，我会弄到特赦令的。”

“请容我提醒您，后天就是星期二。您只有明天一天了。”

“不错，可是一天有二十四个小时，每小时有六十分钟，每分钟有六十秒。八万六千四百秒的时间足够做许多事情了。”

“要是您得手了，阁下，怎么通知我们呢？”

“很简单。我在罗斯波利宫租了一个靠拐角的房间，临街有三扇窗子。要是我拿到了缓刑令，旁边两扇窗会挂黄色锦缎的窗幔，中间那扇挂白色锦缎窗幔，上面绣一个红十字架。”

“那好。特赦令您让谁来交给我们呢？”

“请您派一个弟兄化装成苦修修士来找我，我会给他的。他穿了那身衣服，可以走到行刑台跟前，直接把教皇谕旨交给领头的修士，他会再交给刽子手的。现在，您务必跟佩皮诺通个气。否则到时候他不是吓死也得发疯，我们为他花这笔冤枉钱就太不值喽。”

“请听我说，阁下，”那乡民说，“我一直对您很忠诚，您对此深信不疑，是这样吗？”

“至少我希望是这样。”

“那好，要是您救出了佩皮诺，我今后不仅永远效忠于您，而且永远对您绝对服从。”

“您这么说可得当心喔，朋友！说不定有一天我会提醒您这么做的，因为说不定哪一天我也需要您……”

“到那时，阁下，您会在您需要我的时刻找到我，就像现在我找到您一样。到那时，哪怕您在这世界的另一端，您只要给我写这么一句：‘去做这件事’，我就会去做，我发誓……”

“嘘！”陌生人说，“我听见有声音。”

“是游客拿着火把在参观斗兽场。”

“不必让他们看见我和您在一起。这些爱告密的导游会认出您的。虽说您的友谊很可贵，我的朋友，倘若让人知道我俩关系这么密切，就怕这种关系会使我的信誉有所损伤的。”

“那行，要是您拿到缓刑令？”

“中间的窗帘有个红十字架。”

“要是没拿到……？”

“三幅窗帘都是黄的。”

“这时候……？”

“这时候，亲爱的朋友，您就尽管拔匕首吧，我答应您，而且我会在现场看着你们动手。”

“那再见啦，阁下，我完全信任您，请您也完全信任我。”

说完这话，特朗斯泰韦人跑上台阶消失了，而那个陌生人，用披风把脸遮得更严实，在离弗朗兹两步开外沿着外圈阶梯座位一直走到下面的竞技场地。

一秒钟过后，弗朗兹听见自己的名字在拱顶下回响：是阿尔贝在喊他。

他等到那两人都走远了，才出声回应。他不想让那两人知道，他们说话时旁边有人，尽管看不清他们的脸，但他们说的每句话都听得清清楚楚。

十分钟后，弗朗兹乘在回西班牙旅馆的马车上，心不在焉地根本不去搭理阿尔贝，听凭他在旁边大发宏论，依据普利尼乌斯和卡尔皮尼乌斯[1]书上写

1 普利尼乌斯（Pline，拉丁文中为 Plinius，61—约 114）是拉丁作家。卡尔皮尼乌斯（Calpurnius）则是与尼禄（公元 1 世纪）同时代的拉丁诗人。

的内容，谈论在铁丝网上加装尖刺，以防猛兽扑向观众的话题。

他听凭阿尔贝说个不停，不去接腔。他只想能尽快独自一人，静静地思索一下方才眼前看见的情景。

那两个人中间，有一个他是肯定不认识的，他是第一次看到他，听到他说话的声音。另一个就不同了，虽说弗朗兹始终没能看清他被阴影遮住或藏在披风后面的脸，但他的嗓音弗朗兹第一回听到时就留下了极深的印象，这回一听到，马上就认出来了。

他那颇含嘲弄意味的语调，伴着这尖锐的、金属般的嗓音，此刻让弗朗兹在斗兽场听到时浑身一激灵，正如当初在基督山洞穴里听到时一样。

因此他断定此人不是别人，正是水手辛巴德。

换在任何别的场合，此人在他身上激起的好奇心，一定会让他按捺不住，迎上前去跟此人相认。可是，在眼下的情形，他刚才听到的对话那么机密，他不免有所顾忌，生怕贸然走出去会让对方感到不快。所以上面我们说了，他等此人走远了才从藏身处出来；但他心里对自己说，下次要是再碰到这个人，他一定不会像第一次这样错过第二次的机会了。

弗朗兹思前想后，无法入眠。整个夜里，他辗转反侧，脑子里老想着基督山洞穴的那个人和斗兽场的这个陌生人，想着想着总觉得这两人是同一个人。弗朗兹越是往下想，越觉得肯定是这么一回事。

黎明时分他才入睡，所以醒得很晚。阿尔贝是个地道的巴黎人，已经为当晚的活动做了准备。他着人在阿根廷剧院订了个包厢。

弗朗兹要写好几封信发回法国，于是那辆马车就整天都归阿尔贝了。

五点钟，阿尔贝回来了。他凭随身带来的引荐信，赢得了所有晚会的邀请，顺便还在罗马观了光。

阿尔贝有一天工夫，便足以把这些事都做了。

他还抽得出时间问清楚上演的是什么剧目，有哪些演员。

剧目的名称是《巴里西娜》，演员的名字分别是：柯塞莉、莫里亚尼和拉斯贝施。

看来，我们这二位年轻人运气还不算坏：他们有幸去看《拉美莫尔的露契亚》的作者[1]一部最精彩的歌剧的首演，而且演员是意大利当红的三位名角。

阿尔贝始终没能习惯意大利的剧院，在这儿既不能去正厅前座，又没有楼厅和敞顶包厢。对于一个在巴黎意大利剧院有单人座，在巴黎歌剧院的包厢也有一席之地的年轻人来说，这未免太没劲了。

但这并不妨碍他每次和弗朗兹一起去歌剧院时，打扮得非常光鲜照人。可是这份心思算是白花了。说来真叫咱们这位堪称代表时尚潮流的年轻人蒙羞，在意大利走南闯北四个月，阿尔贝竟然没有过一次艳遇。

阿尔贝有时也试着拿这事打趣，但在内心里，他的自尊心是大受打击的。他阿尔贝·德·莫尔塞夫，在巴黎备受欢迎的年轻人，居然会陷于如此尴尬的境地。更让人难堪的是，照咱们这位亲爱的同胞的谦逊的德性，阿尔贝从巴黎出发之时，早就料定到了意大利准有一番轰轰烈烈的作为，日后回到根特大道，可以绘声绘色地当众讲述一桩桩红运高照的趣事。

唉！这样的好事，他一桩也没遇上过：热那亚、佛罗伦萨和那不勒斯的那些伯爵夫人们，尽管对丈夫不忠，对情人却挺忠贞的。阿尔贝不得不接受这么一个残酷的结论：意大利女人跟法国女人相比，至少有一个优点，就是忠于自己的不贞。

可我不想说在意大利，正如在世界任何地方，事情就没有例外。

阿尔贝可不仅是风流倜傥的骑士，而且是风趣机敏的社交红人，何况他还是个子爵：当然，是新封的爵位；可现如今谁还会刨根问底，是1399年受封还是1815年受封的，又有什么关系呢！此外，他还有五万利弗尔的一份年金。读者在前面已经看到，这就足够让他在巴黎跻身时尚人士之列了。所以，在意大利游览了这么些城市，没有受到过一个女人的青睐，多少让他感到有点屈辱的意味。

不过他打算在罗马把面子挣回来。凡是有举办嘉年华这个著名民俗的国家，嘉年华都是一场狂欢的节日，在这段节日期间，就连平日最严肃的人，也会在狂欢的气氛下做出些荒唐出格的事儿来。嘉年华明天就要开始了，眼下对阿尔贝来说，当务之急是把自己好好包装一番，准备推销出去。

1　指意大利作曲家多尼采蒂（Donizetti，1797—1848）。三幕歌剧《拉美莫尔的露契亚》（1835）剧情取材于司各特的小说《拉美莫尔的新娘》。《巴里西娜》是这位作曲家稍早些时候创作的另一部歌剧，首演于1833年。

于是，他在剧院里租下一个最显眼的包厢，去剧场前把自己从上到下打扮得无可挑剔。包厢在楼座前端，相当于我们这儿的楼厅。不过，这儿的二、三、四楼全都非常高雅，为此还有贵族楼厅的雅号呢。

再说，这个宽敞得足以坐十一二位观众的包厢，只花了这两位朋友没多少钱，比在巴黎音乐剧院租个四人包厢还便宜些。

阿尔贝另外还有个如意算盘，就是一旦他赢得了某位罗马美人的芳心，他自然也就在她的马车上赢得了一个 posto[1]，这样就可以在一辆华贵的马车或者一位亲王府邸的阳台上观看狂欢的人群了。

转着这种种念头的阿尔贝，显得比平时更为活跃。他背对台上的演员，把半个身子俯在包厢外面，用一副六寸的双筒望远镜一一审视观众席上的漂亮女人。

可是任他怎么招摇，没有一个美人儿转过头来望他一眼，哪怕只是出于好奇的缘故。

这不，她们都在聊着自己的事儿，谈论自己的恋情和艳遇，谈论明天开场的圣周嘉年华，谁也顾不上去看演员，去看他们在演些什么，只是偶尔会转过身去，听听柯塞莉唱的宣叙调，为莫里亚尼的精彩唱段鼓个掌，或是给拉斯贝施的表演喝个彩；随后，交头接耳的神聊又照常进行。

第一幕就快结束时，一间一直空着的包厢门打开了，弗朗兹瞧见一个女人走进包厢，他在巴黎曾有幸被引荐给这位夫人，而且以为她一直在法国，今夜在剧场见着她，他不由得愣了一下。阿尔贝看见同伴如此神色，转过脸去问道：

“您认识这个女人？”

“没错。您觉得她怎么样？”

“非常迷人，亲爱的，而且还是金发美女。哦！她的头发真美！她是法国人？”

“是威尼斯人。”

“怎么称呼？”

“G 伯爵夫人。”

“喔！我听说过她，”阿尔贝大声说，“据说她不仅长得美，人也聪明。可

1 意大利文：位子。

惜啊，上次德•维尔福夫人府上举办舞会，她也在。我本可以让人给我引见的，可我错过了这个机会：我是个大傻瓜！”

“想要让我给您一个弥补的机会吗？”弗朗兹问。

“怎么！您跟她已经熟到可以领我上她的包厢去的地步了？”

“我有幸和她交谈过三四次；您也知道，凭这点交往，引见一下就算不得唐突了。”

正在这时，那位伯爵夫人瞧见弗朗兹，朝他做了个很优雅的手势，弗朗兹毕恭毕敬地颔首作答。

“嘿！我觉得您跟她交情不浅哪。”阿尔贝说。

“这您就错了，我们法国人在国外总是这么犯傻：我们老爱用巴黎人的眼光去看人家。到了西班牙，尤其是到了意大利，您千万不能看到两人关系很随便，就断定他俩交情很深。我和伯爵夫人只是比较合得来罢了。”

“感情上合得来？”阿尔贝笑着问。

“不，精神上，仅此而已。”弗朗兹一本正经地回答。

“是在什么样的场合？”

“在斗兽场里的一次散步，就像我和您的那次散步一样。”

“在月光下？”

“对。”

“就两个人？”

“差不多吧！”

“那你们谈的是……”

“那些死去的人。”

“哦！”阿尔贝大声说，“这实在太有趣了。好，我向您保证，倘若我也有幸陪这位美丽的伯爵夫人一起散步，我一定只跟她谈活着的人。”

“那您说不定就失算了。”

“反正您得说话算数，把我介绍给她吧？”

“那幕完了就去。”

“这该死的第一幕这么长！”

“听这结尾的唱段，太美了，柯塞莉唱得真棒。”

"没错，但演得不怎么样！"

"拉斯贝施的演技可是没话说了吧。"

"您也不想想，看过了松塔和马利布兰[1]……"

"您不觉得莫里亚尼的台风非常优雅？"

"我不喜欢看棕色头发的人扮成金黄头发。"

"哦！亲爱的，"弗朗兹转过脸来说，而阿尔贝兀自拿着望远镜在张望，"您未免也太挑剔了吧。"

大幕终于降落下来，遂了德・莫尔塞夫子爵的心愿；他拿起帽子，撸了撸头发，整了整领带和袖口，示意弗朗兹可以出发了。

那边的伯爵夫人看见弗朗兹探询的目光，点了点头，让他明白她在等着他去。弗朗兹随即领着急不可耐的阿尔贝，沿着半圆形的走廊，朝伯爵夫人所在的四号包厢走去；阿尔贝一路上还顺手捋着衬衣领口和礼服翻领，生怕上面有皱痕。

原先坐在伯爵夫人身边的那个年轻人，当即立起身来，按意大利的礼仪把前排的位子让给新来的客人。随后再有人来，这新来的客人也得让座给人家。

弗朗兹把阿尔贝介绍给伯爵夫人，说他是一位社会地位和聪明才智都极其出众的年轻人。他说的也是实话，阿尔贝在巴黎身处的社交圈里，确实是个近乎完美的宠儿。弗朗兹又说，这个年轻人为在伯爵夫人逗留巴黎期间未能趋前谒见深感遗憾，恳求弗朗兹帮他弥补这一过失，因此他不揣冒昧，贸然带朋友前来，还请伯爵夫人原谅他的唐突。

伯爵夫人向阿尔贝妩媚地笑了笑，算是还礼，同时把手伸给弗朗兹。

阿尔贝应她之邀在前排的空位上落座，弗朗兹坐在第二排伯爵夫人后面。

阿尔贝找到了一个绝妙的话题：巴黎。他跟伯爵夫人谈起他们共同认识的朋友。弗朗兹知道，这是他的强项。他不去管他，从他手里拿过大大的望远镜，细细打量起观众席来。

只见对面第三排的一个包厢前座上，独自坐着一个绝色女子，身上穿的

---

1 松塔（Henriette Sontag，1806—1854）：德国女高音歌唱家。1824 年在维也纳参加贝多芬第九交响曲首演，名噪一时。马利布兰（Maria Malibran，1808—1836）：西班牙女中音歌唱家。1828 年在巴黎的意大利剧院演出罗西尼的歌剧《赛米纳米德》，大为轰动。

是希腊服饰，从她那优雅自如的神态来看，那显然是她家乡的服饰。

在她后面，有个男子的身影在暗处显现出来，他的脸没法看清。弗朗兹打断阿尔贝和伯爵夫人的谈话，问伯爵夫人是否认识这位不仅吸引男人注意，而且也让女人注目的阿尔巴尼亚美人。

“不认识，”她说，“我只知道，她在这个演出季刚开始时就来罗马了。剧院开场那会儿，我见到她也在。一个月来，她每场必到，或是此刻在她身边的这个男人陪她来，或是光跟着个黑人家仆。”

“您对她印象如何，伯爵夫人？”

“美极了。弥朵拉[1]想必就像她这样。”

弗朗兹和伯爵夫人相视一笑。她又和阿尔贝交谈起来，弗朗兹拿起望远镜对准阿尔巴尼亚美人。

帷幕升起，台上跳起了芭蕾舞。这是亨利执导的意大利芭蕾杰作之一，亨利作为编舞大师，在意大利的名声一度如日中天，如今却落到了上罗马的剧院来混日子的地步。在这出芭蕾中，从首席舞者到最不起眼的龙套，全团演员悉数上场，一百五十个人同时起舞，举手抬腿，整齐划一。

这出芭蕾叫《波利斯卡》。

弗朗兹正全神贯注注视着希腊美人，哪怕芭蕾跳得再好，他也顾不上看。那位美人儿，显然对演出很感兴趣，这种兴趣跟陪伴她的男子的冷漠形成了鲜明的对比。对编舞大师的杰作，他没有任何反应，仿佛对小号、铙钹和小铃笠震耳欲聋的乐声充耳不闻，沉浸在安详宁静、洋溢着幸福的睡意之中，享受天国般的甜美。

芭蕾终于结束了，大幕在池座观众的狂热掌声中徐徐落下。

在歌剧幕间插入芭蕾的行规，使意大利歌剧幕间休息的时间变得很短，演员们趁舞者在台上展现原地旋转和击脚跳舞姿的当口，稍事休息，换换服装。

第二幕开始了。乐声初起，弗朗兹看见那个闭目养神的男子缓缓直起身来，凑近希腊女郎，那女郎转过脸去对他说了几句话，然后重又靠在包厢前缘上看戏。

听她说话的男子始终在暗处，弗朗兹没法看清他的脸。

1　弥朵拉：拜伦在《海盗》一诗中描绘的理想东方女性。

大幕升起，弗朗兹不由自主地被台上的演员吸引了过去，他的目光暂时离开希腊美人的包厢，投向了舞台。

读者想必知道，这一幕开场有一段“睡梦”二重唱：巴里西娜在睡梦中向阿佐吐露了她对乌戈的爱意；得知真情的丈夫妒火中烧，怒不可遏，认定妻子不贞，把她从睡梦中叫醒，发誓要洗雪耻辱。

这段二重唱，是多尼采蒂那支生花妙笔写下的最美妙、最动人、最摄人心魄的一个唱段。弗朗兹这是第三次听了，他虽然说不上酷爱音乐，但还是对这个唱段听得很入迷。因此，他也要跟满场观众一样，为演员的出色表演鼓掌叫好;可当他举起手来正要拍拢，张开嘴正要喊好的时候，他突然呆住不动了。

包厢里的男子刚立起身来，此刻他的脸部正好在明处，弗朗兹认出他就是基督山神秘的主人，昨晚在斗兽场的废墟上，弗朗兹觉得确实认出过他的身材和嗓音。

不用再怀疑了，那个陌生的游客就住在罗马。

弗朗兹脸上的表情，想必跟此人的露面在他心中引起的震惊是相一致的，因而伯爵夫人瞧着他，咯咯发笑，问他到底怎么了。

“伯爵夫人，”弗朗兹回答说，“刚才我问您是否认识这位阿尔巴尼亚女子;现在我想问，您是否认识她的丈夫？”

“也不认识。”伯爵夫人说。

“您从没注意过他吗？”

“好一个法国式的问题！您应该了解，对我们意大利女人来说，世界上除了我们所爱的男人，就再没别的男人了！”

“说得好。”弗朗兹回答说。

“话虽这么说，”她把阿尔贝的望远镜凑在眼睛上，望着那个包厢说，“他可真像个刚从坟里出来的死人，想必是掘墓人把他掘出来，放了他。瞧他那张脸，一点血色也没有。”

“他一向如此。”弗朗兹说。

“这么说，您认识他喽？”伯爵夫人问，“好呀，现在该是我问您是不是认识他了。”

“我相信我见过他，我应该认识他。”

“可也是，”她耸起美丽的肩膀，仿佛周身打了个冷战似的，“我明白，任谁只要见过他一次，就永远也忘不了。”

看来，弗朗兹体验过的恐惧并非他个人的印象，有相同感觉的大有人在呢。

“怎么样，”当伯爵夫人再次把望远镜凑近眼前时，弗朗兹问道，“您对这个人印象如何？”

“像是鲁斯文勋爵[1]复活。”

听她提到拜伦讲的故事中的这个人物，弗朗兹心头一震：没错，倘若说真有什么人能让他相信吸血鬼存在的话，那就是这个人。

“我得弄清楚他究竟是什么人。”弗朗兹站起身来说。

“哦！不行，”伯爵夫人大声说，“不行，您不能走，我还得让您送我回家呢，我不让您走。”

“怎么！您当真，”弗朗兹凑在她耳边说，“当真害怕了？”

“听我说，”她对他说，“拜伦对我信誓旦旦地说过，他相信真有吸血鬼，他告诉我他见过吸血鬼，他跟我描绘过他们的脸，哦，就是这个模样：这种乌黑的头发，这种闪着奇特光芒的大而亮的眼睛，这种惨白的脸色。还有，您看哪，和他在一起的那个女人也跟别的女人不一样，陪着他的是个外国女人……一个希腊女人，一个异端教派的女人……说不定也像他一样是个巫师。我求您别去找他。明天您爱怎么着都行，可今天我把话给您撂在这儿了，我不让您走。”

弗朗兹执意要去。

“请听我说，”她立起身来说，“我这就要走了，今晚有客人上我家来，我不能看完演出了。难道您忍心说不想陪我回去吗？”

他无话可说，他所能做的就是拿起帽子，打开包厢门，让伯爵夫人挽住他的手臂。

他这样做了。

伯爵夫人的确情绪非常激动；弗朗兹心头也萦绕着一种迷信色彩很浓的恐惧。在伯爵夫人只是出于本能的那种恐惧感，对他而言却关联着一段回忆，所以这种恐惧感就格外强烈了。

1　鲁斯文勋爵：法国作家诺迪埃《吸血鬼鲁斯文勋爵》一书中的主人公。此书以拜伦对他在日内瓦认识的一群贵妇人讲述的恐怖故事为蓝本写成，后被改编成戏剧上演，颇有影响。

他感觉到伯爵夫人上马车时浑身在颤抖。

他将伯爵夫人送到她的府邸。那儿并没有来客在等她。他嗔怪她骗他。

“不瞒您说，”她对他说，“我觉得不大舒服，想独自待一会儿。刚才看见的那个男人，弄得我心绪很不宁。”

弗朗兹想做个笑脸。

“就请别笑吧，”她对他说，“我看您也笑不出来。我请您答应我一件事。”

“什么事？”

“先答应我。”

“无论您要我做什么事，我都在所不辞，只要不是让我放弃查明那人底细的打算就行。我自有一些不能告诉您的隐衷，非要弄清楚他是谁，从哪儿来，到哪儿去不可。”

“他从哪儿来，我不知道。可他要到哪儿去，我可以告诉您：他肯定要到地狱去。”

“请还是告诉我，您究竟要我答应您什么事吧，伯爵夫人。”弗朗兹说。

“哦！我要您答应我，今晚直接回旅馆，别再去找这个人。您刚跟某些人分手，马上就去找另一些人，这两拨人之间就会有某种微妙的关系。请您别让这个人和我有什么瓜葛。明天您爱去找他，只管去就是；可是您千万别把他引到我跟前来，要不我会吓得半死的。就这样，晚安。好好睡个觉吧。我自己呀，我知道今晚是睡不着喽。”

说完这些话，伯爵夫人便撇下弗朗兹而去，叫他一时捉摸不透她究竟是逗着他玩呢，还是当真如她所说的那样受了惊吓。

回到旅馆，弗朗兹只见阿尔贝穿着便袍、睡裤，舒舒服服地躺在一张沙发椅上，抽着雪茄。

“哦！是您啊！”他对弗朗兹说，“我还以为您要明儿才回呢。”

“亲爱的阿尔贝，”弗朗兹回答说，“我想这正好是个机会，让我把话给您说透了吧：您对意大利女人的看法大错特错。我原以为您既然情场失意，该把这看法改掉了。”

“没办法哟！这些精灵古怪的女人，真叫人捉摸不透！她们把手伸给你吻，还跟你握手；她们跟你说悄悄话，还让你送她们回家：一个巴黎女人哪怕只是十分里做了三分，也早就声名狼藉了。”

“对！说得没错，这就因为她们没什么要藏藏掖掖的，就因为她们生活在灿烂的阳光下，这些女人在这个到处——照但丁的说法——听得到说 si[1] 的美好国家里，当然可以无拘无束啊。再说，您也看到了，伯爵夫人真的很害怕。”

“怕什么？怕我们对面那位跟希腊美女在一起、彬彬有礼的先生？他们离开包厢那会儿，我想把事情弄弄明白，就有意出去，在走廊上跟他俩擦肩而过。我真不知道你们怎么会觉得这个人是从另一个世界来的！他是个很英俊的男人，穿得也很讲究，看得出他的衣服都是法国货，不是在布兰的店里买的，就是在于曼的裁缝铺里定做的；脸色有点苍白，这倒是真的，不过您也知道，苍白的肤色是高贵的标志。”

弗朗兹微微一笑，阿尔贝就希望自己的肤色是苍白的。

“好吧，”弗朗兹对他说，“我同意，伯爵夫人的念头是有点不靠谱。您走过他俩身旁时，那人有没有在说话，说些什么您可听清了？”

“他在说话，但说的是现代希腊语。我从几个发音相近的古希腊语的词儿，听出了这是现代希腊语。顺便说一下，亲爱的朋友，我念中学时希腊语成绩很棒。”

“您是说他讲现代希腊语？”

“八九不离十吧。”

“这就对了，”弗朗兹喃喃地说，“是他。”

“您说什么？”

“没什么。这会儿您在做什么呢？”

“我在准备给您一个惊喜。”

“什么样的惊喜？”

“您不是知道我们没法弄到一辆马车吗？”

“当然！我们不是使尽浑身解数，结果一无所获吗？”

“听着，我想出了个绝妙的主意。”

弗朗兹瞧了阿尔贝一眼，用这种眼神看人，通常表明并不认为对方能想出什么好主意。

---

1 意大利文：是；同意。

“亲爱的朋友，”阿尔贝说，“承蒙厚爱，给我这么个白眼，到时候只怕您得向我道歉哦。”

“我准备向您道歉，亲爱的朋友，要是您的主意真像您说的那么棒的话。”

“那您请听好了。”

“我洗耳恭听。”

“马车是没法搞到了，对吗？”

“对。”

“马也租不到了？”

“没错。”

“可是弄辆运货的大车，总还行吧？”

“兴许能行。”

“弄两头牛呢？”

“大概也没问题。”

“那么，亲爱的朋友，咱们的事情就成了！我让人把大车装饰一下，我俩扮成那不勒斯收割庄稼的农民，摆出莱奥波德·罗贝尔那幅名画里的架势。要是伯爵夫人肯穿上波佐利或索伦托地区的服装，那就更令人叫绝了，以她的美貌，扮个领着孩子的母亲真是绰绰有余。”

“可不是！”弗朗兹大声说，“这回您想在点子上了，阿尔贝先生，这个主意确实很妙。”

“而且有民族特色，朋友，我无非就是把懒王[1]的做派花样翻个新而已！喔！罗马的先生们，你们难道以为没有车子没有马，人家就会像你们的 lazzaroni[2] 那样满大街乱奔吗。嗨！我们自有办法变出来。”

“这个妙不可言的主意，您有没有先跟谁讲起过？”

“跟咱们的旅馆老板呗。回旅馆那会儿，我把他叫上来，告诉他我要用哪些东西。他回答我说这事容易得很。我想把牛角包上一层金，可他告诉我这得花三天时间：所以这道装饰只好省略了。”

---

1 懒王：法兰克王国墨洛温王朝最后几代国王的贬称。法兰克王国是近代德、法、意三国的雏形，故阿尔贝说有民族特色云云。

2 意大利文：无赖，懒汉。尤指在街头行乞的无业游民。

“他在哪儿？”

“谁？”

“咱们的老板。”

“在办货呢。到明天可能就来不及喽。”

“照这么说，今晚他就能给我们一个准信？”

“我正等着他呢。”

话音刚落，房门打开，帕斯特里尼老板探进头来。

“Permesso？”[1] 他问。

“当然可以。”弗朗兹高声说。

“怎么样，”阿尔贝说，“我们要的车子和牛都找到了吗？”

“我找到更好的东西了。”他得意扬扬地回答说。

“哦！亲爱的老板，您可得当心，”阿尔贝说，“老想要更好，事情会弄砸。”

“二位阁下请放心，这事包在我身上。”帕斯特里尼老板说这话时，神气显得很干练。

“到底怎么回事？”弗朗兹也发问。

“二位想必知道，”旅馆老板说，“基督山伯爵和二位住在同一层楼上吧？”

“我当然知道，”阿尔贝说，“要不是他，我们也不至于挤在这么个小客房里，活像圣尼古拉—夏多内街的两个穷学生。”

“是这么回事，他知道您二位眼前有些不便，邀请二位乘坐他的马车，并在罗斯波利宫窗口为二位留了两个位子。”

阿尔贝和弗朗兹对望了一眼。

“嗯，”阿尔贝问，“我们是否应该接受一个陌生人，一个我们根本不认识的人的邀请呢？”

“这个基督山伯爵是怎么样一个人？”弗朗兹问旅馆老板。

“是西西里或马耳他的一位非常显赫的爵爷，究竟是什么地方我也说不清楚，可我知道他地位像博盖塞家族[2] 一样尊贵，富得像一座金矿。”

“我以为，”弗朗兹对阿尔贝说，“倘若此人真像咱们老板说的这样礼数周

1　意大利文：可以进来吗？

2　意大利的贵族世家。从13世纪起，家族中出过许多达官显贵。

到，他就该换一种方式来邀请我们，或者送张请柬来，或者……”

正在此时，只听得有人敲门。

“请进。”弗朗兹说。

一个仆人，身穿精美的号服，出现在门前。

“基督山伯爵向弗朗兹·德·埃皮奈先生和阿尔贝·德·莫尔塞夫子爵先生致意。”他说。

同时，他递给旅馆老板两张名片，旅馆老板转递给两个年轻人。

“基督山伯爵先生，”这个仆人接着说，“想请二位先生允许他以邻居的身份明天早上前来拜访，并请二位赏脸指定合适时间。”

“瞧，”阿尔贝对弗朗兹说，“礼数周到，无懈可击。”

“请告诉伯爵，”弗朗兹对仆人说，“理应我们前去拜访，对此我们深感荣幸。”

仆人退下。

“这才叫强中自有强中手呢，瞧人家这潇洒劲儿，”阿尔贝说，“得，您说得一点不错，帕斯特里尼老板，您这位基督山伯爵是个无可挑剔的绅士。”

“那么您二位接受他的邀请了？”老板说。

“当然，”阿尔贝回答说。“不过，说句实话，我还真舍不得那牛车和农夫呢。要没有罗斯波利宫的窗口来补偿我们的损失，我相信我是不会改变当初的主意的：您说呢，弗朗兹？”

“我也一样，罗斯波利宫的窗口让我改变了主意。”弗朗兹回答阿尔贝说。

原来，罗斯波利宫窗口的这两个位子，让弗朗兹想起了他在斗兽场废墟上听到的对话，在裹着披风的陌生人和特朗斯泰韦人的这场对话中，那陌生人保证说一定能拿到特赦令。而根据种种迹象，弗朗兹相信这个裹披风的人就是阿根廷剧院里的那个人——当时看见此人出现在剧场里，他着实吃了一惊——如果真是这样，他一定能认出此人，这样，他的好奇心自然也就得到满足了。

夜里弗朗兹久久不能入眠，那人的两次显身情景萦绕脑际，他只盼第二天早早来临。没错，到了第二天，一切都会真相大白，基督山岛的那位东道主，除非有盖吉兹的指环[1]可以隐身匿迹，否则他肯定逃不过弗朗兹的眼睛。所以

1 盖吉兹（约公元前687—约前648）：柏拉图书中人物。他得到一枚魔戒，凭此隐身，并谋杀吕底亚国王，篡夺王位。

还不到八点钟，弗朗兹就醒了。

至于阿尔贝，他既然没有弗朗兹的这些心事，自然也就不必早起，所以这会儿他睡得正香。

弗朗兹让人去叫旅馆老板，他一叫就到，仍是平常的那副卑恭模样。

“帕斯特里尼老板，”弗朗兹对他说，“今天好像要行刑处决犯人，是不是？”

“没错，阁下。不过要是您这么问我，是想弄个靠窗的位子，那您已经说得太晚了。”

“我没有这个意思，”弗朗兹说，“再说，倘若我真的想看行刑场面的话，我想在平乔公园的斜坡上总能找到个地方吧。”

“噢！我还以为阁下不会肯跟那些下等人挤在一起呢，平乔公园倒是他们的天然看台。”

“没准我也就不去了，”弗朗兹说，“不过有些事儿我还是想了解一下。”

“什么事儿？”

“我想知道处决人犯的人数、姓名和行刑方式。”

“您可问得真是时候，阁下！人家刚给我送来 tavoletta[1]。”

“什么叫 tavoletta？”

“就是行刑头天晚上挂在每个街角的告示牌，上面张贴着处决犯人的姓名、罪名和行刑方式。这些告示的目的，是吁请信徒们祈求天主让罪人真心忏悔。”

“人家给您把 tavoletta 送来，莫非是要您去跟那些信徒们一起祈祷不成？”弗朗兹神情狐疑地问。

“不是的，阁下。我跟挂告示牌的人事先就约好，每次有处决，他都把牌子给我送来，好让我这儿想看热闹的客人了解行刑情况。”

“哦！您想得真周到！”弗朗兹高声说。

“咳！”帕斯特里尼老板笑嘻嘻地说，“不是我夸口，只要是能满足惠临本旅馆的外国贵客需要的事情，我无不尽心竭力在做。”

“这一点我注意到了，亲爱的老板！请放心，凡是有合适的机会，我都会为您说话的。现在，我想看看这个 tavoletta。”

“这容易，”旅馆老板打开房门说，“我在楼道上挂了一块。”

1　意大利文：木牌。

他出房门，取下 tavoletta，然后把它递给弗朗兹。

下面是这块杀人告示牌内容的译文：

兹经天主教最高法庭判决，定于二月二十二日星期二，即嘉年华开幕之日，在民众广场处决两名案犯。案犯安德列亚·隆多洛罪名为谋杀圣让-德-拉特朗教堂司铎、尊敬的堂恺撒·泰利尼神甫。案犯佩皮诺，外号浑天石，罪名为私通剧盗路易吉·万帕及其同伙。

前者判处锤刑。

后者判处斩刑。

特请博爱为怀的教众祈求天主让二犯真诚忏悔。

此告。

这跟弗朗兹前天晚上在斗兽场废墟上听到的那些话完全一样，一点没有改变：人犯的姓名，判刑的罪名，以及行刑的方式，都毫无二致。

所以，可以十拿九稳地断定，那个特朗斯泰韦人就是强盗路易吉·万帕，而那个裹披风的人就是水手辛巴德，他在罗马也像在韦基奥港和突尼斯那样，继续从事他的慈善冒险事业。

说话间，不觉已是九点钟了。弗朗兹正要去叫醒阿尔贝，不料惊讶地看见他穿戴齐整地走出房间来了。他心里念着嘉年华，居然起得这么早，弗朗兹还真是没想到。

“嗯，”弗朗兹对旅馆老板说，“既然我俩都已经准备好了，依您看，亲爱的帕斯特里尼先生，我们可以去拜访基督山伯爵了吗？”

“噢！当然可以！”他回答说，“基督山伯爵习惯早起，我敢说他起床已经有两个多钟头了。”

“您认为我们此刻前去，会不会显得很冒昧？”

“一点不会。”

“既然如此，阿尔贝，要是您已经准备好……”

“一切准备就绪。”阿尔贝说。

“那我们就去向这位邻居当面致意，谢谢他的高情雅意吧。”

“走吧！”

弗朗兹和阿尔贝只要穿过楼道，就到这位邻居门前了。旅馆老板在前面引路，为他俩按了门铃。一个仆人前来开门。

“I Signori Francesi.”[1] 旅馆老板说。

那仆人鞠躬，示意他们进去。

他们穿过两个装饰华丽的房间，在帕斯特里尼老板的旅馆里竟然有这么奢华的家具装饰，真是让人想不到；最后他们来到一个极其雅致的客厅。地板上铺着土耳其地毯，舒适的沙发靠背后仰，靠垫饱满。墙上装饰着大师的油画杰作和精光灿灿的兵器，每扇门前都悬着大幅的绒绣挂毯。

“二位阁下请宽坐，”那仆人说，“我去向伯爵先生通报。”

他走进一扇房门。

房门打开时，一阵单弦琴声飘到这两位朋友耳边，但是一瞬间就消逝了：房门一开就关，可以说仅仅放进了一缕乐音。

弗朗兹和阿尔贝对望一眼，转眼又去打量那些家具、油画和兵器。所有这一切，细看之下更显得富丽堂皇。

“怎么样，”弗朗兹问他朋友，“您有何观感？”

“我看哪，咱们这位邻居，不是做西班牙公债空头交易的证券经纪商，就是微服出游的亲王。”

“嘘！”弗朗兹对他说，“他来了，马上就要见分晓了。”

果然，两位来客听到了开门的声音；门帘随即撩起，这一切财富的主人走了进来。

阿尔贝迎上前去，弗朗兹却停在了原处。

刚进来的这位不是别人，正是斗兽场裹着披风的男人、剧院包厢里的陌生人和基督山岛神秘的东道主。

1　意大利文：两位法国先生到。

第35章
锤刑

“二位，”基督山伯爵走进来时说道，“让你们先来看我，实在是抱歉得很。本当趋前拜谒，但又恐多有不便；况且已听说二位执意见访，我也就恭敬不如从命了。”

“伯爵先生，弗朗兹和我特来向您表示由衷的谢忱，”阿尔贝说，“我们确实已经一筹莫展，正在打算别出心裁地装点一辆彩车，不想喜出望外地收到了您的盛情邀请。”

“喔，天哪！”伯爵说着，做个手势请他俩坐在长沙发上，“这都是帕斯特里尼那个糊涂虫的错，才让二位受惊了！二位有难处，他竟然对我只字未提，而我在此孤身一人，正想有幸结识邻居。一听说我可以略尽绵薄之力，二位也看到，我就急不可耐地想趁这机会向二位致意了。”

两个年轻人欠身致谢。弗朗兹还没想好该说些什么。他还拿不定主意，由于伯爵没有露出半点认出他的意思，看上去也并不想被他认出，他不知道是该说句什么话暗示一下呢，还是再等一等，看看情况怎么发展。再说，他虽说能确准昨晚坐在对面包厢里的就是此人，但前晚在竞技场遇见的是不是这个人，他就不能肯定了；所以他决定顺其自然，且不先向伯爵提起前两天的事。再说，他现在已经占了先机，他手里掌握着对方的秘密，而他本人无须隐瞒什么，所以对方也就不能把他弗朗兹怎么样。

他想不如先开个头，设法把话题引到澄清一些疑窦的方向上去。

“伯爵先生，”他说，“承蒙您在您的马车上和罗斯波利宫的窗口都给我们留了座位。现在，不知能否请您赏光告诉我们，怎样才能在民众广场找到，照意大利人的说法，弄到一个位子呢？”

“哦！对，没错，”伯爵专注的目光停在莫尔塞夫脸上，以一种漫不经心的口气说，“民众广场，在那儿好像要处决几个犯人来着？”

“正是，”弗朗兹回答说，他没想到对方会主动把话头引到他设定的方向上来。

“请稍等，稍等一下，我记得昨天跟管家说过，让他把这事给办了。也许我还能帮上这么点小忙呢。”

他伸手捏住铃绳，拉了三下。

“不知您是否考虑过，”他对弗朗兹说，“怎样既快捷又有效地召唤底下人的问题。我设计了一个方案。拉一下铃，是唤我的贴身男仆；拉两下，是唤旅馆老板；拉三下，是唤管家。这样一来，既不会浪费一分钟时间，也不用多费一句口舌。喏，我唤的人来了。”

正在这时，只见进来一个四十五六岁的男子，弗朗兹看见此人，觉得他那模样不折不扣就是当初在岛上把他领进岩洞的那个走私贩子，可是他看上去就像压根儿不认识弗朗兹。弗朗兹看出，这是事先关照好的。

“贝尔图乔先生，”伯爵说，“我昨天吩咐过，让您去订一个正对民众广场的窗口，您去办了吗？”

“是的，老爷，”管家回答说，“可是去晚了。”

“什么！”伯爵皱起眉头说，“我不是对您说了要订一个吗？”

“老爷，订还是订到了，那原来是洛巴尼埃夫亲王订的，所以租金我花了……”

“够了，够了，贝尔图乔先生，请让这两位先生耳根落个清净吧。您租下了窗口，这就行了。您把地址告诉车夫，再领我们上楼，这就够了。去吧。”

管家鞠躬，往后一步正要退下。

“啊！”伯爵说，“劳驾去问一下帕斯特里尼，他有没有拿到 tavoletta，是否可以把行刑布告给我送来。”

“不用了，”弗朗兹接口说，并从衣袋里掏出记事本，“我看到了布告牌，还抄在这本子上了。”

“好极了。既然如此，贝尔图乔先生，这儿没您的事，您可以走了。您去吩咐一声，早餐准备好了，就来告诉我们。不知二位，”他转身对那两个朋友说，“可否赏光和我共进早餐？”

“哦，伯爵先生，”阿尔贝说，“这实在太叨扰了。”

“哪儿的话，我对此感到不胜荣幸，日后在巴黎，你们中的某一位，说不定两位在一起，做东回请我就是了。贝尔图乔先生，吩咐摆三副刀叉。”

他从弗朗兹手上接过记事本。

“我们来念念吧，”他说这话的口气，就像手里拿的是张小广告，“‘定于二月二十二日星期二，’就是今天啰，‘处决两名案犯。案犯安德列亚·隆多洛罪名为谋杀圣让-德-拉特朗教堂司铎、尊敬的堂恺撒·泰利尼神甫。案犯佩皮诺，外号浑天石，罪名为私通剧盗路易吉·万帕及其同伙……’唔！‘前者判处锤刑。后者判处斩刑。’噢，对了，”伯爵接着说，“起先确实是这么回事；不过据我所知，昨天事情有了点变化，行刑的安排可能改变了。”

“噢！”弗朗兹喊出声来。

“是这样，昨晚我在罗斯皮里奥西红衣主教府上做客，好像听说其中有个犯人要缓期执行。”

“是安德列亚·隆多洛吗？”弗朗兹问。

“不是吧……”伯爵漫不经心地说，“是另外那个……（他仿佛想不起名字，朝记事本上瞥了一眼）那个佩皮诺，外号叫浑天石的。这样一来，上断头台斩首是看不见了，不过二位还有锤刑可看，这种行刑方式，当你第一次，甚至第二次看到的时候，是会觉得非常新奇的。而断头台嘛，你们在别的地方也看得到，那就过于简单，过于千篇一律了：不会有任何意外情况。断头机既不会出错，也不会发抖，更不会砍偏，绝不会像对德·夏莱伯爵行刑的那个士兵那样，连砍三十刀还没完事，这蠢货没准是黎塞留特意安排的。瞧！”伯爵以一种轻蔑的口气接着说，“就刑罚而言，欧洲人不值一提，他们什么也不懂，要说怎么让人死得惨不忍睹，他们实在还得启启蒙，或者干脆说吧，他们已经老得没法学了。”

“听您这么说，伯爵先生，”弗朗兹回答说，“想来您对各个不同国家、不同民族的行刑方式进行过比较，做过一番研究。”

“至少可以说，我没见识过的已经不多了。”伯爵冷冷地说。

“观看那些恐怖的场面，让您感到很有兴趣吗？”

“我最初感到厌恶，随后变得无动于衷，最后感到好奇。”

“好奇！这个词让人听得不寒而栗，您知道吗？”

“这是为什么呢？人生大事，再大大不过死亡。那好！研究一下灵魂离开肉体可以有哪些各不相同的方式，以及每个个人怎样按照自己的性格、气质，乃至当地的习俗，去走完从存在到虚无的最后阶段，这不是挺有意思的吗？要说我嘛，有一点我是看清了的：那就是见过死亡的场面愈多，死起来就愈容易。所以，在我看来，死亡可以说是一种刑罚，但它并不能赎罪。”

“您的意思我不太明白，”弗朗兹说，“请您再解释一下好吗，说实话，您的这些话把我的好奇心撩拨到了无以复加的地步。”

“那就请听我说吧，”伯爵说，他的脸上透出一股怨恨的神色，换在另一个人身上，那就是一种愤怒欲狂的表情，“如果有个人惨无人道地折磨您的父亲、母亲和情人，让您最心爱的亲人最后离您而去，在您的心头留下一个无法弥合、永远在流血的创口，难道仅仅把他送上断头台，让铡刀从他的枕骨下端和斜方肌之间切过，就够了吗，难道仅仅让他身受这几秒钟的痛楚，这个社会就算对您那么多年来内心所受的痛苦给出补偿了吗？”

“是的，我明白，”弗朗兹说，“人类的司法正义不足以抚平心灵的创伤：它至多只能做到以命抵命。对它只能提出它能满足的要求，仅此而已。”

“我再给您举个例子，”伯爵接着往下说，“当一个人以谋杀他人的方式触犯了社会赖以存在的基础，这个社会对他的惩处就是让他以命抵命。但是，难道您没见到有人受尽千般万种让人撕心裂肺的折磨，这个社会却不闻不问，甚至连我们刚才说的那些并不足以补偿痛苦的惩罚手段也不提供给他吗？不是有那么些恶行累累的罪人，就连土耳其人的尖桩刑、波斯人的钻刑和易洛魁印第安人的烙刑对他们都嫌太轻，社会却对他们不闻不问，听任他们逍遥法外吗？……您说，难道没有这样的罪恶存在吗？”

“有，”弗朗兹说，“所以才允许用决斗来惩处这种罪恶呀。”

“嗬！决斗，”伯爵高声说，“我用我的灵魂起誓，我确信倘若要用这种方式来达到复仇的目的，那只是一种儿戏！一个人夺走了你的情人，诱骗了你的妻子，玷污了你的女儿，让你的一生陷于痛苦、不幸和耻辱之中，而你本来是有权利得到上帝在造人时应允过的那份幸福的。对这么一个把你变得精神近于错乱、内心充满绝望的罪人，难道单凭往他胸口刺上一剑，或者往他脑袋打进一颗子弹，就算报仇了吗？哪有这样便宜的事！何况，真正从决斗中得到好处的往往还是他，他在世人眼里洗清了罪名，而且多多少少也得到了天主的宽恕。

不，不，”伯爵接着说，“倘若我要报仇，我绝不会这样报仇。”

“这么说，您不赞成决斗？您也不会跟人决斗？”阿尔贝听到一番如此奇特的议论，不由得开口问道。

“哦！不是这样！”伯爵说，“我的意思是说，我可以为一件琐事，一句无礼的话，一桩欺瞒的行为，一次公然的侮辱而跟人决斗，这样的决斗对我来说是小事一桩，因为我训练有素，身手矫健，又久经历练，见惯了凶险的场面，所以我十拿九稳能把对手给结果了。对，我也决斗，也会为诸如此类的事情跟人决斗。但是，对于那种钝慢而又痛彻肺腑、无处不在而又永无休止的痛苦，只要有可能，我会让那个叫我承受这些痛苦的人也承受同样的痛苦：照东方人的说法，这叫以眼还眼，以牙还牙，这些造物主的选民在各方面都是我们的老师，他们懂得如何让自己享受一种梦想中的生活，拥有一个现实中的天堂。”

“不过，”弗朗兹对伯爵说，“您如此持论，无异于私设公堂，自己既当法官又当刽子手，这样终有一天，您也逃脱不了法律的惩处。仇恨使人盲目，愤怒使人丧失理智，一个人要是想凭复仇逞一时之快，到头来饮下的只能是苦酒。”

“您说得没错，倘使这人又穷又笨的话；但要是他家财万贯而又机敏灵活，情况就不同了。况且，说到底大不了就是在我们刚才说的断头台挨上一刀，崇尚博爱精神的法国大革命，已经用断头台取代了四马分尸和车轮刑。喔！大仇得报，砍头又何足惜？说实话，我还真有些遗憾呢，看来那个倒霉蛋佩皮诺很可能不上断头台了，否则你们就可以看见了，那行刑有多利索，简直就快得不值一提。不过说真的，二位，今天是嘉年华，我们谈论这个话题未免也太出格了吧。这个话题是怎么开头的？噢！我想起来了！你们想在我的窗口有个位子。嗯，没问题，你们会有位子的。不过我们还是先去用早餐吧，仆人这就要来请我们入席了。”

果然，一个仆人打开客厅四扇门中的一扇，朗声说道：

“Al suo comodo！”[1]

两个年轻人起身走进餐厅。

早餐丰盛而精美。弗朗兹心想，阿尔贝听了东道主的那番高论，一定会深受震动，因此席间始终在注意观察他，但是从阿尔贝的眼神中丝毫看不出异

1 意大利文：请。

样的表情，也不知是他漫不经心惯了，刚才没怎么注意听他们的谈话，还是因为基督山伯爵说到决斗时对他语气特别和缓，抑或是由于前文说到的那些怪事只有弗朗兹一人知晓，所以只有弗朗兹才会对伯爵的怪论倍感震惊。总之，阿尔贝非但没有一点惊异的神情，而且乐滋滋地吃得津津有味，可见这四五个月来，他实在受够了意大利菜，亦即世界上一种最糟糕的菜肴。而伯爵，每样菜他都只是稍稍碰碰，让人看着不由得会想，他陪客人坐在餐桌旁，只是在尽一份责任，不想显得失礼而已，等到客人一走，他大概另外会吃一种稀奇古怪的东西。

想到这儿，弗朗兹情不自禁地回忆起G伯爵夫人见到这位伯爵时的惊恐，以及与她分手前，她说她确信对面包厢里的那个男人，也就是这位伯爵是个幽灵的那些话。

用完早餐，弗朗兹掏出怀表。

“嗯，”伯爵对他说，“你们还有事？”

“请原谅，伯爵先生，”弗朗兹回答说，“我们还有许多事情要办。”

“什么事情？”

“我们还没有化装的服饰，今天是少不了要化装的吧。”

“这事你们就不用操心了。我想，我在民众广场那儿应该有一个专用的化装间吧。你们选定服饰以后，我让人先送过去，我们可以在那儿当场装扮起来。”

“在行刑以后？”弗朗兹大声说。

“都行，行刑以后，行刑的当口，或者在那以前，随你们的便。”

“面对断头台？”

“断头台也是节日的组成部分嘛。”

“嗯，伯爵先生，我想过了，”弗朗兹说，“对您的好意我自然感激不尽，可是我只能接受您的马车和罗斯波利宫窗口的那两个位子，面对民众广场的那个位子，还是请您另做安排吧。”

“我把话说在头里，这样一来，您可就错过一件非常有趣的事情啰。”伯爵说。

“过后您说给我听吧，”弗朗兹接口说，“我相信，一件有趣的事儿由您来说给我听，未必会比我亲眼看见来得逊色。何况，我曾经不止一次起过亲眼看看怎么行刑的念头，可是每次都是下不了决心。您怎么样，阿尔贝？”

“我呀，”子爵回答说，“我看过处死卡斯泰因[1]的场面，不过那会儿我恐怕有点晕乎乎的。那天刚好是我中学毕业的日子，头天晚上我们在一个什么小酒馆里喝了个通宵。”

“一件事在巴黎没做过，所以到了国外也不能做，这不成其为理由啊。你出来旅行，就是为了增长见识，你不老在一个地方待着，就是为了能四处多看看。你们想想看，要是有一天人家问你们：‘罗马是怎么行刑的？’你们回答说：‘不知道呀。’这有多丢脸。再说，那个罪犯是个丧尽天良的坏蛋，听说这家伙用壁炉的柴架打死了把他当亲生儿子那样带大的议事司铎。真见鬼！要杀一个神职人员，好歹也得用个比柴架称手点的凶器呀，何况这个神职人员没准还是他的亲生父亲呢。你们上西班牙去旅游，总得去看看斗牛是不是？那好，就假定我们要去看的是一场角斗吧。想想古罗马的竞技场，想想那些要有三百头狮子和百十来个人丧生的搏斗吧。再想想那八万名拼命鼓掌的观众，想想那些带着就要出嫁的女儿一起来观看的道貌岸然的贵妇，想想那些可爱的祭司贞女，她们伸出白皙的手，那么可爱地轻轻一挥，意思是说：‘快去，别赖着不动呀！把那个半死不活的角斗士干脆给结果了。’”

“您去吗，阿尔贝？”弗朗兹问。

“说真的，亲爱的朋友，我本来也跟您一样不想去，可是伯爵的好口才把我给说动了。”

“既然您想去，咱们就去吧，”弗朗兹说，“不过我希望我们去民众广场的路上，要经过河道街。这样行吗，伯爵先生？”

“徒步走去，行。坐马车去，不行。”

“那我就徒步走去。”

“非走河道街不可？”

“对，有样东西我得看一看。”

“那好，我们就走河道街，让马车先到民众广场，在巴布伊诺街口等我们。走河道街也不错，我可以顺路看看我关照的事情有没有执行。”

“老爷，”那个仆人拉开房门说，“有个穿修道士衣服的人求见。”

1　卡斯泰因（1797—1823）：医生，为谋取巴莱家族的财产，利用自己对毒药的知识进行一系列谋杀，后被处决。

“噢！对，”伯爵说，“我知道是怎么回事。二位请去客厅，中间的茶几上有上等的哈瓦那雪茄，我一会儿就过去。”

两个年轻人立起身来，从一扇门走出餐厅，伯爵送走他们以后，从另一扇门出了餐厅。阿尔贝爱抽好雪茄，来了意大利，抽不到巴黎咖啡馆里的雪茄，对他而言不无小小的牺牲，此刻走进客厅，见到茶几上摆着货真价实的上等雪茄，他不由得惊喜地喊出声来。

“嗯，”弗朗兹对他说，“您对基督山伯爵印象如何？”

“我印象如何！”阿尔贝说这话的口气，显然是觉得很吃惊，他的同伴居然会问他这样的问题。“我觉得他是个挺可爱的人，待客殷勤有礼，见多识广，善于思考，是个像布鲁图一样的斯多葛派哲人，而且，”他悠然自得地吐出一口烟，瞧着它打着圈升向天花板说，“除此之外，他还有上品的雪茄。”

这就是阿尔贝对伯爵的看法。阿尔贝向来以论人论事先经深思熟虑自许，弗朗兹知道这一点，所以也就没想去改变他的看法。

“不过，”他说，“您有没有注意到，有件事挺奇怪的。”

“什么事？”

“他看您时那种专注的目光。”

“看我？”

“是的，看您。”

阿尔贝想了想。

“哦！”他叹了口气说，“这并不奇怪。离开巴黎差不多有一年了，我身上的衣服肯定都过时喽。伯爵大概看我像个乡巴佬。您一定要帮我撇清一下，我亲爱的朋友，请您逮着机会就对他说，不是这么回事。”

弗朗兹微微一笑。过了一会儿，伯爵进来了。

“二位，”他说，“现在我可以悉听你们吩咐了，刚才的事已经安排好了。马车直接驶去民众广场，我们按二位说的，经过河道街步行去那儿。请随身多带几支雪茄，德·莫尔塞夫先生。”

“啊，乐意之至，”阿尔贝说，“说实话，你们的意大利雪茄比法国专卖局卖的还差劲。等您下次去巴黎，我一定还您这个情。”

“我乐于接受。我是在打算去一趟巴黎，既然有您这话，我一定登门拜访。

我们动身吧，二位，已经十二点半，不能再耽搁了，走吧。”

三人下楼而去。车夫按吩咐驱车驶上巴布伊诺街，这三位则安步当车，穿过西班牙广场，沿弗拉蒂纳街来到菲亚诺宫和罗斯波利宫之间。弗朗兹全神贯注地注视着罗斯波利宫的窗户。他一直记着斗兽场上那个裹披风的男子和特朗斯泰韦人之间约定的暗号。

“哪几个窗口是您的？”他用他所能做到的最自然的口气问伯爵。

“最后那三个。”伯爵漫不经心地回答说，语气中没有丝毫矫饰的意味，因为他不可能猜到对方问这问题是出于什么目的。

弗朗兹的目光迅速移向那三个窗口。两侧的窗子悬着黄色的窗幔，中间那扇悬着白色的窗幔，上面绣有一个红色十字架。

裹披风的男子没有对特朗斯泰韦人食言，事情再也不容置疑了：裹披风的男子正是伯爵。

那三个窗口还空无一人。

不过，四下里到处都在忙碌张罗。有人安排座位，有人搭支架，有人装饰窗口。要等钟声响了，戴面具的化装人群才能拥进广场，彩车也才能驶上街头。但是你能感觉到，每扇窗户后面都藏着一张张面具，每个院门后面都停着一辆辆马车。

弗朗兹、阿尔贝和伯爵继续沿河道街往前走。走近民众广场时，人群愈来愈拥挤，在攒动的人头上方，矗立着两样东西：顶端有个十字架的方尖碑，它是广场中心的标志；以及竖在行刑台两侧的高大木柱，这两根立柱位于方尖碑前面，正对着汇聚拢来的巴布伊诺、科尔索和里佩塔三条街，柱子中间，弧形的刃口闪着寒光。

走到街的拐角处，看见了伯爵的管家，他在这儿等主人。

这几个想必出的是天价、伯爵不愿让客人与闻其详的窗口，在这座位于巴布伊诺街和平齐公园之间的豪华建筑的三楼。我们前面已经说过，里面的格局类似于一间更衣室连着一间卧室。把卧室的门一关，在更衣室里就可以随意活动了。椅子上已经放好了质地很好的白色和蓝色缎子小丑服装。

“既然你们让我挑选服饰，”伯爵对这两位朋友说，“我就挑了这几套。一则，这会是今年最走俏的款式，二则，这种颜色不怕彩纸屑沾在上面，沾了不显眼。”

弗朗兹对伯爵的话似听非听，也许根本没有领会伯爵这番好意的价值所在。他的注意力，完全让民众广场上的景象，以及此刻成了整个广场主要装饰的可怖的刑台给吸引住了。

弗朗兹这是第一次见到断头台。我们说断头台，是因为罗马人的行刑台跟我们的断头台非常相像。月牙形的侧刀刃口朝下凸，下落高度稍低，如此而已。

两个汉子坐在翻板上，待会儿犯人就是躺在上面就刑的。他俩趁这工夫把饭吃了，弗朗兹远远看去，见他们在吃面包和香肠。其中一人掀起翻板，掏出一瓶红酒，喝了一口，再把酒瓶递给同伴。他俩是刽子手的助手！

就这么瞧了一眼，弗朗兹已经感到头顶上沁出了冷汗。

犯人已于头天傍晚从新狱押解过来，夜里临时关押在民众广场圣马利亚小教堂里，每人身边有两名神甫陪着。戒备森严的小教堂装有铁栅栏，门外巡逻的士兵每小时换一次岗。

两队士兵分列两侧，从教堂门口一直排到刑场，然后围成一圈，只留出一条十尺左右的通道，断头台四周形成一个方圆百十来步的外人不得入内的场地。除了这个圆形区域之外，整个广场上人头攒动，男男女女摩肩接踵。好多女人让小孩骑在脖子上。这些孩子居高临下，着实占了最好的位子。

平乔公园宛似一座开阔的环形剧场，斜坡上站满了一层层观众。位于巴布伊诺街和里佩塔街交会处的那两座教堂，阳台上挤挤挨挨地全是幸运的看客。内柱廊式院子的台阶，犹如色彩斑斓的涌流，被一股潮水持续不断地推向柱廊：墙壁上每个能容一人栖身的凹处，都立着一尊活体雕像。

所以伯爵说得没错，人生中最令人兴味盎然的事情，就是看别人怎样死去。

按说行刑是一个庄严的场合，应该有一种肃穆的氛围，然而此刻广场上人声鼎沸，笑声、起哄声和欢快的尖叫声汇成一片喧闹的声响。事情明摆着，正如伯爵所说，这次行刑在这些民众眼里，无非就是嘉年华的开场戏罢了。

骤然间，仿佛有人施了魔法一般，喧闹声戛然而止；教堂的门开启了。

一队苦修修士由一个领班的打头，从门里走了出来，每人身上套着灰色长袍，只露出两只眼睛，手里擎着点燃的蜡烛。

跟在苦修修士队列后面的，是一个身材高大的汉子。此人上身赤裸，只穿一条粗布短裤，左腰间挎着一把带鞘的大刀，右肩上扛着一根沉重的铁锤。

他就是刽子手。

他脚上穿一双凉鞋，用绳索绑在脚踝上。

走在刽子手后面的，是被处决的犯人；按执行顺序，佩皮诺在前，安德列亚在后。

每个犯人由两名神甫陪在旁边。

两人的眼睛上都没有蒙黑布。

佩皮诺脚步很稳。想必一应安排已经有人跟他通过气。

安德列亚则由两个神甫一边一个扶着胳膊。

两人不时去吻忏悔神甫递给他们的耶稣受难十字架。

弗朗兹见到这幅景象，先自感到两腿发软了。他瞧瞧阿尔贝。阿尔贝脸色白得像他的衬衫，下意识地做了个动作，把只抽了半截的雪茄扔了开去。

只有伯爵看上去丝毫不为所动。他那苍白的脸颊上，甚至隐隐泛起了一层红晕。

他的鼻翼翕动着，宛如猛兽嗅到了血腥味，他嘴唇微微张着，让人看得见那口像豺狗一般又小又尖的雪白的牙齿。

但尽管如此，他的脸上始终带着一种温存的笑容，这种表情是弗朗兹从未见过的。那双黑眼睛里，充满了奇妙的宽容和柔情。

且说那两个犯人缓步向行刑台走来，就近看去，他们的脸可以看得很清楚。佩皮诺是个二十五六岁的帅小伙子，肤色被太阳晒得黑黝黝的，目光放肆而粗野。他始终昂着头，仿佛想从迎面拂来的风中嗅出解救他的人来自何方。

安德列亚是个矮胖子：那张长得猥琐而凶狠的脸，叫人看不出他的年纪。想来他大概是三十来岁，在狱中长起了满脸胡子。他的脑袋耷拉在一边肩膀上，双腿直不起来：他的腿脚已经完全不听使唤，整个人看上去就像被人架着机械地往前在挪动。

“您好像对我说过，”弗朗兹对伯爵说，“会有一道特赦令的。”

“我对您说的是实情。”他冷冷地回答说。

“可眼前还有两个人要处决呀。”

“对。可是这两个人中间，一个马上就要死掉，另一个还可以活上好多年。”

“我看时间很紧了，要有特赦的话，真不能再耽搁了。”

“这不就来了吗？您瞧。”伯爵说。

果然，就在佩皮诺走到断头台下面的当口，一个似乎来迟了的苦修修士，分开人群匆匆走来，列队的士兵也没有阻拦他。只见他走上前去，把一张折起的纸交给领头的修士。

佩皮诺用焦急的目光注视着他们的一举一动。领头的修士打开那张纸，很快地读了一遍，随即把一只手高高举起。

“让我们赞美天主，感谢教皇陛下！”他朗声说道。“特赦令到，赦免其中一个犯人。”

“特赦令！”围观的人群齐声喊道，“特赦令来了！”

听到特赦令这几个字，安德列亚猛地直起身子，仰起了头。

“谁的特赦令？”他喊道。

佩皮诺仍然站着不动，一声不吭，但喘着粗气。

“特赦诨名浑天石的佩皮诺死刑缓期执行。”领头的苦修修士说。

他将那张纸递给带队的伍长，伍长看过以后又还给他。

“赦免佩皮诺！”安德列亚喊道，此刻他仿佛完全从刚才麻木昏沉的状态中醒过来了。“为什么赦免他，不赦免我？我俩应该一起死的。你们答应过我让他先死的，你们没有权力只让我一个人死，你们不能这样！”

他挣脱两个神甫的手臂，扭着身子，号叫着，狂吼着，发疯似的拼命想挣断捆住双手的绳索。

刽子手朝两名助手做了个手势，两人跳下断头台，冲上前去抓住犯人。

“出什么事了？”弗朗兹问伯爵。

原来，在场的人说的都是罗马本地话，他不大听得懂。

“出什么事？”伯爵说，“您没听明白吗？这个家伙马上要被处决了，但他看到另一个犯人没跟他一起处决，就歇斯底里发作了，此刻要是松开他的手，他一定会扑上去用指甲抠，用牙齿咬，非把那人撕碎了，让他也活不成不可。哦，人啊人！卡尔•穆尔[1]说得好，人类是鳄鱼的同类！”伯爵朝人群伸出两个拳头，大声说道，“我算把你们看透了，你们到什么时候都是自作自受啊！”

果然，安德列亚和刽子手的那两个助手在地上滚成一团，罪犯不停地吼着：

1 席勒剧作《强盗》中的主人公。

"他应该死，我要他死！你们没有权力只叫我一个人死！"

"看哪，看哪，"伯爵分别攥住两个年轻人的手，大声地说，"你们看哪，我从心底里觉得这不可思议。这个人本来已经听天由命，朝着行刑台走去了，没错，他会死得像个懦夫，但他会死得很安静，既不挣扎，也不抱怨：你们知道是什么力量在支撑着他？是什么人使他感到了安慰？是什么东西让他甘愿去俯首就刑？那是因为有另一个人在分担他的焦愁，有另一个人会像他一样死去。那是因为有另一个人会比他先死！牵两头羊，或者两头牛到屠宰场去，然后告诉其中一头，它的同伴可以免于一死，这头羊或者这头牛，会咩咩或者哞哞地欢叫起来。可是人，上帝按自己的样子造出来的人哪，上帝规定他们要把相亲相爱作为第一要义，作为唯一的、至高无上的律条，上帝给了他们声音，让他们表达自己的思想，可是当他们知道自己的同伴可以得救的时候，他们最先喊出口的会是什么呢？是咒骂。人啊人，你这大自然的杰作，你这万物的灵长，你颜面何在哦！"

伯爵放声大笑，这瘆人的笑声让人感到，他必定是受过极其深重的苦难，才会这样笑的。

这当口，搏斗还在进行，那景象真是惊心动魄。那两名助手正把安德列亚往行刑台拽。在场的民众都唾弃他，两万条嗓音异口同声地喊道："处死他！处死他！"

弗朗兹想往后退缩。可是伯爵抓住他的胳膊，把他按定在窗前。

"您这是在干什么？"伯爵对他说。"是怜悯吗？好一个怜悯！要是您听到有条疯狗在叫，您会拿起枪冲上街去，毫不留情地一枪就叫这倒霉的畜生送命，可是您仔细想想，这头畜生的罪过就不过是它被别的狗咬了，想要咬还人家而已：而现在您要怜悯的这个人，别人并没有咬过他，他却杀死了他的恩人，此刻他没法杀人是因为他的手被捆住了，他不顾一切地豁了出去，为的就是看到自己同监的难友死去！您别走，您不能走，您得看下去，得看下去。"

他这么劝弗朗兹几乎是多余的，弗朗兹瞧着眼前可怕的情景，仿佛中了定身法，已经呆若木鸡了。那两个助手已经把犯人拽了上去，任凭他怎么拼命挣扎，怎么乱咬乱叫，硬是压住他的肩头，让他跪倒在行刑台上。这当口，刽子手在旁边站定，举起铁锤；然后，他稍一示意，那两名助手便即闪开。犯人想要站起来，但没等他来得及起身，铁锤就击在了他左侧的太阳穴上。只听得一下闷沉沉的响声，那犯人像头牛似的脸朝下倒在台上，然后一个翻身，仰面朝天。这时，刽子手撂下铁锤，从腰间拔出大刀，嗖地一下割开他的喉管，随即整个人踩在他的肚子上，双脚又踏又搓。

每踏一下，就有一股鲜血从犯人的喉头迸射出来。

这一次，弗朗兹再也支撑不住了。他抽身后退，瘫倒在一把扶手椅上。

阿尔贝仍站在原地，但两眼紧闭，双手紧紧地攥住窗幔。

伯爵神情得意地伫立在那儿，犹如一个叛逆的天神。

第36章

罗马嘉年华

弗朗兹清醒过来，看见阿尔贝正在喝水，从他惨白的脸色来看，他确实很需要喝杯水定定神；伯爵则已换上了小丑服装。弗朗兹下意识地把目光投向广场。断头台，刽子手，就刑的犯人，全都不见了。广场上只剩下熙熙攘攘、兴高采烈的围观人群。西托里奥山上教堂钟声响亮；这座教堂只在教皇归天或狂欢节开幕的日子才敲钟。

“哎，”他问伯爵，“出什么事了？”

“什么事也没出，”伯爵说，“您这不也看见了。就是嘉年华开幕罢了，您快换衣服吧。”

“可也是，”弗朗兹说，“那可怕的一幕留下的只是残梦而已。”

“因为您看见的本来就是一场梦，一场噩梦。”

“是啊，对我是场梦。可对那个犯人呢？”

“那也是场梦。只不过他就此长眠不醒，而您，却醒来了。有谁知道你们俩究竟哪个更幸运呢？”

“那个佩皮诺，”弗朗兹问，“他怎么样了？”

“佩皮诺是个机灵的小伙子，不爱矫情，有的人一见人家不理睬他，就大吵大闹，他可不是这样。他瞧见大家的注意力都集中到了他的难友身上，心里乐滋滋的，干脆趁这机会混进人群溜了出去，连陪伴他的那两位神甫也没来得及谢一声。显而易见，人是一种忘恩负义、极其自私的动物……噢，您快穿衣服吧。瞧，德・莫尔塞夫先生在给您做榜样。”

果然，阿尔贝正神情茫然地拿着塔夫绸小丑裤，往自己的黑裤子和漆皮靴上套。

“嘿，阿尔贝，”弗朗兹问，“这狂欢的滋味您觉得怎么样？得，说实话。”

“是不怎么样，”阿尔贝说，“不过说实话，有机会见识一次这样的场面，现在我觉得挺高兴的，我明白了伯爵先生说的话：那就是，要是一个人有过一次这样的体验，面对这种场面也能坦然处之，那以后就不会有什么别的场面再能让他为之动容了。”

“还得加上一点，就是唯有在这种时候，你才能对人性有透彻的了解，”伯爵说，“一个人一旦踏上行刑台的台阶，死亡就会剥掉他戴了一生一世的面具，让他显出真正的嘴脸。我得承认，安德列亚的嘴脸并不好看……这个丑恶的无赖！……哎，我说二位，我们还是换上衣服吧！”

弗朗兹要是再那么端着，不肯照两位同伴那样换上服装，就未免显得可笑了。他于是也穿上化装服饰，戴上面具——当然，面具再白也白不过他的脸色。

化装完毕，大家下楼而去。马车等在门口，车厢里满是彩纸和花束。

他们融入了车流之中。

要让读者对适才发生的那场翻天覆地的变化有个概念，确实是很困难的。阴森死寂的气氛荡然无存，民众广场眼下是一片欢腾喧闹的景象。戴着面具的人群从四面八方拥来，消失在一扇又一扇门后，从一扇又一扇窗户里跳下来。满街的马车流向每个拐角，满载着身穿喜剧小丑、滑稽角色、骑士或农夫服饰的人们：每个人都在大叫大嚷，手舞足蹈，抛掷装满面粉的彩蛋、彩色纸屑和一束束鲜花；不管是朋友还是外人，不管是熟人还是陌生人，谁都躲不过他们的浪语调谑，谁都逃不过他们的彩蛋彩纸，而且谁都不许生气发火，谁都只能附声大笑。

弗朗兹和阿尔贝，好比两个被人硬劝到狂欢的宴席上来解闷的愁肠百结的人，随着几杯酒下肚，醉意渐浓，只觉得在过去和现在之间，有了一道厚厚的幕布。他们在眼前看见，或者说依然在心里感觉到刚才见到的那一幕的映像。但是醺醺然的醉意很快扩展到了整个身心：他们觉得那缥缈的意识在离去；他们体验到一种怪异的需要，想要投入这种喧嚣、这种闹腾、这种令人眩晕的狂欢中去。旁边的一辆马车上扔过来一把彩色纸屑，撒得阿尔贝和两个同伴满脸都是，阿尔贝只觉得头颈里，以及脸上没被面具遮住的部位都在微微发麻，仿佛有上百根针尖扎在上面似的，他再也按捺不住，终于加入到了这场由周围的这些马车挑起的混战中去。他在马车上立起身，从袋里抓起两把彩蛋和彩纸屑，使出本领用力扔出，真是又狠又准。

这样一来，战斗进入了白热化状态。半个小时前见到的那幕情景，在两个年轻人的脑海中消失得无影无踪，眼前杂色斑斓、动荡纷乱的场面，看得他俩血脉偾张，兴奋异常。而基督山伯爵，我们刚才说过，他的脸上始终保持着那种无动于衷的神情。

确实，读者不妨想象一下，这条宽阔、美丽的河道街上鳞次栉比的五层或六层的豪华宅邸，每个阳台都装饰着挂毯，所有的窗口都挂着带裥的窗帘。站在这些阳台上，坐在这些窗口旁边的，是多达三十万的观众，他们是罗马人，意大利人，以及来自全球四面八方的外国人：这是上层人物的大聚会，与会的不是世袭的贵族、有钱的阔佬，就是才智过人的精英。风姿绰约的女客们受这种场景的感染，或俯身倚着阳台的栏杆，或从窗口探出身子，抓起大把大把的彩纸屑朝街上驶过的马车扔去，车上的人则以花束回敬她们。彩纸屑雨点般地往下撒落，花束一捧捧往上扔去，现场气氛变得愈来愈浓烈。街上随即拥来一群又一群欣喜若狂的人们，身上穿着令人匪夷所思的奇装异服：硕大的卷心菜在晃晃悠悠漫步，人的身上长着哞哞叫个不停的牛头，一只只狗仿佛直起后腿在行进。在这奇异的队列中，有个面具掀了起来，露出一张娇美的面容，犹如卡洛在《圣安东尼的诱惑》中描绘的阿丝塔特那般令人销魂，但倘若你迎着她追上前去，立时就会有一群你只有在噩梦中才会见到的凶神恶煞截断你的去路，这时，你想必会对罗马嘉年华是怎么回事有个大致的概念了。

转到第二圈时，伯爵吩咐停车，请两位朋友允许他告退，并把马车留给他们继续使用。弗朗兹抬眼看去：这儿正对着罗斯波利宫，只见中间那个窗口挂着绣有红十字的白缎窗幔，窗口站着一个穿蓝色披风的人影，弗朗兹一下子就联想到，这就是阿根廷剧院里的那个希腊美人。

“二位，”伯爵跳下马车说道，“待会儿等你们当演员当烦了，又想再当看客的时候，请记住我的窗口留着你们的位子。现在，就请随意支配我的车夫、马车和仆人吧。”

我们刚才忘了说，伯爵的车夫煞有介事地穿着一身黑色熊皮，俨然就是《黑熊和帕夏》中的奥德里，而站在马车后面的那两个跟班，按他们的身量扮成黑长尾猴的模样，还不时拉动装弹簧的面具，对过往的行人做着鬼脸。

弗朗兹对伯爵的慷慨厚待表示谢意；而阿尔贝，他正在跟满满一车的罗马农家姑娘眉来眼去，接连不断地向她们扔花束呢，马车在拥挤的车流中时驶时停，那辆马车也跟伯爵的车子一样，此刻停在那儿。

让阿尔贝感到遗憾的是，车流又往前移动了，他乘的马车沿下行方向往民众广场驶去之际，勾住他目光的那辆马车却在上行驶往威尼斯宫。

“哦！亲爱的朋友！”他对弗朗兹说，“您没看见吗？……”

“看见什么？”弗朗兹问。

“那辆马车呗，上面满是罗马的农家姑娘。”

“没看见。”

“哦，我相信那都是些娇媚动人的姑娘。”

“您戴着面具真是可惜了，亲爱的阿尔贝，”弗朗兹说，“这可是您弥补情场失意的好机会呢！”

“噢！”阿尔贝默认地笑着说，“但愿这个嘉年华能让我时来运转。”

但是阿尔贝没能立即如愿，整整一天里，除了又跟那辆罗马村姑的马车相遇过两三次，再也没有别的艳遇。有一次相遇时，阿尔贝也不知是无意还是有心，面具滑落了下来。

这次相遇中，他把剩下的花束全都扔进了那辆马车里。

那些农家姑娘（阿尔贝猜想，装束俏丽的村姑其实是些妩媚动人的小姐）中，有一个想必是被他的殷勤打动了，当两辆马车再次交会之时，她拿起一束紫罗兰扔了过来。

阿尔贝赶忙抢上前去。弗朗兹本来就没认为这束花是冲他扔过来的，所以就听任阿尔贝去抓住它。阿尔贝满面春风地把花束插在纽孔里，马车接着扬长而去。

“好呀，”弗朗兹对他说，“这就是艳遇的开头吧！”

“您要笑就笑好了，”阿尔贝回答说，“可我真就是这么想；这束花我是不会扔掉的。”

“那当然，我信！”弗朗兹笑着说，“这是个信物嘛。”

不过，说笑很快就变得真确起来，随着车流的移动，弗朗兹和阿尔贝又一次与村姑的马车相遇，刚才向阿尔贝扔花束的姑娘瞧见他把花束插在纽孔里，兴奋地拍起手来。

“太好了，亲爱的朋友！太好了！”弗朗兹对阿尔贝说，“好戏就要开场喽！

要不要我回避一下，让您一个人留在这儿？”

“别这样，”阿尔贝说，“我们不能太鲁莽；我可不想像人家在歌剧院舞会上说的那样，第一次幽会就傻瓜似的呆立在大钟下面。要是那个俊俏的村姑真有意思的话，我们明天还会碰到她，她会来找我们的。到那时她自然会对我有所表示，我也就知道下一步该怎么办了。”

“说实话，亲爱的阿尔贝，”弗朗兹说，“您睿智有如涅斯托耳[1]，审慎有如乌利西斯[2]；要是您的喀尔刻[3]真能把您变成一头什么牲畜的话，她可得格外机灵、格外厉害才行喔。”

阿尔贝料得很准。俊俏的陌生姑娘想必不想让事情当天再有所进展；尽管两个年轻人的马车又兜了几圈，两人睁大眼睛四下搜寻，还是没见着那辆马车；想必它是从邻近的哪条路驶远了。

于是他俩返回罗斯波利宫，但伯爵和那个穿蓝色披风的女人也已经不见了。有两个窗口仍然挂着黄色的窗幔，不过窗前坐着好些人，想必是伯爵事先邀请的客人。

这时，早上揭开狂欢序幕的大钟再次敲响，宣布当天活动到此结束。科尔索街上的车流立即分散开来，不一会儿，所有的马车全都消失在了一条条横街上。

弗朗兹和阿尔贝此刻到了马拉特街对面。

车夫一声不响地驶上这条街，沿着罗斯波利宫驶入西班牙广场，在旅馆门前停车。

帕斯特里尼老板赶到门口来迎接客人。

弗朗兹一下车就打听伯爵的去向，并对未能及时把他接回来表示遗憾，但是帕斯特里尼让他放心，告诉他基督山伯爵自己雇了另一辆车，那辆车在四点钟已经去罗斯波利宫接伯爵了。老板还受伯爵之托，把伯爵在阿根廷剧院的包厢钥匙面交两位年轻人。

弗朗兹问阿尔贝打算如何安排，但阿尔贝还顾不上去剧院的事儿，他有

1　涅斯托耳：希腊神话中的皮罗斯王，以足智多谋著称。

2　乌利西斯：罗马神话人物，即希腊神话中的英雄奥德修斯。

3　喀尔刻：希腊神话中太阳神的女儿，住在一座小岛上。旅人受其蛊惑，就会变成牲畜或猛兽。奥德修斯和同伴途经小岛时，她把那些同伴都变成了猪。后来奥德修斯答应在小岛留住一年，她才把他的同伴变了回来。

个非常重要的计划要实行。所以，他没接弗朗兹的话茬，径直问帕斯特里尼老板能否为他找到一个裁缝。

“裁缝？”这位老板问道，“做什么？”

“让他在明天以前，给我们赶做两套罗马农民的服饰，务必做得很精致。”阿尔贝说。

帕斯特里尼老板摇摇头。

“在明天以前赶做两套服饰！”他大声说，“请阁下恕我直言，这真是法国式的要求。两套服饰！这一个星期里，哪怕要找个裁缝让他在一件背心上钉六颗纽扣，每颗纽扣付他一个埃居，也不见得有人肯干！”

“这么说，我想要的服饰是没有指望喽？”

“指望有哇，我们可以找现成的嘛。这事儿就交给我了，明儿您二位醒来，就会见到各自的帽子、上装和裤子，而且包你们满意。”

“行了，”弗朗兹对阿尔贝说，“这事就交给老板吧，他的神通广大，咱们已经领教过了。咱们先定定心心地吃个饭，然后去看《意大利女郎在阿尔及尔》。”

“行，就去看《意大利女郎在阿尔及尔》，”阿尔贝说，“不过，帕斯特里尼老板，您可得把我和这位先生，”他指指弗朗兹说，“牢牢地放在心上，千万别忘了在明天以前准备好我们要的服饰。”

旅馆主人再次向两位客人申明，他们无须担心，事情一定会办得十分妥帖。听了他这么保证，弗朗兹和阿尔贝才上楼回房去卸下小丑的装束。

阿尔贝在脱衣服时，小心翼翼地捏紧那束紫罗兰：这是明天相认的标志。

两位朋友入座就餐。阿尔贝一边吃，一边情不自禁地比较起帕斯特里尼老板的厨师与基督山伯爵的厨师的烹调水平，两者真有天壤之别。而弗朗兹，尽管他似乎对伯爵存有戒心，但事实胜于雄辩，帕斯特里尼老板的厨师在他心里也落败了。

上餐后甜点时，仆人问两位年轻人什么时候要车。阿尔贝和弗朗兹对望一眼，他们实在不好意思再叨烦伯爵了。仆人看出他们的心思，说道：

“基督山伯爵大人特地关照过，这辆车子整天都归二位阁下使用；因此，二位阁下无须多虑，只管吩咐就是。”

两个年轻人决定彻底接受伯爵的好意，于是一边吩咐备车，一边回房间换上晚礼服，日间的服装历经多场混战，毕竟有点弄皱了。

两人装束停当，便驱车前往阿根廷剧院，在伯爵的包厢里落座。

第一幕正演着，G伯爵夫人走进她的包厢；她第一眼看的就是昨晚见到伯爵的那个方向，于是望见了坐在伯爵包厢里的弗朗兹和阿尔贝，而在二十四个小时之前，她还刚对弗朗兹说了好些关于这位伯爵的怪话。

她的小望远镜死死地对准弗朗兹的方向，弗朗兹明白，要是再不过去满足她的好奇心，那未免太残忍了。于是，两位朋友利用意大利剧院赋予观众的特权，亦即允许他们把演剧大厅变成私人会客厅的习俗，起身前去伯爵夫人的包厢向她致意。

他们一进包厢，她就示意弗朗兹坐在主宾的位子。

阿尔贝则在后排落座。

"好呀，"伯爵夫人没等弗朗兹坐稳，便发话说，"看来您是迫不及待地结识了这位新的鲁斯文勋爵，还跟他成了莫逆之交喽。"

"我跟他的交情，还没有您说的那么亲密，但我不能否认，伯爵夫人，"弗朗兹回答说，"我们这一整天的种种受用，都是拜他所赐。"

"一整天？"

"一点不错，是一整天：今天早上我们享用了他的早餐，狂欢游行期间，我们乘坐他的马车行驶在科尔索街上，而晚上，我们上他的包厢来看戏。"

"这么说您跟他是熟人啰？"

"又熟又不熟。"

"此话怎讲？"

"这就说来话长了。"

"愿闻其详。"

"这故事会吓着您的。"

"那我就更非听不可了。"

"等这故事有个结局再说如何？"

"也好，我喜欢听有头有尾的故事。现在您先说说，您是怎么认识他的，是谁把您引见给他的？"

"没人把我引见给他；是他让人把自己引见给我们的。"

“什么时候？”

“昨天晚上，跟您分手以后。”

“介绍人是谁？”

“哦，还有谁呀！不就是我们那位旅馆老板嘛！”

“莫非他跟你们一起，也在西班牙旅馆下榻不成？”

“不仅在同一个旅馆，而且在同一层楼。”

“他叫什么名字？您想来总该知道他叫什么的吧。”

“当然知道，他叫基督山伯爵。”

“这算什么名字？根本没这么个姓。”

“是没有，这是他买下的一座小岛的名字。”

“他是伯爵？”

“托斯卡纳伯爵。”

“反正爵位可以随口说喽，”伯爵夫人说，她出身在威尼斯附近一个最古老的名门望族，“那他是个怎么样的人呢？”

“这得问德·莫尔塞夫子爵。”

“您听见了吧，先生，人家把我打发到您这儿来了。”伯爵夫人说。

“他是个让人没法说他不可爱的人，夫人，”阿尔贝回答说，“一个有十年交情的朋友，也未必能为我们做这么多事情，而且做得那么优雅，那么周到，那么无微不至，他显而易见是个上流社会的绅士。”

“行了，”伯爵夫人笑着说，“我看哪，这个吸血鬼也就不过是个暴发户罢了，他生怕露富，故意装出莱拉[1]的眼神，好让人知道他不是德·罗斯切尔德[2]先生。她呢，你们见到了？”

“哪个她？”弗朗兹笑着问道。

“昨天那个希腊美人。”

“没见到。我相信我们听到了她在弹单弦琴，但却是只闻其声，不见其人哪。”

---

1 莱拉（Lara）：西班牙卡斯蒂利亚地区的古老家族。10世纪末，家族中多人惨遭杀害，后最小的弟弟为七个哥哥报仇雪恨。故莱拉的眼神即指复仇者的眼神。英国诗人拜伦曾写有叙事诗《莱拉》。

2 罗斯切尔德家族是欧洲最著名的银行世家，影响欧洲政治、经济长达200年（自18世纪末至20世纪）之久。

“好一个不见其人，我的弗朗兹，”阿尔贝说，“您这么说可是在故弄玄虚喔。挂白窗幔窗口的那个蓝衣女郎，您怎么不说了？”

“这个挂白窗幔的窗口在哪儿？”伯爵夫人问。

“在罗斯波利宫。”

“这么说来，那位伯爵在罗斯波利宫租了三个窗口？”

“对啊。您路过河道街来着？”

“当然。”

“那您有没有注意到，有两个窗口挂着黄色缎子的窗幔，而有一个窗口挂着白色缎子的窗幔，上面还绣了一个红十字？这三个窗口就是伯爵的。”

“不得了！这家伙敢情是个大富翁呀？您知道在狂欢节的一周期间，在罗斯波利宫租这样三个窗口要多少钱吗？那可是科尔索街的最佳位置哪。”

“两三百个罗马埃居吧。”

“两三千。”

“嚯哟。”

“他的钱是那座岛上赚的？”

“那座岛？一个子儿也赚不到。”

“那他干吗买下来？”

“心血来潮呗。”

“敢情他是个怪人？”

“此人看上去，”阿尔贝说，“确实有些与众不同。要是他住在巴黎，要是他也经常出入剧院，那我会说，他不是一个趣味低下、装腔作势的家伙，就是一个被文学搅乱了脑子的可怜虫。可是说实话，今天上午他扮演的两三个角色，绝对比得上迪蒂耶和安东尼[1]。”

这时有客人走进包厢，弗朗兹按规矩让座给新来者。座位调动以后，话题自然也转掉了。

一小时过后，两个朋友回到旅馆。帕斯特里尼老板已经在张罗他俩下一天的化装服饰，他拍胸脯说，凭他的精明和能耐，保准能让他们满意。

---

1 迪蒂耶是雨果剧作《玛莉蓉·德罗姆》中的主人公，安东尼是大仲马同名剧作中的主人公。二剧均于1831年首演。这两个主人公都是充满激情的浪漫主义英雄人物。

果然，第二天九点钟，他领着一个裁缝走进弗朗兹的房间，带来了七八套罗马农民的服饰。两个朋友挑了两套式样相仿、大体上也合身的服装，吩咐给每顶帽子缝上一条二十来米长的绦带，再给每人配一条色彩鲜艳的宽纹绸腰带，平日逢到节日，平民男子总爱系这样的腰带来紧身。

阿尔贝急于看看自己的新装束效果如何：那是一套蓝色丝绒的上衣和裤子，一双绣着花边的长筒袜，一双搭扣皮鞋和一件绸背心。这套别致的装束，让他显得格外英俊；而当他戴上帽子，稍稍压歪一点，让长长的绦带垂落在肩头的时候，弗朗兹不由得暗自喝了一声彩，心想有些民族之所以显得体形特别矫健，其中也有服饰之功。昔日的土耳其人，身穿色泽艳丽的传统长袍，看上去何其有型，如今穿着纽子扣得紧紧的蓝色常礼服，戴着希腊圆帽，看上去岂不活像配个红塞子的酒瓶，要多难看有多难看吗？

弗朗兹把阿尔贝称赞一番，而阿尔贝笑吟吟地站在镜子跟前，心里的得意显而易见。

正在这当口，基督山伯爵走了进来。

“二位，”他对他俩说，“结伴而行固然开心，更开心的却是无拘无束、自由自在的出游，所以我对你们说过，二位昨天乘坐的那辆马车，今天和接下去的几天，都归你们使用。咱们的旅馆主人想必已经对二位说过，我在他这儿另有三四辆车备用，因此你们绝不会影响我的用车：那辆马车你们不妨随意使用，无论是去玩，还是去办事，都悉听尊便。要是二位有事要找我，咱们可以约在罗斯波利宫见面。”

两个年轻人想要推辞，但他们实在找不到合适的理由来谢绝这样的盛情——何况伯爵的提议可以说是正中他俩的下怀。于是两人就恭敬不如从命了。

基督山伯爵跟他俩聊了一刻钟左右，天南海北，谈锋很健。我们先前已经注意到，他对各国的文学都非常熟悉。弗朗兹和阿尔贝在他的客厅环顾四壁，就明白了他对画极其在行。而他在聊天时随口说出的片言只语，则向两人表明了他对科学也毫不陌生，而且看来对化学尤其感兴趣。

两个朋友无意回请伯爵吃饭；用帕斯特里尼老板这儿的普通饭菜，来回请伯爵的美味珍馐，不啻是对他的一种唐突。他俩把这一想法如实相告，伯爵接受他们的歉意，心领他们的美意。

阿尔贝对伯爵的言谈举止欣赏至极，要不是他对科学这么熟稔，他在阿尔贝的心目中就是一个名副其实的世家子弟了。那辆马车完全听凭他俩差遣，更是让他心花怒放：他已经看上了这些优雅的农家姑娘；既然前一天她们乘的是一辆极其精美的马车，他当然巴不得仍有一辆能与之旗鼓相当的好车。

一点半，两个年轻人下楼而来。车夫和跟班别出心裁，在熊皮服饰外套上各自的号服，模样看上去比昨天更滑稽，弗朗兹和阿尔贝看了连声叫好。

阿尔贝深情地把那束枯萎的紫罗兰插在胸前的纽孔里。

教堂钟声一响，马车就出发，由维多利亚街驶上河道街。

马车兜第二圈时，一束新鲜的紫罗兰从一辆载着打扮成小丑模样、戴着面罩的少女的马车上扔将过来，落在伯爵的马车里，阿尔贝抬眼望去，发现昨天的那些农家姑娘，也像他和弗朗兹一样换了服饰，也不知是无意的巧合，还是出于一种相同的情感，就在他殷勤地换上她们的农家服饰之时，她们换上了他昨天的服饰。

阿尔贝把这束花插在原先的地方，而仍把那束枯萎的花儿拿在手里；在两辆马车再次相遇的当口，他含情脉脉地亲吻着这束花儿。这一来，不仅那个向他扔花的姑娘大为激动，就连她的那些女伴也欣喜若狂。

这一天气氛之活跃，丝毫不比前一天逊色：在一个冷静的旁观者眼里，这一天的喧闹笑谑只有更甚于前一天。有一会儿，伯爵出现在那个窗口，但当马车驶过时，他已经消失不见了。

不用说，阿尔贝和那些带着紫罗兰花束、身穿小丑服装的姑娘之间的调情嬉闹，持续了整整一天。

傍晚回到旅馆，弗朗兹拿到使馆来的一封信。信上通知他，他获准次日蒙教皇接见。弗朗兹每次来罗马都会提出这一申请，而且每次都会获准。他出于宗教的信仰，也出于感恩的心情，无法让自己在来到基督教世界的首都之时，不去拜倒在集所有美德于一身的圣彼得继承人的脚下向他表示自己的敬意。

因此，那一天他是无心去想到狂欢节了。因为，虽说教皇的崇高以仁爱为本，但是任何人要去晋见这位人称格列高里十六世的位高权重的长者，总会在诚惶诚恐的同时，感到内心无比激动，根本无暇顾及别的事情。

从梵蒂冈出来，弗朗兹径直返回旅馆，有意不去经过河道街。他满脑子都是无比珍贵的虔诚的念想，此刻去置身狂欢纵乐的场景，不啻是一种亵渎。

到了五点十分，阿尔贝回来了。他一副兴高采烈的样子；穿小丑服装的那个女郎又换回了村姑服饰，每次跟阿尔贝的马车相遇时，她都掀起面罩。

她可爱极了。

弗朗兹真诚地对他表示祝贺；阿尔贝一副受之无愧的模样。他说，他已经根据某些无从模仿的优雅举止，确认他那位美丽的意中人一定出身名门。

他决定第二天给她写信。

弗朗兹一边听他说话，一边注意到阿尔贝好像有什么事情要求他，而又觉得难于启齿似的。于是他敦促阿尔贝说出来，而且先把话说在头里，表示只要能让朋友快乐，他随时准备在力所能及的情况下做出牺牲。阿尔贝客气了一番，把朋友间的礼数做周全了，然后才向弗朗兹挑明，第二天要是能让这辆马车归他一个人用，那真是帮他大忙了。

阿尔贝显然认为，正是因为弗朗兹不在身边，那位美丽村姑才肯大发慈悲，对他掀起面罩的。

我们知道，弗朗兹不是一个自私的人，现在眼看阿尔贝交了桃花运，有了这么一次同时能够满足好奇心和虚荣心的艳遇，他怎么会去拉他后腿呢。他非常了解阿尔贝，知道这位好朋友有事对他从不相瞒，一定会把这次艳遇的经过一五一十都告诉他的。再说，他自己这两三年来在意大利跑了不少地方，还从来没有遇上过这样的好事，现在有机会学一学如何应对这种情况，这又何乐而不为呢。

于是他答应阿尔贝，说自己明天可以在罗斯波利宫的窗口看花车游行。

第二天他果然好几次看见阿尔贝在马车上来来回回。阿尔贝手里捧着一大束花，里面大概藏着他的情书。这个猜测很快就落实了，弗朗兹瞧见这束花到了一位穿着粉红缎子小丑服装、身材很婀娜的姑娘手中，花束四周有一圈白色的茶花，所以他是不会认错的。

所以当天傍晚阿尔贝回来时，已经不只是高兴，而是欣喜若狂了。他确信，那位还不相识的美丽姑娘也会如法炮制给他回音。弗朗兹不等他开口，先自申明街景的喧闹他已经看腻了，下一天想抽时间整理一下相册，写些附记。

阿尔贝果然没有料错：第二天傍晚弗朗兹只见他冲进屋来，手指间夹着一方纸片，连连摇晃。

“怎么样，”他说，“我没看错吧？”

“她写回信了？”弗朗兹大声问道。

“您自己看吧。”

他说这话的语气，简直是无法描述的。弗朗兹接过信纸念道：

> 星期二晚上七点，请在教皇大街对面下车，跟着那位夺走您手中蜡烛的罗马农妇往前走。踏上圣贾科莫教堂的台阶时，务请在小丑服装肩头系一条粉红缎带，以便她认出您。
>
> 这期间，您暂时不会再见到我。
>
> 要忠贞，要谨慎。

“怎么样，”阿尔贝等弗朗兹看完信，开口说道，“亲爱的朋友，您对此做何感想？”

“我觉得，”弗朗兹回答说，“事情很顺利，您是交上桃花运了。”

“我也这么想，”阿尔贝说，“布拉齐亚诺公爵府上的舞会，恐怕您只能一个人去了。”

弗朗兹和阿尔贝当天早上分别收到罗马这位著名银行家的请柬。

“您可要当心喔，亲爱的阿尔贝，”弗朗兹说，“到时候所有的贵族都会汇集在公爵府上；要是您那位美丽的意中人当真是位贵族，她是不会不去的哟。”

“不管她去还是不去，我对她的看法决不改变，”阿尔贝接口说，“您不是看了她的信吗？”

“是啊。”

“您知道意大利的 mezzo cito 女子受教育是很差的吧？”

这两个词的意思是市民阶层。

“我知道。”弗朗兹回答说。

“那好，再读一下这封信，看看字写得怎么样，看看能不能找出一个拼写错误。”

确实，字迹非常娟秀，拼写无可挑剔。

“您真是交桃花运喽。”弗朗兹说着，把信递还给阿尔贝。

“随您笑话我也好，调侃我也好，”阿尔贝说，“反正我是爱上她了。”

“哦！天哪！您可别吓我啊！”弗朗兹高声说道，“看来我不光要独自参加布拉齐亚诺公爵的舞会，说不定还要独自回佛罗伦萨了。”

“是这样，要是这位姑娘不仅人长得美，脾气性情也很可爱，那我至少要在罗马待上六个星期。我喜欢罗马，再说对考古也一向很有兴趣。”

“行啦，要是您再有一两次这样的艳遇，只怕您就要成为铭文与美文学院的院士了。”

阿尔贝挺想认真讨论一下他能否入选科学院的问题，不巧的是仆人刚好来报，晚餐已经备好了。不管怎么说，阿尔贝心中的爱情并没影响他的胃口。因而他照样跟弗朗兹一样欣然入席，那番讨论不妨搁到晚餐以后再说。

用毕晚餐，仆人通报基督山伯爵来访。两个年轻人有两天没见到伯爵了。帕斯特里尼老板说他有事去了奇维塔韦基亚。他是头天晚上出发的，一小时前刚回来。

伯爵和颜悦色，笑容可掬；想必他是注意了这一点，但也或许是因为眼下的环境并不足以唤醒他身上那些激愤的神经——而在某些环境中，这种怨愤已经有过两三次迸发——此刻的他跟常人没有多大的不同。伯爵这个人，对弗朗兹而言始终是个谜。他不可能不知道，弗朗兹早已认出了他；但是，自从他和弗朗兹再次见面以来，他没有透过一点口风，表示他记得曾经在别处见过这位年轻的游客。而弗朗兹尽管有过冲动，想在谈话中提到他俩第一次的相见，但他生怕会引起这位对自己和阿尔贝关怀备至的伯爵的不快，所以也就忍住了。于是，弗朗兹仍然和伯爵一样，保持一种审慎的态度。

伯爵听说这两位朋友想在阿根廷剧院订一个包厢，而回音是包厢全都订满了。

因而，他把自己包厢的钥匙给他俩带来了；至少，这是他来访的由头。

弗朗兹和阿尔贝总觉得这样做有些不妥，他们怕伯爵会因此感到有所不便。可是伯爵回答说他当晚要去帕利剧院，阿根廷剧院的那个包厢反正空着也是空着。

听他说得这么爽利，两个年轻人也就不再推辞了。

第一次相见时，伯爵了无血色的苍白面容曾让弗朗兹感到很吃惊，但后来也就渐渐看惯了。他不由得暗自心想，伯爵严肃的面容其实可以说是很俊美的，苍白是它唯一的缺点，或者说可能是它最主要的特点。弗朗兹一想起（且不说看到）伯爵，眼前就会出现拜伦笔下的那些主人公，就会很自然地把他的脸安在曼弗雷德[1]的双肩之上或莱拉的直筒帽之下。他前额深深的皱纹，表明脑海中始终盘旋着一个苦涩的念头；他炯炯有神的眼睛，似乎能看透最深邃的灵魂；从他那高傲而略带嘲讽意味的嘴唇中吐出的话语，自有一种奇特之处，能让听他说话的人经久难忘。

伯爵已不年轻；他至少也有四十岁了，但显而易见他的容貌比此刻在他跟前的两个年轻人更有魅力。确实，伯爵与英国诗人笔下的传奇主人公极其相像，仿佛天生有一种让人无法抗拒的吸引力。

阿尔贝一个劲儿地说，他和弗朗兹能遇见这么一个人物，真是运气太好了。弗朗兹不如他这么热情，不过他也并非无动于衷，但凡一个人在智力上高于他身边的人时，他对他们必然会有所影响，弗朗兹受到的正是这种影响。

他记得伯爵已经在他面前好几次提起要去巴黎，他毫不怀疑，凭伯爵怪僻的性格、特征如此明显的容貌，以及他巨大的财富，伯爵在巴黎一定会引起轰动。

但他不想在伯爵去巴黎期间也在那儿。

这个夜晚，就如我们通常在意大利的剧院里所能见到的夜晚一样，大家并没在听台上演员唱什么，而是频频出入包厢、倾心交谈。G伯爵夫人想把话题再引到伯爵身上去，可是弗朗兹声称他有更新鲜的事儿要告诉她，说着，他不顾阿尔贝怎么故作谦虚，把三天来两人全力关注的那件大事，一五一十地跟伯爵夫人讲了一遍。

这种风流韵事在意大利是大家司空见惯的，至少旅游者向来都这么说，所以伯爵夫人听了以后毫不怀疑，她祝贺阿尔贝好事已经开了头，相信他一定能够如愿以偿。

大家分手时，约定在布拉齐亚诺公爵的舞会上见。那次舞会，全罗马的上流社会人士都在邀请之列。

1　曼弗雷德：拜伦同名诗剧（1817）中的主人公。莱拉参见前注。

手捧那束茶花的姑娘没有食言：第二天和第三天，阿尔贝都没看见她。

星期二终于来了，这是狂欢节最后也是最热闹的一天。这一天，所有的剧院上午十点就开场；因为一到晚上八点钟，封斋期就开始了。这一天，所有那些先前没有时间、没有钱或没有兴致来参加嘉年华的人们，全都加入了纵酒狂欢的行列，忘乎所以地又笑又跳，把自己的欢笑和狂舞融入欢笑和狂舞的海洋。

从两点到五点，弗朗兹和阿尔贝跻身驾车游行的行列，将一把把彩色纸屑扔向迎面驶来的马车中的乘客，以及在马蹄和车轮间觅路而行的行人；虽说车流、人流拥挤不堪，却不见发生一桩意外，不见有人争吵和打架。对罗马人来说，节日就是节日。本书作者旅居意大利五六年，想不起有哪个节日见到出过乱子——在我们这儿，庆典上出乱子可是家常便饭。

阿尔贝穿着小丑服装很出风头。他系在肩头的那条长长的粉红色缎带，一直垂到膝弯。弗朗兹仍穿一身罗马农家服饰，以便人家一眼就看出他俩谁是阿尔贝。

从上午到下午，气氛越来越欢腾：每条街道上，每辆马车里，每个窗口旁，没有一张嘴不在使劲喊叫，没有一只胳膊不在使劲挥舞。这是一场人山人海的狂风骤雨，喧闹的欢叫就是滚动的雷声，彩纸、花束、彩蛋、橘子和花朵就是夹在暴雨中的冰雹。

到了三点钟，焰火从民众广场和威尼斯宫同时升腾而起，在嘈杂的喧闹声中，人群依稀可以听见焰火的声音，知道赛马比赛这就要开始了。

赛马和 moccoletto[1]，都是嘉年华最后几天的保留节目。随着焰火腾空的声响，满街的马车立即驶离车流，四散驶入最近的横街。

一切行动都灵巧得令人难以置信，迅速得令人由衷赞叹，根本不用警察来指挥哪辆车该走哪条路线，哪辆车该停哪个位置。

行人纷纷停靠在大楼墙边，随后只听得传来响亮的马蹄声和刀鞘撞击的声响。

十五人一排的骑警，列队沿河道街奔驰而来，为接下来的赛马比赛清场。当马队驶抵威尼斯宫时，又有一束焰火腾空而起，宣告沿路清场已毕。

1　意大利文：蜡烛。此处指狂欢节人人手持的蜡烛。

几乎就在这时，在一片震耳欲聋的欢呼声中，只见七八匹马犹如幽灵一般飞驰而来，在三十万名观众的喊声和马背上铁栗[1]的激励下奋力向前冲去。随后，圣天使城堡炮响三下，宣布三号赛马获胜。

炮声甫毕，众多马车从四面八方的旁街蜂拥而出，重又驶上科尔索街，犹如一时堵住的湍流重又一齐泻入河床，奔腾的激流比先前更迅疾地在花岗岩的河岸间流过。

此时，在人群中出现了一个新场面，又激起一阵喧闹和骚乱：卖moccoletto的商贩上场了。

Moccoletto指的是罗马嘉年华上人手一支的蜡烛，这些蜡烛大小不等，从复活节的大蜡烛到又细又小的线烛，无所不有，而参与这场压轴戏宏大场面的每个演员心中，都在盘算着两个相互对立的念头：

一，保护自己的蜡烛，不让它熄灭；

二，设法熄灭别人手中的蜡烛。

蜡烛如此，生命何尝不是如此：人至今只有一种方法来传承它；而这种方法是由上天注定的。

夺走它的方法却有成百上千种之多；诚然，这最后一击中少不了有魔鬼的插手。

蜡烛，只有在火种挨近时才会点亮。

可是，熄灭蜡烛的成百上千种办法，又有谁能全都说得上来呢？使足劲儿去吹，用千奇百怪的罩子去罩，用形形色色的扇子去扇，哪样不行啊？

于是，人人都争着去买蜡烛，弗朗兹和阿尔贝也不例外。

夜幕很快就降临了；成千名小贩“卖蜡烛喽！”的叫卖声此起彼伏，而此时，已经有两三点烛火在人群上方亮了起来。这不啻是一个信号。

才十分钟工夫，五万支闪烁的烛火，已然从威尼斯宫而下直至民众广场，又从民众广场而上直至威尼斯宫。

这简直就像鬼火节。

这种场景，要不是亲眼目睹，是无法想象的。

试想一下满天的星星落到地上，融入狂欢群舞的情景吧。

1　扎放在赛马背部，用以刺激赛马往前奔跑的小铁块。因状如栗子，故名铁栗。

这情景还伴随着震耳欲聋的尖叫声，这种喧闹的声响，是地球上任何别的地方都听不到的。

到了这种时候，就不再有社会阶层之分了。农夫在追逐亲王，亲王在追逐特朗斯泰韦山民，特朗斯泰韦山民在追逐城里的居民，人人都在吹别人的蜡烛，重点自己的蜡烛。要是老埃俄罗斯此时在场，他一定会被封为 moccoletto 之王，而阿奎洛[1]则会被推举为他的继承人。

这场手擎蜡烛的疯狂追逐，持续了将近两个小时。河道街被烛光照得亮如白昼，就连四五层楼上看客的脸，都能看得清清楚楚。

每隔五分钟，阿尔贝就掏出表来看一下。终于，到七点了。

两位朋友此时正好在教皇大街上；阿尔贝手持蜡烛跳下马车。

有两三个戴着面罩的人迎上前来，想要吹灭或夺走他手里的蜡烛。阿尔贝不愧是拳击好手，几招出手就把他们打出十步开外，夺路向圣贾科莫教堂奔去。

台阶上到处是看热闹和戴面具的人，他们你追我逐，争着去夺对方手里的蜡烛。弗朗兹远远望着阿尔贝，只见他刚跨上第一级台阶，便有一个戴着面罩、身穿我们熟悉的抛花村姑服装的女子，伸手来夺他的蜡烛，而这一次阿尔贝没做任何抵抗，听凭她把手中的蜡烛夺了过去。

相隔太远，弗朗兹听不见他俩的说话；但是毫无疑问，那些话肯定是没有恶意的，因为他看见阿尔贝和那个村姑挽着胳膊向前而行。

他注视着他俩在人群中行进，但过没多久，他俩到了马塞洛街就消失不见了。

忽然，宣告狂欢结束的钟声敲响了，刹那间所有的蜡烛全都熄灭，仿佛有人施了魔法似的。看这景象，简直就像吹来一阵大风，顷刻间吹灭了这些蜡烛。

弗朗兹的四周一片漆黑。

喧闹声也戛然而止，仿佛卷走烛光的劲风同时也卷走了喧闹。

唯有载着戴面具的乘客回家的马车，还传来车轮的辚辚声；不多的几扇窗户后面，还透出寥落的灯光。

嘉年华落幕了。

---

1 埃俄罗斯是希腊神话中的风神。阿奎洛是罗马神话中的北风之神。

第37章

圣塞巴斯蒂安地下墓穴

也许直到此刻为止，弗朗兹生平还从没有过如此真切的体验，情绪如此从欣喜的高峰跌入忧伤的低谷的转换，给他留下了鲜明的印象。罗马就像被夜之精灵拂过一阵施了魔法的轻风，转眼间变成了一片广漠的坟场。月逢下弦，要到半夜十一点钟方才升起，周遭越发显得阴暗瘆人；年轻人沿途经过的街道，无一不是黑黢黢的。幸好路程很短；不出十分钟，他的马车——或者说伯爵的马车——已经停在了伦敦旅店的门前。

晚餐已经准备好了；阿尔贝说过他要晚些回来，所以弗朗兹就不等他，独自先吃了。

帕斯特里尼老板平时总看见两人一起用晚餐，于是就问阿尔贝为什么没回来；弗朗兹只说他头天晚上收到一份请柬，这会儿赴宴去了。众多的蜡烛刹那间一齐熄灭，明亮的场景蓦地变成一片黑暗，喧闹的声浪骤然归于沉寂，这一切都使弗朗兹心头有一种异样的惆怅和忧郁，其中还难免夹杂着几分不安。因而他不作一声，默默地吃着晚饭，尽管旅店老板殷勤备至，两次三番进来问他是否需要什么东西。

弗朗兹决意尽可能多等阿尔贝一会儿。于是他吩咐到十一点再备马，并关照帕斯特里尼老板，阿尔贝一旦回旅店，即便只是回来取点东西，也要马上告诉他。到了十一点，阿尔贝还没回来。弗朗兹换装出发，对老板说了声今夜他在德·布拉齐亚诺公爵府上。

德·布拉齐亚诺公爵的府邸，是罗马最有魅力的府邸之一。公爵夫人是科洛那家族最后的继承人，公爵的府邸在她的操持下名声蒸蒸日上：府上举办的宴会，在全欧洲都享有盛名。弗朗兹和阿尔贝来罗马时，随身带来几封写给公爵的推荐信。所以一见面，公爵就问弗朗兹，他的旅伴怎么样了。弗朗兹回答说，他和阿尔贝是在蜡烛即将熄灭的那会儿分手的，后来这位旅伴就消失在了马塞洛街上。

“这么说，他还没有回来？”公爵问。

“我一直都在等他。”弗朗兹回答说。

“您知道他去哪儿了吗？”

“不很清楚；不过我想他是有个幽会来着。”

“嗐！”公爵说，“挑这么个日子，或者说这么个夜晚迟迟不归，那可太糟糕了，您说呢，伯爵夫人？”

后半句是对G伯爵夫人说的，她刚挽着公爵的弟弟托罗尼亚先生的胳膊走近过来。

“我倒觉得这是个迷人的夜晚，”伯爵夫人回答说，“这儿的人只有一点要抱怨，就是夜晚过得太快了。”

“不过，”公爵笑着接口说，“我可不是在说这儿的人；这儿的人能有什么危险呢，无非是男人一不小心会堕入情网，女人瞧见您这么美，会因嫉妒而得病。我说的是此刻正在罗马的大街小巷里行走的路人。”

“哦，天哪！”伯爵夫人说，“这时候，要不是赶去参加舞会，谁还会在罗马的街头打转呀？”

“我们的朋友阿尔贝·德·莫尔塞夫，伯爵夫人，傍晚七点左右，他去追一个陌生女子，跟我走散了，”弗朗兹说，“后来我就再没见过他。”

“是吗！您不知道他在哪儿？”

“完全不知道。”

“他身上带武器了吗？”

“他穿的是小丑服装。”

“您不该让他一个人走的，”公爵对弗朗兹说，“对罗马，您比他熟悉得多。”

“哦！话是这么说呀，可那就好比要去拦住今天赛马赢了大奖的三号马，硬生生地让它停下来，”弗朗兹回答说，“再说，他又会出什么事呢？”

“那谁知道！夜色这么黑，马塞洛街又离台伯河这么近。”

弗朗兹看到公爵和伯爵夫人的想法竟然和自己的担心不谋而合，不由得周身打了个寒战。

“瞧，”公爵说，“我那仆人这不正是来找您吗。”

公爵说得没错；那个仆人瞧见弗朗兹，就走上前来。

“阁下，”他说，“伦敦旅店的店主让人来通知您，有人带着一封莫尔塞夫子爵的信，在旅店等您。”

“子爵的信！”弗朗兹大声说。

“是的。”

“这个人是谁？”

“我不知道。”

“他为什么不把信带到这儿来给我？”

“送信人没对我说详情。”

“送信人在哪儿？”

“他一见我走进舞厅来通禀，就转身离开了。”

“哦，天哪！”伯爵夫人对弗朗兹说，“您快去吧。可怜的年轻人，他说不定是出事了。”

“我这就去。”弗朗兹说。

“您会回来把情况告诉我们吗？”伯爵夫人问。

“会，要是情况不严重的话。否则，我就说不准自己会怎么样了。”

“不管怎么说，您得多加小心。”伯爵夫人说。

“好的！您放心吧。”

弗朗兹戴上帽子匆匆离去。他先前关照马车两点来接他；幸好布拉齐亚诺府邸一头靠河道街，另一头靠圣使徒广场，离伦敦旅店只有十分钟的步行路程。走近旅店，弗朗兹瞧见有个男人当街站着；他当即猜出此人就是给阿尔贝送信的人。此人裹在一件长披风里。弗朗兹迎上前去；但他万万没料到，居然是对方先向他开的口。

“您想要干什么，阁下？”他说着，往后退了一步，做出一个防卫的姿势。

“您不是来送信，”弗朗兹问道，“给我带来德·莫尔塞夫子爵的一封信吗？”

“阁下是住在帕斯特里尼的店里？”

“对。”

“阁下是子爵的旅伴？”

“对。”

“阁下怎么称呼？”

“弗朗兹·德·埃皮奈男爵。”

“那么这封信确实是给阁下的。”

“要回信吗？”弗朗兹接过信，问道。

“是的，您的朋友等着呢。”

“那就跟我上楼吧，我这就去写回信。”

“我还是待在这儿好。”送信人笑着说。

“此话怎讲？”

“阁下看完信就明白了。”

“那我们待会儿就在这儿见？”

“一点不错。”

弗朗兹走进旅店；在楼梯上他遇到帕斯特里尼老板。

“怎么样？”旅店老板问道。

“什么怎么样？”弗朗兹回答说。

“您见着那个替您朋友传话的人了？”老板问道。

“对，见着了，”弗朗兹回答说，“这是他送来的信。对了，请让人给我房间点上蜡烛。”

旅店老板吩咐一个仆人拿蜡烛给弗朗兹引路。年轻人发觉帕斯特里尼老板神色慌张，这更让他急于要看阿尔贝在信上写些什么了。屋里的蜡烛刚点亮，他就展开信纸凑上前去。信是阿尔贝亲笔写的，还有他的签字。弗朗兹反复看了两遍，信上的内容实在太出乎他的意料了。

信的全文如下：

> 亲爱的朋友，见信后请即取出我钱夹里的汇票，此钱夹放在写字台的方抽屉里；倘若票面数额不足，则把您的也一并带上。请速去托罗尼亚钱庄兑取四千皮阿斯特交予来人。事情紧急，请勿延误。
>
> 不多写了，我绝对信任您，正如您可以绝对信任我。
>
> 又及：我现在相信意大利有强盗了。
>
> 您的朋友　阿尔贝·德·莫尔塞夫

信笺上方，有两行意大利文，笔迹是陌生的：

Se alle sei della mattina le quattro mile piastre non sono nelle mie mani, alla sette il conte Alberto aviacessato di vivere.

LUIGI VAMPA[1]

看了这两行字，弗朗兹就明白送信人为什么不肯跟他进屋了；对他而言，街上似乎要比弗朗兹的房间安全得多。阿尔贝一直不相信意大利有强盗存在，但现在他落在那个大名鼎鼎的强盗头子手里了。

事情紧急，刻不容缓。他快步走到写字台跟前，拉开信上说的那个抽屉，在钱袋里找到那张汇票：票面上总共有六千皮阿斯特，但是这六千皮阿斯特中，阿尔贝已经花掉了三千。而弗朗兹，他根本没有汇票；他住在佛罗伦萨，来罗马一个星期只是度假而已，他随身带了百十来个金路易，现在最多也只剩五十了。

所以，弗朗兹和阿尔贝现在还缺七八百个皮阿斯特。诚然，遇到这种情形，弗朗兹可以去找公爵和他弟弟托罗尼亚先生帮忙。

于是他准备立即返回布拉齐亚诺府邸，但正要出发，脑际突然闪过一个念头。

他想到了基督山伯爵。弗朗兹吩咐下人唤来帕斯特里尼掌柜，一见到掌柜的，没等他踏进门来就急忙对他说：

“帕斯特里尼先生，您知道伯爵在他房间里吗？”

“是的，阁下，他刚回来。”

“他已经上床了吗？”

“我想还没有。”

“那就请您去敲敲他的房门，代我问他一下，我可不可以去看他。”

帕斯特里尼掌柜急忙赶去传话；五分钟后他回来了。

“伯爵恭候阁下。”他说。

---

1 意大利文：要是凌晨六点这四千皮阿斯特我还没到手，那么七点钟阿尔贝·德·莫尔塞夫子爵就甭想活了。路易吉·万帕

弗朗兹穿过楼梯平台，一个仆人领他走进伯爵的房间。伯爵在一个弗朗兹以前没见过的小书房里，书房里摆着一圈长沙发。伯爵起身迎上前来。

“哦！是什么风在这时候把您给吹来了，”他对弗朗兹说，“莫非是突然想请我吃个夜宵？您真是太客气了。”

“不，我来是跟您说一件很要紧的事。”

“要紧的事！”伯爵说，他以平时那种深邃的目光瞧着弗朗兹，“什么事？”

“没外人吗？”

伯爵走到门口看了看再回来。

“就我们俩。”他说。

弗朗兹把阿尔贝的信递给他。

“您看吧。”他对伯爵说。

伯爵看了信。

“噢！噢！”他说。

“附言您也看了吧？”

“对，”伯爵说，“我看了：要是凌晨六点这四千皮阿斯特我还没到手，那么七点钟阿尔贝·德·莫尔塞夫子爵就甭想活了。路易吉·万帕。”

“您怎么想？”弗朗兹问。

“他们要的这笔钱，您能凑齐吗？”

“是的，但还差八百皮阿斯特。”

伯爵走到写字台跟前，抽开一只装满金币的抽屉。

“我希望您不会不给我这点面子，”他对弗朗兹说，“执意去向别人开口吧？”

“您瞧，我这不就是直接来找您了。”弗朗兹说。

“非常感谢。请拿去吧。”

他说着示意弗朗兹把抽屉里的金币全都拿去。

“这笔钱当真非得给路易吉·万帕不可吗？”年轻人问道，这回是他凝视伯爵了。

“当然！”伯爵说，“您也看到了，附言说得够清楚的。”

“我觉得，要是您能费心的话，您大概可以找到一个办法让谈判手续大大简化。”弗朗兹说。

“什么办法？”伯爵惊奇地问。

“比如说，要是我们一起去找路易吉·万帕的话，我敢肯定他不会驳您的面子，一定会把阿尔贝放了的。”

“我的面子？这个强盗怎么会听我的话呢？”

“您不是刚帮过他一个忙，一个他不会忘记的大忙吗？”

“什么大忙？”

“您不是刚救了佩皮诺的命吗？”

“噢！噢！谁告诉您的？”

“这您就不用管了，反正我知道。”

伯爵沉默片刻，眉头紧锁。

“要是我去找万帕，您陪我去吗？”

“如果我陪在旁边，不会使您感到不便的话。”

“那好，就这么说定了；天气很好，到罗马郊区去走一走，对我们只会有好处。”

“要带武器吗？”

“干吗要带？”

“钱呢？”

“不用。送信的人在哪儿？”

“在街上。”

“在等回音？”

“对。”

“我们得知道一下去哪儿吧；我来叫他。”

“不用叫，他不肯上来的。”

“上您那儿，也许不肯；但上我这儿，不会有问题。”

伯爵走到书房临街的窗口，打了一个呼哨。裹披风的人从墙角出来，走到街中央。

“Salite! ”[1] 伯爵说，用的是平时吩咐仆人的口气。

---

1 意大利文：上来。

送信人毫不迟疑，毫不犹豫，急匆匆地跨上四级台阶，走进旅店。五秒钟后，他已经站在了书房门口。

“噢！是你啊，佩皮诺！”伯爵说。

佩皮诺没有回答，却双膝跪下，抓住伯爵的手，连连吻了好几次。

“喔！”伯爵说，“你还没忘记我救过你一命！这可有点不同寻常，那都是一个星期以前的事了。”

“不，阁下，我永远不会忘记。”佩皮诺回答说，感激之情溢于言表。

“永远，那太长了！不过难得你有这片心，也不容易啦。起来说话。”

佩皮诺不安地瞥了一眼弗朗兹。

“喔！在这位阁下面前但说无妨，”伯爵说，“他是我的朋友。”

“请容许我这么称呼您，”伯爵转身用法语对弗朗兹说，“否则这个人就没法信任您。”

“您有话可以当着我面说，”弗朗兹对佩皮诺说，“我是伯爵的朋友。”

“那好，”佩皮诺说，转过脸来向着伯爵，“阁下问什么，我就回答什么。”

“阿尔贝子爵怎么会落在路易吉手里的？”

“阁下，这个法国人的马车好几次从泰蕾莎乘的马车旁边擦过。”

“你是说头领的那个情妇？”

“是的。那法国人对她挤眉弄眼地献殷勤，泰蕾莎也送秋波跟他逗着玩；那法国人把花束扔给她，她也回扔给他：这一切，当然都是头领默许的，他也乘这辆马车。”

“怎么！”弗朗兹大声说，“路易吉·万帕就在这些罗马农妇的马车上？”

“他化装成车夫在驾车。”佩皮诺回答说。

“后来呢？”伯爵问。

“嗯，后来，那法国人取下了面罩；泰蕾莎在头领授意下，也摘下了面罩；法国人请求约会，泰蕾莎同意了；不过，圣贾科莫教堂台阶上的并不是泰蕾莎，而是贝波。”

“什么！”弗朗兹又一次喊道，“从他手里夺走蜡烛的姑娘是个……？”

“是个十五岁的小伙子，”佩皮诺接口说，“不过，您的朋友上这个当也不算丢脸；着贝波道儿的人多了去了。”

“贝波把他领到城外去了？”伯爵问。

“一点不错；有辆马车等在马塞洛街那头；贝波上车后，邀那个法国人也上去；他二话不说就上了车。他殷勤地让贝波坐在左首，自己坐在他旁边。贝波这时对他说，要带他去一个别墅，离罗马有一里路程。那法国人对贝波说，哪怕去天涯海角，他也心甘情愿。马车很快驶上里佩塔街，来到圣保罗城门；离乡下不到二百步的时候，因为那个法国人实在太不像话，贝波就掏出一对手枪抵住他的喉咙；马车夫也马上勒住马，回过身来拿枪抵住法国人。这当口，埋伏在阿尔莫河边的四个自己人冲出来，堵住车门。那法国人还想抵抗，听说把贝波给掐得够呛，可他怎么斗得过五个带枪的男人呢。他只好投降了；他们带他下车，沿着小河的河岸一直往前走，把他押到泰蕾莎和路易吉跟前，他俩正在圣塞巴斯蒂安地下墓穴等他呢。”

“唔，我看，”伯爵说着，转过脸来对着弗朗兹，“这个故事还不错。您这位行家，做何感想哪？”

“倘若它不是发生在阿尔贝身上，而是别的什么人的故事，”弗朗兹回答说，“我想我会说这故事很有趣的。”

“说真的，”伯爵说，“要不是您来找我，您那位朋友就要多破费些了；不过，您放心，现在他只是虚惊一场罢了。”

“可我们总还得去找他吧？”弗朗兹问。

“那当然！再说，他这会儿待的那个地方景色也很不错。您去过圣塞巴斯蒂安地下墓穴吗？”

“没有，我还从没去过，可一直都想去看看。”

“那好，这就赶巧了，机会难得啊。您有车吗？”

“没有。”

“没关系；他们通常总给我备一辆马车待用，白天如此，夜里也如此。”

“连辕马都套好？”

“没错。我这人很容易心血来潮；不瞒您说，有时刚起床，刚吃好晚饭，或者在半夜里，我会突然起念上这个地球上的某个地方去一趟，于是我就出发了。”

伯爵拉了下铃，贴身男仆应声进来。

“让人把车库里的那辆车拉出来，”他说，“袋里的手枪不用放了。不必唤醒车夫，让阿里驾车。”

不一会儿，传来马车的声响，车停在了门前。

伯爵掏出怀表。

“十二点半，”他说，“其实我们凌晨五点出发也来得及；不过去晚了，说不定会让您这位朋友彻夜难眠，所以我们还是快点去，把他从不信基督教的那些人手里救出来吧。您当真要跟我一起去？”

“当真。”

“那好，跟我来。”

弗朗兹和伯爵走出房门，佩皮诺跟在他俩后面。

走到门口，只见马车已经等在那儿。阿里端坐在驭座上。弗朗兹认出了在基督山岛洞穴中见过的这个哑奴。

弗朗兹和伯爵坐进车厢。这是一辆双门四座马车，佩皮诺在阿里身旁坐下，马车向前驶去。阿里事先有人关照过，所以他沿着河道街往前，穿过瓦奇诺广场，驶上圣格列高里大街，来到圣塞巴斯蒂安城门。守城门的人起先想找点麻烦，可是基督山伯爵出示了罗马市政府的特许通行证，凭此证无论昼夜随时可以进出城门；于是闸门升起，看门人收下一个路易的辛苦钱，马车出城而去。

马车沿着阿皮亚古道迤逦而行，路边坟茔连绵不断。月亮徐徐升起，在清澈的月光中，弗朗兹时不时仿佛瞅见荒坟间有岗哨冒出头来；但只见佩皮诺做个手势，那岗哨就隐回暗处，消失不见了。

刚驶过卡拉卡拉浴场，马车就停了下来，佩皮诺过来打开车门，伯爵和弗朗兹走下马车。

“再过十分钟，”伯爵对弗朗兹说，“我们就到了。”

随后他让佩皮诺走过去，低声吩咐了几句，佩皮诺从马车车厢里拿出一支火把，独自往前走去。

又过去了五分钟，在这段时间里弗朗兹瞧着这个牧羊人沿着一条羊肠小道，走上罗马平原起伏跌宕的地面，消失在一片草丛之中，淡红色的野草长得又高又密，宛如一头巨狮耸立的鬣毛。

“现在，”伯爵说，“请跟我来。”

弗朗兹和伯爵也走上那条小道，走了百十来步，只见前面是一道斜坡，下面是一个小小的峡谷。

再过一会儿，他们依稀瞧见黑暗中有两个人在交谈。

“我们是往前走呢，”弗朗兹问伯爵，“还是在这儿等？”

“往前走吧；佩皮诺一定是在告诉岗哨我们来了。”

果然，两人中有一个是佩皮诺，另一个是站岗的小喽啰。

弗朗兹和伯爵走上前去；那小喽啰躬身致敬。

“阁下，”佩皮诺对伯爵说，“请随我来，再走几步就是地下墓穴的入口了。”

“很好，”伯爵说，“你带路吧。”

果然，不远处浓密的灌木丛后面，若干岩石中间，掩映着地下墓穴的入口，口子很小，只能容一个人钻进去。

佩皮诺先钻进洞口；走上没几步，地下通道就豁然变宽了。佩皮诺停住脚步，点燃手中的火把，转身看他俩是否跟了上来。

伯爵从那个类似地下室通风窗的口子侧身入内，弗朗兹也跟着他钻了进去。

地道沿着徐缓的斜坡向前伸展，越往里越开阔；但弗朗兹和伯爵仍得弓着腰前进，两人根本无法并排而行。又走了一百五十来步，只听有人喝道：“谁？”

与此同时，只见火把的反光在一支短枪的枪管上闪烁发亮。

“朋友！”佩皮诺说。

他走上前去，对这个第二道岗哨低声说了几句话，此人跟前一道岗哨一样，对二位夜访者欠欠身，示意他们可以继续往前走。

这道岗哨背后，是一道有二十来级台阶的陡梯；弗朗兹和伯爵走下这二十级台阶，发现自己置身在一个笼罩着死亡阴影的岔道口。五条通道呈星状发散开去，四面的石壁上层层叠叠凿有棺椁形状的壁龛，这表明他们终于到了地下墓穴里面。

在一个无法看清究竟有多深的岩洞里，依稀可以看见有些许亮光。

伯爵伸手搭在弗朗兹的肩上。

“你愿意看看强盗栖息的营地吗？”

“当然愿意。”弗朗兹回答说。

“那好吧，请跟我来……佩皮诺，把火把熄掉。”

佩皮诺熄掉火把，弗朗兹和伯爵置身在一片深沉的黑暗之中；不过，在他们前方大约五十步的地方，依然有些许淡红色的亮光在石壁上跳动，火把熄灭以后，这片亮光可以看得更清楚了。

三人默不作声地往前走，伯爵领着弗朗兹，仿佛他有在黑暗中视物的特异功能似的。不过，离给他们指路的亮光越来越近，弗朗兹自己也渐渐能看清这条路了。

他们面前有三个拱孔，中间的那个算是门。

这些拱孔一端连着伯爵和弗朗兹所在的通道，另一端连着一个宽敞的方形房间，四围都是我们刚才描述过的壁龛。房间中央有四个石墩，上方仍然悬着的十字架，表明这儿曾经是个石供桌。

只有一个石墩上点着盏油灯，幽暗的光亮摇曳不定，在身处黑暗中的两位来访者眼前，展现出一幅光怪离奇的图景。

有个人支着肘子坐在石墩前看书，背朝那几个拱孔，而来访者的目光正穿过拱孔注视着他。

这就是这帮强盗的头领路易吉·万帕。

二十来个手下，三五成群地围在旁边，或裹着披风躺着，或背靠状如矮凳的石盒坐着，这个存放骨灰的场所四周都是这样的石盒。每人身边都有一把短枪，伸手就能拿到。

那一头的洞口，有个岗哨像幽灵似的，悄没声响地来回走动着，那儿的夜色更加浓重，所以岗哨的人影几乎难以辨认。

当伯爵相信弗朗兹已经把这幅绝妙的图景尽收眼底的时候，他竖起手指抵在嘴唇上，关照弗朗兹不要出声，然后踏上过道通往骨殖场的三级台阶，从中间的拱孔进入这个房间，朝万帕走去，全神贯注在看书的万帕居然没有听到他的脚步声。

“谁在那儿？”警觉的岗哨大声喝道，他在灯火的光影中，看见头领身后有个越来越大的人影。

听到这声喝叫，万帕倏地立起身来，飞快拔出腰间的手枪。

刹那间，周围那些手下全都起身立定，二十支短枪齐刷刷地对准伯爵。

“好啊，”伯爵轻轻地说，他的声音极其安详，脸上的肌肉没有丝毫颤动，“好啊，我亲爱的万帕，看来您迎接朋友的排场还不小哇！”

“把枪放下！”头领举起一只手发号施令，而用另一只手恭敬地摘下头上的帽子。

而后，他转身朝向那位能在这儿主宰一切的不寻常的人物。

“对不起，伯爵先生，”他对伯爵说，“我实在没有想到您会大驾光临，所以没认出您来。”

“看来您对许多事情都有些健忘，万帕，”伯爵说，“不光是熟人的脸记不住，就是约定的事情也记不住啊。”

“我忘了什么约定，伯爵先生？”强盗头子一脸惶恐地问道，像是做错了事，急于想补救似的。

“我们不是说定，”伯爵说，“不仅我本人，而且我的朋友，你们都是绝不能碰的吗？”

“我什么地方违犯约定了，阁下？”

“你们昨晚绑架了阿尔贝·德·莫尔塞夫子爵，把他带到这儿来了；听着，”伯爵用一种让弗朗兹不寒而栗的语气往下说，“这个年轻人是*我的朋友*，这个年轻人跟我住在同一个旅店里，这个年轻人乘坐我的马车在科尔索街逛了一个星期。你们，我再说一遍，你们却绑架了他，把他带到了这儿来，而且，”伯爵从衣袋里掏出那封信说，“你们还要他交赎金，就像他是个肉票似的。”

“我说你们，为什么事先不告诉我？”头领转身朝着手下的强盗厉声问道，那些强盗在他的逼视下纷纷往后退去，“你们为什么要让我失信于基督山伯爵这么一位救命恩人，这么一位手中悬着我们所有人性命的恩人哪？我凭基督的血起誓，要是让我查出你们中间有谁事先知道这个年轻人是伯爵大人的朋友，我非亲手把他脑袋打开花不可。”

“怎么样，”伯爵转身对弗朗兹说，“我早对您说过这中间是有点误会吧。”

“您还带了人来？”万帕不安地问。

“我带来了这封信的收信人，想向他证实一下，万帕是个讲信用的人。来吧，阁下，”他对弗朗兹说，“这位是路易吉·万帕，他会亲自对您说，对发生的小小误会他感到很遗憾。”

弗朗兹走上前来；头领也向弗朗兹迎上几步。

“欢迎阁下光临此地，”他对弗朗兹说，“伯爵刚才的问话，还有我的回答，您都听到了：我还想对您说，我决不愿意为了我向您朋友索要的四千皮阿斯特而发生类似的事情。”

“可是，”弗朗兹环顾四周，不安地问，“你们抓来的人到底在哪儿呢？我没看见他。”

“我希望他没事吧！”伯爵皱起眉头问。

“他关在那儿，”万帕指着岗哨身后的凹处说，“我这就去告诉他，他自由了。”

头领朝他所说的关押阿尔贝的地方走去，弗朗兹和伯爵紧随其后。

“押来的人在干什么？”万帕问那岗哨。

“得，头儿，”岗哨回答说，“我可不知道他在干什么；一个多钟头了，我都没听见一点动静。”

“请跟我来，阁下！”万帕说。

伯爵和弗朗兹跟在头领身后，踏上七八级台阶，头领抽开门闩，推开门。

这时，就着一盏跟刚才相仿的油灯的亮光，可以看见阿尔贝裹着一件从强盗那儿借来的披风，躺在墙角睡得正香。

“喔！”伯爵微笑着说，这种笑容是他所特有的，“早晨七点钟就要挨枪子儿的人，倒还挺自在的。”

万帕瞧着熟睡中的阿尔贝，目光中也有几分赞赏之意；看得出，他对这种无畏的表现并不是无动于衷的。

“您说得对，伯爵先生，”他说，“这人配得上做您的朋友。”

他随即走到阿尔贝身旁，碰碰他的肩膀：

“阁下！”他说，“您醒醒。”

阿尔贝伸了伸胳膊，揉了揉眼睛，然后睁开了眼睛。

“噢！”他说，“是您啊，头儿！咳，您不该叫醒我；我正在做好梦呢：我梦见我在托罗尼亚家跟G伯爵夫人跳加洛普！”

他掏出怀表，他一直留着这块表，好知道时间。

“凌晨一点半！”他说，“您这会儿来叫醒我，到底想干吗呀？”

“我来对您说，您自由了，阁下。”

“老兄，”阿尔贝泰然自若地说，“请您以后一定要记住拿破仑皇帝的那句名言：‘除非有坏消息，否则别叫醒我。’要是您不叫醒我，我就能跳完那曲加洛普舞，为此我会对您感激不尽……这么说，有人替我付赎金了？”

“没有，阁下。”

“那您怎么会把我放了呢？”

“有个人要我放了您，他的话我是绝对听从的。”

“这人来这儿了？”

“来这儿了。”

“嗬！这人可真够意思！”

阿尔贝环顾四周，瞧见了弗朗兹。

“是您啊，亲爱的弗朗兹，”他说，“您为朋友两肋插刀，赶到这儿来了？”

“不，不是我，”弗朗兹回答说，“而是我们的邻居基督山伯爵先生。”

“嗬！伯爵先生，”阿尔贝整一整领巾和衣袖，快活地说，“您真是位世间少有的好人，希望您能记住，我永远欠着您的情，首先是为马车那档子事，然后呢，就是这桩事了！”说着，他向伯爵伸出手去，伯爵伸手给他时，打了个寒战，但还是把手伸给了他。

万帕神情惊愕地瞧着这幕情景；他显然见惯了抓来的人在他面前发抖求饶，这会儿见着这么个乐天的好性子居然丝毫不受影响的年轻人，自然不免感到惊愕。至于弗朗兹，他见到阿尔贝面对强盗仍能为法兰西民族挣面子，感到非常欣喜。

“亲爱的阿尔贝，”弗朗兹对他说，“如果您抓紧的话，我们还能在托罗尼亚家舞会结束以前赶到那儿；您可以继续把刚才中断的加洛普跳完，那样您对路易吉先生就不会再有怨言了。他处理这件事，自始至终非常殷勤有礼。”

“哦！没错，”阿尔贝说，“您说得有理，我们两点钟就能赶到那儿。路易吉先生，在我离开阁下之前，是否还有什么手续要办？”

“没有任何手续，先生，”强盗头领回答说，“您完全是自由的。”

“既然如此，我就祝您生活幸福快乐吧。来，二位，我们走吧！”

说着，阿尔贝跟在弗朗兹和伯爵后面，走下石梯，穿过方形的大房间；

所有的强盗都站立两旁，帽子拿在手里。

“佩皮诺，”头领说，“给我火把。”

“嗯，您要干什么？”伯爵问。

“我要送送你们，”头儿说，“这是我能对阁下表示的一点小小的敬意。”

他从牧羊人手里接过点燃的火把，为来客引道，但他那神情绝不像一个卑躬屈膝的仆人，而是像一位走在各国大使前面的君王。

到了门口，他欠身致礼。

“现在，伯爵先生，”他说，“我再次向您致歉，不知您是否能赏脸不再介意刚才发生的事情？”

“行，亲爱的万帕，”伯爵说，“再说您已经以一种非常体面的方式，弥补了您的过错，叫人不禁要为此而谢谢您呢。”

“二位！”头领转身向两个年轻人说，“也许你们对我的提议未必会感兴趣；但倘若哪天二位打算再次光临的话，无论我身在何处，都对二位的造访无比欢迎。”

弗朗兹和阿尔贝欠身致谢。伯爵走到头里，阿尔贝紧随其后，弗朗兹走在最后面。

“阁下还有事要问我吗？”万帕笑着说。

“是的，确实如此，”弗朗兹说，“我很想知道，我们刚到的时候您看得那么专心致志的是本什么书？”

“《恺撒回忆录》，”强盗头子说，“这是我最爱看的书。”

“喂，您走不走啊？”阿尔贝在问。

“走啊，”弗朗兹回答，“我这不是来了！”

说着，他也从那个通风窗里钻了出去。

一行人在荒野上走了一小段路。

“噢，对不起！”阿尔贝回转身来说，“能让我点个火吗，头儿？”

他就着万帕的火把点燃一支雪茄。

“现在，伯爵先生，”他说，“我们得抓紧时间了！我很想赶回去参加德•布拉齐亚诺公爵府上的晚会。”

他们乘上等在原地的马车；伯爵用阿拉伯语对阿里说了一句话，辕马就往前飞驰而去。

两位朋友回进舞厅的时候，阿尔贝的怀表上正好是两点钟。

他俩的归来，引起一阵轰动；但是由于两人是一起进来的，大家原先为阿尔贝担惊受怕感到的忧虑，顷刻间烟消云散了。

“夫人，”德·莫尔塞夫子爵走上前去对伯爵夫人说，“昨晚您答应和我跳一曲加洛普舞来着，我现在才来请您赏光，也许是晚了一点，但我这位朋友可以做证，他的诚实您是了解的，他可以做证这不是我的错。”

这时乐队奏起华尔兹的舞曲，阿尔贝搂住伯爵夫人的腰，双双卷进了圆舞曲的旋涡之中。

趁这工夫，弗朗兹在思索一个问题：刚才基督山伯爵好像有些勉强地把手伸给阿尔贝的时候，为什么周身会打那么奇怪的一个寒战。

第38章
约会

第二天阿尔贝起床后的第一句话，就是对弗朗兹说要去拜访伯爵；虽说头天晚上已经谢过一次，但他明白，伯爵帮了他这么大的忙，是值得道谢两次的。

弗朗兹对基督山伯爵既感兴趣又心存戒惧，不想让阿尔贝独自前去，于是决定陪他一起去。两人来到伯爵府上；五分钟后，伯爵走进客厅。

“伯爵先生，”阿尔贝迎上前去说，“请允许我把昨天表达得很笨拙的话重说一遍，这就是我永远也不会忘记您是在什么情况下来帮助我的，我永远会记住，我的生命可以说是您赐予的。”

“亲爱的邻居，”伯爵笑着回答说，“您未免夸大了您欠我的情。我为您的旅游支出省下区区二万法郎，如此而已。您瞧，这根本就不值一提。而我，”他接着说，“也要请您接受我的敬意，阁下的处变不惊和从容自若，是很让人钦佩的。”

“有什么办法呢，伯爵，”阿尔贝说，“我还以为自己开罪了人家，少不了要有场决斗呢，我当然得让那伙强盗明白，哪个国家都有决斗，可只有法国人是笑着决斗的。不过，不管怎么说，我欠您的情毕竟太多了，我到府上来就是想动问一下，我本人，或者我的朋友和熟人，能否有幸为您尽一点绵薄之力。家父德·莫尔塞夫伯爵祖籍西班牙，他在法国和西班牙都颇有地位，我今天特地来告诉您，我和所有爱我的人，都随时愿意为您效劳。”

“嗯，”伯爵说，“说实话，德·莫尔塞夫先生，我正在等您这句话，您的好意我非常乐于领受。我早就选中您，想让您帮我一个大忙呢。”

“帮什么忙？”

“我没有去过巴黎！我不熟悉巴黎……”

“真的吗！”阿尔贝大声说，“您这样的人，居然没去过巴黎？真叫人难以想象！”

“但事实如此；不过我和您有同感，认为对这个聪明人世界的首都茫然无知是件不可饶恕的事情。其实，倘若我有幸认识一位朋友，能把我引见给陌生的巴黎社交界，说不定我早就有此一行了。”

“哦！给您引见，那还不容易！”阿尔贝大声说。

“您这么说太客气了。但我知道，自己除了作为百万富翁能与阿瓜多[1]先生与罗斯切尔德先生一争高低之外，实在别无长处，而我到巴黎并不是去炒股票，这么一想，我不免就犹豫了。现在听您这么说，我下了决心。瞧，亲爱的德•莫尔塞夫先生，您已经做了承诺（伯爵说这句话时露出一个奇怪的微笑），承诺当我在法国时为我打开社交界的大门，我对那里可是像休伦人[2]和交趾支那人那样一无所知啊！”

“喔！伯爵先生，这事包在我身上，我一定会尽心尽力！”阿尔贝说，“说来也巧，（亲爱的弗朗兹，请别笑话我！）今天早晨我收到一封信要我回巴黎，事关我和一个可爱的家族的结合，对方在巴黎社交界关系很广。”

“是去定亲吧？”弗朗兹笑吟吟地说。

“噢！没错，是这样！所以，等您回到巴黎，您会看到我已经成家立业，说不定还当上父亲了呢。这很符合我庄重的天性，不是吗？总而言之，伯爵，我向您重申，我和我在巴黎的亲友都愿竭诚为您效劳。”

“我接受您的邀请，”伯爵说，“说实话，有些计划我酝酿已久，就缺这样一个机会。”

弗朗兹心想，这一准就是伯爵在基督山岩洞里漏出过口风的那些计划。他的目光盯在伯爵脸上，想从这张脸上看出他巴黎此行的用意；可是要猜透此人脑子里的念头谈何容易，况且他正用笑容在掩饰内心的想法。

“不过，伯爵，”阿尔贝继续说，他很高兴能引荐基督山伯爵这样的人，“您这不是说说而已吧？我们在旅行途中往往这也许愿，那也许愿，可都是些空头支票，一阵风就全刮跑了。”

“不，我以名誉担保，”伯爵说，“我要去巴黎，我必须去。”

“什么时候呢？”

“您什么时候回巴黎？”

1　阿瓜多（1784—1842）：西班牙金融家。1815 年在巴黎开设银行。

2　休伦人：北美印第安人的一族。

“我嘛，”阿尔贝说，“哦！再过半个月，至多三个星期，我就在巴黎了。”

“那好，”伯爵说，“我给您三个月；您瞧，期限很宽。”

“三个月，”阿尔贝兴奋地大声说，“再过三个月您就要上我家来了？”

“如果您愿意，我们可以按天，按小时来计算约会的日期，”伯爵说，“可我得预先告诉您，我这人是非常准时的。”

“按天，按小时来计算，”阿尔贝说，“这正合我的心意。”

“好，一言为定。”伯爵伸手指着镜子旁边挂着的日历说，“今天是二月二十一日（他掏出怀表），现在是上午十点半。您愿意在五月二十一日上午十点半等我吗？”

“太好啦！”阿尔贝说，“请来用早餐吧。”

“您住哪儿？”

“埃尔代街二十七号。”

“您是单身住在那儿，我去不会妨碍您吗？”

“那是家父的宅邸，不过我那幢小楼在庭院尽头，是完全独立的。”

“好。”

伯爵拿出记事本，写上：埃尔代街二十七号，五月二十一日上午十点半。

“现在，”伯爵把记事本放回口袋说，“请放心吧，您家挂钟的指针也不会比我更准时。”

“我动身前还能见到您吗？”阿尔贝问。

“看情况吧。您什么时候动身？”

“明天下午五点。”

“那么，我们就此别过了。我在那不勒斯还有点事，要到星期六晚上或星期天上午才能回来。那您呢，”伯爵向弗朗兹问道，“您也走吗，男爵先生？”

“是的。”

“回法国？”

“不，去威尼斯。我还要在意大利待上一两年。”

“那我们在巴黎不能见面了？”

“我怕是没有这份荣幸。”

“那么，二位，祝你们旅途愉快。”伯爵和这两位朋友一一握别。

弗朗兹是第一次接触到这个人的手；他打了个寒战，因为这只手冰冰凉的，像是死人的手。

“我们最后敲定一下，”阿尔贝说，“五月二十一日上午十点半，埃尔代街二十七号。”

“五月二十一日上午十点半，埃尔代街二十七号。”伯爵重说一遍。

随即两个年轻人向伯爵躬身致意，离他而去。

“您怎么啦？”回到住所，阿尔贝对弗朗兹说，“看上去心事重重的。”

“是啊，”弗朗兹说，“坦率地说，我觉得伯爵是个怪人，你俩在巴黎的约会，让我感到很不安。”

“约会……让您很不安！嗨！莫非您疯了吗，亲爱的弗朗兹？”阿尔贝大声说。

“随您怎么说，”弗朗兹说，“疯也罢，不疯也罢，反正是这样。”

“请听我说，”阿尔贝说，“我是想有个机会对您说说，我总觉得您对伯爵很冷淡，而他对我们的态度，我觉得是无懈可击的。其中有什么特殊的原因吗？”

“恐怕是吧。”

“您在这儿遇到他以前，曾经见过他？”

“一点不错。”

“在哪儿？”

“我对您说的话，您能答应对别人只字不提吗？”

“我答应。”

“以名誉担保？”

“以名誉担保。”

“很好。那就请听下去吧。”

于是，弗朗兹向阿尔贝讲述了他在基督山岛旅行时，怎样遇见一帮走私贩子，其中居然还有两个科西嘉强盗。他详细描述了那个天方夜谭般的岩洞，以及他所受到的美妙款待。他说到丰盛的晚餐、印度大麻和那些雕像，说到实景与梦幻，说到醒来时怎样发现一切都消失得无影无踪，唯见远处有一条游艇向韦基奥港驶去。

然后，他又说到在罗马的那个晚上，他怎样在斗兽场听到伯爵和万帕关于佩皮诺的谈话，伯爵承诺为这个强盗弄到特赦令——我们已经看到，伯爵兑现了这个许诺。

最后，他说了头天夜晚的遭遇，说了他怎样为筹措不到六七百皮阿斯特而为难，终于决定去向伯爵借钱，结果既意外又圆满。

阿尔贝全神贯注地听着弗朗兹讲述。

“嘿，”弗朗兹讲完以后，他开口说，“您讲的这些事情，有什么地方不对劲呢？伯爵喜欢旅行，他有一条私人游艇，因为他富有。您到朴次茅斯或是南安普敦去看看吧，港口挤满游艇，都是那些有同样癖好的英国富人的。他为了在旅途中有个落脚点，为了免吃这种折磨我四个月，折磨了您四年的可怕的伙食，为了不睡这种叫人无法安睡的可恶的床，所以在基督山安置了一个临时住所，临时住处安置好了，他又担心托斯卡纳政府会要他离境，让他白白花这么一笔开销，于是他买下小岛，并用小岛的名字作为自己的名字。亲爱的，请您在记忆里搜索一下，然后告诉我，您认识的人中间，有多少人是用产业的名字来为自己取名的——尽管他们未必拥有这些产业。”

“可是，”弗朗兹对阿尔贝说，“他手下的那帮人里，有科西嘉的强盗呢。”

“噢，那有什么可以大惊小怪的？您不是比任何人都更清楚吗？科西嘉强盗不是小偷，而纯粹是流亡者，他们由于族间仇杀之类的原因而从居住的城市或乡村逃了出来。所以，跟他们交往并不有辱身份；我哪天去科西嘉，要是在拜会总督和省长之前，有谁抓到《高龙巴》[1]里强盗的话，我一定要去会会他们。我觉得这些强盗挺可爱的。”

“不过万帕手下的那伙人，”弗朗兹说，“真是拦路抢劫的强盗，我希望您不会否认这一点。伯爵居然对这些人有那么大的影响力，对此您又怎么说呢？”

“我想说的是，从种种迹象来看，多亏他的这种影响力我才保住了一条命，我没有理由来责备他。所以，我不会像您一样，把这种影响力看作罪过，我对此抱一种谅解的态度，因为即使不说它救了我的命，这么说也许夸大了一些，至少它让我节省了四千皮阿斯特，也就是差不多二万四千利弗尔，我在法国的身价肯定没有这么高，这证明了一句老话，”阿尔贝笑着往下说，“所谓本乡无

1　法国作家梅里美的小说《高龙巴》是1840年问世的。按本书的时代背景，故事发生在这以前，译本所据的法文版有一注释，指出这是原著的一处失误。

先知嘛。”

“您说到了本乡，那好，我问您，伯爵是哪个国家的人？他说的是哪种语言？他以什么为生？他的巨大财富从何而来？现在我们看到的他是这么阴郁这么愤世嫉俗，那他神秘而不为人知的早年生活又是怎样的呢？我要是您，所有这一切，我都得弄清楚。”

“亲爱的弗朗兹，”阿尔贝说，“当初您收到我的信，知道我们需要依靠伯爵的影响力的那会儿，您就对他说：‘我的朋友阿尔贝•德•莫尔塞夫遇到了危险，请帮助我使他摆脱险境吧！’您是这样说的吧？”

“是的。”

“那么，他有没有问过您：‘阿尔贝·德·莫尔塞夫是什么人？他为什么叫这个名字？他的财富从何而来？他以什么为生？他是哪个国家的人？出生在哪里？’他问过您这些吗？”

“倒是没有问过。”

“他什么也没问，就来了。他把我从万帕的手上救了出来，在万帕那里，虽然如您说的，我显得满不在乎的样子，可我心里还是很紧张的，我得承认这点。好，您瞧，他为我帮了个大忙，回过头来请我帮个小忙，那是我们每天都在为途经巴黎的俄国或意大利亲王做的事情，就是把他介绍给社交界，难道您要我拒绝帮这个忙吗？那您岂不是疯了！”

应该说，这次不同往常，所有的道理都在阿尔贝这一边。

“反正，”弗朗兹叹了口气说，“您想怎么做就怎么做吧，亲爱的子爵，我承认，您说的这些话听上去都挺有道理。不过任您怎么说，我总觉得伯爵是个怪人。”

“基督山伯爵是位慈善家。他没有告诉您他去巴黎的动机。那好，我说呀，他去巴黎是为了竞争蒙蒂翁奖[1]。倘若他只要有我的一票便能获奖，或者那位丑陋的先生的影响也能让他获奖的话，那我就投他一票，并且一定帮他拉到那一票。行了，弗朗兹，咱们就此打住，一起去吃饭吧。吃完饭再去最后参观一下圣彼得大教堂。”

他俩去吃了饭，参观了教堂。第二天下午五点钟光景，两个年轻人分手

1 指德·蒙蒂翁男爵（1733—1820）设立的博爱奖。每年由法兰西研究院评选颁奖。

告别，阿尔贝·德·莫尔塞夫回巴黎；弗朗兹·德·埃皮奈去威尼斯度半个月的假期。

不过，阿尔贝在登上马车之前，十分担心他的贵宾不能如期赴约，于是特地递给旅馆侍者一张名片，让他转交基督山伯爵。在名片上“阿尔贝·德·莫尔塞夫子爵”这行字的下首，他用铅笔写着：

五月二十一日上午十点半
埃尔代街二十七号

第39章

宾客

且说阿尔贝·德·莫尔塞夫在罗马和基督山伯爵相约，在巴黎埃尔代街的宅邸见面。到了五月二十一日那天早上，宅子上下一切准备就绪，足见阿尔贝是个守信重诺的年轻人。

他住的小楼，位于偌大一座庭院的隅角，对面是一栋可以用作车库的附属建筑。小楼有两扇窗户临街，另有三扇朝庭院，两扇朝花园。

庭院和花园之间，耸立着德·莫尔塞夫伯爵和伯爵夫人的住所，高大的建筑外表堂皇，透着皇家风格建筑的俗气。

府邸沿街的围墙上，间隔有序地摆放着花盆，正中央是一座大铁门，铁栅的尖顶镀着金，华丽气派的马车由此驶进驶出；门房旁边有一道供仆人用的小门，主人徒步出入也走这儿。

做母亲的为阿尔贝选择了这么一座小楼，真可以说是用心良苦，她不想和儿子分得太开，但又懂得子爵这样年纪的年轻人需要充分的自由。另一方面，我们也得承认，从房屋的布局颇能看出年轻人聪明的私心，他像所有的世家子弟一样，喜欢自在、闲适地过日子，家里为他安排这么一个住处，犹如给小鸟的笼子镀了一层金。

从临街的那两扇窗户，阿尔贝·德·莫尔塞夫可以观看街景。这对年轻人来说是至关重要的，因为年轻人总想看到人家在自己眼前活动，哪怕眼前只是一条街也行！再则，阿尔贝看过街景以后，倘若觉得有值得深入探究之处，还可以从一扇小门出去做实地考察。这扇小门跟上面提到的门房旁边的小门遥遥相对，很值得特地介绍一番。

这扇小门仿佛自府邸竣工之日起就被人遗忘了，整扇门布满灰尘，毫不引人注目。然而，仔细上过油的门锁和铰链，却说明有人暗中经常使用这扇门。这扇似有若无的小门，根本没把另外两扇门放在眼里，任凭看门人怎么留神察看，怎么骂骂咧咧，它的秘密始终不为外人所知。它就如同天方夜谭洞窟中那扇著名的门，如同阿里巴巴“芝麻芝麻快开门”的咒语，只需有人以最甜美的声音说出暗号，或用最纤巧的手如约在门上敲几下，门就会悄然无声地开启。

小门和一条宽大而静谧的走廊相连，走廊的尽头就是前厅，前厅右首是阿尔贝的餐厅，面朝庭院，左首是他的小客厅，朝向花园。茂密的树丛和攀缘植物遮在窗前，从庭院和花园中，若不是存心窥探的话，是看不清底层这两个房间里的动静的。

二楼，有两个房间与底层的餐厅、小客厅相对应，但在前厅的位置又多出了一个房间。这三个房间，分别是客厅、卧室和内室。

楼下的小客厅摆着一圈阿尔及利亚式的长沙发，供吸烟者使用。

二楼的内室与卧室相通，另有一道暗门直通楼梯。我们可以看出，主人这样安排的格局真是缜密至极。

三楼的墙壁和隔板都拆掉，打通成为一间巨大的工作室。这儿是我们这位艺术家和花花公子的小天地。阿尔贝随兴所至、随玩随丢的东西杂乱地堆放在那儿。法国号、低音号、长笛，几乎全套乐器应有尽有，因为阿尔贝有一阵对音乐不仅有兴趣，还非常狂热。还有三脚画架、调色板和色粉画笔，因为随后，自鸣不凡的绘画天才又取代了音乐狂。此外，还有花式剑、重剑、拳击手套以及各式各样的木棍，因为最后，阿尔贝·德·莫尔塞夫按照我们这个时代趋求时尚的年轻人的惯例，学习了堪称公子哥儿必修课的击剑、拳击和棒术这三门技艺——学这三门技艺，他要比学音乐、绘画有毅力得多。他先后在这儿接待过格里齐埃[1]、库克斯和夏尔·勒布歇。

这个备受宠爱的工作室里，还放着弗朗索瓦一世时代的古老箱柜，箱柜里装满了中国瓷器、日本花瓶、卢卡的彩陶制品和帕利西[2]亲手制作的碟子；古色古香的沙发椅，也许亨利四世或是苏利[3]、路易十三或是黎塞留都曾坐过，只见其中两张点缀着雕刻精美的盾形纹章，纹章蔚蓝的底色上开着三朵鲜艳夺目的百合花，百合花上方是顶法国王冠，显然，它们不是卢浮宫的藏品，就是某个王室城堡里的旧物。这些款式庄重、色泽深暗的座椅上，杂乱地堆放着色

1　格里齐埃是当时的剑术名家，大仲马曾以他为原型人物写作小说。库克斯和勒布歇也都是有名的拳击、武术教练。

2　贝尔纳·德·帕利西（1510—1589）：法国著名的陶器制作大师。

3　马克西米利安·德·苏利公爵（1560—1641）：早年即进入纳瓦拉的亨利的宫廷。纳瓦拉的亨利即位成为法国国王亨利四世后，苏利始终是国王最亲信的重臣。

彩鲜艳的绫罗绸缎，上面依稀留有波斯阳光的气息，或者加尔各答和金德讷格尔[1]女工的手泽。这些织物派什么用场，没人说得上来；它们最后的归宿，连它们的主人也不知道。但眼下，这些柔软光滑、色彩斑斓的织物辉映着整个房间，让人看了赏心悦目。

屋里最显眼的地方，放着一架罗莱和布朗歇亲手制作的巴西香木钢琴，这架小巧的钢琴仿佛是为小人国的客厅设计的，但那狭小的共鸣箱发出的音响，却恢宏嘹亮犹如一支乐队在演奏，贝多芬、韦伯、莫扎特、海顿、格雷特里[2]和波尔波拉[3]的杰作不时回响在这小小的琴身上方。

墙壁上，门框上，天花板上，到处悬挂着剑、短刀、短剑、重锤、斧子和镀金的嵌花盔甲，以及植物标本、矿石标本；膛内塞满干草的禽鸟标本，张开火红色的翅膀和永不闭合的喙，做静态的飞翔状。

不用说，这是最受阿尔贝钟爱的房间。

不过，到了约定的那天，年轻人却即兴把会见场所安排在底层的小客厅。客厅中央有一张桌子，四周围着一圈宽大而柔软的沙发。桌上放着名贵的烟草，从彼得堡黄烟草，马里兰烟草，波多黎各烟草，拉塔基亚烟草，直到西奈半岛黑烟草，色泽由淡入深，一应俱全。所有这些烟草都摆在荷兰人钟爱的碎纹釉质陶盒里。烟草盒旁边有个檀香木的精致盒子，里面按长短和品种，依次排列着蒲罗雪茄、雷加拉雪茄、哈瓦那雪茄和马尼拉雪茄。另外，一张打开的柜子里全是烟斗：全套的德国烟斗，长管筒身、琥珀烟嘴、镶嵌着珊瑚的土耳其烟斗，以及用摩洛哥皮制成的筒身像蛇一样扭曲着的镶金土耳其长烟斗。它们全都静静地等候着兴之所至的来客随意选用。阿尔贝亲自做了这样的安排，或者更确切地说，做了这种看似漫不经意的精心安排。刚享用一顿精致早餐的贵宾，在喝过咖啡以后，可以透过袅袅升向天花板的缕缕轻烟欣赏屋里的摆设。

十点差一刻，贴身侍仆走了进来。这个才十五六岁、原名约翰、只会说英语的小厮，是阿尔贝唯一的专用仆人。当然，府邸的厨师平日里随时供他使唤，遇上重大的日子，伯爵府里那些穿号衣的仆人也任他差遣。

---

1 金德讷格尔：印度西孟加拉邦城名。

2 格雷特里（1741—1813）：法国多产音乐家。

3 波尔波拉（1686—1768）：意大利多产音乐家，写有53部歌剧曲谱。

贴身侍仆现在叫热尔曼，他得到年轻主人的绝对信任；此时，他把手里拿着的一摞报纸放在桌上，并把一叠信交给阿尔贝。

阿尔贝漫不经心地在各式各样的信件上扫了一眼，挑出其中两封字迹秀丽、信封喷香的拆开，稍加注意地看完了。

“这两封信是怎么来的？”他问。

“一封是邮差送来，另一封是唐格拉尔夫人的贴身女仆送来的。”

“请差人转告唐格拉尔夫人，我接受她在包厢里为我留着的座位……等一等……今天，你到罗莎家里去一趟，告诉她承蒙她的邀请，我看完歌剧出来后上她家吃夜宵，你去的时候，给她捎去六瓶塞浦路斯、热雷斯和马拉加的葡萄酒，还要一桶奥斯坦德[1]牡蛎……喔，上波雷尔的店里买牡蛎时，得特别提一句，是我要的。”

“先生几点用餐？”

“现在几点？”

“十点差一刻。”

“嗯，请在十点半钟准时备餐。德布雷也许部里有事非去不可……另外……（阿尔贝看了一下记事本）我和伯爵约的就是这个时间，五月二十一日上午十点半；虽说我对他的许诺不抱多大希望，但我得守时。哦，对了，不知道伯爵夫人起身了吗？”

“如果子爵先生想知道，我去问一下。”

“好的……向她要一箱开胃酒，我的那箱已经不满了，另外告诉她，我三点左右去她那儿，请她允许我为她引见一个人。”

仆人走了出去，阿尔贝靠在沙发上，撕开两三份报纸的封套，看节目栏，当他看到上演歌剧而不是芭蕾时，做了个鬼脸，然后想在化妆品商店的广告栏中寻找一种别人向他推荐的保养牙齿的软糖式药剂，但没找到，接着又一张接一张把巴黎最畅销的三份报纸扔掉，打了一个长长的哈欠，自言自语地说：

“说实在的，这些报纸越来越没有意思了。”

正在这时，一辆轻便马车停在宅邸门口。不一会儿，贴身侍仆进来通报吕西安•德布雷先生到。来者是一个身材高大、脸色白皙、头发金黄的年轻人，

1　奥斯坦德：比利时著名渔港。

长着一双灰色的眼睛，目光坚定，薄薄的双唇显得很冷峻。他身穿镂花金纽扣的蓝色上装，系白色领带，玳瑁单片眼镜由一根丝带系着悬在胸前，需要通过眉神经和面神经共同努力，他才能不时把单片眼镜夹在右眼眶里。进屋时，他脸上没有一丝笑容，一言不发，带着半官方访问的神色。

"您好，吕西安……您好！"阿尔贝说道，"啊！您准时得让我害怕呢！没错，亲爱的，我是说准时！原以为您是要到最后才到的，可您十点差五分就到了，咱们约定的见面时间是十点半钟呀！这真是奇迹。莫非内阁倒台了？"

"不，我最亲爱的，"吕西安一屁股坐进沙发里说，"放心吧，我们老是晃晃悠悠的，但绝不会倒台。我想啊，我们的位置是愈坐愈稳喽，这不，半岛战争[1]一打起来，局面更好了。"

"对！一点不错，你们把唐·卡洛斯[2]从西班牙赶了出去。"

"不，我最亲爱的，您把事情弄拧了；我们是从法国边界的另一边把他接过来，在布尔日[3]像迎接国王一样地迎接他呢。"

"在布尔日？"

"对啊，这他还有什么好抱怨的！布尔日当年是查理七世[4]陛下的京都。怎么！这些您都不知道？从昨天起整个巴黎都知道啦，而在前天，交易所肯定已经风闻了这件事情，因为唐格拉尔先生（我不知道这个人是通过什么渠道和我们同时得知消息的），因为唐格拉尔先生做多头，赚了一百万。"

"您呢，敢情又有了条新绶带；这不，我看见您胸前的绶链上多了一条蓝绦带。"

"哦！他们给我送来一枚查理三世勋章。"德布雷心不在焉地答道。

"行了，别装作这副无所谓的样子啦，您就承认收到这件东西挺高兴吧。"

"嗯，没错；作为装饰品，在一件扣上纽扣的黑色上装上多一枚勋章挺合适，很雅致。"

---

1 半岛战争指1808—1814年间拿破仑为征服伊比利亚半岛与英国、西班牙、葡萄牙所进行的一系列战争。法军入侵葡萄牙后，旋即进军西班牙，占领马德里。拿破仑立自己的哥哥约瑟夫为西班牙国王。

2 唐·卡洛斯（1748—1819）：西班牙国王查理四世（1788—1808）。1808年法国军队入侵西班牙时，被迫颁诏让位于其子斐迪南。不久后，声明退位诏书无效，并向拿破仑求援。在拿破仑支持下，在法国索回王位，但旋即被迫让位于拿破仑之兄。

3 布尔日：法国中部谢尔省省会。

4 指法国国王查理七世（1403—1461）。

“嘿，”莫尔塞夫笑吟吟地说，“您看上去就像威尔士亲王或是赖希施塔特公爵。”

“这就是我这么早赶来看您的原因，我最亲爱的子爵先生。”

“就因为您获得查理三世勋章，想把这个好消息告诉我？”

“不是，因为我整夜都在写信，写了二十五封外交急报。今天一大早回到家里，本想睡觉，可是头疼得厉害，于是我起身想骑一小时马。在布洛涅森林，我感到又烦闷又饥饿，这两个平时很少联手的敌人，这次合伙向我进攻，真有点像卡洛斯和共和党人结盟了呢。这时我想起今天上午您要请客，这就来了。我很饿，请给我吃的；我很烦闷，请让我散散心。”

“作为东道主，这是我的责任，亲爱的朋友，”阿尔贝说着，拉铃招呼贴身侍仆，吕西安则用他镶金色球饰的手杖拨弄那几份打开的报纸。“热尔曼，拿一杯热雷斯葡萄酒，再拿点饼干来。噢，亲爱的吕西安，请尝尝这些雪茄烟，当然都是走私货。不过我想，您不妨还是劝劝你们部长高抬贵手，别尽拿些胡桃叶子来打发我们这些老实本分的公民吧。”

“呸！我才不蹚这浑水呢。只要是政府运来的东西，您就不喜欢，觉得讨厌。再说，这事跟内政部没关系，归财政部管。请您去找于曼先生，他在间接税管理司，A 走廊第二十六号房间。”

“说实话，”阿尔贝说，“您这么见多识广、交游广阔，可真叫我吃惊。呃，还是先抽一支雪茄吧！”

“啊！亲爱的子爵，”吕西安就着镀金蜡烛盘上燃烧着的一根玫瑰色蜡烛点燃了一支马尼拉雪茄烟，仰面躺坐在沙发椅上说道，“啊！亲爱的子爵，您真幸福，什么也不用干！说真的，您是身在福中不知福啊！”

“要是您也什么事都不干，我亲爱的王国捍卫者，”莫尔塞夫用略带嘲讽的口吻接口说，“那可怎么得了哦！您是部长的机要秘书，欧洲重大的阴谋，巴黎小小的密策您都要过问。那么些国王，甚至那么些王后，都要靠您保护，那么些党派都要靠您撮合，那么些选举要靠您操控。您在办公室里动动笔，发发急报比拿破仑凭他的剑和战功辗转沙场更能发挥作用；您除了薪俸而外，还拥有二万五千利弗尔的年金，拥有一匹夏托-勒诺用四百个金路易都换不来的马；您有一个私人裁缝使您从不缺少一条裤子穿；您可以自由进出歌剧院、赛马俱乐部和杂耍剧场。难道所有这些还不够您消遣，还不能让您散心吗？那好吧，我这就让您散散心。”

“怎么个散心法？”

“让您结识一位新朋友。”

“男人还是女人？”

“男人。”

“哦！我已经认识不少男人了！”

“可我说的那位您还不认识。”

“他从哪儿来？从世界尽头？”

“或许更远。”

“哦！我希望我们的早餐不是他带过来的吧？”

“不是，您就放心吧，我们的早餐在大厨房里做着呢。您当真饿了？”

“是的，我承认，尽管说出来怪不好意思的。我昨天在德·维尔福先生家用的晚餐。您注意到了吗？亲爱的朋友，在法律界的人士那儿总是吃得很糟，仿佛他们不忍心暴殄天物似的。”

“噢，可不是！您在你们部长家吃得那么好，就觉得别人家的菜都不行喽。”

“没错。可我们至少不在家里随便请客。碰上一些支持我们观点，特别是投我们票的乡巴佬，不得不请请他们的时候，我们也绝不把人家拉到家里来，请您相信这一点。”

“来，亲爱的，再喝一杯热雷斯酒，吃点饼干。”

“好的，您的西班牙葡萄酒味道好极了；您瞧，我们平定这个国家的动乱是绝对必要的。”

“对，可是唐·卡洛斯怎么办？”

“哦，唐·卡洛斯可以喝波尔多葡萄酒，再过十年，我们就让他的儿子娶那个小女王。”

“如果那时候您还在部里，一定会得到一枚金羊毛勋章[1]。”

“我说，阿尔贝，今儿您是不是打算用烟草给我当早餐哪？”

“哎！这可对胃大有好处，您不会反对吧。这不，我已经听见博尚在前厅

1　指法国和西班牙两国共同设立的骑士团荣誉勋章。

说话的声音了，你们马上就要辩论了，您抽着雪茄可以耐耐性子。”

“辩论什么？”

“报纸呗。”

“哦！亲爱的朋友，”吕西安用一种鄙夷不屑的口吻说，“谁说我看报纸了？”

“这就多了一条理由，你们可以好好辩论辩论。”

“博尚先生到！”贴身侍仆大声说。

“请进，请进！可怕的笔杆子！”阿尔贝起身迎上前去说，“瞧，德布雷先生也在这里，他还没读您的文章就讨厌您了，至少他是这么说的。”

“他说得有理，”博尚说，“就跟我一样，我还不知道他干什么就批评他了。您好，勋章获得者。”

“啊！您消息真灵通。”机要秘书说着，和记者相视一笑，握了握手。

“那当然！”博尚接口说。

“市面上又在风传什么啦？”

“哪个市面？在一八三八这个好年头，我们有许多市面。”

“呃！就说政治评论界吧，这可是您的市面哦。”

“大家都说这也算是水到渠成，你们播下了那么些红花种子，是该开出几朵蓝花了。”

“好了，好了，蓝花够多了。”吕西安说，“您为什么不也来入伙呢，亲爱的博尚？像您这样有头脑的人，不出三四年准发迹。”

“我愿意遵命，可就在等一件事，就是等哪一位部长能在位子上坐稳六个月。眼下，亲爱的阿尔贝，我得让可怜的吕西安有个喘息的机会，我只想问一句话：我们究竟是准备用早餐还是用午餐？我还要到议院去，干我们这一行的，有时也身不由己啊。”

“我们是吃早餐，还要等两个人，他们一到我们就入席。”

“等两个什么样的人？”博尚问。

“一位绅士，一位外交家。”阿尔贝说。

“敢情我们得花近两个小时等那位绅士，再花两个多小时等那位外交家。我干脆到吃餐后甜食那会儿再来吧。请给我把草莓、咖啡和雪茄留着。我到议院去吃牛排。”

“行了，博尚，即便那位绅士是蒙莫朗西[1]，那位外交家是梅特涅[2]，我们也十点半准时开饭。这会儿，您就学学德布雷的样，尝尝我的热雷斯酒和饼干吧。”

“那行，就这样，我等着。可我今天上午一定得散散心。”

“瞧，您像德布雷一样了！可我总觉得，内阁心气不顺的时候，反对派应该高兴才是呀。”

“哦！亲爱的朋友，您不知道我得受多少窝囊气。今儿上午我上众议院去听唐格拉尔先生演讲，晚上却要到他府上去听他夫人讲一位法国贵族的遭遇。让君主立宪政府见鬼去吧！既然都说有自由选择的权利，那我们怎么会选这么个政府呢？”

“我明白，您这是在准备爆料呢。”

“别对唐格拉尔的演讲说三道四的，”德布雷说，“他投你们的票，也是反对派哟。”

“这就更糟糕！我就等着你们送他到卢森堡公园[3]演讲，好让我痛痛快快戳他一枪呢。”

“亲爱的，”阿尔贝对博尚说，“看来，西班牙的战火已经平息了，因为今天早上您的火气挺大的。可您别忘记，巴黎到处在传说我要和欧仁妮·唐格拉尔小姐结婚呢。所以，我不能容忍您批评某位先生的口才，要知道，这位先生有一天会对我说：‘子爵先生，您瞧，我给了女儿两百万嫁资。’”

“得了吧！”博尚说，“这门婚事成不了。国王能把他封为男爵，也能让他当上贵族院议员，但没法让他变成绅士。德·莫尔塞夫伯爵的剑是贵族化的，他不会为这区区两百万而同意这桩门户不当的婚事。莫尔塞夫子爵得娶一位侯爵小姐。”

“两百万！已经挺不错啦。”莫尔塞夫说。

“这笔钱只够在林荫大道旁盖个戏院，或是从植物园到拉贝铺一段铁路。”

“随他去说吧，莫尔塞夫，”德布雷没精打采地说，“您只管结婚。您等于

1 蒙莫朗西家族是一个贵族世家，在法国声名显赫，历史悠久。

2 梅特涅（1773—1859）：奥地利帝国外交家。1821—1848 年首相任内，集大权于一身，权势炙手可热。

3 巴黎市区公园。参议院设在该公园内。

娶一个钱袋，不是吗？别的事，管那么多干吗！钱袋标签上多一个零，要比少一个纹章强得多。您的纹章上有七个金鸫鸟，就算分三个给您妻子，也剩四个，还比德·吉斯先生[1]多一只。这位吉斯先生可差一点就是法国国王，他的堂兄弟还当上了德国皇帝呢。”

“可不是，我想您说得有道理，吕西安。”阿尔贝心不在焉地说。

“那当然！再说，每个百万富翁都高贵得如同私生子，也就是说，他可能是个私生子。”

“嘘！别再说了，德布雷，”博尚笑呵呵地说，“夏托-勒诺来了，为了治好您大放厥词的癖好，他会用他祖先勒诺·德·蒙多邦的剑刺穿您的胸膛。”

“那他可就有失身份喽，因为我很卑贱，非常卑贱。”

“咳！”博尚大声说，“现在部里的大人物都唱起贝朗瑞[2]的调调来了，这叫我们怎么办哦，主啊？”

“德·夏托-勒诺先生到！马克西米利安·莫雷尔先生到！”男仆大声通报。

“这下到齐了！”博尚说，“我们可以吃午饭了。刚才我没听错吧，您就只等两位是吗，阿尔贝？”

“莫雷尔！”阿尔贝惊诧地低声说，“莫雷尔是谁？”

但他还没说完，德·夏托-勒诺先生已经握住了他的一只手。这位先生是位三十来岁的英俊的年轻人，一副绅士气派，有着吉什家族的脸和莫特玛尔家族[3]的气质。

“亲爱的，”他对阿尔贝说，“请允许我向您介绍北非骑兵军团上尉马克西米利安·莫雷尔先生，他是我的朋友，还是我的救命恩人。有道是闻名不如见面，请向我的英雄致敬吧，子爵。”

说着他往旁边一闪身，亮出一个身材高大、仪表堂堂的年轻人，此人额头宽阔，目光有神，蓄着一撇小胡子，读者想必记得在马赛见过他，当时他处境艰难，读者一定不会忘记。他穿一身质地很好的半法国式、半东方式军服。合身的军服，使他挂着荣誉军团十字勋章的胸膛显得格外宽阔，健硕的身材显

1　德·吉斯家族是法国历史上声势显赫的望族。

2　贝朗瑞（1780—1857）：平民出身的法国诗人。

3　吉什家族和莫特玛尔家族，都是法国历史上著名的贵族世家。深受路易十四宠幸的蒙黛斯邦侯爵夫人即出身莫特玛尔家族。

得格外挺拔。年轻军官温文尔雅地鞠了一躬。他的每个动作都那么从容不迫，因为他是强者。

“先生，”阿尔贝亲切有礼地说，“德·夏托-勒诺男爵先生知道，和您相识会给我带来莫大的愉快。先生，您是他的朋友，也就是我们的朋友。”

“太好了，”夏托-勒诺说，“亲爱的子爵，希望在必要时，他也能像对我那样，慷慨地对您伸出援手。”

“他对您是怎么伸出援手的呢？”阿尔贝问。

“嗐！”莫雷尔说，“区区小事，不值一提，他言重了。”

“什么！”夏托-勒诺说，“这不值一提！救人性命还不值一提！……哦，您未免也说得太轻描淡写了，亲爱的莫雷尔先生……对您来说，也许可以这么说，因为您每天都冒着生命危险，可对我就不是这样了，我偶尔险遭不测……”

“听你们的话，我有一点非常清楚了，男爵，就是莫雷尔上尉先生救过您的命。”

“对！您说得一点没错，”夏托-勒诺说。

“那是怎么回事？”博尚问。

“博尚，我的朋友，您知道我都快饿死了，”德布雷说，“请别再叫他讲故事了好吗？”

“可我，”博尚说，“我想这不碍我们吃饭……夏托-勒诺可以在餐桌上讲给我们听嘛。”

“先生们，”莫尔塞夫说，“现在才十点一刻，请注意这一点，我们正等着最后一位来宾。”

“啊！真的，还有一位外交家。”德布雷接口说。

“他是不是一位外交家，其实我并不清楚。但知道的是，假如我托付他一件使命，他一定会办妥，会让我满意；假如我是国王，我就会立即把所有的勋章赐给他，哪怕可以同时颁发金羊毛勋章和英国的嘉德勋章，也这样做。”

“好吧，既然我们还不能去餐桌，”德布雷说，“您就也倒一杯热雷斯葡萄酒，把您的故事讲给大家听听吧，男爵。”

“你们都知道，我有一阵子想去非洲。”

“这是您先人为您安排的一条路线，亲爱的夏托-勒诺。”莫尔塞夫风趣地接口说。

“没错，可是我怀疑您此行是否如他们那样，是去拯救基督之墓。”

“您说得对，博尚，”年轻贵族说，“我只是想去打打猎。你们都知道，自从我挑选来劝架的两个证人迫使我打穿我一位最好的朋友的胳膊以后，我就厌恶决斗了……唉，那位朋友你们都认识，就是可怜的弗朗兹·德·埃皮奈。”

“啊，是有这么回事！”德布雷说，“您是决斗来着……为了什么事？”

“鬼知道是什么芝麻大的事儿！”夏托-勒诺说，“不过有一点我还记得很清楚，那就是我不肯就那么埋没自己的天分，一心想拿人家送我的那把手枪，在阿拉伯人身上试试枪法。于是，我乘船去了奥兰，又从奥兰到君士坦丁[1]，我到那儿正巧赶上撤围。我跟着别人一起撤退。整整四十八个小时，白天下雨，夜晚下雪，我都得受着。最后，到了第三天早上，我的马冻死了。可怜的畜生啊！它以前在马厩里一直被盖得暖暖的，还有火炉烤火……这匹阿拉伯马到了阿拉伯，遇上零下十度的严寒，一下子就受不了喽。”

“就为这您才要买我那匹英国马呀，”德布雷说，“敢情您以为英国马比阿拉伯马耐寒。”

“您误会了，我已经发誓不再去非洲了。”

“您是给吓着了？”博尚问。

“对，我承认，”夏托-勒诺回答说，“有什么办法呢！马死了，我只好徒步撤退。有六个阿拉伯人骑马飞奔而来要取我的脑袋，我用长枪撂倒了两个，又用手枪打死两个。可还剩两个，我被迫放下了武器。他俩一个抓住我的头发，所以我至今头发修得很短，以防万一；另一个把弯刀搁在我脖子上，凉飕飕的钢刃寒意逼人。突然间，我身边的这位先生向他俩扑过去，一枪结果了抓住我头发的那个人，又一刀劈开了那个准备割断我喉咙的人的脑袋。这位先生那天给自己的使命是要救一个人，结果幸而是我。有朝一日我发了财，一定要请克拉格曼或者马罗歇蒂[2]塑一座幸运之神雕像。”

“是的，”莫雷尔微笑着说，“这天是九月五日，是家父奇迹般死里逃生的

---

1 奥兰是阿尔及利亚港口城市。君士坦丁是阿尔及利亚君士坦丁省省会，历史上多次被土耳其占领，1826年取得独立。

2 克拉格曼（1810—1867）和马罗歇蒂（1806—1868）都是著名的雕塑家。

纪念日。每年这一天我都要做一件事……”

“一件英勇行为，”夏托-勒诺插上去说，“而且让我给碰上了。可这还不算呢。他把我从刀口救出来之后，又把我从严寒中救了出来。他可不像圣马丁那样给我披半件大衣，他把整件大衣都给了我。最后他还把我从饥饿中救了出来。你们猜吃的是什么？”

“费利克斯糕点铺的馅饼？”博尚问道。

“不是，是他的马。我们每人狼吞虎咽地吃下一大块马肉：不容易啊。”

“马吗？”莫尔塞夫笑着问。

“不，献身精神，”夏托-勒诺说，“您去问问德布雷，他是否能为一个陌生人牺牲他那匹英国良种马？”

“为一个陌生人，那不行，”德布雷说，“为朋友嘛，也许行。”

“我那时就猜到您会成为我朋友的，男爵先生，”莫雷尔说，“此外，我已经有幸对您说过了，不管那是不是英雄主义，是不是献身精神，反正这一天我得帮助一个需要救助的人，来表示对曾经受过的恩泽的感激之情。”

“莫雷尔先生没有说明的那个故事肯定是十分精彩动人的，当您和他进一步交往以后，他总有一天要对我们详述的，”夏托-勒诺继续说道，“今天，还是先喂饱肚子，而不急于喂饱脑子吧。什么时候开饭，阿尔贝？”

“十点半。”

“准时？”德布雷掏出怀表问道。

“噢！你们给我五分钟的宽限吧，”莫尔塞夫说道，“因为我也在等一位救命恩人。”

“谁的救命恩人？”

“当然是我的！”莫尔塞夫说，“难道你们认为我就不会像其他人那样得救吗，难道只有阿拉伯人才砍人脑袋吗！我们的早餐是一顿充满博爱精神的会餐，至少我希望，在我们餐桌上就座的有两位仁慈的大恩人。”

“那我们怎么办？”德布雷说，“只有一个蒙蒂翁奖呀。”

“嗯，那就把这个奖给予毫无建树的人吧，”博尚说，“通常，法兰西学院为了摆脱窘境，就是采用这个办法。”

“他从哪里来？”德布雷问，“请原谅我的固执；我知道，您已经回答过这个问题了，可是太笼统，我冒昧地再问一次。”

“说实话，”阿尔贝说，“我一无所知。三个月前我邀请他的时候，他在罗马；后来嘛，没人知道他去了哪儿。”

“您认为他能准时来？”德布雷问。

“我认为他无所不能。”莫尔塞夫说。

“请注意，加上五分钟的宽限，我们至多也只等十分钟了。”

“好吧！我就利用这点时间来说说我们这位来宾吧。”

“对不起，”博尚说，“您说的东西，值得我为专栏写篇文章吗？”

“当然，”莫尔塞夫说，“您可以写一篇极为有趣的文章。”

“那您就说吧，因为看来我反正去不成众议院了；我得把损失补回来。”

“今年狂欢节我在罗马。”

“我们都知道。”博尚说。

“对，不过你们有一点不知道，就是我被强盗劫持过。”

“根本就没有强盗。”德布雷说。

“不，有的，而且很可怕，也就是说很威风，我看着觉得挺吓人的。”

“喔，亲爱的阿尔贝，”德布雷说道，“您就承认吧，是您的厨师赶不及，牡蛎还没从奥斯坦德或马雷纳运到，因此您就学曼特农夫人[1]的样，以神话来代替菜肴了。说吧，亲爱的，我们是一伙好朋友，能原谅您的，并且愿意听您讲，不管这个故事看来有多么荒唐离奇。”

“我嘛，我得告诉您，尽管它听来确实是相当荒唐，但从头到尾都是真的。话说那天强盗劫持了我，把我带到一个阴森森的地方，人称圣塞巴斯蒂安地下墓穴。”

“我认识那地方，”夏托-勒诺说道，“我差一点在那里发起高烧来。”

“唉，我比您更惨，”莫尔塞夫说道，“我真的撞上了。他们向我宣布，我是肉票，除非支付一笔赎金来解决，一点小意思，四千个罗马埃居，也就是二万六千个图尔城铸造的利弗尔。不巧得很，我只剩下一千五，因为我的旅游快结束了，钱也花光了。于是我写信给弗朗兹。哦，对了！听着，弗朗兹当时在场，你们可以问问他，我是否有半句谎言；我写信给弗朗兹，问他是否能在

1　曼特农夫人（1635—1719）：她二十五岁进宫，负责照料路易十四和蒙黛斯邦夫人的子女。玛丽·黛蕾斯王后去世后，路易十四与她秘密成婚。

早晨六点钟带上四千个埃居来，因为到七点，我就要去见真福的圣徒和光荣的殉道者，成为他们中间的一员了。路易吉·万帕先生——这是强盗首领的名字——是说话算数的，我请你们相信这一点。”

“弗朗兹带上四千埃居来了？”夏托-勒诺问，“嘿！一个叫弗朗兹·德·埃皮奈或阿尔贝·德·莫尔塞夫的人，是不会被四千个埃居难住的。”

“不，他只是带着这位客人来了，我说的就是他，并且希望把他介绍给你们。”

“啊哈！那么这位先生不是杀死卡科斯的赫拉克勒斯，就是拯救安德洛墨达的珀尔修斯？”

“不，此人跟我差不多高。”

“他全副武装？”

“他身上甚至没带一根结毛衣的针。”

“那么他谈到赎金了？”

“他只是在首领耳边说了两句，我就获释了。”

“他们甚至因抓走了您而向您道歉吧。”博尚说道。

“千真万确。”莫尔塞夫说道。

“啊！那么此人是阿里奥斯托[1]了？”

“不是的，他只是叫基督山伯爵。”

“基督山伯爵可不是个名字。”德布雷说道。

“我也有同感，”夏托-勒诺自以为对欧洲贵族谱牒了如指掌，显得胸有成竹地补充说道，“有谁在哪儿见到过一位伯爵名叫基督山的吗？”

“也许他是从圣地来的吧，”博尚说，“他的一个祖先也许占有过髑髅地，就像莫特玛尔家族占领过死海一样。”

“对不起，”马克西米利安说，“我想我能为你们释疑，先生们；基督山是一座小岛，我常听家父雇用的水手说起，这座岛很小，好比地中海中央的一颗沙粒，宇宙中的一个原子。”

“说得对极了，先生，”阿尔贝说，“不错，我说的那个人就是这颗沙粒、这个原子的主人和国王；伯爵这个头衔，也许是他在托斯卡纳的某个地方买

1　阿里奥斯托（1474—1553）：意大利文艺复兴时期诗人。当过盗贼聚集的加法尼阿纳地区的总督。

来的。”

“他很有钱吗，您的伯爵？”

“当然！我想是的。”

“那么大概一眼就能看得出来了，是吗？”

“这您就想错了，德布雷。”

“我不明白您的意思。”

“您看过《一千零一夜》吗？”

“这还用问？当然看过！”

“那好。书里的那些人，倘若他们的麦种不是红宝石或金刚钻，您说他们是穷还是富呢？他们看上去就像贫穷的渔夫，不是吗？您正这么想吧，突然间，他们为您打开了神秘的洞窟，里面的宝藏足够买下整个印度。”

“往下说。”

“得，我的基督山伯爵，就是一个这样的渔夫。他甚至借用书里一个人物的名字，自称水手辛巴德，他也有一个装满金子的山洞。”

“您见过这个山洞了，莫尔塞夫？”博尚问。

“不，我没有，弗朗兹见过。可你们千万别在他面前提起这件事哦。弗朗兹被蒙上眼睛走进山洞，由哑奴和美女来侍候他。跟这些绝色女子相比，克莱奥帕特拉至多只能说是有几分姿色罢了。不过她们是在他吸了印度大麻以后才进来的，所以究竟怎么回事，他自己也不能肯定，说不定他是把一排雕像当女人了。”

几个年轻人都盯着莫尔塞夫，神气间仿佛在问：

“嘿！老弟，你是脑子有毛病，还是在拿我们开涮哪？”

“不过，”莫雷尔若有所思地说，“我倒确实听一个叫佩纳隆的老水手说过一些事情，和德·莫尔塞夫先生说的很相似。”

“哈！”阿尔贝大声说，“幸好有莫雷尔先生出手相帮。他在我的迷宫里丢下了一个线团[1]，让你们不高兴了是吗？”

“对不起，我的朋友，”德布雷说，“这是因为您给我们讲的故事太离奇了。”

“噢，没错！敢情你们的大使和领事从没说过吧！他们没这时间，他们老

1 希腊神话中，雅典英雄忒修斯被困于克里特王弥诺斯的迷宫，弥诺斯的女儿阿里阿德涅扔下线团助其逃脱。

想着怎么给在国外旅行的同胞制造麻烦，都忙不过来呢。”

“啊！您生气了，怪起我们可怜的使节来了。喔！天哪！您让他们拿什么保护您呢？众议院天天在克扣他们的薪水，都扣到没法再扣了。您要不要弄个大使当当，阿尔贝？我帮您去说说，让您到君士坦丁堡去当大使。”

“不行！苏丹只要发现我在帮穆罕默德·阿里[1]，就饶不了我，我那几个秘书准会把我勒死。”

“您挺明白啊。”德布雷说。

“就是，可这并不妨碍我那位基督山伯爵的存在。”

“当然！谁都可能存在，这没什么好奇怪的！”

“没错，谁都可能存在，但不是谁都可能生活得那么潇洒的。不是每个人都有黑奴、豪华宫殿和精良的武器，都有每匹价值六千法郎的骏马和希腊情妇的！”

“希腊情妇，您看见了？”

“是的，我看见过她，也听见过她的声音。我在瓦尔剧院见到她，后来在伯爵家吃饭时又听到她弹琴的声音。”

“这么说，您那位怪人也吃饭？”

“对，但吃得极少，吃跟没吃也真差不多。”

“你们瞧，他是个吸血鬼。”

“你们要笑就笑吧。这话G伯爵夫人也说过，你们知道，她认识鲁斯文勋爵。”

“啊！太妙了！”博尚说，“您不是搞报纸的，可想出来的点子，比《立宪报》老套的话题棒多了：吸血鬼，妙！”

“黄褐色的眼睛，瞳孔可以随意缩小放大，”德布雷说，“脸颊突起，额头宽大，肤色苍白，胡须乌黑，牙齿又白又尖，举手投足一丝不苟。”

“嗳，一点不错，吕西安，”莫尔塞夫说，“您描绘得惟妙惟肖。对，一举一动都彬彬有礼，却又冷得可怕。我有时看到他会不寒而栗。和他一起看行刑的那天，我都快要昏过去了，可看着他那么漠无表情地介绍各国不同的刑罚，我真觉得比目睹刽子手杀人，听到受刑者的惨叫更加可怕。”

1　穆罕默德·阿里（1769—1849）：1805年任奥斯曼帝国驻埃及总督（当时埃及为奥斯曼帝国的半自治行省）。1831年起兵反叛奥斯曼苏丹。

“他没带您到斗兽场废墟去吸您一口血，莫尔塞夫？”博尚问。

“在搭救您之后，也没让您在一张火红的羊皮纸上签字，就像以扫让出长子权那样[1]，要您把您的灵魂让给他吗？”

“笑吧！你们要笑就笑吧！”莫尔塞夫说，他有点被激怒了，“你们这些漂漂亮亮的巴黎人，就知道在根特林荫大道闲逛，在布洛涅森林悠哉游哉地散步，每当我看见你们，我便自然而然地联想到那个人，嗨！我总觉得我们和他不是同一个种族的人。”

“您这是在恭维我！”博尚说。

“不管怎么说，”夏托-勒诺说，“您的基督山伯爵除了和意大利强盗有点瓜葛，算得上是个优雅的人。”

“得了！根本就没有什么意大利强盗！”德布雷说。

“也没有吸血鬼！”博尚说。

“也没有基督山伯爵，”德布雷接着说，“听哪，阿尔贝，敲十点半钟了。”

“您得承认您是做了个噩梦，我们去用早餐吧。”博尚说。

但钟响的颤音尚未消失，只见门开了，热尔曼大声通报：

“基督山伯爵阁下到！”

在场所有的人都情不自禁地悸动了一下，这说明莫尔塞夫的叙述已经给众人留下了深刻的印象。阿尔贝本人也不由得打了个激灵。

他们刚才并没听见街上的马车声，也没听见前厅有人走动，门是悄然打开的。

伯爵出现在门口，他的穿着极为简单，可是就连最挑剔的花花公子也挑不出半点刺儿。浑身上下都透着高雅的品位，上装、帽子和衬衣，无不出自名师之手。

他三十四五岁年纪，而最使众人感到震惊的，是他和刚才德布雷描绘的那幅肖像简直一模一样。

伯爵面带微笑走到客厅中央，然后径直向阿尔贝走去。阿尔贝急忙伸出手迎上前去。

1　据《圣经·旧约·创世记》，以扫从田野回来累昏了，求弟弟雅各把熬的汤给他喝。雅各提出要以扫把长子的名分卖给他，以扫就起誓把长子名分卖给雅各。

“‘守时是君王之礼’，我记得某位君主曾经这样说过。”基督山伯爵说，“不过作为旅客，事先想得再好，也未必一定能兑现。所以，子爵先生，希望您体恤我事出无奈，原谅我比约定时间迟到了两三秒钟。五百里的行程难免会遇到一些麻烦，尤其在法国，贵国好像是禁止鞭打驿马的。”

“伯爵先生，”阿尔贝说，“我借用您答允光临舍下的机会，邀集了几位朋友，刚才正向他们说到您呢。请让我为您一一介绍。这位是德•夏托-勒诺伯爵先生，十二名门望族之后，他的祖先曾与圆桌骑士并起并坐；这位是吕西安·德布雷先生，内务大臣的机要秘书；这位是博尚先生，大名鼎鼎的记者，法兰西政府的克星，不过，虽说他在法国名闻遐迩，也许您在意大利从未听人说起过，因为他的报纸进不了那个国家；这位，是马克西米利安·莫雷尔先生，北非骑兵军团上尉。”

起先，伯爵一直以英国式的冷漠和沉着，彬彬有礼地向对方颔首致意，但听到最后一个名字时，他不由自主地跨前一步，苍白的脸上闪过一阵淡淡的红晕。

“先生穿着法国新征服者的军服，”他说，“这是一套漂亮的军服。”

我们无法说出，此刻是怎样的感情使他的话音颤动得如此厉害，当他无意掩饰时，又是怎样的感情使他炯炯的目光在不知不觉之中显得那么美，那么安详而清澈。

“您以前没见过我们的非洲人吧，先生？”阿尔贝问道。

“没有。”伯爵答道，他又恢复了自如的神态。

“在这套军服里面跳动着一颗最勇敢、最高尚的心。”

“喔！伯爵先生。”莫雷尔打断阿尔贝的话说。

“请让我说，上尉……”阿尔贝接着说，“我们刚刚听说了这位先生的一件英雄壮举，虽说今天我首次与他见面，我请求他允许我把他作为我的朋友介绍给您。”

我们又可以注意到，基督山听完这番话，以一种异样的目光凝视着马克西米利安；脸上掠过的红晕，微微颤抖的眼睑，都透露出他内心的激动。

“噢！先生有颗高尚的心，”伯爵说，“这再好不过了！”

这声感叹，不像是应答阿尔贝说的话，倒像是抒发内心的感受。因而在场的人都感到很惊奇，尤其是莫雷尔，他惊讶地凝望着基督山。然而，伯爵说话的声调那么柔和，甚至可以说那么悦耳，所以，虽说伯爵的这声感叹有点奇怪，马克西米利安却没法对他生气。

“他为什么对此有所疑虑？”博尚问夏托-勒诺。

“噢，”夏托-勒诺说，他以自己的阅历和贵族明辨事理的目光把基督山身上一切能看穿的地方都看穿了，“阿尔贝确实没骗我们，这位伯爵果然是个与众不同的人物。您怎么看，莫雷尔？”

“说实话，”莫雷尔说，“尽管他对我的想法有些奇怪，但看到他坦诚的目光，听到他友好的语调，我还是很喜欢他。”

“各位，”阿尔贝说，“热尔曼说早餐已经准备好了。亲爱的伯爵，请允许我陪您入席。”

大家静静地步入餐厅，依次就座。

“诸位，”伯爵落座后说，“请允许我做一番自白，这也是对自己可能做出的不当之处预先表示歉意：我是外国人，而且是生平第一回到巴黎来的外国人。我完全不熟悉法国的生活方式，直到现在，我几乎仍然过着东方式的生活，它和巴黎的优良传统大相径庭。因此，倘若诸位发现我身上的土耳其味、那不勒斯味或者阿拉伯味太重的话，务必请多多包涵。我的话完了，诸位，请便吧。”

“瞧他说话那派头！”博尚低声说，“准是个有来头的大亨。”

“是个大亨。”德布雷附和说。

“一个在世界各国都吃得开的大亨。”夏托-勒诺说。

第40章
早餐

读者想必记得，伯爵进餐饮食极为节制。对此有所了解的阿尔贝，担心巴黎生活从一开始，就在这件最具体而微，却又最少不得的事情上，让这位远方来客感到扫兴。

“亲爱的伯爵，”他说，“您看，我真有点提心吊胆，生怕埃尔代街的菜肴不像西班牙广场的菜肴那么对您的胃口。我真该先问问您的口味，为您准备几样爱吃的菜才好。”

“如果您对我了解得更多些，先生，”伯爵微笑着回答，“您就不会有什么顾虑，以至于一个像我这样的旅客感到汗颜了。我曾经在那不勒斯吃过通心粉，在米兰吃过玉米粥，在巴伦西亚[1]吃过大杂烩，在君士坦丁堡吃过抓饭，在印度吃过咖喱饭，在中国吃过燕窝，对我这样浪迹天涯的人来说，无所谓吃什么不吃什么。我什么都吃，到哪儿就吃哪儿的东西。只是我向来吃得很少；今天您怪我吃得太少，其实我已经是胃口大开了，因为从昨天上午起，我就没吃过东西。”

“昨天上午！”在座的宾客惊呼起来，“您整整一天没吃东西了？”

“对，”基督山说，“我途中不得不绕道，去尼姆附近打听点事儿，耽搁了一些时间，因此我不想再中途停车了。”

“那您在马车里吃了东西？”莫尔塞夫问。

“没有，我睡觉了。每当我厌烦而又无心去消遣，或是饿了又不想吃东西的时候，我就睡觉。”

“您想睡就能睡着？”莫雷尔问。

“差不多吧。”

“您有入睡的秘方？”

“灵验得很。”

---

1 巴伦西亚（Valencia）：西班牙的一个地区。

“这对生活在非洲的人太有用了，我们常常没有吃的，饮料也极少。”莫雷尔说。

“是啊，”基督山说，“遗憾的是，这个秘方虽说对我这样生活不按常规的人很管用，对军人来说却危险得很，一旦要打仗了，他们醒也醒不过来。”

“您能告诉我们这是怎么样的秘方吗？”德布雷问。

“噢！当然可以，”基督山说，“我不保密。那是上等鸦片和大麻的混合物。我亲自到广州去挑选鸦片，以确保它的纯度。然后选用东方的大麻，也就是在底格里斯河和幼发拉底河一带种植的优质大麻。把等量的鸦片和大麻混合在一起，做成丸药，需要时吞服，十分钟就能见效。你们不妨去问问弗朗兹•德•埃皮奈男爵先生；我想他尝过这东西。”

“没错，”莫尔塞夫说，“他跟我提起过，说他保留着美好的回忆呢。”

“那么，”博尚身为记者，向来有存疑的习惯，“您平时随身带着这种丸药吗？”

“是的。”基督山答道。

“可以请您让我们见识一下这珍贵的丸药吗？”博尚接着说，满心指望找出陌生人的破绽。

“可以，”伯爵说着，从口袋里取出一只由整块翡翠镂刻而成的精美小瓶，旋开金质的盖子，倒出一颗豌豆般大小的浅绿色丸粒。这颗丸药的气味辛辣而刺鼻。翡翠瓶里还剩四五颗，整瓶能装满约莫十二颗。

翡翠瓶在宾客手中依次传递，沿桌子绕了一圈。不过，大家与其说是在看或闻丸药，不如说是在观赏这块精美绝伦的翡翠。

“这些丸药是您的厨师为您配制的？”博尚问。

“不，先生，”基督山说，“我才不会把自己一心一意要享用的东西，交给那些消受不起的人呢。我是一个相当不错的化学家，这些丸药是我亲手配制的。”

“这块翡翠美极了，虽说家母也有一些相当出色的祖传首饰，但我从没见过这么大的翡翠。”夏托-勒诺说。

“像这样的翡翠，我有三块。”基督山说，“一块给了土耳其皇帝，他镶嵌在了佩刀上。一块给了圣父教皇，他镶嵌在了冠冕上，那顶冠冕上还有一块大小相仿，但色泽稍差的翡翠，是拿破仑皇帝送给他的前任庇护七世教皇的。这第三块我留给自己，让人把它镂空了，这样一来价值减了一半，不过很方便，正合我的心意。”

所有的人都惊讶地望着基督山。他这番话简洁明了，显然要不说的是真话，要不就是他疯了。但他手上的翡翠是货真价实的，于是大家都很自然地倾向于第一种推断。

“这是一份珍贵的礼物，那两位君王以什么回赠您呢？”德布雷问。

“土耳其皇帝以一个女人的自由，”伯爵说，“圣父教皇以一个男人的生命。所以说，我这一生中也有过那么一次，我的权力至高无上，如同天主把我降生在皇帝御座跟前那样。”

“您解救的是佩皮诺吧？”莫尔塞夫大声说，“您把教皇的特赦用在他身上了？”

“也许吧。”基督山笑着说。

“伯爵先生，您一定想象不到，我听了您这番话后有多么高兴啊！”莫尔塞夫说，“我先前向这几位朋友介绍您，说您是一位充满传奇色彩的人物，是《一千零一夜》中的魔法师，是中世纪的术士。可是巴黎人特别敏感，不肯轻易相信耳闻的奇事，哪怕是最无可争辩的事实，只要不曾在日常生活中亲眼见过，他们也一概斥之为无稽之谈。譬如说，骑师俱乐部的某个成员在林荫大道上迟迟不归被拦劫啦，在圣德尼或是圣日耳曼区有四个人被暗杀啦，在寺院街的咖啡馆或是在于连公共浴池抓住十个、十五个或是二十个小偷啦，这类新闻德布雷天天读到，博尚天天发排，但他们就是不承认马雷马[1]、罗马乡村或者蓬蒂内沼泽[2]有强盗出没。伯爵先生，我请您亲口告诉他们，说我真的被这些强盗抓住过，要不是您仗义说情，十有八九我今天只能躺在圣塞巴斯蒂安地下墓穴里等待永恒的复活，完全没法在埃尔代街的寒舍请他们吃饭了。”

“嗨！”基督山说，“您可是答应过不再提起这件事的。”

“我可没答应过，伯爵先生！”莫尔塞夫大声说，“也许是同样得过您恩惠的另一个人答应的吧，您把他和我弄混了。您就说吧，我求您了。假如您决定把事情的经过说出来，或许您不仅会说些我知道的事，而且会说出许多我不

1 马雷马：意大利中部的一个地区，大部属托斯卡纳大区。

2 蓬蒂内沼泽：意大利中南部的一个地区，属拉齐奥大区。

知道的事呢。”

“可我觉得，”伯爵微笑着说，“在这件事的整个过程中您扮演的角色相当重要，对事情的经过，您该知道得和我一样多啊。”

“要是我把我知道的全都说出来，”莫尔塞夫说，“您是否能答应把我不知道的那些细节也告诉我们呢？”

“这样很公平。”基督山说。

“那好，”莫尔塞夫接着往下说，“我由于虚荣心作怪，接连三天自以为是一个蒙面女郎的挑逗目标，我把她看成了图莉[1]和波佩[2]一类美女的后裔。其实我只是一个年轻人戏弄的对象，请注意，我是说年轻人，没说年轻姑娘。我所知道的，就是我是个不折不扣的傻瓜，错把一个下巴没长胡子，腰身细细的十五六岁的年轻强盗当成乡下姑娘了。我正想放肆地吻一下他那圣洁的肩膀的时候，他掏出手枪顶住我的喉咙，七八个伙伴一起动手，把我带到，或者更确切地说，拽到圣塞巴斯蒂安陵墓的地下墓穴。我在那儿见到了强盗的首领，他的模样挺斯文，正在读《恺撒回忆录》，他放下书本对我说，假如我在第二天的早晨六点不能在他的钱柜里倒进四千埃居的话，那么到了七点我就活不成了。那封信还在，在弗朗兹的手里，由我签的名，上面还有路易吉·万帕先生的附言呢。要是你们还不相信，我可以写信给弗朗兹，他会确证签字笔迹的。以上就是我所知道的情况。我所不知道的，就是您，伯爵先生，是如何使那些桀骜不驯的罗马强盗对您俯首帖耳的。我向您承认，弗朗兹和我本人，都对您佩服得五体投地。”

“这再简单不过了，先生，”伯爵回答说，“我认识这位大名鼎鼎的万帕已有七年多了。他早年还是个羊倌的时候，有一天给我带过路，我随手给了他几枚金币，他为了不欠我的情，把他亲手镂刻的一柄匕首送给了我，您大概在我的兵器收藏柜里见过这把短刀。后来，不知他是忘了我俩交换小礼物所标志的友谊，还是没认出我来，竟然想绑架我。结果倒是我把他，连同他手下的十多个喽啰一起给抓住了。我本来可以把他交给罗马法庭，这样不仅我方便，罗马方面也求之不得。但我没这么做。我把他和他的手下全都给放了。”

1　传说中罗马第三代国王图卢斯·霍斯提利乌斯（公元前673—前642在位）的女儿。

2　波佩（卒于65年）：古罗马暴君尼禄的情妇，后成为他的妻子。以美貌著称。

“条件是他们不许再作恶，”报纸记者笑着说，“我很高兴看到他们信守诺言。”

“不是这样，先生，”基督山说，“我的条件很简单，就是他们要永远尊重我和我的朋友。也许我说的话，会使在座的社会党、激进派精英和人道主义者感到奇怪；但我还是要说，我从不关心我周围的人，也从不去保护这个对我不加保护的社会。我甚至还要说，就一般而言，社会从不关心我，它始终在伤害我。所以，即使我在价值观念中抹去了对他人和社会的尊重，采取一种中立的态度，最终也还是社会和他人有负于我。”

“好啊！”夏托-勒诺大声说，“这是我见到的第一个敢于如此坦荡地鼓吹利己主义的人。说得好！太好了，伯爵先生！”

“确实说得很坦率，”莫雷尔说，“但我相信，伯爵先生尽管一度违背了他刚才以如此决绝的口吻向我们阐述的原则，却绝不会因此而后悔。”

“我怎么违背原则了，先生？”基督山问道。他好几次神情专注地望着马克西米利安，在伯爵清澈而明亮的目光注视下，勇敢的年轻人会不由自主地垂下眼睛。

“依我看，”莫雷尔说，“您解救素不相识的德·莫尔塞夫先生，就是帮助他人和社会。”

“堪称抹上了浓墨重彩的一笔。”博尚一本正经地说，把一杯香槟酒一饮而尽。

“伯爵先生！”莫尔塞夫大声说，“您是我认识的思维最严密的逻辑学家，但是这回您没辙了。您看着，根据逻辑推理，我可以向您证明，您非但不是利己主义者，而且还是博爱主义者。瞧！伯爵先生，您说自己是东方人、地中海人、马来人、印度人、中国人、野蛮人；您说自己姓基督山，叫水手辛巴德，然而，从您刚来巴黎的那天起，您就天生具有我们这些古怪的巴黎人的最大美德，或者说最大的缺点，那就是故意展露您所没有的瑕疵，而隐藏您所具备的德行。”

“亲爱的子爵，”基督山说，“我看不出我的言行有哪一点能让我配得上您和在座各位的褒奖。对我来说，您不是一个陌生人，我认识您，曾经让给您两间房间，我请您吃过早饭，还把我的马车借给您用过，我和您一起在河道街观看戴着假面具狂欢的人群，还一起在民众广场的一个窗口观看那次行刑，当时您激动得差点儿晕过去。既然这样，请问，难道我还能听任我的客人落在各位所说的可怕的强盗手里，不出手去相救吗？再说，您也知道，我在救您的那会儿，私下里已经有个打算，就是等哪天我来巴黎的时候，可以请您将我引荐给巴黎的沙龙。当时您可能以为我只是心血来潮、说说而已，但现在您看到了，这是实实在在的事情，您可得说话算数喔。”

“我说到做到，”莫尔塞夫说，“但我很担心您会失望，亲爱的伯爵，您的经历富有传奇色彩，您看惯了惊险跌宕的场面和充满刺激的情景。而我们这儿，跟您过惯的冒险生活相比，真可以说是波澜不惊。我们的钦博拉索山，就是蒙马特尔高地[1]；我们的喜马拉雅山，就是瓦莱里安丘陵[2]；我们的撒哈拉大沙漠，就是格诺奈尔平原[3]，他们还在那儿打自流井，好让商队有水喝呢。我们这儿有小偷，虽然不像人家说的那么多，可也够多的；这些小偷不怕大财主，独怕小警察。说到底，法国是个毫无诗意的国家，而巴黎是个文明过分的城市，找遍我们的八十五个省——我说八十五个省，当然是因为没把科西嘉算作法国的一个省——你也找不到一座没有急报站[4]的山丘，找不到一个警察局没在里面安上煤气灯的洞窟。所以，亲爱的伯爵，我唯一能为您效劳的，就是由我，或者由我的朋友把您引荐给任何一个沙龙，这一点肯定能做到。不过，其实您根本无须有人引荐，以您的名望、财富和智慧（基督山略带嘲讽地颔首微笑），哪个沙龙都会乐于接待您。说到底，只有在一件事上我可能对您有点用处：我过惯了巴黎生活，对如何过得舒适有所体会，对巴黎的商场也有所了解，我愿意自告奋勇，为您找一处合适的住所。我在罗马分享了您的住处，但我不敢建议您也与我合住，因为我虽说不鼓吹利己主义，却是个十足的利己主义者。在我家里，除我而外，连一个人影也容不下，当然女人的倩影又另当别论。”

“噢！”伯爵说，“这是个爱情小屋。先生，您在罗马确实和我提起过一桩酝酿中的婚事。我可以为您未来的幸福道喜了吧？”

---

1 巴黎的一个地区，位于市区的北部。

2 巴黎西面的小丘，位于塞纳河左岸。

3 巴黎市内的一个地区，曾是圣热纳维埃芙修道院和圣日耳曼草地修道院所在地。可能因地势较低且无较高建筑而有平原之称。

4 当时在法国部分地区，每隔一段距离在高地设立急报站，靠人工发信号逐站传递信息。这有些类似我国古代的烽火台。

"婚事还没定下来呢，伯爵先生。"

"所谓没定下来，"德布雷接口说，"也就是说有可能吹掉。"

"可不能这么说！"莫尔塞夫说，"这门亲事家父主意已决。我也希望很快就能给您介绍欧仁妮·唐格拉尔小姐，即便不是作为妻子，至少也是作为未婚妻吧。"

"欧仁妮·唐格拉尔！"基督山说，"请等等，她的父亲是不是唐格拉尔男爵先生？"

"正是，"莫尔塞夫说，"不过男爵爵位是新封的。"

"哦，那有什么关系？"基督山说，"只要他对国家有功，就该有这份荣誉。"

"那可是大大地有功哪。"博尚说，"他虽然身为自由派人士，却在一八二九年为查理十世提供了六百万借款，当然啦，查理国王就册封他为男爵，授予荣誉军团骑士勋章。于是他也佩起了勋章，不过他没像别人那样把绶带挂在背心口袋上，而是赫然挂在了外衣纽扣上。"

"喔！"莫尔塞夫笑着说，"博尚呀，博尚，您尽管在《私掠船》和《噪音》[1]里写吧，可当着我的面，还是得对我未来的岳父客气点哟。"

他随即转向基督山问道：

"听您刚才的口气，您好像认识男爵？"

"不认识。"基督山漫不经心地说，"不过也许很快会认识了，因为我要通过伦敦的理查德—布朗特公司、维也纳的阿尔斯坦—埃斯克莱斯公司和罗马的汤姆森—弗伦奇公司，在他那儿开一个信贷户头。"

说到最后一家银行时，他从眼角里看了一下马克西米利安·莫雷尔。

如果说这位陌生人是想试探一下马克西米利安·莫雷尔，那么效果是再明显不过的。马克西米利安像过电似的，周身猛地一颤。

"汤姆森 — 弗伦奇公司，"他说，"您认识这家公司？"

"这是我在基督世界首都的开户银行，"伯爵平静地回答说，"您有事需要我效力吗？"

"哦！伯爵先生，这家公司曾经帮助过我们，但不知为什么，事后它对此矢口否认。我们多方调查一直没有结果，也许您能帮我找出个头绪来？"

1　日报《私掠船》创刊于 1822 年；日报《噪音》创刊于 1832 年。

“愿意效劳，先生。”基督山欠身答道。

“哎，”莫尔塞夫说，“说到唐格拉尔先生，怎么一下子就跑题了。当务之急是为基督山伯爵找一个合适的住处；各位，我们大家一齐凑凑，拿个主意出来。偌大的巴黎，把这位贵宾安顿在哪儿好呢？”

“圣日耳曼区，”夏托-勒诺说，“伯爵可以在那儿找一座迷人的小公馆，带庭院和花园的。”

“得了！夏托-勒诺，”德布雷说，“您就知道您那死气沉沉、令人讨厌的圣日耳曼区。别听他的，伯爵先生，您还是住昂坦堤道好，那儿是巴黎真正的中心。”

“何不在歌剧院林荫大道找一个带阳台的二楼宅邸呢？”博尚说，“伯爵先生可以倚在银丝锦缎靠垫上，一边抽土耳其长筒烟斗，或者吞服那些药丸，一边俯瞰首都的全景。”

“您没有主意吗，莫雷尔？”夏托-勒诺问，“怎么一声不吭呢？”

“我正好有个主意。”年轻人微笑着说，“不过诸位刚才提了好几个精彩的方案，我还以为伯爵先生已经对其中某一个感兴趣了呢。现在，既然伯爵还没作出定夺，我想给他介绍一处住所。舍妹年前在梅斯莱街租下一幢蓬巴杜夫人式的精致小楼，伯爵也许不妨在小楼里住一个套间。”

“您有个妹妹？”基督山问。

“是的，先生，一个好妹妹。”

“结婚了？”

“快九年了。”

“幸福吗？”伯爵又问。

“常人所能享有的幸福，她都有了。”马克西米利安回答说，“她嫁给了一个她所爱的人，这个名叫埃马纽埃尔·埃尔博的年轻人，在家父处境最艰难的时候，仍然对他忠心耿耿。”

基督山露出一丝难以觉察的笑容。

“我半年休假期间就住那儿。”马克西米利安继续说，“我和妹夫埃马纽埃尔将悉听伯爵先生吩咐。”

“请等一等！”阿尔贝没等基督山开口，大声说道，“莫雷尔先生，您这不是要把一位旅行家，把我们的水手辛巴德关进一个小家庭里去吗？他是来巴黎观光的，不是来养老的哟。”

“噢！您放心，”莫雷尔笑着说，“我妹妹二十五岁，妹夫三十岁。他们年轻、快活、幸福。伯爵先生在那儿就像在自己家里一样，随时可以下楼去看看他俩。”

“谢谢，先生，谢谢，”基督山说，“倘若您能赏脸把我介绍给令妹和妹夫，我会感到非常高兴。不过，各位的好意我只能心领了，因为我的寓所已经准备好了。”

“什么！”莫尔塞夫大声说，“您要在旅馆下榻？这对您可太乏味了。”

“我在罗马住得这么差吗？”基督山问。

“当然不是！”莫尔塞夫说，“在罗马，您能花五万皮阿斯特来布置一个套间；可我想，您总不能每天都花这么一笔钱吧。”

“我倒不是为钱才不住旅馆的，”基督山答道，“我早就有意在巴黎找一个固定住所，我的意思是说，有一幢自己的房子。我派了贴身仆人打前站，想必他已经买好房子，而且布置好了。”

“这么说，您有一个熟悉巴黎的贴身仆人！”博尚大声说。

“他像我一样第一次来法国。他是个黑人，而且是哑巴。”基督山说。

“是阿里吧？”阿尔贝在一片惊呼声中问道。

“是的，正是阿里，我的努比亚哑奴。我想您在罗马见过他。”

“对，没错，”莫尔塞夫说，“我记得非常清楚。可是您叫一个黑奴怎么给您在巴黎买房子，叫一个哑巴又怎么去张罗装修呢？这个可怜的人准会把事情搞得一团糟。”

“这您可想错了，先生。我相信他会按我的口味安排好一切的。您也知道，我的口味很有些与众不同。他到巴黎以后，一个星期里跑遍了整个城市，凭着一条良种猎狗的灵敏本能自己去搜索。他知道我的癖好，了解我的需要。他会把一切事情都按我的要求安排好的。他知道我在今晨十点钟到，从九点钟起就在枫丹白露的城门口等我了。他交给我这张纸，这就是我的新住址。噢，请念一下吧。”

基督山说着把一张纸交给阿尔贝。

“香榭丽舍大街三十号。”莫尔塞夫念道。

“啊！真是匪夷所思！”博尚情不自禁地叹道。

“极有气派。”夏托-勒诺说。

“怎么！您还没见过您的房子？”德布雷问道。

“还没有，”基督山说，“我刚才对各位说了，我不想迟到。我是在马车里换装，直接到子爵府上来的。”

几个年轻人面面相觑；他们不知道基督山是否在演戏。不过，这位伯爵虽说性格有些特别，说的话却句句都很实在，让人难以设想他会撒谎。何况，他又有什么必要撒谎呢？

“这么说，我们只能尽我们所能，为伯爵先生帮点小忙了，”博尚说，“本人身为记者，愿为先生打开通向巴黎剧院的大门。”

“多谢了，先生。”基督山微微一笑说，“我已经吩咐管家在每个剧院都订好一个包厢了。”

“贵管家也是黑奴、哑巴？”德布雷问。

“不，先生。如果说一个科西嘉人也有祖国，那么他就是各位的同胞了。您认识他，莫尔塞夫先生。”

“敢情就是那位好样儿的贝尔图乔先生？他租那些窗口可真有办法。”

“没错，那次我有幸请您在舍下用早餐，您见过他。此人是条汉子，当过几天兵，干过几天走私贩子，总之什么都干过点儿。至于他有没有为点小事和警方发生过摩擦，捅过刀子打过架，那我可就说不准了。”

“您就挑了这么位出色的世界公民做管家吗，伯爵先生？”德布雷问，“他一年要揩您多少油？”

“噢，说句公道话，”伯爵说，“我相信并不比别人揩得更多。但他挺能干，没有办不成的事，所以我把他留下了。”

“那么，”夏托-勒诺说，“您什么全都有了：香榭丽舍大街的公馆，仆人，管家，现在只缺一个情妇了。”

阿尔贝会心地一笑。他想起在瓦尔和阿根廷剧院伯爵的包厢里见过的那位希腊美人。

“我有比这更好的，”基督山说，“我有一个女奴。你们的情妇是从歌剧院、歌舞厅和杂耍剧院包来的；我的女奴是在君士坦丁堡买来的。代价虽然大一些，但有了隶属关系，我就无须担心了。”

“可是您忘了，”德布雷笑着说，“正如查理国王说的，我们不仅名义上是自由的，而且骨子里也是自由的。您的女奴一旦踏上法国国土，她就自由了。”

“谁会把这些话告诉她呢？”基督山问。

“哦！谁都会。”

“她只懂希腊语。”

“那就没办法喽。”

“但我们至少能见她一面吧？”博尚说，“另外，您既然有哑奴，说不定也有阉奴吧？”

“那倒没有，”基督山说，“我的东方化没到那程度：我身边的人随时都有离开的自由，只要他们不再有求于我，也不再有求于任何人，他们就可以离开我。但也许就为这，他们都没离开我。”

这会儿，餐后甜点已经吃过，雪茄也抽得差不多了。

“亲爱的，”德布雷起身说，“已经两点半了，您的客人非常可爱，但再好的伙伴也有分手的时候，至于谈不拢的就更不用说了。我得回部里去了。我会向大臣谈起伯爵的，我们得了解一下他的情况。”

“嘿，”莫尔塞夫说，“此事谈何容易。”

“唔！我们拨给警察局的经费有三百万法郎呢，当然，钱永远是不够用的，不过拿个五万出来总行吧。”

“你们了解他的情况以后，能劳驾告诉我一下吗？”

“没问题。再见，阿尔贝。各位，失陪了。”

德布雷一路出去，只听得他在前厅大声喊道：

“让马车驶过来！”

“得，”博尚对阿尔贝说，“我也不去众议院了。不过，我会为我的读者写一篇文章，准比唐格拉尔先生的演说精彩得多。”

“行行好，博尚，”莫尔塞夫说，“请不要写吧。别把我介绍他的头功给抢掉了。怎么样，他很有趣吧？”

“岂止有趣，”夏托-勒诺说，“他是我所见过的最不同寻常的一个人。您也走吗，莫雷尔？”

“我把名片交给伯爵先生就走，他答应了我到梅斯莱街十四号去做客。”

“请放心，我决不食言。”伯爵欠身说。

马克西米利安·莫雷尔和德·夏托-勒诺男爵出门而去，留下基督山单独和莫尔塞夫在一起。

第41章
引荐

客厅里只留下阿尔贝和基督山两人。

“伯爵先生，”阿尔贝说，“请允许我以导游的身份，向您介绍一个典型的单身男子住所。您住惯了意大利的豪华宅邸，现在您不妨从事一项研究，看看巴黎一个住得不算差的年轻人的居住面积是多少平方尺。我们逐间看过去，顺便打开窗户让您透透气。”

餐厅和底层客厅已经看过了，所以阿尔贝首先把基督山带到了他的工作室。读者想必记得，这是他最钟爱的房间。

基督山是位地道的鉴赏家，满满当当放在这个房间里的宝贝东西——古色古香的衣柜，日本的瓷器，东方的绸缎，威尼斯的玻璃制品，世界各国的兵器，他全都很熟悉，稍稍看上一眼，就能说出它们的年代、产地和来历。莫尔塞夫原以为自己可以充当讲解员，结果他反而在伯爵的指导下上了一堂考古学、矿物学和自然科学史课。他俩下到二楼。阿尔贝把客人领进客厅。客厅里挂着不少近代画家的作品。有杜普雷[1]的风景画，画面上都是长长的芦苇、挺拔的大树、哞哞叫的奶牛和晴朗的天空；有德拉克洛瓦[2]画的阿拉伯骑兵，他们披着白色长呢斗篷，扎着闪光的腰带，系着镶嵌金银丝的纹章，他们的马在疯狂地互相撕咬，而人却在用狼牙棒彼此残杀；有布朗热[3]的水彩画，那是《巴黎圣母院》全书的插图，画面上奔放的气势堪与小说媲美；有迪亚兹[4]的油画，他笔下的花儿比真花更鲜艳，他笔下的太阳，比真实的太阳更加明丽；有德冈[5]的几幅画，它们和萨尔瓦多•罗萨[6]的画一样绚烂多彩，却更富有诗意；有吉罗和米勒[7]的

---

1 杜普雷（1811—1889）：法国画家，巴比松画派主要成员。

2 德拉克洛瓦（1798—1863）：法国画家。画风接近鲁本斯，构图重气势，色彩绚烂。

3 路易・布朗热（1806—1867）：法国画家。曾为雨果、巴尔扎克等作家的小说画插图。

4 迪亚兹（1808—1876）：西班牙裔法国风景画家，巴比松画派成员。

5 德冈（1803—1860）：法国画家。以擅长描绘土耳其的异国风光著称。

6 萨尔瓦多・罗萨（1615—1673）：意大利那不勒斯画派代表人物。

7 米勒（1749—1825）：德国诗人、画家，长期生活在意大利。

色粉画，画的是天使般的孩子和容貌贞洁的女人；有从多萨[1]《东方之行画册》上剪下的速写，那是画家在驼峰上、在清真寺的穹顶下，用铅笔寥寥几笔勾勒而成的。总之，这些现代艺术珍品足以与古典杰作媲美，弥补岁月流逝带来的遗憾。

阿尔贝以为这回总能让这位异国游客见识几样新鲜东西了。但使他大为惊讶的是，伯爵无须看署名——其实有的署名也只是几个起首字母——就知道每幅作品的作者是谁。显然，他不仅熟悉这些画家的名字，而且对他们的画作和风格曾经反复赏玩、做过研究。

他俩从客厅走进格调高雅、趣味严肃的卧室。里面只挂着一幅画，镶嵌在镀金哑光的画框里。署名是莱奥波德·罗贝尔。

基督山的目光一下子被这幅肖像画吸引住了，只见他快步向前，陡然停在画像跟前。

画像上是位二十五六岁的少妇，棕色皮肤，眼神忧郁，但目光清澈而明亮。她身穿加泰罗尼亚渔家女富有情调的服饰，胸衣红黑相间，头上别着金色发卡。她凝望着大海，蓝天碧水清晰地衬托出她苗条的倩影。

卧室很暗，因此阿尔贝没有看见伯爵惨白的脸色，也没有注意到他肩头和胸部痉挛般的颤抖。

屋里一阵寂静，基督山目不转睛地看着这幅画。

“您的情人非常漂亮，子爵，”他语气极为平静地说，“这套服饰大概是舞会上用的，穿在她身上真是光彩照人。”

“哦，先生，”阿尔贝说，“您误会了。倘若在这幅画像旁边，您能看见另一幅画像的话，我就不能原谅这个误会了。您不认识家母，先生；您在这幅画像上看到的就是她。那是在七八年以前她让人给画的。这套服饰大概是她想象的，不过这幅画真的画得很像，我觉得似乎又看见了家母在一八三〇年的模样。这幅肖像，伯爵夫人是在伯爵外出时让人画的。也许她原想在伯爵回来时给他一个惊喜，可是非常奇怪，家父一点不喜欢这幅画。您想必看见了，这幅画是莱奥波德·罗贝尔的杰作，但它的价值仍不能使家父克服他对这幅画像的厌恶。有句话就我们俩说说，亲爱的伯爵，德·莫尔塞夫先生是一位最勤勉的贵族院

1　多萨（1804—1868）：法国画家。大仲马受他的《东方之行画册》启发，写了《西奈十五日》（1838）。

议员，一位精通韬略、声名卓著的将军，但是在艺术上完全是个外行。家母则不一样，她自己就画得相当不错。她对这幅画视若瑰宝，异常珍视，于是就把它给我，让我挂在卧室里，好让德·莫尔塞夫先生眼不见心不烦。我马上让您看家父的肖像，那是格罗[1]画的。请原谅我向您说了这么些家庭琐事，但既然稍过一会儿我将有幸把您引荐给伯爵，我想最好还是先告诉您，免得您在他面前称赞这幅肖像。可也是，这幅画好像有一种不祥的魅力，每当家母来我房间，没有一次是不看它的，而每次看它，又几乎没有一次是不流泪的。伯爵和伯爵夫人结婚二十多年，一直恩爱如初，但自从家里有了这幅画，他俩之间开始有了一层隔阂。”

基督山迅速地瞥了阿尔贝一眼，似乎是要知道这句话背后有没有别的意思。但很显然，年轻人说这话是毫无心机的。

“现在，”阿尔贝说，“我的宝贝您全都见过了，伯爵先生，无论它们怎么微不足道，请还是允许我把它们提供出来，供您像在自己家里一样随便看看。为了让您在寒舍更无拘无束，请允许我陪您去见德·莫尔塞夫先生，我在罗马时就已写信给他，把您给予我的种种帮助都告诉了他，并对他说您已许诺来看望我们。现在，我可以说，伯爵和伯爵夫人正盼望着能有机会向您道谢呢。我知道，伯爵先生，您见惯了大场面，对很多事情都已经不会在意，而家庭生活更不会引起水手辛巴德的兴趣。但是作为熟悉巴黎生活的第一步，我还是建议您先做一些礼节性的拜访，把自己引荐给这儿的社交界。”

基督山欠身表示回答。他接受了这个建议，既不热情，也不勉强，只当这是一种每个有教养的人都须遵循的社会礼仪。阿尔贝叫来贴身仆人，吩咐他去通报德·莫尔塞夫先生和夫人，说基督山伯爵这就去见他们。

阿尔贝领着伯爵随后走去。

来到伯爵的前厅，只见通往客厅的门的上方挂着一枚盾形纹章，图案极为华美，与室内的装饰极为协调，说明了府邸主人对这枚纹章的重视程度。

基督山在纹章前停下，全神贯注地看着。

“蓝天下栖息着七只金鸫，这想必是你们家的纹章吧？”他说，“我对纹章图案还能略知一二，但对纹章学的内容就一窍不通了。我的爵位，是侥幸靠

1　格罗（1771—1836）：法国画家。法国画家大卫最喜欢的学生。

圣艾蒂安骑士团相帮，从托斯卡纳当局买来的，要不是一再听人说周游世界非有个贵族头衔不可，我才不会这么甩派头呢。这不是，你要不想老是让海关检查，就得在马车的车厢门上有个纹徽才行。所以，请原谅我很唐突地向您提这么一个问题。”

“您这么问一点也不唐突，先生，”莫尔塞夫很诚恳地说，“您猜得很对，这是我们家族，也就是说家父宗族的纹章。不过，正如您所看见的，旁边还有一枚纹章，上面有座银色塔楼，那是家母宗族的纹章。就家母而言，我有西班牙血统，但莫尔塞夫家族是法国南方最古老的家族之一。”

“是啊，”基督山说，“从纹章上的金鸫可以看出这一点。凡是试图或已经征服圣地的带枪的朝圣者，几乎都用十字架或候鸟作纹徽，十字架是他们为之献身的使命的标志，候鸟是他们即将开始的长途跋涉的象征，寄托着他们依靠信念的翅膀完成使命的希望。您的先祖中想来也有人参加过十字军远征，就算他是圣路易麾下的骑士吧，这段历史也得上溯到十三世纪，年代已经很久远了。”

“有可能吧，”莫尔塞夫说，“家父书房里有一本族谱，可以查一下。我以前在这本族谱上做过批注，奥齐埃[1]和若库尔[2]要是看见了一定会很感兴趣。现在我已经不弄这些事了。但我要告诉您，伯爵先生，作为导游我也应该告诉您，就是在我们的平民政府治理下，大家又开始关心起族谱之类的事情来了。”

“这么说来，你们政府真得好好在古董堆里找一找才是，我在你们城里见到的那些牌牌，都跟纹章学沾不上边。不过，子爵，”基督山转向莫尔塞夫说，“您比贵政府幸运得多，因为府上的纹章确实非常漂亮，让人看了浮想联翩。对，是这样，您身上兼有普罗旺斯和西班牙的血统；如果您给我看的那幅画画得很像本人，这位高贵的加泰罗尼亚女人脸上让我如此激赏的美丽的棕色，就不是没有来由的了。”

伯爵彬彬有礼说的这番话，其中隐含的讥讽，恐怕只有俄狄浦斯[3]和斯芬克司在场才能猜得透。莫尔塞夫微微一笑，向伯爵表示谢意，而后走在前面为伯爵引路，推开门楣上有纹章的那扇门。我们刚才说了，这扇门是通往客厅的。

---

1 奥齐埃（1592—1660）：法国系谱学家。

2 若库尔（1704—1779）：法国学者，与狄德罗一起参加《百科全书》的编纂工作。

3 俄狄浦斯：希腊神话人物。他猜出了斯芬克司的谜语，拯救了底比斯。

客厅里最显眼的地方，也挂着一幅肖像画。画上是位三十六七岁的男子，身穿将官军服，螺旋形流苏的肩章是最高军衔的标志；挂在脖子上的荣誉军团勋位绶带，表明他曾经是征战沙场的指挥官；佩在右胸的救世主荣誉勋位胸章和佩在左胸的查理三世大十字勋章，则表明他参加过希腊战争和西班牙战争，或是在这两个国家执行过外交使命。

基督山就像方才看另一幅画时那样，细细端详着这幅肖像。突然，一扇侧门打开，他发现迎面向他走来的正是德·莫尔塞夫伯爵本人。

莫尔塞夫伯爵才四十三四岁，但看上去起码有五十了。浓浓的眉毛和漆黑的髭须，跟剪成军人式平头的花白头发形成了奇异的对比。此刻他穿着便服，纽孔上系着一根绶带，绶带上一条条不同颜色的绲边表明了曾被授予的各种勋章。他神情庄重地快步走上前来。基督山看着他过来，没有挪动一步，仿佛双脚被钉在了地板上，正如目光盯在了德·莫尔塞夫伯爵脸上那样。

“父亲，”年轻人说，“我荣幸地给您介绍基督山伯爵先生，在我身处险境时慷慨援手的朋友。”

“欢迎先生光临，”德·莫尔塞夫伯爵面带微笑，向基督山欠身说，“先生为我们家族保全了唯一的继承人，大恩大德我们永志不忘。”

德·莫尔塞夫伯爵说话间示意基督山坐在一把扶手椅上，他本人则坐在面对窗户的位置。

基督山在那把扶手椅上落座时，有意让自己的脸隐藏在丝绒窗幔的阴影里。这样，他可以从伯爵疲惫而充满忧虑的脸上，看出时光用皱纹所记录的全部内心隐痛。

“伯爵夫人从子爵这儿得知您的来访，”莫尔塞夫说，“她非常高兴。她此刻正在梳妆，再过十分钟就可以下楼来了。”

“到巴黎的第一天，”基督山说，“就能拜会一位实至名归、始终受到命运之神眷顾的人，我感到非常荣幸。但不知在米提贾平原或阿特拉斯山区，命运之神会不会再给您送上一根元帅权杖呢？”

“喔！”莫尔塞夫的脸微微红了起来，他回答说，“我已经退役了，先生。王朝复辟时期我被封为贵族院议员，曾在布尔蒙元帅麾下作战。我本来有望谋得一个更高的军阶，如果长房的那位[1]还在位，谁知道情况会怎么样呢！然而，七月革命似乎光荣得有点忘乎所以，变得忘恩负义了[2]。就连帝国时期服役的军人，它都一脚踢开。所以我干脆递了辞呈，这不，一个人在战场上赢得肩章之后，在沙龙光滑的地板上就不知道怎么迈步喽。我离开军队，投身政界，致力于实业，研究实用的技艺。在我二十年的戎马生涯中，我一直有这方面的抱负，可是没有时间。”

“正是这种精神，使贵国能优于其他民族，先生，”基督山说，“您出身名门世家，拥有巨大财产，却甘愿从一名普通士兵当起，慢慢往上晋升，这已经很难得。而您当了将军、贵族院议员、荣誉军团指挥官以后，又甘愿投身全新的职业，从头学起，不为个人前途着想，不图任何报偿，只希望有朝一日能造福于同胞……喔！先生，这可真是了不起，简直可以说是崇高得很。”

阿尔贝惊奇地看着基督山、听着他说话。年轻人还是第一次看见基督山伯爵情绪如此激昂。

“唉！”这位来客继续往下说，也许是为了驱散刚才那番话留在德·莫尔塞夫脸上的阴霾，“我们在意大利是不会这么做的，我们就像一棵树，是什么品种就怎么长，永远是那么些枝叶，总是那样的大小，无声无息地终其一生。”

“先生，”德·莫尔塞夫伯爵说，“像您这样一位德行高尚的人，意大利不适合您，而法国也许并不是对人人都忘恩负义的，它虽然不爱护自己的孩子，但往往对外国人是伸开双臂热诚欢迎的。”

“哎！父亲，”阿尔贝微微一笑说，“显然您还不了解基督山伯爵先生。他只愿超脱于尘世之上；他不追求名誉，只要有护照上的那个头衔就行了。”

“喔，这是我一生中听到的最公正的评语。”基督山说。

“先生是未来的主人，”德·莫尔塞夫伯爵叹了口气，说，“您选择了一条鲜花盛开的道路。”

“一点不错，先生。”基督山微笑着说，他的这道笑容，是任何画家都无法描绘，任何生理学家都无法分析其含义的。

1　指查理十世。波旁王朝这位长房的继承人，在1830年的七月革命中被推翻王位。

2　1830年7月27日—29日，即七月革命中巴黎市民开始举行武装起义到攻占杜伊勒里宫推翻查理十世的三天，被称为“光荣的三天”。“光荣”云云当指此而言。

“要不是担心会累着伯爵先生，”将军说，显然，他很喜欢基督山的举止风度，“我真想带先生去议院。对于不了解我们这些近代参议员的人来说，今天的议程是十分有趣的。”

“如果阁下能把邀请留到下一次，我将十分感激。不过今天，承蒙您俯允把我引荐给伯爵夫人，我正等着呢。”

“噢！家母来了！”子爵大声说。

基督山迅即转过身子，果然看见德·莫尔塞夫夫人站在客厅门口，这扇门正对着她丈夫进客厅时走的那扇门。她伫立不动，脸色苍白，就在基督山转身时，她不知为什么垂下胳臂，撑在了镀金的门框上。她已经在那儿站了一会儿，听到了意大利来客所说的最后几句话。

基督山起身向伯爵夫人鞠躬致意，伯爵夫人默不作声，神情庄重地欠身还礼。

“喔！夫人，”伯爵问，“您怎么啦？是不是客厅里太热，让您感到不适了？”

“您不舒服吗？母亲？”子爵大声说道，跑到梅塞苔丝跟前。

她微微一笑，向两人表示谢意。

“我没什么，”她说，“我只是在想，要是没有这位先生的帮助，此刻我们就会以泪洗面、悲伤欲绝，所以刚一见到他，我心情很激动。先生，”伯爵夫人有如王后一样仪态万方地向前走来，继续说道，“您救了我儿子的性命，我不忘您的大恩大德，一直在为您祝福。现在，我还要感谢您给我机会，让我当面向您致谢，请您相信，我的谢忱和祝福，都是发自内心深处的。”

伯爵再次躬身致意，腰弯得比第一次更低，脸色比梅塞苔丝更加苍白。

“夫人，”他说，“伯爵先生和您为一件举手之劳的小事对我表示了过多的谢意。救人一命，使一位父亲免于痛苦，使一位母亲免于悲伤，这算不得什么壮举，而只是一种人道的行为罢了。”

这几句话说得格外温和有礼，德·莫尔塞夫夫人听后，语气深沉地回答说：

“先生，我的儿子真是幸运，能有您这样一位朋友，我感谢天主这样的安排。”

说完，梅塞苔丝带着无限的感激之情，把那双美丽的眼睛抬向天空，伯爵觉得她的眼眶里滚动着两颗泪珠。

德·莫尔塞夫先生走到她的身边。

“夫人，”他说，“我已经向伯爵先生表示过不得不失陪的歉意，请您再次代为致歉。议院两点开会，现在已经三点，我还得去发言呢。”

“去吧，先生，我会尽力让我们的贵客忘掉您的失陪，”伯爵夫人以同样深情的语气说。“伯爵先生，”她转向基督山接着说，“请您赏光，和我们一起度过今天余下的时光好吗？”

“谢谢，夫人，请您相信，我对您的盛情邀请不胜感激。不过，我是今天上午乘马车直接赶来府上的。我还不知道自己在巴黎如何安顿，就连住哪儿，也还不很清楚。这些小事虽说微不足道，可还是挺让人挂心的。”

“我们下次总能有幸请您赏光吧？”伯爵夫人问。

基督山没有开口，只是欠了欠身，这可以看作一种默许。

“那我就不留您了，先生，”伯爵夫人说，“我不想因感激而流于冒昧或强求。”

“亲爱的伯爵，”阿尔贝说，“如果您愿意，我当尽力在巴黎报答您在罗马对我的盛情款待，在您的马车配备齐全之前，我想把自己的马车先归您使用。”

“多谢您的好意，子爵，”基督山说，“不过我想，贝尔图乔先生有我给他的四个半小时时间，应该已经备好一辆马车等在门外了。”

阿尔贝已经习惯了伯爵的行事方式，知道他会像尼禄一样专做些常人难以办到的事情。不过，阿尔贝还是想亲眼看看伯爵的指令究竟执行如何，于是他陪伯爵一路往府邸门口而来。

基督山所言不虚。他刚走到德·莫尔塞夫伯爵的前厅，一个听差，就是在罗马向两个年轻人呈交伯爵名片并通报伯爵来访的那一个，马上急步走出宽敞的前厅。当我们这位尊贵的客人走下台阶时，一辆马车已经在那儿恭候了。

这辆双座四轮马车是凯勒工场的出品，其辕马的骏美、辔饰的考究，在巴黎社交圈里颇有名气，大家知道头天晚上有人出价一万八千法郎，特拉克还是没肯出让。

“先生，”伯爵对阿尔贝说，“我无意请您陪我同去寒舍，因为现在能让您看到的，只是一个匆忙布置的下榻之处。您看，我这人做事总是过于匆忙，这可不是个好名声。请给我一天时间吧，到时请允许我再正式邀请您。那样，我就有把握不致怠慢贵客了。”

“既然您要我宽限一天，伯爵先生，我就知道，我将看到的不是一所住宅，而是一座宫殿。嗨，是有个精灵在为您效力吧。”

“没错，您就这么想吧，”基督山一边踏上铺着丝绒的踏板，一边说，“我好借此在巴黎的夫人小姐面前沾点光。”

说着他纵身坐进车厢，车门随即关上，辕马踏着碎步往前奔去，但车速并不很快，所以伯爵还是注意到了，在他离开时，德·莫尔塞夫夫人所在的客厅的窗幔微微抖动了一下。

阿尔贝回屋去找母亲时，看见伯爵夫人坐在小客厅一张天鹅绒的大沙发椅里。整个房间沉浸在黑暗之中，只有立式的瓷花瓶和镀金的画框依稀闪烁着忽明忽灭的光亮。

伯爵夫人头上裹着一块薄薄的罗纱，阿尔贝觉得犹如隔着层雾气，看不见她的脸庞。不过，他感到她的声音有些异样。他还在花盆架上散发出的天芥菜和玫瑰花的香味中，闻到了醋盐的刺鼻酸味。果然，只见壁炉架的雕花盘里，放着伯爵夫人的嗅盐瓶，一旁是已经打开的轧花革套子，这引起了年轻人的关注和不安。

“您病了吗，母亲？”他大声问道，“我不在的时候，您感到不舒服了是吗？”

“噢，没有，阿尔贝。不过您知道，这些玫瑰花、晚香玉和橙花在回暖时香气浓得很，我有些闻不惯。”

“这样吧，母亲，”莫尔塞夫边拉铃边说，“让他们把这些花拿到前厅去。您今天一定是不舒服了。刚才您进来的那会儿，脸色就非常苍白。”

“我那会儿脸色很苍白吗，阿尔贝？”

“那种苍白使您显得更美了，母亲，可是父亲和我当时吓得够呛。”

“你父亲对你这么说了？”梅塞苔丝急切地问。

“他没说，母亲。可是您记得吗，他当时就问您是怎么了。”

“我记不起来了。”伯爵夫人说。

一个仆人走进来，他是听见阿尔贝的拉铃声来的。

“请把这些花放到前厅，或是拿到盥洗室去，”子爵说，“伯爵夫人闻了不舒服。”

仆人遵命照办。

母子二人都缄默不语，直到花瓶全都搬走。

“基督山这个名字是什么意思？”伯爵夫人等仆人捧着最后一只花瓶走出去后，问道，“是家族的姓氏，还是地名或称号？”

“我想只是个称号，母亲。伯爵在托斯卡纳群岛中买下了一座小岛，据他自己今天上午说，他把那儿当作了一块封地。您知道，佛罗伦萨的圣艾蒂安、巴马的圣乔治—康士坦丁骑士团，甚至马耳他的颁勋会，都是这么回事。再说，他对姓氏门第看得很淡泊，自称当上伯爵只是侥幸而已。其实在罗马，一般人都觉得伯爵是个挺显赫的爵位。”

“他的谈吐举止极为得体，”伯爵夫人说，“至少在他待在这儿的短暂时间里，我是这样看的。”

“噢！尽善尽美，母亲，简直可以说是尽善尽美，我所认识的欧洲最有气度的英国贵族、西班牙贵族和德国贵族，跟他相比都差远了。”

伯爵夫人考虑片刻，略一犹豫，接着说：

“亲爱的阿尔贝，既然你到基督山先生家里去过，你要知道，我这个问题是作为母亲问你的。你有敏锐的洞察力，人情世故也比同龄人懂得多，依你看，伯爵是不是真的像他看上去的那么一个人？”

“他看上去怎么样？”

“刚才你已经说了，是个显赫的贵族。”

“我是说，母亲，人家是这么看他的。”

“那你是怎么看的呢，阿尔贝？”

“我得承认，我对他还没有一个确定的看法；我想他是马耳他人。”

“我没问他是哪个国家的人。我是问你，他的为人怎么样。”

“噢！说到为人，就是另一回事了。我在他身上看到的奇怪事儿可多了，您要是想知道我的看法，我可以回答您说，我宁愿把他看成是拜伦笔下某个被命运打上了不幸烙印的人物。他有点像曼弗雷德，有点像莱拉，又有点像韦纳[1]，总之像某个古老家族落泊的后人，这些世家子弟被剥夺了继承家产的权利，可是凭着无视社会法律准则的冒险天赋，他们又发了财，致了富。”

1　这三个人都是拜伦诗作中的人物。参见拜伦的《韦纳》（1822）。

“你是说……”

“我是说基督山是地中海中央的一座岛屿，上面没有居民，没有驻军，但它是各路走私贩子和海盗的巢穴。说不定这些亡命之徒得给小岛的主人缴保护费？”

“也有可能。”伯爵夫人若有所思地说。

“嗨，管他呢，”年轻人接着说，“是走私贩子也罢，不是也罢，母亲，反正您也亲眼见到了，基督山伯爵先生确实是个出色的人物，他在巴黎社交界一定会大获成功。这不，今天上午他在我那儿刚一露面，我那几位朋友，包括夏托-勒诺在内，就都惊讶不已。”

“伯爵有多大年纪？”梅塞苔丝问，显然她对这问题非常重视。

“三十五六岁吧，母亲。”

“这么年轻！不可能，”梅塞苔丝说，她既是在回应阿尔贝的话，又是在回应自己心里说的话。

“可这是真的。他在无意间对我说过三四回，说什么时候他五岁，什么时候六岁，什么时候十二岁。我出于好奇，把这些日期核对了一遍，没有发现丝毫破绽。所以我可以肯定，这个没有年纪的怪人今年是三十五岁。再说，请您回想一下，母亲，他的目光有多锐利，他的头发有多黑，他的额头虽然苍白一些，但一点皱纹也没有。这个人不仅身强力壮，而且还很年轻哪。”

伯爵夫人仿佛承受不了苦涩思绪的浪涛拍击，垂下了头。

“这个人对您很友好吗，阿尔贝？”她神经质地颤声问道。

“我想是的，夫人。”

“而你……你也喜欢他？”

“不管弗朗兹·德·埃皮奈怎么说，我喜欢他，母亲。弗朗兹总想让我把他看成从另一个世界回来的人。”

伯爵夫人惊悸地抖了一下。

“阿尔贝，”她说，声音有些异样，“从前我总不让你随便结交朋友。现在你是大人了，有时都可以帮我拿主意了。但我还是要对你说:得谨慎，阿尔贝。”

“您的话我当然会记在心上，亲爱的母亲，可我先得知道，究竟有什么事是我要提防的。伯爵从不赌博，他只喝掺一点西班牙葡萄酒后变成金黄色的凉水。他那么有钱，不可能来向我借钱，徒然让人耻笑。那您说，伯爵有什么地方可以让我害怕的呢？”

“你说得对，”伯爵夫人说，“我的担心是没有来由的，对一个救过你命的人，更不应该这样。顺便问一下，你父亲对他接待得好吗，阿尔贝？我们对伯爵一定要礼貌非常周全。德·莫尔塞夫先生有时候太忙，心思都在公事上，说不定会在无意中……”

“父亲礼数很周全，母亲，”阿尔贝接住她的话头说，“他听了伯爵恭维他的那几句话，简直高兴得不得了。伯爵的话句句说得恰到好处，倒像他和父亲已经相识了三十年似的。他那番赞扬父亲的话，让父亲受用极了。”阿尔贝说到这儿，不禁笑了起来，“所以他们分手时早就成了老朋友，德·莫尔塞夫先生甚至想带基督山先生到议院去听他演说呢。”

伯爵夫人没有说话，陷入了沉思。想着想着，她的双眼慢慢地闭拢了。年轻人站在她面前，满怀柔情凝望着亲爱的母亲。做母亲的还年轻、美丽的时候，孩子对母亲的爱总是这么温柔、这么深情的。阿尔贝见她双眼合上，呼吸声平静而均匀，以为她睡着了，便蹑手蹑脚走去，轻轻推开了门，把母亲留在房内。

“这个人，”他摇着头低声说，“我早就说过他会在社交界引起轰动的：我有精确的测量仪来测量他有多走红。他引起了母亲的注意，那就一定会大红大紫。”

说着，他下楼向马厩走去。基督山伯爵连想都不想就买下了那些骏马和辔饰，在行家的眼中一下子把他阿尔贝的那几匹枣红马贬成了二流货，想到这儿，阿尔贝的心里不由得有些烦恼。

“没办法，”他说，“人与人就是不平等的。我要请父亲把这个观点在参议院发挥发挥。”

第42章
贝尔图乔先生

这当口，伯爵到达了新买的寓所。一路上只用了六分钟；但这六分钟足以使不下二十个年轻人看见了他，他们知道这些骏马辔饰价值不菲，看了觉得眼热，纷纷策马赶上前来，争相一睹这位每匹马出价一万法郎的贵人的风采。

阿里挑选的，是基督山在城里的宅邸。这座楼房位于香榭丽舍大街右首，前有庭院，后有花园。庭院中央蓊郁的树木遮蔽了整幢房屋正面的一部分。在这片树木的两边，如同两只胳膊那般伸出左右两条小径向前延伸，马车从大铁门进来后，沿小径可以一直驶到楼房正门的双层台阶跟前。每级石阶上，都摆放着一只盛满鲜花的大瓷瓶。这座楼房孤零零的，四周地势很开阔；除正门外，还有一扇朝向蓬蒂厄街的边门。

还没等马车夫喊门，看门人已经瞧见伯爵，拉开了沉甸甸的大铁门。在巴黎，一如在罗马或任何别的地方，伯爵手下的仆人永远动作迅若闪电。马车驶进大门，毫不减速地绕过半个圈子，车轮还在小径的沙地上辚辚作响，大铁门已经关上了。

马车停在台阶的左边。两个人出现在车门前：一个是阿里，带着发自内心的喜悦神情，笑容可掬地望着主人，基督山看他一眼，他就觉得心满意足。

另一个谦恭地一鞠躬，向伯爵伸出胳膊要扶他下车。

“谢谢，贝尔图乔先生，”伯爵说着，轻捷地走下三级踏板，“公证人呢？”

“在小客厅里，大人。”贝尔图乔答道。

“我让您有了房子门牌号以后就去印名片的，办了吗？”

“伯爵先生，已经办妥了。我找了王宫市场最好的刻工，让他当着我的面刻版。按照您的吩咐，印出的第一张名片当即送交昂坦堤道街七号参议员唐格拉尔男爵先生府邸。其余的名片放在大人卧室的壁炉架上。”

“好。现在几点？”

“四点。”

基督山把手套、帽子和手杖交给那个法国跟班，刚才疾步奔出德·莫尔塞夫的前厅去招呼马车的就是此人。而后，伯爵走进小客厅，贝尔图乔在前面为他引路。

“这间前厅的大理石挺难看，”基督山说，“叫他们换掉吧。”

贝尔图乔欠了欠身。

正如管家所说，公证人等候在小客厅里。

他是巴黎的一个二流角色，生就一副城郊公证人妄自尊大的派头。

“先生就是经手售出我要的那幢乡间别墅的公证人？”基督山问。

“是的，伯爵先生。”公证人答道。

“出售契约准备好了？”

“是的，伯爵先生。”

“带来了？”

“这就是。”

“很好。我买的别墅坐落在哪儿？”基督山漫不经心地问道，半是对着贝尔图乔，半是对着这个公证人。

管家做了个手势，意思是说他不知道。

公证人惊讶地望着基督山。

“怎么，”他说，“伯爵先生不知道自己买下的房子在哪儿？”

“是啊，不知道。”伯爵说。

“伯爵先生没去看过？”

“怎么去看？我今天上午刚从加的斯[1]来到巴黎，这还是我第一次踏上法国国土呢。”

“怪不得。”公证人说，“伯爵先生买下的这幢别墅，坐落在奥特伊。”

贝尔图乔一听这话，脸唰地一下变白了。

“奥特伊在什么地方？”基督山问。

“离这里不远，伯爵先生，”公证人说，“帕西区再过去一点就是。那儿环境很优美，四周是布洛涅森林。”

“这么近！”基督山说，“那算什么乡间别墅！您怎么会在巴黎城门口为

1　加的斯：西班牙西南部港口城市。

我挑这么一座别墅，贝尔图乔先生？”

“我！”管家以一种异样的急切语气大声说，“不，伯爵先生当初肯定不是吩咐我去挑这座别墅的。请伯爵先生再仔细想一想好吗？”

“噢！对了，”基督山说，“我想起来了。我是在报上看到这则广告的，乡间别墅这几个字让我上当了。”

“还来得及，”贝尔图乔赶紧说，“要是大人让我到其他地方去找，我一定会找到比这好的别墅，在昂甘、丰特奈-奥-罗兹，或是在贝尔菲。”

“不必了，”基督山不经意地说，“既然已经买了，就留下吧。”

“先生说得对，”正在为佣金担心的公证人急忙说，“那儿风景非常迷人，有流水，有树林。虽然别墅空关了好一阵，但住起来还是很舒适的。再说那些家具，虽然旧了些，但都是老货，如今时兴收藏古董，它们身价就更高了。恕我冒昧，我想伯爵先生也有这种时尚的雅兴吧。”

“还是请说下去吧。”基督山说，“这别墅还过得去是吗？”

“噢！先生，岂止过得去，简直是富丽堂皇！”

“哦！这机会可不能错过，”基督山说，“请把契约给我，公证人先生。”

说完，他瞥了一眼售房契约上的房产状况和卖主姓名，迅速签上了名。

“贝尔图乔，”他说，“请给这位先生五万五千法郎。”

管家脚步不稳地走出去，拿了一叠钞票回进来。公证人摆出惯于把手续交割清楚后才收钱的人的架势，点数了一遍钞票。

“现在，”伯爵问道，“手续都办齐了吗？”

“办齐了，伯爵先生。”

“钥匙带来了？”

“钥匙在别墅看门人那儿。我为先生准备好了交给他的售房通知单。”

“很好。”

说完，基督山向公证人点了点头，意思是说：

“我不需要您了，您走吧。”

“我想，”老实的公证人实在憋不住，还是说了出来，“伯爵先生恐怕是弄错了。全都在内，五万法郎就够了。”

“您的佣金？”

“也算在里面了，伯爵先生。”

“您从奥特伊过来吧？”

“是啊。”

“那就该给您辛苦费嘛。”伯爵说。

说完，他做了个送客的手势。

公证人倒退着走到房门口，深深鞠了一躬。他从注册开业以来，还是第一次遇见这样的主顾。

“送送这位先生。”伯爵对贝尔图乔说。

管家跟在公证人后面往外走去。

屋里只有伯爵一人了。他从口袋里掏出一本带锁的活页夹，用挂在颈脖上、须臾不离身的一把小钥匙打开锁。

他在活页夹里翻了翻，翻到有一页停下，把页面上的几行字和放在桌上的房契对了一下，想了想。

“奥特伊，方丹街二十八号，一点不错。”他说，“现在，我究竟是靠宗教，还是靠肉刑来恫吓他招供呢？反正再过一小时，我就全知道了。贝尔图乔！”他一边喊，一边用带折柄的小槌子敲了一下铃，小铃发出铜锣般嘹亮悠长的声音，“贝尔图乔！”

管家出现在门口。

“贝尔图乔先生，”伯爵说，“您曾经告诉我，您在法国游览过是吗？”

“是去过一些地方，大人。”

“巴黎郊区，您想必来过？”

“没有，大人，没有。”管家浑身发抖地回答说。基督山是察言观色的行家，他当然明白管家这般发抖是内心慌张的缘故。

“您没来过巴黎郊区，这可有些麻烦，”他说，“我今天晚上要让您陪我一起去看看新居，还以为您可以做个向导呢。”

“去奥特伊？”贝尔图乔喊道，古铜色的脸几乎变成了铅灰色，“让我去奥特伊！”

“怎么啦，我让您一起去奥特伊，有什么可以大惊小怪的？既然您在我手下做事，我住到奥特伊去，您当然要一起去啰。”

贝尔图乔在主人目光的逼视下垂下脑袋，一动不动，闷声不响。

“哟！您这是怎么啦？您要让我再敲一遍铃吩咐备车吗？”基督山说这话的口气，仿佛路易十四在说那句名言：“你们差点儿让我等了！”

贝尔图乔三脚并成两步，从小客厅奔到前厅，用沙哑的声音喊道：

“给大人备车！”

基督山写了两三封信。他刚封好最后一封信，管家出现了。

“大人的马车在门口恭候。”他说。

“好，请拿上您的手套和帽子。”基督山说。

“我和伯爵先生一起去吗？”贝尔图乔喊道。

“当然，您得去吩咐仆人收拾一下，我打算在那儿住下来。”

府里还没有过违拗伯爵的先例，因此，管家没敢吭声，乖乖地跟着主人往外而去。基督山登车坐定，示意他也上车。管家毕恭毕敬地坐在了车厢前座的凳子上。

第43章
奥特伊别墅

基督山注意到，贝尔图乔走下台阶时按科西嘉人的方式画了个十字，也就是说用大拇指在半空中画了个十字，坐上马车以后，他又轻轻地祈祷了几句。这位可敬的管家对伯爵蓄意安排的出门计划如此诚惶诚恐，只要不是好奇心太盛的人，恐怕看了都会觉得挺可怜他。然而，伯爵似乎好奇心特强，就是不肯放过贝尔图乔，非要他跑这么一趟不可。

二十分钟后马车驶抵奥特伊。一路上管家显得愈来愈烦躁。当马车驶进小区时，贝尔图乔缩在车厢角落里，惊惶不安地注视着路旁的每一幢房屋。

“您叫车夫停在方丹街二十八号。”伯爵无情的目光盯在管家脸上说。

贝尔图乔脸上渗出汗来，但还是马上照办，身子探出车厢对马车夫大声说：“方丹街二十八号。”

这座二十八号的别墅位于小区尽头。一路驶来，夜幕已经降临，一大片带电的乌云给提前到来的夜色平添了一种肃穆的悲剧气氛。

马车停了，跟班疾步上前打开车门。

“哎，”伯爵说，“您怎么不下车，贝尔图乔先生？莫非您打算就留在车上？今儿晚上您到底在想什么呢？”

贝尔图乔慌忙走下车厢，把肩膀伸给伯爵，这一回，伯爵用手撑在他的肩膀上，一步一步地走下马车的三级踏板。

“敲门，”伯爵说，“说我来了。”

贝尔图乔去敲门。门开了，看门人出现在门口。

“有什么事？”他问。

“这位是你的新主人，伙计。”跟班说。

他把公证人出具的通知书交给看门人。

“房子卖出去了？”看门人问，“是这位先生来住？”

“对，朋友，”伯爵说，“我不会让您老念着以前的房主。”

“喔！先生，”看门人说，“我可不会老念着他，我和他很少见面。五年前他来过一次。这幢房子他留着也没用，是该卖掉喽。”

“以前的房主叫什么名字？”基督山问道。

“圣梅朗侯爵先生。这幢房子他肯定没卖到该卖的价。”

“圣梅朗侯爵！”基督山说，“这个名字听上去好像有点耳熟。圣梅朗侯爵……”

他好像在思索。

“一位上了年纪的绅士，”看门人接着说，“波旁王朝忠诚的臣仆。他有个独生女儿，嫁给了在尼姆和凡尔赛当过检察官的德·维尔福先生。”

基督山朝贝尔图乔看了一眼，只见他靠在墙上才勉强站住，脸色比那堵墙还要白。

“他女儿不是死了吗？”基督山问，“我好像听人提起过。”

“是的，先生，那是二十一年前的事了。打那以后，这位可怜的侯爵我们总共才见过三次。”

“谢谢，”基督山说，他瞧见管家那副失魂落魄的模样，心想不能把弦再拉紧了，否则非绷断不可，“谢谢。请给我们一支蜡烛，伙计。”

“要我陪先生一起进去吗？”

“不必，贝尔图乔会给我照路的。”

说话间基督山赏给看门人两枚金币。看门人谢了又谢。

“喔，先生！”他在壁炉边架和旁边的隔板上找了一阵以后说，“我这儿找不到蜡烛。”

“把马车上的提灯卸一盏下来，贝尔图乔，领我去看房间。”伯爵说。

管家一声不响，照办不误，但是他提灯的那只手抖个不停，由此不难看出他服从命令的代价有多大。

他俩在相当宽敞的底楼走了一圈。二楼包括客厅、浴室和两间卧室。其中一间卧室外面，有一座螺旋式的扶梯，出口在花园里。

“噢，这儿有座暗梯，”伯爵说，“这倒挺方便的。给我照亮，贝尔图乔先生，您走前面，沿扶梯往下走。”

“先生，”贝尔图乔说，“它是通花园的。”

“您怎么知道的？”

“我只是这么想。”

“那好，我们来看看是不是这样。”

贝尔图乔叹了口气，走在前面。暗梯果真通向花园。

走到出口的门前，管家停住了脚步。

“走呀，贝尔图乔先生！”伯爵说。

可是这位管家已经吓得昏头昏脑，愣在那儿动弹不了，失神的眼睛环顾四周，仿佛在寻找可怕往事的痕迹，痉挛的双手似乎又想推开那恐怖的记忆。

“怎么了？”伯爵问。

“不！不！”贝尔图乔手撑在墙角上大声说，“不行，先生，我不能再走了！”

“这是什么意思？”基督山一字一顿地问，语气中自有一种不可抗拒的威势。

“您也看见了，先生，”管家大声说，“哪有这么巧的事呢。您要在巴黎买个别墅，偏偏就买在奥特伊，在奥特伊不说，偏偏又买在方丹街二十八号！哎，我干吗不把这事儿告诉您呢？要早说明白了，您也就不会一定要我来了。我原以为伯爵先生要买的不会是这幢别墅。奥特伊别墅有的是，干吗要买这么个凶宅呢！”

“喔！”基督山突然收住脚步说，“瞧您说得有多晦气！冥顽不化的科西嘉人啊！不是装神弄鬼，就是疑神疑鬼！行了，把灯提起来，我们去看看花园。您和我在一起，我想没什么好怕的吧！”

贝尔图乔拿起灯，推开小门。

小门开处，露出灰蒙蒙的天空，月亮在云海里挣扎着，刚一照亮翻滚的乌云，旋即被它吞没。云层愈来愈黑，最后消失在茫茫苍穹之中。

管家想往左走。

“不，先生，”基督山说，“干吗走小路？前面是片草坪，我们笔直往前走。”

贝尔图乔擦了擦额上淌下来的汗珠，没有作声，依然朝左走。

基督山却往右走去，停在一片树丛跟前。

管家再也撑不下去了。

“别站在那儿，先生！”他大声喊道，“别站在那儿，我求您了，您刚好站在那个地方。”

“什么地方？”

“他倒下去的地方。”

“亲爱的贝尔图乔先生，”基督山笑着说，“我劝您头脑清醒一下，别再犯浑了。这儿不是萨泰纳和科尔特[1]，也不是科西嘉的丛林，这儿是座英国式花园，没错，保养得是不好，可您也不能这样说它呀。”

“先生，别待在那儿！别待在那儿！我求求您。”

“我想您要犯疯病了，贝尔图乔老弟，”伯爵冷冷地说，“要真是那样，您可得先告诉我，我好派人把您关进疗养院，免得发生意外。”

“哎哟！大人，”贝尔图乔摇着脑袋、合起双手说，要不是伯爵此刻正专心思考一件更重要的事情，没在意这个可怜虫的反应，看见他这副哭丧相，伯爵一定会笑出声来，“哎哟！大人，大事不好喽。”

“贝尔图乔先生，”伯爵说，“您听我说，您这么拧胳膊，转眼珠，活像魔鬼附身的样子。而我往往注意到，赖着不肯走的最顽固的魔鬼，就是内心的秘密。我知道您是科西嘉人，我知道您郁郁不乐，对一段复仇的往事始终放心不下，如果是在意大利，我不会过问您的事，这种事在那儿算不了什么。可是在法国，一般人都对谋杀深恶痛绝；宪兵会抓人，法官会判刑，断头台也会为死者申冤。”

贝尔图乔双手合在胸前。他做这些毫不连贯的动作时，始终没放下提灯，灯光照在他那张气急败坏的脸上。

基督山看着贝尔图乔，在罗马时他以同样的眼光看过安德列亚受刑。然后他用一种让可怜的管家听了不寒而栗的语调说道：

“看来布索尼神甫骗了我。他一八二九年来法国旅行以后，让您来找我，还在推荐信里说了您不少优点。好，我这就写信给神甫，我要他对自己保荐的人负责，把这件谋杀案的来龙去脉告诉我。我可把话说在前面，贝尔图乔先生，我在哪个国家生活，就要遵守哪个国家的法律，我不会为了您去跟法国法院撕破脸的。”

“喔！别把我交出去，大人，我对您可是忠心耿耿的呀！”贝尔图乔绝望

1　萨泰纳和科尔特，都是科西嘉岛上的小镇。

地喊道，“我一向诚实做人，我是尽力在行善积德的呀。”

“可也是，”伯爵说，“但您干吗这么激动呢？这有点不对劲，一个心地坦荡的人是不会脸色这么惨白，双手这么发抖的……”

“嗯，伯爵先生，”贝尔图乔犹豫不决地说，“您不是对我说过，布索尼神甫先生在尼姆监狱听了我的忏悔，让我去您那儿的时候，事先告诉了您我有件事非常内疚吗？”

“没错，但他向我推荐您，说您会是个出色的管家。所以我以为您只是干过些偷鸡摸狗的事。”

“喔！伯爵先生！”贝尔图乔带着轻蔑的口气说。

“要不就是您这个科西嘉人，按你们那儿的说法，抵挡不住给人放血的诱惑。”

“没错，大人，没错，我的好老爷，就是这么回事！”贝尔图乔翻身下跪，大声说道，“是复仇，我起誓，纯粹是复仇。”

“这我理解，我不能理解的是，这座别墅为什么会让您这么失魂落魄。”

“大人啊，”贝尔图乔说，“这还用说吗，我就是在这座别墅里报仇的呀。”

“怎么！在我的别墅里！”

“哦，大人！那时候它还不是您的呢。”贝尔图乔傻乎乎地回答说。

“那它是谁的？德·圣梅朗侯爵先生，我记得看门人是这么对我们说的。嘿！这么说您是向德·圣梅朗侯爵报仇啰？”

“喔！不是他，大人，是另外一个人。”

“这可真有点蹊跷，”基督山仿佛陷入沉思地说，“您完全是偶然的，毫无思想准备的，可是别墅里发生的事情，居然会让您一辈子都感到内疚。”

“大人，”管家说，“我相信这一切都是命运的安排。您在奥特伊买了一幢别墅，这幢别墅正好是我杀过人的地方。您到花园去的楼梯正好又是他当时走的楼梯。您停留的地方呢，正好是他挨刀子的地方，两步开外有一棵梧桐树，树底下有个坑，他就把孩子埋在那个坑里。不，这一切都不是偶然的，这是天意啊。”

“行啊，科西嘉先生，就算是天意吧。人家爱怎么想，我向来是随它去的。何况，对心理有障碍的人，更该让他几分。好吧，您先定定神，然后告诉我是怎么回事。”

“这事我只告诉过布索尼神甫。这种事情，”贝尔图乔摇头说道，“只有在忏悔的时候才能说啊。”

“这么说，亲爱的贝尔图乔，”伯爵说，“您是宁可我把您送回去，找个夏特勒修会或者圣贝尔纳教派的神甫听您忏悔，说出您心中的秘密啰。可是我呢，就怕家里有这种鬼鬼祟祟的人，搅得大家一到夜晚就不敢到花园里去。还有，坦白地说，我也不欢迎警方有人登门。您要知道，贝尔图乔先生，在意大利司法部门的人习惯了混饭吃，明知道有事也睁一只眼闭一只眼，可在法国就不一样喽，拿了俸禄就得干活。哼！我原以为您虽说是科西嘉人，八成还是个走私贩子，可毕竟是个能干的管家。可现在我看出来了，您背后搞的名堂还不少哪。我不用您了，贝尔图乔先生。”

“喔！大人！大人！”管家被这句话吓坏了，“要是您一定要我说，我这就说，全都说出来。千万请别赶我走，要不，我就只能上断头台了。”

“那好吧，”基督山说，“可要是您再撒谎的话，那就还不如不说，您得先想想好。”

“不，先生，我以灵魂得救的名义向您发誓，我一定把事情原原本本都告诉您，把布索尼神甫不知道的秘密也说出来。不过，我求求您，您先离开这棵梧桐树行吗。瞧，月亮就要照亮这朵乌云了，就在您站的这个地方，您裹在身上的披风也跟德·维尔福先生一模一样……”

“您说什么！”基督山大声说，“德·维尔福先生……”

“大人认识他？”

“尼姆的前任检察官？”

“没错。”

“娶了德·圣梅朗侯爵的女儿？”

“没错。”

“他在司法界名声很好，被公认为严明公正的检察官。”

“是的，先生，”贝尔图乔大声说，“这个人名声挺好……”

“对啊。”

“可他是个无耻之徒。”

“噢！”基督山说，“这不可能。”

“事实就是如此。”

“真的？”基督山说，“您有证据吗？”

“有过的。”

“可您粗心大意，把它给丢了？”

“是的。不过仔细找找，也许还能找得到。”

“当真！”伯爵说，“您倒说来听听，贝尔图乔先生，这事儿还真的让我感兴趣了呢。”

伯爵哼着歌剧《露西亚》中一支轻快的曲调，走过去坐在一张长凳上。贝尔图乔边想边跟着他走去。

贝尔图乔站定在伯爵面前。

第44章

Vendetta[1]

“伯爵先生想让我从哪儿讲起呢？”贝尔图乔问。

“随您便，”基督山说，“反正我什么都不知道。”

“我还以为布索尼神甫对大人说过……”

“是说过一点。不过，七八年过去了，我也忘了。”

“那我就从头说起，不用担心大人嫌烦了……”

“说吧，贝尔图乔先生，我就只当是在听您读晚报。”

“事情要从一八一五年讲起。”

“噢！”基督山说，“一八一五年，那可真有些年头了。”

“没错，先生。不过，所有的事情我都记得一清二楚，就像昨天刚发生一样。我有个哥哥，在皇上的军队里服役。他在一个清一色由科西嘉人组成的团队里当上了中尉。哥哥是我唯一的亲人，我五岁、他十八岁那年，我们就成了孤儿。他像父亲那样把我带大。一八一四年波旁王朝统治时期，他结了婚。皇上从厄尔巴岛回来以后，哥哥立即重返部队，后来在滑铁卢受了轻伤，随部队撤退到卢瓦尔河后面。”

“您说的不就是百日王朝的那段历史吗，贝尔图乔先生？”伯爵说，“我没记错的话，这段历史早有人写过了。”

“请原谅，大人，但这个头还是得开一下的。您答应过耐心听我说的。”

“好吧，说下去。我说话算话。”

“有一天我收到一封信。您知道，当时我住在科西嘉海角一个叫罗利亚诺的小村庄里。这封信是我哥哥写的，他告诉我们，那支部队解散了，他打算一路沿夏托鲁、克莱蒙费朗、勒普伊和尼姆回家，倘若我手头还有点钱，他让我托人带到尼姆的一家旅店去，他好到那里去拿。旅店主人是我们的熟人，我和他有过交往。”

1　意大利文：复仇，尤指民风剽悍的科西嘉人的族间仇杀。

“是走私的同伙吧。”基督山说。

“哦，主啊！伯爵先生，人总得活下去吧。”

“可不是。请继续往下讲。”

“我很爱我哥哥，这我刚才已经说了，大人。所以，我决定不是把钱寄去，而是亲自给他送去。我手头上有一千法郎，我留下五百给嫂嫂阿森达，揣着另外五百去尼姆。正好我有条船要去海上装批货，所以我的计划似乎挺顺当。可是装好货之后，风向突然变了，我们有四五天没法驶进罗讷河。最后好不容易到了那儿，逆流驶到了阿尔勒。我把船停靠在贝尔加德和博凯尔中间的一条河里，上岸往尼姆走去。”

“总算进入正题了，是吗？”

“是这样。不过大人也看得出来，我已经是尽量拣最要紧的事讲了。当时正好碰上著名的南方大屠杀，有两三帮叫特雷塔荣、特吕费米和格拉方什么的强盗，在街上见到看上去像波拿巴党的人就杀。伯爵先生对那次大屠杀想必也有所闻吧？”

“当时我远离法国，没听到多少。您说下去。”

“进了尼姆城，简直就像踏在血泊里；每走一步都会碰到尸体。杀人犯成群结帮，到处烧杀掳掠。

“我看到这种悲惨的景象，浑身直打哆嗦。但我不是为自己担心，我不过是科西嘉一个普通的渔民，没什么可害怕的。那年头，对我们这些走私贩子来说，说得上是时来运转的好时光。我是替我哥哥担心，替我那个在皇上军队里服役的哥哥担心。他正从驻守卢瓦尔河的部队里回来，穿着军服佩着肩章，一路上多让人担心哪。

“我一口气跑到那个旅店老板那儿。我的预感没有欺骗我：哥哥头天晚上一到尼姆，就在那家旅店门口被人杀死了。

“我四处打听，可是没人敢告诉我是谁杀了哥哥。大家实在是吓破胆了。这时我想到了司法部门，我常听人家说法国的司法人员不是吃干饭的。于是我就去找王室检察官。”

“这位王室检察官是叫维尔福吧？”基督山不经意地问道。

“是的，大人。他是马赛人，在那儿当过代理检察官，由于效忠王室，得到了升迁。据说，他是最早向政府密报皇上离开厄尔巴岛返回巴黎的。”

“好吧，”基督山说，“您去找他了。”

“‘先生，’我对他说，‘我的哥哥昨天在尼姆街头被人杀死了。我不知道是谁干的，但寻找凶手是您的职责。您是王室检察官，应该为本地司法部门没能保护的冤魂报仇。’

“‘您哥哥是什么人？’检察官问。

“‘科西嘉团队的中尉。’

“‘这么说他在篡权者手下当兵？’

“‘在法国军队里当兵。’

“‘他用的是剑，’他说，‘所以死在剑下了。’

“‘您错了，先生。他是被匕首捅死的。’

“‘您想让我做什么？’检察官问。

“‘我对您说了，要您为他报仇。’

“‘找谁报仇？’

“‘找凶手报仇。’

“‘我怎么知道凶手是谁呢？’

“‘派人去查。’

“‘查什么？说不定您哥哥跟别人吵架决斗了呢？老兵就爱动粗，帝国时期这可以吃得开，现在就行不通喽。我们南方人既不喜欢当兵的，也不喜欢暴力。’

“‘先生，’我说，‘我来求您不是为我自己。我或者痛哭一场，或者为他报仇，事情也就了结了。可是我哥哥还有个妻子，她一直就靠哥哥的那点薪俸过日子。一旦我再出点什么事，这可怜的女人会饿死的。请为她申请一小笔政府抚恤金吧。’

“‘每场革命都会带来灾难，’德·维尔福先生说，‘您哥哥就是这场革命的牺牲品。这是一个不幸，但政府并不因此而欠您家庭什么。篡权者的党羽掌权时，对拥护国王的人也肆意报复过，倘若以此论处，您哥哥今天说不定就该判处死刑。一切都很自然，这就叫一报还一报。’

“‘这叫什么话！’我大声嚷道，‘你，一个执法官，居然对我说这样的

话！……’

“‘科西嘉人全是疯子，一点不错。’德·维尔福先生说，‘你们还以为那个同乡在当皇帝哪。你搞错年代啦，你该在两个月前来对我说这些话的。现在已经太晚喽。走吧！你再不走，我就要叫人把你送走了。’

“我注视了他一会儿，想看看如果再央求一次是否还有希望。但我看出他是个铁石心肠的人。于是我朝他走过去。

“‘好吧，’我压低声音对他说，‘既然你熟悉科西嘉人，你就该知道他们是怎样信守诺言的。你认为他们杀了我哥哥做得对，因为我哥哥是波拿巴党人，而你是保王党。那我告诉你，我也是波拿巴党的，你给我听着：我要杀了你。我不会放过你的，这是 vendetta。你好自为之，找地方躲起来吧。下次我俩相遇之时，就是你死期来临之日。’

“说完这句话，趁他惊魂未定，我打开门跑了出去。”

“啊哈！”基督山说，“您看上去挺老实，想不到干过这样的事情，贝尔图乔先生，而且对手还是一位王室检察官！哼，他总该明白 vendetta 是什么意思吧？”

“他当然清楚，从那时起，他深居简出，不再单独出门，还派人四处搜寻我。幸而我藏得很好，他们没能找到我。这时，他吓坏了，不敢再在尼姆待下去。他请求调往其他城市；凭他的声望，他被调到了凡尔赛任职。但您知道，对一个发誓复仇的科西嘉人来说，距离是难不倒他的。马车跑得再快，也不过比步行追在后面的我快半天路程而已。

“最重要的还不是杀他，我有上百次机会可以杀掉他。最要紧的是杀掉他而不暴露自己，尤其是不能被人抓住。因为从那以后，我已经不再属于我自己了，我有义务保护、扶养我嫂嫂。我暗中跟踪了德·维尔福先生三个月，这三个月里他每次出门，每次散步，都逃不过我的目光。终于，我发现他常悄悄来奥特伊，我每次都跟在后面，看着他走进我们现在待着的这座别墅。不过，他不是像一般人那样从临街的大门进来的，他不管是骑马来还是坐车来，都把马或马车留在旅店，然后从您看到的那扇小门进来。”

基督山点了点头，表示在黑暗中他确实看见了贝尔图乔指给他看的那扇小门。

“我不必再留在凡尔赛了，我到奥特伊落了脚，熟悉了一下环境。既然要逮住他，我就得在那儿安个网。

“看门人刚才说了，这座别墅是德·圣梅朗先生的。他是维尔福的岳父，平时住在马赛，根本用不着这座乡间别墅。听说他把别墅租给了一个年轻寡妇，人家不知道她的名字，就叫她男爵夫人。

“且说有一天傍晚，我伏在墙上往别墅里望去，只见一个长得挺美的年轻女人独自在花园里散步，这座花园的情景，从别的房子的窗口是看不见的。她不时地向小门的那一头张望，我明白了，她是在等德·维尔福先生。当她离得我相当近时，尽管天已经黑了，我还是看清了她的脸。她是个十八九岁的美丽姑娘，身材高高的，长着一头金发。她穿着件便袍，我看出她已经有了身孕，而且好像离临产期不远了。

“稍过片刻，小门打开了，一个男人走进花园。姑娘向他跑去，两人紧紧抱在一起，充满温情地亲吻着，一起走进屋子。

“这个男人就是德·维尔福先生。我心想，他再走出来时，想必已经是深夜了，那时他总得一个人穿过花园吧。”

“这个姑娘的名字，”伯爵问，“您后来知道了吗？”

“不知道，大人，”贝尔图乔回答说，“您听下去就知道了，我根本没时间去打听。”

“请说下去。”

“这天晚上，”贝尔图乔接着说，“也许我本来是可以杀掉检察官的，但我还不太熟悉花园的具体情况，生怕万一不能一下子把他干掉，他一嚷嚷把人喊来，我会跑不了。于是，我心想，还是下一次再动手吧。为了尽可能熟悉花园的情况，我在沿花园外墙的那条街上租了个小房间。

“三天以后，晚上七点钟光景，我看见从别墅里出来一个骑马的仆人，他在通往塞夫尔大路的一条小街上策马疾驶。我估计他是去凡尔赛。我没猜错。三小时后，此人风尘仆仆地回来了。他的信送到了。

“十分钟后，另一个裹着披风的人徒步走来，从那扇小门进了花园。

“我立即奔下楼梯。虽说我没看清德·维尔福的脸，但我的心跳得很猛，直觉告诉我，这人就是他。我穿过小街，踏上墙角的一块界石，上次我就是站在这块界石上向花园里张望的。

“这回可不光是张望，我从袋里抽出短刀，试了试锋利的刀刃，然后翻墙跳了进去。

“我先向门口奔去。他刚才把钥匙留在锁孔里，仅仅在门锁上转了两圈。

“我从那儿逃跑是万无一失的。我端详了一下周围的地形。长方形的花园中央，有一片英国式的草坪，草坪四角都有树丛，枝叶间点缀着秋天的花朵。

“德·维尔福先生要从屋里走向小门，或者从小门走进屋子，都得从其中的一个树丛旁边经过。

“当时已经是九月底了，风刮得很猛，月亮掩映在大朵大朵向天际疾驶而去的云块中间，惨淡的月光染白了通往屋子的砾石小径，但透不进茂密幽深的树丛，一个人躲在树丛里不用担心被人发现。

“我躲进紧挨着维尔福必经之路的那簇树丛。刚一躲进去，我就感觉到风在我头顶上呼啸，把树枝压得弯弯的，而且，我好像还听到一阵阵的呜咽声。您知道，噢，不，您是不会知道的，伯爵先生，一个等着下手行凶的人，是经常会听见旷野里发出声声惨叫的。两个钟头过去了，我好几次都听到了那种呜咽声。最后，午夜的钟声响了。

“凄凉而响亮的钟声余音未绝，我们刚才走的那道暗梯的窗口映出了灯光。

“门打开，那个裹披风的人又走了出来。这是可怕的时刻，而好久以来我等的就是这一时刻的到来，我绝不会手软。我拔出短折刀，打开刀刃，做好准备。

“那人径直向我走来。当他走到明处时，我似乎看见他右手握着一件凶器。我有些怕了，倒不是怕跟他拼，而是怕功亏一篑。到他走到离我几步远时，我才看明白，刚才我是把铁铲当成凶器了。

“我正琢磨着德·维尔福先生干吗要拿把铲子，却只见他在一簇树丛边上停住脚步，朝四下里看了一眼，就在泥地上挖了起来。这时我才发现他在披风里掖着一样东西，他把那东西放在草坪上，放开手来挖坑。

“当时，说实话，我的满腔仇恨里掺进了一丝好奇，我想看明白维尔福究竟在干什么。我凝息屏气，一动不动地等着。

“我脑子里萌生出一个想法。当我看清检察官从披风里取出的是一只长两尺、宽七八寸的小箱子时，这个想法得到了证实。

“我瞧着他把小箱子放进坑里，在上面堆上土。接着，他在这堆新土上踩了几脚，抹掉夜间作业的痕迹。这时，我呼地一下向他猛扑过去，一刀刺进他的胸膛，嘴里喊道：

“‘我是乔瓦尼·贝尔图乔！我要杀了你为哥哥报仇，拿你的财宝给他的遗孀。你看见了吧，我说到做到，今天我就是找你报仇来的。’

“我不知道他有没有听清这几句话。我想是没有，因为他喊都没喊一声就倒了下去。我只觉得一股股热血喷在我手上，溅到我脸上。我像喝醉酒似的，处于一种谵妄的状态。但那些热乎乎的血反而让我冷静了下来。一转眼的工夫，我就用铁铲把小箱子挖了出来，为了不让人看出我拿走了东西，我重又把土填上，然后把铲子扔出墙外。我冲出小门，用钥匙转两圈从外面把门锁上，带着钥匙离开了别墅。”

“好呀！”基督山说，“看来这是一桩外带盗窃的谋杀案。”

“不，大人，”贝尔图乔说，“这是外带赔偿的 vendetta。”

“是笔不小的数目吧？”

“那不是钱。”

“噢，对了，我想起来了，”基督山说，“您刚才不是说到过一个孩子吗？”

“一点不错，大人。我奔到河边，一屁股坐在河堤上，急于知道小箱子里装的是什么东西，用短刀把锁撬了开来。

“只见里面是一个细麻布的襁褓，包着一个刚刚出生的婴儿。婴儿脸色发青，双手发紫，看来是被绕在颈脖上的脐带勒死的。他的身子还没变凉。我有点犹豫，不忍把他扔进我脚下流淌的河水。果然，过了一会儿，我感觉到孩子的心口在微弱地跳动；我把绕住他颈脖的脐带松开。我从前在巴斯蒂亚医院当过护工，在这种情况下医生会怎么做，我照做了一遍，也就是说，我给他做了人工呼吸。我使足劲忙乎了一刻钟，终于看见婴儿有了呼吸，而且听见他喊出了声来。

“我也大喊一声，那是狂喜的喊声。‘天主没有诅咒我，’我心里想，‘他让我拯救一个生命，来换取另一个被我剥夺的生命！’”

“您把这孩子怎么办呢？”基督山问，“对一个急于逃跑的人来说，这可是个不轻的包袱。”

“我不想把他留在身边。我知道巴黎有家育婴堂，专门收容这些可怜的小生命。过城关时，我只说在大路上捡到一个孩子，打听育婴堂在哪儿。我手里的小箱子是个凭证，细麻布襁褓说明孩子的父母是有钱人。我身上的血可以说成是孩子的，就跟别人不相干了。守城门的人相信了我的话，告诉我育婴堂就在地狱街的尽头。襁褓上原本绣着两个字母，我多了个心眼，把一个字母从襁褓上撕下藏好，让另一个字母留在襁褓上。然后，我把襁褓放在转柜，按了铃，就飞也似的跑掉了。半个月后，我回到罗利亚诺，我对阿森达说：

“‘宽宽心吧，嫂嫂。伊斯拉埃尔死了，但我为他报了仇。’

“她要我告诉她这话是什么意思，我就把事情的经过对她讲了。

“‘乔瓦尼，’阿森达对我说，‘你该把这个孩子带回来，我们可以替代他失去的双亲，我们可以为他取个名字，叫他贝内代托[1]，我们做了这桩好事，天主真会赐福给我们的。’

“我二话没说，把藏在身边的那一小块襁褓布交给她。等我们有点钱之后，她就可以凭这块布去认孩子。”

“襁褓上是哪两个字母？”基督山问。

“一个是H，一个是N，字母上面都绣着男爵冠冕纹徽。”

“哟！您说到贵族纹徽了，贝尔图乔先生！请问您是在哪儿学的纹章学？”

“侍候您什么都能学到，伯爵先生。”

“请再往下说吧，有两件事我挺想知道。”

“哪两件事，大人？”

“这个小男孩后来怎么样了？您对我说过他是个男孩吧，贝尔图乔先生。”

“没有，大人。我记得没对您说过。”

“噢！我还以为听您这么说过呢，敢情我是弄错了。”

“不，您也没弄错，他确实是个男孩。不过，大人刚才说想知道两件事，那第二件是什么呢？”

“第二件，就是当初在尼姆，布索尼神甫应您的要求到监狱里来看您的那会儿，给您定的是什么罪？”

“这就说来话长了，大人。”

---

1 原文为 Benedetto，在意大利语中意为“受祝福的”。

“那有什么关系？现在才十点钟，您知道我这时候还不会睡觉，我想，您也不太困吧。”

贝尔图乔躬一躬身，继续往下讲。

“打那以后，我铆足劲儿干起走私买卖来了，一来是想借此驱散困扰我的那些回忆，二来也是为了维持可怜的寡妇的生计。一场革命过后，法纪总会松弛些，所以我这买卖干得挺顺当。当时南方沿海一带骚乱不断，阿维尼翁、尼姆和乌热斯都发生过骚乱；政府的警戒一松弛，我们就趁机会在沿海一带建立起了联络网。我打从哥哥在尼姆街头被人杀害以后，不想再到这座城里去。和我们合伙做买卖的那个旅店老板，见我们不去他那儿，就主动来找我们，还在贝尔加德到博凯尔的大路边上开了家分店，名叫加尔桥客栈。这时，我们在埃格莫尔特、马尔蒂格和布克一带，已经有了十几个存货据点，必要时我们也可以在那儿藏身，躲过海关人员和税警的追捕。干走私这行当，只要心眼活，有力气，是挺能挣钱的。我从小在山里长大，现在却有了两重惧怕，怕海关又怕宪兵。因为我一旦给抓住，法官一追究，查出的事情就会远远比走私进口雪茄、无证贩运烧酒严重得多。所以，我宁肯死一千次，也绝不能让他们给逮着。我做成了几笔漂亮的大买卖，不止一次地体会到，要做成大事，一定要行事果断、临危不惧，把性命看得太重，往往会阻碍我们的成功。真的，一个人只要把生命置之度外，他就跟别人不同了，别人就不再是他的对手了。一个人只要横下了这条心，就马上会变得浑身充满劲儿，眼光也看得远了。”

“您讲起哲学来了，贝尔图乔先生！”伯爵打断他的话头说，“敢情您这辈子什么行当都干过？”

“喔，请您原谅，大人！”

“哪儿的话！只不过晚上十点半谈哲学好像晚了点噢。别的我没什么意见，我觉得您说得很对，比好些哲学家都有道理。”

“我跑的地方愈来愈远，生意愈做愈大。阿森达是个节俭的女人，我们积攒起了一笔小小的家财。有一天，我正要出门去跑一趟，她对我说：

“‘你去吧，等你这次回来，我要让你有个惊奇。’

“我问她是什么事，她怎么也不肯说。于是我就走了。

“我出去了将近六个星期。我们先到卢卡装油，再到里窝那装英国棉花，然后顺顺当当把这些货脱了手，分了红利，高高兴兴地回来了。

“回到家里，我走进阿森达的房间，一眼就看见一只摇篮。跟其他的家具相比起来，这可是只很豪华的摇篮，里面躺着一个七八个月大的孩子。我高兴得叫出声来。虽说杀了那个检察官，我从没感到过丝毫内疚，但想到被遗弃的婴孩，我心里还是挺难受的。

“可怜的阿森达猜出了我的心事：她趁我出门的机会，拿了半块襁褓布（她怕忘记，把孩子送进育婴堂的准确日期和时间都写在上面了），去了巴黎。她到育婴堂要求领回孩子，人家没说什么，就把孩子还给了她。

“啊！我得承认，伯爵先生，我看见这个可怜的小生命躺在摇篮里，心里激动得不得了，眼泪夺眶而出。

“‘阿森达，’我大声喊道，‘你真是一个了不起的女人，天主会降福给你的。’”

“这一点嘛，”基督山说，“就没您的哲学说得那么准了。这只是您的一厢情愿啰。”

“唉！大人，”贝尔图乔接着说，“真让您给说着了，天主是让这个孩子来惩罚我的哟。他邪恶的天性很早就露了出来，可是天地良心，我们在他身上可没少花心血，我那嫂嫂简直是把他当亲王的儿子那样在宝贝。这个孩子的脸蛋长得很俊俏，一双明亮的蓝眼睛，蓝得那么剔透，就像中国瓷器乳白底色上的蓝色彩釉。不过，他那头亮得发红的金发，却让这张脸看上去有点特别，不仅目光显得加倍灵活，笑容也显得加倍狡黠。有句俗话叫‘红棕色头发的人不是好极就是坏透’，这话用在贝内代托身上真是不幸而言中了。他从小就非常任性。没错，做母亲的过于迁就，也助长了他的坏脾气。为了孩子，我那可怜的嫂嫂可以跑上四五里地，到城里的集市去买来新鲜的水果和可口的糖果，可那孩子不爱吃帕尔马的橙子和热那亚的罐头，自家园子里现成的栗子和苹果也放着不吃。偏偏喜欢爬过篱栅偷吃邻居家的栗子或者谷仓里的苹果干。

“有一天，那会儿贝内代托有五六岁了，邻居瓦西利奥向我们抱怨说，他的钱包里少了一个金路易。伯爵先生想必比任何人都清楚，科西嘉是没有小偷的，所以瓦西利奥按当地人的习惯，从来不把他的钱包和首饰锁起来的。我们以为他记错了，可他说绝不会记错。这天，贝内代托大清早出去一直没回家，我们急坏了，晚上，我们看见他牵着一只猴子回来了，他说他看见猴子拴在一棵树上，就把它带回来了。

“早在一个月前，这个淘气包不知怎么异想天开，一心想要一只猴子。当初有个杂耍艺人路经罗利亚诺，带来过几只猴子，孩子对猴子耍把戏特别感兴趣，这个荒唐念头也许就是那个杂耍艺人教他的。

“‘我们的林子里没有猴子，’我对他说，‘更没有拴在树上的猴子。你给我老实说，这只猴子是怎么弄来的。’

“贝内代托一口咬定是从林子里牵来的，还添油加醋瞎扯一通，我一听就知道那是胡编乱造，没一句真话。我肝火直冒，他却笑了起来。我吓唬他说要打他，他退后两步说：‘你不能打我，你没有这个权利，你不是我父亲。’

“我们始终不知道，到底是谁把我们一直小心翼翼对这个孩子隐瞒的秘密告诉了他。当时我一听他这么说，顿时愣住了，举在半空中的那只胳膊一下子垂了下来，没碰着这个坏孩子的一根寒毛。他胜利了，这个胜利使他变得更加胆大妄为。从那以后，他愈来愈不像话，而阿森达对他却愈来愈溺爱。她的钱，孩子爱怎么花就怎么花，她想劝也劝不了，看着他肆意挥霍，她不敢去拦他。我在罗利亚诺时，日子还凑合着过。等我一出门，贝内代托就成了霸王，家里全都乱了套。他才十一岁，可他的玩伴尽是些十八九岁的大孩子，一个个都是巴斯蒂亚和科尔泰有名的坏种，玩的恶作剧常常到了触犯法律的地步，司法部门向我们提出过警告。

“我真的担心了，因为我一旦被传讯，后果是不堪设想的。这时我正好有桩买卖，得离开科西嘉出趟远门。我考虑了很久，最后决定把贝内代托一起带走，免得留下后患。走私贩子的生活紧张而艰苦，船上纪律又很严，我指望他在这样的环境里能有所改变，不致堕落到不可救药的地步。

“于是我把贝内代托拉到一旁，劝他跟我走。我还做了好些足以让一个十二岁的孩子动心的承诺。

“他静静地听我说；我讲完以后，他哈哈大笑。

“‘你疯了吧，叔叔？’他说（他脾气好时就是这样称呼我的），‘你要我放着舒舒服服的好日子不过，跟你们一起去自讨苦吃！你要让我夜里挨冻，日里挨晒，成天东躲西藏，生怕一露面就得挨枪子儿，为来为去，就不过为了挣那么一点点钱！钱嘛，我要多少就有多少，只要我开口，阿森达妈妈就会给。

你得了吧，我要是听你的话，我就成了大傻瓜啦。’

“他居然会这么厚颜无耻，振振有词说出这么一番话，我听了简直惊呆了。贝内代托转身回到那帮玩伴中间；我远远地看见他朝我指指点点，准是在告诉他们我是个大笨蛋。”

“多可爱的孩子！”基督山低声自语。

“唉！他要是我生的，”贝尔图乔说，“他要是我的儿子，哪怕是侄子也行呀，我一定会把他引到正道上来，我一定会有那样的责任感。可我一想到这孩子的父亲是我杀死的，我就狠不起心去教训他。嫂嫂在我面前百般回护这个小无赖，但有件事她不瞒我，那就是她好几次少了钱，而且数目都不小。我给她找了一个地方，让她可以把我们这点家当藏起来。说到我，我主意已定。贝内代托读读写写、算算弄弄都行，因为他偶尔也用点功，人家要学一个星期的东西，他一天就学会了。我下决心要把他带到一条远洋轮上去当文书，我打算事前什么也不告诉他，哪天早上让人把他带走，带上船直接交给船长。他将来的路，由他自己去走。计划定下来以后，我去了法国。

“这一次我们的买卖在利翁湾进行，这时已经是一八二九年，买卖愈来愈难做了。动乱平定后，治安走上正规，沿海地带警戒非常严密。博凯尔市集刚开张，更是戒备森严。

“这次偷运私货，起初还挺顺利。船的底舱有个夹层可以堆货。沿罗讷河从博凯尔到阿尔的这一段河道里挤满航船，我们的船就混在这些船中间。到了目的地，我们连夜卸货，下家和存货点的旅店老板再转运到城里。可能是我们连连得手放松了警惕，也可能是有人出卖了我们，一天傍晚五点钟光景，我们正要吃点心，船上的一个小水手慌里慌张地跑来说，他看见一队海关人员向我们的方向走来。说实话，大队人马我们倒并不怕，那年头时时会有整队整队的人在罗讷河两岸巡逻。让我们害怕的是，听小水手说，他们的行动特别谨慎，像生怕别人觉察似的。我们立刻警觉起来，但为时已晚。我们的船显然就是他们的搜索目标，整艘船被团团围住。在海关人员中间，我还看见有几个宪兵，我不怕别的当兵的，可就是怕见宪兵。我下到底舱，钻出舷孔跳进河里，潜泳游出很长一段距离才抬头伸出水面换气。我终于人不知鬼不觉地游到了新开掘的一条水渠，这条水渠把罗讷河和博凯尔到埃格莫尔特之间的一段运河贯通了。

到了那儿，我就得救了，顺着水渠往下游，是不会被人发现的。就这样我顺利地游到了运河。可我往那儿游，并不是瞎碰瞎撞；我对大人说到过尼姆的一个熟人，他在贝尔加德到博凯尔的大路边上开了一家小小的客栈。”

“是的，”基督山说，“我还记得，好像这个老板还是你们的合伙人呢。”

“是这样。”贝尔图乔说，“不过早在七八年以前，他就把自己的产业转让给了马赛的一个朋友，那人原先是做裁缝的，后来破产了，想换个行当发家致富。不用说，我们既然跟前面那个老板打过交道，现在也就和新老板继续交往。我打算上他那儿去落个脚。”

“那人叫什么名字？”伯爵问道，他似乎对贝尔图乔的叙述开始感兴趣了。

“他名叫加斯帕尔·卡德鲁斯。他老婆是个乡下女人，我们不知道这个女人的名字，只知道她娘家在卡尔贡特村，所以大家都管她叫卡尔贡特娘们。这个可怜的婆娘一年到头在打摆子，浑身没有一点力气。可那男的是个四十出头的强壮汉子，他不止一次地在面临险境时表现得很有头脑，而且也有胆量。”

“您刚才说，”基督山问，“这些事是发生在……”

“一八二九年，伯爵先生。”

“月份呢？”

“六月。”

“月初还是月底？”

“是三号傍晚。”

“噢！”基督山说，“一八二九年六月三日……嗯，请说下去。”

“我打好主意，想到卡德鲁斯那儿躲一躲。平常，就是没什么事的日子，我们也不走大路上的那扇门进客栈，所以那天我跨过花园的篱笆，弯下腰钻进矮小的橄榄树和野生无花果树丛。我生怕卡德鲁斯的客栈里住着旅客，就躲进了楼梯下面的那个小间，我躲在这个小间里已经不是第一次了，睡在这儿就跟睡在软和的床上一样舒服。这个小间和客栈的堂屋只隔着一层木板，板壁上特地开了几个孔，好让小间里的人看清堂屋的动静，必要时还可以跟堂屋里的人说话。我暗自盘算，要是只有卡德鲁斯一个人在，我就告诉他我来了。刚才让海关缉私队一折腾，我饭只吃了一半，我得在客栈里再吃点东西，然后趁暴风雨来之前回罗讷河那边，打听我们那条船的下落。且说我刚躲进小间，只听得卡德鲁斯陪着一个陌生人进了堂屋。

“我不出一声地等着。我并不想刺探客栈老板的秘密，可实在是没法子哪。再说，这样的事情也不是第一次碰到。

“和卡德鲁斯一起进来的人不是南方人，他是到博凯尔市集来做首饰生意的商人。市集开张的这一个月里，来自欧洲各地的生意人都聚集到这儿，有时生意能做到十万到十五万法郎。

“卡德鲁斯急匆匆地先进来。他一看堂屋和平常一样空无一人，只有那条狗守着，便冲着楼上喊道：

“‘嗨！卡尔贡特娘们，那个神甫是个好人哪，他没骗我们，钻石是真的。’

“传来了一声惊喜的叫声，与此同时，楼梯在病人虚弱而又滞重的脚步下嘎嘎作响。

“‘你说什么？’一个面色死白的女人问道。

“‘我说钻石是真的。这位先生是巴黎一流的珠宝商，他愿意出五万法郎向我们买下这颗钻石。不过他想确认一下钻石真的归我们所有，所以要你把我对他说的话再说一遍，告诉他这颗钻石是怎样鬼使神差落到我们手里来的。请稍等，先生，您先坐下吧，天气太闷了，我去拿一点喝的来。’

“珠宝商打量了一下这间堂屋，屋里的穷酸相是一目了然的，然而这屋子的主人要卖出的那颗钻石，却像从哪个亲王的首饰盒里取出来的。

“‘您请说吧，夫人。’他说。看来他想趁她丈夫不在她身边，没法给她打招呼的当儿让她先说，看看他俩说的话对不对得上榫。

“‘哎哟！’女人嘴皮利索地说了起来，‘这真是天主的恩赐哪，我们可是料也料不到的啊。先生，您想想，我丈夫在一八一四年还不知一八一五年认识一个叫埃德蒙·唐戴斯的水手，后来压根儿就把他给忘了，谁承想这可怜的水手却没忘掉卡德鲁斯，临终前给他留下了一颗钻石，就是您刚才看见的那颗。’

“‘这个水手怎么会有钻石呢？’珠宝商问，‘难道是进监狱前有的？’

“‘那倒不是，先生，’那女人答道，‘好像是他在牢里认识了一个很有钱的英国人。这个跟他同牢房的英国人病了，唐戴斯像待亲兄弟那样照料他。那人出狱时把这颗钻石送给了不幸的唐戴斯，但唐戴斯可没像他那么走运，他死在狱中了。临死以前，他把这颗钻石托一位神甫转交给我们，这位可敬的神甫今

天上午特地给我们送来了。’

“‘两人说得一模一样。’珠宝商低声咕哝了一句，接着又说，‘这故事乍一听还真叫人不敢相信，可现在看来不像有假。不过，价格上我们还没谈妥呢。’

“‘怎么没谈妥？’卡德鲁斯说，‘我还以为我出的价就算讲定了呢。’

“‘得，’珠宝商说，‘我出四万法郎。’

“‘四万！’卡尔贡特娘们嚷道，‘这个价我们肯定不卖。神甫对我们说这颗钻石值五万法郎，托子还不算在里面呢。’

“‘哪个神甫？’珠宝商非要问个明白不可。

“‘布索尼神甫呗。’那娘们回答道。

“‘是个外国人？’

“‘意大利人，好像是芒图一带的人吧。’

“‘请您把钻石拿出来，’珠宝商说，‘让我再看一次。珠宝这东西，有时候看一眼还真看不准。’

“卡德鲁斯从口袋里掏出一只黑色轧花皮面首饰盒，打开盒子把钻戒递给珠宝商。这颗钻石，我现在还记得很清楚，有一颗小榛子那般大小。卡尔贡特娘们看着它，眼里闪出贪婪的光芒。”

“您对这件事怎么看，听壁脚先生？”基督山问，“这个说得天花乱坠的故事您信不信？”

“我信，大人。我认为卡德鲁斯不是个坏人。我觉得他不会犯罪，就连偷偷摸摸也干不来。”

“这么看来您心地不错，可阅历不深，贝尔图乔先生。他们提到的那个埃德蒙·唐戴斯，您认识吗？”

“不认识，大人。在这以前我从没说起过这个名字。后来我也只是在尼姆监狱听布索尼神甫说起过。”

“好！请往下说吧。”

“珠宝商接过钻戒，从口袋里掏出一把钢制的小镊子、一架铜制的小天平，把戒指上固定钻石的金扣掰开，从托座上取下钻石，仔细地放在天平上称量。

“‘我出到四万五千法郎，’他说，‘不能再加一个子儿了。钻石只值这么多钱，我身上带的款子也刚够。’

"'噢！那没关系，'卡德鲁斯说，'还有五千，我可以和您一起到博凯尔去拿。'

"'不用了，'珠宝商把戒指和钻石还给卡德鲁斯，'不用了，就值这些钱。说起来，我都已经后悔开这个价了，钻石上有点小毛病，我一开始没看出来。不过算了，我说话算数，说过四万五千法郎，就不改口啦。'

"'那您总得把钻石嵌好呀。'卡尔贡特娘们尖声说。

"'说得对。'珠宝商说。

"他把钻石重新安在托座上。

"'得，'卡德鲁斯把首饰盒放进口袋说，'我们可以卖给别人。'

"'没错，'珠宝商说，'不过人家可不会像我这么好说话啰。你们对我讲的那些话，换了别人是不会相信的。像您这样的人，居然有一颗价值五万法郎的钻石，这事儿太蹊跷了。他一去举报，就得找那个布索尼神甫啰，肯把价值两千金路易的钻石送人的神甫，想必不好找吧。于是法院就会插手这件事，您就得进监狱。即便后来查明您是无辜的，过了三四个月放您出来，戒指也早在保管室不翼而飞了。要不他们给您一颗只值三法郎的假钻石，这颗值五万法郎的真钻石，您可甭想要回来啰。没错，这颗钻石说不定还真值五万五千，可您也该明白吧，伙计，买这玩意儿是要冒风险的喔。'

"卡德鲁斯和那婆娘目光相接，对视片刻。

"'不卖，'卡德鲁斯说，'我们可没那么有钱，亏不起五千法郎。'

"'随您的便，朋友，'珠宝商说，'不过您看，我可是带来了亮晶晶的金币喔。'

"说着他从一只口袋里掏出一把金币，金灿灿的光亮让客栈老板看得头晕目眩。而后他又从另一只口袋里掏出一叠钞票。

"看得出来，卡德鲁斯的脑子里在进行激烈的斗争。显然，在他手上翻来转去的那只皮面首饰盒的诱惑力，敌不过这笔叫人看了眼睛发直的巨款。他朝妻子转过身去。

"'你看怎么样？'他轻声问她。

"'给他，给他，'她说，'他要空手回到博凯尔，会告发我们的。他不说了吗，谁知道能不能找到布索尼神甫做证呢。'

"'那好，就这么定了！'卡德鲁斯说，'您给四万五千法郎，钻戒归您。不过，

我老婆还要一根金项链，我自己要一副银袖扣。'

"珠宝商从口袋里掏出一只扁扁的长盒子，里面有卡德鲁斯要的东西。

"'瞧，'珠宝商说，'我这人做生意就是痛快。你们挑吧。'

"妻子挑了一根值五个路易的金项链，丈夫挑了一副袖扣，看来能值十五法郎。

"'这下子你们不吃亏了吧。'珠宝商说。

"'神甫说了，这颗钻石要值五万法郎呢。'卡德鲁斯低声嘟哝说。

"'好了，好了，给我吧！你这人可真难缠！'珠宝商从他手里拿过钻石说，'四万五千法郎，就是每年有两千五百利弗尔利息，这笔进账我都求之不得呢，可您还不满足。'

"'这四万五千法郎在哪儿？'卡德鲁斯声音嘶哑地问。

"'在这儿呢。'珠宝商说。

"说着，他在桌前坐下，点数合一万五千法郎的金币和三万法郎的钞票。

"'等等，我去点个灯，'卡尔贡特娘们说，'天暗了，容易出差错。'

"果然，就在他们讨价还价的当儿，天擦黑了。天色渐渐变暗，酝酿了有半小时之久的暴风雨，看样子就要降临了。远处传来隆隆的雷声，不过珠宝商、卡德鲁斯和卡尔贡特娘们好像都没听到这雷声，他们仨已经被贪婪的魔鬼缠住魂儿了。我猛然见到这一堆金币和钞票，一下子也惊呆了。我觉得自己如同置身在梦境中，丝毫动弹不得。

"卡德鲁斯把金币和现钞点了又点，然后交给妻子。那婆娘又点了几遍。

"这时，珠宝商在灯光下查看钻石，钻石发出的夺目异彩，让他浑然不觉暴风雨的先驱——闪电已经把窗户照得通明。然后，他问道：

"'怎么样，点好了吧？'

"'点好了。'卡德鲁斯说，'卡尔贡特娘们，你去把皮夹子拿来，把钱袋也找来。'

"卡尔贡特娘们走到一只立柜跟前，返身带回一只旧皮夹子和一个钱袋。她从皮夹里取出几封油腻腻的信，放进钞票。钱袋里原来装着两三枚每枚价值六利弗尔的埃居，看来这就是这对寒酸夫妻的全部家当了。

"'好吧，'卡德鲁斯说，'尽管您也许吞没了我们万把法郎，我还是要问

一声，您是否愿意和我们共进晚餐呢？我这可是诚心诚意的哟。’

“‘多谢了，’珠宝商说，‘天太晚了，我得回博凯尔去。要不然，我的妻子会不放心的。’他掏出怀表一看，大声说道，‘喔哟，都快九点了，半夜前我赶不到博凯尔了。再见了，二位。要是有布索尼那样的神甫再来找你们，可别忘了我哦。’

“‘再过一个星期您就不会在博凯尔了。下星期市集不就结束了吗？’卡德鲁斯说。

“‘不在也没关系呀。您可以写信，写巴黎的王宫广场皮埃尔巷四十五号若阿内先生收就行。有必要的话，我会专程来一趟的。’

“正在这当口，响起一声炸雷，同时掠过一道耀眼的闪电，屋里的灯光顿时黯淡了下来。

“‘嚯！’卡德鲁斯说，‘这个天气您也走？’

“‘嗨！我不怕打雷。’珠宝商说。

“‘强盗呢？’卡尔贡特娘们问，‘有市集，路上不会很安全。’

“‘说到强盗，’若阿内说，‘我有这玩意儿对付他们。’

“他从口袋里掏出一对装满子弹的小手枪。

“‘这就是我的一对看家狗，’他说，‘它们会叫又会咬，专门对付打您钻石主意的家伙，卡德鲁斯老爹。’

“卡德鲁斯和妻子脸色阴沉地对望一眼。两人似乎同时想到了一个可怕的念头。

“‘那就一路走好吧！’卡德鲁斯说。

“‘谢谢！’珠宝商说。

“他就拿起靠在旧立柜旁的手杖，往门口走去。他一打开门，一阵狂风猛地涌进来，油灯差点儿给吹灭。

“‘喔！’他说，‘这鬼天气可真够呛，还得走两里地呢！’

“‘那就别走了，’卡德鲁斯说，‘在这儿住一晚吧。’

“‘对，留下来吧，’卡尔贡特娘们声音发颤地说，‘我们会照顾好您的。’

“‘不了，我得赶回博凯尔去过夜。再见。’

“卡德鲁斯慢慢地走到门口。

“‘真是昏天黑地哟，’已经跨出门槛的珠宝商说，‘我该往右还是往左？’

“‘往右，’卡德鲁斯说，‘您错不了，大路两旁都种着树。’

“‘好，我顺着大路走。’他的话音愈来愈远。

“‘把门关上吧，’卡尔贡特娘们说，‘打雷的时候我不喜欢让门开着。’

“‘家里有钱的时候，就更不喜欢了，对吗？’卡德鲁斯说着，把钥匙在门锁里拧了两圈。

“他走到立柜跟前取出钱袋和皮夹，夫妻俩把金币和钞票又数了一遍。微弱的灯光照在他俩脸上，这两张脸上贪婪的表情，是我这辈子从没见过的。那娘们的嘴脸尤其吓人，她平日里就整天发烧，浑身打战，这会儿更是筛糠似的抖个不停，脸色也由白转青，两只深凹的眼睛像要喷出火来。

“‘你干吗要留他过夜？’她声音沙哑地问道。

“‘呣，’卡德鲁斯打了个激灵，回答说，‘让他……让他不用赶回博凯尔呗。’

“‘噢！’这娘们说这话的表情可真是无法形容的，‘我还以为你另有打算呢。’

“‘娘们啊，娘们！’卡德鲁斯大声说，‘你干吗要有这样的念头，又干吗不把这念头藏在心里呢？’

“‘说不说出来，还不是一回事，’卡尔贡特娘们沉默了一会儿说，‘你不是个男子汉。’

“‘什么意思？’卡德鲁斯问。

“‘假如你是个男子汉，他就出不了这门。’

“‘娘们！’

“‘他就到不了博凯尔。’

“‘娘们！’

“‘大路要拐个弯儿，他一准沿大路走，可运河边还有条小路可以抄过去。’

“‘娘们啊，你亵渎天主了。你听……’

“果然，半空中滚过一个响雷，一道蓝色的闪电照亮了整个堂屋。而后雷声渐渐减弱，似乎不很情愿地离开了这座该诅咒的屋子。

“‘耶稣啊！’卡尔贡特娘们在胸口画着十字说。

“这当口，在雷鸣电闪过后瘆人的死寂中，响起了敲门声。

“卡德鲁斯和那婆娘只觉得毛骨悚然，惊恐地面面相觑。

“‘谁？’卡德鲁斯站起来大声问道，一边把摊在桌上的金币和钞票撸在一起，用双手盖住。

“‘我！’一个声音传来。

“‘你是谁？’

“‘珠宝商若阿内。’

“卡尔贡特娘们挂着一丝狞笑说，‘怎么样？还说我亵渎天主呢……现在仁慈的天主不又把他给我们送来了吗？’

“卡德鲁斯脸色惨白，气喘吁吁地跌坐在椅子上。卡尔贡特娘们却立起身来，稳步走去把门打开。

“‘请进吧，若阿内先生。’她说。

“‘真是的，’珠宝商浑身淌着雨水说，‘看来今晚魔鬼是不肯让我回博凯尔啰。我也不想再硬撑了，亲爱的卡德鲁斯先生，您刚才留我住宿，我接受您的好意，这就回来在这儿过夜啰。’

“卡德鲁斯咕哝了几句，抹去额头上的汗水。卡尔贡特娘们在珠宝商身后关上门，把钥匙在门锁里拧了两圈。

第45章

血雨

“珠宝商进得屋来，四下里打量了一下。不过，如果说他本来就没猜疑，屋里确实没什么让他起疑的地方；如果说他原先就有猜疑，那倒也没什么东西可以证实他的猜疑。

“卡德鲁斯双手兀自捧住那些钞票和金币。卡尔贡特娘们则朝着客人堆起一副笑脸。

“‘啊哈！’珠宝商说，‘你们是怕刚才没点清，等我走了再点一遍呀。’

“‘不是，’卡德鲁斯说，‘我们一下子有了这么多钱，事情来得太突然，真叫人不敢相信。要不是眼见为实，我们还以为是在做梦呢。’

“珠宝商笑了笑。

“‘店里有客人住着吗？’他问。

“‘没有，’卡德鲁斯回答说，‘我们这儿平时不住客人。离城里这么近，没人会留下来过夜。’

“‘那我不是太打扰你们了吗？’

“‘打扰？’卡尔贡特娘们笑容可掬地接口说，‘我向您保证，先生，一点儿也不打扰。’

“‘那好，我睡哪儿呢？’

“‘楼上那个房间。’

“‘那不是你们的卧室吗？’

“‘喔！没关系。隔壁的屋里还有张床。’

“卡德鲁斯惊讶地瞧着妻子。卡尔贡特娘们在壁炉里生了火；珠宝商哼着小调，背朝炉火烘烤淋湿的衣服。

“那娘们端来中午一点可怜巴巴的剩菜，摆在已经铺好的那块餐巾上，另外添了两只新煮的鸡蛋。

“卡德鲁斯把钞票装进皮夹，金币装进钱袋，一起放进立柜。然后他不停地来回踱步，面色阴沉，心事重重，还不时抬头瞧瞧珠宝商。那珠宝商凑在壁炉跟前边烤火边抽烟，一边衣服烘干了，再换另一边烘。

“‘瞧，’卡尔贡特娘们把一瓶葡萄酒放在桌上说，‘您要想吃晚饭的话，酒菜都准备好了。’

“‘你们自己呢？’若阿内问。

“‘我不吃了。’卡德鲁斯说。

“‘我们中饭吃得很晚。’卡尔贡特娘们急忙说。

“‘就我一个人吃？’珠宝商问。

“‘我们侍候您。’卡尔贡特娘们说，她平日里可从没这么殷勤过，即便客人付钱也不这样。

“卡德鲁斯不时瞟她一眼，目光迅若闪电。

“屋外仍是风狂雨骤。

“‘您听见没有？’卡尔贡特娘们说，‘您幸亏回来了。’

“‘可要是，’珠宝商说，‘要是我吃饭那会儿暴风雨停了，我还得上路。’

“‘刮的是西北风，’卡德鲁斯摇着头说，‘怕要刮到明天呢。’

“说完他叹了口气。

“‘嗨，’珠宝商在餐桌旁坐下说，‘在外面赶路的人可遭殃了。’

“‘可不是，’卡尔贡特娘们说，‘这一夜该他们倒霉喽。’

“珠宝商开始吃饭，卡尔贡特娘们忙前忙后，俨然一副模范老板娘的做派。平日里她非常任性，好使脾气，这会儿却变得殷勤好客、礼数周全。珠宝商要是以前就认识她，见她这么像换了个人似的，一准会非常吃惊，说不定还会生出些疑窦来呢。卡德鲁斯呢，他一声不吭，依然在屋里来回踱步，对客人似乎连正眼都不敢看一眼。

“客人吃完了。卡德鲁斯走去打开屋门。

“‘敢情暴风雨总该过去了吧。’他说。

“话音刚落，仿佛天公存心跟他过不去似的，一个可怕的霹雳震得房屋晃了晃，狂风夹着雨点吹进屋里，扑灭了油灯。

“卡德鲁斯重又关上门，他的妻子就着奄奄一息的炉火点燃一支蜡烛。

“‘这给您。’她对珠宝商说，‘您也累了吧。我给您把床单都铺好了，您

上楼去睡吧。晚安。’

“若阿内又待了一会，想看看暴风雨有没有停歇的意思。等到确信雷声和雨点只会愈来愈大，他便向两位主人道了晚安，上楼而去。

“他在我的头顶上走动，我只听得楼梯在他脚下嘎吱嘎吱作响。

“卡尔贡特娘们贪婪的目光尾随着他，卡德鲁斯却转过身子，不朝他的方向看。

“我事后回忆起来的所有这些情况，当时并没给我留下多深的印象。总的来说，事情发生得挺自然，除了那段钻石的故事听上去叫人难以置信以外，一切都是顺理成章的。我又困又乏，想趁雨势稍缓的当儿睡上几个小时，然后连夜离开那儿。

“我听见珠宝商在楼上房间里走动的声音，他想必也准备美美地睡上一觉。不一会只听得他上了床，床板在他身下嘎嘎作响。

“我感到自己的眼皮不由自主地闭了下来。我当时没有任何怀疑，所以也就没想强打精神撑着。我睁眼再往厨房里瞥了一眼，看见卡德鲁斯坐在长桌旁的一条长凳上，乡间客栈里没什么像样的椅子，坐的就是这种木条凳。他背朝着我，我看不见他的脸。不过，就算他脸朝着我，我也看不见，因为他用双手捂住了脸。

“卡尔贡特娘们对他注视片刻，耸了耸肩膀，走过去坐在他对面。

“这时，就要熄灭的炉火舔着了旁边的一块干柴，火舌又蹿了一下，照亮了昏暗的堂屋。卡尔贡特娘们两眼盯住始终一动不动的丈夫，伸手过去，勾起手指在他的脑门上戳了一下。

“卡德鲁斯打了个哆嗦。我好像看到那婆娘嘴唇在动，不过也不知是她说话的声音太轻，还是我半睡半醒、神志恍惚，反正我没听出她在说些什么。我眼前仿佛有一层薄雾，脑子里昏昏沉沉，这是入睡的前奏。不一会，我眼皮耷拉下来，进入了梦乡。

“我睡得正香，却突然被一声枪响惊醒，随后又听见一声惨叫。楼上房间的地板响起步履踉跄的脚步声，接着是一件沉重的东西倒在了楼梯上，正好就在我头顶上方。

“我还没完全清醒过来，但我听到了呻吟声，随后又听到了两人搏斗时闷沉沉的喊声。

“最后一下惨叫拖得特别长，渐渐变轻，成了呻吟。这时我完全从混沌的状态中清醒过来了。

“我用胳膊支起上身，睁着眼睛，但在黑暗里什么也看不清。我觉得在头顶上方，从楼梯的缝隙间接连不断地滴下暖乎乎的雨点；我不由得伸手抹了抹脑门。

“一连串可怕的声响过后，是死一般的寂静。接着头顶上传来一个人的脚步声。楼梯嘎吱嘎吱作响，那人下楼来到堂屋，走近壁炉，点着了一支蜡烛。

“这个人是卡德鲁斯。他脸色苍白，衬衣上沾满血迹。

“他擎着点燃的蜡烛转身上楼，脚步听上去又快又慌乱。

“过了一刻，他重新下楼，手里拿着一只首饰盒。他打开盒盖，看清钻石在盒子里以后，在身上的衣袋里东摸西摸，不知道把钻石放在哪个衣袋里好，然后，大概是觉得衣袋不够安全，用红手帕裹住钻石，缚在脖子上。

“他跑到立柜前面，从柜里取出钞票和金币，把钞票塞进裤腰的小口袋，金币装进上衣的口袋，然后抓起两三件内衣，冲出房门，消失在夜色之中。这时我已经对眼前的景象看得一清二楚，心里非常自责，仿佛我就是真正的凶手似的。我依稀听到了呻吟声；不幸的珠宝商也许并没有死；也许我还能帮他做点什么，稍稍弥补我的罪孽，这份罪孽虽说不是我犯下的，却是我听任它犯下的。我藏身的小间和堂屋只隔着一层胶合得不严实的板壁，我用肩膀使劲一顶，板壁就豁开了。

“我一进堂屋，就拿起蜡烛，快步往楼梯冲去。只见一个人横躺在楼梯上，原来那是卡尔贡特婆娘们的身体。

“我刚才听见的枪声是冲着她的。她的喉管被打了个对穿，两处伤口汩汩地淌着血，嘴里的血也在往外冒出来。她已经死了。我跨过她的身体，往上走去。

“卧室里的景象凌乱而可怕。两三件家具打翻在地，床单拖在地上，不幸的珠宝商倒在血泊里，头靠着墙，手里兀自紧紧地攥着床单，鲜血还在从他胸口上的三处伤口汩汩地往外流。

一柄菜刀插在第四个伤口上，只露出刀柄。

“我脚下踩到了另一把手枪。这把枪没有发射过，也许火药受潮了。

“我向珠宝商走去。他还没有咽气；听到我的声音，特别是地板的嘎吱声，他睁开两只惊惶的眼睛，费力地对我注视了片刻，翕动着嘴唇，似乎想说什么，然后就断了气。

“这恐怖的景象差一点让我发疯。我又救不了任何人，脑子里就只有一个念头，就是逃跑。我把双手插进头发里，嗷嗷直叫地冲下楼梯。

“堂屋里站着五六个海关人员和两三个宪兵，都带着武器。

“他们一把抓住我。我没想反抗，我的感官已经不听我的使唤了。我想说话，但只能发出几下含糊的嘶叫。

“我看见海关人员和宪兵对着我指指点点，低头一看，原来自己浑身是血。我这才明白楼梯缝隙渗下的热乎乎的雨点，原来是卡尔贡特娘们的血。

“我指了指刚才藏身的地方。

“‘他想说什么？’一个宪兵问。

“一个海关人员走过去瞧了瞧。

“‘他想说他是从那儿过来的。’他回答说。

“说着他指了指板壁上的那个破洞，我刚才确实是从那儿钻出来的。

“我恍然大悟，他们是把我当凶手了。我只觉得浑身的血在往上涌，挣脱那两个按住我的人，喊出了声来：‘不是我！不是我！’

“两个宪兵用短枪对准我。

“‘你只要再动一动，’他们说，‘你就没命了。’

“‘我再说一遍，’我还是喊道，‘不是我干的！’

“‘这话你留着对尼姆的陪审团去说吧，’他们回答我说，‘现在你先跟我们走一趟。奉劝你还是不要抵抗，放老实点好。’

“我压根儿就没有想抵抗，惊讶和恐惧使我整个人都垮了。他们给我戴上手铐，把我拴在一匹马的尾巴上，一路押解到了尼姆。

“原来，早就有个海关人员在跟踪我。到了客栈附近，他见不到我的踪影，料定我是躲在客栈里，就回去报告了上司。他们那队人马赶来，正好听见了那下枪声，而且在案发现场逮住了我。我明白要让他们相信我是无辜的谈何容易，心里暗暗叫起苦来。

“我只存一个指望了，我请求预审法官派人去找一个名叫布索尼的神甫，事发当天他到过加尔桥客栈。如果卡德鲁斯说的这档子事是杜撰的，这个神甫根本不存在，那我就死定了——除非卡德鲁斯也给抓住，而且招认了一切。

“两个月过去了。该为预审法官说句公道话，在这段时间里，他确实派了人四处去找我说的那个神甫。卡德鲁斯一直没有被抓到，我心想这下完了，一开庭，我就要被判刑了。不承想九月八日，也就是案发后的三个月零五天，布索尼神甫突然来到了我的牢房，他说他在马赛听说有个犯人有话要跟他说，就急匆匆赶来了。

“您想，我见到他心里有多激动啊。我把我在现场看到、听到的情景都对他说了，说到钻石的那段故事，我心里不大有底，但出乎我的意料，这事儿前前后后都是真的。更加出乎我意料的是，我所说的话神甫居然全都深信不疑。他的宽厚和仁慈让我很感动，我看出他很了解我家乡的习俗，心想他或许能宽恕我犯下的唯一那桩罪孽，于是我以忏悔的名义，把奥特伊的事儿向他和盘托出。我这虽是一时冲动，却得到了同深思熟虑一样的效果。这一桩谋杀案我是在没有任何人逼迫的情况下供认的，在他看来，这就证明我跟另一桩谋杀案是不相干的。分手时他嘱咐我耐心等待，并答应我一定尽力让法官相信我是无辜的。

“种种迹象表明，他确实为我出了力，眼看牢房的条件渐渐有了改善，而且我得知，等眼下的案子审理完毕就审理我的案子。

“在这当口，老天有眼，卡德鲁斯在国外被捕并被带回了法国。他对罪行供认不讳，但说那是妻子预谋，指使他干的。他被判服终身苦役，我被开释。”

“您就是在这时候，”基督山说，“带着布索尼神甫的推荐信来找我的吧？”

“是的，大人，他显然很关心我，劝我说：‘走私迟早会把你毁了的。从监狱出去以后，别再干那一行了。’

“‘可是长老，’我对他说，‘我怎么养活自己，养活我那可怜的嫂嫂呢？’

“‘有个向我忏悔的人很信得过我，’他说，‘要我替他物色一个可靠的仆人，你想不想去？我可以把你推荐给他。’

“‘喔，长老！’我喊了起来，‘这可太好啦。’

“‘你能向我发誓，我这么做不会后悔吗？’

“我伸出手要发誓。

“‘不用了，’他说，‘我了解而且喜欢科西嘉人。我这就写推荐信。’

“说完，他写了张便笺，就是我交给您的那张纸。大人是看了他的推荐信，才发慈悲让我给大人当差的。这会儿我想斗胆问一句，大人对我可有什么不满意的地方？”

“没有。”伯爵回答说，“我很高兴能这么说，您确实是个很称职的仆人，贝尔图乔。不过，您对我还不够信任。”

“我，对您伯爵先生！”

“是的。您既然有个嫂嫂，还有个养子，怎么从来没跟我提起他们呢？”

“唉！大人，您且听我说，这可是我一生中最伤心的事情哪。我一出狱就回科西嘉。您一定能理解，我急于见到可怜的嫂子，想安慰安慰她。可是进了罗利亚诺村，只见家里一片死气沉沉。邻居告诉我，前不久我们家发生了一场惨剧！可怜的嫂嫂，贝内代托天天逼着她把家里的钱全都交出来，嫂子听了我的劝，没答应他的要求。一天清晨，他先是威胁她，然后一整天没有回家。阿森达急得哭了，她对这个小混蛋还是一副慈母心肠哪。到晚上了，她也不睡觉，仍然在等他。将近十一点钟的时候，贝内代托带了两个年轻人回到家里，那两人都是他平时胡闹撒野的同伙。阿森达张开双臂向他迎上去，可是那三个人却一拥而上揪住她，其中一个，只怕就是那小恶棍，大声喊道：

“‘我们得好好审审她，一定要让她说出钱藏在哪儿。’

“不巧的是，我们的邻居瓦西利奥去了巴斯蒂亚，只有妻子一人在家。除了她，就再也没人能看见、听见嫂嫂家里发生的事情了。两个坏小子拉住阿森达，阿森达却还在朝这几个马上就要杀死她的刽子手笑呢，她怎么也想不到他们会下这样的毒手哪。另外那个恶棍去堵住了门窗，然后走回来。嫂嫂一看这架势，吓得叫了起来。于是那三个家伙一边堵住她的嘴，一边拽住她的脚往炽热的炭火上拉，逼她说出钱藏在哪儿。她死命挣扎，不想衣裳让火苗给烧着了，那三个小子怕自己给烧着，撇下她就逃。阿森达浑身是火奔到门口，可是门给反锁上了。

“她又冲向窗口，窗口也被堵死了。女邻居只听得阿森达在喊救命，叫声凄惨极了。不一会儿，叫声轻了下去，变成了呻吟声。第二天，瓦西利奥的老婆心惊肉跳地熬过一夜之后，壮着胆子跑出去报告地方当局，他们派人来砸开了我家的家门。一进屋子，只见阿森达已经被烧得半死，但还没断气，屋里的柜子都给撬开，钱不翼而飞。至于贝内代托，他逃了出去，没再回过罗利亚诺。从那以后，我不光没见过他，也没听人说起过他。

“我听邻居把这幕惨剧的前前后后说完以后，”贝尔图乔接着说，“就到您这里来了，大人。我没跟您说起过贝内代托，是因为他失踪了；没跟您说起过嫂嫂，是因为她死了。”

“出了这样的事，您是怎么想的呢？”基督山问。

“我想这是对我的罪孽的报应，”贝尔图乔说，“哦！维尔福，这是个该诅咒的家族！”

“我想是的。”伯爵喃喃说道，声音里有些惨切。

“现在大人想必明白，”贝尔图乔接着说，“这座我离开后再没见过的别墅，这个我冷不丁重又踏入的花园，这个我曾经杀过一个人的地方，为什么会让我失魂落魄，有劳您动问其中缘故了。因为我实在吃不准，在我面前，在我脚下，德·维尔福先生是不是真的就躺在他为孩子挖的那个坑里。”

“可不是，什么样的事都有可能。”基督山从凳子上站起身来说道，“说不定，”他低声接着说，“检察官根本就没死。布索尼神甫把您送到我这儿来，他做对了。您把您的事全告诉我，您也做对了，因为这样我就不会对您有任何怀疑了。至于贝内代托，这个名字就叫人厌恶的家伙，您以后就没有去找过他，也没有打听过他的情况吗？”

“没有。我哪怕知道他在哪儿，也绝对不会去找他，我躲他都躲不及呢。谢天谢地，我也从没听人家提起过他。我但愿他已经死了。”

“别想得太美，贝尔图乔，”伯爵说，“坏人是不会就这样死的，天主还要留着他们，假他们之手以眼还眼、以牙还牙呢。”

“那好，”贝尔图乔说，“我唯一想向上天祈求的，就是永远别再见到他。现在，”管家低下头继续说，“我全都对您说了，伯爵先生。您是我在人世间的法官，就像天主是天上的法官一样。您就不对我说几句安慰的话吗？”

“您说的还真有道理，我可以用布索尼神甫会对您说的话来安慰您，那就是您杀死的那个维尔福，他不仅对您有罪，也许还有许多别的罪孽，他是罪有应得。贝内代托要是还活着，那么正如我刚才说的，上天会假他之手来以牙还牙，然后他自己也会受到应有的惩罚。至于您嘛，其实您只有一件事是该自责的：您得问问自己，既然已经把孩子从死神手里夺了过来，为什么不把他交还给他的母亲呢？这是罪过，贝尔图乔。”

“是的，先生，这是罪过，确确实实是罪过，我在这件事上是个懦夫。当初把孩子救出来以后，我应该做的事，就是您说的把他送还给他母亲。可是，要这样做，我就得抛头露面，四处寻找，弄不好就会暴露自己的行踪。我不想死，我爱惜自己的生命，是为了我嫂子，也是出于科西嘉人天生的好胜心，我们既要报仇雪恨，又要保全自己，全身而退。可是，也许我爱惜生命就只是怕死罢了。喔！我没有我那可怜的哥哥那么勇敢哦！”

贝尔图乔双手捂住脸；基督山久久地凝望着他，那种目光是无法形容的。

这片刻的静默，在此时此地自有一种庄严的意味。

“这些事情，以后我不会再跟您提起了，贝尔图乔先生，”伯爵语气忧郁地说，这在他是不常有的，“在结束这次谈话以前，我把经常听布索尼神甫说的一句话送给您：时间和沉默，是治疗精神创伤的两帖药。现在，贝尔图乔先生，请让我独自在花园散会儿步吧。您是这出悲剧的演员，所以您感到心头作痛，而我却有一种近于温馨的感觉，对这座别墅也因此倍感珍惜。您瞧，贝尔图乔先生，树木之所以可爱，是因为有树荫，而树荫之所以可爱，是因为其中蕴藏着无尽的梦想和幻觉。当初我买下这花园，以为只是买下一块四面围着墙的空地而已，其实不然，这块空地骤然间变成了一座鬼影憧憧的花园，这些鬼魂在房契上可没提到过啊。但我喜欢鬼魂；死人在六千年里作的恶，还比不上活人在一天里作的恶多呢。进屋去吧，贝尔图乔先生，好好地去睡一觉吧。到您临终的时刻，如果听您忏悔的神甫不如布索尼神甫宽容，如果我那时还在这人世间，那您就让人来叫我吧，在您的灵魂即将踏上人称永生的崎岖征途之际，我会为您祈祷，抚慰您的灵魂。”

贝尔图乔毕恭毕敬地向伯爵一鞠躬，然后长长地吁出一口气，走了开去。

基督山独自留在花园里。他往前迈了四步。

“这儿，这棵梧桐树旁边，”他喃喃自语道，“是掩埋孩子的那个坑。那儿是进入花园的小门。拐角上，就是通往卧室的暗梯。我想这些都不用记在记事本上了，因为在我眼前，在我周围，在我脚下，就是这幅栩栩如生的活地图。”

伯爵在花园里转了最后一圈，然后出门登上马车。贝尔图乔见他在深思，便也登上车，一声不响坐在车夫旁边。

马车驶上回巴黎的路。

当天傍晚，基督山伯爵回到香榭丽舍大街的府邸以后，把整幢楼上上下下看了一遍，就像他已经在这幢房子里住了很多年似的。虽说他走在前头，但他每过一道门，每上一道楼梯，每进一条走廊，都能径直走到他想去的地方。伴他做这次夜巡的是阿里。伯爵就住房的布置和安排，对贝尔图乔做了些吩咐，然后，他掏出怀表，对恭候在一旁的哑奴说：

"现在是十一点半，海黛快回来了。那几个法国女仆已经通知过了？"

阿里伸手向希腊美人住的套间指了指。那个套间是完全独立的，只要帷幔把房门一遮，外人走遍整座楼也想不到里面还有一个客厅和两个房间。刚才我们说，阿里伸手向那个套间指了指，接着他又伸出左手的三个手指，然后把左手摊平，枕在脸下，闭上眼睛，做出睡觉的样子。

"噢！"基督山很熟悉这种哑语，"有三个女仆，在卧室里等着是吗？"

阿里点头示意："是的。"

"夫人今晚一定累了，"基督山接着说，"想必她要早点睡；别让她再多说话了。法国女仆见过新女主人就让她们退下。可您得留神，别让那个希腊女仆和法国女仆有来往。"

阿里鞠了一躬。

不一会儿，传来了马车夫的吆喝声。大铁门打开，一辆马车驶上小径，在台阶前停住。伯爵走下台阶，车门已经打开；他把手伸给一位从头到脚裹在镶金边的绿缎披风里的少妇。

少妇捧住伯爵的手，满怀爱慕和尊敬地吻了一下；两人交谈了几句，少妇的声调温柔委婉，伯爵的语气温和庄重，说的都是荷马史诗中诸神说的朗朗悦耳的语言。

这位少妇，正是在意大利伴随基督山的那个希腊美人。此刻，阿里拿着一支玫瑰色的大蜡烛走在前头，伯爵陪着少妇步入那个套间，然后退出回到自己的住处。

十二点半，宅邸里的灯火全都熄灭，想必楼里的人都已安睡了。

第46章

无限贷款

第二天下午两点钟光景，一辆四轮马车停在基督山宅邸门前。车辕上套着两匹骏美的英国马，车厢上绘有男爵纹徽。一个五十多岁却打扮成四十来岁的男子，从车门探出头来，吩咐跟车的小厮去问询基督山伯爵是否在府上。这名男子身穿蓝色礼服，礼服上的丝质纽扣也是同样的颜色，白背心上系一条粗重的金链。下身是浅褐色的裤子。一头乌黑的头发低低地压在眉毛上，在脸面下部没被遮住的皱纹对比下，很像是假发。

从车厢里，可以看见宅邸的外墙，内花园的一角和穿着号衣来来去去的仆人。车厢里的男子打足精神朝宅邸里东张西望，这种打探的做派委实很不得体。此人目光敏锐，但这并非内心智慧的体现，而是狡黠本性的流露。两片嘴唇很薄，非但不朝外鼓，而且往里瘪了进去。颧骨又宽又高（这是秉性狡诈的明确标记）、前额又扁又平，枕骨在两只极不雅观的大耳朵下面高高隆起，明眼人一看这副面相就知道，此人虽说车上套着骏马，衬衣上别着大颗钻石，上装纽扣间系着红绶带，在俗人眼里俨然是个人物，其实只是个人模狗样的猥琐角色。

小厮敲敲守门人的窗玻璃，问道：

“这儿是德·基督山伯爵府上吗？”

“这儿是大人府上，”看门人答道，“不过……”

他用目光询问阿里。

阿里做了个否定的手势。

“不过什么？……”小厮问。

“不过大人现在不见客。”看门人回答。

“这样吧，这是我家主人唐格拉尔男爵先生的名片，请您转呈基督山伯爵先生，并请转告他，我家主人是在去众议院的路上特地绕道来拜访他的。”

“我和大人说不上话，”看门人说，“得由贴身男仆禀报。”

小厮转身朝马车走去。

“怎么样？”唐格拉尔问。

这小子刚才碰了一鼻子灰，觉得挺尴尬。他把看门人的话转告了主人。

“嚯！”唐格拉尔说，“敢情这个人称大人的先生是位亲王，只有贴身男仆才有资格跟他说话不成。没关系，既然他有份贷款凭证在我这儿，哪天他要用钱了，自会来找我的。”

说完，他仰身靠在车厢后座上，向车夫吆喝一声：“去众议院！”这声吆喝响亮得很，街对面也听得清清楚楚。

基督山早已得到通报，在自己的套间里隔着百叶窗，用望远镜把来者研究了一番，其仔细程度跟唐格拉尔先生观察房子、花园和号衣时不相上下。

“这家伙，”他做了个表示厌恶的手势，把望远镜放进象牙的套筒说，“是个不折不扣的丑八怪。瞧见他这副嘴脸，怎么还有人居然看不出那扁平的额头像条蛇，突起的脑门像只秃鹫，又薄又尖的嘴像只鸶！”

“阿里！”他大声喊道，在铜铃上敲了一下。阿里赶了过来。“去叫贝尔图乔。”基督山说。

话音刚落，贝尔图乔走了进来。

“大人叫我？”他问道。

“是的，先生，”伯爵说，“刚才停在门前的那两匹马您看见没有？”

“看见了，大人，挺漂亮的。”

“这是怎么回事？”基督山皱起眉头说，“我告诉过您我要的是巴黎最好的骏马，可现在还有两匹马，跟我的马一样出色却又不在我的马厩里，这是怎么回事？”

阿里看见伯爵双眉紧皱、语气严厉，不觉垂下头去。

“这不是你的错，我的好阿里，”伯爵用阿拉伯语对他说，语气之舒缓，脸容之温和，令人很难想到，“你不熟悉英国马。”

阿里的神态重又显得很安详。

“伯爵先生，”贝尔图乔开口说，“您说的那两匹马是不卖的。”

基督山耸耸肩膀。

“您要明白，管家先生，只要肯花钱，没有买不到的东西。”

“唐格拉尔先生当初买进花了一万六千法郎，伯爵先生。”

“好呀，您就出三万二千。他是银行家，让本金翻一番的机会，银行家是绝不会放过的。”

“伯爵先生此话当真？”贝尔图乔问。

基督山看了管家一眼，似乎对他竟敢提出这么一个问题感到很惊讶。

“今晚我要去回访，”他说，“到时候我希望看到这两匹马套在我的马车上，配的是新的鞍辔。”

贝尔图乔躬身退下，但退到门口又站住了。

“大人几点出门？”他问。

“五点。”基督山说。

“我想提请大人注意，现在已经两点了。”管家壮着胆子说。

“我知道。”基督山淡然答道。

接着，他朝阿里转过脸。

“把所有的马都让夫人过目，”他说，“请她挑选最合适的套在车上，再问一下她是否愿意与我共进午餐。如果愿意，就在她那儿用餐。去吧，下去时把贴身男仆给我叫来。”

阿里出去不一会儿，贴身男仆就进来了。

“巴蒂斯坦先生，”伯爵说，“您在我身边做事已经有一年了，这是我通常考察手下人的试用期，我对您是满意的。”

巴蒂斯坦鞠了一躬。

“我想知道您对我是否满意。”

“喔！伯爵先生！”巴蒂斯坦急忙说道。

“请听我说下去。”伯爵说，“您每年挣一千五百法郎，这相当于一个出生入死的优秀军官的年俸。您享用的伙食，是许多比您忙不知多少倍的公职人员，那些办公室的头儿求之不得的。您是仆人，可是还有别的仆人照料您的衣帽鞋袜。此外，除了每年一千五百法郎的薪金，您还在为我采购化妆用品的时候揩油，另外捞进一千五百法郎。”

“噢！大人！”

“我不是怪您，巴蒂斯坦先生，这不算过分。不过，我希望事情到此为止。

您在其他任何地方，都决计找不到这样一份差事，这是您的运气。我对手下人不打不骂，出了错也能原谅，但是我决不允许手下人漫不经心、玩忽职守。我的命令通常很简短，但清楚而准确。我宁愿重复一遍，甚至两遍，但决不允许有人不按我的吩咐自作主张。我很有钱，能知道我想知道的一切。我可以告诉您，手下人的一举一动，我都了如指掌。您要是敢在背后对我说三道四，妄加评议，甚至监视我的行动，那您马上就得离开这儿。我对手下人向来只警告一次，您要好自为之。现在您可以走了。”

巴蒂斯坦鞠了一躬，往后走了三四步正要退下。

“还有，”伯爵接着说，“我忘记告诉您了，每年我都给手下人存一笔钱，被我辞退的人当然没份，但我留用的人可以在我死后拿到这笔钱。您来这儿满了一年，已经开始给您存钱了，就让这笔钱不断往上加吧。”

这一番话是当着阿里的面说的;阿里始终毫无表情，是因为他听不懂法语。但它在巴蒂斯坦先生身上却收到了效果，凡对法国仆人的心理有所研究的人，想必知道这是怎么样的效果。

“我一定尽力让大人对我感到称心，”他说，“我还要以阿里为楷模。”

“噢！大可不必，”伯爵语气冷峻地说，“阿里有优点，但缺点也不少，别拿他当榜样，他是一个例外，他没有薪金，他不是仆人，他是奴隶，是我的一条狗。倘若他失职，我不是赶他走，而是杀掉他。”

巴蒂斯坦的两只眼睛睁得大大的。

“您不相信？”基督山说。

他把刚才他用法语对巴蒂斯坦说的话，又用阿拉伯语对阿里说了一遍。

阿里脸带笑容听主人说完，走到他跟前单膝跪下，恭敬地吻他的手。

看到这幕场景，巴蒂斯坦先生简直惊呆了。

伯爵示意巴蒂斯坦退下。然后，他让阿里随他走进书房，两人在那儿交谈了很久。

到了五点钟，伯爵在铜铃上敲了三下。敲一下，是唤阿里，敲两下是唤巴蒂斯坦，敲三下则是唤贝尔图乔。

管家走进来。

“我的马！”基督山说。

“马已经套在车上了，大人，”贝尔图乔答道，“要我陪伯爵先生去吗？”

“不用，有车夫、巴蒂斯坦和阿里就够了。”

伯爵走下楼，看见上午套在唐格拉尔马车上、他颇为欣赏的那两匹马，已经套在自己的车上。

走过两匹马身旁，他朝它们瞥了一眼。

“果然是好马，”他说，“买得好，只是迟了点儿。”

“大人，”贝尔图乔说，“我费了好大劲才弄到手的，价钱可大呢。”

“价钱大了，马会逊色不成？”伯爵耸耸肩膀说。

“大人满意就好。”贝尔图乔说，“大人去哪儿？”

“昂坦堤道街唐格拉尔男爵先生府邸。”

这场谈话是在屋前的平台上进行的；贝尔图乔往前跨了一步，正想走下台阶。

“请等一下，”基督山喊住他说，“我要在诺曼底[1]海边有块地产，比如说就在勒阿弗尔[2]和布洛涅[3]之间。您瞧，我给的范围很宽。那儿得有一个小小的港口，有河道和港湾，能让我的小艇进出、下锚。这条吃水只有十五尺的小艇必须随时待命，无论白天黑夜，我一声令下，就要立即出航。您按我说的条件，向那些地产公证人打听一下。问清楚以后，您得亲自去查看。您看下来满意，就以您的名义买进。现在小艇应该是在驶往费康[4]途中吧？”

“我们离开马赛的当天晚上，我看着它出海的。”

“游艇呢？”

“按您的吩咐停在马蒂格[5]。”

“好！您要和两位船长保持联系，不能让他们睡大觉。”

“汽船怎么办？”

“不是在沙隆[6]吗？”

---

1 诺曼底：法国北部大区，濒临英吉利海峡。

2 勒阿弗尔：法国北部港口城市，位于英吉利海峡塞纳河口湾右岸。

3 布洛涅：法国北部港口城市，濒临英吉利海峡。

4 费康：法国北部港口城市，位于勒阿弗尔东北方。

5 马蒂格：法国南部地中海沿岸城市，位于马赛西北方。

6 沙隆：即马恩河畔沙隆。法国东北部马恩省省会，位于马恩河右岸。

“是的。”

“按给两条帆船的指令一样办。”

“遵命。”

“那处地产一买下，我就要在南北两条大路上每隔十里设一个驿站。”

“交给我来办，大人只管放心。”

伯爵做了个表示满意的手势，走下台阶，跳进马车，两匹骏马一路小跑，马车很快来到了银行家宅邸的正门口。

唐格拉尔正在主持一个委员会的常务会议，这个委员会受命负责修建一条铁路。仆人进来通报基督山伯爵来访的当口，刚好会议快要结束了。

唐格拉尔听到伯爵的名字，站了起来。

“各位，”他向与会的同僚说，其中颇有几位是参议院或众议院的议员，“请原谅我早一步退席。事情是这样的，罗马的汤姆森—弗伦奇公司给我介绍一个客户，叫什么基督山伯爵，要我让他开一个无限贷款的户头。这个玩笑开得可真大，我在国外有那么些同行，还从来没人敢跟我开这样的玩笑呢。说实话，你们一定理解，我当时就感到很好奇，而且这份好奇至今不减。今天上午我去拜访这位所谓的伯爵。各位都明白，倘若他是一个真正的伯爵，他就不会那么有钱。不料伯爵先生居然不会客。你们看看，这算什么话？这位什么基督山，岂不是在摆亲王、名媛的派头吗？他在香榭丽舍大街的那座宅邸，听说是他买下的，看上去倒还像那么回事。不过，既然是无限贷款，”唐格拉尔奸笑一下，接着说，“银行对客户自然得加倍小心才是。所以我急于想会会这个人。我觉着其中有诈。不过，他们还不知道自己是在跟谁打交道呢；谁笑到最后，谁才笑得最好。”

男爵先生最后这几句话说得特别用力，鼻孔都不由得鼓了起来。话音刚落，他便匆匆离席，前往那间白底描金的客厅。这间客厅在昂坦堤道街上可是大大有名的。

他特意吩咐把客人领进这间客厅，就是想一上来就先镇住他。

伯爵站在客厅里，注视着阿尔巴纳和法托尔[1]的几幅油画。银行家当原作真迹买下的这几幅画，不但是赝品，而且跟天花板上色彩斑斓的金菊苣图案很

1 阿尔巴纳（1488—1528）和法托儿（1578—1660）均为意大利画家。

不协调。

伯爵听见唐格拉尔进客厅的声响，回过身去。

唐格拉尔略微点了点头，示意伯爵坐在一把摆有绣金白缎靠垫的镀金扶手椅上。

伯爵坐了下来。

“幸会，基督山先生。”

“幸会，”伯爵回答说，“荣誉勋位膺获者、众议院议员唐格拉尔男爵先生。”

基督山把男爵名片上写着的头衔全都报了一遍。

唐格拉尔听出了其中的揶揄意味，咬了咬嘴唇。

“对不起，先生，”他说，“初次见面没有按通报的头衔称呼您。想必您也知道，当下的政府是一个平民政府，而我又正是平民利益的代表。”

“因此，”基督山说，“您在保留听人家称呼您男爵的习惯的同时，舍弃了称呼别人伯爵的习惯。”

“噢！其实我自己并不在乎，先生，”唐格拉尔漫不经心地说，“我为国家做了点贡献，被封为男爵，授予荣誉勋位，但是……”

“但是您放弃了您的爵位，就像当年的德·蒙莫朗西[1]先生和德·拉法耶特[2]先生一样，是吗？这可是个好榜样呀，先生。”

“并不完全如此，”唐格拉尔脸色尴尬地回答说，“对仆人来说，您明白……”

“是啊，对仆人来说您是老爷，对记者来说您是先生，对选民来说您是公民。这些差异对宪制政府是非常适用的。我完全明白。”

唐格拉尔紧咬嘴唇。他看出在这方面他不是基督山的对手；于是，他打算回到他更为熟稔的地盘上来。

“伯爵先生，”他欠身说道，“我收到汤姆森—弗伦奇公司的一份通知函。”

“我很高兴，男爵先生。请允许我像您手下人那样称呼您；这是一个坏习惯，但这是从那些还有男爵存在，却偏偏不再另封男爵的国家学来的。我很高兴无须再做自我介绍了，自我介绍总不免让人有些尴尬。您刚才说，通知函已经收到了？”

1　德·蒙莫朗西（1767—1826）：公爵。1790 年曾签署放弃贵族身份的宣言。

2　德·拉法耶特（1757—1834）：侯爵。积极投身法国大革命，反对王权。

“没错，”唐格拉尔说，“但说实话，我还不完全明白这封信的意思。”

“哦！”

“我趋访尊府，本想请您做一些解释。”

“哪儿要做解释，先生，您请说吧。我洗耳恭听。”

“这份通知函，”唐格拉尔说，“我想我是带在身上的（他在口袋里寻找），噢，有了。这封信通知我，让我的银行为基督山伯爵先生开一个无限贷款户头。”

“嗯，男爵先生，您觉得其中有什么地方不清楚吗？”

“没有，先生。只是*无限*这个词……”

“喔，这个词不是法文吧？……您知道，写信的是个英德混血儿。”

“不，写得没错，先生。从遣词造句的角度看，没有任何问题，不过，从银行业务的角度看，就是另外一回事了。”

“男爵先生，”基督山做得一派天真的样子问道，“是不是在您看来，汤姆森—弗伦奇公司有点不可靠啊？啊呀！这下可麻烦了，我有好几笔款子存在他们那儿呢。”

“噢！这家公司绝对可靠。”唐格拉尔回答说，脸上带着一丝近乎嘲弄的微笑，“不过在金融业务上，*无限*这个词的含义过于空泛……”

“它的含义就是没有限制，不是吗？”基督山说。

“我想说的正是这个意思，先生。空泛，就是吃不准，而哲人说，‘吃不准，不要干’。”

“这就是说，”基督山接口说，“汤姆森—弗伦奇公司再怎么折腾也没关系，唐格拉尔银行反正不为所动。”

“此话怎讲，伯爵先生？”

“可不是嘛，汤姆森和弗伦奇两位先生的业务可以是无限的，而唐格拉尔先生的业务却是有限的。他刚才说了，他是哲人。”

“先生，”银行家傲慢地说，“至今为止，还没有人敢小看我的资金。”

“那么，”基督山冷冷地答道，“看来我要开个头了。”

“凭什么？”

“凭您要我做出解释，先生，这很像是心存退意……”

唐格拉尔咬紧嘴唇，这是他第二个回合落败了，而且败在了自己的地盘上。

他那种略带嘲讽意味的文雅做派，完全是装出来的，情急之下粗鲁的本色露了出来。

基督山则不然，他神情优雅，笑容可掬，而且随时可以装出某种天真的神情，这一点让他占尽了便宜。

“好吧，先生，”唐格拉尔沉默片刻过后，开口说，“我想，要让您充分了解我的想法，最好还是请您先告诉我，您究竟打算从鄙行提多少钱。”

“但是，先生，”决意寸步不让的基督山接口说，“我之所以要在贵行开无限贷款的户头，正因为我无法确切说出我究竟需要用多少钱。”

银行家心想这下可占了先机，他仰身靠在椅子上，露出粗俗而傲慢的笑容。

“喔！先生，”他说，“您需要多少，只管大胆说就是了。您完全可以相信，唐格拉尔银行的资金虽然是有限的，但保证能满足您最大的需求，即使您提出要一百万……”

“您说多少？”基督山问。

“我说一百万。”唐格拉尔傻乎乎地说。

“一百万我能派什么用场？”伯爵说，“哎呀！先生，倘若我只需要一百万，我何必为区区这点数目开个贷款户头呢。一百万？我的钱夹或旅行包里，随时拿得出一百万。”

基督山从夹名片的记事本里抽出两张面值各五十万法郎的国库券，持有者凭券即可兑取现金。

像唐格拉尔这样的一个人，刚才这一下可不光是击中了他，而是击晕了他。这一下重拳效果显著：银行家头晕目眩，两腿发软；他直愣愣地瞪着基督山，张大的瞳孔很吓人。

“瞧，您还是直说了吧，”基督山说，“您对汤姆森—弗伦奇公司确实心存戒意。哎！这也没什么；这一招我早就防着呢，尽管我对银行业务是个外行，可我还是做了几手准备。这是另外两封通知函，内容跟刚才给您的那封完全一样。一封是维也纳的阿尔斯坦—埃斯克莱斯公司写给德·罗斯切尔德男爵先生的，另一封是伦敦的理查德—布朗特公司写给拉菲特[1]先生的。您只消说一句话，先生，我就马上在那两家银行当中找一家去谈这事儿，不再来给您添麻烦了。”

1 拉菲特（1767—1844）：法国大银行家。路易·菲力浦时代曾任财政大臣。

较量已经结束，唐格拉尔彻底落败。他双手瑟瑟发抖，接过伯爵用指尖夹着递过来的那两封通知函，细细辨认信末的签名。基督山要不是已经知道银行家神志有些不清，瞧他看得这么仔细一定会很生气。

“喔！先生，这三个签名价值好几百万哪，”唐格拉尔说着站了起来，仿佛眼前这个人就是金钱威力的化身，他要向此人致敬似的，“三份无限贷款通知函，同时给三家银行！请原谅，伯爵先生，尽管我已绝无戒心，但仍是不胜惊讶之至。”

“哎！像您这样的大银行，是不必如此大惊小怪的，”基督山彬彬有礼地说，“这么说，我可以在贵行提款了？”

“当然，伯爵先生。我悉听吩咐。”

“好吧，”基督山说，“既然事情说清楚了，我们彼此也就了解了，是吗？”

唐格拉尔点头表示同意。

“您没有一点怀疑了？”基督山问。

“喔！伯爵先生！”银行家大声说，“我从来没有怀疑过。”

“没错;您只是要有个证据。好吧，”伯爵接着说，“既然我们彼此已经了解，您也没有疑心了，那么我们不妨先为第一年定个匡算，比如说六百万，您看怎么样？”

“六百万，行！行！”唐格拉尔惊呆了。

“如果不够用，”基督山不动声色地说，“我们再追加。不过我在法国只打算待一年，我想有这个数也差不多了……反正，到时候再说吧……明天先提五十万法郎吧，我中午之前都在家，您可以让人送来。即便我不在家，我也会把收据留在管家那儿。”

“伯爵先生，这笔款子明天上午十点送到府上。”唐格拉尔回答说，“您要金币、现钞还是银币？”

“金币和现钞各一半吧。”

伯爵立起身来。

“有件事我得向您说实话，伯爵先生，”唐格拉尔说，“我原以为对欧洲富豪的情况都已了如指掌，但现在看来，对您这样实力雄厚的巨富，说实话，我却一无所知。请问您的财富是新近才有的吗？”

“不，先生。”基督山回答说，“情况正相反，我的财产可以追溯到久远的年代。这笔祖传的遗产长期以来一直是禁用的，所以利息累计起来，使这笔遗产翻了三倍。几年以前，遗嘱规定的期限才刚满，所以我动用这笔财产也就是近几年的事情，您不了解是很自然的。但用不了多久，您就会了解得相当清楚了。”

伯爵说这句话时淡淡一笑，那正是曾让弗朗兹·德·埃皮奈心惊肉跳的笑容。

“先生，按您的品位和意旨，”唐格拉尔说，“您定会在京城一展富埒王侯的风采，让我们这些小小的百万富翁一个个都自惭形秽。我看您还是位艺术鉴赏家，因为我进客厅时您正在看我收藏的画作，我想请您赏光参观一下我的陈列室，里面清一色都是古代画作，都是经过鉴定的大师精品；我不喜欢现代作品。”

“说得有道理，先生，因为一般而言，现代作品都有一个很大的缺点：还没有足够的时间变成古代作品。”

“我想让您看看托瓦森[1]、巴尔托洛尼和卡诺瓦[2]的雕塑。他们都是外国艺术家。您想必也看出来了，我不欣赏法国艺术家。”

“您有权贬低他们，先生，他们是您的同胞。”

“要不等以后我们更熟悉了再去看吧。今天，要是您肯赏光，我想介绍您认识唐格拉尔男爵夫人。请原谅我的性急，伯爵先生，但像您这样的客户，在我看来就像自家人一样了。”

基督山欠身表示接受银行家给他的这份殊荣。

唐格拉尔拉了拉铃，一个衣着光鲜的仆人走进客厅。

“男爵夫人在房间里吗？”唐格拉尔问。

“是的，男爵先生，”仆人答道。

“一个人？”

“不，夫人有客人。”

“当着外人的面介绍您，不会太冒昧吧，伯爵先生？您不想隐姓埋名吧？”

1　托瓦森（1770—1844）：丹麦雕塑家。

2　巴尔托洛尼（1777—1850）和卡诺瓦（1757—1822）均为意大利雕塑家。

“不想，男爵先生，”基督山笑着说，“我认为自己还没有这个权利。”

“夫人的客人是哪一位？是德布雷先生吗？”唐格拉尔这副好好先生的模样，让基督山心中暗自发笑，这位金融家家里公开的秘密，他早就打听清楚了。

“是德布雷先生，男爵先生。”仆人答道。

唐格拉尔点了点头，转向基督山说：

“吕西安·德布雷先生是我们家的老朋友，他是内务大臣的机要秘书。我的夫人出身名门世家，下嫁我可以说是纡尊降贵。她是萨尔维厄家的千金，前夫是已经去世的陆军上校德·纳尔戈恩侯爵先生。”

“我还没有荣幸认识唐格拉尔夫人，但我已经见过吕西安·德布雷先生了。”

“哦！”唐格拉尔说，“在哪儿？”

“德·莫尔塞夫先生府上。”

“噢！您认识子爵先生？”唐格拉尔问。

“狂欢节我们一起在罗马。”

“噢！是啊，”唐格拉尔说，“我听说过他在废墟里遇到强盗、小偷，后来又奇迹般逃出来的故事。他从意大利回来以后，好像把这段奇遇告诉过我夫人和女儿。”

“男爵夫人恭候两位先生。”仆人回进客厅说。

“我在前面给您引路。”唐格拉尔欠身说。

“请。”基督山说。

第47章
灰斑马

男爵在前，伯爵在后，两人穿过一个个装饰极尽奢华繁缛、趣味却不高雅的房间，来到唐格拉尔夫人的小客厅。这个八角形的小厅，在粉红缎子的门帘里，还挂着一层印度薄纱的帷幔。镀金扶手椅用的是颇有年头的木料，上面包的也是古色古香的绸缎；门上画着布歇[1]风格的田园风光。两幅漂亮的椭圆形彩粉画，与小厅里的摆设很协调，使得这个小客厅成了府邸里唯一还有些特色的房间。整幢宅邸的总体设计和内部装潢，都出自唐格拉尔和帝国时代一位负有盛名的设计师的手笔，但小客厅的装饰他们却确实没有插手，那是男爵夫人和吕西安·德布雷两人的杰作。唐格拉尔先生热衷于古代艺术——当然，他服膺的是督政府时期的审美标准——因此，他对这种艳冶的装饰是很不以为然的。不过，通常他也只有趁带客人过去的机会，才能踏进这个小客厅。所以，其实并不是唐格拉尔引见客人，而是客人引见他，至于他在那儿是否受欢迎，则由来客的脸让男爵夫人看着是否觉得顺眼而定。

唐格拉尔夫人虽已三十六岁，但风韵犹存。此刻她正坐在细木镶嵌的钢琴跟前，吕西安·德布雷则坐在缝纫桌前翻看画册。

伯爵到来之前，吕西安已有足够的时间向男爵夫人讲了许多关于伯爵的事情。读者都知道，在阿尔贝家的餐桌上，基督山给客人们留下了深刻的印象。德布雷虽说是个不大动感情的人，伯爵在他脑海中留下的印象却至今难以磨灭，他给男爵夫人介绍伯爵时，把这些印象也加了进去。唐格拉尔夫人先前听莫尔塞夫讲过，现在又听了吕西安的一番描述，好奇心被撩拨了起来，弄得心痒痒的。钢琴，画册，这些看似不经意的安排，只是社交场上小小的招数罢了。见到唐格拉尔先生进来，男爵夫人对他微微一笑，这可是他不常受到的礼遇。伯爵躬身致意，男爵夫人还以屈膝礼，神态颇为优雅恭敬。

吕西安和伯爵见过一次面，两人客气地点头致意。而对唐格拉尔，他已

1 布歇（1703—1770）：法国画家，曾任路易十五御前首席画师。画作以精细、柔美著称。

经熟得不能再熟，挥挥手就算打招呼了。

“男爵夫人，”唐格拉尔说，“请允许我向您介绍基督山伯爵先生，罗马同行向我竭诚推荐的客户。我只要说一句话，就马上可以让他在巴黎漂亮的夫人小姐中间成为大红人：他打算在巴黎住一年，在这一年里打算花费六百万。这意味着一系列的舞会、宴请和夜宵哪。我希望到时候伯爵先生不会忘掉我们，就如我们在举办小小的宴会时，绝不会忘掉他一样。”

虽说这番介绍中恭维话说得不大得体，但一个人来到巴黎，要在一年里花掉一个亲王所拥有的财产，这无论如何是桩稀罕事儿，因此唐格拉尔夫人向伯爵望去的那一眼中，神情中颇含有几分兴味。

“您是什么时候到的，先生？”她问。

“昨天上午，夫人。”

“听说您已经习惯了，每次都是从地球尽头来的？”

“这次直接从加的斯来，夫人。”

“哦！您选了个糟糕的季节。巴黎的夏天太可怕了，没有舞会，没有晚会，也没有庆典。意大利的歌剧伦敦在演，法国的歌剧哪儿都演，可就是巴黎不演。法国的话剧嘛，您也知道，哪儿都不演。我们现在唯一的消遣，就是战神广场[1]和萨托里广场[2]不成气候的那几场赛马喽。您看赛马吗，伯爵先生？”

“我呀，夫人，”基督山说，“巴黎人喜欢的东西，我都喜欢；我希望有幸找到一位朋友，适时地给我介绍法国人平日里都爱做些什么。”

“喜欢养马吗，伯爵先生？”

“一生中有一段时间是在东方度过的，夫人，您知道，东方人在这世界上只看重两样东西：名马和美人。”

“哦！伯爵先生，”男爵夫人说，“您何不赏脸把女人放在前面，向女士献一下殷勤呢。”

“您瞧，夫人，刚才我说要有一位老师，指导我怎么适应法国人的习惯，我还真说对了呢。”

---

1 战神广场：巴黎位于埃菲尔铁塔附近的一个广场。1804年拿破仑首次颁授荣誉军团勋章典礼即在此举行。王朝复辟后改为赛马场。

2 萨托里广场：位于凡尔赛宫西南面的广场，主要用作军事操练的场地，有时也举行赛马。

这时，唐格拉尔男爵夫人的心腹侍女进客厅，走到女主人身旁，凑近她的耳朵说了几句话。

唐格拉尔夫人脸色陡变。

“这不可能！”她说。

“千真万确，夫人。”侍女答道。

唐格拉尔夫人向丈夫转过身去。

“是真的吗，先生？”

“什么事，夫人？”唐格拉尔神情紧张地问。

“侍女告诉我……”

“她告诉您什么了？”

“她告诉我，车夫要给我套车的当口，发现我那两匹马不在马厩里了。我问您，这是怎么回事？”

“夫人，”唐格拉尔说，“请听我说。”

“哼，我会听您说的，先生，我很想知道您能对我说些什么。我要请这两位先生来评评是非。我先得给二位说一下这是怎么回事。二位，”男爵夫人接着往下说，“唐格拉尔男爵先生的马厩里有十匹马。这十匹马当中，有两匹马是我的，它们非常迷人，是巴黎最漂亮的两匹马。您见过的，德布雷先生，就是那两匹灰斑马！这下可好，我答应让德·维尔福夫人明天借用我的马车去布洛涅森林的，今天这两匹马却不翼而飞了！想必是唐格拉尔先生为了做笔买卖赚个几千法郎，就把这两匹马卖了。哦，天哪！投机商都是不要脸的家伙！”

“夫人，”唐格拉尔说，“这两匹马性子太烈，它们还不满四岁，我一直在为您担惊受怕呢。”

“哼！”男爵夫人说，“您当然知道，一个月前我雇用了巴黎最出色的马夫，您怎么不连他也一起卖了呢？”

“亲爱的，我会为您另外买两匹好马，跟那两匹一模一样，甚至比那两匹更漂亮。可它们一定得性情温顺，让我不用再这样提心吊胆才行。”

男爵夫人神情极其轻蔑地耸了耸肩膀。

唐格拉尔装着没看见夫妻间不该出现的这个表情，转过身去向着基督山。

“说实话，我很遗憾没有早些认识您，伯爵先生，”他说，“您这一阵是在安顿寓所吧？”

“是啊。”伯爵说。

“我该把那两匹马让给您才是。您想想，我按原价把马让给了别人。不过，我刚才说了，我是想早点脱手，这马年轻人骑着合适。”

“先生，”伯爵说，“多谢您的好意。今天上午我刚买了两匹马，挺不错的，价钱也不贵。哦，对了，德布雷先生，我想您是位行家吧？”

德布雷向窗口走去的当口，唐格拉尔走到妻子身旁。

“您想想，夫人，”他轻声对她说，“这两匹马的买主出的价钱高得吓人。我也不知道这个不惜倾家荡产的疯子是谁，反正今天上午他派了管家来买马，这不，这笔买卖我净赚一万六千法郎。您就别生我的气了，我分您四千，给欧仁妮两千。”

唐格拉尔夫人朝丈夫狠狠地瞪了一眼。

“哦，天哪！”德布雷喊道。

“怎么了？”男爵夫人问。

“我没看错，是您的马，可现在套在伯爵的马车上。”

“我的灰斑马！”唐格拉尔夫人大声说。

她朝窗口奔去。

“真是灰斑马。”她说。

唐格拉尔呆若木鸡。

“这怎么可能呢？”基督山显得很惊讶地问道。

“简直不可思议！”银行家喃喃说道。

男爵夫人在德布雷耳边说了几句话，德布雷走到基督山跟前。

“男爵夫人让我请问您一下，她丈夫把这两匹马卖了多少钱。”

“我不太清楚，”伯爵说，“是我管家买的，他想让我有个惊喜……好像是三万法郎吧。”

德布雷走过去把答复转告男爵夫人。

唐格拉尔脸色惨白，狼狈不堪；伯爵看上去很同情他。

“瞧，”他对银行家说，“女人都是不识好歹的；您对男爵夫人体贴入微，可她一点也不领情。不识好歹还是说得轻了，简直就是胡搅蛮缠嘛。可有什么办法呢，她们就喜欢这样。所以，最简便的办法，亲爱的男爵，就是索性由着她们去做。哪一天碰得头破血流了，那也是自作自受。”

唐格拉尔一声不吭，他知道马上就要有一场好戏了。男爵夫人的眉头紧锁，就好比奥林匹斯山的朱庇特乌云满面，预示着暴风雨即刻就要来临。德布雷觉得气氛不对，借口有事要办，先告辞了。基督山感到再待下去会冲淡他期望得到的效果，便向唐格拉尔夫人躬身致意，也退了出去，听任男爵领受妻子的叱骂排揎。

“好！”基督山退出时心里想道，“我已经达到了目的。现在这一家子的安宁全捏在我的手心里了，先生也好，夫人也好，我轻而易举就能取得他们的信任。真是太好了！噢，”他接着想道，“这次会面，他们没有把我介绍给欧仁妮·唐格拉尔小姐，我倒挺想结识一下这位小姐。不过，”想到这儿，他不由得又露出了他那特有的笑容，“反正我们都在巴黎，有的是时间……后会有期！……”

伯爵登上马车，回府而去。

两小时过后，唐格拉尔夫人收到基督山伯爵一封措辞委婉的信。信上说，他不想刚踏入巴黎社交界就让一位美丽的夫人伤心，他恳请她收回这两匹马。

送回的两匹马辔饰齐全，一如她早上看到的那样；但挂在每匹马耳间的玫瑰花结中央，伯爵都让人系了一颗钻石。

唐格拉尔也收到一封信。

伯爵在信中请男爵允许他出于有钱人的任性，给男爵夫人送上这份礼物，并原谅他按东方人的方式把那两匹马送还给她。

当天傍晚，基督山出发去奥特伊，阿里随同前往。

第二天下午三点钟左右，阿里听见铜铃敲了一下，便走进伯爵书房。

“阿里，”伯爵对他说，“我常听你说你擅长套马。”

阿里点头表示是这样，得意地把身子挺得笔直。

“好！……你能用套马索拉住一头牛吗？”

阿里点头表示行。

“一头老虎呢？”

阿里同样点头表示行。

“一头狮子呢？”

阿里做了个抛绳索的动作，又模仿颈脖被勒紧的狮子咆哮一声。

“好，我明白了，”基督山说，“你是说你猎到过一头狮子？”

阿里得意地点点头。

“那你能套住两匹狂奔的马吗？”

阿里笑笑。

“好吧，你听我说，”基督山说，“待会儿有辆马车经过这儿，拉车的就是我昨天买下的那两匹灰斑马。你即使被碾得粉身碎骨，也得让马车停在大门口。”

阿里往外走到下面街上，在宅邸门前的石板路上画了一条线。然后，他回进来向伯爵指指那条线。其实他刚才的举动伯爵都看在眼里。

伯爵轻轻拍了拍阿里的肩膀，这是他对阿里表示赞许的方式。而后，努比亚哑奴来到宅邸的街门前，坐在墙角石上吸土耳其长筒烟管，基督山则回进房里，什么也不管了。

但到了五点钟光景，也就是他预料马车该驶来的时候，从一些不易觉察的迹象可以看出伯爵似乎有些焦虑。他在一个临街的房间里踱来踱去，时而停下脚步侧耳细听，时而走近窗口往外看看，而每次都看见阿里在不慌不忙地吸着烟管，说明他正专心致志地在执行这项重要的使命。

蓦地，远处传来车轮滚动的隆隆声，声响愈来愈大，迅速逼近过来。紧接着，一辆敞篷四轮马车风驰电掣般地疾驶而来，两匹辕马竖起鬃毛，厉声嘶鸣地向前猛冲，车夫拼命勒紧缰绳，但根本无法控制狂奔的辕马。

车厢里是一个少妇和一个七八岁的孩子，两人紧紧抱在一起，已经吓得连喊都喊不出声了。这当口，只要马车磕上一颗石子，或是攀住一根树枝，就会倾覆在地，撞得粉身碎骨。路上的行人看见狂驶而来的马车，都吓得尖声喊叫，四散奔跑。

说时迟，那时快，只见阿里撂下烟筒，从兜里掏出套马索奋力扔去。绳索在左面那匹马的前蹄上绕了三圈，但阿里自己也被巨大的冲力拖出了三四步。随即，被套住的马猛地倒下，压在车辕上，折断了车辕，另一匹没倒的马还想往前跑，但被拖住跑不动了。马车骤然停住，车夫趁这工夫从驭座上跳下来，但这时阿里已经用他那强有力的手指掐住另一匹马的鼻子，那马痛得长嘶一声，痉挛着躺倒在伙伴的身旁。

整个过程只用了子弹出膛击中目标的那点时间。

而就在这一瞬间，一个男人带着几个仆人，从出事地点对面的那座别墅里冲了过来。车夫刚拉开车门，这人便把车厢里的少妇一把抱了出来，少妇一只手紧紧抓着坐垫，另一只手紧紧把晕了过去的儿子搂在胸间。基督山把母子俩一起抱进客厅，放在一张长沙发上。

“别怕，夫人，”他说，“你们得救了。”

少妇神志清醒了过来，但她没作声，只是指了指她的儿子，恳切的目光比任何祈求都令人动容。

孩子仍然昏迷不醒。

“是的，夫人，我明白您的意思，”伯爵注视着孩子说，“不过您放心吧，他没受伤，只是受了惊吓才晕过去的。”

“哦！先生，”母亲大声说，“请别说这些话安慰我好吗？您看，他脸色多苍白！我的儿子！我的孩子！我的爱德华啊！你对妈妈说话呀。哦！先生！快派人请医生。只要能救活我的儿子，我把我的财产都给他！”

基督山摆摆手，让泪流满面的母亲平静下来。然后，他打开一个柜子，从里面取出一只波希米亚出产的包金小瓶，里面盛着血也似的红色液体，他倒了一滴在孩子的嘴唇上。

孩子的脸色依然是苍白的，但眼睛当即睁了开来。

母亲见此情景，喜悦得几乎要发狂。

“我这是在哪儿？”她高声说道，“经历了那么可怕的一幕以后，是谁赐给了我这巨大的幸福？”

“夫人，”基督山回答说，“您是在一个有幸帮您排解忧伤的人家里。”

“哦！该死的好奇心！”这位夫人说。“巴黎人人都在谈论唐格拉尔夫人那两匹漂亮的马，我居然昏了头，也要来试一试。”

“怎么！”伯爵惊叫道，这种惊讶的表情是装得惟妙惟肖的，“这两匹马是男爵夫人的？”

“是的，先生，您认识她？”

“我有幸认识唐格拉尔夫人，所以，能帮您从这两匹马让您受到惊吓中解脱出来，我真是倍感高兴。说起来，让您受这惊吓还得归咎于我：我昨天从男爵那儿买下了这两匹马；可是男爵夫人看上去好像非常不舍得，于是昨天我又把它们送还给她，作为我给她的一份小小的礼物。”

“这么说，您就是基督山伯爵喽？艾米娜昨天跟我说了好多有关您的事呢。”

“正是在下，夫人。”伯爵说。

“先生，我是爱洛伊丝·德·维尔福夫人。”

伯爵躬身致意，那神情像是全然不曾听说过这个名字似的。

“哦！德·维尔福先生会非常感激您的！”爱洛伊丝接着说，“您救了我们母子俩的命：您把他的妻子和儿子还给了他。真的，要不是您那位仆人冒死相救，我和我亲爱的儿子必死无疑。”

“唉！夫人！想起你们刚才受到的惊吓，我还真有些后怕呢。”

“噢！希望您能允许我向这位忠勇的仆人表示一下我的谢意。”

“夫人，”基督山回答说，“请您既不要夸奖他，也不要酬谢他，那样会宠坏阿里的。我不想让他养成这个习惯。阿里是我的奴隶；他救你们，是听命于我，而听命于我是他的职责。”

“可他是冒着生命危险的。”德·维尔福夫人说，刚才主人说话的语气，给她留下了很奇特的印象。

“我救过他的命，夫人，”基督山回答说，“所以这条命是属于我的。”

德·维尔福夫人不作声了：也许她是在暗自寻思，这个人为什么一见面就能让人感到心灵受到一种震撼。

趁这静场的当口，伯爵可以从容地观察被母亲吻个不停的孩子。他瘦小、羸弱，像一般红头发的孩子那样皮肤很白；但浓密的黑发不仅遮住隆起的额头，还沿着脸颊两边垂到了肩头，使那双充满狡黠、任性表情的眼睛分外显得灵动活泛；嘴巴很大，刚恢复血色的嘴唇长得很薄。八岁的孩子，看上去至少像有十二岁。他的第一个动作，就是一下子从母亲的怀抱里挣脱出来，跑去打开伯爵放小瓶的那个柜子；然后，也不问声可以不可以，完全显露出平时任性惯了的孩子的本色，麻利地旋开一个个小瓶的盖子。

“别碰这些瓶子，小伙子，”伯爵赶紧说，“有些液体是有毒的，不光不能喝，闻了也会中毒。”

德·维尔福夫人吓得脸色发白，一把抓住儿子的手，将他拉到自己身边；不过，一时的恐惧过去以后，她马上又朝柜子看了一眼，这道稍纵即逝而又意味深长的目光，没能逃过伯爵的眼睛。

这时，阿里走了进来。

德·维尔福夫人欣喜地抬起头，把孩子抱得更紧了。

“爱德华，”她说，“你看见这个好人了吧：他非常勇敢，冒着生命危险拦住了拉着我们狂奔的马，保住了眼看要撞得粉身碎骨的车子。好好谢谢他吧，要不是他救了我们，现在我俩大概早就死了。”

孩子噘起嘴，不屑一顾地转过脸去。

“他太难看了。”他说。

伯爵微微一笑，仿佛这孩子刚遂了他的一个心愿；至于德·维尔福夫人，她责备了儿子几句，但语气非常温和，倘若小爱德华换了爱弥儿的话，让-雅克·卢梭肯定觉得这么说远远不够。

“你瞧见了，”伯爵用阿拉伯语对阿里说，“这位夫人让她儿子谢谢你救了他俩的命，那孩子回答说你太难看了。”

阿里把他聪明的脑袋转过去，盯着孩子看了一会儿，虽然他脸上没有表情，但就凭他鼻翼的翕动，基督山就知道阿拉伯人的自尊心被刺伤了。

“先生，”德·维尔福夫人起身告辞时问，“您平时就住这座别墅吗？”

“不，夫人，”伯爵回答说，“我买这座宅子，只是偶尔来住一下：我平时住在香榭丽舍大街三十号。看来您已经复原，准备走了。我刚吩咐下人把那两匹马套在我的车上，阿里，就是这个很难看的仆人，”他笑吟吟地对那孩子说，“会驾车送你们回府，你们的车夫留在这儿照料修车的事。等车修好了，我会让人套上我的马直接把它送到唐格拉尔夫人府上。”

“可是，”德·维尔福夫人说，“那两匹马拉的车，我是再也不敢乘了。”

“夫人，您待会儿就会看见，”基督山说，“到了阿里手里，它们会像羔羊一样温顺。”

这时，仆人们刚好不容易把那两匹马扶了起来。只见阿里手拿一块蘸了香醋的海绵，走过去在大汗淋漓、口吐白沫的灰斑马的鼻孔和额角擦了擦，两匹马顿时直喘粗气，浑身颤抖好几秒钟。

方才惊险的一幕和路人的尖叫，招来了许多看热闹的人聚集在宅子跟前。这会儿，阿里在众人的围观下，把那两匹马套在伯爵的马车上，收拢缰绳，登上驭座。这些人刚见过两匹马野性发作、暴烈异常，这会儿却大为惊奇地看到，他使劲连连挥鞭，它们才慢慢往前挪步，这两匹远近闻名的灰斑马，如今变得愚钝呆滞、死气沉沉，有气无力、步履蹒跚地跑了差不多两个小时，才把德•维尔福夫人拉回她在圣奥诺雷区的住所。

回到家里，等大家的激动情绪稍过，她就急不可耐地给唐格拉尔夫人写了下面这封信：

亲爱的艾米娜：

昨天我俩大谈特谈的那位基督山伯爵，我做梦也想不到今天会见到他，可他刚才居然奇迹般地救了我和我儿子。昨天您在我面前把他说得那么好，我一个劲儿地笑话您，还自以为得意，可今天我觉得，您把他说得再好，他也比您说的还要好。您的那两匹马跑到拉纳拉街就使起性子来了，发疯似的往前直奔，车子要是撞到路边的树上，或者擦到别墅的墙角石，我和可怜的爱德华可能就会粉身碎骨，就在这当口，一个阿拉伯人，或者说一个黑人，一个努比亚人，总之是伯爵手下的一个黑皮肤的仆人，猛地冲上前来，我想是伯爵示意他这么做的，他冒着自己被马踩死的危险，拉住了狂奔的辕马，他能在这险象环生的一刹那安然无恙，这本身也真是一个奇迹。这时伯爵领了人跑过来，把我和爱德华抱到他府上，救醒了昏厥的爱德华。我是乘他的马车回家的；您的马车明天再还您。您会看到，那两匹马在出事后虚弱了许多，呆头呆脑的，好像在为自己居然让一个人给制服了感到内疚似的。伯爵要我转告您，只要铺上干草让它们休息两天，再喂些燕麦，它们很快就会恢复健康，也就是说，很快就会变得像昨天一样吓人的。

就这样吧！我不为这次兜风向您表示感谢了，不过转念一想，我又觉得要是为了您那两匹马的野性发作而对您耿耿于怀，那未免有点忘恩负义；因为，要不然的话，我就无缘一睹基督山伯爵的风采了。这位声名显赫的外国人，且不说他的百万家产，他本人就是一个非常令人好奇、非常耐人寻味的谜团，我打算不惜任何代价来解开这个谜团，即便要再乘您那两匹马拉的车上布洛涅森林去兜趟风也在所不辞。

爱德华遇险时表现得异常勇敢。他昏了过去，但在这以前没有喊过一声，醒来后也没有流过一滴眼泪。您又要说我的母爱让我变得盲目了；可是在这个羸弱、敏感的瘦小身躯里，确实有着一个坚强的灵魂。

我们亲爱的瓦朗蒂娜常常在念叨你们亲爱的欧仁妮；我呢，衷心地拥抱您，吻您。

爱洛伊丝·德·维尔福

又及：请安排我在府上跟基督山伯爵见一次面。不论您用什么方式，务请让我有重见伯爵的机会。顺便说一下，德·维尔福先生刚告诉我，他要前去拜访这位先生；我真希望他也会来回访。

当晚，奥特伊发生的意外事故成了各种场合的谈资：阿尔贝跟母亲讲，夏托-勒诺在赛马俱乐部讲，德布雷在大臣的客厅里讲；博尚亲自在报社撰文，二十行的文章刊登在社会新闻专栏，这位高尚的外国人于是成了每位贵妇人心目中的英雄。

德·维尔福夫人府上门庭若市，许多人留下名片，表示希望能在合适的时间再次造访，听夫人亲口叙述这次富有传奇色彩的奇遇的种种细节。

至于德·维尔福先生，正如爱洛伊丝所说，他身穿黑礼服，戴着白手套，带上穿号服的仆役，登上豪华的四轮马车，于当晚前往基督山伯爵府邸。马车停在了香榭丽舍大街三十号的门前。

第48章
意识形态

倘若基督山伯爵长期生活在巴黎上流社会里，他一定会意识到德·维尔福先生对他做出的姿态堪称非同寻常。

无论执掌王权的是长子支系还是次子支系，无论当权的大臣是空论派[1]、自由派还是保守派，德·维尔福先生始终是宫廷红人。政治上的不倒翁，按通常的说法就是*玩得转*的人，德·维尔福先生正是个玩得转的人。恨他的人很多，但也有人回护他，可是没有一个人喜欢他。他在司法界地位很高，而且这地位犹如阿尔莱和莫莱[2]一样稳固。他的客厅经年轻妻子和前妻所生刚满十八岁的女儿的一番操持，已然跻身巴黎正统沙龙之列，以崇尚传统、讲究礼仪著称。德·维尔福先生本人礼数周到、态度冷漠，对政府决策忠贞不贰，对理论和理论家鄙夷不屑，对爱发空论的观念学派深恶痛绝，凡此种种，构成了他的内心世界，也是他公开标榜的人生哲学。

德·维尔福先生不仅是个法官，还可以说是个外交家。凭着他与前朝的关系，当今王室对他颇为倚重，而他提到旧朝时态度也极为恭敬。他知道的事情太多了，朝廷因此不仅常要容让他三分，有时还会有事向他咨询。自然，当朝若能有把握除掉此人，情况也许会有所不同。但德·维尔福先生好比旧日敢于违抗君命的封建领主，置身于不可攻克的城堡。这座城堡，就是检察官的职位，他巧妙地利用这个职位为自己捞到了所有好处，而且绝不会轻易离职，除非有一天当选议员，放弃中立，转到反对派的立场上。

一般，德·维尔福难得拜客，也很少回访。出访会客，都由他妻子出面，这一点在社交界已得到默许，原因自然归结为检察官先生公事繁忙，抽不开身。实际上这只是一种端架子，一种贵族派头，只是在实践他信奉的一句格言：*让人见你自重，你就会被看重。*在我们的社会里，这句格言可要比希腊人的箴言

1　空论派：1814 年法国王朝复辟时期的政治派别。主张调和资产阶级革命和王权的矛盾。

2　阿尔莱（1536—1619）：巴黎议会主席，以忠于王室著称。莫莱（1584—1656）也是著名的巴黎议会主席。

人贵自知管用一百倍，时至今日，自知要比知人难得多，而知人要比自知有用得多。

德·维尔福先生，对朋友而言是强有力的保护者，对敌人而言是冷峻强硬的对手，对既非朋友又非敌人的人而言，则有如一尊雕像，俨然是法律的化身：待人接物居高临下，举止神态冷漠无情，目光时而晦暗呆滞，时而犀利多疑；而就是这么一个人，巧妙周旋于四次革命之中，地位愈来愈稳。

德·维尔福先生名声在外，是全法国最没有好奇心，最不为俗事所累的人。他每年在宅邸里举办一次舞会，但他露面的时间仅一刻钟，比宫廷舞会上的国王还少四十五分钟。在剧院、音乐会，或者其他公众场合，从来都见不到他的身影。有时，他偶尔也打几把惠斯特牌，这时牌桌上自然都是跟他身份般配的搭子：某位大使，某位主教，某位亲王，某位庭长，或者某位孀居的公爵夫人。

此刻停在基督山府邸门前那辆马车的主人，就是这位检察官先生。

贴身男仆进来禀报德·维尔福先生来访时，伯爵正俯身在一张大桌子上看地图，查找从圣彼得堡到中国的路线。

王室检察官走进客厅时，步履如同走进法庭一样庄重而刻板。他还是我们在马赛见过的那位代理王室检察官，或者更准确地说，是已经步入中年的那位检察官。自然规律是不可抗拒的，这一法则对他也不例外。身材由单薄变得消瘦，脸色由苍白渐渐泛黄，往里眍的眼窝陷得更深，金丝边的夹鼻眼镜似乎成了脸庞的一部分。除了那条白领带，浑身上下是清一色的黑色，唯有纽孔上镶着细细的红绲边，犹如红笔画出的血痕。

虽然基督山自制力极强，但他向检察官还礼时，还是情不自禁地带着明显的好奇心打量了对方一眼；而检察官先生素来对传闻抱怀疑态度，从不轻信那些说得神乎其神的社会新闻，所以在他眼里，这位外国贵人——大家都这么称呼基督山——并非来自罗马教廷的巨擘或《天方夜谭》里的苏丹，而是想来闯荡一番的骗子或从流放地逃出来的坏蛋。

“先生，”维尔福尖声说道，当检察官的在庭审辩论中习惯了这么逼紧嗓子说话，平时跟人交谈时，他们往往不能，或者说不想换一种声调，“先生，承蒙您对我妻子和儿子出手相助，我理应当面向您道谢。因此我特地来履行这一义务，向您表示我的谢忱。”

法官在说这番话时，冷峻的目光中仍然满含平日的骄横之气。这几句话，他拿出总检察官的架势说得一字一顿，颈子和肩膀都绷紧着，正如我们上面说的，俨然是那些奉承他的人眼中代表法律尊严的雕像。

“先生，”伯爵冷冰冰地回答说，“能为一位母亲保全她的儿子，我深感欣慰，因为人们常说，母爱是最神圣的感情；先生，能这样做是我的快乐，因此您不必感到有义务向我表示谢忱，尽管那想必会使我感到不胜荣幸之至，因为我知道，这份恩惠德·维尔福先生是从不轻易施与别人的，然而，无论这份恩惠怎么珍贵，它还是没法跟我内心的满足相比的。”

维尔福没想到对方会说出这么一番锋芒逼人的回答，不由得愣了一下，犹如士兵感到身上的铠甲被人猛击了一记，刚才露着轻蔑表情的嘴唇微微牵动一下，说明从此刻起，他不再把基督山伯爵当作一个谦恭的绅士了。

他向四下里看了看，想给业已中断，而且看来无法继续下去的谈话另外找个话题。

他瞧见了刚才进来时基督山在看的地图，于是开口说道：

“您研究地理，先生？这种研究很有意思，对您这样想必到过地图上许多地方的人来说，就尤其如此了。”

“是的，先生，”伯爵回答说，“我和您从事同样的研究，只是我想从总体上来研究人类，而您研究的是个体，每天接触的都是个案。我想，从整体到局部，要比从局部到整体容易得多。有一条代数公理告诉我们，应该由已知数来求未知数，而不该由未知数来求已知数……哎，您请坐呀，先生，请。”

基督山伸手示意，王室检察官只得走过去，在稍远的一把扶手椅上落座。基督山本人则就势坐在原先屈膝跪在上面的那把椅子上。这样一来，伯爵正好侧身对着客人，背朝窗口，胳膊肘支在刚才两人谈起的地图上，而眼前的这场谈话，跟在莫尔塞夫和唐格拉尔府上的那两场谈话相比，纵然环境有所不同，在人物坐姿上却非常相似。

“啊！您在谈哲学了。”维尔福说，趁着刚才片刻的沉默，他有如遇到强劲对手的运动员那样在积聚力量，“好吧，先生，恕我实话实说，我要是像您一样没什么事情可做的话，我可不会研究这么乏味的学问。”

“可不是，先生，”基督山接口说，“在凭借日光显微镜研究人类的学者眼里，人不过是条丑陋的毛虫而已。不过您刚才不是说我没什么事情可做吗，那么我倒要请问一下，先生，您认为自己有事可做吗？或者说得更明确些，您认为自己所做的，称得上是事情吗？”

维尔福又被这个奇怪的对手狠狠地击中一拳，惊讶得不得了。措辞这么尖锐的悖论，检察官先生实在是久违了，更确切地说，实在还是第一次听见。

王室检察官准备认真应战了。

“先生，”他说，“您是外国人，我记得您曾经说过，您有一段生活是在东方度过的。所以您不知道，在那些蛮荒国家异常简便的司法程序，在我们这儿实施起来有多审慎，又有多困难。”

“我知道，先生，知道。这就是古人说的pede claudo[1]。这些我都知道，我研究得最多的，就是各国的法律，我把各国的司法程序和自然法一一做过比较。我得说，先生，只有我们先民的法律，也就是同态复仇[2]，才是最合乎天主旨意的法律。”

“要是接受这样的法律准则，先生，”检察官说，“我们的法典就大大简化了，而且这样一来，正如您刚才说的，我们法官就没有多少事情好做喽。”

“也许会有这一天的，”基督山说，“您知道，人类的创造都是从复杂到简单的，而简单的总是最好的。”

“目前，先生，”法官说，“我们的现行法典中存在着不少相互矛盾的条文，因为它们有的出自高卢习惯法和罗马法，有的则是援引法兰克人的惯例。而要了解、熟悉所有这些法律，想必您也同意，不仅要经过长时间的学习，还要有极强的记忆力，一旦熟悉了这些法律，就要能牢记不忘。”

“我同意您的说法，先生。但您所知晓的有关法国法典的全部知识，我都知晓，而且我所知晓的，不仅仅是这部法典，而是所有各国的法典；我对英国、土耳其、日本、印度的法律，就如法国的法律一样熟悉。因此我有理由说，相对于（您知道，先生，一切都是相对的），相对于我所做过的事情而言，您几乎无须做什么；而相对于我所学过的知识而言，您还有许多东西要学。”

“您学这么些知识，目的何在呢？”维尔福惊奇地问。

1　拉丁文：惩罚是瘸着腿来的。意思相当于“不是不报，时候未到，时候一到，一切都报”。

2　同态复仇：指早期巴比伦法律中相当于“以眼还眼，以牙还牙”的准则。

基督山笑了笑。

“啊，先生，”他说道，“我认为，尽管大家都说您很优秀，可是您对事物的看法，还停留在世俗的观点上，总是从人出发，最后又回到人身上，也就是说，就人类智力的限度而言，您抱有的是最有局限性、最狭隘的观点。”

“请您解释一下，先生，”维尔福说，他真是愈来愈惊讶了，“您的意思我听得……不很明白。”

“我是说，先生，您的目光停留在各国的社会结构上，您只看见机器在运转，而没看见驱使它运转的那位了不起的机械师。我是说，您只看到您面前和您周围的那些大大小小的官员，他们的职位是由大臣或国王任命的；对于被天主赋予使命而不是授予职位，被天主置于官员、大臣和国王之上的那些人，您那短浅的目光是看不见的。这正是感官功能低下不全的人类的通病。多比亚斯[1]把让他双目复明的天使当成了一个普通的年轻人，那些国家把即将毁灭它们的阿提拉[2]当成了一个普通的征服者。要等他们说出身负上天的使命，人们才知道他们是谁，要等他俩一个说‘我是上帝派来的天使’，另一个说‘我是天主之锤’，人们才得以明白他们的神性。”

“那么，”维尔福说，他越发感到惊奇了，以为自己是跟异端教派的教徒，或者是跟疯子在说话，“您把自己也看作您所说的这种跟常人不一样的异人啰？”

“有什么不可以呢？”基督山冷冷地说。

“对不起，先生，”震惊莫名的维尔福说，“请您原谅，我来登门拜访时，并不知道我是来拜访一位才识和禀赋远远超乎常人之上的人。我们是深受文明毒害的可怜虫，在我们这儿，像您这么一位拥有巨大财富的绅士——至少人家都这么说，请注意我无意打探，我只是重复一下听到的话而已——我是说，像您这样的人通常不会把时间浪费在社会现象的探讨和哲学的空想上，那些东西至多只是对注定得不到财富的人的一种安慰。”

“哎！先生，”伯爵说，“您能有今天这样显赫的地位，就算不肯承认，难道还当真没有碰到过例外的情形吗，凭您这双理应目光锐利而准确的眼睛，难

1　多比亚斯：经外书故事中多比之子。多比双目失明后，天使拉斐尔使他复明。此处似把父子两人搞混了。
2　阿提拉（约406—453）：匈奴王（434—453在位）。屡次率兵攻占拜占庭帝国疆土，并将帝国属下的小国夷为平地。

道您还不能一下子就猜出站在面前是怎么样的人吗？一位法官，纵使不是法律最优秀的执行者，不是扑朔迷离的案件最聪明的侦破者，难道还能不是一支探测人心的精钢探头、一块检验每个或多或少掺有杂质的灵魂中到底还含不含有金子的试金石吗？”

“先生，”维尔福说，“说实话，我都让您给弄糊涂了。我还从来没听到别人像您这样说话的呢。”

“那是因为您始终让自己局限在寻常的生活范围里，不敢振翅飞向一个更高的境界，那是天主特意为那些不同于常人、常人也看不见的人设置的。”

“先生，您认为这个境界确实存在，而且那些看不见的异人就和我们相处在一起吗？”

“这有什么奇怪的呢？您时时刻刻在呼吸空气，离开空气就没法生存，可您见到空气了吗？”

“这么说，您所说的这些人我们是看不见的啰？”

“不是这样，当天主允许他们显身的时候，您就看见他们了。您可以触摸到他们，可以和他们说话，他们也会回答您。”

“噢！”维尔福笑着说，“不瞒您说，要是有这样一个人来看我，我但愿他能事先告诉我。”

“您已经如愿了，先生。我刚才已经告诉您了，现在我还在这么做。”

“怎么，您？”

“我是一个跟常人不同的人，是的，先生，我认为至今为止还没人有过像我这样的地位。国王的疆土是有限的，不是为山脉、河流所限，就是为习俗和语言的变异所限。而我的王国是没有尽头的，因为我既不是意大利人、法国人、印度人，也不是美国人、西班牙人，我视整个世界为我的王国。任何国家都不能说我生在他们那儿，也只有天主才知道我将死于何处。我适应各地的习俗，我能说所有的语言。您以为我是法国人，因为我说法语和您一样流利纯正，是不是？那好！我的努比亚黑奴阿里以为我是阿拉伯人，我的管家贝尔图乔以为我是罗马人，我的女奴海黛以为我是希腊人。所以，您会明白，既然我没有任何国籍，不要求任何政府保护，不认任何人做朋友，那些让强者止步的顾虑，那些让弱者畏葸的障碍，都不能妨碍我、阻止我。我只有两个对手——是对手而不是征服者，因为凭我的坚忍，它们最终会向我屈服——那就是距离和时间。第三个对手是最可怕的，那就是凡人都难免的一死。只有死亡才能在我达到既定目标之前，使我停在前进的路上。除此之外，一切我都心有定算。人们所说的命运，灾祸、变乱和意外，我都充分考虑到了。即使遇到这些情况，我也绝不会垮掉。我只要还没死，就永远是今天的我。就因为这样，我对您说的话，您以前是不可能听到的，即使是国王，也不会对您这么说，因为他需要您，而其他的人则惧怕您。在一个如此荒唐的社会里，任谁都会这么想：'说不定哪一天，我有求于王室检察官呢！'"

"而您，先生，也会这么想吧，既然您目前住在法国，至少在此期间您得受法国法律的制约。"

"这我知道，先生。"基督山回答说，"不过每去一个国家之前，我总会通过适当的途径，对那些我有所期盼或有所提防的人，事先细细研究一番，把对方的情况了解得一清二楚，甚至有些他们自己不知道的事情，我也了如指掌。其结果就是，当我要和无论哪一位王室检察官打交道时，他的处境一定会比我来得尴尬。"

"您的意思是说，"维尔福有些犹豫地说，"人的本性是脆弱的，也就是说，每个人免不了有……过错？"

"过错……或者罪孽。"基督山漫不经心地说。

"您刚才说过，您不认任何人做朋友，"维尔福接着说，声音微微有些变了，"莫非您认为在所有的人中间，只有您一个人才是完美无缺的？"

"不是完美无缺，"伯爵回答说，"是无懈可击。不过，如果您不喜欢这个话题，我们就到此为止吧。正如我双重视觉的异禀吓不倒您一样，您的法律也吓不倒我。"

"不，不，先生！"维尔福赶紧说，生怕显出临阵逃脱的样子，"不！您这番非常出色、堪称精妙的宏论，把我提升到了常人的水平之上。我们不是在聊天，而是在进行探讨。然而您知道，那些在索邦大学讲课的神学家，那些热衷于辩论的哲学家，有时也会说出无情的真理。我们不妨就算是在讨论社会神学和宗教哲学吧，有句话虽然不中听，可我还是要对您说：老兄，您未免太骄傲了。您是在常人之上，可是还有天主在您之上呢。"

“在所有的人之上，先生，”基督山说，深沉的语调使维尔福不由得打了个寒噤，“我对人类傲然以待，因为他们像蛇一样，即使你只是从旁边经过、没踩着它们，它们也要昂起头来咬你。但我在天主面前是谦卑的，是天主把我从一无所有的境地中解救出来，造就了今天的我。”

“伯爵先生，我敬佩您，”维尔福说，在这场奇特的谈话中，他一直称这位外国人为先生，这是第一次改口以贵族爵位相称，“是的，我要对您说，如果您真是个坚强的人，出类拔萃的人，道德高尚或无懈可击的人——您说得有理，道德高尚和无懈可击几乎是等同的——那么先生，您的确可以骄傲。这是统治的法则。那您肯定会有一些雄心壮志啰？”

“我有一个野心，先生。”

“什么野心？”

“我也曾被撒旦带到地球上最高的山峰上——每个人一生中都会有过一次这样的经历。到了山巅，他向我指着山下的整个世界，犹如当初对基督那样对我说：‘人之子啊，你要得到什么东西，才会拜倒在我脚下呢？’我没有马上回答他。其实有个可怕的野心一直在吞噬着我的心灵，但我过了很长时间才对他说：‘你听我说，我一直听人说起天意，可是我从没见过天意，也没见过任何像是天意的东西，因此我相信天意是不存在的。我想成为天意的化身，因为我知道，世界上最美好、最伟大、最崇高的事情，就是有恩报恩，有仇报仇。’但是撒旦低下头，叹了口气说：‘你错了，天意是存在的。但你是看不见的，天意是天主的女儿，她与她的父亲一样，都是看不见的。你见不到天意的迹象，是因为它来无影，去无踪。我能为你做的，只是让你成为一名*天主的使者*。’我们成交了。我可能因此丧失了灵魂，但这有什么关系呢。假如我还能重新选择一次，我仍然会这样选择。”

维尔福极其惊异地望着基督山。

“伯爵先生，”他问，“您有亲人吗？”

“没有，先生，我在这世上孤身一人。”

“可惜啊！”

“为什么？”基督山问。

“因为有一种足以让您收起骄矜之心的情景，您就没法看到了。您说您只惧怕死亡，是吗？”

“我没说惧怕，我是说只有死亡才能让我停下。”

“衰老呢？”

“在我变老以前，我的使命已经完成了。”

“发疯呢？”

“我差一点发过疯。您知道有条公理叫 non bis in idem[1] 吧。这是一条犯罪学的公理，是您的本行喽。”

“先生，”维尔福说，“除了死亡、衰老和发疯，还有别的让人惧怕的事情：比如说中风，这闪电般的一击，并不会立即置你于死地，但一旦发病，你就完了。你仍然是你，但再也不是以前的你了。你曾像埃里厄尔[2]一样和天使做伴，如今却只剩下一具生气全无的躯壳，像卡利班[3]一样与牲畜为伍。说得简洁些，就像我刚才对您说的，这就叫中风。伯爵先生，我想请您改日赏光到舍下继续这场谈话，我要给您介绍一位能够理解您、巴不得能和您进行辩驳的对手，他就是家父诺瓦蒂埃·德·维尔福先生，法国大革命时期最狂热的雅各宾党人，也就是说，曾为最强有力的社会组织效命的风云人物。他和您一样，也许未必见过所有的王国，但曾为推翻一个最强大的王朝出过力。他也和您一样，自称是负有使命的人，但派他来的并非天主，而是一个至高无上的人，他并非天意的使者，而是代表历史必然的天数的使者。然而，先生，所有这一切都毁于一根大脑血管的爆裂，不是毁于一天、一小时，而是毁于一秒钟。头天晚上，当年的雅各宾党人、上议院议员、烧炭党人诺瓦蒂埃先生，这位大革命的弄潮儿，还在嘲笑断头台，嘲笑教规，嘲笑匕首。在诺瓦蒂埃先生眼里，法国就是个大棋盘，得把棋盘上的小卒、城堡、骑士和王后统统吃掉，将死国王。这位令人望而生畏的诺瓦蒂埃先生，第二天却成了可怜的诺瓦蒂埃先生，一个自己无法动弹，只能听任家里最弱小的人，也就是他的孙女瓦朗蒂娜摆布的老头，成了一具不能开口说话、正在渐渐变冷的躯壳，他苟延残喘，只是让时间慢慢地叫这躯壳完全分解罢了。”

1　拉丁文：一罪不二罚。

2　埃里厄尔：莎士比亚戏剧《暴风雨》中的精灵。

3　卡利班：《暴风雨》中半人半兽的怪物。

“噢！先生，”基督山说道，“这种情景我看见过，也考虑过。我也算是个医生吧，我像我的同行一样，不止一次在活着或死去的人身上寻找灵魂。可是灵魂就像天意一样，尽管存在于我的心间，却是肉眼看不见的。从苏格拉底、塞内加[1]、圣奥古斯丁到高尔[2]，有上百位学者在他们的文章或诗篇中做过您刚才做的比较。然而，我理解一个父亲的痛苦能使儿子的心灵产生多大的变化。既然您盛情邀请，先生，那么本着学会谦抑的初衷，我一定会去府上看看这可怕的景象，府上想必为此弄得举座不欢了吧。”

“幸好天主给了慷慨的补偿。就在老人日渐衰微、行将就木的同时，两个孩子给这个家带来了生机：瓦朗蒂娜是我和前妻德·圣梅朗小姐的女儿，爱德华是我和维尔福夫人的儿子，您救了他的命。”

“对这样的补偿，先生，您做何想法？”基督山问道。

“我认为，先生，”维尔福回答说，“家父为激情所困误入歧途，他犯下的过错逃过了人间的审判，却逃不过上天的审判，但天主要惩罚的只是一个人，报应只落在了他一个人身上。”

基督山嘴角仍然挂着微笑，内心深处却回荡着一声狂野的喊声，要是维尔福能听见这喊声的话，他一定会吓得落荒而逃。

“再见，先生，”检察官已经起身站着说了一会儿话，这时他告辞说，“我走了，但我对您的敬意将留在我的心间，我希望当您对我更了解的时候，您会为我的这份敬意感到高兴，因为，我绝不是一个等闲之辈。另外，德·维尔福夫人也早就在心里把您当作一位挚友了。”

伯爵躬身致意，但送他到书房门口就不再送了。维尔福朝马车走去，随着主人的一个手势，两个跟班赶紧为他打开车门。

检察官的马车驶远了。

“行啦，”基督山好不容易才从胸中吁出一口恶气，露出一丝笑容说，“行啦，毒酒尝得够多了，这颗心都要盛不下了，我得去找解药了。”

他敲了一下铜铃。

“我上楼去夫人房间，”他对阿里说，“半小时后备车！”

---

1 塞内加（约公元前4—65）：古罗马悲剧作家、哲学家，以雄辩著称。

2 高尔（1330？—1408？）：中世纪英国诗人，对当时的诗坛影响极大，其声誉一度堪与乔叟媲美。

第49章
海黛

读者想必还记得基督山伯爵在梅斯莱街有哪些新朋友——确切地说是老熟人：那就是马克西米利安、朱丽和埃马纽埃尔。

当维尔福从伯爵的视线中消失以后，伯爵就平静了下来，想到即将去拜访这些好朋友，和他们度过一段愉快的时光，想到天堂之光即将射进他一直将自己囚于其中的地狱，他的脸就变得非常安详、充满温情了；阿里听到铃声跑来，看见主人的脸变得如此难得一见地容光焕发，凝神屏息、踮起脚尖悄悄退了出去，仿佛不想去惊动那些他相信正在围绕主人蹁跹翻飞的欣悦的念头。

此刻是正午时分；伯爵留出了一个小时上楼去看海黛；也许不妨说，这个破碎已久的心灵经受不起骤然涌入的欢乐，它需要为温馨的情感有所准备，正如其他的心灵需要为强烈的情感有所准备一样。

前面说过，希腊姑娘住在伯爵寓所中隔出的一个套间里。套间里全部是东方情调的装饰，地板上铺着厚厚的土耳其地毯，墙上挂着精美的锦缎织物，每个房间都有一圈长沙发，沙发上放了好些靠垫，坐下去的时候可以随意取用，坐得更舒服一些。

海黛身边有三个法国侍女和一个希腊侍女。三个法国侍女平时待在最外面的房间里，一听到一个小金铃的铃声，就过去听希腊侍女传话，她会说法语，可以把女主人的吩咐转告那三个女仆——基督山伯爵关照过她们，要像对待女王那样对待海黛。

这姑娘待在套间最里面的那个房间，那儿是个圆形的小客厅，只有屋顶有窗，日光透过淡红色的窗玻璃射下来。她席地坐在绣银丝的蓝缎软垫上，右手胳臂优雅地枕在脑后，身子微微后仰，靠在长沙发上，左手则扶住嘴里衔着的珊瑚烟筒，烟筒里镶着一根柔软的水烟管，她吐气如兰，吹动安息香液熏出的水汽，经烟管吸入口中。

她的体态，在一个东方女子是再自然不过的，但换在一个卖弄风情的法国女人身上，也许就有点矫揉造作了。

她的装束，完全是埃皮鲁斯[1]女人的打扮，也就是说，她穿着一条绣着粉红花卉的白色锦缎紧身长裤，露出一双娇小秀美的脚，要不是见到它们在拨弄两只鞋尖翘起、绣金丝镶珍珠的小巧的便鞋，你真会以为这是帕罗斯的大理石雕成的。蓝白条纹相间的长上衣，宽大的袖口开着衩，露出两只手臂，银线锁眼衬托着珍珠纽扣。紧身褡的大鸡心领，让人看见颈脖和上半个胸部，胸脯下扣着三粒钻石纽扣。短褡与长裤之间，系着色彩鲜艳的腰带，上面悬着柔软光滑的流苏，让我们优雅的巴黎女子看着眼馋。

她斜斜地戴着一顶缀满珍珠的金色小圆帽，头发上插一朵娇艳的紫玫瑰，衬得乌黑的秀发犹如发蓝似的。

她的脸蛋之美，是典雅纯正的希腊女性之美，大而柔美的黑眼睛，挺直的鼻梁，嘴唇如珊瑚，牙齿如珍珠。

而且，在这完美可爱的身体上，洋溢着青春的气息，光艳照人，馥郁芬芳。海黛看上去正当十九、二十的年华。

基督山唤来希腊侍女，让她去问海黛，他是否可以进去见她。

海黛没有作声，只是示意侍女掀起门前的挂毯，从方形的门框望进去，躺着的姑娘有如一幅迷人的画。基督山走上前去。

海黛用手执水烟管的胳膊支起身子，向伯爵伸出手去，微笑着迎接他。

“你干吗，”她以斯巴达和雅典少女清纯的语言说道，“你干吗要让人来问是否可以进来呢？难道你不再是我的主人，我不再是你的女奴了吗？”

基督山也微微一笑。

“海黛，”他说，“您知道……”

“你为什么不像以前那样称我你了？”希腊姑娘打断他的话说，“我做错了什么事吗？如果是那样，你应该惩罚我，而不是称我您。”

“海黛，”伯爵说，“你知道我们是在法国，所以，你是自由的。”

“自由有什么用？”姑娘问道。

“自由了，就可以离开我。”

“离开你！……我为什么要离开你？”

1　埃皮鲁斯：古希腊地区，位于现在的阿尔巴尼亚南部和希腊西南部。

“那叫我怎么说呢？我们总得去看看这个世界是怎么样的吧。”

“我谁也不想看见。”

“要是在你遇见的那些英俊的年轻人中间，你有了自己中意的人，我想我不会……”

“我从没见过比你更英俊的男人，除了我父亲和你，我不会爱任何别的男人。”

“可怜的孩子，”基督山说，“这是因为你几乎只跟你父亲和我说过话。”

“哎，我干吗要跟别人说话呢？父亲管我叫他的宝贝，你管我叫你的爱，你们俩都管我叫你们的孩子。”

“你还记得你父亲吗，海黛？”

姑娘笑了笑。

“他在这儿和这儿。”她用手指着眼睛和心口说。

“我呢，我在哪儿？”基督山笑吟吟地问。

“你，”她说，“你无所不在。”

基督山拿起海黛的手，想要吻它；可是天真的少女抽回她的手，把额头凑上前去。

“现在，海黛，”他对她说，“你知道你是自由的，你是女主人，你是女王；你可以保留你的服装，也可以随意换掉它；你想留在这儿就留在这儿，想离开随时可以离开；有一辆套好挽具的马车永远为你准备着；阿里和米尔朵会陪你去任何地方，会始终听你吩咐；只有一件事，我请你答应我。”

“说吧。”

“保守你出生的秘密，不要泄露你的身世；在任何场合都不要提到你显赫的父亲和可怜的母亲的名字。”

“我已经对你说过了，大人，我不想见任何人。”

“听我说，海黛；这种东方式的隐居生活，在巴黎也许是行不通的：继续学习我们北方国家的生活方式吧，就像你在罗马，在佛罗伦萨，在米兰和马德里时那样；那会对你有用的，无论你是继续在这儿生活下去，还是回到东方去生活。”

姑娘抬起噙满泪水的大眼睛，望着伯爵说：

“你是说我们一起回到东方去生活，是吗，你是这个意思吗，大人？”

“是的，我的女儿，”基督山说，“你知道，绝不是我要离开你。不是树要离开花儿，是花儿要离开树。”

“我永远不离开你，大人，”海黛说，“我知道没有你我是活不下去的。”

“可怜的孩子！过十年我就老了，而十年以后你还很年轻。”

“我父亲留着长长的白胡子，可我照样爱他呀；我父亲六十岁了，可我觉得他比任何我见过的年轻人都英俊。”

“嗯，请告诉我，你想你会习惯这儿的生活吗？”

“我能见到你吗？”

“每天都能。”

“那你为什么还要问我呢，大人？”

“我担心你会感到厌烦。”

“不，大人，早上我想着你就要来了，晚上我回想你曾经来过；况且，我独自待着，也会回忆许许多多的往事，我眼前会浮现出风景如画的山川田野，远处广袤的地平线上耸立着品都斯山和奥林匹斯山。我心中藏着三种情感，它们使我永远不会厌倦，那就是悲伤、爱和感激。”

“你不愧是荷拉斯笔下希腊的女儿，海黛，优雅而富有诗意，让人一望而知你是降生在你的国家的女神家族的后裔。请你放心，我的女儿，我不会让你虚度青春，你像爱父亲那样爱我，我也会像爱孩子那样爱你。”

“你错了，大人；我并没有像爱你这样爱过父亲；我对你的爱是另一种爱：父亲死了，我并没有死；而你，要是你死了，我也会去死。”

伯爵满含深情地微微笑着，把手伸给姑娘；她像往常一样，俯身吻它。

伯爵此时的心情，他觉得很适合去看望莫雷尔一家了；他出门时低吟着品达罗斯的诗句：

> 青春是朵花儿，爱情就是那果实……
> 看它渐渐成熟，采撷时多么幸福。

马车已按他的吩咐备好。他一上车，马车照常疾驰而去。

第50章
莫雷尔一家

几分钟后，伯爵就到了梅斯莱街十四号。

这幢住宅是白色的，叫人看着就觉得舒服，前面有一个院子，院里的两小丛树开满鲜艳的花朵。

伯爵认出，为他开门的守门人就是老科克莱斯。读者想必还记得，他只有一只眼睛，九年来，这只眼睛的视力又大大衰退，所以，科克莱斯没认出伯爵。

马车要停到宅前的进口处，先得绕过一个小喷泉，泉水是从一个洛可可式的池子里喷出来的。喷泉之美，令周围许多住户称羡，这也就是这座宅子称为小凡尔赛的由来。

不用说，池子里游着红色、金色的鱼儿。

住宅最下面是厨房和酒窖，地面上有三层，除了底层，还有两层正房外带顶楼。年轻夫妇当年买这座住宅，是连附属建筑一起买下的，其中包括一个宽敞的工房、花园尽头的两座小楼和花园本身。埃马纽埃尔一眼就看出，这样的格局是很合算的；他留下宅子和半个花园，画了一道线，也就是说筑了一道墙，把工房和两座小楼，连同那半个花园一起租了出去。这样一来，他花很少的开销，便住得挺舒服，并且能像圣日耳曼区最精细的住户一样，有个独门独户的住宅。

餐厅的板壁是橡木的；客厅是桃花心木板壁，挂着蓝色丝绒帷幔；卧室用的是柠檬木和绿色锦缎。另外，埃马纽埃尔有一间书房，尽管他并不在那儿看书；朱丽有一间琴房，尽管她平时并不弹琴。

三楼全部归马克西米利安：他的房间的布局，简直就是他妹妹房间的翻版，只不过他把餐厅改成了弹子房，在那里接待朋友。

伯爵的马车在门口停住的当口，马克西米利安正抽着雪茄，在花园的入口处亲自看仆人刷马。

我们刚才说了，是科克莱斯开的门。巴蒂斯坦敏捷地跳下车来问他，埃尔博先生夫妇和马克西米利安·莫雷尔先生是否可以接见基督山伯爵。

“基督山伯爵吗！”莫雷尔高声喊道，扔掉雪茄快步迎上前去，“当然可以！哦！谢谢您，伯爵先生，谢谢您没有忘记您的许诺。”

年轻军官跟伯爵握手时的满腔热情，让伯爵无法对这种发自内心的真诚的态度无动于衷，他心里明白，年轻人早就在期盼他来，准备殷切地接待他。

“这边请，这边请，”马克西米利安说，“请让我来给您领路；像您这样的人，是不能由仆人领路的。我妹妹在花园里，正在摘掉枯萎的玫瑰花呢；我妹夫在读他那两份报纸——《新闻报》和《论坛报》，找到她就能看见他，因为不管埃尔博夫人在哪儿，在她周围四米之内必定可以看见埃马纽埃尔先生，而且，照巴黎综合工科学校里的说法，*反之亦然*。”

一位二十四五岁的少妇听见脚步声，从玫瑰花丛中抬起头来。她身穿丝绸便裙，正在极其细心地摘除发蔫的花儿。

这位少妇，就是我们可爱的朱丽，不出当初那位汤姆森—弗伦奇公司代理人所料，她现在果然成了埃马纽埃尔·埃尔博夫人。

看见一个陌生人走来，她惊呼了一声。马克西米利安禁不住笑了起来。

“看把你吓的，妹妹，”他说，“伯爵先生到巴黎还不到三天，可他已经知道平原派[1]不愁生活吃穿的妇女是什么样子的了，倘若他还不知道，你倒不妨现身说法一下。”

“哦！先生，”朱丽说，“我哥哥就这么把您带进来，真是太失礼了，一点都不顾及他可怜的妹妹的脸面……佩纳隆！……佩纳隆！……”

一个老人正在种孟加拉玫瑰的花坛上翻土；他把铲子往土里一插，走上前来。他手中捏着顶鸭舌帽，尽可能把刚才扔进嘴里的一块嚼烟在舌根藏好。头发依然很茂密，但中间已经夹着几绺银丝，而那古铜色的肤色、果敢灵活的眼神，都表明他曾经是个经受过赤道烈日烤晒和狂风暴雨吹打的老水手。

“我想您是在叫我，朱丽小姐，”他说，“我这就来了。”

佩纳隆仍然跟从前一样，称老东家的女儿叫朱丽小姐，总也改不过口来叫她埃尔博夫人。

“佩纳隆，”朱丽说，“请去告诉埃马纽埃尔先生，就说家里来了贵客；马

---

1 平原派：也称沼泽派，18 世纪法国大革命时期国民公会中的中间派。

克西米利安先生这就领伯爵先生上客厅去。”

她随即转身对基督山说：

“先生不会介意我离开一会儿吧？”

她不等伯爵的同意，就转到花坛后面，由一条便道奔进屋里。

“喔！亲爱的莫雷尔先生，”基督山说，“我遗憾地看到，我这一来把府上搅得乱了套。”

“这不，您瞧，”马克西米利安大声笑着说，“您瞧见她丈夫在那儿脱便装换礼服不是？嗨！这是因为您在梅斯莱街大名鼎鼎呀，请您相信，我们大家早就知道您了。”

“我能看得出来，先生，这是个幸福的家庭。”伯爵说，这是此刻他内心的想法。

“噢！对，您说得一点不错，伯爵先生。可不是，他们怎么能不幸福呢：他们都很年轻，都很快活，彼此相爱，虽说他们以前也见过身边的巨大家产，但他们现在每年有二万五千利弗尔的年金，就自以为跟罗斯切尔德一样富有了。”

“二万五千利弗尔年金，是不算多，”基督山说，这柔和悦耳的声音，就像是一位慈父说的话，温暖着马克西米利安的心田，“不过我们这两位年轻人还会努力，他们有一天也会成为百万富翁的。您的妹夫，他是律师……还是医生？……”

“他是经商的，伯爵先生，他继承了家父的公司。莫雷尔先生去世时留下五十万法郎的家产；我和妹妹各分一半，因为我们只有兄妹两人。她丈夫娶她时，除了高尚的人品、出众的才干和毫无瑕疵的名誉而外，可以说一无所有，但他想靠自己挣一份跟妻子一样多的家产。他发愤努力，用了六年时间，也积攒起了二十五万法郎。瞧着这两个年轻人这么勤奋，这么齐心，决心靠自己的能力来创造尽可能多的财富，而且不愿改变父亲公司的旧规，用了六年时间，才终于完成新派人物可能用两年或三年就能完成的业绩，说实话，伯爵先生，看着他们这么奋斗，没人能不为之感动。目睹他们这种忘我牺牲的英雄气概，马赛人至今还对他俩赞不绝口。终于有一天，埃马纽埃尔来找刚付清票据款额的妻子。

"'朱丽,'他对妻子说,'我们当初的目标是靠自己挣二十五万法郎,现在,有了科克莱斯交给我的这最后一沓一百法郎钞票,二十五万法郎终于凑齐了。以后就守着这笔小小的家产过日子,你觉得够了吗?你知道,公司每年做一百万的生意,可以有四万法郎的盈利。如果我们愿意,一小时后我们就能接下一笔三十万法郎的生意,我这儿有德洛内先生的一封信,他提议我们跟他一起来做这笔生意,条件是我们用公司的资产作抵押,跟他合伙经营。你看这事该怎么办?'

"'亲爱的,'我妹妹说,'莫雷尔公司只能由莫雷尔家的人经营。让我父亲的姓氏就此摆脱厄运,这难道不值三十万法郎吗?'

"'我也这么想,'埃马纽埃尔答道,'我只是想听听你的想法。'

"'哦,亲爱的,我是这么想的。我们的账都收回来了,所有的票据也都付清了;我们可以趁现在月中的当口结清账目,关门歇业;我们就清账歇业吧。'他俩说做就做。当时是三点钟:三点一刻有个顾客来,要为两条船出航保险;这笔生意可以净赚一万五千法郎现款。

"'先生,'埃马纽埃尔说,'这笔保险业务,请您跟我们的同行德洛内先生去洽谈吧。我们,已经歇业了。'

"'什么时候歇业的?'顾客惊讶地问。

"'一刻钟前。'

"就为这个缘故,先生,"马克西米利安笑了笑,往下说道,"我妹妹和妹夫每年才只有二万五千利弗尔的收入。"

马克西米利安说上面这番话时,伯爵愈听愈觉得内心充满感动;马克西米利安刚说完,埃马纽埃尔已经回来了。这回他头戴礼帽,身穿常礼服。他恭敬有加地向伯爵躬身致礼。随即,领着伯爵在鲜花盛开的小花圃里转了一圈以后,他把伯爵带进了屋里。

客厅里摆着一只硕大的日本花瓶,瓶耳造型很朴素;花瓶里插满鲜花,整个客厅香气四溢。朱丽穿着得体,发型雅致(这是她在十分钟里完成的杰作),正在门口迎候伯爵。

附近的一个鸟笼里传来叽叽喳喳的鸟鸣声,一丛丛的金雀花和粉红刺槐,伸将过来绕住蓝色的丝绒窗帘;在这个精致的世外桃源里,从鸟儿的鸣啭到主人的微笑，一切都让人感到宁静而温馨。

伯爵一进客厅，就已沉浸在幸福之中；他沉默不语，陷入了沉思，因而忘记了主人在寒暄过后，正等着跟他交谈呢。

他觉察到了这种沉默有点近乎失礼，于是竭力把自己从遐想中摆脱出来。

“夫人，”他开口说道，“请原谅我的激动，那一定让您感到惊讶了，因为我在这儿感到的宁静和幸福，您早就习以为常了。但是在我，看到人们的脸上流露出心满意足的表情，却是非常新鲜的事情，所以我光顾着瞧您和您丈夫了。”

“我们确实很幸福，先生，”朱丽回答说，“可我们也在很长一段时间里吃过苦，经受过磨难，恐怕没有什么人会像我们一样，为幸福付出过那么高昂的代价。”

伯爵脸上流露出好奇的神色。

“哦！正如那天夏托-勒诺对您说的，这是整个一部家史哪，”马克西米利安接口说，“伯爵先生，像您这么一位经过大风大浪、看惯大喜大悲的人，对这种家族的兴衰故事，想必是不会感兴趣的。不过正如朱丽刚才说的，我们曾经遭受过沉重的苦难，尽管那些苦难只限于在这个家庭……”

“天主如同他为所有的人所做的那样，也给你们的苦难带来了慰藉，是吗？”基督山问道。

“是的，伯爵先生，”朱丽说，“我们可以这么说，因为他让我们享受到了只有他的选民才能得到的恩宠；他给我们派来了一位天使。”

伯爵的脸颊上升起一阵红晕，他咳嗽一声，掏出手绢捂住嘴，借以掩饰内心的激动。

“那些出身在富贵人家，什么也不缺的人，”埃马纽埃尔说，“是不会懂得这有多幸福的；正如那些没有漂浮在波涛汹涌的大海上，靠几块船板捡回一条命的经历的人，不会知道晴朗的天空有多可贵。”

基督山立起身来；他没有作声，因为此刻他如果说话，颤抖的嗓音一定会让人觉察他内心的波澜。他在客厅里踱起步来。

“这种铺张的装饰，让您见笑了，伯爵先生，”马克西米利安说，他的目光始终追随着基督山。

“不，不，”基督山回答说，他脸色异常苍白，一只手按在怦怦直跳的心口上，而另一只手，指着一个球形的水晶盖子，盖子下面有一只丝织钱袋，精心地放置在黑色的丝绒衬垫上。“我只不过是在想，不知道这个钱袋是做什么用的，它一头好像放着一张纸，另一头有颗挺漂亮的钻石。”

马克西米利安脸色凝重起来，他回答说：

“这东西，伯爵先生，是我们家族的传家宝。”

“确实，这颗钻石很漂亮。”基督山说。

“哦！我哥哥说的不是这个意思，尽管这颗钻石能值到十万法郎，伯爵，可他说的不是钻石的价值；他只是想告诉您，藏在这个钱袋里的东西，是我们刚才说的那位天使留给我们的珍贵纪念。”

“我不很明白您的意思，不过我也许是不该再问了，夫人，”基督山欠了欠身子说，“请原谅我的冒昧。”

“您说冒昧？哦！恰恰相反，伯爵先生，您给了我们这样一个机会，让我们说说心里话，我们高兴还来不及呢！如果我们想对跟这个钱袋联系在一起的善举讳莫如深的话，我们就不会把它放在这儿，让每个来客都能看到了。哦！我们但愿能在所有的场合，让每个人都看见它，那样，我们也许就能从这位不知姓名的恩人身上的颤动，认出他在我们面前了。”

“噢！说得对！”基督山声音哽塞地说。

“先生，”马克西米利安掀起水晶球盖，虔诚地吻着丝织钱袋说，“那个拯救了家父的性命，把他从死亡线上夺回来，拯救了我们的家庭，让它免遭毁灭，拯救了我们的名誉，让它免遭玷污的恩人，这个钱袋是他的手握过的；多亏了他，我们这些本来注定要在苦难和泪水中饱受煎熬的苦命的孩子，今天才能受到人们的尊敬和羡慕。这封信——”马克西米利安从钱袋里拿出一张便笺，递给伯爵，“——这封信就是他在家父陷于绝望、决心去死的那一天写的，这颗钻石，是这位不知姓名的慷慨的恩人送给我妹妹，给她当嫁妆的。”

基督山打开信纸，带着一种无法形容的欣慰的表情看起信来；这就是读者所熟悉的，署名水手辛巴德写给朱丽的那封信。

“不知姓名，您是这么说来着？照这么说来，你们至今不知道是谁帮助了你们？”

“是这样，先生，我们始终没有这份幸运去握一下他的手，”马克西米利安接着说，“我们一直在请求天主赐给我们这样的机遇，可是这桩事情前前后后实在是扑朔迷离，我们到现在还弄不明白；就像有一只无形的、强有力的手，像魔术师那样的手，在掌控着所有这一切。”

“哦！”朱丽说，“我还始终抱着希望，相信有一天我能吻到这只手，就像吻这只手握过的钱袋一样。四年前，佩纳隆在特利雅斯特：佩纳隆，伯爵先生，就是您在花园里见到的那个正直的水手，这个从前的舵手，现在手拿铲子当了园丁。我是说，佩纳隆那回在特利雅斯特的码头上，瞧见一个英国人正登上一条游艇，认出他就是1829年6月5日来找过家父，还在9月5日给我写了这封信的那个人。佩纳隆确信他就是那个人，错不了，可是他没敢上去跟他说话。”

“英国人！”基督山像是想到了什么，开口说道，方才朱丽投向他的每道目光，都使他感到很担心，“您说他是英国人？”

“没错，”马克西米利安接口说，“当时有个英国人来找家父，他说自己是罗马的汤姆森—弗伦奇公司的代表。那天您在德·莫尔塞夫先生府上说起汤姆森—弗伦奇公司是您的开户银行，您想必看见我打了个激灵，那就是这个缘故。我可以对天发誓，先生，那件事正如我们刚才说的，就发生在1829年；您认识那个英国人吗？”

“可您不是对我说过，汤姆森—弗伦奇公司一直否认帮助过你们吗？”

“是这样。”

“那么，说不定是您父亲曾经做过什么有恩于那个英国人的事情，自己却忘了，而那个英国人就找了这么个借口来报答他？”

“在这种情形下，先生，什么都有可能，甚至也可能那就是一个奇迹。”

“他叫什么名字？”基督山问。

“他没留下他的真名，”朱丽神情专注地看着伯爵，回答说，“只在那封信的下面留了个签名：水手辛巴德。”

“这显然不是真名，而是个化名。”

他觉着朱丽的目光愈来愈专注，而且在尽力从他的声音中辨认出某些痕迹来，于是继续说道：

“嗯，这个人是不是跟我差不多高，说不定还稍稍高一些，也稍稍瘦一些，领饰系得挺高，纽扣扣得整整齐齐，衣服很紧身，手里总是拿着支铅笔？”

“对！那您认识他喽？”朱丽大声说道，眼睛里闪着欣喜的光芒。

“不，”基督山说，“我只是这么假定。我认识一位威尔莫勋爵，他生性慷慨，爱做好事。”

“做了好事不让人知道？”

“他是个怪人，不相信真会有人感恩图报。”

“哦！”朱丽这满含真情的喊声，是足以让人动容的；她把双手合在胸前说，“那这位可怜的先生，他还能相信什么呢！”

“至少在我认识他的那个时候，他是不相信的，”基督山说，她那发自灵魂深处的喊声，让他的每根神经都被感动了，“但从那以后，说不定他看到了某些证据，知道感恩图报是存在的。”

“那您认识这个人，先生？”埃马纽埃尔问道。

“哦！要是您认识他，先生，”朱丽大声说道，“请告诉我们，您可以把我们带到他那儿，指给我们看他是哪个人，告诉我们他在哪儿吗？噢，马克西米利安，噢，埃马纽埃尔，要是我们能找到他，他一定会相信有些事情是被藏在心里，永远不会忘记的。”

基督山感到泪水在眼眶里打转；他又在客厅里走了几步。

“看在上天的分上，先生，”马克西米利安说，“要是您知道这个人的消息，就请告诉我们吧！”

“唉！”基督山克制住内心的激动，声音平静地说，“要是你们的恩人真就是威尔莫勋爵的话，恐怕你们再也见不到他了。两三年前我在巴勒莫和他分手那会儿，他正动身去那些最富有传奇色彩的国家；看他那样子，我想他只怕是不会回来了。”

“哦！先生，您太狠心了！”朱丽惊惧地喊道。

泪水涌上了少妇的眼睛。

“夫人，”基督山定睛看着朱丽脸颊上滚落的两滴清澈的泪珠，神色庄重地说，“要是威尔莫勋爵看见我在这里看见的情景，他一定还会珍爱生活，因为您洒下的泪水，会使他跟人类重归于好的。”

他把手伸给朱丽，朱丽不由得也伸出了手去——伯爵的目光和声音深深打动了她。

“可是这位威尔莫勋爵，”她抱着最后一线希望，试探说，“他总有一个祖国，一个家，总有他的亲人，反正总该有人认识他吧？难道我们就不能……”

“噢！请不必再说了，夫人，”伯爵说，“我只是这么随口一说，请您不要为此想得太多。不，威尔莫勋爵大概并不是你们要找的那个人：他是我的朋友，平时对我无话不谈，可我从没听见他说起这件事。”

“他一点也没对您说过？”朱丽大声说。

“一点也没说过。”

“一点口风也没漏过？……”

“一点也没漏过。”

“可您刚才一下子就想到他了。”

“噢！您知道……碰到这种情形，总要猜一下吧。”

“妹妹，”马克西米利安来为伯爵解围，“先生说得对。你还记得父亲常对我们说的那句话吧：‘我们的大恩人不是英国人。’”

基督山浑身一颤。

“令尊对你们怎么说……莫雷尔先生？……”他急忙问道。

“先生，家父觉得其中有一个奇迹。家父相信，我们的恩人是从坟墓里出来拯救我们的。噢！先生，这虽说是迷信，但确实令人感动，我不信他的说法，但我不想去摧毁这颗高尚心灵中的信念！他不知有多少次在冥想中低声呼唤一个朋友的名字，那是一个亲密的、死去的朋友；在他弥留之际，永恒的曙光给了他一种来自坟墓的启示，在这以前始终还在存疑的那个想法，成了一种确信，他临死前说的最后一句话，就是：‘马克西米利安，他是埃德蒙·唐戴斯！’”

伯爵的脸色愈来愈苍白，听到最后这几句话时，完全已经变成惨白了。他浑身的血，都涌向了心房，一时竟说不出话来；他掏出怀表看了看，仿佛忘了钟点似的，拿起帽子，仓促而局促不安地朝埃尔博夫人躬身告辞，又跟埃马纽埃尔和马克西米利安一一握手。

“夫人，”他说，“请允许我还能常来拜访你们。我喜欢你们的家，感谢你们对我的招待，这么多年来，这还是我第一次忘记时间。”

说着，他快步走出门去。

“这位基督山伯爵，真是个怪人。”埃马纽埃尔说。

“不错，”马克西米利安说，“但我相信他有一颗金子般的心，我确信他爱我们。”

“而我觉得，”朱丽说，“他的声音一直进到了我心里，有两三回，我感到这声音我以前就听到过。”

第51章
皮拉姆斯和西斯贝[1]

在圣奥诺雷区走上三分之二路程，会在这个豪华街区众多漂亮的住宅中间，看见一座特别漂亮的宅邸。宅邸背后，有个大花园，园中的栗树枝叶茂密，从高如城墙的围墙上探出头来。一扇路易十三时代铁栅门的两端，方正的镂空起柱上，安着两尊饰有凹槽的石花盆，每当春天来临，石花盆里便落满栗树浅红粉白的花儿。

自从宅邸的主人出让了菜园，只留下房屋、临街种树的庭院和铁门内的这个花园（这已经是很久以前的事），这扇高大的铁门便被废弃不用了；尽管石花盆里的天竺葵生机勃发，迎风摇曳纹理漂亮的枝叶和紫盈盈的花朵，铁门却终日紧闭着。铁门前面那片占地一个阿尔邦[2]的菜园，是府邸的祖业，被宅邸主人出让以后，心思活泛的投资人在图纸上画了一道线，也就是说决定在菜园边上修一条路，而且还没等路修起来，便先安了块磨亮的铁牌，刻上了街名。他的如意算盘是卖掉菜园，沿这条街造一批房子，就能跟人称圣奥诺雷区的巴黎高级住宅区分庭抗礼了。

不过，说到投资，真可谓谋事在人，成事在钱；这条先取好名字的街，夭折在了摇篮里；菜园的买主付清款项后，没法转手卖个好价钱，可是投资不当、资金呆滞造成的亏损，总得弥补才是，于是无奈之下，他把这片菜地以五百法郎的年租金租给了菜农。

这样，他的投资每年只有千分之五的回报，这个回报率在那个年头是算不得高的，要知道，当时每年盈利百分之五的大有人在，那些人得了便宜还要卖乖，口口声声说收益可怜得很。

---

1 皮拉姆斯和西斯贝，是罗马诗人奥维德代表作《变形记》中的男女主人公。这对生活在巴比伦的恋人决定私奔，并约定在一棵桑树下相会。西斯贝先到，被母狮的吼声吓跑，仓促中丢落面纱。面纱被狮爪撕碎后，恰好沾上牛血。皮拉姆斯来时，误以为西斯贝已被母狮吃掉，遂引颈自刎。西斯贝再赶回来，看到恋人濒死，亦决然自尽。

2 阿尔邦（arpent）：旧时土地面积单位。实际面积大小因地而异，在20—50公亩之间。

然而，正如我们刚才说的，花园里往日面对菜地的这扇铁门，如今关得严严实实，铰链都生了锈；可宅邸的主人还不放心：豪门围墙里的场景，岂能让种菜的下等人粗鄙的目光给玷污，于是铁栅门上并排钉上了好几块六尺高的木板。说实话，木板间并非严丝密缝，透过缝隙还是能窥见里面的宅子；不过，反正宅子里是好端端的正经人家，不怕有人偷看。

这块菜地上，并没有种卷心菜、胡萝卜、白萝卜、豌豆和甜瓜，却长着高大的紫苜蓿，这唯一的作物表明这块荒地还没被人完全遗忘。一扇低矮的小门，朝向计划中的那条路，从小门可以进入围墙里的这块菜地，土地太贫瘠，承租的菜农前不久退了租。于是，一星期前业主还能进账千分之五的租金，如今却分文不进了。

宅邸后边，前文提到的那棵栗树高高地探出了墙头，而别的那些花繁叶茂的树木，却纷纷把渴望空气的枝丫伸进大栗树枝叶的缝隙中去。在花园的一角，树叶格外繁茂，密密匝匝的，几乎连光线也透不进去，那儿放着一条大石凳和几张花园座椅，看上去像是家庭聚会的地方，或是宅邸哪位主人心爱的幽静去处。宅邸就在百步开外，但四围的树木遮蔽了目光，从这儿几乎看不见宅邸。总之，选择这么一个外人莫入的神秘去处，一则可以避开阳光的照射，二则一年四季——即便在骄阳似火的夏日——都可以享受树荫的凉爽，倾听鸟儿的鸣啭，远离宅子和街道，也就是说，远离尘嚣和喧闹。

且说一天傍晚，巴黎居民犹自沐浴在和煦的春风之中，那条石凳上多了一本书，一柄伞，一只针线篮筐和一方刺绣刚开了个头的细麻布手帕；不远处的铁栅门边上，站着一个姑娘，她把脸凑在木板上，从缝隙里张望我们熟悉的这座空旷的花园。

几乎就在这时，菜地的小门悄无声息地打开，一个高大健壮的年轻人目光敏捷地朝四下里扫了一眼，确信没人在窥视他，走进小门，随即把门关好，快步向铁栅门走去。他身穿坯布套衫，头戴灯芯绒鸭舌帽，可是精心梳理过的唇髭、胡须和黑色的秀发，看上去跟这身装束不大协调。

那姑娘看见他来了，但她在等的人大概不是这般装束的，于是她害怕了，反身往后就走。

这时，年轻人已经凭着情人特有的敏锐目光，在铁门的缝隙里觑见了一闪而过的白色长裙和长长的蓝腰带。他冲到门板跟前，把嘴贴在一个孔隙上。

“别怕，瓦朗蒂娜，”他说，“是我。”

姑娘走近过来。

“哦！先生，”她说，“您今天为什么来得这么晚？马上就要开晚饭了，您知道吗，我要费多少周折，才能摆脱继母的看管、女佣的监视和弟弟的恶作剧，到这儿来做针线活儿吗？而这刺绣永远只是开了个头，我想着心里就怕，这您也知道吗？待会儿您给我解释迟到的原因时，也把您特地穿这么一身新衣服，差点儿让我认不出您来的理由说一说吧。”

“亲爱的瓦朗蒂娜，”年轻人说，“我的爱在您面前是那么微不足道，有些话，我实在不敢对您说，可我每次见到您，都忍不住要对您说我爱您，好让这话音在我离开您以后仍然温柔地回荡在心间。我要感谢您对我的责备：它是那么可爱，它向我表明了——我不敢说您在等我——您在想着我。您要知道我为什么迟到和换装的原因；我这就来告诉您，希望能得到您的谅解：我找了一个职业……”

“一个职业！……您在说什么呀，马克西米利安？难道我们的处境还不够麻烦，您还有心思来开玩笑吗？”

“喔！”年轻人说，“对我视若生命的东西，天主不容我拿来开玩笑；但我实在受不了这么老是跑来跑去，爬高爬低，一想到那天晚上您说的话，想到说不定哪天您父亲会把我当成小偷，想到法国军队的声誉会因此被玷污，我就不寒而栗。我还怕别人看见一个北非骑兵团的上尉，整天在这个既无城堡可攻，又无工事可守的空地上转来转去，会大惊小怪，所以我就干脆当了个菜农，换了这身种菜人的打扮。”

“嘿，您真是疯了！”

“恰恰相反，我觉得这是我一生中做得最明智的事情，因为这样一来，我们就安全了。”

“此话怎讲？”

“请听我说。我找到了这块菜地的主人；原先租户的租约已经到期，我重新跟他签了份租约。您看到的这片苜蓿地，现在都属于我了，瓦朗蒂娜；谁也不能阻止我在这片苜蓿地上造一座木棚，就此生活在离您只有二十步远的地方。

哦！快乐和幸福，已经装满我的心间。您明白吗，瓦朗蒂娜，这些东西本来是金钱买不到的，可我居然买到了。我本来愿以十年的生命来换取这种幸福和快乐，现在您猜猜看，我花了多少钱就全买到了？……每年五百法郎，而且可以按季付款。这样一来，您瞧，我从此以后再没什么可害怕的了。这儿是我的家，我爱把梯子搁在自家的墙上，就尽可以搁上去四处瞧瞧；巡逻队也管不着我，我有权利对您说我爱您，只要您不觉得这话从一个穿套衫戴鸭舌帽的可怜的种菜人嘴里说出来，会有伤您的自尊心就行。”

瓦朗蒂娜又惊又喜，轻轻地叫了一声；然后，她突然又变得忧心忡忡，仿佛一片嫉妒的乌云骤然飘来，遮住了照亮她心灵的阳光。

“唉，马克西米利安，”她神情黯然地说，“现在我们太自由了，我们的幸福会让我们去冒险，我们的安全会让我们忘乎所以，它最终会毁了我们。”

“我认识您以后，每天都在向您证明我的思想和生命，是从属于您的思想和生命的，您怎么还能对我说出这样的话来？您信任我，凭的是什么？是我的名誉，对吗？您对我说过，一种影影绰绰的直觉让您相信，您面临着巨大的危险，从那时起，我就在用自己的忠诚来为您效力，我不企望别的报偿，能享有为您效力的幸福，我就够了。从那以后，您可曾见到我有一言一行能让您感到后悔，后悔自己在那么些甘愿为您而死的人中间选择了我，您说，有过吗？可怜的姑娘，您告诉过我，您已经许配给德·埃皮奈先生，是您父亲定下的这门亲事，也就是说，这桩婚事是铁定了的，因为，德·维尔福先生要做的事，是不会做不成的。好吧，我只好在暗处等待，不是等待我的意愿，也不是等待您的意愿，而是等待整个事态的变化，等待天意和上帝的旨意；然而，您爱我，您怜悯我，瓦朗蒂娜，您亲口对我这么说过；谢谢您这句温存的话，但愿您能经常对我重复这句话，那样我就会把一切烦恼都抛在脑后了。”

“就为我说了那句话，您才变得这么大胆，马克西米利安，我的生活也才变得这么既甜蜜又不幸。我常常扪心自问，我继母以往对我的无情、对她自己的孩子盲目的爱，使我的生活充满忧伤，这种忧伤跟我看见您时所品味到的充满危险的幸福相比，究竟哪一种对我更合适呢？”

“充满危险！”马克西米利安大声说，“您怎么能说出这样冷酷而不公正的话来呢？您可曾见过比我更顺从的奴隶？您允许过我，有时可以对您说说话，瓦朗蒂娜，却不许我跟在您后面；我不是服从了吗。我找到了办法躲进这个菜地，隔着这道门可以与您交谈，虽不能看见，但终于可以接近您了，而从那以后，请告诉我，我可曾把手伸过铁栅门，去碰一下您裙裾的下摆？我可曾多跨一步，越过这堵墙，越过这道对我这样年轻力壮的人来说非常可笑的障碍物？我对您的严厉从无怨言，对您从没大声表达过我的愿望；我像往昔的骑士那样信守自己的诺言。您起码得承认这一切吧，否则我只能认为您不公正了。”

“您说得没错，”瓦朗蒂娜边说，边把一个纤细的手指从木板缝中伸过去，马克西米利安把嘴唇贴了上去，“您说得没错，您是一个忠诚的朋友。可是说到底，亲爱的马克西米利安，您只是出于自身的利益和感情才这样去做的。您应该很清楚，奴隶一旦变得有所要求，他就要失去一切了。我没有朋友，父亲不关心我，继母虐待我，我唯一的慰藉只是一个不能动弹、不会说话、漠无表情的老人，他的手不能握住我的手，只能凭眼睛跟我说话，他的心脏还有一点余温，大概也只是为了我才还在跳动，所以，您答应过我，要像哥哥那样对我好。我遭受命运的播弄，成了所有比我强的人的眼中钉和牺牲品，但命运却给了我一个瘫痪的人，作为我的精神支柱和朋友！哦！马克西米利安，我再说一遍，我真是太不幸了，如果您爱我是为了我，而不是为了您自己，那您真是太好了。”

“瓦朗蒂娜，”年轻人深情地说，“我不能说这世上我只爱您一个人，我也爱我妹妹和妹夫，但那是一种柔和宁静的爱，跟我对您的感情是完全不同的：我一想到您，血液就会沸腾，胸膛就会鼓胀，心跳就会加剧；而这种亢奋，这种热情，这种常人难以想象的力量，我都仅仅是用来爱您的，直到有一天您对我说了，我才敢把它们用于为您效力。我听人说，德·埃皮奈先生还要一年才回来；一年当中，会有多少机会给我们带来希望，会有多少事情发生，帮我们改变目前的处境！所以，让我们期待吧，期待是那么美好，那么甜蜜！而您，瓦朗蒂娜，您却责备我自私，您知道您在我心目中是什么吗？就是那尊美丽而冷漠的维纳斯雕像。面对我的忠诚，我的驯服，我的谨慎，您用什么许诺作为回报呢？没有，什么也没有；您给过我些什么呢？微乎其微，少而又少。您对我说起未婚夫德·埃皮奈先生，想到有一天要嫁给他，您唉声叹气。您说，瓦朗蒂娜，难道这就是您心里的全部想法吗？哦！我把我的生命，我的灵魂，直至我最后的心跳，都献给了您，而当我全都属于您，当我在心里对自己说一旦失去您我就会死去的时候，您却并不感到不安，您想到的始终是您属于那另一个人！哦！瓦朗蒂娜！瓦朗蒂娜，倘若我是您，倘若我能像您现在这样确信，感觉到我在爱您，那我早就成百次地把手从铁门的缝隙中伸过来，握住可怜的马克西米利安的手，对他说：'无论今生还是来世，马克西米利安，我都属于您，只属于您一个人。'"

瓦朗蒂娜没有回答，但年轻人听见了她的啜泣。

马克西米利安顿时变得焦灼万分。

"喔！"他喊道，"瓦朗蒂娜！瓦朗蒂娜！如果我刚才说的话有什么地方伤害了您，就请您把它们忘了吧！"

"不，"她说，"您是有道理的。可是，我是个被人遗弃的可怜虫，这个家对我来说差不多是个陌生的家庭，因为我父亲对我来说差不多是个陌生人；十年来，我的意志被压在我身上的这家主人一天又一天，一个小时又一个小时，一分钟又一分钟地碾得粉碎，这您难道没看出来吗？谁也看不见我在受苦受难，我除了您没对任何人说过。表面上，在外人眼里，我的一切都很好，家里人都很爱我；而实际上，他们都恨我。人家会说：'德·维尔福先生不苟言笑，过于严肃，对女儿不够温存；不过她能有德·维尔福夫人这样的继母，也算得上是很幸运了。'不，他们说错了，我父亲对我漠不关心，我继母却对我恨之入骨，这种仇恨始终披着微笑的面纱，所以就更加可怕。"

"恨您！恨您瓦朗蒂娜！怎么会有人恨您呢？"

"唉！我的朋友，"瓦朗蒂娜说，"我不得不对您说，对我的这种仇恨，可以说是一种很自然的情感流露。她爱她的儿子，我的弟弟爱德华。"

"那又怎么了？"

"是啊，我也觉得在我们说的这件事里，掺进钱的问题好像挺奇怪的，可是，我相信她的仇恨至少是由此引起的。她本人没有什么财产，而我已经从母亲那儿继承了一笔遗产，再加上德·圣梅朗先生和夫人的财产，又得翻上不止一倍，因为，他们的财产终有一天也是要给我的，我想，她是嫉妒我了。哦！主啊！倘若我把这笔财产的一半分给她，就能在德·维尔福府上像一个女儿在自己父亲家中那样生活的话，我愿意马上就这样做。"

“可怜的瓦朗蒂娜！”

“是的，我感到自己像是被锁链拴住了，而同时我又感到非常虚弱，觉得这锁链在支撑着我，生怕把它弄断。再说，我父亲是个不容冒犯的人，对违抗他命令的人，他向来是严惩不贷的；他对我态度很强硬，将来对您也会这样，即便对国王，他也会这样，这是因为他的一生光明磊落，历史上从来不曾有过污点，因为他现在的地位极其牢固，这都成了他的护身符。哦！马克西米利安！我可以向您保证，我不会去抗争，因为我担心，抗争的结果不仅会毁了我，也会毁了您。”

“可是，瓦朗蒂娜，”马克西米利安说，“您到底为什么要这么绝望，对未来这么悲观呢？”

“哦！我的朋友，因为我是从过去来想见未来的。”

“好吧，我们一起来看看。从贵族的观点看，我的确不是一个出类拔萃的婚姻对象，但从很多方面来说，我还是属于您生活的这个社会阶层的。一个法国分成两个法国的时代已不复存在；君主王朝中最显赫的家族已经和帝国时期新兴的家族融合：执矛骑马的贵族已经和枪炮在手的新贵联姻。而我，我正属于后面那个阶层：我在军队中有远大的前程，我名下的财产虽然有限，却完全可以自由支配；在我们的家乡，人们怀念我的父亲，众口一词推崇他是最讲诚信的商人。我说我们的家乡，瓦朗蒂娜，是因为您也算得上一个马赛人。”

“别跟我提马赛，马克西米利安，提到这两个字，我就会想起我善良的母亲，这位让每个人都缅怀感念的天使，她在人间做短暂逗留期间，对她的女儿关怀备至，而在她永远生活的天国里——至少我这么希望——她也仍然在照看着我。喔！倘若我可怜的母亲还活着，马克西米利安，我就什么都不怕了；我会告诉她我爱您，她一定会保护我们。”

“唉！瓦朗蒂娜，”马克西米利安说，“倘若她还活着，我大概就不会认识您了，因为正如您所说，倘若她还活着，您就会很幸福，幸福的瓦朗蒂娜高高在上，是不会瞧得起我的。”

“噢！我的朋友，”瓦朗蒂娜大声说，“这回是您不公正了……不过，请告诉我……”

“告诉您什么？”马克西米利安见她欲言又止，便问道。

“请告诉我，”少女接着说，“当年在马赛，您父亲和我父亲是否有过什么过节？”

“就我所知，并没有什么过节，”马克西米利安回答说，“只不过您父亲狂热拥戴波旁王朝，而我父亲则对皇帝竭尽忠诚。我想，这就是他俩的分歧所在。不过，您为什么要问这个呢，瓦朗蒂娜？”

“请听我告诉您，”少女说，“这本来就是您应该知道的。就在您被授予荣誉勋位勋章的消息见报那天，我们一家都在我祖父诺瓦蒂埃先生的房间里，唐格拉尔先生也在场，就在前一天，这位银行家的辕马险些把我继母和弟弟摔死，这事您想必也知道吧？我大声给祖父念报纸的当口，先生们正在谈论唐格拉尔小姐的婚事。我读到了有关您的那一段，其实我早就看过了，因为头天夜间，您已经把这个好消息告诉我了——我是说，当我读到有关您的那一段时，我内心充满了喜悦……但我心里也有些慌乱，因为我得大声念出您的名字，要不是担心他们对我中途停顿会产生误解，我一准会把这段跳过去不念。最后，我还是鼓足勇气往下念了。”

“亲爱的瓦朗蒂娜！”

“我刚一念出您的名字，我父亲就把头转了过来。我只觉得（您瞧我有多傻！）在场的人听到这个名字，都像遭到雷击似的大吃一惊，我仿佛看见我父亲浑身在发抖，甚至（我相信这是个幻觉），甚至唐格拉尔先生也在发抖。

“‘莫雷尔，’我父亲说，‘等一下！（他皱起了眉头。）就是马赛那个莫雷尔家的人吗？他们一家都是狂热的波拿巴党人，一八一五年可把我们弄得够呛。’

“‘没错，’唐格拉尔说，‘我看哪，就是那个老船主的儿子。’”

“真的吗！”马克西米利安说，“您父亲是怎么回答的？快说呀，瓦朗蒂娜。”

“喔！太可怕了，我不敢告诉您。”

“说吧，没事儿。”马克西米利安微笑着说。

“‘他们那个皇帝，’他皱着眉头往下说，‘可会让这些狂热分子派用场了：他管他们叫炮灰，这真是名副其实。我高兴地看到，新政府仍在遵循既定的原则。即使政府为此必须派兵驻守阿尔及利亚，我照样拥护政府——尽管我们付的代价略微大了一些。’”

“他的确说得很露骨，”马克西米利安说，“不过，亲爱的瓦朗蒂娜，您不必为德·维尔福先生说的这些话感到脸红；我可以告诉您，生性耿直的家父也不比您父亲差到哪儿去，他常说：‘以皇上的英明果断，他怎么会想不到把法官和律师编成一个联队，全都给送到火线上去呢？’您瞧，亲爱的瓦朗蒂娜，要说措辞之绝，想法之狠，两派真可以说是不相上下。那么唐格拉尔先生呢，他对检察官的这番高论做何想法？”

“噢！他只是冷冷一笑，他的这种阴险的笑，总让我觉得可怕。然后，他们就起身出门去了。这时，我只见爷爷非常激动。我得告诉您，马克西米利安，只有我一个人看得出这位可怜的瘫痪老人在激动，甚至猜得到他们在他的面前的谈话（因为没有人注意他，可怜的爷爷！）对他刺激很深，他们在说他的皇帝的坏话，而他，我想当年一定是皇帝狂热的追随者。”

“他确实是帝国时代叱咤风云的人物，”马克西米利安说，“他当过参议员，还有，无论您是否知道，瓦朗蒂娜，我要告诉您，复辟时期波拿巴党人策划的每次谋反活动，差不多都有他的份。”

“是的，有几次我听人家悄悄地说起这些事情，觉得挺奇怪的：爷爷是波拿巴党人，父亲却是保王派；反正，有什么办法呢？……且说当时，我转身看着爷爷，他用目光向我示意那份报纸。

“‘您想说什么，爷爷？’我对他说，‘您高兴吗？’

“他用目光示意：是的。

“‘是父亲刚才说的那番话让您感到高兴吗？’我问。

“他示意：不是。

“‘那么是唐格拉尔先生说的话？’

“他示意：也不是。

“‘那么是为莫雷尔先生（我不敢说马克西米利安）被授予荣誉勋位高兴？’

“他示意：是的。

“您能相信吗，马克西米利安？他在为您被授予荣誉勋位勋章感到高兴，可是他根本不认识您呀。莫非他在犯傻，他们不是都说他变成老小孩了吗？不过不管怎么说，瞧他这个样子，我反而更爱他了。”

“真是不可思议，”马克西米利安心想，“您父亲这么恨我，而您祖父却……

党派之争的爱与恨，真让人捉摸不透！”

“嘘！”瓦朗蒂娜突然说道，“快躲起来，快走；有人来了！”

马克西米利安赶紧过去拿起一把铲子，毫不留情地铲起苜蓿地来。

“小姐！小姐！”树丛后面有人大声喊道，“德·维尔福夫人到处找您，叫您过去哪。客人在客厅等着。”

“客人！”瓦朗蒂娜激动地说，“是谁来看我们了？”

“据说是一位爵爷，一位亲王，听说叫基督山伯爵。”

“我来了。”瓦朗蒂娜大声说。

瓦朗蒂娜每次跟马克西米利安见面，都是以“我来了”代替说再见的，而这一回，“基督山伯爵”这个名字却使铁门另一头的年轻人大吃一惊。

“哦！”马克西米利安把身子支撑在铲子上，自言自语说道，“基督山伯爵怎么会认识德·维尔福先生呢？”

第52章
毒物学

刚才走进维尔福夫人府邸的来访者，果然是基督山伯爵，他是前来回访王室检察官先生的。不用说，全家上下听到这个名字都很兴奋。

仆人通报时，维尔福夫人正在客厅里。她马上差人把儿子叫来，让孩子再次对伯爵表示感谢。两天来，爱德华不断听人说起这位了不起的人物，于是他急忙跑了过来。他这并不是听从母亲的吩咐，也不是为了感谢伯爵，而是出于好奇，还想趁机会说几句刻薄话，好让母亲对人说:“哦，这个讨厌的孩子！可我还得原谅他，他真聪明！”

寒暄过后，伯爵问起维尔福先生。

“我丈夫去掌玺大臣府上赴宴了。”少妇回答说，“他刚走不久，我相信他错过了和您相见的机会，一定感到很遗憾。”

在伯爵之前，已有两位客人在客厅里。他们贪婪地盯着他看，半是出于礼貌、半是出于好奇地又逗留了一会儿，才向主人告辞。

“哎，你姐姐瓦朗蒂娜干什么去了？”维尔福夫人对爱德华说，“快让人去叫她，我要把她介绍给伯爵先生。”

“您还有个女儿，夫人？”伯爵问，“大概还是个小姑娘吧？”

“她是维尔福先生的女儿，”少妇答道，“他前妻留下的女儿，是个漂亮的大姑娘。”

“老是苦着脸，”小爱德华插嘴说，他正在拔一只大鹦鹉尾巴上的羽毛，给自己的帽子做羽饰，鹦鹉在镀金的鸟架上痛得呱呱乱叫。

维尔福夫人说：

“别乱说，爱德华！不过这个小冒失鬼说得也有点道理，他常听我痛苦地这么说，所以就学着说了。可也是，虽说我们想方设法要让维尔福小姐高兴，可她生性忧郁，老苦着个脸，跟她的美貌确实很不相称。哎，她怎么还不来？爱德华，去看看怎么回事。”

“他们找的地方不对。”

“他们上哪儿找她了？”

“诺瓦蒂埃爷爷那儿。”

“依你说，她不在那儿？”

“不在，不在，不在，她不在那儿。”爱德华唱山歌似的喊道。

“那在哪儿？知道就说呀。”

“在一棵大栗树下面。”这个讨厌的孩子说着，不顾母亲的尖叫，拿活苍蝇去喂鹦鹉，鹦鹉看来倒挺爱吃这种飞虫。

维尔福夫人伸手要去拉铃叫侍女；正在这时，瓦朗蒂娜进来了。她看上去果然有些忧郁，细看的话，甚至看得到脸上的泪痕。

我们的故事里已经提到了瓦朗蒂娜，但还没来得及向读者做个介绍。她是个身材高挑的姑娘，今年十九岁，浅棕色的头发，深蓝色的眼睛，尽管神情有些忧郁，但来自生母的高雅气质宛然可见。她的手又白又细，颈项圆润光滑，白皙的脸上不时泛起淡淡的红晕，一眼望去，就像是个美丽的英国少女，有人曾颇有诗意地把她们比作顾影自怜的天鹅。

她走进来，看见母亲身边那位闻名已久的陌生人，便屈膝向他行礼，神情间既没有少女常有的矫揉造作，也没有连眼睛也不敢抬起的腼腆，这种优雅大方的举止，更加引起了伯爵的关注。

伯爵立起身来。

“维尔福小姐，我的继女。”维尔福夫人背靠沙发，指着瓦朗蒂娜向基督山说。

“这位是基督山伯爵先生，中国的国王，交趾支那的皇帝。”小调皮鬼说着，偷眼看了姐姐一下。

这一回，维尔福夫人脸色唰地变白，几乎要对这个名叫爱德华的孽障发火了。伯爵却非但不生气，而且脸带笑容，似乎乐滋滋地看着孩子，做母亲的看在眼里，既高兴又感激。

“夫人，”基督山开口说，望望维尔福夫人，又看看瓦朗蒂娜，“我刚才在想，我是不是有幸曾经看见过您和小姐呢？小姐进来时，我一见她，只觉得一道闪光掠过模糊的记忆，请原谅我这么形容。”

“想来不会吧，先生。维尔福小姐不喜欢社交，我们很少出门。”少妇说道。

“所以，我不是在社交场合见到小姐，夫人您，和这位可爱的小淘气的。何况，我对巴黎的社交界还一无所知呢，我刚才说了，我到巴黎只有短短几天的时间。不，请容我再想想……请等一下……”

伯爵把手放在前额上，仿佛在尽力回忆。

“不，那是在户外……是在……我不知道……不过我觉得这个记忆好像和明媚的阳光，和一个宗教节日联系在一起……小姐手里拿着花，孩子在花园里追一只漂亮的孔雀，而您，夫人，在一个葡萄架下面……请帮我一起想想，夫人，我说的这些细节有没有让您想起点什么？”

“我实在想不起什么。”维尔福夫人回答说，“先生，我觉得要是在哪儿遇见过您，对您的印象一定会印在我脑海里的。”

“伯爵先生也许在意大利看见过我们。”瓦朗蒂娜怯生生地说。

“对，在意大利……有这可能，”基督山说，“小姐到意大利去旅游过？”

“两年以前，夫人和我一起去过那儿。医生担心我肺部不好，建议我们到那不勒斯去呼吸点新鲜空气。我们一路上到过博洛尼亚、佩鲁贾和罗马。”

“噢！对了，小姐，”基督山大声说，仿佛她这个简单的提示足以勾起他全部记忆似的，“是在佩鲁贾，那天是圣体瞻礼节，就在拉波斯特旅馆的花园里。当时有夫人您，小姐，您的儿子，还有我，我们是碰巧相遇的。”

“我记得佩鲁贾，先生。拉波斯特旅馆和您说起的那个节日，我也记得很清楚。”维尔福夫人说，“可是恕我记性太差，我怎么也想不起来当时有幸见过您。”

“真奇怪，我也想不起来。”瓦朗蒂娜抬起那双美丽的眼睛，望着基督山说。

“哦！我记得。”爱德华说。

“请让我来帮您一起回忆，夫人。”伯爵说，“那天天气很热，你们在等马车，可因为正在举行隆重的宗教仪式，马车一时过不来。小姐去花园的幽深处散步去了，您儿子追逐小鸟，也走远了。”

“我逮到鸟的，妈妈。”爱德华说，“你记得吗，我还在它尾巴上拔下三根毛呢。”

“您，夫人，当时在葡萄藤凉棚下面。您还记得吗，您坐在一条石凳上，我刚才说了，维尔福小姐和您儿子都不在您身边。有个人和您谈了很久。”

“哦，对，是这样，”少妇涨红了脸说，“我记起来了，我的确和一个穿呢披风的人交谈过……我想他是个医生。”

“一点不错，夫人，那个人就是我。当时我已经在那家饭店住了半个月，治愈过贴身男仆的高烧和饭店老板的黄疸病，所以人家把我当成了名医。夫人，您和我聊了很长时间，聊到许多事情。我们聊到佩鲁吉诺[1]和拉斐尔，聊到习俗和衣饰，还聊到有名的托法娜药水[2]，好像您听人说过，佩鲁贾还有人藏着这种药水的秘方呢。”

“噢！对了，”维尔福夫人神色有些慌张，急忙说道，“我想起来了。”

“我不记得您是怎么对我说的了，夫人，”伯爵极为平静地接着说，“可是我记得很清楚，您和别人一样错把我当成了医生，因此您向我咨询了维尔福小姐的健康状况。”

“可是先生，您确实是医生啊，”维尔福夫人说，“您不是治愈了好几个病人吗。”

“莫里哀或是博马舍会回答您说，‘夫人，正因为我不是医生，所以我并没有治好患者的病，而是患者不治而愈了。’我只想向您说明这一点，我对化学和博物学做过比较深入的研究，不过您想必知道……也只是业余爱好。”

这时，钟敲六点整。

“六点钟了，”维尔福夫人说，焦躁之色明显可见，“瓦朗蒂娜，您不去看看爷爷是不是要用餐吗？”

瓦朗蒂娜起身，向伯爵行过屈膝礼，默默地走出客厅。

“天哪，夫人，您是因为我的缘故把维尔福小姐打发走的吗？”瓦朗蒂娜走出客厅后，伯爵说道。

“绝对不是。”少妇急忙说，“到点了，是该让人伺候诺瓦蒂埃先生吃饭了。他吃的那点可怜的东西，也只够勉强维持他那可怜的生命罢了。先生，您知道我公公的身体状况有多糟吗？”

1　佩鲁吉诺（1450—1523）：意大利画家。文艺复兴盛期代表人物拉斐尔（1483—1520）的老师。

2　托法娜药水：一种毒药。亦称佩鲁贾药水。17 世纪末，一个名叫托法娜的西西里妇女在那不勒斯发明了这种以砒霜为主要成分的慢性毒药，起名“巴里的圣尼古拉甘露”公开出售，造成 600 人死亡的后果。1719 年托法娜被判处绞刑。

“知道，夫人。维尔福先生对我说过，我想他是瘫痪了吧。”

“唉，是啊。这个可怜的老人完全不能动弹了，在这个躯壳里只有脑子还有知觉，但那也是很脆弱的，颤巍巍的，就像一盏快要熄灭的油灯。哦，对不起，先生，我尽和您说些家里不如意的事情，刚才您正说到您是一位能干的化学家，让我给打断了。”

“喔！我不是这么说的，夫人。”伯爵笑吟吟地回答说，“情况正好相反，我研究化学，是因为我打定主意要在东方生活，我想以米特拉达悌六世[1]为榜样。”

“米特拉达悌六世，本都王国国王，”那个小淘气一边从一本精美的画册上把图片剪下来，一边说，“他每天早晨喝一杯加奶油的毒药。”

“爱德华！你这孩子真讨厌！”维尔福夫人从孩子手中夺下被剪得残缺不全的画册，大声说，“你烦死了，我头都让你搅晕了。你走吧，到你爷爷那儿找姐姐去。”

“画册……”爱德华说。

“画册怎么啦？”

“我要画册……”

“你干吗把画都剪了？”

“我喜欢剪嘛。”

“你快走！走呀！”

“画册不给我，我就不走。”孩子一屁股坐在一把大椅子里说，完全是平时那副犟头倔脑的模样。

“拿去吧，别再来烦我了。”维尔福夫人说着，把画册交给爱德华，陪他一起向房门走去。

伯爵的目光尾随着维尔福夫人。

“且看她随后是不是把门关上。”他暗自对自己说。

孩子出去后，维尔福夫人小心翼翼地关上房门；伯爵装作没有注意的样子。

少妇四下里环顾了一下，才走去坐在刚才那张椭圆形双人沙发上。

1 米特拉达悌六世（约公元前132—前63）：本都王国末代国王。据称会说22种语言，并从青年时代起就学习各种植物类毒药的性能和用法。

"恕我多嘴，夫人，"伯爵带着我们熟悉的那副天真的神情说，"您对这个可爱的小调皮管得太严了。"

"就该这样，先生。"维尔福夫人俨然一副做母亲的声腔。

"爱德华公子刚才关于米特拉达悌六世的那段话，是高乃利乌斯·奈波斯[1]说的，"伯爵说，"要不是您打断了他，他还会背下去的。这说明家庭教师在他身上没有白花时间，您的儿子就他的年龄而言，真的是懂得很多了。"

"伯爵先生，"母亲接受了这番巧妙的恭维，回答说，"他的接受能力确实很强，学什么都是一学就会。他唯一的缺点就是太任性。嗯，说到他刚才背的那段话，伯爵先生，您是否相信米特拉达悌六世当真采用过这种预防措施，而且这种措施确实行之有效呢？"

"我完全相信，夫人，我可以告诉您，我就是用这个办法，在那波利、巴勒莫和士麦那躲过了中毒的危险，换句话说，我要没预先防备的话，这条命十有八九就送在那儿了。"

"这个办法真的管用？"

"非常管用。"

"哦，对了，我记得您在佩鲁贾就对我提到过类似的情形。"

"是吗？"伯爵非常巧妙地装出惊讶的样子说，"我可不记得了。"

"我那时问您，毒药的毒性对北方人和南方人来说是不是一样的。您回答我说，北方人气质冷峻迟钝，南方人天性热情、精力充沛，他们对毒性的承受吸收能力有所不同。"

"是这样。"基督山说，"有些有毒的植物，我曾看见俄国人吃了一点儿没事。换了那波利人或者阿拉伯人来吃，可就必死无疑了。"

"这么说，您认为这种办法用在我们身上，要比用在东方人身上更有效，我们这些生活在多雾多雨地方的人，比热带地区的人更容易适应慢性中毒啰？"

"肯定如此。不过当然，能预防的只是已经适应的那种毒性。"

"噢，这我明白。那么，比如说您吧，您是怎样去适应，或者更确切地说，您是怎样适应过来的呢？"

"这很简单。假如您事先知道人家用的是哪种毒药……比如说是番木鳖

1　奈波斯：公元前1世纪历史学家。著有《统帅传》，其中记述了米特拉达悌六世的事迹。

碱……”

“番木鳖碱是从安古斯都拉树皮里提取出来的，我想。”维尔福夫人说。

“一点不错，夫人，”基督山回答说，“看来我没有多少东西可以告诉您的了。请接受我的祝贺，掌握这门学问的女士还真不多见呢。”

“哦！不瞒您说，”维尔福夫人说，“我对神秘的科学有着浓厚的兴趣，这些学问像诗一样需要想象，又像代数方程那样可以用数字来求解。不过还是请您讲下去吧，您说的这些知识我太感兴趣了。”

“那好，”基督山说，“比如说，假定这毒药是番木鳖碱，您第一天服一毫克，第二天服两毫克，那么，十天以后，您就能服一厘克了。然后您每天加一毫克，再过二十天，就能服三厘克了，也就是说，您服用这个剂量不会感到任何不适，而对一个没有采取这种预防措施的人来说，这个剂量已经非常危险。最后，一个月过后，倘若您和别人用同一个水壶喝水，您就能让和您一起喝这水的人中毒致死，而您自己，若不是也会稍有不适，简直连水里掺有毒质这茬儿也觉不出来了。”

“您知道这种毒剂有什么解毒药吗？”

“我不知道。”

“我常常一遍又一遍地读米特拉达悌的传记，”维尔福夫人若有所思地说，“总觉得那些故事好像是杜撰的。”

“不，夫人，他的传记不同于一般的故事，那都是确有其事的。不过，夫人，您对我说的这些事，以及您问我的这些事，想必不是随便想到的，因为两年以前您就问过我同样的问题，而且您长期以来一直这么关注米特拉达悌的传记。”

“的确如此，先生，我在学校里最喜欢的两门课就是植物学与矿物学。后来我懂得了，药草的使用方式往往标志着东方民族的历史和个人的经历，就像花儿标志着恋情一样，这时，我恨不得自己生来就是个男子，可以成为弗拉梅尔[1]、封塔纳[2]和卡巴尼斯[3]那样的人。”

“还有，夫人，”基督山说，“东方人并不像米特拉达悌那样只把毒药当作

1 弗拉梅尔（1330—1418）：法国富翁，相传精通炼金术，能从石头里炼出金子。

2 封塔纳（1730—1805）：意大利解剖学家、生理学家，对蝰蛇的毒性有独特的研究。

3 卡巴尼斯（1757—1808）：法国哲学家，生理学家。第16章中曾提到此人。

护胸甲，他们还把它当作匕首。科学在他们手中不仅是防御的武器，往往还是进攻的武器。前一种用于对付肉体的痛苦，后一种用于对付敌人。他们用鸦片、颠茄、安古斯都拉树皮、蛇木和桂樱，让那些想唤醒他们的人昏睡过去。人称名媛淑女的埃及女人、土耳其女人和希腊女人，有哪一个不会利用化学配制让医生目瞪口呆的毒剂，又有哪一个不会利用心理学做出让忏悔神甫魂飞魄散的举动？”

“真的吗！”维尔福夫人说，她眼里闪出的亮光，跟这场谈话似乎并不相干。

“哦，天哪！是真的，夫人，”基督山接着说，“东方的神秘悲剧都是这样开场和收场的，有了叫人喜爱的植物，也总有让人致命的植物；有了为人打开天堂之门的饮料，也总有把人推下地狱的饮料。人的生理和心理千变万化、千奇百怪，而这些药物同样也是千差万别的。甚至可以这么说，这些化学家凭借高超的技艺，完全能根据自己爱的需要和复仇的愿望，分别配制相应的解毒药和毒药。”

“先生，”少妇说，“您在东方社会里度过了一生中的部分时光，这些社会当真就像我们从这些美丽国家听说的故事那么荒诞不经吗？一个人在那儿杀了人，竟然可以不受惩罚吗？加朗先生[1]笔下的巴格达和巴士拉岂不就是这样？这些社会由苏丹和大臣主宰，他们建立了在法国称为政府的国家机器，他们是真正的哈伦[2]和大祭司，他们不仅姑息纵毒犯，而且只要他作案手段高明，还可以让他当上首相，甚至把他的下毒经过用金字刻下来，供自己消遣解闷。是不是这样？”

“不是的，夫人，这样荒诞不经的事情，即使在那些东方国家也已经没有了。那儿也有警官、预审法官、检察官和鉴定人，只是名称和我们不同，服饰也完全不一样。在他们那儿，绞死罪犯，砍脑袋，甚至对处以木桩刑，都只是小菜一碟。而那些罪犯又特别狡诈，自有一套躲过法庭、以巧妙手段达到目的的办法。在我们这儿，一个被仇恨或贪婪迷住心窍的傻瓜，满心想除掉一个对头或者灭掉一个长辈的亲戚，会去一家杂货店，报一个假名——他不知道其实

1　加朗（1646—1715）：法国东方学家，《一千零一夜》的译者。虽然译文中多有不确之处，但他的译本对法国好几代读者均有极大影响，大仲马本人也深受其影响。

2　哈伦·赖世德（766—809）：阿拔斯王朝第五代哈里发。《一千零一夜》中描述了他的宫廷生活。

这比用真名更容易露馅——他借口家里有老鼠，吵得他睡不着觉，买了五六克砒霜。倘若他头脑活络的话，他还到五六家杂货店分头去买，结果是被认出的可能性增加了五六倍。买来毒药以后，他就给那对头或长辈服用，剂量之大简直可以毒死一头猛犸或是一头大象。结果服下药的人痛得哇哇直叫，左邻右舍全都给惊动了。于是来了一大帮警察和宪兵，医生也给唤来了。医生对死者做了解剖，从胃袋和肠子里刮出好些砒霜。第二日，上百家报纸登载这条消息，死者和杀人犯的名字都见了报。当天晚上，一家或者几家杂货店的老板跑来说：'砒霜是我卖给他的。'别说是一个人来买，即使有二十个人来买过，他们也都认得出来。于是那个下毒的傻瓜被逮了起来，关进监狱，受审对质直到上断头台。或者，倘若罪犯是个稍有身份的女人，她就会被判终身监禁。你们那些北方人以为化学就是这么回事，夫人。我不得不承认，德吕[1]要比这高明得多。"

"有什么办法呢！先生，"少妇笑着说，"他们只有这点能耐。美第奇和博尔吉亚的秘方不是人人都有的哟。"

"现在，"伯爵耸耸肩膀说，"您愿意听我说说这些荒唐事的起因吗？这是因为在你们的剧院里——我看了正在上演的剧目的脚本，至少就这些脚本来看是这样——常常会见到某些演员吞下一瓶什么药水，或是咬一下戒指上的宝石，然后就直挺挺地倒下死了。五分钟后，帷幕落下，观众也就走了，根本不知道谋杀案的下文是怎样的。他们既看不到佩着绶带的警官，也看不到带着四个士兵的伍长，这就让许多头脑简单的人以为事情就这样过去了。您只要离开法国，去阿勒颇[2]、开罗，或者就去那波利或罗马也行，您会看见街上走着一个个腰杆笔直、精神饱满、面色红润的人，而假如那个裹着披风的瘸腿魔鬼[3]正好和您擦肩而过，他却会对您说：'这家伙中毒已经三个星期，再过一个月就要死了。'"

"这么说来，"维尔福夫人说，"他们找到托法娜药水的秘方喽。可我听说，佩鲁贾这种有名的药水已经失传了。"

"哦，天哪！夫人，这世上真有什么东西会失传吗！各种技艺都会不胫而走，满世界地跑呢。有时只是变了个名称而已，一般人就被蒙住了，其实变来

1 德吕（1734—1777）：法国多次投毒的谋杀犯。他的受审和处决在当时均引起轰动，影响一直延续到两代人以后。
2 阿勒颇：叙利亚北部城市。奥斯曼帝国时期近东最大的贸易中心。
3 法国作家勒萨日（1668—1747）同名小说的主人公。他会把书中人物住所的屋顶掀起，让读者看见屋里的场景。

变去还是一回事。毒药不是对这个器官，就是对那个器官起作用，有的作用于胃，有的作用于大脑，有的又作用于肠子。比如说，服了某种毒药的人会咳嗽，咳嗽引起肺部发炎或者别的什么在医书上有名目的疾病，反正最后都有致死的可能；即便不死，那些庸医也会把他们治死。一般来说，那帮医生的化学知识都很可怜，他们开的药治不治得好病，真是天晓得。于是，一个人就这么不着痕迹地死了，法律对此也无可奈何。这些事情，我都是听我的一位朋友说的，他就是西西里岛达奥米纳修道院可敬的阿德尔蒙特神甫，这位了不起的化学家对他的国家的这类现象做过深入的研究。”

“这真可怕，可也真有趣，”少妇说，她刚才一直凝神屏气地在听，“不瞒您说，我还以为这些故事都是中世纪的创造呢。”

“对，有这可能，但是这些创造在我们的时代得到了完善。倘若不是为了使社会日臻完美，时间也好，奖励也好，勋章、十字章和蒙蒂翁奖也好，要来又有什么用呢？而人只有在能像天主那样既会创造又会破坏的时候，才能变得完美。人已经懂得怎么破坏，但整个旅程仅仅走了一半。”

“所以啊，”维尔福夫人说，她始终要把谈话拉回到那个话题上来，“博尔吉亚、美第奇、勒内、拉格利[1]，也许以后还有德·特伦克男爵[2]，现代的悲剧和小说中大肆渲染这些人的毒药……”

“这些毒药并非等闲之物，夫人，而是艺术品，”伯爵说，“您以为真正的学者会那么平庸，仅仅满足于对付某个个人吗？不。科学研究看重的是峰回路转，是出奇制胜，甚至可以说是异想天开。比如说，我刚才提到的那位杰出的阿德尔蒙特神甫就做过许多惊人的试验。”

“是吗！”

“可不是。我就举其中的一个例子吧。他有一座很漂亮的花园，里面种了蔬菜、鲜花和水果。他选了一种大家都爱吃的蔬菜，比如说就是卷心菜吧。接连三天，他用砒霜溶液浇灌这棵卷心菜。到了第三天，卷心菜开始发蔫变黄，他就把它摘下来。这棵卷心菜外表还不错，大家都以为它已经成熟了，只有阿德尔蒙特神甫知道，这棵卷心菜中了毒。他把这棵卷心菜带回家，抱来一只兔

1　勒内 · 弗洛朗丹是美第奇家族成员凯瑟琳的占星师，科西莫 · 拉格利则是专为凯瑟琳制作香料的化学家。

2　特伦克男爵（1726—1794）：德国探险家。曾在监狱中度过许多年头，1791 年被指控为奥地利间谍，后被处死。

子——阿德尔蒙特神甫养了很多兔子、猫和豚鼠，其数量不比他的蔬菜、鲜花和水果少——他让抱来的兔子吃那棵卷心菜的叶子，兔子死了。有哪个预审法官敢对此吹毛求疵，有哪个检察官会因马让迪先生或弗卢朗斯先生[1]毒死几只兔子、几只豚鼠或几只猫起诉他们呢？没有。所以，兔子死了，法律不会出面来追究。阿德尔蒙特神甫吩咐厨娘把死掉的兔子开膛破肚，把内脏扔在一堆厩肥上。厩肥上有只母鸡啄食了这些内脏，第二天就死了。而就在它临死前抽搐挣扎的当口，飞来一只秃鹫（阿德尔蒙特那地方秃鹫挺多），它冲向母鸡尸体，把它叼到一块岩石上，饱餐一顿。那不幸的秃鹫自从吃了那一餐后一直感到不舒服，三天后在云端飞翔时突然一阵眩晕，凌空栽了下来，掉进了您的鱼塘。那些贪食的白斑狗鱼、鳗鱼和海鳝争先恐后地去咬秃鹫。好，假定第二天这条鳗，这条白斑狗鱼或是海鳝，也就是说第四轮的中毒者，上了您的餐桌，那么您的客人就是第五轮中毒者了。这位客人经受了八到十天肠胃剧痛、心脏难受和幽门脓肿的折磨，终于一命呜呼。尸体解剖后，医生说：

"'患者死于肝肿瘤或是伤寒。'"

"您把这么些事情串在一起了，"维尔福夫人说，"可是随便出现一个意外就会破坏这个因果链。秃鹫可能那时候没有飞过来，也可能后来掉在了鱼塘百米开外的地方。"

"这就是艺术之所以为艺术啊：在东方要成为一个杰出的化学家，就要能够把握偶然。这是可以做到的。"

维尔福夫人若有所思地听着。

"可是，"她说，"砒霜是消除不了的。无论通过哪种方式吸收，只要剂量大到足以致死，它在人体内总会留下痕迹。"

"说得好！"基督山大声说，"说得好！这正是我向可爱的阿德尔蒙特提的问题。

"当时他想了想，微微一笑，用一句西西里谚语回答我，我想法国人也说这句谚语：'我的孩子，世界不是一天之内创造出来的。那要用七天呢。你星期天再来吧。'

"下一个星期天，我去了。他不再用砒霜溶液浇灌卷心菜了，这回用的是

1　马让迪（1783—1855）和弗卢朗斯（1794—1867）均为法国著名生理学家。

马钱子碱的盐溶液，学名叫 strychnos colubrina[1]。卷心菜看上去一点不发蔫，兔子当然也不会起疑。不过，五分钟过后兔子死了。母鸡啄了死兔子，第二天也死了。这时我们充当秃鹫带走了母鸡。解剖开来一看，没有任何异常征状，见到的只是一般病兆。除了神经系统紊乱，有脑溢血症状以外，任何器官都没有特殊征象。所以，解剖的结论是母鸡死于中风，而不是被毒死的。我很清楚，母鸡中风非常罕见，但人中风却是常有的事。”

维尔福夫人听得愈来愈入神了。

“让人庆幸的是，”她说，“这种毒药只有化学家才会配制。否则这世界上会有一半人要去毒死另一半人了。”

“化学家能配制，喜欢化学的人也能配制。”基督山漫不经心地应声说。

“再说，”维尔福夫人说，她似乎竭力想摆脱萦绕在脑际的某些念头，“不论犯罪的手段有多高明，罪行总是罪行。即使能逃脱人间的惩罚，也逃不过天主的眼睛。在怎么看待良心的问题上，东方人比我们聪明，他们谨慎地取消了地狱的观念，这一来就什么事儿也没有了。”

“喔，夫人，像您这样高尚的人，头脑里有这种顾虑是非常自然的，可是仔细分析一下，您的顾虑也就可以打消了。人类思想丑恶的一面，可以借用让-雅克·卢梭的一句话来概括，这句话您想必是知道的：‘举手一指，五千里外中国大官死于非命。’[2]人的一生在这类梦想中度过，聪明才智也消耗在了处心积虑的谋划之中。真的傻到往人家心口捅一刀，或者往人家的菜里投毒，靠我们刚才说的那个剂量的砒霜来收拾人家，这样的人毕竟是少而又少的。这实在是太古怪、太愚蠢了。要那么干，血液的温度得升至三十六度，脉搏得跳到九十跳，精神也得超常亢奋才行。但如果我们按语言学常用的办法，换一个含义比较模糊的同义词，就可以说您只是排除一个障碍而已。您无非就是让挡您道的家伙挪个地方，您无须去干卑劣的谋杀勾当，不必跟人冲突，不必诉诸暴力，不必使用让人皮肉受苦的器械，因为一旦动用那些东西，死去的人就成了殉难

1　拉丁文：蛇藤属马钱子。

2　卢梭的著作中没有类似的说法。倒是夏多布里昂曾多次引用这句话，并借此发问：倘若只要举手一指，就能杀死一名远在中国的官员，一下子成为富翁，而且无须担心会被人发现，那么大多数的人会不会干呢？巴尔扎克在《高老头》中也把以令人生疑的方式致富的人称为”杀了中国大官“而致富的人。

者，动手的人就成了严格意义下的 carnifex[1]。而要是没有血，没有惨叫，没有挣扎，尤其是在完事的那一瞬间，没有那种惨不忍睹的情景，那您就完全可以逃脱法网，没人会来对您说：'不准扰乱社会！'这就是东方人干这类事每每得手的经验之谈，他们都是些严肃而冷静的人，大事临头沉得住气，不计时间得失，不达目的不罢休。"

"难道不会受到良心谴责吗？"维尔福夫人暗自叹了口气，声音激动地说。

"对，"基督山说，"说得对，幸好还有良心这东西，要不然做人就太不幸喽。我们每次下手过后，总有良心会来拯救我们，良心总能让我们找出一千条理由来为自己开脱，尽管这些理由在法庭上未必站得住脚，未必能保住我们的性命，但是它们看上去是冠冕堂皇，足以让我们坦然安睡。比如说，理查三世除去爱德华四世的两个孩子以后，良心就帮了他大忙，因为他可以对自己说：'他俩是一个残忍而暴虐的国王的孩子，他们秉承了父亲的恶习，只有我才能从他们童年的性格中认出这种劣根性；这两个孩子阻碍我为英国人民造福，他们将使英国人民遭受万劫不复的苦难。'同样，良心也帮了麦克白夫人[2]的忙，不管莎士比亚怎么说，她并不是为丈夫，而是想为儿子弄到一个王位。哦！母爱是一种伟大的天性，是一种强有力的推动力，出于母爱，许多事情都可以得到原谅；这不，在邓肯被杀死之后，倘若麦克白夫人没有良心这个诡辩家来为自己开脱，她不就真的太不幸了吗？"

德·维尔福夫人如饥似渴地听着伯爵的每一句话，这些闻所未闻的警句，这些令人心颤的诡辩，从伯爵嘴里说出来，既像无心言之，又像内含讽意。

沉默片刻后，她开口说：

"您知道吗，伯爵先生，您是位可怕的辩论家，您对这个世界的看法未免太无情了吧！莫非您是通过蒸馏器和蒸馏罐在观察人性，所以才把世界看成这样的吗？但您讲得对，您是一位了不起的化学家，您给我孩子用的药剂，那么神奇地救了他的命……"

"哦！请别把它说得太好，夫人，"基督山说，"一滴这样的药剂，足以使奄奄一息的孩子恢复生命，可是用上三滴，可能就会让血液涌入肺部，使他心

1　拉丁文：杀人者，凶手。

2　麦克白夫人：莎士比亚戏剧《麦克白》中麦克白的妻子。她怂恿丈夫杀死堂兄弟邓肯一世并自立为国王。

跳过快；六滴，就可能抑制他的呼吸，引起比原先更严重的昏厥；十滴呢，就足以让他送命。您想必也瞧见，夫人，当他无意间要去碰这些药瓶时，我是怎样赶紧把他给挡住的吧？”

“这么说，这是一种可怕的毒药？”

“哦！不，不是这样！首先，我们得明确这一点，‘毒药’这个说法是不成立的，因为在医学上，医生使用的药品有时候要毒得多，但只要按处方的剂量服用，这些药品照样是治病的良药。”

“那么这是什么呢？”

“这是我的朋友，那位杰出的阿德尔蒙特神甫精心配制的药剂，用法也是他教给我的。”

“噢！”德·维尔福夫人说，“那它想必是一种很有效的镇痉剂。”

“非常有效，夫人，您刚才已经亲眼看到了，”伯爵答道。“我常用它，当然，用得极其谨慎。”他笑着补充说。

“这我相信，”德·维尔福夫人以同样的语气说道，“我这人呀，体质过敏，特别容易昏厥，我还真需要一位像阿德尔蒙特这样的医生给我配制一种药剂，让我可以保持呼吸畅通，不必担心哪天会一下子透不过气来，就此送命。不过，既然这药剂在法国无法觅到，而那位神甫大概也不会为了我专程到法国来一趟，我只好继续服用布朗什先生给我开的镇痉剂；薄荷精和霍夫曼滴剂对我来说还是挺管用的。瞧，这就是我让他特地为我备制的片剂，用的是双倍剂量。”

基督山把少妇递过来的玳瑁匣子打开，很内行地嗅了嗅药片的味道。

“做得很精致，”他说，“但药片必须吞服，对昏厥过去的人来说，这一点往往难以做到。我还是更喜欢我的特效药。”

“那当然，我亲眼见过它的药效，我当然也更喜爱它喽。不过这想必是一种秘方，我可不敢冒昧请您割爱哟。”

“可是，夫人，”基督山起身说道，“我想请您赏脸让我献个殷勤，收下这东西。”

“哦！先生。”

“但请您千万记住，用小剂量，它是一帖良药，用大剂量，可就是一种毒药了。用一滴可以救人性命，这您已经看见了；而只要用五六滴，那人必死无疑，尤其可怕的是，倘若把它滴在葡萄酒里，酒是不会变味的。得，就此打住吧，夫人，要不我真有好为人师之嫌了。”

六点半的钟声刚响过，仆人来通报说，德·维尔福夫人的一位女友到了，她是约好来和女主人共进晚餐的。

“倘若我已经有幸见过您三四回，伯爵先生，而不是才第二回，”维尔福夫人说，“倘若我有幸是您的朋友，而不仅仅是刚受过您恩惠的人，我一定会执意留您吃饭，而且想必不会第一次开口就自讨没趣的。”

“我心领了，夫人，”基督山答道，“可我也已有约在先，不能食言，我答应了今晚陪一位女友去看戏，她是一位希腊公主，还没去过巴黎歌剧院，想让我带她去见识见识。”

“那好吧，先生，可是别忘了我的药方。”

“怎么会呢，夫人！要忘掉药方，我就得先忘掉在您身边度过的美妙时光：这是不可能的。”

基督山躬身致意，走出房门。

维尔福夫人仍在出神地冥想。

“真是个怪人，”她自言自语说，“我看哪，他的教名只怕就叫阿德尔蒙特吧。”

基督山呢，结果之成功，超出了他的预期。

“瞧着吧，”他边走边自言自语说，“这是一块沃土，把种子撒在上面，我不信会结不出果子。”

第二天，他信守诺言，把那张药方送了过去。

第53章

恶魔罗贝尔

去歌剧院看戏，是个挺不错的理由，当天晚上歌剧院正好有一场精彩演出，久病复出的勒瓦瑟尔在《恶魔罗贝尔》中饰演贝特朗。在巴黎向来如此，大师的作品总能吸引上层社会的精英前来观看。

莫尔塞夫如同大多数有钱人家子弟一样，在正厅前座有个包座，在十多个熟人的包厢里都可随时入座；而且，在那些时髦人物的包厢里也有他的一席之地。

夏托-勒诺在正厅前座也有个位子，就在他的旁边。

博尚凭着记者的身份，俨然就是无冕之王，正厅到处都有他的位子。

这天晚上，吕西安·德布雷可以用部长的包厢，他邀请了德·莫尔塞夫伯爵，但因梅塞苔丝不想去，伯爵把邀请转让给了唐格拉尔，并让人捎话，要是男爵夫人和她女儿愿意接受他提供的包厢，幕间休息时他可能会去拜访她俩。她俩当然愿意接受——任谁也不会像一个百万富翁这样巴不得有一个不用花钱的包厢。

至于唐格拉尔，他早已声称，他的政治原则和反对派议员的身份不允许他涉足部长的包厢。因此，男爵夫人写信给吕西安，请他去接她，因为她不便单独与欧仁妮去剧院。

可也是，要是这两个女人没有人陪着去看戏，人家肯定会说短论长；可要是唐格拉尔小姐跟母亲和母亲的情人一起去看戏，别人就无话可说了：社交界就是这么回事。

按惯例，幕启时观众席上还是空荡荡的。巴黎时兴的风气是在戏开场后才去看戏。因此，第一场演出时，先到场的观众既不是在看表演，也不是在听音乐，而是在看陆续进场的观众，在听开门和谈话的声音。

“瞧！”阿尔贝看见第一排边侧包厢的门打开，突然说道，“瞧！G伯爵夫人！”

“G伯爵夫人是谁？”夏托-勒诺问。

“哦！您瞧您，居然问得出这么个问题；您问我G伯爵夫人是谁？”

“噢！对了，那不就是迷人的威尼斯女郎吗？”

“可不是。”

就在这时，G伯爵夫人瞧见了阿尔贝，笑吟吟地向他颔首回礼。

“您认识她？”夏托-勒诺说。

“对，”阿尔贝说，“是在罗马那会儿弗朗兹给我引荐的。”

“弗朗兹在罗马为您做的事，您愿意在巴黎为我做一下吗？”

“非常愿意。”

“嘘！”后排的观众叫了起来。

两个年轻人自顾自交谈，仿佛压根儿没注意到他们妨碍了后排观众欣赏演出。

“她去战神广场看赛马来着。”夏托-勒诺说。

“今天？”

“对。”

“可不！今儿个是有赛马。您下注了吗？”

“噢，小意思，五十个路易。”

“哪匹马赢了？”

“诺蒂吕斯；我押的就是这匹马。”

“是有三场赛马吧？”

“没错。赛马俱乐部设了奖品，是只金杯。赛场上还出了桩怪事。”

“什么事？”

“嘘！”后排观众又喊道。

“什么事？”阿尔贝又问。

“这场比赛胜出的赛马和骑师，都是从没见过的。”

“有这等事？”

“可不是！起先谁也没注意这匹以万帕的名字参赛的马，还有这位以约布的名字报名的骑师，突然间，只见一匹漂亮的栗色马和一个小个子的骑师蹿了上去，这骑师长得那么瘦小，恐怕得在他衣袋里塞二十磅铅体重才能及格，可他居然最先到达终点，比另两匹赛马阿里埃尔和巴尔巴罗快出三个马身。”

“没人知道马和骑师的东家是谁？”

“没人知道。”

“您说这匹马参赛的名字是……”

“万帕。”

“得，”阿尔贝说，“我可占您先了，我知道它的东家是谁。”

“别说话行吗！”后排观众第三次喊道。

这一次抗议的势头很猛，两个年轻人终于发现观众是冲着他们喊的。在他俩眼里，这种做法是很没礼貌的起哄，于是回过头去，想找出领头的家伙。可是没人迎接这一挑战，于是他俩又把脸转向舞台。

这时，部长包厢的门开了，唐格拉尔夫人、她的女儿和吕西安·德布雷各自就座。

“啊哈！”夏托-勒诺说，“他们可都是您的老相识啦，子爵。咳！您往右边看什么呀？人家在找您呢。”

阿尔贝转过脸来，他的目光果然与唐格拉尔男爵夫人的目光碰了个正着，男爵夫人轻摇扇子向他致意。至于欧仁妮小姐，她那对黑色的大眼睛似乎不肯屈尊往下瞧一眼正厅前座。

“说实话，亲爱的，”夏托-勒诺说，“在我看来，您并不是个很在乎门当户对的人，可我总觉得弄不明白，除了门第有些不当以外，您对唐格拉尔小姐还有什么可以不满意的呢。她真是个大美人哪。”

“是很美，没错，”阿尔贝说，“可是我得向您承认，我喜欢的是更温柔，更可爱，总之更有女人味儿的美。”

“您可真是年轻气盛，”年届三十的夏托-勒诺在莫尔塞夫面前颇有点倚老卖老，“怎么，老弟！人家给您找了个未婚妻，美得就像狩猎女神狄安娜，您还不满意啊！”

“没错，给您说着了，我更喜欢像米洛的维纳斯或卡普阿的维纳斯那样的女人。眼前的这位狩猎女神，成天生活在山中仙女之间，真让我有点害怕呢；我担心她会把我当阿克特翁[1]那么处置。”

---

1 希腊神话人物，奥维德在《变形记》中描述他因偶然看到女神阿耳忒弥斯（相当于罗马神话中的狩猎女神狄安娜）沐浴，被女神变为一头鹿。

果然，只要朝那位少女瞧上一眼，您就不难明白莫尔塞夫刚才说的这种感情了。唐格拉尔小姐确实很美，然而，正如阿尔贝所说，那是一种颇有刚健之风的美：一头秀发又黑又亮，但那种天然的拳曲，给人的印象是有股不容摆弄的犟劲；弯弯的眉毛长得挺漂亮，就是眉头常常会皱起，那双如头发一般黑亮的眼睛，有一种坚毅的表情分外引人瞩目，让人惊叹于一个女性竟有这般目光；鼻子格局很端正，堪作朱诺雕像的原型；她的嘴巴稍嫌大了些，但一口牙齿很漂亮，在双唇的衬托下格外醒目，那两片胭脂红的嘴唇红得耀眼，与苍白的脸色恰成对照；还有，嘴角上的那颗黑痣，也比造物主为常人点缀的要大一些。所有这一切，就构成了令莫尔塞夫望而生畏的果决的面相和个性。

欧仁妮身体的其他部位，也跟上述的脸部格局很相称。正如夏托-勒诺所说的，她就是个狩猎女神狄安娜，而且她的美貌中自有一种更坚毅、更刚健的意味。

至于她所接受的教育，就如她在容貌上的某些特征一样，倘若要说有什么瑕疵的话，那就是似乎太男性化了一点。诚然，她能说两三种语言，画也画得不错，能写诗，会作曲——对作曲她似乎更感兴趣些，常和寄宿学校的一位同窗女友一起钻研音乐，那位女友家境并不好，但据说她天赋很高，完全可以成为一名出色的歌唱家。还听说，有位大作曲家给予她一种近乎父爱的关注，鼓励她努力上进，希望她有朝一日能凭自己的嗓子致富。

鉴于这位年轻的才女路易丝·德·阿尔米依小姐，有一天可能登上舞台成为角儿，唐格拉尔小姐虽说在家中接待她，却从不和她在公开场合上一起露面。路易丝作为一个女友，在银行家府上自然没有独立的地位，但待遇毕竟比普通的家庭女教师略高一些。

唐格拉尔夫人进包厢才几秒钟工夫，帷幕就落下了。幕间休息时间很长，观众在这半小时里，可以到休息室里走动走动，或是去看望一下熟人，所以正厅前座的观众差不多都走光了。

莫尔塞夫和夏托-勒诺走在头里。唐格拉尔夫人看见阿尔贝如此脚步匆匆，一时间还以为他是要来问候她俩，便侧身对女儿轻声说他要过来了，欧仁妮听了只是笑着摇摇头。就在这时，仿佛是为欧仁妮的判断做证似的，莫尔塞夫出现在第一排侧翼的一个包厢里。那正是 G 伯爵夫人的包厢。

“哦！旅行家先生来了，”伯爵夫人像对老朋友那样，极为亲切地伸手给他，“您还认得出我真是太好了，而且您还是第一个来看我的朋友，这真让我高兴。”

“请您相信，夫人，”阿尔贝回答说，“倘若我知道您到了巴黎，并且知道您地址的话，我一准早就去看您了。噢，请允许我向您介绍我的朋友夏托-勒诺男爵先生，像他这样的绅士，在法国已经是硕果仅存，为数不多了。他刚才告诉我，您去战神广场看了赛马。”

夏托-勒诺躬身致意。

“啊！您也在看赛马，先生？”伯爵夫人急切地问道。

“是的，夫人。”

“那么，”G夫人迫不及待地问道，“您能告诉我赢得赛马俱乐部奖杯的那匹马，主人是谁吗？”

“恕我不知，夫人，”夏托-勒诺说，“刚才我还问阿尔贝来着。”

“您真想知道吗，伯爵夫人？”阿尔贝问。

“知道什么？”

“知道马的主人是谁。”

“太想知道了。你们猜怎么着……敢情您知道他是谁，子爵？”

“夫人，您说‘你们猜怎么着’，想必是要给我们说个故事吧。”

“哎，你们猜怎么着，我第一眼瞧见这匹漂亮的栗色马和身穿粉红绸上衣的英俊小骑师，就喜欢上他们了，我为他们许愿，就像我在他们身上押上了一半家产似的。所以，我看见他们领先到达终点，比对手快了三个马身，心里高兴，就使劲为他们鼓掌。不承想回到家里，居然在楼梯上遇见了那个穿粉红绸上衣的小骑师，我简直惊讶极了！我心想，这位赛马得胜的骑师，说不定就跟我住在同一座楼里，可打开客厅门一看，最先映入我眼帘的竟然是那匹不知名的马和陌生骑师赢得的奖品：那只金杯。金杯里有一张小纸片，上面写着：

G伯爵夫人惠存　鲁斯文勋爵。”

“一点不错。”莫尔塞夫说。

“什么叫一点不错！您想说什么意思呀？”

“我想说他正是鲁斯文勋爵。”

“哪个鲁斯文勋爵？”

“我们在阿根廷剧院遇见的那个吸血鬼。”

“当真！”伯爵夫人大声说，“他在这儿？”

“正是。”

“您看见他了？他上您府上了？您去拜访过他了？”

“他是我的好朋友，夏托-勒诺先生也有幸认识他。”

“您凭什么相信是他赢了？”

“他的马参赛的名字叫万帕……”

“嗯，那又怎么样？”

“嗨，当初把我关在洞里的那个大名鼎鼎的强盗头子，您不会忘了他叫什么吧？”

“噢！没错。”

“伯爵奇迹般地把我从他手中救了出来，您也不会忘记吧？”

“那当然。”

“他就叫万帕。您瞧，就是他。”

“那他为什么要把奖杯送给我呢？”

“首先是因为，伯爵夫人请您相信，我对他提起过您很多次；其次是因为他能在这儿找到一位女同胞，而且看见这位女同胞对他这么感兴趣，想必很高兴。”

“我希望您没把我们背后议论他的那些话都告诉他吧！”

“哦，这我可不敢保证。这只奖杯不就是以鲁斯文勋爵的名义……”

“这下完了，他要恨死我了。”

“他的做派像个仇人吗？”

“不像，我承认。”

“就是！”

“这么说，他在巴黎？”

“对。”

“有没有引起轰动？”

“哦，”阿尔贝说，“大家议论了他整整一个星期，然后就把注意力转向英国女王加冕典礼和玛尔斯小姐[1]的钻石失窃案，不再关心别的事情了。”

“亲爱的，”夏托-勒诺说，“看来正因为伯爵是您的朋友，您才这么说的。伯爵夫人，请别相信阿尔贝刚才说的话，眼下巴黎最热门的话题仍然是这位基督山伯爵。他一开场就送了唐格拉尔夫人价值三万法郎的两匹马；接下去，他救了德·维尔福夫人的性命；随后，看来他又赢了赛马俱乐部的头奖。所以，莫尔塞夫说的话我不敢苟同，依我看，目前伯爵仍是大家关注的焦点，而且一个月以内情况不会有所变化——只要他继续不断地玩些新鲜招数，而这似乎正是他平日里的生活方式。”

“有这可能吧，”莫尔塞夫说。“我说，俄国大使的包厢现在归谁了？”

“哪个包厢？”伯爵夫人问。

“第一排立柱中间的那个。看上去，包厢刚装饰一新。”

“果然是啊，”夏托-勒诺说。“第一幕演出时有人在吗？”

“在哪儿？”

“在这个包厢里。”

“没有，”伯爵夫人说，“一个人也没看见。这么说，”她又回到先前的话题，“您相信赢得奖杯的就是您那位基督山伯爵？”

“我确信无疑。”

“把奖杯送给我的也是他？”

“一定是他。”

“可我不认识他呀，”伯爵夫人说，“我想把奖杯还给他。”

“哦！请别这么做。要不他又会送您另一只杯子，而且是用整块蓝宝石琢出来，或是用整块红宝石雕成的。这就是他的行事方式；有什么办法呢，他就是这么个人。”

正在这时，只听得铃声响起；第二幕就要开场了。阿尔贝起身告退。

“我还会见到您吗？”伯爵夫人问。

“如果您允许，幕间休息时我再过来，了解一下在巴黎有哪些地方可以为您效劳。”

1　法国女演员安妮·布提（1779—1847）的艺名。她是当时法兰西剧院的明星，以擅长表演浪漫派戏剧著称。

“二位，”伯爵夫人说，“每个周末晚上，我在家接待客人，地址是里伏利街二十二号。这就算正式通知了。”

两位年轻人躬身致意，退出包厢。

他俩回进正厅时，看见后排观众都站了起来，目光盯在正厅的一个地方。他俩的目光顺着众人的目光望去，停在了先前俄国大使的那个包厢里。一个三十五到四十岁模样的男子，身穿黑色礼服，刚和一个穿着东方服饰的女子走进包厢。那女子容貌美艳，服饰雍容华贵，所以，正如我们刚才所说，众人的视线一时间都转向了她。

“哎！”阿尔贝说，“是基督山和他的希腊美女。”

果然，这一男一女就是伯爵和海黛。

不一会儿工夫，那女郎不仅成了正厅后排观众，而且成了全正厅观众的注意目标。夫人小姐们纷纷把头探出包厢，想看上一眼在分枝挂灯光照下流光溢彩的那一串串钻石。

第二幕的演出自始至终伴着这片嘈杂的低语声，这种喧哗通常表明观众席中出了大事。谁也没想到喊大家保持安静。这个女人如此年轻，如此美丽，如此光艳照人，她就是剧场中最引人注目的景观。

这一次，唐格拉尔夫人的手势再明确不过地告诉阿尔贝，她要他幕间休息时过去一下。

以莫尔塞夫的教养，看到人家明确表示在等他，他是绝不会让人久等的。第二幕刚演完，他赶紧上楼来到舞台一侧的包厢。

他向夫人和小姐躬身致意，和德布雷握了握手。

男爵夫人以迷人的微笑迎接他，而欧仁妮的神情始终是那么冷峻。

“喔，亲爱的，”德布雷说，“我给逼得走投无路，只好向您讨救兵了。夫人问了一连串有关伯爵的问题，把我问得喘不过气来，她要我说出他是哪个国家的人，从哪儿来，到哪儿去。喔，我又不是卡利奥斯特罗[1]。我实在没辙了，就说：‘去问莫尔塞夫吧，他对这位基督山了如指掌。’所以夫人就招呼您过来了。”

“真叫人难以相信，”男爵夫人说，“一个有权动用五十万秘密基金的人，

1　卡利奥斯特罗（1743—1795）：意大利江湖骗子、魔术师和冒险家。法国大革命前在巴黎上流社会红极一时。

居然连这点事情也答不上来。”

“夫人，”吕西安说，“请您相信，即便有五十万基金可以动用，我也不会用来打探基督山先生的身世，在我看来，他不过就是比那些从印度发财回来的富翁再富上一倍，除此之外没什么可以称道的。得，还是让我的朋友莫尔塞夫来说吧。您自己问他就行，这事跟我不相干了。”

“即便是从印度发财回来的富翁，也没人会送我两匹价值三万法郎的马，还给马的耳朵挂上每颗值五千法郎的四颗钻石哪。”

“哦！送钻石嘛，”莫尔塞夫笑着说，“那是他的癖好。我相信他就像波将金[1]一样，兜里总是装着钻石，而且他还像小拇指[2]沿路撒小石子那样，沿路撒钻石。”

“他想必是找到金矿了，”唐格拉尔夫人说，“您知道他在男爵的银行里开了一个无限贷款的户头吗？”

“我不知道，”阿尔贝答道，“但并不觉得奇怪。”

“他还对唐格拉尔先生说，他打算在巴黎待一年，花掉六百万。”

“这可是微服出游的波斯沙赫的排场。”

“吕西安先生，”欧仁妮说，“您是否觉得那个年轻女人长得很美？”

“小姐，其实在女性中间，我觉得唯有您才称得上是美人。”

吕西安把长柄眼镜凑在眼睛上。

“非常迷人。”他说。

“这个年轻女人，德·莫尔塞夫先生知道她是谁吗？”

“小姐，”对如此单刀直入的问题，阿尔贝回答说，“有关这位受人关注的神秘人物，我略有所知。这个年轻女人是个希腊人。”

“这从她的服装就看得出；您告诉我的，是每个观众都和我们一样清楚的事情。”

“我很抱歉，在您眼里我是个很不称职的导游，”莫尔塞夫说，“不过我得承认，我知道的情况确实很有限；我只知道她还擅长音乐，有一天我在伯爵家用早餐时，听到有人弹奏单弦琴，那肯定是她。”

1　波将金（1739—1791）：俄国将军、政治家，女皇叶卡捷琳娜的宠臣、情夫。

2　法国童话作家佩罗（1628—1703）同名童话故事中的主人公。

“您这位伯爵，他也接待客人吗？”唐格拉尔夫人问。

“不仅接待，而且排场很大。”

“我得让唐格拉尔为他设个家宴，办个舞会，好让他回请我们。”

“噢，您要去他府上？”德布雷笑着问道。

“怎么啦？跟我丈夫一起去。”

“可这位神秘的伯爵，他还是个单身汉呢。”

“您难道没瞧见？”这回是男爵夫人笑着说了，边说边指了指那个希腊美人。

“他亲口告诉过我们，这个女人是个女奴。您还记得吧？莫尔塞夫，就在您家用早餐那回说的。”

“亲爱的吕西安，”男爵夫人说道，“要说她是女奴，不如说她像个公主，这您不会不同意吧。”

“《一千零一夜》里的公主。”

“我没说是《一千零一夜》里的公主。可是，是什么东西让女人变成公主的呢，亲爱的？不就是钻石吗，而她，全身挂满了钻石。”

“未免挂得太多了，”欧仁妮说，“少挂些，她只会更美，因为那样人家就看得见她的颈脖和手腕，它们可长得真可爱。”

“哦！到底是艺术家。你们瞧，”唐格拉尔夫人说，“你们瞧她有多激动？”

“凡是美的东西我都喜欢。”欧仁妮说。

“那您对伯爵的印象如何？”德布雷说，“我觉得他也长得很不错。”

“伯爵？”欧仁妮说，仿佛还没想到注意他似的，“伯爵嘛，他脸色很苍白。”

“说得对，”莫尔塞夫说，“我们正在探究他脸色苍白的秘密呢。您知道吗，G伯爵夫人说他是吸血鬼。”

“G伯爵夫人？她回来了？”男爵夫人问道。

“就在边上的包厢里，”欧仁妮说，“差不多正对着我们，母亲；那个有一头漂亮金发的女人，不就是她吗？”

“噢，对了，”唐格拉尔夫人说，“您知道您现在该干什么吗，莫尔塞夫？”

“悉听吩咐，夫人。”

“您该过去看看您的基督山伯爵，把他带过来。”

“干吗要带过来？”欧仁妮问。

“我们好跟他说话呀。难道你不想见见他？”

“不想。”

“这孩子真怪！”男爵夫人喃喃自语。

“哦！”莫尔塞夫说，“说不定他自己会过来。瞧，他看见您了，夫人，在向您致意呢。”

男爵夫人嫣然一笑，回敬伯爵的致意。

“得，”莫尔塞夫说，“我豁出去了。我这就过去，看看有没有机会跟他说上话。”

“直接去他的包厢，不就是了？”

“没人给我引荐。”

“引荐给谁？”

“那位希腊美人。”

“您不是说她是女奴吗？”

“对，可您也说了，她像一位公主……喔，但愿他看见我过去，就会走出来。”

“有这可能。去吧！”

“我这就去。”

莫尔塞夫躬身致意，走出包厢。果不其然，他刚走到伯爵的包厢门，门就打开了。伯爵向站在走廊上的阿里说了几句阿拉伯语，然后上前挽住莫尔塞夫的胳膊。

阿里关上门，伫立在门前。走廊上有好些人围着看这个努比亚黑人。

“其实，”基督山说，“你们的巴黎是个奇怪的城市，你们巴黎人也够奇怪的。瞧这些人，好像他们是第一次瞧见一个黑人似的。您瞧瞧围在阿里身边的这些人，可怜的阿里都给他们弄蒙了。我可以向您保证，倘若一个巴黎人去突尼斯、君士坦丁堡、巴格达或者开罗，是不会遭到围观的。”

“这是因为你们东方人比较明智，只看值得你们看的那些东西。但请您相信，阿里这么吃香，仅仅因为他是您的仆人，眼下您是最热门的新闻人物。”

“是吗！我竟然会有这样的荣幸？”

“可不，就是您。您一出手就送了价值一千路易的两匹马；您救了王室检察官家两个人的生命；您以布拉克少校的名义让一匹纯种马和一个个子小得像南美狨猴的骑师参加赛马；最后，您赢得了金杯，又把它们转送给漂亮女人。”

“这些奇谈怪论您是从哪儿听来的？”

“我自有消息来源！第一件事是唐格拉尔夫人说的，她此刻正在包厢里心心念念想见您，确切地说，是想在她的包厢里见到您。第二件事是博尚的报上说的。第三件嘛，是我自己猜的。既然您想隐姓埋名，干吗给您的马取名万帕呢？”

“噢！说得对！”伯爵说，“我粗心了。不过，请您告诉我，难道德·莫尔塞夫伯爵从不上剧院来吗？我上上下下都看了，就是看不见他。”

“他今晚会来的。”

“来哪儿？”

“我想是男爵夫人的包厢吧。”

“和男爵夫人在一起的那个漂亮姑娘，就是她的女儿？”

“是的。”

“恭喜您啊。”

莫尔塞夫笑了笑说：“这件事我们改日再详谈吧。您觉得音乐怎么样？”

“什么音乐？”

“刚听到的音乐啊。”

“我觉得，一个人世间的作曲家作的曲，能由第欧根尼[1]所说的长着两只脚，却没长羽毛的鸟儿唱成这样，确实已经很不错了。”

“哟！亲爱的伯爵，敢情您是享受得到天上仙乐的吧。”

“差不多。每当我想听美妙的音乐，子爵，每当我想听人间难能听见的音乐时，我就睡觉。”

“噢，这儿也行；睡吧，亲爱的伯爵，睡吧，歌剧不就是派这用场的吗？”

“不行，说实话，你们的乐队太吵了。我说的睡觉，得有一个安谧、宁静的环境，还要配制一些东西……”

“啊！有名的印度大麻？”

“一点不错，子爵，什么时候您想听音乐，就来舍下用晚餐吧。”

“上次在府上用早餐时，我已经听过了。”莫尔塞夫说。

1　第欧根尼（约公元前 404—约前 323）：古希腊犬儒学派哲学家。

“在罗马？”

“对。”

“噢！那是海黛在弹单弦琴。是啊，身处异乡的可怜姑娘有时爱为我弹奏几首她家乡的曲子。”

莫尔塞夫不再往下说；伯爵也就不作声了。

这时铃声又起。

“对不起，我先走一步。”伯爵说，他打算回自己的包厢。

“您这就走啦！”

“请代吸血鬼向G伯爵夫人问好。”

“男爵夫人呢？”

“请转告她，若蒙她允许，我今晚定当前去向她致意。”

第三幕开场了。戏演到一半时，德·莫尔塞夫伯爵践诺来到唐格拉尔夫人的包厢。

德·莫尔塞夫伯爵并不是会在正厅引起轰动的那种人；所以，除了那个包厢里的几个人，谁也没注意他。

然而基督山一直看着他，嘴角掠过一丝淡淡的笑意。

至于海黛，只要帷幕升起，她就目不转睛地盯着舞台；像她这样天性纯真的人，生来喜欢与听觉和视觉对话的一切事物。

第三幕演出如常。诺布莱小姐、朱利阿小姐和勒鲁小姐照例表演起击脚跳；罗贝尔-马里奥向德·格勒纳德王子挑战；接下去，大家所熟知的那个威武的国王手拉着女儿绕场一周，向观众展示那件天鹅绒披风；随后帷幕降下，正厅观众即刻拥进休息室和走廊。

基督山走出包厢，不一会儿就来到唐格拉尔男爵夫人的包厢里。

男爵夫人不由得喊了一声，声音在惊奇中略带欣喜。

“哦！快请过来，伯爵先生！”她大声说，“说实话，虽说已经写信表示过谢忱，可我还是迫不及待地想当面向您表示我的感激之情。”

“喔！夫人，”基督山说，“那件事您还记着？我可已经忘了。”

“我还记着；而且我不会忘记，伯爵先生，第二天那两匹马险些让我的好友德·维尔福夫人遭遇不测时，又是您救了她。”

“这一次，夫人，我还是不配接受您的谢意。那是阿里，我那个努比亚仆人的造化，他有幸能为德·维尔福夫人效一次力。”

“把我儿子从罗马强盗手中救出来的，也是这个阿里吗？”德·莫尔塞夫伯爵问道。

“不是，伯爵先生，”基督山握住将军伸过来的手说，“不是。这次要谢的是我。不过您已经谢过了，我也心领了，说实话，您要再谢的话，我就不敢当了。男爵夫人，请赏脸把我介绍给令嫒好吗？”

“哦！您早就是无人不知、无人不晓了，至少没人还会不知道您的大名喽。这两天来，我们一直都在谈论您。欧仁妮，”男爵夫人转向女儿说，“基督山伯爵先生！”

伯爵欠身致意；唐格拉尔小姐略微点了点头。

“您包厢里的那位光彩照人的姑娘，伯爵先生，”欧仁妮说，“是您的女儿吗？”

“不是，小姐。”基督山说，欧仁妮竟然如此直率大胆，让他感到有些吃惊，“她是个可怜的希腊姑娘，我是她的监护人。”

“她叫……？”

“海黛。”基督山答道。

“希腊姑娘！”德·莫尔塞夫伯爵喃喃自语。

“对了，伯爵，”唐格拉尔夫人说，“请告诉我，当年您为阿里-台佩莱纳英勇效命时，在他的宫廷里有没有见过这样雍容华丽的服饰啊？”

“噢！”基督山说，“您在约阿尼纳[1]服过役，伯爵先生？”

“我在帕夏的军队里当过总督察，”莫尔塞夫答道，“实不相瞒，我这点家产也都是这位杰出的阿尔巴尼亚人统帅慷慨赐予的。”

“你们看呀！”唐格拉尔夫人大声说。

“看哪儿？”莫尔塞夫木然地问道。

“那儿！”基督山说。

说着，他挟住莫尔塞夫，拉他一起把脸探出包厢。

---

1 希腊邦名与城市名。阿里-台佩莱纳任土耳其苏丹属下的大帕夏区总督后，兼并阿尔巴尼亚部分地区，并将约阿尼纳城定为大帕夏区首府。

这时，海黛正在用目光搜寻伯爵，猛然看见了他苍白的脸与他挟住的莫尔塞夫的那张脸靠在一起。

姑娘看见这景象，就像突然看见了墨杜萨的脑袋。她使劲往前，想把这两张脸看个明白；然而几乎就在同时，她轻喊一声，身子猛然往后倒去。喊声虽轻，但附近的观众肯定听得见的，阿里想必也听见了；他立即打开包厢的门。

“瞧，”欧仁妮说，“您监护的那个姑娘怎么了，伯爵先生？她好像身体不舒服。”

“没错，”伯爵说，“您别害怕，小姐。海黛体质有些过敏，对气味特别敏感，闻到一种她不喜欢的香水就会昏厥过去。好在，”伯爵从衣袋里掏出一个小瓶说，“我这儿有药。”

说完，他向男爵夫人和她女儿欠了欠身，跟伯爵和德布雷一一握手，离唐格拉尔夫人的包厢而去。

他回进自己的包厢时，海黛的脸色依然没有半点血色。一见到他，她就抓住他的手。

基督山感觉得到姑娘的手又湿又凉。

“刚才和你说话的是谁，大人？”少女问道。

“喔，”基督山答道，“是德·莫尔塞夫伯爵，他在你英名显赫的父亲麾下服过役，他承认他的家产都是你父亲给的。”

“哦！无耻的家伙！”海黛大声说，“把我父亲出卖给土耳其人的，就是他。他的家产，那是他出卖我父亲的代价。这些事情你难道不知道吗，大人？”

“这个故事，我在伊庇鲁斯听人说起过，”基督山说，“但知道得不详细。我们走吧，我的女儿，你给我说说这个故事，那想必很有趣吧。”

“哦！对，走吧，我们走吧。再这么面对面地看着这个人，我觉得我会死的。”

说着，海黛迅速立起身来，披上那件镶着珍珠和珊瑚的白色开司米斗篷，在幕启的当口匆匆往外走去。

“您瞧瞧，这人就是与众不同！”G伯爵夫人向回到她身边的阿尔贝说道，“刚才听第三幕的时候，他挺聚精会神的，这会儿第四幕刚开场，他却走了。”

第54章
多头和空头

这次会面后没几天，阿尔贝·德·莫尔塞夫前往基督山在香榭丽舍大街的宅邸拜访伯爵。尽管只是临时寓所，但富比王侯的伯爵还是让它装修得一副宫殿气派。

阿尔贝是来替唐格拉尔夫人再次表示谢忱的。此前唐格拉尔夫人已经写信向伯爵道谢，信上的署名是：唐格拉尔男爵夫人艾米娜·德·萨尔维厄。

吕西安·德布雷陪同来访。他在朋友寒暄过后也说了几句客套话，这些话虽说并没什么特别之处，但伯爵凭着敏锐的眼光，还是从中看出了端倪。

他察觉到，吕西安此次前来，抱着双重的好奇心，其中有一重来自昂坦堤道街。他可以很有把握地设想，唐格拉尔夫人既然没法亲自出马，探听一个能将价值三万法郎的马送人、上剧院时随身跟着佩戴价值百万钻石的希腊女奴的男人的虚实，那她当然会派一个心腹当耳目，事后把打探来的虚实告诉她。

但是伯爵不动声色，看上去好像对吕西安的来访与男爵夫人的好奇心之间的联系，没有丝毫的怀疑。

“您好像和唐格拉尔男爵常有往来？”他问阿尔贝·德·莫尔塞夫。

“没错，伯爵先生。您还记得我和您说过的事儿吧。”

“这事儿现在怎么样了？”

“现在嘛，”吕西安说，“大局已定。”

吕西安大概觉得，他插了这么句话，就有权作为局外人不再介入谈话了。只见他把玳瑁单片眼镜夹在一只眼睛上，挥动饰有金色球柄的手杖，开始在房间里转悠，端详墙上挂着的兵器和油画。

“哦！”基督山说，“想不到事情进展得这么快。”

“有什么办法呢？事情的进展，有时候真是难以预料。你不去想它吧，它偏偏想着你。等到回头一看，你会惊讶怎么已经走到这一步了。家父和唐格拉尔先生曾一起在西班牙服役，家父在前线部队，唐格拉尔先生在军需部门。家父在大革命中破了产，唐格拉尔先生本来就没有祖业，他俩都在那儿白手起家，家父挣到了政治和军事生涯的前程，唐格拉尔先生赢得了政治和金融事业的前程。”

“是啊，确实如此，”基督山说，“我记得上次我去拜访时，唐格拉尔先生对我说起过这段往事。嗯，”他对正在翻阅画册的吕西安瞥了一眼说，“她很美吗，欧仁妮小姐？我记得她是叫欧仁妮吧。”

“很漂亮，更确切地说，非常美，”阿尔贝说，“不过我欣赏不了这样的美貌，我真有点不识好歹！”

“听您这口气，倒像您已经是她丈夫似的！”

“哦！”阿尔贝也往边上瞥了一眼，想看看吕西安在干什么。

“我看，”基督山压低了声音说，“您好像对这门婚事不大感兴趣！”

“对我来说，唐格拉尔小姐太富有了，”莫尔塞夫说，“这让我害怕。”

“嘿！”基督山说，“这算什么理由。您不也很有钱吗？”

“家父有差不多五万利弗尔的年金，我结婚他也许会给我一万到一万二千。”

“确实少了点儿，”伯爵说，“尤其是在巴黎。可是在当今的世界上，财富不能代替一切，有个令人羡慕的家世和高尚的社会地位也很重要。您的门第是显赫的，您的地位是优越的，何况德·莫尔塞夫伯爵还是军人，一般人都喜欢看到巴亚尔和没有家产的迪盖克兰[1]联姻。不重财，犹如一束最明亮的阳光，一柄高贵的剑在它的照耀下会发出耀眼的光辉。所以，我的看法正好跟您相反，我认为这门婚姻非常般配；唐格拉尔小姐使您变得富有，而您使她变得高贵。”

阿尔贝摇摇头，若有所思。

“还有别的不便。”他说。

“我得承认我无法理解，”基督山说，“一个年轻人何以会对一位又有钱又漂亮的姑娘如此反感。”

“哦！天哪！”莫尔塞夫说，“这种反感——就算是反感吧——并不全是我的缘故。”

---

1 巴亚尔（约1475—1524）：法国路易十二时代传奇人物，以骁勇善战著称，人称“无瑕无畏骑士”。迪盖克兰（约1320—1380）：法国民族英雄，百年战争初期杰出将领。

“那还有什么缘故？您不是告诉过我，令尊是赞成这门婚事的。”

“是家母的缘故，家母处事极其谨慎稳当。嗯，她对这门婚事并不看好。我也不知道为什么，她好像对唐格拉尔一家有种成见。”

“噢！”伯爵的口气听上去有些不自然，“这可以理解；德·莫尔塞夫伯爵夫人身为贵族，气度优雅，让她和一个难脱粗俗气的平民之家结亲，她总会有些顾虑的：这很自然。”

“我不知道是不是这个原因，”阿尔贝说，“我只知道，如果这门亲事真的成了，我觉得她会痛苦的。六个星期前，他们本来要聚一聚，商谈一下具体事宜；可是我突然偏头痛发作……”

“真的？”伯爵笑吟吟地问。

“噢！当然是真的，大概是吓出来的……他们就把见面时间推迟了两个月。您明白，没什么可着急的，我还不到二十一岁，欧仁妮才刚十七。不过，到下个星期，两个月的期限就满了。不会再拖了。亲爱的伯爵，您是没法想象的，我有多为难啊……哦！像您这么自由自在有多好！”

“那您也自由自在好了；我倒要请问一句，有谁不让您自由自在了？”

“唉！要是我不娶唐格拉尔小姐，家父会感到非常失望的。”

“那就娶呗。”伯爵耸了耸肩，模样看上去有些特别。

“哦，”莫尔塞夫说，“那对家母就不光是失望，而是痛苦了。”

“那就别娶。”伯爵说。

“再看看，到时再说吧，您会给我当参谋的，对吗？倘若您有办法，就请帮我从这尴尬的境地中摆脱出来吧。喔！我想，为了不让我最亲爱的母亲伤心，我跟父亲闹翻也罢。”

基督山转过脸去；他似乎有些激动。

“哎！”他对德布雷说，后者正坐在客厅那头的一把扶手椅里，右手拿一支铅笔，左手拿一个记事本，“您在干什么呢，在临摹普森的画吗？”

“我？”德布雷静静地说，“啊，您说临摹！这么出色的油画，我可临摹不了！我干的是跟画画全然不相干的事儿：我在算账。”

“算账？”

“对，算账；这跟您间接有关系哦，子爵。我在算唐格拉尔家最近在海地的那次多头交易中赚了多少钱；公债牌价在三天内从二百零六涨到四百零九，这位精明的银行家在二百零六时大量吃进。一进一出，估计他赚了三十万利弗尔。”

“这对他不算什么，”莫尔塞夫说，“今年他不是在西班牙证券上赚了一百万吗？”

“听着，亲爱的，”吕西安说，“基督山伯爵先生也许会像意大利人那样对您说：

Danaro e santia
Metà della Metà[1]

这样说已经够客气了。要是有人拿这对我说事，我就冲他耸耸肩膀。”

“您刚才说到海地？”基督山问。

“噢！海地，那是另一码事。海地，那是法国投机买卖中的埃卡泰[2]。一个人可能爱玩布约特、惠斯特或波士顿，但到最后都会玩腻。埃卡泰却不一样：这是一道开胃菜。这不，唐格拉尔先生昨天在四百零六点上抛出，赚进三十万法郎。倘若他等到今天，公债跌回了二百零五，那他就不是赚三十万法郎，而是要赔二万或二万五了。”

“为什么公债会从四百零九跌回二百零五呢？”基督山问，“对不起，我对证券交易一窍不通。”

“因为，”阿尔贝笑着回答，“消息接踵而至、前后矛盾呗。”

“哟！”伯爵说，“唐格拉尔先生一天之内就做了一笔输赢三十万法郎的交易。不得了！他一定特别有钱吧？”

“做交易的不是他！”吕西安赶紧说，“是唐格拉尔夫人；她可真是大手笔。”

“您是个很理性的人，吕西安，既然您掌握消息渠道，您当然知道信息的不可靠。您干吗不劝她悠着点哪。”莫尔塞夫微笑着说。

1 金钱圣洁，彼此彼此。——原注

2 埃卡泰：两人玩的一种赌博牌戏，只用32张扑克牌玩。开始玩之前，每人可任意把手中的牌换掉。下文中的布约特、惠斯特和波士顿，也都是纸牌游戏。玩布约特时，每人只发三张牌。波士顿是法国军人在美国独立战争期间发明的一种单人惠斯特牌戏。

“她丈夫都说不动她，我又能怎么样呢？”吕西安说。“这位男爵夫人的脾气，您又不是不知道，谁也甭想左右她，她想怎么做，就一定要怎么做。”

“喔！换了我是您，情况就不同喽！”阿尔贝说。

“您会怎么样？”

“我会帮她改了这毛病；这也算是帮她未来女婿的一个忙。”

“此话怎讲？”

“嗨！这还不容易，给她来个教训就行了。”

“来个教训？”

“对。您身居部长机要秘书要职，自然是消息的权威来源。您只要一张嘴，那些证券掮客就会以最快的速度把您的话记下来。让她接连输掉个十万法郎，她就会学乖了。”

“我不明白。”吕西安讷讷地说。

“这还不清楚吗，”年轻人一派天真地说，其中毫无做作的意味，“某天早上，您向她透露一个惊人的消息，那是一封最新急报内容，而且只有您一个人知道。举个例子，您就说昨天有人在加布丽埃尔府上看见亨利四世[1]了。于是公债行情就会看涨，她就会吃进。可到了第二天，博尚在他的报纸上说：‘消息灵通人士称有人目睹亨利四世前日驾临加布丽埃尔府邸，此说纯属讹传。亨利四世国王陛下未曾走出新桥一步。’这一来，她就亏定了。”

吕西安勉强笑了笑。基督山虽说表面上很漠然，但对他们的交谈一句话也没漏听。凭他锐利的目光，他相信自己从机要秘书的窘态中窥见了一个秘密。

吕西安的这种窘态，阿尔贝全然没有察觉，但吕西安自觉无趣，还是起身告辞了。

他显然觉得很不自在。伯爵送他出去时，轻声对他说了几句话，他回答说：

“很好，伯爵先生，我接受。”

伯爵回到年轻的莫尔塞夫身边。

“您再想想，”他对莫尔塞夫说，“不觉得当着德布雷先生的面，像刚才那样地议论您的岳母有些不妥吗？”

---

1 亨利四世（1553—1610）是法国波旁王朝第一代国王，加布丽埃尔（1571—1599）即博福公爵夫人，相传是亨利四世的情妇。这两个人都是历史人物，阿尔贝这么举例，当然只是一种比喻的说法。

“哦，伯爵，”莫尔塞夫说，“我求您了，别提前用‘岳母’这个称呼好吗？”

“请告诉我，不要有任何夸张，伯爵夫人确实对这门婚事非常反感吗？”

“反感到了男爵夫人很少来我家做客的地步，而家母，我相信她不曾第二次去过唐格拉尔夫人府上。”

“既然如此，”伯爵说，“我就冒昧地把自己的想法据实相告了：唐格拉尔先生的银行和我常有业务往来，德·维尔福先生因为我曾偶尔帮过他一次忙的缘故，对我也心存谢意，特别客气。我猜想，鉴于这样的情况，他们会经常请我去赴家宴或参加晚会。我不想给人留下来而不往的印象，甚至还想稍稍抢先一步，所以如果您不反对，我打算邀请唐格拉尔先生和夫人、德·维尔福先生和夫人到奥特伊的乡间别墅聚一聚。而要是我也邀请您和德·莫尔塞夫伯爵先生和伯爵夫人一起光临，那看上去就有点像是安排亲家见面，或者至少德·莫尔塞夫伯爵夫人会这样看；要是唐格拉尔男爵先生看得起我，把千金也一起带来的话，情况就尤其如此了。那样一来，您母亲就会很讨厌我，而这是我决不愿意看到的。我一心只想——请您趁每个适当的机会告诉她——在她的心中保持一个很好的印象。”

“请听我说，伯爵，”莫尔塞夫说，“谢谢您对我这么坦诚，我同意您的想法，希望您不要把我请去。您说您希望家母能对您保持很好的印象，其实她对您的印象已经是再好不过了。”

“您这么想？”基督山很感兴趣地问。

“喔！我敢肯定。那天您跟我们分手以后，我们足足谈论了您一个小时。得，还是再来说说我们刚才谈的事情吧。嗯，倘若家母知道了您对我的关心——这一点我是一定会对她说的——我相信她会对您感激不尽。当然，就家父而言，他会生气的。”

伯爵笑了起来。

“好吧，”他对莫尔塞夫说，“我这就算告诉过您了。我想，生气的不只是令尊吧；唐格拉尔夫妇也会把我看成一个极其不懂礼貌的人。他们知道我跟您有点交情，您是我在巴黎相识最早的朋友，一旦他们在舍下没见到您，他们一定会问我为什么不邀请您。您起码要先想好另外一个约会，听上去得真像那么回事，然后写个便条让人给我送来。您知道，与银行家打交道，只有书面文字才算数。”

“我会做得比这更好，伯爵先生，”阿尔贝说，“家母一直想到海边去呼吸一下新鲜空气。您哪天请客？”

“星期六。”

“今天是星期二，行，明晚我们出发，后天就到特雷波尔[1]了。您知道吗，伯爵先生，您真是太棒了，经您这么一安排，每个人都各得其所！”

“是吗！其实您把我看得太高了；我只是希望您能开心罢了。”

“哪天发请柬？”

“就今天。”

“那好！我现在就去唐格拉尔先生府上，告诉他家母和我明天离开巴黎。我也见过您；因此，我对您请客的事一无所知。”

“别犯傻了！德布雷先生不是刚在这儿见过您吗？”

“噢，可不是。”

“所以您应该告诉他们，我在家里见过您，而且非正式地邀请过您，您呢，很坦率地回答我说您不能前来做客，因为你们要去特雷波尔。”

“好！就这么说定了。可是您，我们动身之前您能来见见家母吗？”

“明天之前恐怕不行。况且你们出发前要做些准备，我来也不合适。”

“嗯，还有个更好的主意。刚才您还只是很棒，那样一来呢，您就是棒极了。”

“我该怎么做才能获此殊荣呢？”

“该怎么做？”

“请教。”

“今天您既然有空，就到我家去吃晚饭吧：就您、我母亲和我，没有外人。家母您还没怎么见过，今晚您可以近距离地看看她。她是个很出色的女人，唯一让我感到遗憾的事情，是没法找到一个跟她一模一样，但比她年轻二十岁的女人。倘若有的话，我敢肯定地说，很快便会有一位德·莫尔塞夫伯爵夫人和一位德·莫尔塞夫子爵夫人了。至于家父，您不会见到他的：今晚他有公事在身，要去大审议官[2]府上吃饭。您来可以和我们谈谈旅游。您周游过世界，可

1 法国北部濒临英吉利海峡的一个市镇，以海滨浴场著称。

2 参议院中的一名资深参议员，对众议院的事务负全责，并负责对参议院通过的所有法案加盖议会的封印。

以对我们说说遇见过的奇闻趣事，说说那晚在歌剧院和您一起看戏的那位希腊美女的故事，您说她是您的女奴，可您对她却像对一位公主那样谦恭有加。我们还可以说说意大利语和西班牙语。哎，您就来吧，家母会感激您的。”

“十分感谢您的盛情邀请，”伯爵说，“可是非常遗憾，我无法从命。我并不如您想的那么空闲，恰好有一个很重要的约会。”

“您可得当心哦！您刚教过我怎样婉辞别人的邀请。我得有个证据。我幸好不是唐格拉尔先生那样的银行家；不过，我可有言在先，我跟他一样决不轻信。”

“那我就来给您提供一个证人。”伯爵说。

他敲了敲铃。

“呣！”莫尔塞夫说，“您这是第二次拒绝和家母一起吃饭了。您是故意回避呀，伯爵。”

基督山打了个激灵。

“哦！您说这话自己也不会相信吧，”他说，“好了，我的证人到了。”

巴蒂斯坦进门立定，等候伯爵吩咐。

“我事先并不知道您来访，子爵，是这样吧？”

“喔！您这人太不寻常了，所以这句话我可不敢说。”

“那我至少没法猜到您会邀请我去吃晚饭吧。”

“呣！这个嘛，有可能。”

“那好！听着，巴蒂斯坦……今天早晨我唤您来书房，对您是怎么说的？”

“一到五点钟，就把伯爵先生府邸的门关上。”

“然后呢？”

“哦！伯爵先生……”阿尔贝说。

“不，不，我一定要消除您加给我的神秘的名声，亲爱的子爵。老这么扮演曼弗雷德的角色，我可受不了。我但愿自己能生活在一座透明的房子里。然后呢……说下去，巴蒂斯坦。”

“然后，专门接待巴尔托洛梅奥·卡瓦尔坎蒂少校先生和他的公子。”

“您听见了吧，巴尔托洛梅奥·卡瓦尔坎蒂少校先生，他是意大利最古老的贵族世家的后裔[1]，但丁在《地狱篇》第十歌中……不知您是否还记得，当过一次奥齐埃[2]。少校的公子是位很可爱的年轻人，跟您的年龄差不多，也是子爵，带着父亲的百万家财正要步入巴黎上流社会。少校今晚带这位公子安德烈亚，照我们在意大利的说法叫 contino[3]，一起过来，打算把他托付给我。倘若他是个可造之才，我会帮衬他的。您也会帮助我的，对吗？”

“当然！这位卡瓦尔坎蒂少校是您的老朋友吧？”阿尔贝问。

“不是。他是一位十分礼貌，十分谦虚，十分谨慎的贵族，这样的贵族在意大利为数众多，他们都是古老世家的后代，祖先的历史要追溯到很久以前。我在佛罗伦萨、博洛尼亚和卢卡[4]见过他好几次，他告诉过我要来巴黎。萍水相逢的朋友，往往会有非分之请：你在旅途中随口说句客气话，他们会不分场合地跑来要你兑现；殊不知一个跟谁都能融洽相处个把小时的文明人，私下里其实总有点自己的盘算！这位憨直的卡瓦尔坎蒂少校想再来看看巴黎，当初在帝国时代，他到莫斯科去挨冻的途中，只是匆匆路过巴黎。我会设宴款待他，他呢，会把儿子留在这儿。我会答应照料这个年轻人，让他尽兴疯玩个够，这样我也算还了一笔人情债。”

“太好了！”阿尔贝说，“我知道您是一位不可多得的良师益友。那我就此告辞了，我们星期天回来。噢，对了，我有弗朗兹的消息了。”

“是吗！”基督山说，“他还在意大利没玩够？”

“我想是吧；不过他挺惦记您的。他说您是罗马的太阳，没有您，那儿的天都是灰蒙蒙的。我不知道他接下去会不会说，没有您那儿老下雨。”

“这么说，您的这位朋友弗朗兹，对我改变看法了？”

“没有，他仍然觉得您是个充满传奇色彩的人物；所以他才会惦念您啊。”

“可爱的年轻人！”基督山说，“我第一次见到他的那天晚上，他正等着用晚餐，并欣然同意到我那儿用餐，那时我就觉得挺喜欢他的。我想，他父亲是德·埃皮奈将军？”

1 卡瓦尔坎蒂（约 1255—1300）是意大利诗人，其父是但丁的早期友人，但丁名著《神曲》的《地狱篇》中出现过这个人物。

2 路易-皮埃尔·德·奥齐埃（1685—1767）：法国系谱学家，出版过《法国贵族纹章图案集》。

3 意大利文：继承人。

4 意大利中部城市。

“正是。”

“就是一八一五年惨遭暗杀的那位将军？”

“是被波拿巴党人暗杀的。”

“没错！是的，我喜欢他！他也打算办婚事？”

“是的，他要娶德·维尔福小姐为妻。”

“当真？”

“就如我要娶唐格拉尔小姐一样当真。”阿尔贝笑着说。

“您在笑……”

“对。”

“为什么笑呢？”

“我笑是因为我觉得，他们那边的婚事也像唐格拉尔小姐跟我的一样，有点说不明白呢。瞧，亲爱的伯爵，我们议论女人的腔调，竟然跟女人议论男人一个样了；罪过啊！”

阿尔贝立起身来。

“您这就要走？”

“问得妙！我打扰了您两个小时，您却彬彬有礼地问我是否这就要走！说实话，伯爵，您是世界上最有礼貌的人。还有您的仆人，他们个个训练有素！尤其是巴蒂斯坦先生！我从没有过这样的一个仆人。我的仆人似乎都以法国舞台上的下人为榜样，那些角色只有一句台词，所以总是站在楼梯栏杆边上说完了事。哎，赶上哪天您要解雇巴蒂斯坦先生，请先告诉我一声。”

“一言为定，子爵。”

“等一下，我还没说完呢：也请向您那位谨慎的卢卡人、卡瓦尔坎蒂家族的卡瓦尔坎蒂爵爷代为致意；要是他碰巧也想为儿子操办婚事，委托您为他物色一位至少就母系而言富有而高贵，而就父系而言身为男爵千金的姑娘，我一定代为效劳。”

“哦！”基督山说，“您说到做到？”

“说到做到。”

“话可不能讲绝了。”

“哦！伯爵，”莫尔塞夫大声说，“要是靠您的帮忙，我还能做哪怕十年的单身汉，那您就是我的大恩人了，我会更爱您一百倍。”

“凡事都有可能。”基督山神情严肃地说。

送走阿尔贝以后，他回进房间，在铜铃上敲了三下。

贝尔图乔出现在门前。

“贝尔图乔先生，”他说，“您得知道，星期六我要在奥特伊别墅请客。”

贝尔图乔微微颤抖了一下。

“好的，先生。”他说。

“我希望您，”伯爵继续说，“能把大大小小的事情都安排妥当。这座别墅很漂亮，至少是可以收拾得很漂亮的。”

“那可得把东西全都换喽，伯爵先生，门帘窗帷都已经旧了。”

“那就都换了吧，但有一个房间不能换，就是挂红色锦缎帷幔的那间卧室：那儿必须一切保持原样。”

贝尔图乔躬身作答。

“花园您也别动；其他的像庭院什么的，就随您了。您要能把它变得面目全非，我才高兴呢。”

“我尽力使伯爵先生满意。倘若伯爵先生能把这次请客的目的告诉我，我心里就更有底了。”

“说实话，亲爱的贝尔图乔先生，”伯爵说，“打从您来巴黎以后，我一直觉得您有些心不在焉，缩手缩脚的。难道您对我还不放心吗？”

“那么，大人能否告诉我要宴请哪些人呢？”

“我自己还不知道呢，而且这您无须知道。反正，来卢库卢斯家吃饭的就是卢库卢斯[1]。”

贝尔图乔躬身退下。

1 这是罗马大将卢库卢斯说的一句话。据说有一次他独自在家吃饭，厨师给他准备的菜肴过于简单，卢库卢斯就对厨师说了这句话，意思是即使不请贵客，菜肴也不能马虎。

第55章

卡瓦尔坎蒂少校

基督山伯爵和巴蒂斯坦对阿尔贝说，卢卡人少校事先约好了来访，他俩都没有说谎——不过，伯爵借这个由头回绝了阿尔贝的请饭。

钟敲七点，也就是贝尔图乔奉命前往奥特伊的两个小时以后，一辆出租马车停在伯爵府邸门口，一个五十一二岁的男子刚在铁栅门前下车，马车就仿佛害羞似的一溜烟驶走了。这个男子上身穿一件绣有黑色肋形胸饰的绿色礼服，其款式似乎在欧洲已流行得很久了；下身是一条蓝呢宽腿裤。脚上的长筒靴擦得不太亮，鞋底也厚了些，但还算整洁。手上套一副麂皮手套。头上的帽子挺像宪兵的军帽。镶白边的黑色硬领结，虽说是主人特意戴上去的，看上去却像一道铁颈圈。就是这位装束得很别致的男子，此刻正在铁门跟前拉铃，询问此处是否就是香榭丽舍大街三十号基督山伯爵先生的府邸。得到了看门人的肯定答复，他走进铁门，随手把门拉上，向台阶走去。

此人头颅小而有棱角，头发已经变白，花白的唇髭长得很浓密，凭着这些特征，巴蒂斯坦一眼就认出了他。巴蒂斯坦事先听伯爵描述过他的外貌，已在门外侧等候多时。所以，还没等此人在聪明的仆人面前自报姓名，基督山就已接到禀报，知道他来了。

仆人把陌生人领进一间装饰朴素的客厅。等在那儿的伯爵满面春风地迎上前去。

“哦！亲爱的先生，”他说，“欢迎欢迎。我正在恭候大驾呢。”

“确实，”卢卡人说，“真是在等我吗？”

“对，我事先就知道您今晚七点钟到。”

“知道我来？您是说有人通知过您？”

“一点不错。”

“噢！那就好了！我得承认，我老担心他们把这事儿给忘了呢。”

“什么事儿？”

“通知您呀。”

“噢！没忘！”

“您确信您没有弄错？”

“确信。”

“大人今儿七点等的确实就是在下？”

“确实就是阁下。不过，验证一下也好。”

“喔！既然是在等我，”卢卡人说，“那就不必了吧。”

“要的！要的！”基督山说。

卢卡人显得微微有些不安。

“好吧，”基督山说，“您是巴尔托洛梅奥·卡瓦尔坎蒂侯爵先生？”

“巴尔托洛梅奥·卡瓦尔坎蒂，”卢卡人面露喜色，重复了一遍，“正是在下。”

“前驻奥地利军团少校？”

“是少校吗？”老军人怯生生地问。

“对，”基督山说，“是少校。您在意大利的军阶，相当于法国的少校。”

“好，”卢卡人说，“那就太好了，您知道……”

“还有，您不是自己要来这儿的。”基督山接着说。

“哦！肯定不是。”

“有人让您来找我。”

“是的。”

“是那位德高望重的布索尼神甫吧？”

“没错！”少校高兴地大声说。

“他的信您带来了？”

“带来了。”

“可不是！一切都没问题。请把信给我吧。”

基督山接过信，打开信纸念了起来。

少校圆睁双眼，惊讶地看着伯爵，然后好奇地打量起室内的陈设来，最后目光又回到主人脸上。

“没错……是这位亲爱的神甫，”基督山说着，把信的内容念出声来，“‘卡瓦尔坎蒂少校是卢卡当地一位受人尊敬的开业律师，佛罗伦萨卡瓦尔坎蒂家族的后裔，每年有五十万收入。’”

基督山从信纸上抬起眼睛，向对方致意。

“五十万，”他说，“了不起！亲爱的卡瓦尔坎蒂先生。”

“有五十万？”卢卡人问。

“写得很清楚；想必不会错，布索尼神甫对欧洲豪门巨富的家产非常了解。”

“那就五十万吧，”卢卡人说，“不过说实话，我没想到数目有这么大。”

“那是因为您有个管家在吃里扒外。有什么办法呢，亲爱的卡瓦尔坎蒂先生，这事是免不了的。”

“您提醒了我，”卢卡人一本正经地说，“我这就把那个家伙撵出去。”

基督山继续念道：

“‘他的生活堪称幸福美满，唯有一件事让他感到心头有憾。’”

“喔！主啊，没错！唯有一件事啊。”卢卡人叹着气说。

“‘就是还没找到失散多年的爱子。’”

“爱子！”

“‘他是在幼年时被他高贵家族的世仇，或是被波希米亚人拐走的。’”

“才五岁哪，先生。”卢卡人抬眼向上望，重重地叹了口气说。

“可怜的父亲！”基督山说。

伯爵继续念道：

“‘我给了他希望，还他以生活的乐趣，伯爵先生，我告诉他，十五年来他一直没能找到的这个儿子，您可以帮他找到。’”

卢卡人带着难以名状的焦急神情望着基督山。

“我可以。”基督山答道。

少校挺直身板。

“噢！”他说，“那么这封信全都是真的了？”

“您有所怀疑吗，亲爱的巴尔托洛梅奥先生？”

“不，从不怀疑！哪能怀疑呢！像布索尼神甫这么严肃、这么虔诚的人，怎么会开这样的玩笑呢。可您还没念完呢，阁下。”

“噢！没错，”基督山说，“有一个附言。”

“是的，”卢卡人重复说，“有一个……附言。”

“‘为省却卡瓦尔坎蒂少校去银行提取现金的麻烦，我给他开了一张两千法郎的现金期票，供他作为旅资，并让他向您支取您欠我的那笔四万八千法郎款项。’”

少校的目光盯在这段附言上，眼神中满是惶恐和不安。

“好！”伯爵很干脆地说。

“他说‘好’，”卢卡人喃喃地说。“那么……先生……”他又接着说。

“那么？……”基督山问道。

“那么，附言……”

“嗯，附言怎么了？……”

“也跟信的其他内容一样，您都认可了？”

“那当然。布索尼神甫和我有账务往来；我记不清我是否刚好还欠他四万八千利弗尔，不过我跟他是不会为几张钞票红脸的。啊！莫非您很看重这个附言不成，亲爱的卡瓦尔坎蒂先生？”

“我得向您承认，”卢卡人答道，“我觉着有布索尼神甫的亲笔信就足够了，所以没另外带钱。要是这笔钱落空的话，我在巴黎的生活就很窘迫了。”

“像您这样的人会生活窘迫？”基督山说，“开玩笑！”

“真的！我在这儿谁都不认识。”卢卡人说。

“可是人家都认识您。”

“是的，人家都认识我，所以……”

“说下去，亲爱的卡瓦尔坎蒂先生。”

“所以您会把四万八千利弗尔给我的，是吗？”

“您只要开口就行。”

少校睁大两只惊奇的大眼珠，骨碌碌直转。

“您请坐呀，”基督山说，“真是的，我不知道自己这是怎么了……我居然让您站了一刻钟。”

“没关系的。”

少校拉过一把扶手椅坐下。

“您喝点什么，”伯爵问，“来一杯塞雷斯，波尔多，还是阿利康特？”

“多谢了，就来一杯阿利康特吧，我最爱喝这酒。”

“我有几瓶上好的阿利康特。再来一块饼干？”

“既然您这么客气，那就再来一块饼干吧。”

基督山敲铃，巴蒂斯坦应声进来。

伯爵朝他走去。

“怎么样？……”他轻声问道。

“那个年轻人来了。”贴身男仆轻声回答。

“好。您把他安排在哪个房间？”

“遵照大人的吩咐，在蓝色客厅。”

“很好。把阿利康特葡萄酒和饼干端上来。”

巴蒂斯坦退了下去。

“给您添麻烦了，”卢卡人说，“对此我深感不安。”

“哪儿的话！”基督山说。

巴蒂斯坦端着酒杯、葡萄酒和饼干进来。

酒瓶上布满蜘蛛网，还带有比老额头的皱纹更能说明问题，更能证明这是陈年美酒的种种特征。伯爵把酒瓶里盛着的红色液体斟满一只酒杯，又在另一只酒杯里倒了几滴。

少校没有选错，他拿起盛满美酒的酒杯和一块饼干。

伯爵吩咐巴蒂斯坦把盘子放在客人手边，少校抿了一口阿利康特葡萄酒，露出满意的神情，动作轻巧地把饼干蘸了蘸酒。

“这么说，先生，”基督山说，“这些年来您一直住在卢卡，很富有，出身高贵，受到社会的尊重，拥有能让一个人获得幸福的一切东西。”

“一切东西，阁下，”少校说着，一口把饼干吞了下去，“一切的一切。”

“而在您的幸福之中只有一件憾事？”

“只有一件。”卢卡人说。

“就是没有找到您的孩子？”

“噢！”少校拿起第二块饼干说，“这真是一件憾事。”

可敬的卢卡人抬头朝上望，憋足劲总算叹出一口气。

“现在，请告诉我，亲爱的卡瓦尔坎蒂先生，”基督山说，“您日夜思念的这个儿子是谁呢？有人告诉过我，您一直是独身。”

“人家是这么想来着，先生，”少校说，“我这人……”

“对，”基督山接着说，“您这人宁愿人家这样想，您想把年轻时的一次失足瞒过世人。”

卢卡人重又挺直身板，尽力摆出一副镇定自若、庄重矜持的样子，但同时又谦逊地垂下眼睛，或许是借此稳住举止，也或许是为了便于想象。他偷眼望着伯爵，只见伯爵唇边始终带着那抹微笑，从中可以看到善意的好奇。

“对，先生，”他说，“我是想把这次过失瞒过世人来着。”

“不是为您自己，”基督山说，“因为男人并不在乎这种事情。”

“可不是！当然不是为我自己。”少校摇了摇头，微笑着说。

“而是为他母亲，”伯爵说。

“为他母亲！”卢卡人拿起第三块饼干大声说，“为他可怜的母亲！”

“请喝酒呀，亲爱的卡瓦尔坎蒂先生，”基督山边说边给卢卡人斟上第二杯阿利康特酒，“瞧您都激动得透不过气来了。”

“为他可怜的母亲！”卢卡人喃喃说着，试图凭借意愿对泪腺的作用，在眼角挤出一滴眼泪来。

“我想，她出身于意大利最古老的贵族世家？”

“菲耶索莱[1]家族，伯爵先生；菲耶索莱家族！”

“她的芳名是？”

“您想知道她的名字？”

“哦！瞧我问的！”基督山说，“您不用告诉我，我知道的。”

“伯爵先生无所不知。”卢卡人欠身说。

“是奥莉维亚·科西纳里，对吗？”

“奥莉维亚·科西纳里。”

“女侯爵？”

“女侯爵。”

“您不顾家人的反对，执意娶她为妻。”

“主啊！对，我执意这么做。”

“嗯，”基督山接着问，“那些经过公证的文件您都带来了吧？”

1　意大利托斯卡纳大区城镇。

“什么文件？”卢卡人问。

“比如您和奥莉维亚·科西纳里的结婚证书，孩子的出生证明什么的。”

“孩子的出生证明？”

“您儿子安德烈亚·卡瓦尔坎蒂的出生证明——他是叫安德烈亚吧？”

“我想是的。”卢卡人说。

“什么叫您想是的？”

“呃！我不敢确定，他毕竟失踪那么多年了。”

“可也是，”基督山说，“那么这些文件您到底带来了吗？”

“伯爵先生，我很遗憾地告诉您，因为没人通知要带这些文件，所以我把这事给忽略了。”

“怎么搞的！”基督山说。

“这些文件是一定要有的吗？”

“必不可少。”

卢卡人搔了搔额头。

“啊呀！per Bacco！[1]”他说，“必不可少哪。”

“可不是。否则要是这儿有人对您结婚的有效性和孩子的合法性提出质疑，那怎么办！”

“说得没错，”卢卡人说，“人家是可能会提出质疑的。”

“那样一来，对这个年轻人可就很不利了。”

“非常不利。”

“说不定他会因此错过一桩很理想的婚事。”

“O peccato！”[2]

“您要明白，法国人执法是很严的。换了在意大利，跑去随便找个神甫，跟他说：‘我们彼此相爱，让我们结合吧。’事情就成了。可是在法国，眼下时兴世俗婚礼[3]，要结婚，就得出示证明身份的文件。”

“这下可糟了：这些文件，我没有啊。”

---

1 意大利文：啊呀！

2 意大利文：真糟糕！

3 指要到民政机关去登记的非宗教婚事。

“幸好我有。”基督山说。

“您有？”

“是的。”

“您有这些文件？”

“我有这些文件。”

“哦！太好了，”卢卡人说，他眼看没有这些文件，这次旅行的目的就要落空，心里在打鼓，担心这个疏忽会影响他拿到那四万八千利弗尔。“哦！太好了，真是运气！没错，”他接着往下说，“真是运气啊，我可万万没想到。”

“嗨！这我相信，谁也不能什么都想到嘛。幸好布索尼神甫为您想到了。”

“您瞧瞧，这位神甫人有多好！”

“他是个很细心的人。”

“他是个了不起的人，”卢卡人说，“文件他都给您送来了？”

“都在这儿。”

卢卡人紧合双手以示钦佩。

“您是在卡蒂尼山圣保罗教堂娶奥莉维亚·科西纳里为妻的；这是神甫出具的证明。”

“啊，没错！就是它。”少校惊讶地看着证明文书。

“这是安德烈亚·卡瓦尔坎蒂的受洗证书，由萨拉韦扎本堂神甫签发。”

“全都符合手续。”少校说。

“那就请把这些文件收下吧，我留着也没用。以后您转交给儿子，让他妥为保存。”

“他会妥为保存的！……可万一他弄丢了……”

“您是说弄丢了怎么办？”基督山说。

“是呀！”卢卡人接口说，“那不就得再上那儿去重开，不就得等上好久了吗？”

“是的，手续相当麻烦。”基督山说。

“几乎不大有可能喽。”卢卡人说。

“我很高兴您能了解这些文件的价值。”

“我明白，我得把这些文件当作无价之宝。”

“现在，”基督山说，“再来说说那个年轻人的母亲……”

“年轻人的母亲……”少校不安地重复一遍。

“就是科西纳里侯爵夫人呀。”

“天哪，”卢卡人说，麻烦似乎又从他的脚底下冒了出来，“难道还需要她出来做证？”

“当然不需要，先生，”基督山说，“何况，她不是已经……”

“是啊，是啊，”少校说，“她已经……”

“已经故去了吗？”

“唉！是啊。”卢卡人动情地说。

“我知道，”基督山接着往下说，“她已经去世十年了。”

“可我还是想起来就伤心，先生。”少校说着，从衣袋里掏出一块方格手帕，擦擦左眼又擦擦右眼。

“这是没法子的，”基督山说，“我们都是要死的。现在您得明白，亲爱的卡瓦尔坎蒂先生，您得明白在法国，没有必要让外人知道您跟儿子已经失散十五年了。波希米亚人拐孩子的故事，在我们这儿并不时行。您把他送到了外省的一所学校去受教育，现在希望他在巴黎上流社会完成他的学业。因此，您就离开了维亚雷乔[1]——打从您夫人去世以后，您一直住在那儿。”

“您这么认为？”

“当然。”

“那就好了。”

“倘若有人对你们失散的事有所了解……”

“噢！对呀，那我怎么说？”

“您就说府上有个居心不良的家庭教师，被您家族的宿敌给收买了……”

“给科西纳里家族？”

“可不是……这个家庭教师拐走了孩子，为的就是让您的家族绝后。”

“一点不错，他是独子。”

“行，现在事情都定当了，您的记忆又恢复了，再也不会忘掉了。您大概

1 意大利托斯卡纳大区城镇。位于比萨西北面，是著名的海滨胜地。

已经猜到有件事我要让您大吃一惊吧？”

“好事？”卢卡人问。

“瞧！”基督山说，“我说嘛，一个做父亲的，你既骗不了他的心，也骗不了他的眼睛。”

“嗯！”少校哼了一声。

“敢情是有人给您透了风声，要不就是您自个儿猜到了他在这儿。”

“谁在这儿？”

“您的孩子，您的儿子，您的安德烈亚呀。”

“我猜到了，”卢卡人神色一点不慌张，冷冷地说，“这么说，他在这儿？”

“就在这儿，”基督山说，“刚才我的贴身男仆进来时，告诉我他已经到了。”

“哦！太好了！哦！太好了！”少校每喊一声，就在直领常礼服的肋形胸饰上抓一下。

“亲爱的先生，”基督山说，“我理解您现在激动的心情，得让您先镇静一下。我也想让年轻人在这次盼望已久的会面之前，在心理上有所准备，因为我猜想他跟您一样着急呢。”

“我想是的。”卡瓦尔坎蒂说。

“好吧，我们过一刻钟再来。”

“您带他过来？您要费心亲自把他介绍给我？”

“不，我可不想掺和进来，就你们父子俩，少校先生。不过请放心，即便血缘关系一时难以看出，您也不会弄错的：他就从这扇门进来。他是个英俊的年轻人，金黄头发——这种金黄色对小伙子来说，也许太漂亮了点儿，他待人很亲切；一会儿您就看到了。”

“不好意思，”少校说，“您知道我身上只带了布索尼神甫给我的两千法郎，旅途上已经花得差不多了，我……”

“您需要钱用……您早该说了，亲爱的卡瓦尔坎蒂先生。好吧，亲兄弟明算账，这是八张一千法郎的钞票，先给您。”

少校的眼睛，像红宝石似的闪闪发光。

“我还欠您四万法郎。”基督山说。

“阁下要我打张收条吗？”少校边把钞票塞进礼服口袋，边说。

“打收条干吗？”伯爵问。

“您跟布索尼神甫好有个交代啊。”

“行，下回拿到那四万法郎，您合在一起写张收条。正人君子之间，用不着戒备太多。”

“噢，对，一点不错，”少校说，“正人君子嘛。”

“还有最后一句话，侯爵。”

“请说。”

“我提个小小的建议，您不会介意吧？”

“哪能呢！我求之不得。”

“您不妨把这件常礼服脱了。”

“是吗！”少校瞧着身上的衣服说，语气颇为得意。

“是的，您在维亚雷乔可以这么穿，可在巴黎，这种服装即便高雅，也早就过时了。”

“真遗憾。”卢卡人说。

“噢！要是您舍不得，您离开这儿时可以再穿走。”

“那我穿什么呢？”

“在您的箱子里找一件呗。”

“怎么，在我的箱子里！我只带了一个旅行包啊。”

“您随身是不会带的。何必弄得那么麻烦呢？再说，一个老军人是习惯于轻装上路的。”

“正因为这样……”

“然而您是一个审慎细心的人，您事先就把您的箱子寄出了。箱子是昨天送到黎塞留街王子饭店的。您在那里预订了房间。”

“箱子里有什么呢？”

“我猜想您已经关照贴身男仆把您所需要的东西都放进去了：便装，军装。在重要场合，您就穿军装，这样体面些。别忘了佩戴十字勋章。虽说在法国，大家并不把它当回事，可是戴照管戴。”

“很好，很好，很好！”少校说，他头晕目眩，简直有点忘乎所以了。

“现在，”基督山说，“您已经有了心理准备，不会过分激动了，请准备和令郎安德烈亚重逢吧，亲爱的卡瓦尔坎蒂先生。”

说完，基督山向兴奋得晕晕乎乎的卢卡人亲切地欠欠身，消失在了门帘后面。

第56章

安德烈亚•卡瓦尔坎蒂

基督山伯爵走进巴蒂斯坦称作蓝色客厅的隔壁房间。有个年轻人等在里面，他的举止洒脱而随便，衣着相当雅致。半小时前，一辆出租轻便马车刚把他送到伯爵府邸的门前；巴蒂斯坦毫不费事就认出了他，这正是那位金头发、黑眼睛的高个子年轻人，他那棕黄的髯须、红润的脸色、白皙的皮肤，巴蒂斯坦事先听主人描述过。

伯爵进客厅时，年轻人很随便地躺在长沙发上，漫不经心地用镶金色球饰的白藤手杖轻轻叩击自己的皮靴。

看见伯爵，他倏地站起身来。

“阁下就是基督山伯爵？”他问。

“是的，先生，”伯爵回答说，“我想，我是有幸在和安德烈亚・卡瓦尔坎蒂子爵先生说话吧？”

“在下安德烈亚・卡瓦尔坎蒂子爵。”年轻人说，极其潇洒地躬身致礼。

“想必您是收到了一封信，这才来我这儿的？”基督山说。

“我没跟您提起这事儿，是因为我觉得那上面的署名挺怪的。”

“是水手辛巴德？”

“就是。可我除了《一千零一夜》里的那个水手辛巴德，从来没听说有人叫辛巴德……”

“哦！他是那个辛巴德的后代，我的一位朋友。他非常有钱，是个怪诞得有点疯癫的英国人，真名叫威尔莫勋爵。”

“噢！这下子我全明白了，”安德烈亚说，“真是太好了。这位英国人就是我在……喔，对！……伯爵先生，我悉听您的吩咐。”

“倘若我刚才有幸听到的这些都是实情，”伯爵微笑着说，“我希望您能赏脸讲一下您的身世。”

“遵命，伯爵先生，”年轻人口若悬河地往下说，这足以说明他有非常健全的记忆力，“我，正如您说的，是安德烈亚•卡瓦尔坎蒂子爵，巴尔托洛梅奥•卡瓦尔坎蒂少校的儿子，先祖卡瓦尔坎蒂的名字曾载入佛罗伦萨的贵胄名册。家父每年还有五十万年金，我家仍很富有。不幸的是，我六岁时被一个见利忘义的家庭教师拐骗，至今已有十五年没能见到生身父亲。我一到懂事年龄，可以自由做主了，就四处找他，可是毫无结果。后来，您的朋友辛巴德就给我来了这封信，告诉我家父在巴黎，要我面见您了解详情。”

“说真的，先生，您告诉我的这些事都非常有趣，”伯爵带着一种忧郁的欣赏的神情，注视着年轻人神色自若的脸，这是一张堪与邪恶天使比美的小白脸，“您听从我朋友辛巴德的劝告，对他的嘱咐完全照办，做得很对，因为您的父亲确实就在这儿，而且正在找您。”

伯爵进了客厅，眼光始终没离开过这个年轻人；他很欣赏这个年轻人目光的镇定和声音的沉着。不过，小安德烈亚听到*您的父亲确实就在这儿，而且正在找您*这么句再自然不过的话，却不由得吓了一跳，喊出声来：

“我的父亲！我的父亲在这儿？”

“一点不错，”基督山回答说，“令尊大人，巴尔托洛梅奥•卡瓦尔坎蒂少校。”

惊恐的表情陡地从年轻人的眉宇间消失了。

“噢！可不是，”他说，“巴尔托洛梅奥•卡瓦尔坎蒂少校。那么，伯爵先生，您是说我那亲爱的父亲，他就在这儿？”

“是这样，先生。我还要告诉您，我刚才还和他在一起，他告诉我的早年和儿子失散的故事，让我非常感动；说真的，他的这种痛苦，这种担惊受怕，这种祈望期盼，简直就是一首感人肺腑的诗。后来有一天，他收到了一封信，拐骗他儿子的歹徒提出可以把儿子交还给他，或者让他知道儿子的下落，条件是交一笔数目相当可观的赎金。爱子心切的父亲没有半点迟疑；这笔款子送到了皮埃蒙的边境线，同时还带去了一张办妥去意大利签证的护照。我想，您当时是在法国南方吧？”

“是的，先生，”安德烈亚局促不安地说，“对，我当时是在法国南方。”

“好像是有辆马车在尼斯等您？”

“正是这样，先生；我坐着这辆马车，先从尼斯到热那亚，再从热那亚到都灵，然后从都灵到尚贝里，又从尚贝里到蓬德博瓦赞，最后从蓬德博瓦赞到巴黎。”

“妙极了！他一直盼着能在路上遇见您呢，因为他走的也是这条道；现在我明白您为什么选这条路线啦。”

“不过，”安德烈亚说，“即使我亲爱的父亲在路上遇见我，恐怕也认不出我了；咱俩失散多年，我的模样有了些改变。”

“哦！有道是骨肉情深嘛。”基督山说。

“噢！对，说得对，”年轻人说，“我没想到骨肉情深这话儿。”

“现在，”基督山说，“卡瓦尔坎蒂侯爵只有一件事还放心不下，那就是不知道您跟他分离的这些日子里，您的情况究竟如何，不知道那些歹徒怎样对待您，有没有对您的身份表示应有的尊重。还有，不知道您在遭受他们施加于您的精神上的折磨——那要比肉体的折磨可怕一百倍——以后，那些得天独厚的禀赋是否受到某种损伤，您是否还相信自己能够不失尊严地重新在社交界取得并保持您应有的地位。”

“先生，”年轻人听得目瞪口呆，嗫嚅着说，“我希望不至于有什么谣传……”

“喔！我是从我的朋友慈善家威尔莫那里听说您的。我只知道他跟您相遇时您的境况不怎么好，但详情我一无所知，也没有问过他：我不是爱管闲事的人。您的不幸引起了他的关注，这就是说您确有值得别人关注之处。他对我说，他要让您得到您在社交界没能得到的地位，他要找到您父亲，而且相信一定能找到；他去找了，而且看来真的找到了，因为令尊现在就在这儿；最后，我这位朋友昨天通知我说您就要到了，还给了我一些有关您的财产的指示；整个事情就是这样。我知道我这位朋友威尔莫是个怪人，但我也知道他为人极其可靠，而且富有得像座金矿，再怎么别出心裁也决不至于弄得倾家荡产，所以我答应对他的指示照办不误。现在，先生，我想提个问题，请您务必不要介意：既然我不得不在某种意义上充当您的保护人的角色，我自然想知道，您所遭受的那些不幸，那些不由您的意愿所决定，而且丝毫不会降低我对您的敬意的不幸，是不是使您变得对社交场有了几分陌生之感，而以您的财产和门第，您在社交场上的言谈举止都应该是非常得体才是的。”

“先生，”年轻人回答说，在伯爵说话的这段时间里，他渐渐恢复了镇定自若的神态，“这一点您尽可以放心：把我从父亲身边拐走的那些歹徒，想必当初就存心要狠狠地敲家父一笔赎金，他们打的算盘是，要想从我身上多榨些钱，必须让我保持我的身价，而且还要尽量让这身价再提高些；所以我受到了相当好的教育，那些拐骗孩子的人贩子对待我，有点像小亚细亚的奴隶主对待奴隶，那些奴隶主把奴隶培养成语法教师、医生和哲学家，为的就是把他们在罗马市场上卖个好价钱。”

基督山满意地笑了笑；他还没有料到安德烈亚·卡瓦尔坎蒂先生能有这等的机敏。

“况且，”年轻人接着说，“要是在我身上有某些教养不足或礼仪不周的缺点，我想，考虑到伴我度过童年时代，又随我进入青年时代的不幸遭遇，人家想必也会加以宽容，原谅那些缺点的。”

“好吧，”基督山显得很随便地说，“我悉听尊便，子爵，您有权决定自己如何行事，这是您的事情；不过说真的，要换了我，我就会对这段坎坷经历守口如瓶。您的身世就是部传奇故事，而社交场上的人们，虽说都爱看那些用两张黄纸封面装订的传奇故事，但说来也奇怪，对于那些在他们眼里像是用两片能说会道的嘴皮子装订起来的传奇故事，他们却反而有种戒心，哪怕您说得天花乱坠，往上面贴金，人家也还是不信。我冒昧地提醒您注意这种很尴尬的局面，子爵先生；一旦您把您那委婉动人的身世讲给某人听，顷刻之间就会传得满城风雨，而且完全走了样。您就只得装出一副安东尼[1]的模样，可是安东尼的时代已经过去了。说不定您会在引起人们的好奇心这一点上取得成功，然而您并不一定会喜欢成为人人瞩目的对象和品头论足的目标吧。这也许会使您感到厌烦的。”

“我想您说得很对，伯爵先生，”年轻人说，在基督山目光的逼视下，他的脸色不由自主地变白了，“这种情况是非常麻烦的。”

“哦！也无须把情况看得过于严重，”基督山说，“因为，一个人在想避免犯某种错误的时候，往往又会干出别的荒唐事情来。对您来说，最可取的是一个简单的行动计划。这个计划完全符合您的利益，像您这样一位聪明人采用这个计划是再自然不过的：您得手头有一批证据，有一些受人尊敬的朋友，您得靠这些来澄清您过去的生活可能留下的所有疑点。”

1　大仲马剧作《安东尼》中的主人公，性格忧郁悲观。

安德烈亚显然乱了方寸。

“我本来是可以为您作保，当您的担保人的，”基督山说，“不过我这个人的伦理准则是，哪怕对最好的朋友也抱怀疑的态度，而且但求人家对我也抱同样的态度；所以要是我为您作保，用演戏的行话来说，就是串行了，弄不好会让人喝倒彩，我可不想那样。”

“可是，伯爵先生，”安德烈亚壮着胆子说，“看在威尔莫勋爵介绍我来见您的分上……”

“哦，那当然，”基督山说，“不过威尔莫勋爵还曾经告诉过我，亲爱的安德烈亚先生，您的青年时代也并非风平浪静的。哦！”伯爵瞧见安德烈亚做了个动作，就接着往下说，“您无须对我做任何解释；再说，我之所以请您父亲卡瓦尔坎蒂侯爵先生从卢卡赶来，也正是为了让您不必再有求于任何别人。您待会儿就会见到他；他的态度略微有点古板，有点拘谨，那是穿制服的缘故。只要想到他在奥地利军队中服役已达十八年之久，那就一切都可以原谅了；一般来说，我们对奥地利人是不十分苛求的。总之，我向您保证，他是一位各方面都不会令您失望的父亲。”

“啊，先生，听您这么一说，我就放心了；我离开他这么久，对他已经没有什么印象了。”

“还有，您知道，一宗很大的家产也能使许多事情迎刃而解的。”

“这么说来家父确实是很有钱啰，先生？”

“腰缠万贯的大富翁……年金有五十万利弗尔。”

“那么，”年轻人急不可耐地发问，“我的境况会……很惬意啰？”

“惬意至极，我亲爱的先生；您住在巴黎期间，他每年给您五万利弗尔。”

“照这样，我就长住巴黎了。”

“哎！情况多变，谁能打包票呢，我亲爱的先生？谋事在人，成事在天……”

安德烈亚叹了口气。

“不过，”他说，“如果我在巴黎，呃……如果没有发生什么情况，非让我离开这儿不可的话，那么您刚才所说的这笔钱，我肯定能拿到吗？”

“哦！毫无问题。”

“是从家父那儿？”安德烈亚焦急地问。

“是的，不过由威尔莫勋爵具保，他已经按令尊的意思，在唐格拉尔先生的银行里开了一个每月支取五千法郎的户头，这家银行是巴黎最有信誉的银行之一。”

“家父打算在巴黎长住吗？”安德烈亚不安地问。

“只住几天，”基督山回答说，“他因军务在身，假期至多只有两三个星期。”

“哦！我亲爱的父亲！”安德烈亚说，显然他对这样匆促的行期感到非常高兴。

“因此，”基督山装作误解了他的意思，说道，“因此我一分钟也不想再耽搁你们的会面了。您已经准备好去拥抱这位可敬的卡瓦尔坎蒂先生了吗？”

“我想您不会怀疑这一点吧？”

“那好！就请到客厅去吧，亲爱的朋友，您会见到您父亲正在那儿等您。”

安德烈亚向伯爵深深地鞠了一躬，朝隔壁的客厅走去。

伯爵目送他走去，等见到他消失在门后，就揿了一下装在一幅画上的按钮。只见画框稍稍移动，露出一道设计得很巧妙的缝隙，刚好能让人看清隔壁客厅里的情景。

安德烈亚随手把门带上，朝着少校走上前去，少校刚才听见他的脚步声时，已经站了起来。

“哦，亲爱的爸爸，”安德烈亚大声地说，好让伯爵隔着关紧的房门也能听到，“真的是您吗？”

“您好，我亲爱的儿子。”少校庄重地说。

“咱俩分离了这么些年，”安德烈亚边说边往房门瞟了一眼，“现在又重逢了，这多么叫人高兴啊！”

“可不是，分离得是够久了。”

“咱们不拥抱一下吗，先生？”安德烈亚说。

“您愿意就行，我的孩子。”少校说。

两人就像在法兰西喜剧院的舞台上那样拥抱在一起，也就是说，各自把脑袋搁在对方的肩膀上。

“这么说咱们又团聚了！”安德烈亚说。

“咱们又团聚了。”少校说。

“永远不再分离了？”

“这可不行；我想，亲爱的孩子，现在您已经把法国当作第二故乡了吧？”

“说实话，”年轻人说，“离开巴黎我会绝望的。”

“可我，您得明白，我离开了卢卡就没法活下去。所以我得尽快赶回意大利去。”

“可是，我最亲爱的爸爸，您在动身以前一定会把那些证明文件给我的吧，有了那些文件我就可以证明我的身份了。”

“那还用说？我就为这事才专程赶来的，为了把这些文件交给您，我已经找得您这么苦，实在不想再来重新找一次了；那会要了我老命的。”

“那些文件在哪儿？”

“就在这儿。”

安德烈亚急不可耐地把父亲的结婚证书和他自己的受洗证明一把夺过来——这种急切的心情对一个好儿子来说原本也是很自然的——迅速而熟练地把两份文件都看了一遍，他的目光表明他不仅对这些东西极感兴趣，而且在这方面是训练有素的。

看完以后，他的脸上露出难以形容的兴奋的神色；他带着一种古怪的笑容望着少校。

“嗨！”他用纯正的托斯卡纳方言说道，“这么说，意大利是废止苦役船[1]啦？……”

少校挺直了身子。

“干吗问这个？”他说。

“在那儿伪造这类文件不会给判刑吗？在法国，我最亲爱的父亲，有这一半咱俩就得上土伦去呼吸五年新鲜空气啦[2]。”

“您这是什么意思？”那卢卡人还想竭力保持尊严。

“我亲爱的卡瓦尔坎蒂先生，”安德烈亚按住少校的胳膊说，“人家给了您多少钱，让您来当我的父亲？”

少校想开口说话。

---

1 旧时由苦役犯划桨的战船。

2 土伦是法国在地中海沿岸的一个军港。呼吸新鲜空气此处指在苦役船上划桨。

“嘘！”安德烈亚压低嗓门说，“我来给您做个榜样，好让您放心；人家给我每年五万法郎，让我来当您的儿子：所以您该明白，我是不会否认您是我父亲的。”

少校神色不安地朝四下望望。

“嘿！放心吧，没别人，”安德烈亚说，“再说，咱们说的是意大利话。”

“嗯，我嘛，”卢卡人开口说，“他们给我五万法郎，一次付清。”

“卡瓦尔坎蒂先生，”安德烈亚说，“童话故事您信不信？”

“从前不信，可现在我没法不信了。”

“这么说您是有些证据的喽？”

少校从贴身的钱袋里掏出一把金币。

“喏，瞧见了吧。”

“那么，您以为我可以相信人家对我的许诺喽？”

“我相信这许诺。”

“那位伯爵老兄是会说话算数的喽？”

“绝不会食言；不过您也明白，要想这么着，咱俩还得把戏演下去。”

“怎么演？……”

“我演慈祥的父亲……”

“我演恭顺的儿子，既然他们要我当您的后代……”

“您说的他们是谁？”

“天晓得，我也什么都不知道，反正是写信给您的人呗；您没收到过一封信吗？”

“收到过。”

“谁写来的？”

“一个叫什么布索尼的神甫。”

“您不认识他？”

“从没见过。”

“信里说些什么？”

“您不会出卖我吧？”

“我不会说出去，咱俩的利害关系是一致的嘛。”

“那您就拿去看吧。”

少校把一封信递给年轻人。

安德烈亚低声念道：

> 您很穷，穷愁潦倒的晚年在等待着您。您想不想做个即使算不上阔佬，至少也能完全自立的人呢？
>
> 请您立即动身去巴黎香榭丽舍大街三十号见基督山伯爵先生，向他领回您和德·科西纳里侯爵夫人生养的，五岁时被人拐走的儿子。
>
> 这个儿子名叫安德烈亚·卡瓦尔坎蒂。
>
> 为使您不至于对写信人的诚意有所怀疑，现随信附上：
>
> 一，一张二千四百托斯卡纳利弗尔的票据，可向佛罗伦萨戈齐先生的银行兑取；
>
> 二，一封写给基督山伯爵的介绍信，信上说明我同意您向他支取四万八千法郎的款项。
>
> 请于五月二十六日晚上七点到伯爵府邸。
>
> 签名：布索尼神甫

“就是它。”

“怎么！就是它？您这是什么意思？”少校问。

“我是说我也收到过一封类似的信。”

“您？”

“对，我。”

“布索尼神甫写的？”

“不是。”

“那么是谁？”

“是个英国人，一个叫什么威尔莫的勋爵，他用的是水手辛巴德的假名。”

“您也不认识他，就像我不认识布索尼神甫一样？”

“不；我可比您占了点先。”

“您见过他？”

“对，见过一面。”

“在哪儿？”

“啊！这一点我就不能奉告了；要不您就知道得跟我一样多了，那可没必要。”

“这封信里说些什么呢？”

“您去看吧。”

> 您很穷，而且前途一片黯淡：您想有身份，有自由，有财产吗？

“天哪！”年轻人左右摇摆着身子说，“像这样的问题还用问吗？”

> 请到尼斯去，在热那亚门您会发现有辆备好鞍辔的驿站快车在等着您。您从那儿出发，途经都灵、尚贝里和蓬德博瓦赞驶往巴黎，在五月二十六日晚七点到香榭丽舍大街基督山伯爵府邸，向他要您的父亲。
>
> 您是巴尔托洛梅奥·卡瓦尔坎蒂侯爵和奥莉维亚·科西纳里侯爵夫人的儿子，侯爵给您的文件会确认这一点，凭这份文件您可以用这个姓氏进入巴黎社交界。
>
> 按您的身份，每年五万利弗尔的进款也应当可以过得不错了。
>
> 随信附上五千利弗尔票据一张，可向尼斯费雷亚先生的银行兑取。另有一封给基督山伯爵的介绍信，我在信中请他对您多加照应。
>
> 水手辛巴德

“呣！”少校说，“太好了！”

“可不是？”

“您见到伯爵了？”

“刚从他那儿来。”

“他没有提出任何异议？”

“完全没有。”

“您明白这是怎么回事吗？”

“我真的不明白。”

“其中必定有个上当的主儿。”

“那总不会是您，也不会是我吧？”

“当然不会。”

“嗯，那么……”

“反正跟咱们没关系，是吗？”

“就是，我正想说这话呢；咱们得把戏演到底，而且得处处小心。”

“没错；您会看到我是个好搭档的。”

“对这一点我从没怀疑过，我亲爱的爸爸。”

“承蒙夸奖，我亲爱的孩子。”

基督山挑在这个当口走进客厅。听见他的脚步声，两人都往对方身上扑去；伯爵进门时瞧见两人抱在一起。

“好啊！侯爵先生，”基督山说，“看来您是找到了一个称心如意的儿子啦？”

“哦！伯爵先生，我快活得都说不出话来了。”

“那么您呢，年轻人？”

“哦！伯爵先生，我都高兴得快透不过气来了。”

“幸福的父亲！幸福的孩子！”伯爵说。

“只有一件事让我伤心，”少校说，“那就是我非得很快离开巴黎不可。”

“噢！亲爱的卡瓦尔坎蒂先生，”基督山说，“我想，在我把你们介绍给几位朋友之前，您是不会动身的吧。”

“我听候伯爵先生的吩咐。”少校说。

“现在，怎么样，年轻人，说说实话吧。”

“向谁？”

“当然是向令尊阁下喽；说说您的经济情况吧。”

“哟！”安德烈亚说，“您这下可说中我的心事啦。”

“您听见了，少校？”基督山问。

“听见了。”

“那好，您是不是听得懂其中的意思呢？”

“完全懂得。”

“令郎说他缺钱花哩。”

“您看我该怎么办？”

“那还用说，给他呗！”

“我？”

“对，您。”

基督山从父亲身边走到儿子身边。

“拿着！”他把一包钞票塞在安德烈亚手中说。

“这是什么？”

“您父亲给的。”

“家父给的？”

“对呀。您刚才不是说缺钱花吗？”

“是的。那怎么样呢？”

“那就这样啰！他要我把这包钱交给您。”

“从我的收入里扣除？”

“不，这是让您在巴黎安顿下来的费用。”

“喔！亲爱的爸爸！”

“别出声，”基督山说，“您看得出来，他不想让我告诉您这钱是他给的。”

“我十分感激他对我的体贴，”安德烈亚说着，把这些钞票塞进了长裤的钱袋里。

“很好，”基督山说，“行了！”

“我们什么时候能有幸再见到伯爵先生呢？”卡瓦尔坎蒂问。

“喔！对，”安德烈亚也问，“什么时候我们能有这份荣幸呢？”

“星期六，要是你们愿意……哦……对……就星期六吧。那天晚上我在拉封丹街二十八号的奥特伊别墅请客吃饭，我请了几个人，其中有你们的银行家唐格拉尔先生，我要把你们介绍给他，他得先认识你们两位，才能同意你们去提款。”

“穿礼服？”少校轻声问道。

“穿礼服：制服，十字勋章，束膝短套裤。”

“那我呢？”安德烈亚问。

“噢！您嘛，非常简单：黑长裤，漆皮靴，白背心，黑的或蓝的上装，翻花领结。做衣服得上布兰或韦罗尼克的裁缝铺；要是您没有他们的地址，巴蒂斯坦会给您的。像您这么有钱的人，在穿着上愈是不加修饰，效果就愈好。要是您想买马，可以上德弗德厄那儿;要是想买敞篷马车，可以上巴蒂斯特那儿。”

“我们几点钟到府上？”年轻人问。

“就六点半吧。”

“好，我们会准时到的。”少校举手行礼说。

然后，卡瓦尔坎蒂父子向伯爵鞠躬告辞而去。

伯爵走到窗前，瞧着他俩手挽手地穿过庭院。

“一对宝货！”他说，“这两个家伙不是货真价实的父子，倒是可惜了！”

接着，他阴郁地沉思了片刻，说道：

“去莫雷尔家吧；我觉得厌恶比仇恨更让人恶心。”

第57章
苜蓿地

现在要请读者允许我将各位带进和德·维尔福先生府邸毗邻的那片苜蓿地；在几棵栗树掩映下的铁门背后，我们会遇见几位熟人。

这一回是马克西米利安先到。他把一只眼睛凑在铁门的缝隙上，等候着花园深处树丛中将要出现的那个人影，以及缎鞋踏在小径的细沙上的窸窣声。

盼了很久的窸窣声终于传来了，但是走过来的人影却不是一个，而是两个。唐格拉尔夫人和欧仁妮小姐的来访，耽搁了瓦朗蒂娜的时间，她没想到她俩会待得这么久。于是，为了不致失约，姑娘向唐格拉尔小姐提议到花园里去散散步，想借此让马克西米利安看到，虽说她误了时间，想必使他感到很难熬，可这并不是她的过错。

年轻人凭着恋人所特有的敏锐直觉，立刻明白了这一情况，悬着的心终于放了下来。况且，瓦朗蒂娜虽说没让他能听见她说话的声音，但她有意在马克西米利安视线所及的范围里来回踱步，每当她走一个来回，总会投去一道不为她的女伴所察觉，但却越过铁门并被年轻人接住的目光，犹如在对他说：

“耐心些，朋友，您也看见了，这并不是我的错。”

而马克西米利安，也就耐着性子欣赏起眼前这两位姑娘的区别来了：一位是金黄头发，眼神忧郁，柔软的腰肢宛如婀娜的垂柳；另一位棕色头发，眼神傲慢，腰杆笔挺犹如一株白杨；结果当然不消说，在两种迥然相异的气质对比之下，至少在年轻人的心里，瓦朗蒂娜占尽了上风。

散了半小时步以后，两位姑娘回屋去了。马克西米利安明白，唐格拉尔夫人的来访这就算结束了。

果然，过了一会儿，瓦朗蒂娜又独自出来了。她生怕会有道不知趣的目光尾随着她重返花园，所以走得很慢；而且，并没有一下子就朝铁门走去，而是神态很自然地先把每丛树叶细细打量一遍，又把目光投向每条小径的深处，并且在一条长凳上坐了一会儿。

这番审慎的巡视过后，她才朝铁门奔去。

“您好，瓦朗蒂娜。”一个声音说。

“您好，马克西米利安；我让您等久了，可您也看见这原因了吧？”

“是的，我看见了唐格拉尔小姐；我可不知道您和这位小姐这么亲近。”

“谁跟您说我俩亲近了，马克西米利安？”

“谁也没说；可我觉得你俩手挽手的样子，你俩谈话的样子，都告诉了我这一点，仿佛你们是寄宿学校的两个女生在说悄悄话哩。”

“我们是在说悄悄话，”瓦朗蒂娜说，“她告诉我说她讨厌跟德·莫尔塞夫先生的婚事，我呢，我告诉她说我把嫁给德·埃皮奈先生看作一场灾难。”

“亲爱的瓦朗蒂娜！”

“这就是为什么您，我的朋友，”年轻姑娘接着往下说，“会看到我和欧仁妮显得是在互吐心曲了；这是因为，在说那个我不爱的男人的同时，我心里在想着我爱的男人。”

“您真好，真的样样都好，瓦朗蒂娜，而且您身上有一样东西，是唐格拉尔小姐永远也不会有的：就是那种不可言传的女性的魅力，这种魅力之于女性，犹如香气之于花朵，甜味之于水果；因为，一朵花光开得美丽是不够的，一个果子光结得壮实也是不够的。”

“这是您的爱情在左右您的看法，马克西米利安。”

“不是的，瓦朗蒂娜，我向您保证。噢，刚才我望着你俩的时候，我以名誉起誓，我虽然对唐格拉尔小姐的美貌给予了公正的评价，可我还是不明白怎么会有男人去爱上她的。”

“这是因为，正如您自己说的，马克西米利安，我在那儿的缘故，我在旁边就使您对她不公正了。”

“不是的……不过请告诉我……有个纯粹出于好奇的问题，是打我对唐格拉尔小姐的某些想法里冒出来的。”

“哦！准是些不公正的想法，我不问也知道。当你们评判我们这些可怜的女人的时候，我们就别指望能得到宽容了。”

“难道你们女人之间就那么公正啦！”

“那可是因为几乎在所有的情形下，我们的评判总带有情绪。不过，还是回到您的问题上来吧。”

“唐格拉尔小姐是不是因为爱上了别人，才怕跟德·莫尔塞夫先生结婚呢？”

“马克西米利安，我对您说过我和欧仁妮只是泛泛之交。”

“哎，我的天主！”莫雷尔说，“两个姑娘碰在一起，就算只是泛泛之交，也会无话不谈的；您就承认自己问过她这个问题吧。啊！我瞧见您笑了。”

“如果这样，马克西米利安，咱们中间有没有这道铁门也就一样了。”

“噢，她对您是怎么说的？”

“她对我说她谁也不爱，”瓦朗蒂娜说，“说她害怕结婚，说她最大的乐趣是过自由自在、无拘无束的生活。她几乎盼望她爸爸破产，好让她当个艺术家，就像她的朋友路易丝·德·阿尔米依小姐一样。”

“啊！您看到了吧！”

“怎么！这表明什么了？”瓦朗蒂娜问。

“没什么。”马克西米利安微笑着回答。

“那么，”瓦朗蒂娜说，“您又为什么笑呢？”

“嗨！”马克西米利安说，“这不是，您也在笑了，瓦朗蒂娜。”

“您是想要我走开吗？”

“喔！不是的！咱们来谈您吧。”

“哟！可不是，咱们最多只能再待十分钟了。”

“我的天主！”马克西米利安沮丧地喊道。

“是啊，马克西米利安，您是该向天主求告，”瓦朗蒂娜神情忧郁地说，“我对您只是个可怜的朋友。瞧我把您弄成了什么样子，可怜的马克西米利安，您长得这么英俊，原可以很幸福的！为这我一直在苦苦地责备自己，这是真话。”

“喔！这跟您有什么关系呢，瓦朗蒂娜，只要我觉得这样很幸福，只要我觉得我这绵绵不尽的等待能得到补偿，而这补偿就是见到您哪怕五分钟，就是听到您说上哪怕几句话，就是这样一种根深蒂固、永不磨灭的信念：相信天主从未创造过像我俩这样和谐的两个心灵，从未像这样奇迹般地把这两颗心结合在一起过，相信他绝不会让这两颗心分开。”

“好吧，谢谢您，马克西米利安，就请您为我俩抱着希望吧；这样我会快活些。”

“您到底出了什么事，瓦朗蒂娜，要这么匆忙地离开我？”

“我也不知道。德·维尔福夫人派人请我去，说是要跟我谈谈有关我部分财产的事。哦！主啊，就让他们把我的财产都拿去吧，我是太有钱了。但愿他们拿去以后，就能让我安静、自由地待着;我就是很穷，您也会爱我的，是吗，马克西米利安？”

“是的！我永远爱您；是富是穷对我都没关系，只要我的瓦朗蒂娜在我身边，只要我确信谁也不能把她从我身边夺走！不过，这次谈话，瓦朗蒂娜，您以为这次谈话不会涉及您的婚事吗？”

“我想不会。”

“现在，请听我说，瓦朗蒂娜，您千万别害怕，只要我活着，我就绝不会再爱第二个人的。”

“您以为我听您这么说，就不会担心了吗，马克西米利安？”

“对不起！您说得对，我真是没有头脑。嗯！我想告诉您的是，有一天我遇见了德·莫尔塞夫先生。”

“怎么样？”

“弗朗兹先生是他的朋友，这您知道。”

“是的，那又怎么样？”

“嗯！他收到弗朗兹的一封信，弗朗兹说他就要回来了。”

瓦朗蒂娜脸色苍白，伸手撑在铁门上。

“哦！我的天主！”她说，“真会是这样！可是，不，这个消息不会由德·维尔福夫人来告诉我的。”

“为什么？”

“因为……我也说不清为什么……可是我觉得德·维尔福夫人，虽说从没公开表示反对，但她并不喜欢这桩婚事。”

“是吗！瓦朗蒂娜，那我真要对德·维尔福夫人感激涕零了。”

“哦！先别忙着感激，马克西米利安。”瓦朗蒂娜凄婉地笑着说。

“哎，她既然对这门婚事没有好感，甚至反对它，那么听到有其他人提亲，她不就觉得来得正好吗？”

“别想得那么美，马克西米利安；德·维尔福夫人不喜欢的不是男方，而是结婚这件事。”

“什么？结婚这件事！要是她这么讨厌结婚，那她自己干吗要结婚？”

“您没明白我的意思，马克西米利安；事情是这样的，一年前我提出要进修道院那会儿，她虽然也说了些面子上非说不可的话，劝我别那么做，可是暗地里却觉得正中下怀；就连我父亲，我相信他一定是受了她的怂恿，居然也同意我进修道院。最后还是我那可怜的祖父劝住了我。这位可怜的老人，他在这世上只爱我一个人，而且——要是我这么说亵渎了神明，愿天主宽恕我——在这世上也只有我一个人爱着他。您没法想象，马克西米利安，当时在老人的眼里闪现的是怎样一种表情啊。您可知道，当他听说我的决定，对我望着的时候，那目光中包含着多少责备啊。他既没呜咽，也没叹息，但那悄悄沿着木然不动的脸颊往下淌的眼泪中，包含着何等的绝望啊。哦！马克西米利安，我当时心头涌上一阵强烈的内疚；我跪倒在他膝前，大声说：‘原谅我！原谅我！亲爱的爷爷！随便他们怎样对待我吧，我再也不会离开您啦。’听了这话，他抬起眼睛望着上天！马克西米利安，我也许还得受很多苦；可是亲爱的爷爷的这道目光，已经事先补偿了我将要遭受的那些苦难。”

“可爱的瓦朗蒂娜！您是位天使，我真不知道我凭什么——像我这样一个手拿军刀在贝督因人中间左劈右砍的人——我真不知道我凭什么配得上您对我的眷顾，莫非天主真的就认为他们是该死的邪教徒了吗。可我还是想问您，瓦朗蒂娜，您要是不结婚，德·维尔福夫人又能得到什么好处呢？”

“您刚才没听见我说我很有钱，马克西米利安，甚至太有钱了吗？我从我母亲名下可以继承五万利弗尔的年金；我的外公外婆德·圣梅朗侯爵和侯爵夫人，大概也会留给我同样数目的一笔财产；诺瓦蒂埃先生又显然是想让我当唯一的遗产继承人的。所以结果就是，我的弟弟爱德华从德·维尔福夫人那儿继承不到任何财产，跟我相比就是个穷人了。这孩子是德·维尔福夫人的一块心头肉；而要是我当了修女，我的全部财产就会转到父亲名下，他不但可以继承侯爵夫妇的遗产，还可以得到我的所有财产，随后这些财产就是她儿子的了。”

“哦！一个年轻美丽的女人竟会这样贪财，真是不可思议！”

“可您得想到，马克西米利安，这不是为了她自己，而是为了她的儿子。

您责备她犯了过错，而从母爱的角度看，那倒可以说是一种美德呢。”

“哎，瓦朗蒂娜，”莫雷尔说，“您把财产分一部分给她儿子，行不行呢？”

“我怎么能提这样的建议呢？”瓦朗蒂娜说，“何况她又是一个口口声声说自己不存半点私心的女人。”

“瓦朗蒂娜，我的爱情在我心中永远是神圣的，我就像对待一切神圣的事物那样，用仰慕的轻纱把它蒙上，珍藏在心里。所以这世上没有任何人，包括我妹妹在内，知道这从未向人透露的爱情。现在，瓦朗蒂娜，您能允许我把这爱情告诉一位朋友吗？”

瓦朗蒂娜打了个哆嗦。

“告诉一位朋友？”她说，“哦！天主啊！马克西米利安，我就怕听您说这种话！一位朋友？他究竟是谁？”

“您听我说，瓦朗蒂娜，您有没有对哪个人感到过一种无法抗拒的好感？尽管您是第一次见到这个人，您却觉得像是早就认识他似的，您问自己在什么时候、在哪儿见过他，可您又想不起来时间和地点，于是您就觉得那都是在早先的另外一个世界上，而这种好感只是一种回忆的苏醒而已，您有过这种感觉吗？”

“我有过。”

“那好！我第一次见到这位非比寻常之人的时候，心里的感觉就是这样的。”

“非比寻常之人？”

“对。”

“那您认识他已经很久了？”

“就八九天吧。”

“您居然把一个才认识一星期的人，称作自己的朋友？喔！马克西米利安，我还以为您会把朋友这个高尚的字眼，用得更谨慎些呢。”

“您在逻辑上是完全有道理的，瓦朗蒂娜；可是不管您怎么说，我还是没法摆脱这种本能的感觉。我觉得这个人跟我未来所能得到的幸福，是联系在一起的。这些幸福，有时候仿佛是他那深邃的目光已经看见，而且是他那双强有力的手在导引过来的。”

“这么说，他是个先知？”瓦朗蒂娜莞尔一笑说。

“确实如此，”马克西米利安说，“我常常会这么想，觉得他能未卜先知……尤其是好事。”

“哦！”瓦朗蒂娜神情忧伤地说，“请让我见见这个人吧，马克西米利安。那样他就可以告诉我，我能不能得到足够的爱，来补偿我所受的所有这些痛苦了。”

“可怜的瓦朗蒂娜！您见过他！”

“见过？”

“是的。他就是救了您继母和她儿子性命的那个人。”

“基督山伯爵？”

“就是他。”

“哦！”瓦朗蒂娜大声说，“他不可能是我的朋友，他是我继母的好朋友。”

“伯爵是您继母的朋友？瓦朗蒂娜，我的直觉告诉我，不是这么回事。我敢肯定您想错了。”

“哦！可您知道吗，马克西米利安！现在这家里已经不是爱德华在发号施令，而是伯爵在主宰一切。德•维尔福夫人巴结他，把他当作人类智慧的化身；我父亲崇拜他，说自己从没听到过像他这样雄辩、精湛的高论；爱德华对他有一种狂热的迷恋，尽管他害怕伯爵那双乌黑的大眼珠，但一见伯爵来，他就会奔上前去，扳开他的手，而这只手里也必定会有一件可爱的玩具。在这儿，基督山先生不是在我父亲家里，也不是在德•维尔福夫人家里，基督山先生是在他自己家里。”

“嗯！亲爱的瓦朗蒂娜，如果情况真像您讲的这样，那您也许早就感觉到，或者很快就会感觉到，他的存在对周围的人影响有多大了。他在意大利遇见阿尔贝•德•莫尔塞夫，就把他从强盗手里救了出来；他看见唐格拉尔夫人，就送了她一份贵重的礼物；您的继母和弟弟路过他的门前，他的黑奴就救了他俩的性命。这个人显然有一种左右环境的能力。我从没见过在哪个人身上，朴素笃实和雍容华贵居然能相配得这么和谐。当他朝我微笑时，他的笑容是那么亲切，我全然忘记别人是怎样说他的笑容辛辣刺人的了。噢！请告诉我，瓦朗蒂娜，他也这样对您微笑过吗？如果有过，您一定会感到很幸福的。”

“我？”姑娘说，“哦！我的天主！他连看也不看我，马克西米利安，我是说当我碰巧走过的时候，他总是转过眼去不看我。哦！他不是个宽宏大度的人，不是的！要不就是他并没有一双能看到别人心里去的慧眼，您把他想错了。因为，倘若他真是宽宏大度的，瞧见我在这家里这么孤单、这么愁苦，他一定会施加他的影响来保护我；倘若他真像您说的那样，是一轮太阳，他一定会用一束阳光来温暖我的心的。您说他喜欢您，马克西米利安；哦！主啊，您知道为什么吗？像您这么一个身高五尺六寸，蓄着长长的唇髭、佩着长长的军刀的威风凛凛的军官，人家当然会对您笑脸相迎。可是对一个哀苦无告的可怜姑娘，他们是不屑一顾的。”

“哦！瓦朗蒂娜！我敢肯定，您想错了。”

“倘使他换个样子，马克西米利安，倘使他对我的态度圆通一些，也就是说，倘使他这位想方设法要在这个家庭掌权的人，哪怕就有一次，赏我一个被您说得神乎其神的笑脸，那也好呀。可是没有，他看到我孤苦伶仃，明白我对他毫无用处，所以他对我根本不屑一顾。甚至，说不定他为了讨好我的父亲，讨好德·维尔福夫人和我的弟弟，还会利用他的权力贬损我呢？哦，说心里话，我可不是一个该让人家这么毫无道理地不放在眼里的女人。这话是您对我说的呀。啊！原谅我，”姑娘瞧见马克西米利安听了这番话后的表情，接着说，“我真不好，我对您说了他这么多坏话，可我都是没有仔细想过，随口说出来的。对，我不否认您说的那种影响是存在的，而且他对我也施加过这种影响。不过虽然他的出发点是好的，但是正像您看到的，他所采用的方法是有害的、邪恶的。”

“好了，瓦朗蒂娜，”莫雷尔叹了口气说，“咱们别再说这事啦；我不告诉他就是了。”

“唉！我的朋友，”瓦朗蒂娜说，“我知道，我伤了您的心了。哦！但愿有一天我能握紧您的手，请求您的原谅！其实我也巴不得您能说服我。请告诉我，这位基督山伯爵，他到底为您做过些什么事情？”

“我承认，瓦朗蒂娜，您问我伯爵为我做过些什么事情，这确实使我感到很难回答：我知道，就这么看上去，可以说什么也没做过。所以，我刚才对您说了，我对他的感情完全是出于本能，是说不出任何道理的。难道太阳为我做过什么事了吗？没有。它温暖了我，让我在阳光中见到了您，如此而已。难道花的香味为我做过什么事了吗？没有。但这香味唤起了我某种愉悦的感觉。要是有人问我为什么赞美花香，我只能这样回答。我对他的友情，正如他对我的友情一样奇妙。一个神秘的声音对我说，在这不期而至、心灵相通的友情里，有着比偶然更多的内涵。从他最简单的一举一动，直到他最隐秘的思想，我都能发现它们和我自己的联系。您一定又会笑话我，瓦朗蒂娜，可我还是要告诉您，自从我认识这个人以后，我就有了一个荒谬的念头，觉得我的一切幸福都是他带给我的。是啊，我没有这位保护人，也已经生活了三十年，您想这么说是不是？可那是另一回事。好吧，我举个例子：他请我星期六晚上去吃饭，以我们的关系来说，这是很自然的事情，对不对？可您知道我后来听说了什么吗？原来您父亲也是这次晚宴被邀的客人，而且您母亲也去。我会在饭桌上遇见他们，见面以后，谁又知道会发生什么事情呢？这个例子，表面上好像很简单，可是我在其中发现一些让我感到吃惊的东西；它们使我有了一种很奇怪的信心。我暗自在想，莫非伯爵这位未卜先知的奇人，是想安排德·维尔福先生和夫人见见我？我向您说实话，有好几次我都想从他的眼睛里看出，他究竟是不是已经知道了我的爱情。”

“我的好朋友，”瓦朗蒂娜说，“要是我再这么听您说下去，我会把您当成一个相信幻觉的人，当真要担心您神志是否清醒了。哦！这么一次会面，除了巧合，还能有什么别的解释呢？您仔细想想就会明白了。我父亲平时极少出门，他几次三番想回绝这次对德·维尔福夫人发出的邀请，但她却一心一意想到这位不同凡响的富豪府上去看个究竟。她费了很大的劲儿，才说服父亲答应陪她去。哦，不，请相信我吧，马克西米利安，除了您，在这个世界上我所能求助的就只有我祖父，一位全身瘫痪的老人，我所能依靠的就只有我可怜的母亲，一个孤苦无告的灵魂！”

“我想您是有道理的，瓦朗蒂娜，从逻辑上说，您是对的，”马克西米利安说，“可是您平时总是那么叫我心悦诚服的甜美的声音，今天却没能说服我。”

“您也没能说服我呀，”瓦朗蒂娜说，“我得说，要是您举不出别的例子……”

“例子倒还有一个，”马克西米利安有些犹豫地说，“不过说真的，瓦朗蒂娜，我自己承认，这个例子比刚才那个还要离谱。”

“那就算了。”瓦朗蒂娜笑着说。

“可是，”莫雷尔接着说，“它对我却是至关重要的。您要知道，我对有些突如其来的想法和感觉，是很相信的；十年的军旅生活中，这种内心的闪光，曾经好几次指引我向前或退后，让致命的枪子儿跟我擦身而过。”

“亲爱的马克西米利安，干吗不说枪子儿的偏斜，得归功于我的祈祷呢？您在军队里的时候，我不是为我自己，而是为您在向天主和母亲祈祷。”

“是的，在我跟您认识以后是这样，”莫雷尔笑吟吟地说，“可是在我跟您认识以前呢，瓦朗蒂娜？”

“好了，既然您连一点功劳也不肯给我，您这坏家伙，那就说说这个连您自己都觉得离谱的例子吧。”

“好！您打门板缝里往大树那儿瞧，瞧我骑到这儿来的那匹新买的马。”

“哟！多漂亮的马儿！”瓦朗蒂娜大声说，“您干吗不把它牵到铁门跟前来呢？那样我就可以跟它说说话儿，它能听懂的。”

“您也瞧见了吧，这是匹相当名贵的骏马，”马克西米利安说，“嗯，您知道，我的财力是很有限的，瓦朗蒂娜，再说我又是人家所说的很理智的那种人。嗯，我在一家牙行里瞧见了这匹迷人的美狄亚，这是我给它取的名字。我问牙行老板卖什么价，他回答说四千五百法郎；我没法子，这您当然明白，只好打消这个念头。但我承认，我走出牙行时心头沉甸甸的，因为刚才那会儿，这匹马极其温柔地望着我，用脑袋在我身上轻轻地蹭着，我骑在它背上那会儿，它还用最讨人喜欢的优雅姿势，做了个旋转半周的动作。当天晚上，有几个朋友上我家来：德·夏托-勒诺先生，德布雷先生，还有五六个您幸好不认识，而且连名字也没听说过的孬种。他们提议玩牌。我平时从来不玩牌，因为我既没富到输得起钱，也没有穷到要想去赢钱。可这次是在我家里，您明白，我除了差人去买纸牌，还能有什么办法呢？于是纸牌给买来了。

“我们刚在桌旁坐下，基督山先生来了。他也坐了下来，大家就玩起牌来。结果是我赢了。我都不好意思告诉您，我居然赢了五千法郎。牌局直到午夜才散。我按捺不住心头的喜悦，跳上一辆轻便马车就直奔那家牙行。我心头怦怦直跳，异常激动地拉响了门铃。来给我开门的那人，准以为我是个疯子。门刚开了条缝，我就一头冲进去往另一边跑。我来到马厩，往食料架那儿一瞧，哦，谢天谢地！美狄亚还在嚼草料呢。我奔过去拿起副马鞍，亲手给它安在背上，然后又给它配上辔头，美狄亚温顺地听我摆布。随后，我把四千五百法郎往目瞪口呆的老板手里一塞，就打道回府，或者说得更准确些，就骑着马在香榭丽舍林荫大道遛了一夜。嘿！我瞧见伯爵的窗口还亮着灯光，我还仿佛瞥见了他在窗帘后面的身影。现在，瓦朗蒂娜，我敢发誓说，伯爵是知道我很想得到这匹马，才故意输钱让我赢的。”

“我亲爱的马克西米利安，”瓦朗蒂娜说，“您真是太爱幻想了……敢情您是不会爱我爱得很久的哦……一个成天生活在诗里的男人，是会觉得像我俩这样平淡的爱情过于乏味的……哎呀，我的天主！他们在喊我了……您听见了吗？”

“哦！瓦朗蒂娜，”马克西米利安说，“把您的小手指头……从这个小眼儿里伸出来，让我亲一亲吧。”

“马克西米利安，我们不是说好，咱俩彼此就只是两个声音、两个影子吗！”

“那就随您便吧，瓦朗蒂娜。”

“要是我照您说的做了，您会很快活吗？”

“哦！会的。”

瓦朗蒂娜踏上一条长凳，不是把小手指从洞眼里，而是把整只手从铁门上方伸了过来。

马克西米利安惊叫一声，也纵身跳上墙角的石块，捧住这只可爱的小手，把火热的嘴唇紧贴在上面。可是这只小手很快就从他手掌中间抽了回去，年轻人听见了瓦朗蒂娜匆匆逃去的脚步声，没准她是让自己刚刚体验到的情感给吓着了！

第58章

诺瓦蒂埃•德•维尔福先生

且说唐格拉尔夫人和唐格拉尔小姐上了剧院，花园里那对情人正在进行我们刚才描写的那场对话；此时，王室检察官的宅邸里发生了下面这么一桩事情。

德·维尔福先生走进他父亲的居室，德·维尔福夫人紧随其后。至于瓦朗蒂娜，我们是知道她在哪儿的。

两人向老人欠身致意，然后示意那位服务了二十五年之久的老仆巴鲁瓦退下，在老人两旁坐了下来。

诺瓦蒂埃先生坐在他的大轮椅里。他得让人每天早晨把他抱上这把轮椅，晚上再把他抱下来。此刻他面对着一面能映出整个房间的大镜子；他不必动一下身子——其实他也没法动弹，就能从这面镜子里看清进出屋子的每一个人，以及周围发生的每一件事。木然不动、像具僵尸似的诺瓦蒂埃先生，用聪睿而灵活的目光注视着儿子和儿媳，他俩表现出的这种恭敬态度无异于告诉他，他们是为一件他还没法预料的大事来见他的。

他只剩下了视觉和听觉。它们就像两颗火花，还在这个大半截已经入土的躯壳里跳动着；而且，他仅凭其中的一种官能，就能将内心活动——给冰冷的躯壳带来生气的内心活动表露出来。这种表露内心活动的目光，犹如夜间从远方射来的一束灯光，它告诉荒原上迷路的旅人，在这片寂静和黑暗中还有人的踪迹在哩。

老诺瓦蒂埃的头发又长又白，一直披到肩头。浓浓的黑眉毛下却是一双乌黑的眼睛；而且，正如人们用一样器官代替其他器官以后常有的情形，以前分散在这个身体、这个灵魂里的所有的活动，所有的敏捷身手，所有的力量和所有的智慧，现在都凝聚在这双乌黑的眼睛里了。自然，他的手臂已不能动弹，嗓子已无法出声，身体已丧失了活力，但是这双眼睛弥补了一切：他用这双眼睛发号施令，用这双眼睛表示感谢。这是一具眼睛还在活动的僵尸，这张大理石般的脸上，有时会迸射出愤怒的火花，有时会焕发出喜悦的光芒，这些时候，这张脸真让人看着心里发怵。只有三个人能懂得可怜的风瘫老人的这种语言：维尔福、瓦朗蒂娜和刚才提到的老仆人。但维尔福极少来看望父亲，确切地说，非到万不得已他是不会来的，而且即使来了，见到了他的目光，知道了他心里的想法，他也决计无意让父亲高兴一下。所以老人的全部快乐，就都寄托在孙女的身上了。瓦朗蒂娜呢，凭着她的热忱、爱心和耐性，也已经学会了由目光来了解诺瓦蒂埃的全部思想。她用嗓音的各种语调，用脸部的各种表情，用自己的整颗心，来应答这种在旁人看来既无声，又费解的语言；因此在少女和老人之间，完全可以进行畅谈。这团所谓的*上帝的泥土*[1]，眼看就要重新化为尘土了；然而他依然是个知识渊博、思想敏锐的人，有着一个包藏在不听使唤的躯体中的灵魂所能具有的最坚强的意志。

就这样，瓦朗蒂娜解决了理解老人的想法，并使他懂得她自己的想法的这样一个难题。凭借这种能力，平时在生活中无论遇到什么事情，她几乎每次都能准确地了解这个依旧充满活力的心灵的意愿，明白这个几乎完全丧失知觉的肉体的需要。

至于那个老仆人，正如我们前面说的，他已经和主人相处了二十五年之久，所以他熟悉主人所有的习惯，几乎用不着主人再来吩咐他做这做那。

维尔福无须瓦朗蒂娜或老仆人来帮他跟父亲进行这场奇特的谈话，我们说过，他也完全懂得老人的语汇。他很少使用它们，是由于厌烦和漠视的缘故。于是，他让瓦朗蒂娜待在楼下的花园里，又把巴鲁瓦支走，然后在父亲右首的一把椅子上坐定，德·维尔福夫人则坐在左首。

"先生，"他说，"瓦朗蒂娜没和我们一起上楼，而且我差开了巴鲁瓦，请您不要对此感到惊讶，因为我们的谈话是无法当着一位姑娘或一个仆人的面进行的；德·维尔福夫人和我，要告诉您一个消息。"

维尔福说这通开场白的时候，诺瓦蒂埃的目光中始终毫无表情；而维尔福却相反，他的目光像要看到老人心底里去似的。

"这个消息，"检察官用一种冷漠的、仿佛不容争辩的口吻往下说，"德·维尔福夫人和我，相信您听了一定会感到高兴的。"

1　指上帝造人用的泥土。《圣经·旧约·创世记》第1章："耶和华神用地上的尘土造人，将生气吹在他的鼻孔里，……"

老人的目光中依然没有任何表情。他在听：仅此而已。

“先生，”维尔福接着说，“我们要给瓦朗蒂娜办婚事了。”

听到这个消息，即便是一张蜡脸，也未必会比老人的脸更无动于衷。

“不出三个月就要举行婚礼。”维尔福继续说。

老人的目光中，依然毫无生气。

德·维尔福夫人这会儿开口了。她急匆匆地说：“我们原以为您会对这个消息很感兴趣的，先生；平时您似乎一向都很疼爱瓦朗蒂娜的。好吧，现在我就把她要许配的那个年轻人的名字告诉您吧。这门婚事对瓦朗蒂娜来说是很体面的；我们给她找的这位年轻人又有家产，又有地位，人品才情都能保证她将来过得很幸福，他的名字您想必也是听说过的。他就是德·埃皮奈男爵，弗朗兹·德·盖斯内尔先生。”

维尔福注意到，在妻子说这番话的时候，老人的目光变得专注起来。当德·维尔福夫人说到弗朗兹这个名字时，诺瓦蒂埃的眼睛——维尔福对这双眼睛非常熟悉——颤动了起来，眼睑使劲扩张，如同双唇拼命想张开说话似的，眼中闪过一道亮光。

王室检察官知道自己的父亲和弗朗兹的父亲之间有一段公开的宿仇，所以他明白这怒火和激动的由来。但他装着没看见似的，不去加以过问，接着妻子的话茬往下说：

“先生，您也明白，瓦朗蒂娜快十九岁了，所以给她找门亲事确是当务之急。不过，我们没有忘记来向您通报，我们事先已经得知，瓦朗蒂娜的未来夫婿，虽说并不打算和我们住在一起，因为那也许会使年轻夫妇感到不便，但他已同意让您和他俩在一起生活，瓦朗蒂娜对您非常依恋，而在您这方面，看来也对她抱有同样的感情，那样的话，您就可以不必改变任何生活习惯，所不同的，只是您将有两个，而不是一个孩子，来照料您了。”

诺瓦蒂埃眼中的闪光变得很吓人。

显而易见，老人的脑海里正在转着某个可怕的念头。显而易见，痛苦和愤怒的喊叫已经升到了他的喉咙口，可就是冲不出来，憋得他连气也透不过来。他的脸涨成了紫红色，嘴唇发青。

维尔福一边平静地走过去打开窗，一边说道：

“这儿真热，诺瓦蒂埃先生热得受不住了。”

然后他回到原地，但没有坐下。

“这桩婚事，”德•维尔福夫人说，“德•埃皮奈先生和他全家都觉得挺满意。当然，他的亲人也只剩一个叔叔和一个婶婶了。他母亲在他出生的那会儿就死了，他父亲在一八一五年让人给暗杀的时候，这孩子才两岁。所以，现在他遇事完全可以自己拿主意。”

“那是一起神秘的谋杀案件，”维尔福说，“谁是杀手，至今没人知道——尽管不断有人涉嫌，被怀疑的对象有很多。”

诺瓦蒂埃拼命使劲，居然让嘴唇挛缩成微笑的模样。

“然而，”维尔福继续说，“真正的凶手，那个明知是自己制造了这起谋杀案，那个不仅活着时有可能受到法律的审判，而且死后想必也会受到天主审判的人，大概会很乐于处在我们的地位，把一个孩子嫁给弗朗兹·德·埃皮奈先生，彻底打消别人的怀疑吧。”

诺瓦蒂埃神色异常镇定。看着这么个瘫痪的躯体，叫人难以相信他还能有如此之强的自制力。

“是的，我明白。”他用目光回答维尔福说。在这道目光中，既有着鄙夷不屑的藐视，也有洞察其奸的激愤。

维尔福懂得这道目光所包含的意思，但他只是轻轻地耸了耸肩，算是回答。

然后他示意妻子站起身来。

“现在，先生，”德·维尔福夫人说，“请允许我们就此告退。您要不要我让爱德华来陪您一会儿？”

事先有过约定，老人闭一下眼睛表示同意，连眨几下眼睛表示拒绝，抬眼望天表示想要什么东西。

如果想要瓦朗蒂娜来，就闭一下右眼。

如果想要巴鲁瓦来，就闭一下左眼。

听到德·维尔福夫人的提议，他使劲地眨眼睛。

德·维尔福夫人遭到如此明显的拒绝，不由得抿紧了嘴唇。

“那么我让瓦朗蒂娜到您这儿来？”她说。

“对。”老人急切地闭一下眼睛。

德·维尔福夫妇欠了欠身，退出房间时吩咐仆人去唤瓦朗蒂娜。其实，事先也已经有仆人通知过姑娘，当天诺瓦蒂埃先生有事要让她去一次。

维尔福夫妇刚走不久，满脸激动的红晕还没褪去的瓦朗蒂娜，就进了老人的房间。她才瞧了一眼，就明白祖父正在受着痛苦的折磨，有许多话要对她说。

"哦！爷爷，"她喊道，"出什么事啦？有人惹你不高兴了，你是在生气，对不对？"

"对。"他闭一下眼睛表示说。

"生谁的气呢？生父亲的气？不对。生德·维尔福夫人的气？也不对。生我的气？"

老人表示说是的。

"生我的气？"瓦朗蒂娜惊讶地又问一遍。

老人重又做了这个表示。

"我对你做什么了，亲爱的爷爷？"瓦朗蒂娜喊道。

没有回答。她继续说：

"我今天都还没见过你呢。是不是有人对你说过我的什么事啦？"

"是的。"老人的目光急切地说。

"让我想想是谁。主啊，我向你保证，爷爷……啊！……德·维尔福先生和夫人刚离开这儿，对吗？"

"对。"

"是他们说了什么话惹你生气了？他们说了什么呢？你愿意我去问了他们，再来向你表示歉意吗？"

"不，不。"那目光说。

"哦！你可把我吓坏了。天哪，他们会说些什么呢！"

她思索着。

"哦！有了，"她压低嗓音，凑近老人耳边说，"他们大概说了我的婚事？"

"对。"愤怒的目光回答说。

"我明白了；你是怪我不告诉你。喔！你要知道，他们一再叮嘱我什么也别对你说。而且，他们原先也没告诉我，是我碰巧撞上了，他们才对我说的。我没告诉你，就是这个缘故。原谅我吧，诺瓦蒂埃爷爷。"

重又变得凝滞无神的目光，仿佛在回答说："让我伤心的不光是这些。"

"还有什么呢？"姑娘问道，"难道你以为我会扔下你不管，爷爷，以为我结婚以后就会把你忘了？"

"不是。"老人说。

"那么，他们对你说了德·埃皮奈先生同意咱们住在一起？"

"对。"

"那你为什么生气呢？"

老人的眼睛里流露出无比温柔的表情。

"噢，我明白了，"瓦朗蒂娜说，"因为你爱我。"

老人做了个肯定的表示。

"你怕我会不幸福？"

"是的。"

"你不喜欢弗朗兹先生？"

那双眼睛重复了三四遍：

"是的，是的，是的。"

"这么说，你很不开心，爷爷？"

"对。"

"那好！你听我说，"瓦朗蒂娜在诺瓦蒂埃跟前跪下，伸出双臂搂住他的脖子说，"我也一样，我也非常不开心，因为我，我也不喜欢弗朗兹·德·埃皮奈先生。"

祖父的眼睛里，闪出一道喜悦的光芒。

"我要进修道院的那会儿，你还记得吗，你对我有多生气哦？"

老人干枯的眼眶被泪水湿润了。

"哦！"瓦朗蒂娜接着说，"我就是为逃避这门叫我绝望的婚事，才决定进修道院的。"

诺瓦蒂埃的呼吸，变得急促起来。

"这么说，你根本不喜欢这门婚事，爷爷？啊，主啊，要是你能帮助我，要是咱俩能搅乱他们的计划，那有多好！可是你没有力量去跟他们斗，尽管你的思维还是这么敏捷，意志还是这么坚强；可是要去跟他们斗，你却和我一样是个弱者，甚至比我更弱。唉！换在当年你健康有力的那会儿，你完全可以成为我强有力的保护人；可是，今天你所能做的，只是同情我，只是跟我分享喜悦和悲伤。这是天主忘记从我身边夺走的最后一点幸福。”

听着她这么说，诺瓦蒂埃的眼睛里闪现出一种狡黠的、意味深长的表情。姑娘相信自己从中看到的是这两句话：

“你错了，我还能帮你做许多事哩。”

“你还能帮我，亲爱的爷爷？”瓦朗蒂娜把老人的表情解释出来。

“对。”

诺瓦蒂埃抬眼望天。这是他和瓦朗蒂娜约定的信号，表示他需要一样东西。

“你想要什么呢，亲爱的爷爷？让我想想看。”

瓦朗蒂娜一边思忖，一边把想到的念头大声说出来。可她不管说什么，瞧见老人的回答总是：“不。”

“对了，”她说，“用咱们那张王牌吧。瞧我有多笨啊！”

于是，她依次往下背字母表里的字母，边背边笑吟吟地探询老人的目光。背到 N 时，诺瓦蒂埃示意：“对了。”

“噢！”瓦朗蒂娜说，“你要的这件东西，是字母 N 开头的。那咱们是得跟 N 打交道喽？好，咱们来瞧瞧能把 N 怎么着。Na, ne, ni, no。”

“对，对，对。”老人说。

“噢！打头的字母是 No？”

“对。”

瓦朗蒂娜走过去拿来一本词典，放在诺瓦蒂埃面前的一张斜面书桌上。她翻开词典，看到老人的目光专注地盯在书页上，便用手指顺着每一栏很快地从上往下移动。

自从诺瓦蒂埃陷入这种境遇的六年以来，瓦朗蒂娜经常练习这种方法，所以已经非常熟练，往往很快就能猜出老人的意思，即便老人自己能够翻词典，恐怕也未必会比她更快翻到答案。

手指移到 Notaire[1] 时，诺瓦蒂埃示意她停下。

“公证人，”瓦朗蒂娜说，“你是要个公证人，爷爷？”

1　法文：公证人。

老人示意，他的确就是要个公证人。

“是要派人去请个公证人来？”瓦朗蒂娜问。

“是的。”瘫痪的老人说。

“要告诉爸爸吗？”

“对。”

“你要马上见到这位公证人？”

“对。”

“那我们马上就派人去请，亲爱的爷爷。你别的不要什么了吗？”

“对。”

瓦朗蒂娜快步走过去拉铃，随后吩咐进门来的仆人，去把德·维尔福先生或夫人请到祖父屋里来。

“这下你满意了？”瓦朗蒂娜问，“没错……我想就是：唷！这很不容易猜喔，对不对？”

姑娘对着祖父笑起来，就像是在对一个小孩笑似的。

巴鲁瓦把德·维尔福先生领进屋来。

“您想要什么，先生？”检察官问瘫痪的老人。

“先生，”瓦朗蒂娜说，“祖父想要一个公证人。”

听到这个奇怪的、完全出乎意料的要求，德·维尔福先生对瘫痪的老人望去，两人的目光交汇在一起。

“是的。”老人坚决地说。他用这种态度表明，在瓦朗蒂娜和那个老仆——他现在也知道了主人的意思——的帮助下，他已做好了斗争到底的准备。

“您要个公证人？”维尔福再问一句。

“是的。”

“要来做什么？”

诺瓦蒂埃没有回答。

“您要公证人有什么用？”维尔福问。

瘫痪老人的目光仍旧寂然不动，不做回答。这等于是说：“我坚持要这样做。”

“是要作弄我们吗？”维尔福说，“这又何必呢？”

“可是，”巴鲁瓦说，他决定拿出老仆人的犟劲来维护主人的意愿，“既然先生要个公证人，那就不用说，他自有他的用处。所以，我这就去请公证人。”

巴鲁瓦眼里只有诺瓦蒂埃这一个主人，他不能容忍别人来干扰主人的意愿。

“对，我要个公证人，”老人闭上眼睛表示说。这副满不在乎的神情，像是在说：“我倒要瞧瞧谁敢违拗我的意思。”

“既然您坚持要请公证人，先生，那我们会去请的。但是我要对他做出解释，您也应该表示歉意，因为那个场面一定是很可笑的。”

“没关系，”巴鲁瓦说，“反正我这就去请喽。”

说完，老仆人得意扬扬地出门而去。

第59章

遗嘱

巴鲁瓦出门的当口，诺瓦蒂埃用一种狡黠而关切的目光注视着瓦朗蒂娜，其中的含义是非常丰富的。姑娘懂得其中的意思，维尔福也懂得。只见他的脸阴沉了下来，眉头也蹙了起来。

他在房间里挑了把椅子坐下，专等公证人的到来。

诺瓦蒂埃极其冷漠地看着他的一举一动；同时，他用眼角的余光告诉瓦朗蒂娜不用担心，让她也留下。

三刻钟过后，老仆人带着公证人回来了。

“先生，”相互见过礼以后，维尔福开口说，“请您来的，是诺瓦蒂埃·德·维尔福先生，就是这位先生。全身瘫痪，已使他丧失了活动肢体和发出声音的能力，现在只有我们这几个人，而且要费很大的劲，才能勉强弄懂他的一些不完整的意思。”

诺瓦蒂埃向瓦朗蒂娜投去一道央求的目光，这央求显得既紧要，又急迫，所以瓦朗蒂娜立即说道：

“先生，爷爷想说的话我全能听懂。”

“没错，”巴鲁瓦接上去说，“全能听懂，半点儿也不落下。这我在路上已经告诉过先生了。”

“请允许我对您，先生，还有您，小姐，说明一下，”公证人向维尔福和瓦朗蒂娜说，“对于目前的这桩公证委托事务，司法公职人员如果轻率地接手处理，就必然要承担责任，其后果势必是相当危险的。公证文件要具有法律效力，首要的前提就是公证人确信自己能忠实地解释委托人的意愿。然而，对于一位不能开口的委托人，我无法确定他对一件事究竟有无异议。因此，鉴于委托人已丧失说话能力，他的意愿以及他的反对意见，已不能明白无误地得到证实，我无法接受这项不具有法律效力的委托。”

公证人转过身去，想要告辞。一丝难以觉察的得意的笑容，浮现在检察官的嘴角。而诺瓦蒂埃则以一种极其痛苦的表情注视着瓦朗蒂娜。于是姑娘走上前去拦住了公证人。

"先生，"她说，"我和祖父交谈的语言，是很容易学会的。我在几分钟里就可以教会您，让您能和我懂得一样多。哦，先生，要怎么样才能使您完全放心呢？"

"我所要求的，是保证公证文件有效性的必要条件，小姐。"公证人回答说，"这就是说，我必须能确认委托人究竟是表示同意，还是表示反对。我可以给身体病残的委托人办公证，但他的智力必须是健全的。"

"噢！先生，待会儿您亲自看了，就会确认我祖父的智力是极其健全的。诺瓦蒂埃先生由于无法说话和行动，就用闭一下眼睛表示想说是的，而用连眨几下眼睛表示想说不是。现在您已经可以和诺瓦蒂埃先生交谈了，请试试吧。"

老人的眼眶湿润了，他向瓦朗蒂娜投去一道温柔的、感激的目光。其中的含义，连公证人也看明白了。

"您听见，而且懂得您孙女说的话了吗，先生？"公证人问。

诺瓦蒂埃慢慢地闭上眼睛，过了一小会儿才睁开。

"她说的话您都同意吗？也就是说，您确实是用她所说的那两种办法，来表达您的意思的吗？"

"是的。"老人的目光说。

"是您要我来这儿的？"

"对。"

"让我为您办公证？"

"对。"

"您愿意看见我没有办好公证文件，就离开这儿吗？"

瘫痪的老人一连眨了好几下眼睛。

"哦！先生，现在您也懂得这种语言了，"姑娘说，"您可以放心了吧。"

公证人还没来得及回答，维尔福就把他拉到了旁边。

"先生，"他说，"难道您相信，像诺瓦蒂埃·德·维尔福先生这样一个在肉体上遭受过如此可怕的打击的病人，精神上居然会没有留下严重的创伤吗？"

“我所担心的倒不是这一点，先生，”公证人回答说，“而是我不知道，我们怎么能事先猜出他的想法，然后向他发问呢？”

“这不，您也明白这事是没法做的吧。”维尔福说。

瓦朗蒂娜和老人听见了这段对话。诺瓦蒂埃凝视着瓦朗蒂娜，目光中坚决的神情，显然是要她挺身去反驳。

“先生，”瓦朗蒂娜对公证人说，“这一点您不用担心。无论这有多难，或者说，无论在您看来猜出我祖父的想法有多难，我都会有办法，使您对此不存半点疑虑的。我在诺瓦蒂埃先生身边已经有六年了，现在，就让他自己来告诉您吧，这六年中间他是否有过一个愿望，由于无法让我弄懂而埋在了心里？”

“没有。”老人的目光说。

“行，那我们就试试吧，”公证人说，“您同意由小姐来解释您的意思吗？”

瘫痪的老人做了个肯定的表示。

“好。那么，先生，您要我做什么，想要公证什么文件呢？”

瓦朗蒂娜把字母表从头开始往下背，背到了字母 T。

这时，诺瓦蒂埃富有表情的目光示意她停下。

“先生要的是字母 T，”公证人说，“这很清楚。”

“请等一下，”瓦朗蒂娜说着，又转过脸去对着祖父：“Ta... Te...”

老人在第二个音节上止住她。

于是瓦朗蒂娜搬来词典，在公证人聚精会神的目光注视下，逐页翻动词典。

“Testament.”[1] 她的手指在诺瓦蒂埃目光的示意下，停在这个词上。

“Testament！”公证人大声说，“事情很清楚，先生是要立遗嘱。”

“对。”诺瓦蒂埃接连重复了几遍。

“简直不可思议，先生，您说是不是。”公证人对着目瞪口呆的维尔福说。

“可不是，”他说，“不过遗嘱本身就更不可思议了。因为，不管怎么说吧，我想要是没有我女儿的机敏相助，公证是无法逐字逐句记录成文的。然而，就这份遗嘱而言，瓦朗蒂娜由于利害关系过于密切，恐怕是不适宜当诺瓦蒂埃·德·维尔福先生的解释人，来诠释这位先生含混不清的意愿的。”

“不，不！”瘫痪的老人说。

1　法文：遗嘱。

“怎么不对呢！”德·维尔福先生说，“瓦朗蒂娜难道不是您的遗嘱受益人？”

“不是。”诺瓦蒂埃表示说。

“先生，”公证人说，他对这场试验已经很感兴趣，心想改日一定要把这个精彩的段子，给社交场的朋友详详细细地讲一讲，“先生，刚才我以为不可能的事情，现在看起来真是再简单不过了。这份遗嘱无非是份秘密遗嘱，这就是说，只要宣读时有七位证人在场，并由立遗嘱人当着他们的面表示认可，再由公证人当场用火漆封口，就具有了法律效力。至于所需的时间，并不会比立普通遗嘱长多少；先是一些固定的程式，那是千篇一律的，接下来的措辞，主要根据立遗嘱人的具体情况，以及您的意见而定。您处理过这类事务，对此想必是很熟悉的。不过，为了做到万无一失，使这份文件具有无懈可击的可靠性，我想破例地请一位同行来协助我进行笔录。这样做，您觉得好吗，先生？”公证人最后这句话，是对老人说的。

“是的。”诺瓦蒂埃回答说。对方能懂得他的意思，他倍感欣喜。

“他到底要干什么呢？”维尔福在暗自思忖。以他的地位，他不便问这句话。可他实在猜不透父亲在打什么主意。

他转过身来，吩咐再去请一位公证人来。不过，巴鲁瓦早就听得很明白，并且猜到了主人的心思，所以已经出发了。

于是，王室检察官让仆人去通知妻子上楼来。

一刻钟过后，另一位公证人也来了。人都到齐了，大家聚集在瘫痪老人的屋子里。

两位司法助理人员简短地交换了一下意见，然后向诺瓦蒂埃宣读了一份普通遗嘱的样本，以便让他对文件的格式有个概念。接着，不妨说为了考察一下老人的智力吧，第一位公证人转过身来对他说：

“一个人立遗嘱时，先生，通常是考虑到某人会从中受益的。”

“是的。”诺瓦蒂埃的目光说。

“您对自己财产的总数有没有一个概念？”

“有的。”

“下面我顺序往上报数。当我报到您认为自己拥有的财产数额时，请示意我停住。”

“好的。”

这番对答，自有一种庄严的意味；充沛的智力与残废的躯体间的搏斗，或许再也没有比这更惊心触目的了；这种情景，即便不说是令人肃然起敬——其实我倒是愿意这么说的，至少也是叫人难以忘怀的。

大家在老人身旁围成一圈。第二位公证人坐在桌前准备记录；第一位公证人站在老人面前提问。

“您的财产超过三十万法郎，是吗？”他问。

诺瓦蒂埃表示说是的。

“您的财产数额是四十万法郎？”公证人问。

诺瓦蒂埃没有动作。

“五十万？”

仍然一动不动。

“六十万？七十万？八十万？九十万？”

诺瓦蒂埃表示说是的。

“您有九十万法郎？”

“是的。”

“是不动产？”公证人问。

诺瓦蒂埃表示说不是。

“是国家公债？”

诺瓦蒂埃表示说是的。

“这些公债就在您手头？”

老人朝巴鲁瓦看了一眼，老仆立即走了出去。过一会儿回来时，他捧着一只小匣子。

“我们可以打开这只匣子吗？”公证人问。

诺瓦蒂埃表示说可以。

匣子打开了。里面是一叠国家债券。

第一位公证人取出这叠债券，一张一张地递给他的同行。清点的结果，跟诺瓦蒂埃所说的数目完全相符。

“一点不错，”第一位公证人说，“显然他的智力是健全的。”

随后，他转过脸来朝着瘫痪的老人。

“这么说，”他对老人说，“您拥有九十万法郎的本金，而按您的处置方式，每年大约可以得到四万利弗尔的收益。”

“是的。”诺瓦蒂埃说。

“您打算把这笔财产留给谁呢？”

“噢！”德·维尔福夫人说，“这是不成问题的。诺瓦蒂埃先生唯一疼爱的就是他的孙女瓦朗蒂娜·德·维尔福小姐：六年来一直是她在照料他；她懂得怎样凭自己的精心照料来赢得祖父的疼爱——更确切地说是感激。所以，她的孝心得到这样的报偿是很公平的。”

诺瓦蒂埃的眼睛炯炯发亮，仿佛是说，即使德·维尔福夫人自以为揣度到了老人的心思，这么虚情假意地表示赞成，他也绝不会上她的当。

“那么，您是要把这九十万法郎给瓦朗蒂娜·德·维尔福小姐喽？”公证人问，心想这一点其实已经可以记录在案，不过最好还是让诺瓦蒂埃认可一下，而且让这个奇特场景的每个在场的人都目睹老人的认可。

瓦朗蒂娜后退一步，垂下眼睑啜泣起来。老人用深情的目光朝她望了片刻，然后转眼向着公证人，以全然不容置疑的动作连连眨眼。

“不对？”公证人说，“怎么，您不想让瓦朗蒂娜·德·维尔福小姐当您的遗产继承人？”

诺瓦蒂埃表示说是这样。

“您没有弄错吗？”公证人惊讶地喊道，“您是说不让她当继承人？”

“是的！”诺瓦蒂埃重复说，“是的！”

瓦朗蒂娜抬起头来。她完全惊呆了——并不是因为失去了继承权，而是因为她知道，立遗嘱的人往往会对某些亲属感到厌恶，可她实在不明白自己怎么会激起老人这样的情感。

但诺瓦蒂埃用温柔的目光注视着她。她感受到了其中的无限深情，不由得喊道：

“哦！爷爷，我明白了。你只是不把你的财产给我，可是你的心永远是我的，是这样吗？”

“哦！对，当然是这样。”瘫痪老人的眼睛说道，它们闭上时的那种表情，瓦朗蒂娜是不会看错的。

“谢谢！谢谢！”少女轻轻地说。

然而，老人方才的拒绝，却使德·维尔福夫人心头生出了一线不曾预想到的希望。她走到老人跟前。

“您是要把财产留给孙子爱德华·德·维尔福吗，亲爱的诺瓦蒂埃先生？”做母亲的问道。

眼睛使劲地眨动。其中表露的是一种近于憎恨的情绪。

“不是，”公证人说，“那么，是给现场的这位儿子？”

“不。”老人回答。

两位公证人惊异地面面相觑。维尔福夫妇俩脸都涨得通红，一个是出于羞愧，另一个是由于气愤。

“我们究竟对你怎么啦，爷爷，”瓦朗蒂娜说，“你真的不爱我们了吗？”

老人的目光迅速地扫过儿子、儿媳的脸，然后带着无限的温情停留在瓦朗蒂娜脸上。

“哦，爷爷，”她说，“既然你爱我，那就请你凭着这份爱心，解释一下你为什么要这样做吧。你是了解我的，你知道我从没想要过你的财产。再说，我有母亲的那份遗产，可以说已经很富有了。爷爷，你就解释一下吧。”

诺瓦蒂埃急切的目光，盯在瓦朗蒂娜的手上。

“我的手？”她说。

“对。”诺瓦蒂埃的目光说。

“她的手！”在场的人都喊道。

“喔，二位，你们都看到了，实在没有办法，我可怜的父亲已经神志不清了。”维尔福说。

“噢！”瓦朗蒂娜突然大声说道，“我明白了！我的婚事，对不对，爷爷？”

“对，对，对。”瘫痪的老人重复表示了三次。每次睁眼时，眼睛都是炯炯发光的。

“你是为这桩婚事在责怪我们，对不对？”

“对。”

“瞧这一切有多荒唐。”维尔福说。

“这我不敢苟同，先生，”公证人说，“我的看法正好相反，这一切都很合乎逻辑，而且正好帮我弄清了事情的前因后果。”

“你不愿意我嫁给弗朗兹·德·埃皮奈先生？”

“是的，我不愿意。”老人的目光说。

“这么说，您不愿意把财产遗赠给您的孙女，”公证人大声说，“就是因为她的婚姻不合您的心意喽？”

“是的。”诺瓦蒂埃回答。

“这就是说，倘使没有这桩婚姻，她就会是您的财产继承人了？”

“是的。”

一时间，老人的周围一片寂静。

两位公证人低声商量。瓦朗蒂娜双手合在胸前，带着感激的微笑望着祖父。维尔福咬着自己的薄嘴唇。德·维尔福夫人抑制不住心头的喜悦，情不自禁地绽出了笑脸。

“我认为，”终于维尔福先生打破了静默，开口说，“我是对这桩婚事合适与否唯一有权做出裁决的人。我是唯一有权处理我女儿婚事的当事人，我要让她嫁给弗朗兹·德·埃皮奈先生，她就得嫁给他。”

瓦朗蒂娜跌坐在一把扶手椅里，哭泣起来。

“先生，”公证人对着老人说，“要是瓦朗蒂娜小姐嫁给了弗朗兹先生，您打算如何处置您的财产？”

老人寂然不动。

“您当然是要做出处置的？”

“对。”诺瓦蒂埃说。

“留给某个家庭成员？”

“不。”

“那么，捐赠给穷人？”

“对。”

“可是，”公证人说，“您得知道，法律是不允许您完全褫夺儿子继承权的？”

“是的。”

“您是准备只捐赠法律允许您自由处置的那部分财产？”

诺瓦蒂埃又是寂然不动。

“您还是要捐赠全部财产？”

“是的。”

“可是在您去世以后，有人会对这份遗嘱提出异议吗？”

“不会。”

“家父很了解我，先生，”德·维尔福先生说，“他知道他的意愿对我来说是不可违背的；而且，我也明白处在我的地位，我是不可能对穷人提起诉讼的。”

诺瓦蒂埃的目光显得非常得意。

“那您决定采取什么措施呢，先生？”公证人问维尔福。

“不采取任何措施，先生。财产如何处置是家父决定的，而我知道，家父一旦做了决定，是不会改变的。所以，我愿意让步。这九十万法郎不会属于这个家庭，它们将捐赠给济贫院。然而，对于一个老人的任性，我不会让步，我会凭自己的理智行事的。”

说完，维尔福就和妻子一起告退，听任父亲按自己的心意去立遗嘱。

当天就办完了立遗嘱的全部手续。公证人请来了证人，经老人认可后，当着众人的面把遗嘱装进信封封妥，然后交由家庭律师德尚先生保管。